Clemens N. Fritze

Nur ein toter Deutscher

Historischer Roman

Für
Frau und Herrn Sauber
mit den besten Wünschen
und viel Vergnügen
beim Lesen.

Clemens N. Fritze

Bibliografische Information der Deutschen Nationalbibliothek
Die Deutsche Nationalbibliothek verzeichnet diese Publikation in der Deutschen Nationalbibliografie; detaillierte bibliografische Daten sind im Internet über http://dnb.d-nb.de abrufbar.

© 2013 Clemens N. Fritze
Satz, Umschlaggestaltung, Herstellung und Verlag:
BoD – Books on Demand
ISBN 978-3-8482-3954-2

Meinen Großeltern in dankbarer
Erinnerung gewidmet.

Nur ein

toter Deutscher

Grundlage dieses Romans sind tatsächliche historische Ereignisse während des Zeitraumes von 1912 bis 1945.
Alle Ortsangaben sind authentisch, ebenso die Namen der Angehörigen der Familien Scoines und Kemen. Alle übrigen Namen wie auch die der genannten Hotels sind frei erfunden.

Kapitel 1

Juni 1912 – Neuerburg/Eifel

Eigentlich war es ein ganz normaler Junimorgen, dieser Dienstag, als Nikolaus Kemen sich wie üblich auf den kurzen Weg von daheim zum Hotel Wolters begab, um dort seinen Dienst als Kellner aufzunehmen. Obwohl die Sonne längst hinter den Hügeln emporgestiegen war, die das recht enge Enztal mit dem darin eingebetteten Städtchen Neuerburg wie samtene Kissen geradezu liebevoll umschmeichelten, fühlte es sich noch etwas frisch an. Nikolaus fröstelte leicht, denn er trug lediglich seinen normalen Kellneranzug, dessen Kragen er allerdings nun doch nach wenigen Metern hochschlug. Er hatte auf einen Mantel verzichtet, da er nur einige hundert Meter zurücklegen musste. Dennoch genoss er die frische Morgenluft in vollen Zügen. Gut gelaunt erwiderte er die zahlreichen Morgengrüße von Nachbarn und Freunden, denen er begegnete. Hier kannte jeder jeden und es fiel sofort auf, wenn Fremde das kleine Eifelstädtchen besuchten. Allerdings schien das in letzter Zeit immer seltener der Fall zu sein, obwohl vor fünf Jahren die Eisenbahnstrecke von Gerolstein über Prüm bis hierher verlängert und ein schönes Bahnhofsgebäude errichtet worden war. Gewiss hatte Neuerburg an Sehenswürdigkeiten einiges zu bieten, mal abgesehen von der Tatsache, dass es sich um ein wahrlich malerisches Städtchen handelte mit reizvoller Umgebung und der Nähe zu Luxemburg. Aber irgendwie schien diese Eifelregion ein vernachlässigter, ja man könnte vielleicht gar sagen, ein vergessener Teil des Deutschen Reiches zu sein, denn die großen Touristenströme verliefen zweifellos in weiten Bögen um diese strukturschwache Gegend herum. Aber die Eifeler im Allgemeinen und die Neuerburger im Besonderen waren ein bescheidenes Völkchen, das sich mit dem Wenigen, was Mutter Erde an Früchten hervorbrachte und das Vieh an Fleisch, Milch und Eiern hergab, zufrieden geben konnte, ein liebenswerter, bodenständiger Menschenschlag, gastfreundlich und humorvoll. Es gab in diesem Städtchen mit seinen knapp zwölfhundert Einwohnern ein paar Webereien, Gerbereien, eine Walkmühle, ein Sägewerk und natürlich etliche kleinere Handwerksbetriebe, fast alle alteingesessene. Und freilich das Hotel Wolters, allerdings auch zwei weitere konkurrierende Herbergen. Für alle jedoch reichten die Arbeitsstellen nicht aus, so dass in den vergangenen Jahren schon viele der jüngeren Generation in den Großstädten ihr Glück versucht hatten oder gar ausgewandert waren.

Nikolaus stellte fest, dass schon allerlei Betrieb auf der Tränkstraße herrschte, der Haupt-Durchgangsstraße, die neben dem Flüsschen Enz verlief. Zwei schwere Fuhrwerke mit langen Baumstämmen auf Leiterwagen, gezogen von behäbigen Belgischen Kaltblütern, bewegten sich gemächlich in Richtung Sägewerk, zuweilen in Kurven die gesamte Straße blockierend. Ihnen begegnete gerade der Milchmann Sauerbier mit seinem Kutschgespann. Nikolaus musste immer wieder über dessen ganz und gar unpassenden Namen lächeln. Zu allem Überfluss tauchte gerade in der Kurve auch noch die gelbe Postkutsche auf, die vom Bahnhof kommend ihre Fracht in die umliegenden Dörfer weiterbeförderte. Beide Fuhrwerke hatten Mühe, den langen Baumstamm-Transportern auszuweichen, aber die Kutscher verstanden es, ihre Pferde zu parieren. Begleitet von lauten Hüh-Hott-Rufen schwangen sie ihre Peitschen und das Geklapper der Hufe auf den Pflastersteinen verursachte irgendwie einen fröhlich klingenden Widerhall durch die Häuserwände längs der Straße. Mehrere andere Passanten, so auch Nikolaus, blieben für einen Moment stehen, um das Schauspiel zu beobachten. Neumodische Benzinautomobile tauchten hier bislang selten auf. War das jedoch der Fall, so hatten die Kinder ihren Spaß, hinter dem stinkenden, komischen knatternden Ding herzulaufen. Ansonsten geschah selten etwas Aufregendes in Neuerburg.

Das Flüsschen Enz war in diesen Tagen ein mageres Rinnsal, hatte es schon seit Wochen nicht mehr geregnet. Doch bei länger anhaltenden, heftigen Niederschlägen konnte es zu einem äußerst reißenden Fluss anwachsen, der oft genug über die Ufer trat. Aus diesem Grunde war zumindest entlang der Tränkstraße eine erhöhte Schutzmauer errichtet worden.

Als Nikolaus das Hotel betrat, wurde er sogleich von Franz, dem Oberkellner überrascht, der ihm mitteilte, er solle sich unverzüglich beim Chef melden. »Es liegt was Unangenehmes in der Luft«, verkündete er mit ernster Miene. Na, dachte Nikolaus, was soll das schon sein? Und in Gedanken ließ er rasch seine letzten Arbeitstage revue passieren, also Samstag und Sonntag, denn gestern, Montag, hatte er dienstfrei gehabt. Aber ihm fiel nichts ein, was ihn hätte beunruhigen können. Als er die Treppe zu Herrn Wolters Büro im ersten Stock emporstieg, begegnete ihm Marie, die Wäschemagd, mit völlig verheultem Gesicht. Seinen Morgengruß erwiderte sie seltsamerweise nicht, sondern stürzte geradezu panikartig nach unten, an ihm vorüber. Erschrocken blickte er ihr nach. Meine Herren, dachte Nikolaus, hier scheint wirklich dicke Luft zu herrschen. Was mag nur Schlimmes vorgefallen sein?

Herr Wolters empfing ihn mit steinernem Blick und forderte ihn auf, auf dem Stuhl vor seinem Schreibtisch Platz zu nehmen. Ohne große Umschweife kam er gleich zur Sache.

»Es tut mir leid, Nik, aber ich kann dich leider nicht mehr länger beschäftigen, so gern ich es wollte.«

Nikolaus war einen Moment lang sprachlos, fasste sich dann jedoch wieder.

»Aber Herr Wolters, sind Sie denn nicht mehr mit mir zufrieden?«

»Sehr zufrieden sogar, das weißt du, Nik. Aber dir kann es doch nicht entgangen sein, dass unser Haus nicht mehr so läuft wie früher. Die Zahl der Gäste ist in den letzten beiden Jahren um über 50 Prozent eingebrochen. Das Haus kommt nicht mehr auf seine Kosten. Ich habe Schwierigkeiten, eure Löhne zu zahlen! Das musst du doch verstehen, Junge. Und du bist nicht der einzige. Auch Marie muss ich kündigen.« Aha, deshalb ihr seltsames Verhalten eben, dachte Nikolaus.

Ja, natürlich pfiffen es die Spatzen schon seit geraumer Zeit von Neuerburgs Dächern, dass das Familienunternehmen Hotel Wolters mit finanziellen Schwierigkeiten kämpfte. Nik hörte das Personal schon des Öfteren hinter vorgehaltener Hand darüber tuscheln, hatte sich aber nicht weiter darum gekümmert. Ihm, Nikolaus Kemen, war es nie in den Sinn gekommen, dass er selber eines Tages Opfer des Existenzkampfes des Hotels Wolters werden könnte. Für ihn war das Haus bislang so etwas wie seine zweite Familie geworden, seitdem er vor knapp fünf Jahren hier die Ausbildung als Kellner begonnen hatte. Er arbeitete gerne hier. Herr und Frau Wolters waren stets freundlich zu ihm gewesen und auch mit dem übrigen Personal verstand er sich gut. Aber nun sollte alles plötzlich zu Ende sein? Er konnte es nicht fassen. Wie versteinert saß er vor dem Chef, um Fassung ringend. Es dauerte, wie es schien, eine Ewigkeit, bis Nik endlich erneut das Wort ergriff.

»Aber Herr Wolters, ist es denn wirklich so schlimm? Ich dachte eher, seit die Eisenbahnstrecke von Gerolstein nach hier verlängert wurde, ist in der

Stadt mehr Betrieb. Gibt es denn keinen Ausweg, keine andere Lösung? Ich bin gerne bereit, auf einen Teil meines Wochenlohnes zu verzichten. Nur, bitte, bitte, geben Sie mir nicht den Laufpass.«

»Schau, Junge, die Zeiten sind schwieriger geworden, überall in der Eifel, trotz der neuen Eisenbahn. Unsere Gegend scheint für Urlauber wenig attraktiv oder unbekannt zu sein und wir sind leider kein Kurbad. Glaube mir, meine Frau und ich haben alles in den letzten Wochen Erdenkliche immer und immer wieder besprochen. Ich war sogar auf drei Banken, um Kredite zu bekommen. Aber die verlangen halsabschneiderische Zinsen.« Und mit einem hörbaren Seufzer fügte er hinzu: »Uns bleiben leider nur zwei Möglichkeiten, dem Konkurs zu entgehen. Entweder es gelingt uns, durch rigorose Einsparungen die Betriebskosten so weit zu senken, dass wir über die Runden kommen, oder wir müssen das Haus aufgeben und verkaufen. Zum Ersten gehört die Verringerung des Personals sowie alle möglichen Versuche, die Arbeitsabläufe im Hause rationeller abzuwickeln.«

Es folgten einige Augenblicke des Schweigens, während der Herr Wolters auf seine gefalteten Hände auf dem Schreibtisch blickte. Nik indes schaute gedankenverloren durchs Fenster nach draußen in den morgendlichen Sommer-Sonnenschein, der die belaubten Hänge jenseits des Enztales in einem großartigen Farbenspiel verschiedenartiger Grünschattierungen leuchten ließ. Einige restliche Nebelschwaden stiegen empor, um sich alsbald völlig zu verflüchtigen. Morgentau mit seinen wundersamen Wassertropfen glitzerte vereinzelt von den Blättern. Es schien als ob tausendfache silberne Perlmuttperlen sich ein prächtiges gegenseitiges Wettspiel leisteten.

Aber von all dem bemerkte Nik nichts. Seine Gedanken schlugen Kapriolen. Er erschrak förmlich, als Herr Wolters sich räusperte.

»Also, pass mal auf, Junge. Heute ist der 18. Juni. Du kannst noch bis Monatsende bleiben, das sind wenigstens zwei Wochenlöhne. Und dann werde ich dir ein ausgezeichnetes Führungszeugnis schreiben. Damit findest du vielleicht anderswo eine neue Stelle.«

»Aber Chef, wo soll ich denn eine andere Stelle finden, wenn es, wie Sie sagen, überall in der Eifel heutzutage schlecht bestellt ist?«

»Na ja, du solltest dir vielleicht mal Gedanken machen, ob du dich eventuell in einer Großstadt um Arbeit bemühst. Möglich, dass es in Trier, Luxemburg oder Koblenz nicht so schlecht aussieht wie hier in der Gegend. Köln ist wahrscheinlich für dich zu weit entfernt, oder? Dort lebt einer meiner Brüder. Er arbeitet bei der Kölner Stadtverwaltung. Wenn du möchtest, setze ich mich mit ihm in Verbindung. Ich könnte mir vorstellen, dass er eventuell in der Lage ist, für dich eine geeignete Arbeitsstelle zu vermitteln. Lass dir das mal durch den Kopf gehen.«

Und nach einer kurzen Pause: »So, Junge, nun muss ich aber wieder an die Arbeit. Und du auch.«

Etwas zögerlich verließ Nik das Büro des Chefs im ersten Stock des Hotels. Gedankenverloren stieg er langsam die Treppenstufen hinunter und übersah dabei Elfi, seine Kollegin, die ebenfalls hier als Kellnerin tätig war. Normalerweise schäkerten sie kurz miteinander, wenn sie sich trafen. Elfi wollte gerade eine Nettigkeit von sich geben, denn sie mochte ihn gerne. Doch sogleich bemerkte sie seine Geistesabwesenheit und Niks leeren Blick. »Alles in Ordnung, Nik?« entfuhr es ihr.

Er überhörte ihre Frage völlig und stieg weiter hinab, ohne sie zu beachten.

Erstaunt blickte Elfi ihm nach und schüttelte den Kopf. Merkwürdig, dachte sie, so habe ich ihn noch nie erlebt. Irgendetwas stimmt heute nicht mit ihm.

Während der Mittagszeit bediente er rund ein halbes Dutzend Gäste. Mehr kamen nicht an diesem gewöhnlichen Wochentag. Heute verrichtete er seine Kellnertätigkeit allerdings unkonzentriert, was sogar den Gästen auffiel. Er vergaß zweimal Getränke-Nachbestellungen und verwechselte einmal die Menuezustellung. Unentwegt wirbelten die Gedanken in seinem Kopf herum. Was sollte nun werden? Wie sollte er das den Eltern erklären, bei denen ohnehin immer schon »Schmalhans Küchenchef« war?

Abends, wenn die Hotelküche geschlossen wurde, blieb zumeist noch etwas an Speiseresten in den Pfannen und Töpfen. Die Wolters hatten nichts dagegen, wenn ihr Personal die Reste mit nach Hause nahm. Besser so, als damit die Schweinetröge zu füllen. Auch dieser Vorzug würde dann entfallen.

Während der Nachmittagsstunden hatte Nik dienstfrei. Auf dem Heimweg schlenderte er tief traurig und nachdenklich dahin, ohne auch nur das Geringste wahrzunehmen, was auf der Straße um ihn herum geschah. Manch einer, der dem jungen Mann an diesem Nachmittag begegnete und ihm einen fröhlichen Gruß zurief, wunderte sich über dessen merkwürdiges Verhalten, da keine Gegenreaktion erfolgte.

Wie sollte es weiter gehen? Nik hatte ja nur den Kellnerberuf erlernt. Durch seines Vaters Vermittlung war es damals gelungen, die Ausbildungsstelle im Hotel Wolters zu erhalten. Damit lag zumindest er als jüngerer der zwei Brüder aus Vaters erster Ehe nicht mehr auf dessen Tasche. Nik hatte ja noch vier Halbbrüder aus der zweiten Ehe seines Vaters, von denen drei minderjährig waren. Zwei Schwestern und ein Bruder hatten das erste Lebensjahr nicht überlebt. Die Kindersterblichkeit war leider Gottes sehr hoch.

Nächsten Monat würde Nik vierundzwanzig Jahre alt. Eine Geburtstagsfeier? Kann ich mir abschminken, dachte er. Und die Gedanken schweiften zurück in die frühe Jugendzeit. An seine richtige Mutter konnte er sich nicht mehr erinnern. Sie starb im Kindbett, als Nik achtzehn Monate alt war. Vater hatte ein zweites Mal geheiratet. Seine Stiefmutter Maria, geborene Barthel, war eine herzensgute, extrem sparsame Frau und vorzügliche Köchin, die auf geradezu wundersame Weise mit geringen Mitteln, vorwiegend Gemüse, das sie zum Teil aus dem hauseigenen kleinen Garten erntete, sättigende Mahlzeiten zubereitete.

Den Markt im Ort suchte sie stets auf, unmittelbar bevor die Händler ihre Stände schlossen. Dann waren Obst und Gemüse am preiswertesten, manchmal gar umsonst, weil die Bauern ihre Waren nicht unnötig wieder mit nach Hause karren wollten. Fleisch gab es so gut wie nie, außer allenfalls zu Ostern und Weihnachten, ansonsten vielleicht schon mal ein Bratwürstchen. Gelegentlich brachte Mutter Maria allerdings ein paar Eier vom Markt mit, um einen köstlichen Rodonkuchen zu backen. Süßigkeiten oder andere Leckereien gab es so gut wie nie, wiederum von den hohen Festtagen abgesehen.

Vater Kemen, ebenfalls mit Vornamen Nikolaus, verdiente seinen kargen Lebensunterhalt als Tuchmacher in der ortsansässigen kleinen Weberei Donkels. Er war ein gar gestrenges Familienoberhaupt, jedoch mit urigem eifeler Humor geprägt. Gerne holte er nach Feierabend oder an Feiertagen einen Küchenstuhl heraus, um sich damit, sein Pfeifchen rauchend, das er »Mutz« nannte, vors Haus auf die Straße zu setzen. Sodann erwartete er das natürlich rein zufällige Erscheinen so manches Bekannten oder Nachbarn, um mit ihnen die neuesten Nachrichten zu teilen und zu diskutieren. Vater war technisch recht geschickt, so dass er im Hause viele Reparaturen selber erledigen konnte. Er besaß einen speziellen Schuh-Reparaturkasten, gefüllt mit allen nötigen Utensilien, um die zahlreichen Schuhe der Familienmitglieder selber flicken und in Schuss halten zu können.

Die Familie Kemen bewohnte ein schmales, zweieinhalb geschossiges Reihenhaus, Bergstraße 4, einem kleinen Seitengäßchen der Tränkstraße, am Steilhang gelegen, fast genau unterhalb der Eligius-Kapelle. Niks Stiefmutter Maria Barthel hatte das Haus 1892 als Erbstück mit in die Ehe gebracht. Nik teilte sich mit seinem älteren Bruder Johann eine winzige Dachkammer, während die drei jüngeren Halbbrüder gemeinsam eine zweite, etwas größere Kammer daneben bezogen. Eine äußerst schmale, fast halsbrecherische Stiege führte hinauf zum »Olymp«, wie die Jungen ihre Kammern nannten.

Nik hatte nur die Neuerburger Volksschule besucht. Er war nie gerne zur Schule gegangen, ein mittelmäßiger Schüler gewesen, einer von zweiundvierzig in seiner Klasse. Aber er hatte viele Freunde, und das bedeutete ihm eine Menge. Nik war einer der Kleinsten und Schmächtigsten in der Klasse und sogar jetzt, mit fast vierundzwanzig Jahren, maß er lediglich einen Meter achtundsechzig. Das war auch einer der Gründe, weshalb er bei der militärischen Musterung nur als »Ersatzreserve Vier« eingestuft wurde. Außerdem hatte der Stabsarzt beim Abhören irgendein seltsames Geräusch in seinem Brustkorb gehört. Zunächst war Nik sich nicht im Klaren, ob er sich darüber freuen sollte oder nicht. Die meisten seiner Freunde, die tauglich eingestuft wurden, waren stolz gewesen, dem Kaiser dienen zu dürfen.

Aber immerhin hatte Nik sich zumindest nach kaiserlichem Vorbild – er verehrte Kaiser Wilhelm II. sehr - einen an beiden Enden gezwirbelten Schnauzbart wachsen lassen, was ihm ein gewisses autoritäres Flair verlieh. Er verspürte wohl auch dadurch eine Stärkung des Selbstbewusstseins, das ohnehin durch seine kleine Gestalt leicht geschwächt war. Und auf das weibliche Geschlecht schien sein Gesichtsschmuck ebenfalls nicht ganz wirkungslos zu sein.

Bislang war es Nik dennoch nicht gelungen, zu einem der Neuerburger Mädchen engeren Kontakt, geschweige denn eine feste Bindung zu knüpfen. Vor etwa zwei Jahren hatte er ein Auge auf Bettie, seiner Meinung nach die hübscheste der drei Töchter des Hufschmieds, geworfen und überlegt, wie er es anstellen sollte, ihre Gunst zu gewinnen. Doch ein anderer Bursche kam ihm zuvor und durchkreuzte seine Pläne. Auch Elfi, die Kollegin im Hotel Wolters, Nichte des Stadtvogts, war ihm durchaus sympathisch. Allerdings war sie drei Jahre älter als er und stets vermittelte sie Nik den Eindruck, dass sie etwas herablassend auf ihn hinab blickte. Zudem schäkerte sie zu häufig und zuweilen überschwänglich mit männlichen Gästen. Sie hoffte vielleicht, eines Tages eine »gute Partie« zu machen. Aber genau das war Nik bestimmt nicht.

Im Grunde machte er sich jedoch noch keine besonderen Sorgen darüber. Er zählte ja erst dreiundzwanzig Jahre und seit Generationen war es hierzulande üblich, dass die Männer im reiferen Alter heirateten. Vater hatte ja auch erst mit neunundzwanzig geheiratet, viele andere weitaus später. Im Übrigen wollte Nik noch etliches vom Lohn ansparen, als finanzielle Grundlage für eine eheliche Verbindung.

Nun also musste er sich wohl oder übel irgendwo um einen neuen Arbeitgeber bemühen. In Neuerburg selbst, wo es nur noch zwei weitere kleine Herbergen und zwei Restaurantbetriebe gab, schien es Nik absolut aussichtslos. Na ja, trotzdem könnte man dort durchaus mal nachfragen. Mehr als ablehnen können die wohl auch nicht, dachte er. Also beschloss Nik kurzerhand, statt direkt nach Hause zu gehen, in besagten Häusern nachzufragen. Und wie erwartet, fiel das Ergebnis in allen Fällen niederschmetternd aus. Zugleich erfuhr er, dass eines der Restaurants wohl ebenfalls in Kürze schließen würde.

Er hatte keine Lust, nach Hause zu gehen. Die werden schon noch früh genug von meinem Pech erfahren, dachte Nik, ich muss jetzt erst mal in aller Ruhe nachdenken.

Der junge Mann schlug vom Markt aus den Weg zur Herrenstraße ein, bog sodann links in die leicht ansteigende Beilsbachstraße ab und erreichte einige hundert Meter weiter einen Schrebergarten, hinter dem ein schmaler Pfad nach links eine kleine Anhöhe hinaufführte. Über diesen Pfad gelangte er zum Beilsturm, einem halb verfallenen, aus Bruchsteinen bestehenden Rundturm mit Schießscharten. Er ist einer von ehemals 16 Wehrtürmen der mittelalterlichen Stadtbefestigung. Nik kletterte zwei etwas brüchige Holzstiegen hinauf in die oberen Stockwerke des Gebäudes. Von hier aus gewinnt man einen herrlichen Ausblick auf das Eifelstädtchen Neuerburg, über all die Häuserdächer mit ihren selbst im Sommer teilweise qualmenden Kaminen. Vom Flüsschen Enz, das tief unten im Tal fließt, ist von hier aus kaum etwas zu sehen, zumal allerlei Buschwerk und hohe Bäume vor dem Turm die Sicht hinunter behindern. Aber drüben, auf der gegenüber liegenden Seite des Ortes, bietet sich dem Auge ein Stadtpanorama, nahezu wie aus dem Bilderbuch: Droben, auf der Anhöhe, thront majestätisch die Burg der einstigen Herren von Neuerburg aus dem Geschlecht der Viandener Grafen, erstmals 1132 urkundlich erwähnt. Zwar ist sie teilweise verfallen, aber Turm, Haupthaus und Torbogen, aus Bruch- und Basaltsteinen der Vulkaneifel erbaut, sind noch recht gut erhalten. Unterhalb der Burg, jedoch oberhalb des Städtchens, beherrschen zwei weitere markante Gebäude das Bild: Die in gotischem Stil erbaute Pfarrkirche St.Nikolaus mit ihrem seitlich nebenstehenden Glockenturm sowie weiter links auf gleicher Höhe das markante Herrenhaus der Neuerburger Stadtvögte, das dank seines runden festungsartigen Rundturmes an der linken Gebäudeecke selbst wie eine zweite Burg aussieht. Manch ein Fremder bezeichnete deshalb Neuerburg, die 1232 Stadtrechte erhielt, fälschlicherweise als die »Stadt mit den zwei Burgen«.

Dies war seit der frühesten Jugend Niks Lieblingsplatz. Hier lag ihm seine Geburtsstadt im wahrsten Sinne des Wortes »zu Füßen«. Den Ausblick genoss er immer wieder. Wie oft hatte er sich hier mit den Spiel- und Klassenkameraden verabredet, um gemeinsam Streiche auszuhecken oder Ritterspiele zu veranstalten, für die sie von Holzlatten Schwerter und aus Pappe Helme bastelten. Jene herrliche, unbeschwerte Zeit lag nun schon viele Jahre zurück und sein Gemütszustand wurde durch diese Gedanken noch trüber.

Nur wenige Laute drangen von unten aus dem Ort zu Nik hinauf, ab und zu das Klappern von Pferdehufen oder Hundegebell sowie alle Viertelstunden der Glockenschlag vom Kirchturm gegenüber.

Plötzlich wurde er durch eine vertraute Stimme aus seinen Gedanken gerissen. »He, Nik, alter Freund, was machst du zu dieser Zeit hier oben?« Er hatte gar nicht bemerkt, dass sein ehemaliger Schulkamerad Konrad Werscheid ebenfalls die Holzstiege zu ihm hinauf geklettert war und nun hinter ihm stand.

»Mann, hast du mich erschreckt! Kannst du dich nicht rechtzeitig bemerkbar machen?«, war Niks erste Reaktion, um dann aber fortzufahren: »Die gleiche Frage könnte ich ja auch dir stellen.«

»Langeweile, Nik, Langeweile. Du weißt doch, ich bin seit vier Monaten arbeitslos. Zwar kann ich mir ab und zu was als Tagelöhner verdienen, aber das war zuletzt vor über einer Woche. Und zu Hause ist auch nicht viel zu tun. Da dachte ich mir...«

»Das war vielleicht Gedankenübertragung«, fiel Nik ihm ins Wort. »Nun können wir ein gemeinsames Schicksal teilen.«

»Wieso? Sag bloß, der Wolters hat dir gekündigt.«

»Genau, heute Morgen, zum Monatsende.«

»Ich fass es nicht. Dachte immer, du hättest 'ne tolle, dauerhafte Stelle beim alten Wolters. Du bist doch schon etliche Jahre dort.«

»Genau, fast fünf Jahre. Aber nun behauptet er, er könne mich nicht mehr entlohnen und die Marie, du weißt schon, die Wäschemagd, auch nicht mehr. Aber die Elfi, die scheint er behalten zu wollen. Verdammter Mist!«

»Mensch, das ist der Hammer. Ja, so kann`s einem gehen. Hab ich ja auch so ähnlich erlebt«, erwiderte Konrad. »Aber dass er die Elfi behält, ist doch klar. Die ist halt die Nichte des Stadtvogts! Der gegenüber hast du viel schlechtere Karten.«

Nik starrte stumpfsinnig vor sich hin, mit dem Kopf leicht nickend.

»Und was willst du jetzt machen?« wollte Konrad wissen. »Hast du schon 'ne Idee?«

»Ach was, ich war eben beim Rademacher, Manderscheid und Brandner und hab mal dort nachgefragt, einfach so. Aber das war umsonst. Übrigens will der Manderscheid sein Restaurant auch bald aufgeben, wie ich erfuhr.«

Konrads Blick fiel nun ebenfalls in eine Art Schockstarre. Seinen Lippen entfuhr lediglich ein hörbares langgezogenes Zischen. Schweigend saßen die beiden Freunde minutenlang nebeneinander auf der alten, morschen Holzbank oben im Turm, jeder in Gedanken versunken. Ja, ja, die Eifel galt bekanntlich als »Armenhaus des Deutschen Reiches«.

Zwei Tauben flatterten über ihnen durch eine Schießscharte herein und ließen sich gurrend auf einem Mauervorsprung nieder. Obwohl die Temperatur draußen durch die Nachmittagssonne inzwischen gewiß auf annähernd dreißig Grad angestiegen war, empfanden sie hier oben im Turm eine angenehme Kühle, zumal eine leichte Brise herrschte. »Ich denke, mir bleibt wohl nichts anderes übrig, als mein Glück in einer Großstadt zu versuchen«, unterbrach Nik endlich die Stille. »Aber das wird mir schwerfallen. Allerdings sind ja auch schon viele andere längst von hier weggegangen.«

»Ja, sogar nach Amerika«, wusste Konrad zu ergänzen. »Ich habe darüber auch nachgedacht. Vielleicht versuche ich's mal erst in Trier. Wie wär's, wenn wir's dort mal gemeinsam versuchten?«

Nik nickte nur beifällig. In Trier war er schon einige Male gewesen und zum Grab des Heiligen Matthias gewandert. Sehr schön, die alte Römerstadt mit ihrem Wahrzeichen, der schwarzen Porta Nigra. Er kannte dort niemanden. Aber vielleicht gemeinsam mit Konrad? Im gleichen Moment fiel ihm wieder Herrn Wolters Angebot ein, sich seinetwegen mit dessen Bruder in Köln in Verbindung zu setzen, der ihm dort vielleicht eine Stelle vermitteln könnte. Es wäre nicht schlecht, einen Fürsprecher zu haben.

»Und was hältst du von Köln?« wollte Nik wissen.

»Wie kommst du denn darauf? Das ist doch viel zu weit weg«, meinte Konrad.

»Na ja, der alte Wolters hat da 'nen Bruder«, erläuterte Nik. »Der ist irgend so'n hohes Tier bei der Stadtverwaltung, glaub' ich. Herr Wolters meinte, der würd' sich für mich verwenden, wenn ich wollte. Außerdem war ich schon mal in Köln. Ein Onkel von mir lebt dort. Den habe ich mit meinem Vater und Johann besucht, als ich noch klein war. Aber ich kann mich kaum noch daran erinnern.«

»Also, ich weiß nicht«, erwiderte Konrad, »ich war noch nie dort und außerdem viel zu weit weg.«

»Amerika ist noch weiter«, lachte jetzt Nik.

»Magst wohl Recht haben, aber trotzdem. – Ich denke, ich werd's doch eher erst mal in Trier versuchen, dann vielleicht in Koblenz«, war nun Konrads Überlegung.

Die beiden Freunde diskutierten noch eine ganze Weile über vielerlei Möglichkeiten, Vor- und Nachteile sowie Chancen, und als die Glocke von Sankt Nikolaus Fünf schlug, wurde es für Nik allmählich Zeit, zur Abendschicht ins Hotel Wolters zurückzukehren. Sicher würden sich die Seinen zu Hause wundern, dass er zur Nachmittagspause heute nicht heimgekehrt war.

An diesem Abend gastierte eine fröhliche, trinkfeste Gruppe vornehmer Herren aus Luxemburg im Hotel und Nik hatte mit ihrer Bewirtung alle Hände voll zu tun. Erst weit nach Mitternacht kehrte er todmüde heim und schlich sich leise hinauf in die Dachkammer, wo sein Bruder schon lautstark schnarchend schlief. Nik war durch all die Ereignisse des Tages derart aufgewühlt – und hinzu kam das Schnarchen des Bruders -, dass er trotz der Müdigkeit noch lange wach lag und grübelte.

Zum Glück brauchte er allerdings am folgenden Morgen nicht früh hinaus, der Dienst begann erst zur Mittagszeit.

Dem entsprechend erschien Nik am nächsten Morgen erst ziemlich spät in der Küche. Hier fand er nur seine Stiefmutter vor, die bereits mit Kartoffelschälen für die Mittagsmahlzeit beschäftigt war. So wurde sie die erste, die von der Kündigung erfuhr, darauf allerdings mit erstaunlicher Gelassenheit reagierte.

»Mach dir mal kenen Kopf, Jung. Kennst doch den alten Spruch 'Immer, wenn de denkst, et jeht nich mehr, kommt von irjendwo en Lichtlein her'. Weißte was, jeh mal rauf zur Eligius-Kapelle und bitt Jott und den Heiligen um Beistand. Wirst sehen, et hilft.«

Nik hielt zwar nicht viel von ihrem, wie ihm schien naiven Vorschlag, war er doch kein besonders frommer junger Mann. Natürlich war es selbstverständlich, dass die Familie – in Neuerburg waren fast alle katholisch – jeden Sonntag die Heilige Messe besuchte und ebenso an der Fronleichnams-Prozession teilnahm, auch er. Gewiss war er gottgläubig, aber im Grunde seines Herzens verließ er sich bislang lieber auf die eigenen Fähigkeiten und sein Fortune, als die Heiligen um Hilfe zu bemühen. In diesem Falle allerdings war der Rat der Stiefmutter nicht von der Hand zu weisen, schaden könnte es zumindest nicht. Also sah man den jungen Mann am späten Vormittag einen Umweg zum Dienst einschlagen, tatsächlich zunächst zur Eligius-Kapelle, oberhalb ihres Hauses am Hang gelegen.

Irgendwie fühlte er sich anschließend unbeschwerter, nicht mehr so mutlos in seiner Haut. Die Gespräche mit Konrad, der Stiefmutter sowie die Gebete vermittelten ihm ein unterschwelliges Gefühl von Erleichterung und er beschloss, während der bevorstehenden letzten Arbeitstage seinen Kellnerdienst den Gästen gegenüber noch konzentrierter, höflicher und freundlicher als je zuvor zu versehen. Und siehe da, die Trinkgelder fielen unerwartet höher aus als sonst! Als der Vater am Nachmittag von der Arbeit zurückkehrte, erfuhr auch er von Niks Kündigung und reagierte darauf ähnlich gelassen wie seine Frau. Und Nik erzählte ebenfalls von Herrn Wolters Idee, dessen Bruder in Köln um Vermittlung zu bitten.

Nachdem Nik geendet hatte, dauerte es eine Weile, bis sich Vater räusperte und meinte:

»Also, wenn du mich fragst, Junge, dann finde ich Herrn Wolters Idee gar nicht so übel. Überleg doch mal: In einer Stadt wie Köln sind die Chancen um ein Vielfaches höher als irgendwo sonst. Es ist zumindest den Versuch wert. Und sollte es tatsächlich nicht zufriedenstellend klappen, dann kannst du natürlich wieder zurückkommen und anderswo neue Versuche starten. Was meinst du, Maria?«

Seine Frau stimmte unumwunden zu. »Hast ja noch was Zeit, Nik«, ergänzte sie, »schlaf mal drüber, dann triffste sicher bald die richtige Entscheidung. Und sollte es mit Köln nichts werden, isset weder Hals- noch Beinbruch, oder?«

Das klang in Niks Ohren einleuchtend, wenngleich es ihm bei dem Gedanken, seinen vertrauten, geliebten Heimatort, alle Freunde und vor allem die Familie zu verlassen und in ein völlig neues Leben einzutreten, eiskalt über den Rücken lief.

Gewiss, Köln ist eine sehr attraktive, lebendige und aufregende Großstadt, dachte er. Da wird sicher keine Langeweile aufkommen. Aber zuerst muss ich natürlich auch dort ein Dach über dem Kopf und ein Bett haben. Wie soll ich das bewerkstelligen? Ob der Onkel mir vorübergehend Unterkunft bieten kann?

Er musste sich die Sache noch mal gründlich durch den Kopf gehen lassen. Nichts auf die Schnelle über`s Knie brechen, war seine Devise.

Kapitel 2

Juni 1912 – London

»Flo, Alice, kommt schnell! Es gibt was zu feiern!« rief Mutter Henrietta Scoines zweien ihrer vier Töchter zu, die sich irgendwo oben im Hause aufhielten.

Es war Dienstagnachmittag und soeben war ihre zweitjüngste Tochter May mit der freudigen Nachricht nach Hause gekommen, dass sie ihre Berufsprüfung zur Putzmacherin mit Auszeichnung bestanden hatte.

»Das ist ja großartig, May, congratulations!« war Mutters erste Reaktion. Wenige Augenblicke später polterten Flo und Alice die Treppe herunter und stürmten zu den beiden ins Wohnzimmer, wo Mutter bereits den afternoontea vorbereitet hatte.

»Ist ja toll, May, war`s denn schwierig?« – »Was musstest du denn machen?« – »Hat die Kommission blöde Fragen gestellt?« – »Warst du sehr aufgeregt?« Die beiden Schwestern überschlugen sich mit ihren Fragen vor Begeisterung.

»Nun mal langsam, Kinder«, unterbrach ihre Mutter lachend all die Fragen. »May wird uns sicher gleich alles ausführlich erzählen, nicht wahr, May?«

»Ja, natürlich«, erwiderte sie, »aber erst mal brauche ich ganz dringend eine gute Tasse Tee und ein Biscuit.« Alice beeilte sich, ihrer Schwester einzuschenken. Und alsbald hatten sie in den schweren Chintz-Sesseln Platz genommen, die halbkreisförmig vor dem offenen Kamin, in dem natürlich jetzt im Juni kein Feuer brannte, angeordnet waren. Alle vier hielten nun ihre «cup of tea« in Händen und schlürften das Getränk genussvoll vor sich hin, gelegentlich mit einem kleinen Löffelchen darin rührend, während May mit ihrem ausführlichen Bericht begann.

May, die im August Neunzehn wurde, hatte vor drei Jahren in der Finchley Road, Hampstead, im kleinen Laden von Mrs Bennet eine Lehre als Putzmacherin begonnen. Mutter hatte sie auf die Idee gebracht, da ihre Tochter offensichtliche Schwächen für Hüte jeglicher Art zeigte. Schon als kleines Mädchen setzte sie sich liebend gerne alle möglichen Hüte der Mutter auf, um gemeinsam mit ihren Schwestern Hut-Modeschauen im Wohnzimmer zu veranstalten. Später begann sie, eigene Kreationen phantasievoll zu entwickeln. May liebte es, wenn ihre Freizeit es zuließ, sich am Tage der jährlichen »King`s Gardenparty« zum Buckingham Palast zu begeben, um den Scharen nobler Gäste zuzusehen, die aus allen Himmelsrichtungen kommend hierher strömten. Besonders staunte May dann über die unglaublich exotischen, zum Teil überdimensionalen Hüte der Ladies, die einander damit in den ausgefallensten Kreationen übertrumpften. Was mochten solche Hüte wohl kosten? Bei Mrs Bennet allerdings ging es wesentlich simpler zu, den Geldbeuteln des Mittelstandes und den Bedürfnissen des Alltags angemessen, mit anderen Worten: Exotische Kreationen gab es nur ganz selten, was May sehr bedauerte.

Für ihre Prüfung hatte sie der Kommission drei verschiedene Hutformen eigener Kreation vorlegen müssen. Tatsächlich bewies sie Mut, indem sie ein äußerst gewagtes, extravagantes Modell schuf, über das sie zuvor mit Mrs Bennet in Streit geriet, da diese den Entwurf ablehnte.

Aber May hatte sich durchgesetzt. Mrs Bennet war überzeugt, dass die Kommission das Modell ebenfalls ablehnen würde. Tatsächlich irrte sie gewaltig. Die Kommission war geradezu begeistert! Es handelte sich um einen großkrämpigen Hut in dunkelviolettem Farbton mit hellviolettem Rand und Netzschleier vor dem Gesicht der Trägerin. Die Krämpe war einseitig hochgeklappt, ähnlich den Hüten der westafrikanischen Kolonialfarmer. Auf der gegenüber liegenden Krämpe hatte May eine Gruppierung von diversen Beerenfrüchten angeordnet. Anstelle der üblichen Kopfrundung war der Hut oben scharfkantig abgeflacht. Wie der Vorsitzende der Kommission zum Schluss darlegte, hat dieser außergewöhnliche, hervorragend sauber gearbeitete Hut die Bestnote gebracht!

May war die zweitjüngste von acht Geschwistern, von denen leider drei schon ganz früh im Baby- oder Kleinkindalter verstarben. Nun lebten nur noch ihr Bruder, Fred Arthur, sowie die Schwestern Hettie, die älteste, Florence Rose, die alle nur «Flo» nannten, sowie Alice, die jüngste, die unter den Geschwistern neidlos als die Hübscheste angesehen wurde.

Mutter Henrietta stammte aus dem Städtchen Bradford-on-Avon, Grafschaft Somerset. Sie war eine tatkräftige und schlagfertige Frau mit dem Herzen am rechten Fleck, die die Familienzügel fest in der Hand hielt und kaum Widerspruch duldete. Sie war es gewohnt, beim Kochen in großen Portionen zu denken, sorgte aber stets dafür, dass ihre Töchter im Haushalt kräftig mithalfen. Die Aufgabenbereiche waren klar verteilt und wehe, jemand versuchte, sich trickreich zu drücken! Mutter durchschaute fast jede Finte und das darauf folgende Donnerwetter war bei allen sehr gefürchtet. Sie war anerkannter Maßen eine gestrenge, aber gerechte Frau, die »im Hause die Hosen anhatte«, wie man heute sagen würde.

Vater John Scoines dagegen war alles andere als autoritär, ein gutmütiges, liebenswürdiges Familienoberhaupt, von dem die Töchter sehr wohl wussten, wie sie ihn »um den Finger wickeln« konnten. Mutter hatte ihm oft genug vorgeworfen, den Wünschen der Kinder zu schnell nachzugeben, so dass es manches Mal zu Unstimmigkeiten zwischen den Eltern kam.

Der Vater war von Beruf selbstständiger Installateur und beschäftigte einen Gehilfen. John Scoines war im Londoner Stadtbezirk Chelsea geboren, also ein waschechter «Cockney», worauf er besonders stolz war. Dies war an seinem Dialekt unverkennbar.

Er genoss im Bezirk einen sehr guten Ruf als Installateur, nicht nur wegen seines handwerklichen Könnens, vielmehr auch deshalb, weil er zuverlässig arbeitete, die Kundschaft nicht »über den Tisch zog« und am liebsten die Abrechnung hinterher per Handschlag ohne schriftliche Rechnung erledigte.

Er hasste allen ‚Papierkram'. So war es ihm gelungen, zu einem gut mittelständischen Wohlstand zu gelangen und ein solides Reihenhaus in Shepherd`s Bush, London W 12, No.5 Richford Street, einer ruhigen Nebenstraße, zu kaufen. Das Haus war damals erst acht Jahre alt, im viktorianischen Klinkerstil erbaut und sowohl mit Basement, wie auch mit ausgebautem Dachgeschoss versehen, also reichlich groß genug für eine siebenköpfige Familie. Dazu gehörte ein kleiner, knapp dreihundert Quadratmeter großer Garten, rundherum – wie zumeist in England üblich – mit etwa einmeterachtzig hohen Sichtschutz-Elementen aus Holz umgeben. Alle Scoines-Kinder hatten in diesem Haus das Licht der Welt erblickt.

Für die Gartenpflege war grundsätzlich Sohn Fred Arthur zuständig, aber auch den Schwestern, außer Alice, machte es nichts aus, gelegentlich dem Bruder ein wenig zu helfen.

Im Basement hatte John sein Büro eingerichtet. Ein zweiter Raum diente als Lagerraum für kleinere Installations-Ersatzteile wie Schrauben, Muffen, Wasserkräne, Siffons etc.. Für die größeren Utensilien sowie für die Zurichtung und Bearbeitung der Materialien hatte er in der Nachbarschaft im Hinterhof einer Schmiede einen kleinen ehemaligen Kutschschuppen als Werkstatt angemietet. Im Jahre 1912 besaß er wie viele andere Handwerksbetriebe weder ein Pferdegespann noch eines der in Mode gekommenen benzingetriebenen Automobile, die viel zu teuer waren und furchtbar stanken. Er beförderte alle erforderlichen Geräte und Waren auf einem einachsigen großen Handkarren, den er gemeinsam mit seinem Gesellen hinter sich herzog.

John`s Arbeitstag belief sich in der Regel von neun Uhr morgens bis etwa sechs Uhr abends. Zum Frühstück bestand er grundsätzlich auf eine deftige Portion «bacon and eggs», nach Möglichkeit mit gebratenen Tomaten, was allerdings auch die übrigen Familienmitglieder nicht verschmähten. Mit der Zeit freilich begannen die Töchter mehr auf die Figur zu achten, so dass sie zunehmend Abstand nahmen von jenem kalorienreichen Morgengericht und sich besser auf eine Portion Cornflakes oder Wheetabix mit Magermilch beschränkten. Mutter versorgte ihren Gatten täglich mit einem deftigen Lunchpaket. Tee konnte er sich selber in der Werkstatt kochen. Trotz der täglich guten Kost war John keineswegs korpulent, sondern ein schlanker, gut aussehender, einmeterachtzig großer Mann. Sein volles Haupthaar und der stattliche Schnauzbart zeigten bereits kräftige Grautöne.

Nach Feierabend begab er sich keineswegs direkt nach Hause. Vielmehr kehrte er stets zunächst für etwa ein Stündchen in seiner Stammkneipe ein, «Graham's Pub just round the corner». Er genoss dort sein «pint of stout», ein großes, randvoll gefülltes Glas dunklen Bieres, und Schwätzchen mit Bekannten oder Handwerkskollegen.

Nach der Heimkehr unterzog John sich endlich einer gründlichen Reinigung, tauschte die Arbeits- gegen bequeme Feierabendkleidung und begab sich sodann ins Wohnzimmer. Dort nahm er in seinem Stammsessel seitlich des offenen Kamins Platz, um sich dem Genuss eines Zigarillos, «my little stomp», wie er es nannte, hinzugeben und dabei die Tageszeitung zu studieren.

Die Rollen waren klar verteilt: Mutter Henrietta war für die Hausarbeit und Erziehung der Kinder zuständig, Vater John für seinen Beruf als «Plumber» und somit für den finanziellen Lebensunterhalt.
Der Sonntag war den Eltern heilig. Zu Ostern und zu Weihnachten besuchten sie natürlich den Gottesdienst, ansonsten gingen sie selten zur Kirche. Sie gehörten zur Anglikanischen Konfession, wie die meisten Engländer.

Nach dem gemeinsamen Frühstück unternahm die Familie sonntags gerne einen Ausflug mit Picknick in einen der zahlreichen Londoner Parks, soweit es die Wetterlage zuließ. Nach Möglichkeit war das Ziel einmal im Jahr Windsor Castle, wo man mit einem kleinen Themseboot hin gelangte. Für die Eltern war es wichtig, sich gemeinsam mit den Kindern aus dem grauen Alltagstrott zu lösen und frische Luft zu tanken, denn die Londoner Luft war schlecht.

May's älteste Schwester Hettie war seit zwei Jahren mit Jim Bellingham verheiratet. Die beiden hatten eine zehn Monate alte Tochter, ebenfalls mit

Namen Hettie, und bewohnten ein kleines Apartment im Stadtteil Fulham. Florence Rose, die zweitälteste, hatte das Schneider-Handwerk erlernt und war mit einem schottischen jungen Mann namens Bert befreundet. May und Florence Rose hatten die Volksschule »General Secondary« absolviert und mit dem einfachen »O-Level« abgeschlossen. Lediglich die achtzehnjährige Alice, von allen als die Klügste angesehen, besuchte das Gymnasium «Grammar School« und hatte soeben dieses im A-Level mit hervorragendem Examen abgeschlossen. Nun begann sie eine Ausbildung zur Steuerberaterin.

May und Alice hatten bislang noch keine engere Beziehung zu einem »boyfriend« geknüpft.

Bruder Fred Arthur, jetzt fünfundzwanzig Jahre alt, war von Beruf Tischler, aber auch noch Junggeselle, und hatte zwischendurch zwei Jahre lang Militärdienst abgeleistet. Er sprach immer wieder davon, dass er eines Tages nach Amerika auswandern möchte.

Abgesehen von Hettie verlangte der Vater, dass seine drei verdienenden Kinder die Hälfte ihres Einkommens an die Familienkasse abzutreten hatten, solange sie noch im elterlichen Hause wohnten.

Schließlich gehörte seit rund acht Jahren eine prächtige schottische Border-Collie Hündin ebenfalls zur Familie, die auf den Namen ›Jackie‹ hörte, ein braves, gehorsames Tier.

Um zu Mrs Bennet`s Hutgeschäft in der Finchley Road zu gelangen, musste May mit dem Bus fahren, dabei einmal umsteigen. Mittags gab es eine Stunde Pause, während der sie gerne zum nahen Regent`s Park spazierte und dort den Inhalt des Lunchpaketes verzehrte, das sie am Morgen selber vorbereitet hatte. Sie kehrte gewöhnlich gegen sieben Uhr am Abend heim. Dann zog sie sich zumeist auf ihr Zimmer, das sie mit Florence Rose teilte, zurück, um sich dort in einem gemütlichen Sessel in ein spannendes Buch zu vertiefen, denn sie war eine Leseratte.

May und Florence Rose waren beide sehr modebewusst, ganz im Gegensatz zu Alice. Vor allem an Wochenenden verbrachten sie viele Stunden damit, aus Spaß modische Kleider zu nähen und sich chic zu kleiden. Immerhin hatte Florence Rose das Schneider-Handwerk erlernt und May schaute gerne ihrer Schwester über die Schulter. Die beiden verstanden sich ausgezeichnet.

»Weißt du, Flo«, sagte May, »auf die Dauer finde ich es langweilig, bei Mrs

Bennet immer die gleichartigen einfallslosen Hüte zu produzieren. Die Frau hat überhaupt keine Phantasie und lässt mir keinen Spielraum für eigene Kreationen.«

»Na ja, in der Gegend fehlt ja auch die entsprechende Kundschaft für extravagante Hüte«, erwiderte Florence Rose. »Extravaganz ist eben auch viel teurer. Und die Damen, die sich das leisten können, kaufen bei Harrod`s oder May`s in Regent Street. Die Geschäfte besitzen ja auch das Königliche Gütesiegel *'By Appointment to His oder Her Majesty'*, du weißt doch, May«.

»Okay, aber wer nicht bereit ist, mal was Neues zu kreieren, wird auch nie die Chance haben, sich einer breiteren Kundschaft zu öffnen. Man muss auch mal was riskieren, meinst du nicht, Flo?«

»Sicher, May, aber schau mal, Mrs Bennet ist ja auch nicht mehr die Jüngste. Sie hat mit ihrem unscheinbaren kleinen Laden ihr Ein- und Auskommen und ist damit zufrieden. Dann müsstest du schon dein eigenes Geschäft eröffnen, May.«

»Ja, das ist und bleibt wohl ein schöner Traum. Von dem bisschen, was ich verdiene und davon noch die Hälfte abgeben muss, werde ich mir nie einen eigenen Laden leisten können.«

»Eine andere Möglichkeit wäre allenfalls, wenn du dich um einen Job bei einem der renommierten Hutgeschäfte bewirbst. Du hast doch ein tolles, qualifiziertes Prüfungszertifikat. Vielleicht hättest du da ja Glück, May, und kannst dann bei Mrs Bennet kündigen.«

Dieser Gedanke beschäftigte May noch sehr lange. Ja, warum sollte sie einen solchen Versuch nicht mal unternehmen?

Kapitel 3

August 1912 – Köln

»Du musst dich beeilen, Nik, der Zug wartet nicht auf dich!« Der Vater, der sich eigens eine Stunde von der Arbeit freigenommen hatte, mahnte zur Eile. »Es ist höchste Zeit, der Zug geht in zwanzig Minuten.« Nik antwortete nicht darauf. Er hatte ja alles fertig beisammen. Es war nicht viel gewesen, was zu packen war. Sein Gepäck bestand aus einem kleinen alten Lederkoffer, den Vater ihm gegeben hatte, und einem mit Kordel verschnürten Pappkarton. Den Lodenmantel würde er über dem Arm tragen müssen. Der war für die kältere Jahreszeit gedacht. Jetzt, im August, war es natürlich dafür zu warm. Für die Reise trug er eine leichte, graue Sommerhose, ein gelbliches Oberhemd mit kurzen Ärmeln sowie gelöcherte hellbraune Schuhe. Auf eine Krawatte hatte er verzichtet, nicht jedoch auf das leichte beige Sommerjackett, weil das mehrere eingenähte Täschchen hatte, in die sich mancher Kleinkram verstauen ließ.

Bis zum Bahnhof war es nicht weit, nur etwa zehn Minuten Fußweg, wenn man forschen Schrittes ging. Seine Stiefmutter Maria wartete auch schon ganz ungeduldig im Flur. Aber Nik hatte etwas vergessen und war noch einmal schnell die Treppen hinauf geeilt. Es war sein kleines, mehrteiliges Klappmesser mit roter Bakelit Seitenverkleidung, eine einzigartige Neuerfindung, die ein fahrender Scherenschleifer auf dem Markt angeboten hatte. Es beherbergte noch weitere nützliche kleine Geräte, wie Schrauben-, Korkenzieher, Feile und ein kleineres Messer. Es war ein Geschenk seines Vaters zum letzten Weihnachtsfest gewesen. Nik brauchte nicht lange danach zu suchen. Er wusste, dass es in der Schublade der alten Kommode oben lag.

Endlich polterte er hastig die Treppe wieder herunter, um sich von Maria zu verabschieden. Sie konnte ein paar Tränen nicht unterdrücken und tupfte sie mit einem Küchentuch ab. Sie drückte Nik heftig an ihre Brust. »Mach`s jut, min Jung, und viel, viel Jlück!«, war ihr Wunsch. »Aber du weeßt ja, wennde in Köln nich zurechtkommst, dann kommste eenfach zurück. Un hier sin noch zwei dicke Butterbrote für dich, damitde unterwegs nich verhungerst.«

»Danke, Mutti, wird schon schiefgehen«. Mit diesen Worten ergriff er seinen Koffer und den Lodenmantel, in dessen Innentasche er hastig die in Pergamentpapier eingepackten Butterbrote verstaute. Vater hatte bereits den Pappkarton in der Hand. So verließen sie das Haus. Maria begleitete die beiden noch die wenigen Schritte die Bergstraße hinab bis zur Ecke Tränkstraße. Dort blieb sie zurück, mit dem Küchentuch winkend, bis die beiden außer Sicht waren.

Von seinen Brüdern hatte Nik sich schon am Vorabend verabschiedet, denn Bruder Johann konnte sich nicht von der Arbeit frei nehmen und die drei jüngeren Stiefbrüder waren zu dieser Morgenstunde natürlich in der Schule.

Die Abfahrt des Personenzuges über Prüm, Gerolstein, Euskirchen war für 10.3o Uhr angezeigt. Nik und sein Vater erreichten den neuen Kopfbahnhof etwa fünf Minuten zuvor. Vater kaufte am Schalter eine einfache Fahrkarte Vierter Klasse nach Köln und dann traten die beiden hinaus auf den Bahnsteig. Dort wartete bereits der Zug abfahrbereit. Die kleine schwarze Dampflok zischte gewaltig, reichlich viel Qualm und Dampf ausstoßend. Angehängt waren zwei braune Waggons Vierter und einer Dritter Klasse sowie ein dunkelgrüner Gepäckwagen, aus dessen geöffneter Schiebetür der Lademeister herausschaute.

Vater und Nik schoben zunächst die beiden Gepäckstücke durch eine der geöffneten Türen des Personenwagens, um sich dann auf dem Bahnsteig herzlich voneinander zu verabschieden. Nun konnten beide ihre Tränen nicht mehr unterdrücken. Sie empfanden diesen Abschied als sehr schmerzlich. Wann würden sie sich wiedersehen?

Nur wenige Schritte von ihnen entfernt stand der Bahnhofsvorsteher und wartete darauf, endlich die Kelle heben und mit der Trillerpfeife die Abfahrt des Zuges signalisieren zu können. Der recht korpulente Mann sah in seiner schicken, hellgrünen Uniformjacke mit den blanken goldenen Knöpfen und stilisiertem Flügelrad am Kragen, mit einem goldglänzenden breiten Gürtel und der roten Dienstmütze aus wie ein leibhaftiger General, dem nur die Orden auf der stolz geschwellten Brust fehlten. Markant war allerdings auch sein mächtiger weißer Bart, der ihm eine gewisse Würde verlieh.

»Einsteigen bitte und die Türen schließen!« brüllte er aus Leibeskräften.

Nik folgte gehorsam seinem Befehl, knallte die Tür kräftig hinter sich zu, um sodann das kleine Türfensterchen mit dem hellen Holzrahmen hinunter zu drücken. Einige andere Fahrgäste taten desgleichen.

Da erscholl auch schon der grelle Pfiff des Bahnhofsvorstehers, der sogleich mit einem tieferen Pfeifton von der Lokomotive erwidert wurde. Das weißrote Löffelsignal am Ende des Bahnsteigs war schräg nach oben hochgestellt und gab damit die Ausfahrt frei. Zugleich erscholl ebenfalls das fröhliche Gebimmel einer kleinen Glocke vorne am Kessel der Lok.

Vater und Sohn reichten sich durch das Fensterchen nochmals die Hand.

»Tschüs, Vater«, rief Nik hinaus, »und bleibt alle gesund!« – »Klar, min Jung, du auch«, antwortete sein Vater, »und schreib bald, ob du gut angekommen bist.« – »Mach ich«, waren Niks letzte Worte, als sich der Zug langsam in Bewegung setzte.

Auf dem Bahnsteig blieben der Vater und noch mehrere andere Leute, die ebenfalls Zugpassagiere verabschiedet hatten, winkend zurück sowie der stolze »Bahnhofsgeneral«. Auch Nik zückte nun ein Taschentuch und winkte aus dem Fenster hinaus. Die Lokomotive entwickelte aber zusehends immer mehr Dampf, so dass bald die zurück bleibenden, immer kleiner werdenden Menschen außer Sicht gerieten.

Nun war es an der Zeit, dass Nik sich ins Innere begab und einen Abteilplatz suchte, was kein Problem darstellte, denn außer ihm reisten nur etwa zehn weitere Fahrgäste in diesem Waggon. Er hievte Koffer und Karton hinauf ins Gepäcknetz, wobei er fast das Gleichgewicht verlor, weil der Zug mächtig rumpelte und gerade in eine Kurve einbog. Dann befestigte er den Lodenmantel an einem Haken in der Fensterecke, denn Nik hatte hier in Fahrtrichtung einen guten Platz mit Aussicht gewählt.

Als die letzten Häuser Neuerburgs verschwanden, ließ sich Nik endlich auf der harten Holzbank nieder. Neben ihm und auch gegenüber blieben die Plätze unbesetzt. Nur auf der anderen Fensterseite saß ein junges Pärchen, das einen kleinen braunen Dackel an der Leine hielt. Der Hund hatte offensichtlich Angst, denn er durfte auf dem Schoß des Mannes sitzen, der ihn unaufhörlich streichelte und ihm beruhigend zuredete.

Trotz mehrerer einen Spalt breit geöffneter Fenster war es stickig im Waggon, denn der Zug hatte wohl eine Weile in praller Sonne im Bahnhof gestanden. Zudem zündeten sich soeben zwei oder drei Reisende Zigaretten oder Pfeifen an, so dass in anderen Abteilen teils kräftige Rauchschwaden empor stiegen.

Nik indes beschränkte sich darauf, zum Fenster hinaus zu schauen. Er beobachtete, wie die hügelige Eifeler Landschaft vorüber zog. Er fand es lustig, wie die Telegraphenleitung, die sich neben der Eisenbahnstrecke an Holzmasten hängend, kurvenartig auf und ab zu bewegen schien, während der Zug dahin ratterte. An jedem einzelnen Mast war die Leitung oben an einer Isolierkapsel aus Porzellan befestigt, die golden in der Sonne blinkte. Es hatte den Anschein, als sendeten die Kapseln lustige Morsesignale an die

Reisenden. Ab und zu zogen weiße Dampfschwaden von der Lok am Fenster vorüber, den Blick kurzzeitig vernebelnd.

Es dauerte nicht lange, da erschien der Schaffner, ebenfalls in feiner, allerdings dunkelblauer Uniform, mit schräg über Brust und Rücken verlaufendem knallroten Ledergurt, aber nicht ganz so generalsmäßg aussehend wie der Bahnhofsvorsteher, um die Fahrkarten zu kontrollieren. Nik holte seine kleine braune, aus hartem Karton bestehende Karte hervor. Der Schaffner zückte eine blanke silberne Zange, um ein Loch hinein zu knipsen.

»Werden wir wohl pünktlich in Köln sein?« erkundigte sich Nik.

»Das will ich doch meinen«, erwiderte der Schaffner, »planmäßige Ankunft Zwölf-Uhr-Vierzig.«

»Prima, dankeschön«, kam Niks Antwort, als der Schaffner sich dem Pärchen auf der anderen Seite zuwandte.

Nun hatte Nik endlich Zeit, seinen Gedanken nachzuhängen, während er weiterhin zum Fenster hinausschaute.

Was würde ihn wohl in Köln erwarten? Er spürte jetzt erst, wie aufgeregt er doch war, zudem ein Gefühl zwischen tiefer Traurigkeit, seine geliebte Heimat mit Elternhaus, vertrauter Umgebung und alten Freunden verlassen zu müssen, und froher, spannender Erwartung des Neuen, das da kommen würde, vermischt aber auch mit einem gewissen Maß an Skepsis und Unsicherheit.

Nik hatte das Angebot seines bisherigen Arbeitgebers, Herrn Wolters, angenommen, sich mit dessen Bruder in Köln in Verbindung zu setzen, damit jener sich für ihn auf der Suche nach einer Arbeitsstelle verwenden möge. Herr Wolters hatte Wort gehalten. Sein Bruder, der dort bei der Stadtverwaltung tätig war, hatte alsbald telegraphiert, dass eines der besten Hotels in Köln, Kaiserhof am Dom, dringend einen Hotelpagen suchte. Zwar gäbe es auch einige Kellnergesuche von mehr oder weniger attraktiven Kneipen, doch er würde die Pagenstelle im Hotel Kaiserhof sehr empfehlen.

Nik hatte sich Zeit gelassen und den Juli damit zugebracht, den hauseigenen Garten am Berghang auf Vordermann zu bringen sowie etliche kleinere Reparaturen im Haus zu erledigen. Zwischendurch hatte er mit Freunden eine mehrtägige Wanderung nach Echternach und Luxemburg unternommen und dabei gezeltet. Er hatte wiederholt alles mit seinen Freunden, Eltern und Bruder Johann besprochen. Sie alle waren der Meinung, dass Nik es mit dem Kölner Hotel Kaiserhof versuchen sollte. »Vielleicht ist es ja ein Glückstreffer.« – »Da ist doch kaum ein Risiko dabei.« – »Was haste schon zu verlieren?« – »Wenn`s schief geht, kommste heim.« – »Vielleicht wirste in Köln noch ein reicher Mann!« – »Denk mal, in sonem Nobelhotel gibt`s bestimmt reichlich Trinkgeld von reichen Gästen!« – »Und `ne Bude kriegste gleich mitgeliefert!« So oder ähnlich lauteten die verschiedensten Meinungen. Ja, dachte Nik, was hab` ich schon zu verlieren? Ich bin doch auch erst 24! Er hatte zwar erfahren, dass der Wochenlohn im Kaiserhof nicht gerade üppig sei für einen Pagen, das Trinkgeld aber umso besser. Das Tollste aber wäre, dass er Kost und Logis im Hotel frei hätte. Für einen Teil des Personals stünden ganz oben unter dem Dach Gemeinschaftskammern zur Verfügung! Zunächst reiste er mit seinem gesamten ersparten Lohn im Geldbeutel, den er an einer dicken Kordel um den Hals hängend unter seinem Oberhemd trug. Es waren etwa dreihundert Reichsmark! Das war sehr viel Geld. Vater hatte ihn gemahnt: »Pass nur ja auf dein Geld auf, dass es keiner klaut. Am besten, du eröffnest in Köln bei `ner Bank ein Konto und zahlst es ein. Das bringt dann auch Zinsen und niemand kann es stehlen.« Ja, das würde Nik vielleicht schon morgen erledigen.

Der Zug war ein »Bummelzug«. Er hielt fast an jedem winzigen Dorf, wo nach und nach immer mehr Reisende zustiegen, zum Teil mit großem Gepäck. Bauern, Bäuerinnen waren darunter mit Körben voller Obst, Gemüse und Eiern, ja sogar mit Hühnern und schnatternden Gänsen in Weidenkörben. Nik vermutete, dass sie wohl nach Euskirchen zum Markt wollten.

Nach etwa fünfzig Minuten wurde die Landschaft flacher und alsbald erreichte der Zug Euskirchen, wo die meisten Fahrgäste ausstiegen, ebenso die Bauern mit ihren Waren, so dass die Luft im Abteil rasch angenehmer wurde. Nun jedoch stiegen neue Reisende zu, die allerdings wesentlich städtischer aussahen. Unter ihnen waren nicht nur junge, wohl gekleidete Herren, sondern ebenso vornehme Damen in eleganten, farbenfrohen Kleidern und schmucken Hüten.

Bei der Annäherung an die Domstadt bemerkte Nik, dass Besiedlung sowie industrielle Bebauung mit zahlreichen Schornsteinen plötzlich rasch zunahmen. Der Zug fuhr aber weiterhin mit unverminderter Geschwindigkeit. Außerdem verlief die Bahntrasse jetzt viel höher als zuvor, über unzählige Straßenbrücken und man konnte in die Häuserfenster der ersten Stockwerke blicken. Endlich wurde die Fahrt langsamer, die Schienenstränge breiter und zahlreicher. Die Waggons rumpelten über viele Weichen, bis der Zug schließlich im Hauptbahnhof einlief. Nik hatte sein Ziel erreicht.

Er ließ die anderen Leute erst aussteigen, bevor er seinen Koffer und den Karton aus dem Gepäcknetz nahm. Er überlegte kurz, ob er nicht vielleicht doch den Lodenmantel anziehen sollte, entschied sich aber dann, selbigen über den Arm zu legen, was allerdings auch lästig war.

Als er auf den Bahnsteig trat, holte Nik erst einmal tief Luft, die hier ganz anders roch als in Neuerburg. Ihn überraschte aber der enorme Geräuschpegel in diesem riesigen Bahnhof mit seiner gewaltigen gewölbten Dachkonstruktion aus Eisenträgern und Glas. Er stellte fest, dass sein Zug auf Gleis Acht eingefahren war. Wie viele Gleise mochte es hier wohl geben? Das Stimmengewirr unzähliger Personen sowie ständige Lautsprecherdurchsagen irritierten Nik sehr.

Und plötzlich befand er sich inmitten einer Menschenmenge, die dicht gedrängt einem Ausgang zuströmte. Aber dieser Ausgang war zunächst ein Treppenabgang, auf dem Nik achtgeben musste, dass er bei dem Gedränge nicht stolperte.

Unten angekommen fand er sich in einem ziemlich dunklen Quergang wieder, an dessen beiden Enden helles Tageslicht schien. In welche Richtung sollte er sich wenden, nach links oder nach rechts?

Die meisten Leute bogen nach rechts ab und Nik beschloss, diesen zu folgen. Er erreichte eine große Vorhalle, wo es zwei Gruppen von Kontrollsperren gab. Links waren die des Ein-, rechts die des Ausganges. In mehreren kleinen Häuschen saßen uniformierte Bahnbedienstete, die die Fahrkarten kontrollierten und einsammelten. Auch Nik musste seine abgeben.

Er durchschritt die lärmige Vorhalle mit der riesigen Uhr und trat hinaus ins Freie, wobei er mehrmals von vorbei hastenden Menschen angerempelt, einmal beinahe umgestoßen wurde, so dass ihm Karton und Lodenmantel zu Boden fielen, ohne dass sich je einer von ihnen entschuldigt hätte. Nik konnte sich nicht erinnern, jemals solche Menschenmassen gesehen zu haben. Auf dem Vorplatz herrschte hektisches Treiben. Schwarz lackierte Benzindroschken, die man an schwarz-weißen Karostreifen erkennen konnte, die rundherum jedes Fahrzeug verzierten, hielten kurz an, um alsbald wieder davon zu fahren. Fahrgäste stiegen aus und ein. Mehrere Elektrische mit verschiedenen Nummern ratterten bimmelnd und in den Kurven scheußlich quietschend über ihre Gleise zu den Haltestellen, um wartende Fahrgäste aufzunehmen. Ihre Fahrer, ähnlich den Bahnschaffnern uniformiert, standen gegen Wind und Wetter ziemlich ungeschützt auf der vorderen offenen Plattform eines jeden Waggons.

Und es gab doch immerhin auch noch vier oder fünf Pferdekutschen, die zu dem argen Verkehrschaos beizusteuern schienen. Zwei Polizisten bemühten sich, den Verkehr einigermaßen zu regeln. Sie trugen blaue Uniformjacken mit braunen Ledergürteln, von denen einer schräg über Brust und Rücken verlief, sowie Reithosen in schwarzen Schaftstiefeln. Natürlich gehörte die obligatorische schwarze Pickelhaube mit goldglänzender Spitze dazu, wie sie auch der einzige Gendarm Neuerburgs trug. Zeitungsverkäufer und Männer mit Bauchladen priesen lauthals schreiend ihre Waren an. Rechter Hand entdeckte Nik eine herrlich duftende Bude, über der zu lesen war »*Jupp's leckere Riefkoche*«. Auch davor befanden sich etliche Leute, die stehend eine Portion Reibekuchen zu verzehren schienen. Einer der Zeitungsverkäufer brüllte: »Kriegsgefahr auf dem Balkan! – Extrablatt!«

Wen interessiert denn das, dachte Nik. Der Balkan ist so weit weg und das Deutsche Reich hat doch sowieso nichts damit zu tun.

Nachdem Nik all diese ersten Eindrücke in sich aufgenommen hatte, war ihm fast schwindelig geworden.

Und dann sah er ihn: den gewaltigen Kölner Dom mit seinem dunklen Gemäuer linker Hand. Wie versteinert stand Nik da, mit geöffnetem Mund staunend zu dem imposanten Koloss hinaufblickend. Er versuchte, die gesamte Größe des Domes zu erfassen, insbesondere die Höhe der Türme, und konnte minutenlang den Blick nicht abwenden. Plötzlich nahm er den Lärm und das Treiben um ihn herum gar nicht mehr wahr. Diese Kirche faszinierte ihn über die Maßen. Solch ein Bauwerk konnte es unmöglich auf der ganzen Welt noch einmal geben, dachte er.

Nik hatte keine Ahnung, wie lange er so da gestanden haben mochte, in stille Betrachtungen verfallen.

Wie ein aus dem Koma Erwachender belebten sich endlich wieder seine Lebensgeister und er fand zurück in das Gewühle rings um ihn herum. Allerdings spürte er nun eine tiefe Ehrfurcht vor dem Gewaltigsten, das er je gesehen hatte, und empfand sich hier unten, auf dem Bahnhofsvorplatz, so winzig klein wie eine Ameise. Endlich sammelte Nik wieder seine Gedanken und konzentrierte sich.

Wie finde ich denn nun zum Hotel Kaiserhof, dachte er. Ach ja, da war doch noch der Zusatz »am Dom«. Von seinem Standpunkt aus auf dem Bahnhofsvorplatz war es nicht zu entdecken. Wenn ich also einmal den Dom umrunde, dann müsste ich doch wohl das Hotel finden, war seine Überlegung.

Also setzte er sich in Bewegung und bog nach rechts ab. Auf dem Straßenschild las er den lustigen Namen »Unter Fettenhennen« und konnte ein Grinsen nicht unterdrücken. Nik überquerte den Platz vor dem Haupteingang des Domes und war nur wenige Schritte gelaufen, als ihm vor einem mächtigen Gebäude ein Mann auffiel, der eine prächtige graue, goldbetresste Uniformjacke und eine Schirmmütze trug. Dieser sprang gerade zu einer haltenden Droschke und riss deren hintere Tür auf, so dass eine feine Dame aussteigen konnte.

Sie verschwand sogleich durch ein weit geöffnetes Portal, das beidseitig von oben spitz zulaufenden Buchsbäumen in großen Kübeln geschmückt wurde. Nun bemerkte er auf dem Boden des Portals einen roten Teppichläufer, der sogar ein gutes Stück weit bis auf den Bürgersteig reichte. Was mochte das wohl für ein Haus sein, dachte Nik. Er schaute hoch und erblickte über dem Portal ein halbrundes flaches Vordach zum Schutz vor Wind und Wetter. Darauf las er den Schriftzug in großen goldenen Lettern: »Hotel Kaiserhof«!

Nik war überrascht. Er hatte nicht gedacht, dass er das Hotel so schnell finden würde. Er blieb einen Augenblick stehen, weil er plötzlich spürte, wie Angstschweiß bei ihm ausbrach. Sollte er da so einfach hineingehen mit seinem Köfferchen und Karton? Na sicher doch, dachte er, deshalb bin ich schließlich hier!

Er nahm all seinen Mut zusammen und ging auf das Portal zu. Der Mann in der feinen Uniform war inzwischen von der Droschke zurückgetreten und hatte Position vor dem Portal bezogen. Das ist sicher der Portier oder sowas Ähnliches, dachte Nik.

Er näherte sich nun dem Portal, um einzutreten, da stellte sich der Portier ihm jedoch in den Weg. »Hallo, junger Mann, wo wollen Sie denn hin?« fragte er.

»Also,- ja, - wissen Sie«, stammelte Nik vor Aufregung, »ich – äh – ich soll hier eine Arbeitsstelle bekommen.«

»Aha«, kam die Antwort des Portiers, der Nik von oben bis unten musterte. »Na, dann kommen Sie mal mit! Wie ist denn ihr Name?« Nik nannte ihm den.

Der Portier ging Nik voran, der brav hinter ihm her trottete. Sie durchschritten einen riesigen Empfangsraum, an dessen hinteren Seiten sich breite Treppen befanden, rechts die führte nach oben, links die nach unten. Der Portier geleitete Nik zum Empfangstresen, hinter dem eine junge Dame und ein älterer Herr standen. Die junge Dame trug eine blendend weiße, am Hals hoch geschlossene Bluse mit einer dunkelblauen Halsschleife. Sie unterhielt sich gerade mit zwei Herrschaften, die offensichtlich Hausgäste waren.

»Herr Berger, hier ist ein junger Mann, der behauptet, bei uns eine Arbeitsstelle antreten zu wollen«, sagte der Portier zum Herrn im dunklen Anzug mit Vatermörder hinter dem Tresen.

»Ach ja, Herr Kemen?« hörte Nik den Herrn zu seiner Überraschung sagen.

»Ganz recht, Nikolaus Kemen, guten Tag«, antwortete er.

»Ja, ja, Sie wurden uns schon angekündigt.« Und an den Portier gewandt: »Danke, Franz, ist in Ordnung, Sie können wieder gehen.« Der Angesprochene nickte kurz, um sich wieder zum Portal zurück zu begeben.

Und zu Nik: »Ich werde jemanden rufen, der Sie zum Chef hinauf führt. Nehmen Sie ruhig mal so lange dort am Tischchen Platz«, wobei er zu einer Sitzgruppe linker Hand wies. »Ihr Gepäck können Sie aber zwischenzeitlich hier hinter dem Tresen absetzen. Kommen Sie damit mal hier herum.«

Nik befolgte Herrn Bergers Anweisungen, um sich anschließend an besagtem Tischchen in einem bequemen, schweren Ledersessel niederzulassen. Er beobachtete, wie Herr Berger, der also wohl der Empfangschef war, zum Telefonhörer griff und alsbald mit jemandem redete.

Jetzt hatte er Zeit, sich das geräumige Hotelfoyer genauer anzusehen. Hier herrschte zweifellos eine vornehme, gediegene Atmosphäre. Ständig durchquerten offensichtliche Hausgäste die Halle, einige traten an den Tresen, um Zimmerschlüssel abzugeben oder in Empfang zu nehmen. Wieder andere saßen wie Nik wartend oder Zeitung lesend an anderen kleinen Tischgruppen. Eine schwarz gekleidete Kellnerin mit zierlichem weißen Schürzchen und

Kopfhäubchen brachte soeben Getränke an einen der Tische. Viel anders war es in seinem Neuerburger Hotel Wolters auch nicht gewesen, aber hier erschien Nik alles eben erheblich größer und edler. Hier gingen eindeutig sehr reiche Leute von Welt ein und aus.

Inmitten des hinteren Bereiches, zwischen den bereits erwähnten Treppen, bemerkte Nik den halboffenen Aufzug, das heißt, es handelte sich dabei um ein Eisengittergeflecht, das den Schacht umschloss, in dem der auf- oder abgleitende Aufzug zu verfolgen war. Es gab einen Aufzugführer, der ebenfalls eine uniformähnliche Bekleidung trug. Wenn er Parterre erreichte, schob er eine Gittertür zur Seite, um seine Passagiere aus- oder einsteigen zu lassen, wobei er sich jedes Mal leicht verbeugte.

Über der Aufzugtür war eine große runde Uhr mit Messingfassung und römischen Ziffern in das Eisengeflecht eingearbeitet. Sie zeigte gerade 13.22 Uhr an.

Die Wände des Foyers waren offenbar mit schweren Brokattapeten beklebt, oben, unter der Decke, mit breiten goldfarbenen Zierleisten abgesetzt. An den Wänden hingen mehrere große Ölgemälde in schweren Goldrahmen, vorwiegend Stilleben. Zwischen den Bildern befanden sich mehrere zweiarmige Lämpchen mit kleinen Schirmchen darüber, was dem Raum zusätzlich einen gemütlichen Charakter verlieh. In den Ecken des Foyers standen prächtige Blumensträuße in riesigen chinesischen Porzellanvasen. Besonders auffällig war der große offene Kamin inmitten der linken Wand, der natürlich zu dieser Jahreszeit nicht befeuert wurde. Über dem Kamin hing ein weiteres Gemälde, und zwar das Porträt des Kaisers ohne Kopfbedeckung. Hauptsächlich wurde das Foyer von einem imposanten, schweren Kronleuchter mit unzähligen elektrischen Kerzen erhellt, der von der Deckenmitte des Raumes herabhing.

Innen, neben dem Eingang, stand ein Page, dessen Alter Nik auf etwa siebzehn oder achtzehn Jahre schätzte. Er trug ein hellrotes, knapp geschnittenes Jackett mit Goldtressen und Stehkragen über einer schwarzen Hose, blank glänzende Schuhe, hellrotes kleines rundes Käppi mit Goldrand und – weiße Handschuhe! Offensichtlich wartete der darauf, einem Gast eine Gefälligkeit erweisen zu dürfen.

Wenige Minuten später, Nik hatte nicht mehr auf die Uhr geschaut, stand plötzlich ein zweiter, völlig gleich gekleideter junger Page vor ihm: »Guten Tag, ich bin der Karl, ich soll Sie rauf zu Herrn Wienands bringen.«

»Ja, danke, mein Name ist Nik Kemen«, erwiderte er und erhob sich. »Wer ist Herr Wienands?«

»Das ist der Chef, unser Direktor« erläuterte Karl. »Bitte folgen Sie mir!«

Ohne jeden weiteren Wortwechsel geleitete Karl seinen zukünftigen Kollegen die breite Treppe, offensichtlich aus Marmor, hinauf in den ersten Stock zu einer Tür am Ende eines langen Flures. Auch hier hingen an den Wänden zahlreiche Gemälde mit kleinen, zweiarmigen, rosafarbenen Schirmlämpchen dazwischen. Der Boden war mit einem, wie es schien, unendlichen roten Veloursteppich ausgelegt, durch den ihre Schritte völlig gedämpft wurden.

An der letzten Tür klopfte Karl und öffnete, als von innen ein deutliches »Ja, bitte« zu hören war.

»Guten Tag, Herr Wienands, hier ist Herr Kemen.«

»Ja, danke, Karl, Sie können wieder gehen!«

Während er Karl die Treppe hinauf zu Herrn Wienands Büro gefolgt war, hatte er rasch überlegt, wie er den Direktor wohl anreden sollte.

Nun trat Nik mit dem Gruß ein: »Guten Tag, Herr Direktor Wienands.« Es roch nach Zigarre.

»Guten Tag, Herr Kemen, treten Sie näher«. Nik befolgte die Anweisung etwas zögerlich und trat an den gewaltigen Mahagoni-Schreibtisch heran, hinter dem der Chef in einem schweren, dunkelbraunen Ledersessel saß. Herr Wienands war ein Mann von eher schlanker Gestalt, soweit Nik erkennen konnte, Mitte Vierzig, mit vollem, leicht ergrautem Haar.

Er hatte weder Schnauz- noch Vollbart, aber einen Brillenkneifer auf der Nase, der leicht schief saß. Er rauchte genussvoll eine dicke Brasil, sich im Sessel zurücklehnend und ab und zu eine kräftige blaue Wolke ausstoßend. Nik empfand den Duft der Zigarre als sehr angenehm. Nun musterte er einige Sekunden lang den Ankömmling über den Rand seiner Brille hinweg und Nik schien es wie eine Ewigkeit, bis er weitersprach:

»Also, ich hatte Sie mir etwas größer vorgestellt. Haben Sie gedient?«

»Leider nein, Herr Direktor. Wurde für zu klein empfunden. KV Vier.«

»Na ja, macht nichts, macht nichts. Hatten Sie eine gute Reise?«

»Ja, danke.« - »Nun nehmen Sie mal Platz«, dabei deutete Herr Wienands auf den hölzernen Lehnstuhl vor seinem Schreibtisch, »und erzählen Sie mir mal ausführlich, was Sie gelernt und bisher beruflich gemacht haben.«

Nik, der vor Aufregung einen ziemlichen Schweißausbruch verspürte, setzte sich und berichtete dem Wunsch des Chefs entsprechend. Herr Wienands hörte aufmerksam zu, ohne Nik zu unterbrechen, zwischendurch aber immer mal wieder eine blaue Rauchwolke ausstoßend. Im Verlaufe seines Berichtes wurde Nik kontinuierlich ruhiger.

Nachdem er geendet hatte, räusperte sich Herr Wienands: »Sie haben doch sicher Papiere, Zeugnisse und so weiter dabei. Die möchte ich gerne sehen.«

»Gewiss, Herr Direktor«, kam Niks Antwort. »Die habe ich unten in meinem Koffer. Herr Berger meinte, ich sollte mein Gepäck erst mal hinter dem Empfangstresen abstellen. Ich werde den Koffer eben holen.«

»Nein, lassen Sie mal. Das kann einer der Pagen erledigen.« Dabei griff Herr Wienands nach dem Telefon und gab seine Order durch.

»Sagen Sie mal, Herr Kemen, Sie müssen doch nach der langen Reise richtig Hunger haben, oder?« erkundigte er sich.

»Ja, sicher. Aber Sie können mich einfach Nik nennen, Herr Direktor, alle nennen mich so.«

»Also gut, Nik, unten im Souterrain befindet sich der Speiseraum für unser Personal. Wie wär's mit einem deftigen Zigeunerschnitzel?« - »Das wär fabelhaft«, antwortete Nik. Und schon hatte Herr Wienands erneut den Telefonhörer ergriffen und verständigte die Hotelküche.

»Die machen was für Sie fertig.« - Nik bedankte sich und im nächsten Augenblick klopfte es an der Bürotür. Karl trat mit Niks Gepäckstücken ein, die er neben ihm auf dem Boden absetzte. Nur der Mantel fehlte.

»Vielen Dank«, sagte Nik, nahm sogleich den Koffer auf seine Knie, öffnete ihn, entnahm einen Umschlag mit den geforderten Schriftstücken und reichte diese Herrn Wienands über den Schreibtisch. Herrn Wolters hervorragendes Zeugnis befand sich auch darunter.

Der Direktor studierte sie minutenlang aufmerksam, ohne ein Wort zu sagen.

Endlich räusperte sich der Direktor wieder, legte Niks Papiere zur Seite und meinte: »Na schön, Nik, Ihre Zeugnisse sind ja ausgezeichnet. Ich kann mir vorstellen, dass sie sich bei uns wohlfühlen werden, auch wenn hier gewiss manches ganz anders gehandhabt wird als Sie es gewohnt sind.

Entscheidend sind bei uns Fleiß, Zuverlässigkeit und Ehrlichkeit. Aber ich glaube, das brauche ich ihnen eigentlich nicht zu erklären. Ich habe einen guten ersten Eindruck von ihnen gewonnen. Das soll für heute mal reichen. Wenn Sie einverstanden sind, nehme ich Ihre Papiere in Verwahrung.«

Natürlich war Nik einverstanden und so fuhr Herr Wienands fort: »Haben Sie in Köln eine Unterkunft?«

»Bis jetzt noch nicht«, antwortete Nik, »ich bin doch vom Bahnhof aus direkt hierher gekommen.«

»Ich kann Ihnen die Personalunterkunft im Hause anbieten. Ganz oben im Dachgeschoss gibt es Zweibett-Zimmer. In einem ist noch ein Bett frei. Dort können Sie kostenfrei logieren, wenn Sie wollen. Sie müssen sich das Zimmer allerdings mit Karl teilen, den Sie ja schon kennengelernt haben.«

»Ja, das Angebot nehme ich gerne an, vielen Dank«, erwiderte Nik.

»Gut, aber ich brauche Sie wohl nicht darauf hinzuweisen, dass Sie sich tunlichst von den Zimmern des weiblichen Personals fern zu halten haben?«

»Natürlich, aber wann soll ich denn meinen Dienst aufnehmen?«, wollte Nik wissen.

»Nun, heute ist Dienstag.« Der Direktor überlegte einen kurzen Augenblick, um dann fortzufahren: »Am kommenden Montag nehmen Sie Ihren Dienst auf, dann beginnt auch Ihre Lohnzahlung. Zweiundzwanzig Mark die Woche. Dazu erhalten Sie kostenfreie Verpflegung und Nutzung der Hauswäscherei. Trinkgelder brauchen Sie nicht abzurechnen. Einverstanden?«

Nik war einverstanden. In Anbetracht der hausinternen kostenlosen Zusatzleistungen war der Lohn ausgezeichnet. Er hätte laut jubeln mögen vor Freude.

»Sie haben dann die kommenden Tage Zeit genug, sich einzugewöhnen. Sie müssen aber auch noch zum Meldeamt und eine Steuerkarte besorgen«, ergänzte der Chef. »Übrigens, der Herr Wolters vom Liegenschaftsamt, der Sie mir empfohlen hatte, der stammt doch auch aus Neuerburg, nicht wahr?«

»Ganz recht. Er ist der Bruder meines bisherigen Chefs, der das Hotel Wolters in Neuerburg führt.«

»Aha. Ich will hoffen, dass sich seine Empfehlung rentiert.«

»Ganz gewiss, Herr Direktor«, beeilte sich Nik zu sagen.

»Übrigens, fast hätte ich es vergessen: Sie haben natürlich sechs Monate Probezeit hier, während der ich Ihnen fristlos kündigen kann, wenn etwas schiefläuft. Verstanden?«

»Verstanden«, echote Nik.

In diesem Moment klingelte das Telefon auf dem Schreibtisch. Herr Wienands nahm den Hörer auf, lauschte, um sodann zu sagen: »Schicken Sie die Herrschaften herauf!« Dann legte er den Hörer wieder auf die Gabel.

»So, Nik, wir sind uns also soweit einig. Den Vertrag mache ich bis morgen fertig. Ich werde dem Karl sagen, dass er sich in erster Zeit besonders um Sie kümmern und Ihnen alles zeigen soll. Kommen Sie doch morgen« – er blickte auf seinen Terminkalender – »sagen wir – um halb zehn noch einmal zu mir ins Büro. Dann besprechen wir den Rest und wenn Sie noch Fragen haben. Und noch eines: Wenn Sie sich hier im Hause bewegen, binden Sie bitte eine Krawatte um. Nun aber erst mal ab nach unten zum Essenfassen. Die warten wohl dort schon auf Sie.«

»Wunderbar und vielen Dank, Herr Direktor.« Damit erhob Nik sich, ergriff sein Gepäck und verließ, nicht ohne höfliche Verbeugung, den Raum. Auf dem Flur, vor der Tür stieß er beinahe mit einem älteren Ehepaar zusammen, das nun zu Herrn Wienands eintreten wollte.

»Oh, Verzeihung!« stammelte er.

Nik begab sich auf dem gleichen Weg, wie er mit Karl gekommen war, wieder nach unten. Sollte er sofort ganz ins Untergeschoss gehen und die Personalkantine suchen? Besser, ich frage nochmal bei Herrn Berger am Empfang nach, dachte er. Außerdem schleppe ich noch immer mein lästiges Gepäck umher.

Am Empfangstresen erklärte er Herrn Berger in wenigen Worten, was er mit Herrn Wienands besprochen hatte. Karl stand zufällig in der Nähe und hörte alles mit. Er bot sich an, Nik zur Kantine zu begleiten, was Herr Berger billigte. Nochmals durfte Nik sein Gepäck hinter dem Tresen abstellen.

Auf dem Weg nach unten erfuhr Karl von Nik weitere Einzelheiten und dass er der neue Zimmerpartner sein würde. Da er offensichtlich der Ältere war, bot er Karl sogleich das »Du« an: »Alle nennen mich einfach Nik«, sagte er. Obwohl Karl bislang selber kaum etwas von sich gegeben hatte, schien ihm dieser ganz sympathisch. Nik war erleichtert, als Karl meinte: »Wir werden schon mit einander klar kommen.«

Im Souterrain, am Anfang des Korridors, in den die beiden eingebogen waren, las Nik auf einer Messingtafel: »Zutritt nur für Personal«. Hier herrschte eine völlig andere Atmosphäre. Der Korridor war nüchtern weiß getüncht mit Spuren von Kratzern und Flecken an den Wänden, der Boden mit hellbraunen Fliesen ausgelegt, von denen schon einige gesprungen waren. In zwei Nischen standen mehrstöckige Rolltische, Eimer und Kübel herum. Die Beleuchtung kam von einfachen, gegitterten Industrieleuchten an den Decken. Es roch nach Essen.

Endlich erreichten sie einen abzweigenden Nebenflur, der sich türlos zur Kantine öffnete. Hier standen mehrere stämmige, nackte Holztische mit einfachen Küchenstühlen. Es war ein nüchterner, schmuckloser Raum. Zusätzlich zu den gleichartigen Deckenlampen wie im Flur gab es hier allerdings Tageslicht durch zwei relativ große, geöffnete Kellerfenster an einer Seite, ziemlich hoch unter der Decke. Sie waren wohl zur Hälfte auf Bürgersteighöhe angebracht, außen vergittert. Nik vermutete, dass sie sich zum Innenhof hin befanden, denn sonst hätte man ja sicher die Füße von vorüber eilenden Menschen sehen und Straßenlärm hören müssen, was nicht der Fall war.

Unmittelbar nach ihrer Ankunft erschien ein freundliches, recht korpulentes Mädchen in weißer Küchen-Dienstkleidung, um sich zu erkundigen, ob Nik der angekündigte hungrige Mann sei.

Nik bejahte und stellte sich kurz vor. »Und ich bin die Kati«, sagte diese, »prima, dann kommt sofort dein Essen«, womit sie verschwand. Es dauerte keine Minute, da erschien sie mit einem dampfenden Tablett, das sie auf dem nächststehenden Tisch abstellte.

»Lass es dir schmecken!«, wünschte sie, »und wenn du etwas Wasser trinken willst, dort in der Ecke ist ein Tankbehälter zur Selbstbedienung. Becher gibt`s da auch. Und im Schrank dort, in den Schubladen findest du Besteck.«

Nik bedankte sich und machte Anstalten, Platz zu nehmen. »Hast du noch einen Moment Zeit, Karl? Ich möchte gerne noch einiges wissen«, fragte er.

»Nur ganz kurz«, kam Karls Antwort, »ich muss eigentlich sofort wieder hoch.«

»Verstehe«, sagte Nik, »kannst du mir wohl nachher, wenn ich hier fertig bin, unser Zimmer zeigen? Und wann endet dein Dienst heute?«

»Ich hab` um 24 Uhr Feierabend, kann auch später werden, weil ich diese Woche Spätschicht mache. Wenn du fertig bist, komm rauf zum Empfang. Solltest du mich da nicht gleich sehen, warte einen Moment. Ich bin allenfalls für ein paar Minuten mit Gästen im Haus unterwegs. Ich bring dich dann rauf zu unserem Zimmer.« - »Prima, danke dir.«

Damit verließ Karl die Kantine und Nik blieb alleine mit einem herrlich duftenden Essen zurück.

Nachdem er alles genossen hatte – wie Kati empfahl, hatte er sich auch am Trinkwasser bedient – suchte und fand er die Küche, wohin er sein Tablett zurück brachte. Nik brauchte nur dem typischen Küchenlärm zu folgen. Er wagte erst nicht, dort einzutreten, wo geschäftiges Treiben herrschte. Zunächst blickte er nur durch eines der beiden runden Glasfenster in der Doppel-Schwingtür. Dann jedoch stieß er eine Hälfte mit dem Fuß auf und trat ein. Kati war nicht zu sehen, aber eine andere Gehilfin erblickte ihn und nahm ihm das Tablett ab.

Nik sah sich kurz um. Mehrere Köche mit hohen weißen Mützen sowie etliche Gehilfinnen, alle in weißer Küchenkleidung, waren damit beschäftigt, irgendwelche Speisen zuzubereiten. Es herrschte ziemlicher Lärm, nicht nur durch das Klappern von Töpfen, Geschirr oder andere Geräte, sondern auch durch lautstarke Zurufe der Anwesenden untereinander und Kommandos.

Nik vermutete, dass die Speisen wahrscheinlich mit einem Lastenaufzug nach oben befördert wurden, denn er sah kein Bedienungspersonal hier unten auf den Fluren.

Gemächlich stieg er wieder hinauf zum Foyer, um nach Karl Ausschau zu halten, fand ihn aber zunächst nicht. Also begab er sich zu einem Ständer mit zahlreichen Prospekten und Broschüren neben dem Empfangstresen. Er entnahm einige ihn interessierende Schriften, unter anderem auch einen Stadtplan von Köln. Wie es schien, gab es diese Dinge umsonst. Andere Gäste traten ebenfalls heran, um Prospekte zu entnehmen.

Plötzlich hörte er Karls Stimme hinter sich: »Hallo, Nik, hier bin ich. Wir können von mir aus mal eben hoch aufs Zimmer gehen.«

Rasch holte Nik seine Sachen hinter dem Tresen hervor und den Lodenmantel vom Haken, um Karl zu folgen. Der steuerte geradenwegs auf den Aufzug zu und sagte zum Aufzugführer: »Ludwig, das ist unser neuer Kollege Nik Kemen. Wir werden uns oben ein Zimmer teilen. Fährst du uns hoch?«

Ludwig und Nik begrüßten einander per Handschlag und schon brachte der Aufzug sie hinauf. Der Mann war glatzköpfig und wahrscheinlich schon an die sechzig Jahre alt, aber er hatte einen freundlichen Gesichtsausdruck.

»Endstation«, sagte Karl, »den Rest müssen wir zu Fuß steigen.« Der Aufzug hatte sie bis zum 5. Stockwerk gebracht. Die Personalunterkünfte befanden sich aber eins höher, unter dem Dach.

Das Zimmer, das Nik mit Karl teilen sollte, war nur etwa zwölf Quadratmeter groß, sehr spartanisch eingerichtet und hatte natürlich die Dachschräge. Aber immerhin gab es eine kleine Dachgaube mit Fenster. Von hier aus konnte man recht gut und relativ weit über die Dächer der Stadt blicken, in Richtung Westen. Unzählige größere und kleinere Kirchtürme sowie Schornsteine in der Ferne waren auszumachen. Den Dom sah Nik von hier aus nicht. Der musste wohl auf der anderen Seite sein.

Links und rechts unterhalb der Gaube befanden sich die beiden Betten mit einfachen Eisenrahmen. Karls war natürlich bezogen und benutzt, das heißt, er hatte sich bisher nicht die Zeit genommen, sein Bett aufzuräumen, das andere hingegen noch gar nicht bezogen. Die erforderlichen Laken und Bezüge sowie eine Wolldecke lagen hier jedoch ordentlich gefaltet auf der nackten Matratze. Zwischen den Betten reichte der Platz gerade noch für zwei Nachttischchen mit kleinen Schirmlämpchen darauf. Jeweils vor den Betten war Raum für zwei hellblaue Metallspinde. Natürlich hatte Karl bereits jenes belegt, das hinter seinem Bett stand.

Wand und Spind auf »seiner Seite« hatte Karl mit etlichen verschieden großen Bildern oder Plakaten verschönert und mit Krepp-Klebestreifen befestigt. Rechts, hinter der Eingangstür, befanden sich ein Waschbecken mit Warm- und Kaltwasserkran sowie ein Spiegel mit Ablage, auf dem zwei Keramikbecher standen. Aus einem schaute Karls Zahnbürste hervor.

Am flachen Teil der Decke war eine rundliche Lampenschale befestigt. Auf der Tür selber gab es eine Leiste mit Kleiderhaken, an denen bereits zwei von Karls Jacken hingen. Der Fußboden bestand aus braunen Holzbohlen, die stellenweise schon ihre Farbe verloren hatten. Ein Teppich fehlte.

Auf der anderen Seite der Eingangstür, ganz in der Ecke, verliefen von unten bis oben zwei runde, tönerne Kaminrohre, die vermutlich im Winter als Wärmespender dienten.

Auch mit dieser Unterkunft war Nik in höchstem Maße zufrieden. Die

Dachkammer, die er zu Hause mit Bruder Johann teilen musste, war sogar noch kleiner gewesen und hatte kein eigenes Waschbecken. Karl erklärte ihm noch kurz, wo sich die Herrentoiletten sowie Duschen befanden. Dann verabschiedete er sich, um zum Dienst zurückzukehren.

Nun war Nik allein in seiner Gemeinschaftsunterkunft und trat als erstes ans offene Fenster, um minutenlang die Aussicht zu genießen. Eine milde, angenehme Luft strömte herein, die allerdings nicht so würzig frisch roch wie in Neuerburg. Anschließend begann er, Koffer und Pappkarton auszupacken.

Die Weckeruhr, die er mitgebracht hatte, stellte er auf sein Nachttischchen. Auf Karls stand auch eine. Er zog seine auf und stellte sie entsprechend Karls Uhrzeit ein. Es war inzwischen 15.52 Uhr. Die übrigen Sachen verstaute Nik im Spind und bezog dann noch das Bett.

Zwar verspürte er nun eine gewisse Müdigkeit, aber es war ja noch früh am Nachmittag. Er hatte keine Lust, jetzt schon zu Bett zu gehen. Er beschloss, in irgendeinem Café eine Tasse Kaffee zu trinken. Zudem wollte er gerne gleich draußen die nähere Umgebung kennen lernen und im Dom ein Dankgebet zu seinem Herrgott sprechen. Also band er sich, die Anweisung des Chefs befolgend, eine der drei Krawatten um, die er eingepackt hatte, und zog wieder sein leichtes Jackett an. Im Türschloss steckte innen ein einfacher Bartschlüssel. Sollte er das Zimmer hinter sich abschließen? Ach was, dachte er, und begab sich nach unten. Diesmal benutzte er aber nicht den Aufzug, sondern stieg sämtliche Treppen zu Fuß hinab.

Erst gegen 18 Uhr kehrte er überaus zufrieden mit dem bisherigen Tagesverlauf ins Hotel und auf sein Zimmer zurück, wobei er sich diesmal des Aufzuges bediente. Nach ausgiebiger Benutzung der Dusche begab er sich zu Bett. Es dauerte allerdings einige Zeit, bis er in einen tiefen Schlaf fiel, da noch so viele Gedanken in seinem Kopf herumschwirrten. Er bemerkte jedoch nicht, wie Karl nach Mitternacht das Zimmer betrat.

Als Nik am folgenden Morgen aufwachte und auf den Wecker schaute, zeigte dieser 8.43 Uhr an. Karl schlief noch fest. Nik warf einen Blick durchs Fenster nach draußen, um festzustellen, dass der Himmel grau und wolkenverhangen war. An den feuchten Dachziegeln anderer Häuser konnte er erkennen, dass es geregnet hatte.

Während er seine Morgentoilette erledigte, hörte er, wie sich Karl räusperte. »Guten Morgen, gut geschlafen?« erkundigte sich Nik. Aber statt einer Antwort gab es zunächst nur ein undefinierbares Grunzen. Karl drehte sich um und schien weiter schlafen zu wollen.

Als Nik sich zehn Minuten später anzog, setzte sich Karl in seinem Bett auf, rieb sich die Augen und meinte: »Du bist aber schon früh auf, so kurz nach Mitternacht!«

»Na ja, ist schon neun Uhr durch«, erwiderte Nik. »Hab` gar nicht gehört, wann du gekommen bist.«

»War gut nach Mitternacht. Du hast geschnarcht!«

»Oh, tut mir leid«, sagte Nik, hoffentlich hat es dich nicht zu sehr gestört.«

»Nicht so schlimm, war hundemüde.«

Nun erkundigte sich Nik, wie es mit den Mahlzeiten für das Personal geregelt sei. Er erfuhr, dass es unten im Vorraum der Küche eine Art Buffet gab, an dem bis elf Uhr das Frühstück, von Zwölf bis fünfzehn Uhr das Mittagessen und von zwanzig bis zweiundzwanzig Uhr das Abendbrot zur Selbstbedienung bereitgestellt würde. Mit diesen Informationen begab sich Nik hinunter zum Frühstück, nicht ohne seine Krawatte zu vergessen. Er fand alles für die Morgenmahlzeit an genannter Stelle: reichlich Graubrot in Scheiben geschnitten, eine Schüssel mit Butter, eine mit Himbeermarmelade, eine Schale mit Käse-, eine mit Fleischwurstscheiben und Quark. Auf einem mit einer Kerze erhitzten Ständer fand er eine große Kaffeekanne, daneben Milch und Zucker.

Pünktlich um 9.30 Uhr klopfte Nik an die Tür von Herrn Wienands Vorzimmer.

Der Direktor hatte ihn natürlich schon erwartet.

»Haben Sie die erste Nacht gut geschlafen und sich etwas eingelebt?« wollte er als erstes wissen. Nik bestätigte beides und bedankte sich.

Daraufhin fuhr der Direktor fort: »Na schön, dann können wir jetzt noch über Einzelheiten reden. Aber erst einmal hier Ihr Arbeitsvertrag.« Den reichte er Nik hinüber. »Lesen Sie sich den mal gut durch, ich bin gleich wieder da.« Damit stand er auf und verließ kurz sein Büro, Nik allein lassend. Der studierte den Vertrag, war allerdings irritiert, als er las: »...erhält befristete Anstellung als Hilfskraft.«

Als der Chef wieder zurückkehrte, bat Nik ihn dazu um Erläuterung. »Ich dachte, ich sollte hier als Page arbeiten«, meinte er.

»Aber Nik, dazu sind Sie doch etwas zu alt. Unsere Pagen gehen spätestens mit Zwanzig in eine andere Tätigkeit über. Sie werden in den kommenden Monaten in verschiedenen Bereichen arbeiten. Zunächst fangen Sie als Gepäckträger an, dann gehen Sie Herrn Wirth, dem Hausmeister, zur Hand, damit Sie unser Haus gründlich kennenlernen. Schließlich können Sie kellnern, wenn ein Kellner oder eine Kellnerin ausfällt. Ich hoffe, Sie sind damit einverstanden. Wenn nicht, dann kann ich Sie nicht einstellen.«

»Natürlich. Einverstanden«, beeilte sich Nik zu erklären.

»Sagen Sie mal, können Sie Englisch?« Das verneinte Nik.

»Schade, wir haben viele britische und amerikanische Gäste. Englischkenntnisse wären sehr von Nutzen. Na ja, dann unterschreiben Sie mal den Vertrag. Sie erhalten davon eine Kopie. Haben Sie weitere Fragen?«

Die hatte Nik und Herr Wienands beantwortete alle geduldig. Sie besprachen ausführlich die Dienstzeiten – nach Wechselplan ein freier Tag je Woche-, Gepflogenheiten des Hauses, insbesondere den Umgang mit den Gästen.

Schließlich lag Nik noch ein Problem auf der Seele: »Ich möchte gerne Weihnachten bei meiner Familie in Neuerburg sein. Kann ich dann dafür ein paar Tage Urlaub nehmen?«

»Ich denke, das lässt sich machen«, meinte Herr Wienands. »Bis dahin sind es ja noch gut vier Monate. Ich nehme Ihren Wunsch in meine langfristige Planung auf. Wird schon klappen.«

Nach über einer Stunde kamen sie endlich zum Schluss, nicht ohne des Direktors wiederholten Rat: »Halten Sie sich diese Woche weitgehend an Karl. Dann lernen Sie das Haus schnell kennen.«

Inzwischen war es kurz vor Zwölf. Nik begab sich rasch hinüber zum Hauptbahnhof, wo es ein Postamt gab, um wie versprochen eine Depesche nach Hause zu schicken, dass er alles gut angetroffen hatte.

Am Nachmittag eröffnete er ein Bankkonto und suchte anschließend Herrn Wolters auf, um ihm persönlich für dessen Vermittlung der Arbeitsstelle zu danken. Herr Wolters war Stadtinspektor im Liegenschaftsamt. Er freute sich, Nik zu sehen, und war interessiert, Neuigkeiten aus Neuerburg zu erfahren.

Am Spätnachmittag begab er sich zurück ins Hotel, um sich – wie der Chef es empfohlen hatte – Karl anzuschließen und ihn bei seinem Dienst zu begleiten. Vorwiegend handelte es sich um Gepäckträger-Dienste, um

Zimmerservice und Auskünfte aller Art. Zuweilen aber mussten auch kleine Pannen rasch behoben werden, wenn etwa ein Gast auf seinem Zimmer Scherben verursachte oder irgendetwas nicht funktionierte. Nik bemerkte, dass Karl tatsächlich mit etlichen ausländischen Gästen auf Englisch redete. Er schien recht gute englische Sprachkenntnisse zu besitzen. Überhaupt war Karl ein netter, sympathischer Typ, mit dem man sich gut unterhalten konnte. Nik hatte nicht den Eindruck, dass er ihm lästig wäre. So begleitete er ihn bis Dienstende kurz nach Mitternacht und dann fielen beide todmüde in ihre Betten.

Die restlichen Wochentage verflossen wie im Fluge. Nik hatte sich zwischendurch auch ordnungsgemäß auf dem Meldeamt eintragen lassen, wo er allerdings fast zwei Stunden warten musste, bis er an der Reihe war.

Ihm erschienen der Kaiserhof und die Domstadt mit ihrem pulsierenden Leben wie das Tor zur weiten Welt, ganz im Gegensatz zum verträumten Neuerburg. Es war erstaunlich, wie schnell er sich eingewöhnte.

Am Samstag erhielt Nik in der Kleiderkammer seine Dienstkleidung: Eine weinrote, ärmellose Weste mit goldenen Knöpfen. Auf der linken Brustseite war der Hotelname in goldenen Lettern eingestickt. Dazu gehörte eine schwarze Schirmmütze, ebenfalls mit der Aufschrift »Hotel Kaiserhof«. Ferner erhielt er fünf schneeweiße Oberhemden, die er unter der Weste tragen sollte: »Aber jede höchstens einen Tag! Dann geben Sie das Hemd in die Wäsche. Und benutzen Sie hin und wieder etwas Kölnisch Wasser, 4711!« empfahl die Kleidermeisterin. Letzteres musste Nik allerdings von seinem Lohn bezahlen und das war nicht billig.

Niks Dienst war zunächst mit Karls abgestimmt, der in der folgenden Woche Frühschicht hatte. Die begann um Sechs und endete um 16 Uhr, neunzig Minuten Pause inbegriffen. Nik erhielt von Herrn Berger die Anweisung, sich im kleinen Büro neben dem Empfangsbereich ständig für seine jeweiligen Aufträge bereit zu halten. Allerdings empfahl er Nik, selber stets die Augen offen zu halten, wo er helfend eingreifen könnte. Erster Vorgesetzter war der jeweils diensttuende Empfangschef oder »Concierge«, wie dieser auch genannt wurde.

Alsbald stellte sich heraus, dass Nik weniger als Gepäckträger gebraucht wurde, vielmehr als »Mädchen für alles«. So wurde er vorwiegend angefordert, wenn im Hof angelieferte Waren entladen und ins Haus gebracht werden mussten, wenn Behälter mit schmutziger Wäsche aus den oberen Etagen in die Wäscherei im Untergeschoss befördert oder einzelne Zimmer zwecks Renovierung aus- oder umgeräumt werden mussten. Auch hatte er gelegentlich Besorgungen für Hausgäste zu erledigen. So war er ständig vollauf beschäftigt und Karl sah er während des Tages immer seltener.

Aber Nik war keineswegs unzufrieden, da er das Gefühl gewann, wirklich gebraucht zu werden. Und anpacken, das konnte er! Außerdem kam er mit den anderen Bediensteten gut zurecht. Es herrschte im Hause ein angenehmes Arbeitsklima. Einziger schmerzlicher Wermutstropfen war die Tatsache, dass ihm infolge des relativ seltenen Gästekontaktes kaum mal ein Trinkgeld zugesteckt wurde. Damit hatte er aber wirklich zur Aufstockung seines festen Grundlohnes gerechnet.

So blieb ihm nur die Hoffnung, dass sich sein Arbeitsfeld irgendwann verändern würde. Erst einmal wollte er sich bewähren und seine Zuverlässigkeit, seinen Fleiß, unter Beweis stellen.

Allerdings beschäftigten ihn zunehmend die fehlenden Englischkenntnisse. Wie ließe sich dieses Problem wohl langfristig lösen?

Kapitel 4

Weihnachten 1912 - London

»Ihr habt doch nicht im Ernst vor, diesmal wieder eure Strümpfe an den Kamin zu hängen?« erkundigte sich Mutter Henrietta während des Abendessens bei ihren erwachsenen Töchtern.

»Aber sicher doch – na klar!« kam die postwendende Antwort der drei Mädchen, fast wie im Chor. »Ohne das wäre die Sache doch gar nicht lustig« – »Und auch langweilig!«

»Also, ich muss schon sagen«, meldete sich Vater zu Wort, »ich glaube, wir kriegen euch nie groß!«

»Aber ihre Strümpfe werden von Jahr zu Jahr größer«, ergänzte Mutter.

»Na ja, da soll Father Christmas doch auch tüchtig was drin unterbringen können«, meinte Florence Rose. - »Und es heißt doch auch: 'Kleine Kinder, kleine Wünsche. Große Kinder große Wünsche`, nicht wahr?« ergänzte May. »Darf ich meine drei kleinen Süßen nur darauf hinweisen«, fiel Vater ihnen ins Wort, »dass ich erstens keineswegs ein Multimillionär bin und zweitens jede von euch schon zum Geburtstag recht üppig bedacht wurde.«

»Aber Dad«, fiel Alice ein, »mach dir keine Sorgen, wir haben doch noch gar keine Wünsche geäußert.«

»Genau, wir überlassen es ganz einfach Father Christmas, was er uns bringt«, ergänzte May, »und lassen uns überraschen!«

»Ja, ja, ganz einfach«, konterte Mutter, ihr Haupt schüttelnd, »und Father Christmas muss sich den Kopf darüber zerbrechen, nicht wahr, John?«

Der war gerade dabei, sich ein Stück der köstlichen Cornish Pastie in den Mund zu schieben, so dass er nicht antwortete, sondern lediglich mit dem Kopf nickte.

Die drei Schwestern kicherten. Sie fanden die Unterhaltung ganz lustig.

Ihr Bruder Fred Arthur war nicht anwesend, da er noch einen Tischler-Auftrag zu erledigen hatte.

Nach einer Weile meldete sich Mutter wieder zu Wort: »Es sind nun noch drei Wochen bis Weihnachten. Hat sich irgendjemand schonmal über die Planungen Gedanken gemacht? Wie und wo feiern wir Heilig Abend?«

»Also, ich glaube«, antwortete Florence Rose, »ich werde wieder zu den Luxfords eingeladen. Ich bin sicher, dass Bert mich abholen wird.«

»Und ich feiere den Abend mit Freunden aus meiner Klasse bei einer ihrer Familien«, ergänzte Alice.

»Und was ist mit dir, May?«, wollte Vater wissen.

»Weiß noch nicht, mal sehen«, kam ihre ein wenig bedrückte Antwort.

»Wenn du keine Einladung erhältst, dann kommst du einfach mit mir«, tröstete Florence Rose, »das ist kein Problem. Bei den Luxfords ist es immer nett und fröhlich.«

»Und was ist mit euch, Mum, Dad?« wollte Alice von ihren Eltern wissen.

»Ihr erinnert euch, voriges Jahr waren die Masons von Nummer 9 bei uns zu Gast«, antwortete Vater. »Gehen wir mal davon aus, dass wir dieses Mal zu ihnen eingeladen werden. Das ist wahrscheinlich.«

»Und was passiert am Ersten Weihnachtstag?« erkundigte sich May.

»Same procedure as every year, my dear. Da gibt`s natürlich wieder das

Festessen, Truthahn und zum Nachtisch Christmas Pudding mit Custard«, erläuterte Mutter.

»Truthahn ist O.K.«, meinte Alice, »aber kann man nicht mal was anderes zum Nachtisch machen? Ich mag doch den ollen Pudding nicht.«

»Ich aber schon« – »Ich auch!« fielen May und Florence Rose ihrer Schwester ins Wort.

»Da bist du wohl überstimmt, meine liebe Alice«, lachte Vater. »Höchst wahrscheinlich werden Hettie, Jim und die Kleine dann am Nachmittag zur Teatime erscheinen. Das wird sicher lustig«.

»Und was passiert am Boxing Day?« erkundigte sich May.

»Mal sehen, das hängt vom Wetter ab«, sagte Vater, »vielleicht fahren wir in die City und schauen uns all die Lichterketten an. Oder habt ihr eine bessere Idee?«

Darauf folgte noch eine lange, fröhliche Unterhaltung über die Ereignisse zu Heilig Abend des Vorjahres, insbesondere über etliche Pleiten und Pannen, die für reichlich Gelächter sorgten.

Schließlich wollte Florence Rose von ihren Schwestern wissen: »Und wann gehen wir drei für Weihnachten shopping?« Nach kurzer Debatte einigte man sich auf den übernächsten Samstag, da sie dann alle dienstfrei hatten.

Es war Fred Arthurs Aufgabe, zu Weihnachten die Dekoration zu besorgen. Dem entsprechend schleppte er etliche Zweige Holly und Mistletoe heran. Im Flur und im Wohnzimmer hing er jeweils einen Mistelzweig unter die Decke, wie es die Tradition erforderte. Seine Schwestern halfen während der Tage zuvor der Mutter beim Plätzchenbacken, soweit ihre beruflichen oder schulischen Pflichten es zuließen. Deutlich war nun von Tag zu Tag eine zunehmende Spannung zu verspüren.

Obwohl Queen Victoria auf Initiative Ihres Gemahls, des deutschen Prinzen Albert, einst den Weihnachtsbaum als Festtagsschmuck in England einführte, hatten die Scoines diese Sitte bislang aus Kostengründen nicht übernommen. Hierzulande gab es kaum Nadelholz-Wälder. Nur »Upperclass«-Familien konnten sich den Luxus einer deutschen Fichte oder Tanne leisten. Außerdem gehörte ja schließlich auch noch der Baumschmuck dazu. So behielt die Familie die alte englische Tradition bei, lediglich mit Holly und Mistletoe zu schmücken, was billiger zu haben war. Allerdings steckte Fred Arthur zusätzlich an allen möglichen Stellen kleine bunte Papierfähnchen und zu kleinen Sträußchen gebundene Papierblumen an oder auf. So gefiel es allen. Auf dem Sims des offenen Kamins im Wohnzimmer standen ebenfalls dekorativ zahlreiche Weihnachts-Grußkarten, die in den Tagen zuvor eingegangen waren. Mit der Anzahl der Grußkarten veranstalteten englische Familien geradezu eine Art Wettbewerb, wer die meisten Karten vorweisen konnte.

Wenige Tage vor dem Fest war die Außentemperatur unter Null gefallen und heftiges Schneetreiben hatte eingesetzt. In Parterre des Hauses gab es zwei gemütliche kleine durchgehende Wohnzimmer hintereinander, jeweils mit einem Fenster zur Straße und einem zum Garten hin. Beide Räume waren spärlich möbliert, der vordere mit einer bequemen Sitzgarnitur, der hintere mit einem großen Tisch und Stühlen mit Strohgeflecht ausgestattet. Der hintere Raum wurde nämlich als Speisezimmer genutzt, weil er direkt neben der Küche lag. In der Wand zur Küche befand sich eine Durchreiche, »Hutch« genannt. Größere Schränke gab es hier nicht, lediglich ein paar Bücherregale, die an den Wänden hingen. Allerdings verfügten beide Räume über jeweils einen eigenen offenen Kamin.

Seit Anfang November hatte es für die Temperatur im Haus gereicht, nur eine der Feuerstellen in Betrieb zu nehmen. Jetzt allerdings musste auch der zweite Kamin im Nebenraum beheizt werden. Zwar befanden sich in den Schlafräumen der ersten Etage ebenfalls offene Kamine, die jedoch nur bei extremen Minusgraden benutzt wurden. In der Regel reichte die Wärme aus, die durch die beiden Schornsteine der unteren Kamine nach oben zog, um zumindest dort für erträgliche Temperaturen im Winter zu sorgen. Man war es gewöhnt, zum Schutz gegen Kälte auch im Hause entsprechend dickere Kleidung aus Shetland-Wolle zu tragen. Vater trug ohnehin nach Feierabend stets seine bequeme Hausjacke.

Tatsächlich kam es an Heilig Abend so, wie es bereits alle vermutet hatten: Florence Rose erhielt eine Einladung zu den Luxfords, der sich May anschloss. Alice traf sich mit Klassenfreundinnen im Hause der Claydons, Fred Arthur ging zur Familie eines Arbeitskollegen und die Eltern folgten der Einladung zu den Masons von Nummer 9.

Am Vormittag jedoch waren alle mit Vorbereitungen beschäftigt. May hatte am frühen Morgen den vorbestellten Truthahn vom Metzger geholt. Anschließend halfen die Mädchen der Mutter in der Küche, den Vogel aus-

zunehmen und mit Füllung zu versehen sowie an den Tagen zuvor gebackene Plätzchen mit verschiedenen Sorten Zuckerguss, »Icing«, zu dekorieren.
Als das erledigt war, kümmerten sich die Mädchen um ihre Frisuren, sich gegenseitig unterstützend. Das Geld für den Friseur sparte man sich.
Fred Arthur und Vater hingegen ließen es etwas ruhiger angehen. Sie sorgten lediglich dafür, dass die Feuerstellen gut in Betrieb blieben und ausreichend Nachschub an Holz zur Verfügung stand.

Am Nachmittag, nach Beginn der Dämmerung, klopften die «Carolsingers» an die Tür, um ihre Lieder darzubieten und Spenden für einen wohltätigen Zweck zu erbitten.
Um 5.30 p.m. machten sich alle bereit, zum Gottesdienst in St.Mary`s zu gehen, der um 6 p.m. begann. Nach der Rückkehr tauschten sie ihre teils sehr durchnässten Mäntel gegen neue aus, hielten sich jedoch noch eine Weile zu Hause bei einer Tasse Tee auf, um sich erst wieder aufzuwärmen, über den Gottesdienst diskutierend. Zugleich hingen die drei Schwestern ihre Weihnachts-Strümpfe am Kamin im vorderen Zimmer auf, wo das Feuer inzwischen nur noch zu Glut reduziert war.
»Woher wollt ihr eigentlich wissen, dass Father Christmas ausgerechnet durch diesen Kamin herunterfährt?«, lachte der Vater.
»Weil es bisher hier immer geklappt hat!«, lautete Alices überzeugende Antwort. Endlich machte sich ein jeder bereit, seinen Einladungen zu folgen. Mutter und ihre Töchter schlüpften in ihre hübschesten fußlangen Kleider, sich reichlich an Duftwässerchen bedienend. Die beiden Männer zogen ihre besten Anzüge an und banden sich knallbunte Krawatten dazu. Schließlich vergaß niemand, ein vorbereitetes Geschenk, Papierkracher «Bangers«, sowie ein lustiges Papphütchen einzustecken.
In England werden zu Heilig Abend traditionell fröhliche Parties gefeiert.
So blieb es an diesem Abend im Hause No.5 Richford Street still und dunkel.
Erst lange nach Mitternacht kehrten die Bewohner nach und nach wieder heim, zum Teil leicht »beschwipst« und erheitert.
Während sich die Kinder sogleich todmüde auf ihre Zimmer zurückzogen, nahm Vater die Geschenkstrümpfe der Mädchen vom Kaminsims ab, um diese mit den Gaben zu füllen, wobei seine Frau behilflich war.

Sodann wickelte er mehrere dicke Scheite Holzkohle in feuchtes Zeitungspapier ein und legte diese behutsam auf die nur noch geringe Glut beider Kamine. Auf diese Weise wurde verhindert, dass das Feuer über Nacht erlosch und eine gewisse Wärme erhalten blieb. Die Methode hatte sich bewährt und misslang nur selten, und wenn doch, dann allenfalls nur in einem der beiden Kamine. Am folgenden Morgen musste Vater lediglich die alte Asche entfernen und neue Holzscheite auflegen.

In England gibt es die Geschenke am ersten Weihnachtstag. Da es am Vorabend sehr spät geworden war, schliefen alle an diesem Morgen länger als sonst üblich. Dennoch erwachte Alice kurz nach neun Uhr als erste, weckte ihre Schwestern mit der Aufforderung, mit ihr unten nachzuschauen, was »Father Christmas« an Geschenken in ihre Strümpfe gesteckt hatte. May und Florence Rose jedoch waren noch sehr schläfrig und keineswegs erfreut, geweckt zu werden. »Geh du schonmal alleine vor«, murmelte May, »wir kommen gleich nach.«

Also schlüpfte Alice in die gefütterten Filzpantoffel und ihren Morgenmantel, schlich sich alleine nach unten und öffnete ihren Strumpf. Nebst allerlei leckeren Süßigkeiten und Obst fand sie darin ein hübsches silbernes Halskettchen, einen neuen Füllhalter, den sie dringend brauchte, einen bunten Wollschal sowie das gewünschte neue Tagebuch, denn ihr altes war voll. Alice war vollauf zufrieden und beeilte sich, das Kettchen anzulegen und sich damit im Flurspiegel zu betrachten.

Kurze Zeit später erschienen auch ihre Schwestern, ebenfalls in Morgenmäntel gehüllt, um die beiden anderen Strümpfe zu öffnen. Wie Alice, so trugen auch sie noch ihre weißen, mit Spitze besetzten Schlafhäubchen auf den Köpfen. May und Florence fanden gleichermaßen Süßigkeiten und Obst. In Florence Rose`s Strumpf steckte zudem ein hübsches silbernes Armband, ein rundes Stickgestell, das sie sich gewünscht hatte, samt Zubehör, sowie ein Paar neue, warme Lederhandschuhe.

May entnahm ihrem Strumpf den Roman »Nikolas Nickelby« von Charles Dickens (»Oliver Twist« und »David Copperfield« hatte sie bereits gelesen), eine violett schimmernde Ansteckbrosche (Violett war ihre Lieblingsfarbe) sowie ein ebenfalls violettes Lederportemonnaie. Auch May und Florence waren sehr zufrieden mit ihren Geschenken.

Kurzerhand beschlossen die drei – wie schon in den Vorjahren – eine große Kanne Tee zu kochen, um den Eltern davon eine Tasse ans Bett zu bringen. Da der Herd in der Küche natürlich kalt war, entnahm May mit einer kleinen Schaufel etwas Glut aus dem Kamin, schob diese in den Herd und fügte ein paar Holzscheite hinzu. Rasch entflammte sie somit hier ein kräftiges Feuer und konnte den Wasserkessel aufsetzen.

Eine viertel Stunde später brachten sie den Tee mit ein paar Plätzchen hinauf in das Schlafzimmer der Eltern, ihnen «Merry Christmas» zu wünschen und sich herzlich für die üppigen Geschenke zu bedanken. Zugleich überreichten sie ihre Gaben, für die sie zusammengelegt hatten: Für Vater ein Pfeifenset im Lederetui samt Zubehör sowie für Mutter eine feine Lederhandtasche mit einem Fläschchen Lavendel-Duftwasser, natürlich alles hübsch in Weihnachtspapier verpackt.

Kurz darauf erschien auch Fred Arthur zum Weihnachtsgruß. Er überreichte den Eltern sein Geschenk: einen Zeitungsständer aus Holz, kunstvoll mit handgefertigten Schnitzereien verziert. Fred Arthur hatte diesen selber gebastelt. Für Mutter hatte er eigens ein Paar neue, warme Hausschuhe gekauft.

Die Geschwister hatten schon Jahre zuvor vereinbart, sich untereinander nichts zu schenken.

Kurz nach zehn Uhr saßen sie endlich alle gemeinsam beim Frühstück, das allerdings spärlich ausfiel, da sie zur Mittagszeit das große Festessen erwarteten. Dabei erzählten und diskutierten sie über die Erlebnisse der vergangenen Abendparties, die offensichtlich und naturgemäß bei den Jugendlichen weitaus lustiger verliefen als bei der älteren Generation. Nach einer guten Stunde war das Frühstück beendet. Die Mädchen hatten gerade abgedeckt, als an der Haustür der schwere Messingklopfer, der das Gesicht des jungen Weingottes Bacchus - sein Haupt von Weinreben umrankt - darstellt, heftig betätigt wurde. Fred Arthur eilte zur Tür und öffnete. Draußen stand Bert Luxford, wünschte «Merry Christmas» und erkundigte sich, ob er wohl Florence Rose sprechen könnte.

Fred bat ihn herein, wobei er zugleich laut ins Haus hineinrief: »Hey, Flo, es ist Bert Luxford. Er möchte dich sehen!« und geleitete Bert dann ins vordere Wohnzimmer. Nach wenigen Sekunden erschien Florence Rose, unter den von der Decke herabhängenden Mistelzweig tretend. Darauf hatte Bert gewartet, sprang hinzu, umarmte und küsste sie heftig. Fred amüsierte sich über die Szene.

»Merry Christmas, Florence«, wünschte er auch ihr, um fortzufahren »ich habe dir eine Kleinigkeit mitgebracht und hoffe, dir gefällt`s.« Dabei überreichte er ihr ein kleines blaues, samtüberzogenes Etui. Florence errötete, sichtlich verlegen, und nahm das Geschenk entgegen. Fred hatte sich indes stillschweigend zurückgezogen. Als Flo das Etui öffnete, wobei sie von Bert spannungsvoll beobachtet wurde, fand sie darin einen wunderschönen silbernen Ring mit, wie es schien, einem prächtigen Edelstein oben auf. »Oh, Bert, der ist ja wundervoll!« rief sie begeistert aus, »vielen, vielen Dank. Das ist ganz lieb von dir« und erwiderte seinen Kuss.

Im gleichen Moment erschienen die Eltern in der Tür, gefolgt von May und Alice, die neugierig sehen wollten, was da vor sich ging.

Auch ihnen entbot Bert ein «Merry Christmas«, um sodann auf den Vater zuzutreten. Höflich verneigte er sich und sagte: »Sir, bitte erlauben Sie mir, um die Hand ihrer Tochter Florence Rose anzuhalten!« Vater tat ein wenig überrascht – was er in Wirklichkeit nicht war – und erwiderte: »Das ist aber eine Überraschung am Weihnachtsmorgen. Haben Sie sich das auch genau überlegt, junger Mann?« Und lachend fügte er hinzu: »Florence kann nämlich manchmal eine richtige Kratzbürste sein!«

»Das ist gemein«, protestierte Flo, »und unfair!«

»Also schön, meine Lieben«, fuhr Vater fort, »wie seht ihr denn die Sache, Mum und Flo?«

»Ich bin sehr erfreut«, antwortete seine Frau, »habe keine Einwände.«

»Ich auch nicht«, beeilte sich Flo und umarmte ihren Bert.

Alle in der Familie kannten Bert ja schon seit geraumer Zeit und wussten, dass er durchaus ein geeigneter Bewerber für Flo wäre. - Er war knapp fünf Jahre älter als sie, ein gut aussehender junger Mann, hatte das neumodische Handwerk des Automechanikers erlernt und schien damit gutes Geld zu verdienen. Er war halber Schotte, denn seine Mutter stammte aus Aberdeen. –

»Na denn«, räusperte sich nun wieder der Vater, »Mum, besorg mal eben ein paar Gläser, das muss begossen werden!« Dabei wandte er sich einem kleinen Eckschränkchen zu, um diesem eine Flasche Whisky und einen Likör zu entnehmen.

»Wer trinkt einen Whisky? Wer Likör?« wollte er wissen. Natürlich bevorzugten die Damen den Likör, die Männer hingegen den Whisky.

Nachdem eingeschenkt war, ergriff Vater erneut das Wort: »Also, Bert Luxford, offensichtlich hat soeben unser Familienrat, insbesondere Flo, volle Zustimmung erteilt, so dass auch ich mich nicht verweigern kann. Werden Sie Ihres Glückes Schmied, aber kommen Sie mir später nicht mit Reklamationen!« Alle lachten. »Ich – em – wir alle natürlich, wünschen euch beiden viel, viel Glück und alles Gute. Komm her, Schwiegersohn in Spe, lass dich umarmen.« Dabei klopfte er Bert heftig gegen dessen Rückenpartie. »Willkommen in unserer Familie!« Nun brach ein fröhliches, lautstarkes Gejubel los und auch alle anderen umarmten reihum Bert und Flo, die damit verlobt waren.

Allerdings wollte Vater noch von Bert wissen: »Hast du eigentlich mit deinen Eltern schon darüber gesprochen?«

»Na klar, die freuen sich auch darauf«, erwiderte Bert.

»Und wann soll die Hochzeit sein?«

»Das müssen wir uns noch überlegen, nicht wahr, Florence?« fragte Bert seine Verlobte.

»Ich denke, Anfang des Sommers«, antwortete diese, »wenn es draußen wieder schön und warm ist.«

»Ja, vielleicht Mai oder Juni. Wir müssen natürlich wegen des Termins erst mal mit dem Pfarrer reden.«

»In Ordnung, ihr werdet das schon regeln«, meinte der Vater, »allerdings sollten wir Eltern uns in Kürze unbedingt auch mal zu einem Drink treffen. Wie wär`s mit Silvester oder am Neujahrstag? Frag deine Eltern mal, ob der Termin ihnen recht wäre.«

»Mach ich«, sagte Bert, »gute Idee.«

»Gegen zwei Uhr gibt es Mittagessen bei uns«, unterbrach Mutter, »möchtest du dazu bleiben? Du bist herzlich eingeladen.«

»Vielen Dank, das ist nett, aber bei uns zu Hause bin ich natürlich auch zum Festessen eingeplant«, erwiderte Bert.

Er blieb noch etwa eine halbe Stunde, bis er sich verabschiedete. Er hatte es nicht weit bis nach Hause, die Luxfords wohnten in der Colville Road.

»Ich begleite Bert noch ein kleines Stückchen«, rief Florence ihren Eltern zu und schnappte sich rasch den Wintermantel sowie ihre Kappe. Bert indes verabschiedete sich und wünschte noch weiterhin frohe Stunden.

»Aus dem kleinen Stückchen ist doch wohl ein größeres Stückchen geworden«, lästerte Fred Arthur, als Flo zurückkehrte.
»Halt den Mund!« konterte Flo, »wart`s ab, du kommst auch noch dran! Im Übrigen bin ich morgen bei den Luxfords zur Teatime eingeladen!«

Es wurde dann doch viertel nach zwei, als die komplette Mahlzeit mit dem traditionellen Truthahn, wie immer ein opulenter Vogel, dampfend auf dem Tisch stand und alle Platz genommen hatten. Vater kredenzte einen süffigen Rheinwein, auf dessen Etikett zu lesen war: »Oppenheimer Krötenbrunnen, Riesling, 1908«. Obwohl er kein ausgesprochener Weinkenner war, zog John Scoines deutsche den französischen Weinen vor. Allerdings musste es schon besondere Anlässe geben, dass er sich hinreißen ließ, die teuren Rebensäfte zu kaufen. Für dieses Weihnachtsfest hatte er sich drei Flaschen geleistet. Normalerweise kam zu den Mahlzeiten stets nur eine Karaffe mit simplem Leitungswasser auf den Tisch, so auch heute zusätzlich, denn nicht alle Familienmitglieder mochten den Wein.

Zum köstlichen Puter, knusprig gebraten, mit delikater Füllung, servierte Mutter als Beilagen kleine runde geröstete Kartöffelchen, »Brussels Sprouts«, Erbsen-Möhren-Gemüse und braune Soße.

Nachdem alle davon gesättigt waren, wurde abgeräumt und sodann der Nachtisch aufgetragen: der warme, halbkugelförmige Christmas Pudding. Vater holte nun eine Flasche Whisky hervor, goss einen kräftigen Schuss davon über die braun-schwarze Delikatesse und hielt ein Streichholz daran. Mit einem deutlich hörbaren »Buff« entzündete sich der Pudding. Rundum züngelten bläuliche Flämmchen empor. Alle Umsitzenden betrachteten genussvoll dieses einige Minuten andauernde Schauspiel.

Nachdem die letzten Flämmchen erloschen waren, schnitt Mutter, wie bei einer Torte, Teilstücke heraus und gab jedem, der seinen Teller hinhielt, eines darauf. In zwei Kännchen stand Vanillesoße,«Custard«, bereit, um über die Puddingstücke gegossen zu werden.

Damit endete das Festessen. Mutter und Töchter erledigten anschließend in der Küche den Abwasch, während Vater und Sohn es sich im vorderen Wohnzimmer gemütlich machten. Fred rauchte kleine »Stumpers«, die er sich bei Vater auslieh. Der hingegen testete sein Weihnachtsgeschenk: die erste der drei Pfeifen.

Um 5.oo p.m. war »Teatime« angesagt. Gegen vier Uhr erschienen tatsächlich Hettie Bellingham mit Mann und Töchterchen. Opa John war immer ganz närrisch, wenn sein erstes Enkelkind zu Besuch kam. Natürlich gab es für die drei auch Weihnachtsgeschenke, für Klein-Hettie eine wunderschön gekleidete Puppe mit Hütchen. Zum Tee wurden die leckeren Plätzchen aufgetragen, die die Schwestern an den Tagen zuvor gebacken und mit »Icing« überzogen hatten. Die Bellinghams verabschiedeten sich wieder gegen 7 p.m..

Zum Tagesausklang saßen alle noch lange in Gesprächen beisammen. Natürlich waren Flo's Verlobung und die für den kommenden Sommer geplante Hochzeit Hauptthemen.

Aber es gab noch einen völlig anderen Gesprächsstoff: Fred Arthur's Absicht, nach Amerika auszuwandern. Er meinte, in der neuen Welt würden sich ihm wesentlich bessere Berufsaussichten und größerer Wohlstand eröffnen. Niemand der übrigen Familienmitglieder äußerte jedoch dafür Verständnis. Auch glaubte wohl niemand ernsthaft, dass er sein Vorhaben verwirklichen würde.

Der Abend klang mit einem Rommé-Kartenspiel aus, an dem sich alle außer Fred beteiligten. Am Ende war Alice die glückliche Siegerin.

Der 2. Weihnachtstag, «Boxing Day« genannt, begann mit strahlendem Sonnenschein. Allerdings waren die Außentemperaturen weiter gefallen. John Scoines wusste sogleich, dass dadurch in den kommenden Tagen viel Arbeit auf ihn zukommen würde. Bei den meisten Häusern verliefen die Wasserzuleitungen weitgehend ungeschützt außerhalb des Mauerwerks. Viele würden gefrieren und anschließend platzen. John musste in den vergangenen Jahren bereits zweimal am eigenen Haus entsprechende Reparaturen ausführen, hatte aber inzwischen seine Wasserleitungen gut isoliert.

Man schlief sich aus an diesem Morgen und beschloss, nur ein kleines Frühstück zu sich zu nehmen.

Zum Mittagessen gab es die Reste vom Vortag, von denen noch genug vorhanden war.

Am Nachmittag bezog sich der Himmel zwar wieder, doch blieb es trocken.

Florence Rose verabschiedete sich rechtzeitig zur Teatime, um sich zu den Luxfords zu begeben.

Der Rest der Familie, allerdings wiederum ohne Fred, beschloss mit dem Bus in die City zu fahren, um sich die Festbeleuchtung und Schaufenster anzusehen.

Wieder einmal waren sich alle einig, dass die wunderschönen Festtage viel zu schnell vorüber gingen, aber sie brauchten zumindest am nächsten Tag, es war der Freitag, auch noch nicht wieder zur Arbeit. Erst am folgenden Montag würde der Alltag einkehren.

Kapitel 5
Weihnachten 1912 - Neuerburg/Eifel

Herr Wienands hatte Wort gehalten. Er bewilligte Nik sechs Tage Urlaub über Weihnachten. Heilig Abend war in diesem Jahr ein Dienstag, erster und zweiter Feiertag demnach Mittwoch und Donnerstag. Nik konnte schon am Montag seinen Urlaub antreten und nach Hause reisen. Am folgenden Sonntag musste er wieder zum Dienst zurück sein.

»Allerdings wird das nicht immer zu Weihnachten möglich sein«, hatte der Chef gesagt, »im Sinne einer ausgewogenen Gerechtigkeit gegenüber allen Angestellten werden Sie auch mal über die Feiertage Dienst tun müssen, das werden Sie sicher verstehen.«

Natürlich sah Nik das ein, schließlich hatte er auch im Hotel Wolters mehrmals über die Festtage Dienst tun müssen. Hauptsache, diesmal hatte es geklappt.

Einige Tage zuvor besorgte er seine Geschenke für die Familie, was freilich ein kleines Loch in seine Kasse riss, zumal noch die Fahrkarte hinzukam. Allerdings wurde dies ein wenig dadurch ausgeglichen, dass Nik von einigen Gästen für kleine Gefälligkeiten mehr an Trinkgeldern erhielt als in den Monaten zuvor. Offensichtlich waren die Leute jetzt vor Weihnachten spendabler.

Für seine Stiefmutter hatte er ein mittelgroßes Fläschchen »4711 Kölnisch Wasser«, für den Vater eine Dose Pfeifentabak »English Shag« gekauft. Für die jüngeren Geschwister würde er Blechspielzeug mitbringen und für Bruder Johann ein Lederportemonnaie mit eingepresstem Kölner Stadtwappen auf der Vorderseite.

Am Freitagmorgen schickte er eine Depesche mit der Ankunftszeit seines Zuges nach Hause.

Womit Nik nicht gerechnet hatte, war eine stimmungsvolle Weihnachtsfeier für die Kaiserhof-Angestellten am Freitagabend, an der lediglich eine kleine Gruppe derer, die Notdienst versahen, nicht teilnehmen konnte. Herr Wienands hielt eine kurze, launige Ansprache, in der er allen Bediensteten für ihre Treue und Arbeit im auslaufenden Jahr dankte, sowie ihnen und ihren Familien frohe Festtage und ein gutes, gesundes neues Jahr wünschte.

Jeder, so auch Nik, erhielt viererlei Geschenke: eine 500-Gramm Schachtel Stollwerck-Pralinen, einen dicken Wollschal in den Kölner Farben Rot-Weiß, an den sogar ein kleines Etikett mit dem persönlichen Namen – Nikolaus Kemen – angenäht war, einen Wandkalender 1913 mit alten Stichen »Ansichten von Köln«, sowie eine Flasche »Oppenheimer Krötenbrunnen, Riesling, 1908«. Nik war sprachlos vor Überraschung.

Man saß an diesem Abend sogar in einem festlich geschmückten Konferenzsaal beisammen, in dem ein großer Buffet-Tisch mit allerlei Leckereien, insbesondere köstlichen Schnittchen, eingedeckt war. Dazu wurden Sekt, Wein, Saft und Selterswasser angeboten. In einer Ecke stand ein prächtiger Weihnachtsbaum, geschmückt mit goldenen Glaskugeln, Strohsternen, Lametta und einer glitzernden Glasspitze oben drauf. Der ganze Raum duftete wunderbar weihnachtlich.

Nik fühlte sich großartig und bediente sich reichlich am Buffet. Er saß mit Karl und mehreren anderen Angestellten zusammen und alle unterhielten sich in bester Laune.

Natürlich musste er seine vier Hausgeschenke ebenfalls mit nach Neuerburg nehmen, um sie einerseits vorzuzeigen. Andererseits würde er die Pralinenschachtel zusätzlich seiner Stiefmutter und die Weinflasche dem

Vater schenken. Nur den Schal wollte er für sich behalten. Schließlich stand ja auch sein Name darin.

Nach etwa eineinhalb Stunden löste sich die Gesellschaft allmählich auf und Nik saß noch eine Weile mit Karl alleine zusammen. Der hatte diesmal keinen Weihnachtsurlaub erhalten, weil er den im Vorjahr nehmen durfte. Aber stattdessen erhielt er ein paar Tage später, über Neujahr, sechs Tage Urlaub, worauf auch er sich freute.

Nik hatte schon zuvor einiges über Karl, dessen Eltern im bergischen Lindlar lebten, erfahren. Er hatte drei Geschwister. Die beiden Kollegen waren infolge reichlichen Alkoholgenusses nun in bester Stimmung und tauschten Familiengeschichten aus. Als sie schließlich aufbrachen, um ihre gemeinsame Kammer aufzusuchen, waren schon andere Bedienstete damit beschäftigt, das Buffet abzubauen und den Saal wieder ordentlich herzurichten. Karl und Nik indes mussten sich gegenseitig auf dem Weg nach oben ein wenig stützen und immer wieder hörte man dabei von ihnen unkontrolliertes Gekicher, was den erstaunten Blick des einen oder anderen Gastes auf sie lenkte.

Am folgenden Morgen versorgte sich Nik nach dem Frühstück noch mit Reiseproviant, verabschiedete sich von Karl, Herrn Berger am Empfang sowie von einigen anderen Angestellten, denen er noch begegnete, wünschte ihnen »Frohe Weihnachten« und begab sich auf den Weg zum Hauptbahnhof. Diesmal trug er an Stelle des alten Pappkartons und des kleinen Koffers einen großen neuen Koffer, den er sich geleistet hatte. Den Lodenmantel brauchte er natürlich jetzt nicht über den Arm zu tragen, denn es war sehr kalt draußen, aber Schnee gab es bislang noch nicht, jedenfalls nicht in Köln. Als Kopfbedeckung trug er eine flache, grau karierte Kappe.

Sein Zug fuhr mit einigen Minuten Verspätung, aus Dortmund kommend, ein. Zwar stiegen hier in Köln viele Reisende aus, aber noch mehr ein, so dass Nik sich mit Mühe einen Sitzplatz ergattern konnte.

Während der Zug gemächlich durch die Eifel schnaufte, wo eine deutliche Zunahme der Schneelage festzustellen war, und sich allmählich der Heimat näherte, verspürte Nik, wie seine innere Spannung und Aufregung wuchsen. Von Station zu Station leerte sich der Waggon. Schließlich wollten nur noch sechs weitere Reisende nach Neuerburg, der Endstation. Als die ersten

Häuser in Sicht kamen, drückte Nik das Fenster hinunter, um hinaussehen zu können. Er spürte, wie sein Herz ihm bis zum Halse schlug.

Der Zug verlangsamte seine Fahrt, aber es schien ihm eine Ewigkeit, bis der Bahnhof endlich auftauchte. Und da standen sie, Vater und die jüngeren Brüder, winkend, denn sie hatten Nik erkannt, der sich, ebenfalls winkend, weit aus dem Fenster lehnte. Natürlich waren noch weitere Personen auf dem Bahnsteig, andere Reisende erwartend. Und freilich der stolze Bahnhofsvorsteher in seiner Generaluniform!

Quietschend und zischend kam der Zug schließlich zum Halt. Die Türen wurden geöffnet und seine Lieben eilten zu ihm heran. Bevor Nik ausstieg, reichte er seinen Koffer dem Vater an, um sogleich mit einem Satz auf den Bahnsteig zu springen.

»Wie schön, dass du wieder zu Hause bist!« – »Herzlich willkommen, Nik!« – »Hallo, großer Bruder!« – »Hattest du eine gute Reise?« – »Gut siehst'e aus!« – »Aber ein bisschen schmaler ist er doch geworden.« Alle redeten sie durcheinander, während Nik reihum jeden einzelnen umarmte.

Endlich stand er wieder aufrecht, von allen umringt. Jetzt musste er erst einmal tief Luft holen, die kühle, klare Winterluft der Eifel einatmend.

»Danke, dass ihr alle gekommen seid, wie schön, wieder zu Hause zu sein.«

»Mutter wartet schon mit dem Essen auf uns«, sagte Vater, »bist doch bestimmt hungrig, oder?«

»Wir haben extra mit dem Essen auf dich gewartet«, betonte Johann-Peter, »wir haben auch Hunger!«

»Na, dann wollen wir mal los«, sagte Nik.

»Können wir noch eben die Lok angucken?« fragten die Jungen, »wir kommen gleich nach!«

Vater nickte zustimmend und machte sich mit Nik, der seinen Koffer trug, auf den Heimweg.

»Johann liegt übrigens noch mit Grippe zu Bett«, sagte Vater, »aber er ist über den Berg. Hatte richtig hohes Fieber. Das ist aber seit gestern weg.«

Wenige Minuten später wurden sie von den Jungen wieder eingeholt. Sie überfielen ihren Bruder nun mit unzähligen Fragen, die er gar nicht alle auf einmal beantworten konnte.

Etwa hundert Meter vor der Bergstraße rannten die Brüder plötzlich vor, um

Niks Ankunft zu vermelden. Als die beiden in die Bergstraße einbogen, trat Niks Stiefmutter soeben vor die Tür und sogleich lagen sie sich in den Armen.

»Herzlich willkommen, min Jung. Jut, dass`te wieder da bist«, sagte sie. »Wir können auch gleich essen. Hast bestimmt `nen Riesenhunger, wa?«

Ja, es roch auch schon außerordentlich gut im Hausflur.

Nik ließ seinen Koffer dort einfach erst mal stehen, entledigte sich des Mantels und machte sich auf der Toilette kurz frisch.

Es war gerade drei Uhr durch, als die ganze Familie im Wohnzimmer um den großen Tisch Platz genommen hatte, auch Johann, der im Morgenmantel erschien und Nik herzlich begrüßte. Die Küche war zu klein für sie alle. Aber auch im Wohnzimmer blieb nun nicht mehr viel Raum rundherum, denn da gab es auch noch den Schrank und den Eisenofen in der Ecke, in dem ein lustiges Feuer loderte, den Raum erwärmend. Durch das Feuer roch es hier ein wenig nach Ruß.

Der Tisch war festlich gedeckt mit einer richtig weißen, glatt gebügelten Spitzen-Decke. Das gab es, wie Nik wusste, eigentlich nur sonntags oder an sonstigen Festtagen. Aber heute war ja Samstag.

»Für uns ist heute schon ein Festtag«, sagte Mutter, als ob sie Niks Gedanken erraten hätte. »Weil du wieder da bist!« Sodann trug sie eine große Suppenterrine herein. »Deftige Kartoffelsuppe mit Speck!«

Dazu lagen auf zwei Tellern etliche Graubrot-Schnitten.

»Herrlich, wunderbar«, erwiderte Nik, »die hab` ich seit ewigen Zeiten nicht mehr gegessen, danke.«

Nik war vom Hotel her inzwischen sehr verwöhnt, was das Essen anbelangt. Besonders gedachte er des exzellenten Weihnachtsbuffets am vorigen Abend. Aber darüber würde er Stillschweigen wahren. Doch bevor die Suppe ausgeteilt wurde, sprachen sie gemeinsam das Dankgebet:

»Oh Gott, von dem wir alles haben, wir danken dir für deine Gaben. Du speisest uns, weil du uns liebst, nun segne auch, was du uns gibst«.

Und Vater fügte noch hinzu: »Danke, Herr, dass du uns den Nik wieder gesund und munter nach Hause gebracht hast!« - »A m e n«, schlossen sie gemeinsam das Gebet.

Nach alter Sitte fassten sich nun alle an den Händen und riefen: »Guten Appetit!«

Die Kartoffelsuppe schmeckte wirklich köstlich und Nik bediente sich dreimal, was Mutter freute. »Ich habe noch mehr davon in der Küche im Topf«, sagte sie. »Nee lass man, das reicht allemal. Ich bin satt!« erwiderte Nik. Auch die anderen hatten ihren großen Hunger gestillt.

Natürlich musste Nik währenddessen ausführlich über seine Erlebnisse und Erfahrungen in Köln berichten. Die Eltern wollten insbesondere gerne wissen, wie die Verpflegung wäre. Aber Nik schien es zweckmäßiger, nicht zu sehr darüber zu schwärmen. Er nannte es schlichtweg »durchwachsene Hausmannskost«.

Zum Nachtisch gab es Vanillepudding mit heißen Kirschen, die Mutter im Sommer eingemacht hatte.

Nach dem Essen verspürte Nik das Bedürfnis, einen Spaziergang durch Neuerburg zu unternehmen. Sein Vater begleitete ihn. Es war ein Vergnügen, endlich wieder durch die vertrauten Gassen und Straßen zu schlendern, zumal jetzt alles tief verschneit und romantisch erschien. Allmählich begann es zu dämmern. Der »Laternenmann« zündete mit seinem langen Stab die Gaslaternen an. Lichterschein in den Fenstern vieler Häuser verbreitete einen geheimnisvollen, matten Schimmer. Mitten auf dem Marktplatz glitzerten an einem riesigen, verschneiten Tannenbaum lauter glänzende Sterne aus Goldpapier und kleine bunte Paketchen, die von den Zweigen herabhingen. Zum Teil waren die Dächer der Häuser und der Nikolauskirche mit dicken Schneeschichten bedeckt, Eisstalaktiten hingen hier und da von den Regenrinnen herab. Aus fast allen Schornsteinen stieg Rauch in den grauen Winterhimmel empor. Nik sog die einzigartig festliche Atmosphäre genüsslich in sich auf. Er fühlte sich glücklich, bedauerte jedoch zugleich seine Kolleginnen und Kollegen, die das Pech hatten, über die Festtage im Hotel Dienst tun zu müssen.

»Morgen Vormittag muss der Weihnachtsbaum aufgestellt werden«, riss Vater ihn plötzlich aus seinen Gedanken. »Ich habe ihn wieder im Wald geschlagen. Er steht draußen hinter dem Haus. War diesmal gar nicht so einfach, einen gutgewachsenen zu finden«.

»Prima, das machen wir zusammen. Übrigens habe ich zwei Paar Schuhe mitgebracht. Da sind die Absätze ganz schief gelaufen. Kannst du mir bitte neue dran machen, nach Weihnachten vielleicht?«

»Klar, mach ich doch«, war Vaters Antwort. »Aber du kannst mir auch helfen. Am Gartenschuppen muss unbedingt ein morscher Stützbalken ausgetauscht werden. Sonst kracht das Ding zusammen, wenn noch mehr Schneefall das Dach belastet. Johann will ich nach seiner Grippe nicht damit behelligen.« – »Geht in Ordnung. Das kriegen wir schon wieder hin!« Vater berichtete von mehr oder weniger bedeutenden Ereignissen, die sich während Niks Abwesenheit zugetragen hatten, von Geburten und Todesfällen im Bekanntenkreis, wobei Nik aufmerksam zuhörte. Aber wirklich Aufregendes war nicht passiert. Ob es etwas Neues vom Hotel Wolters gäbe, wollte Nik wissen. Aber in diesem Fall wußte Vater nichts von irgendwelchen Veränderungen.

Den Abend verbrachte die Familie in gemütlicher Runde am Tisch vor dem knisternden Wohnzimmerofen. Die jüngeren Brüder spielten »Mensch ärgere dich nicht« und Vater rauchte sein Pfeifchen. Fast pünktlich um einundzwanzig Uhr wurden zunächst die Buben zu Bett geschickt, während die Eltern mit Nik und Johann noch eine weitere Stunde plauderten. Dann war auch das Feuer fast erloschen. Vater holte aus dem Schuppen hinter dem Haus zwei Briketts, wickelte diese in feuchtes Zeitungspapier und legte alles dann auf die restliche Glut. So würde das Feuer über Nacht nicht ganz verlöschen und wäre am nächsten Morgen leicht wieder zu entfachen.

Man einigte sich noch darauf, am folgenden Morgen um neun Uhr am Frühstückstisch zu erscheinen und wünschte sich sodann eine gute Nachtruhe.

Nik wachte am Heiligen Abend dadurch auf, dass Johann einen Hustenanfall bekam. Es war fünf vor acht Uhr. Er blieb noch etwa zehn Minuten genüsslich in seinem warmen Bett liegen. Er hatte gut geschlafen. Dann stand er auf und begab sich ins Bad, beeilte sich aber, da er wusste, dass die anderen ja auch noch hinein wollten.

Nach dem Frühstück – einem Pott Kaffee und zwei Marmeladenbroten - montierte Nik den Tannenbaum draußen in den vorgesehenen Eisenständer und brachte ihn sodann herein. Vater hatte wie immer einen möglichst schmalen Baum ausgesucht, weil es ohnehin im Wohnzimmer eng genug war. Dafür maß er aber auch ungefähr einen Meter neunzig und war schön gleichmäßig gewachsen. Der Baum fand seinen Platz in der dem Ofen entferntesten Ecke. Vater und Johann hatten derweil die beiden großen Pappkartons mit den Schmucksachen herein gebracht. Nun halfen auch

die jüngeren Brüder aufgeregt mit, alles auszupacken und auf dem großen Tisch, über den Mutter zuvor ein altes Bettlaken gebreitet hatte, zu verteilen.
»Zuerst müssen die Kerzenhalter dran«, gemahnte Vater.

Nach etwa einer Stunde war der Baum geschmückt und erstrahlte in voller Glitzerpracht: mit Silberlametta, verschieden großen silbernen Glaskugeln, alten, selbst gebastelten Strohsternen und kleinen bunten Papiergirlanden. Zur Beleuchtung waren zwölf weiße Wachskerzen angebracht, allerdings so, dass sie genug Raum zum Brennen hatten und keine Brandgefahr von ihnen ausging. Ganz oben thronte auf dem Baum eine wunderschöne silberne Glasspitze.

Mutter war indes damit beschäftigt, zwei Tortenböden, die sie schon Tags zuvor gebacken hatte, zu belegen; den einen mit Apfelscheiben, den anderen mit Kirschen. Außerdem hatte sie noch einen Topfkuchen. Alles das würde aber erst zum Kaffee am Ersten Weihnachtstag serviert werden.

Eine richtige Mittagsmahlzeit gab es heute nicht. Es war noch reichlich Kartoffelsuppe vom Vortag da, die Mutter aufgewärmt hatte. Wer Hunger verspürte, konnte in die Küche gehen und sich selber dort am großen Topf bedienen.

Mittags, um ein Uhr, wurde das Wohnzimmer verschlossen.

Am Abend, vor der Bescherung sollte es Kartoffelsalat mit Würstchen geben. Dafür musste eine Menge Kartoffeln geschält werden, reichlich für die achtköpfige Familie, was die Jungen in einer Art Wettbewerb erledigten, obwohl sie diese Tätigkeit im Grunde hassten.

Während die Buben so beschäftigt waren, erhielt Nik von Vater den Wohnzimmerschlüssel und schlich sich mit seinen Geschenken, in einem Beutel versteckt, hinein und legte alles unter den Weihnachtsbaum. Alle hatte er zuvor mit buntem Papier verpackt und mit Namenszettelchen versehen.

Mutter bereitete den Kartoffelsalat zu, den es dann gegen achtzehn Uhr mit warmen Würstchen, Gurken und Brot zur Abendmahlzeit gab. Vater hatte angekündigt, dass um neunzehn Uhr Bescherung wäre. Dazu sollte sich jeder festlich kleiden.

So geschah es. Während dieser Zeit zündete Vater die Kerzen am Baum an, vergaß jedoch nicht, aus Sicherheitsgründen eine mit Wasser gefüllte Gießkanne dahinter zu stellen. Als alle in der Küche versammelt waren, öffnete er die Tür zum Wohnzimmer und sie traten voller freudiger Erwartung ein.

Dem Raum entströmte ein wunderbarer Duft von Tannennadeln und Gebäck. Erhellt wurde das Zimmer lediglich von den brennenden Kerzen.

Es war bei den Kemens Tradition, dass vor der Bescherung zunächst einige Weihnachtslieder gesungen wurden. Diesmal sangen sie: »Stille Nacht, Heilige Nacht«, »Oh Tannenbaum«, »Oh, du fröhliche Weihnachtszeit« und »Leise rieselt der Schnee«, natürlich a Capella, da niemand je gelernt hatte, ein Instrument zu spielen.

Die Bescherung fiel in diesem Jahr weit üppiger aus als früher, weil Nik so viele schöne Sachen aus Köln mitgebracht hatte. Alle waren »ganz aus dem Häuschen«. Aber auch für Nik hatten die Eltern eine Überraschung bereit: Ein Etui mit Füllhalter, Tintenfläschchen und dazu einen Karton mit Brief-, Löschpapier und Couverts. »Damit du uns mal öfters schreiben kannst«, begründete es Mutter.

Die jüngeren Brüder waren vollauf begeistert mit ihrem Blechspielzeug, sogar Karl, der älteste. Er war erst vor wenigen Tagen Vierzehn geworden.

Für jeden der Brüder gab es zusätzlich noch einen wunderschönen bunten, mit Weihnachtsmotiven bedruckten Pappteller voller Leckereien: Rund um eine Orange lagen Walnüsse, Spekulatius, Printen, Schokoladensterne, Karamellbonbons und Marzipankartoffeln. Damit es keine Verwechslung gab, hatte Vater an jeden Teller seitlich einen Namenszettel geklebt.

Der Heilige Abend verlief wie im Fluge und allmählich wurde es 23 Uhr. Nun machten sich alle bereit, wie es seit Jahren Tradition war, zur Christmette hinauf in die Sankt-Nikolaus-Pfarrkirche zu gehen. Darauf freuten sie sich, denn bei der nächtlichen Messe mit unendlichem Kerzenschein, Weihrauch, und der riesigen Schar von Messdienern und dem schönen Chorgesang herrschte stets eine wunderbare Atmosphäre. Auch die vier jüngeren Brüder waren Messdiener und mussten deshalb etwas früher das Haus verlassen.

Inzwischen hatte wieder heftiger Schneefall eingesetzt, so dass alle hohe Stiefel und dicke Wintermäntel anzogen und ihre Kappen aufsetzten. Als sie gegen viertel nach Elf das Haus verließen, hoffentlich zeitig genug, um einen Sitzplatz zu ergattern, setzte gerade das volle, mächtige Geläut der vier Kirchenglocken ein. Es machte Spaß, durch den tiefen Schnee zu stapfen und ganz Neuerburg erstrahlte in feierlich-festlichem Glanz. Als sie das

Gotteshaus erreichten, sahen alle wie die Schneemänner aus und mussten sich zunächst vom gröbsten Schnee befreien.

Die Mette dauerte lange und erst gegen zwei Uhr am frühen Morgen kehrten sie nach Hause zurück.

Der erste Weihnachtstag verlief auf geruhsame Weise, am Nachmittag brach Nik mit seinem Vater zu einem ausgedehnten Spaziergang durch die verschneite Umgebung Neuerburgs auf.

Am Zweiten Weihnachtstag, dem Fest des Heiligen Stephanus, standen alle zeitig auf, um das feierliche Hochamt um zehn Uhr zu besuchen.

Zu Mittag gab es an diesem Tag »Himmel und Erde«: knusprig gebratene Blutwurst mit Kartoffeln und Apfelkompott, was alle gerne mochten.

Anschließend besorgten wiederum drei Jungen den Abwasch, um sodann gemeinsam mit Vater und Nik erneut zu einem Schnee-Spaziergang aufzubrechen. Mutter und Johann, der sich dafür noch nicht fit genug fühlte, blieben zu Hause.

Rasch stiegen sie hinter dem Haus an der Eligius-Kapelle vorbei zur Höhe hinauf, wo der Weg in den Wald hinein führte. Der Schnee lag dort etwa zwanzig Zentimeter hoch und es war gar nicht so einfach, hindurch zu stapfen. Die Zweige der Fichten beugten sich schwer unter ihrer Schneelast und ab und zu stürzten von dort kleine Lawinen herab, ein zusätzliches Schneegestöber verursachend. Selbst auf den schmalen Ästen der kahlen Laubbäume hatte sich eine dünne weiße Schicht gebildet. Die Winterlandschaft sah bezaubernd aus. Hinzu kam die Stille. Bislang hatte sich die kleine Wandergruppe recht lärmend, schwatzend und lachend fortbewegt. Die Jungen fanden großen Spaß daran, sich gegenseitig mit Schneebällen abzuwerfen.

Doch jetzt, im stillen Wald, überkam sie fast eine andächtige Lautlosigkeit, während der nur noch keuchender Atem und leises Flüstern zu vernehmen waren. Der Schneefall war nicht mehr so heftig wie an den Vortagen, dennoch schneite es weiterhin leicht. Alsbald entdeckten die Jungen noch frische Spuren von verschiedenen Waldbewohnern und sie versuchten, mit Vaters Hilfe, diese den einzelnen Tierarten zuzuordnen. Nach einer guten Stunde schlugen sie den Heimweg ein, denn einerseits drang allmählich Feuchtigkeit in ihre Wanderstiefel, andererseits begann es auch schon zu dämmern und bis nach Hause würde es gewiss noch eine dreiviertel Stunde benötigen.

So kehrten sie ein wenig erschöpft, aber gut gelaunt gegen siebzehn Uhr zurück, um sich dann erst einmal von ihren durchnässten Schuhen, Strümpfen und Mänteln zu befreien.

Jetzt aber hatte Mutter eine Überraschung bereit: In einem großen Topf duftete köstlicher Kakao! Wer wollte, konnte sich mit einer Schöpfkelle selbst bedienen und eine Tasse des leckeren Getränkes nehmen. Zusätzlich stand auf dem Tisch noch ein großer Teller mit Plätzchen.

Das Christfest neigte sich auf diese Weise dem Ende entgegen. Es wurde noch ein gemütlicher Abend in geselliger Runde, wobei die Jungen vollauf mit ihren Geschenken beschäftigt waren, die älteren Brüder mit Vater und Mutter über alle möglichen Themen und Ereignisse der letzten Zeit diskutierten, insbesondere über Niks weitere Zukunft. Dabei erwähnte dieser, dass er es für zweckmäßig hielte, in absehbarer Zeit die Englische Sprache zu erlernen, um sich beruflich zu verbessern. Die Frage wäre nur, wie und wo er dies in Anbetracht seiner wechselnden Schichtdienste verwirklichen könnte.

»Das Beste wäre«, so Vater, »wenn du einen Privatlehrer fändest, der die Unterrichtsstunden variabel nach deinem Dienstplan legen könnte.«

»Sicher, aber was mag so ein Privatlehrer pro Stunde verlangen?«

»Keine Ahnung, da müsstest du versuchen zu verhandeln. Aber du hast doch noch deine Ersparnisse auf der Bank?« »Klar, aber wie lange würden die reichen?«

»Das sind zunächst rein theoretische Fragen. Sieh erst mal zu, ob du überhaupt einen Lehrer findest und dann verhandele mit ihm. Wie ist denn deine Vorstellung über den Stundenpreis, oder anders gefragt, wieviel wäre dir die Stunde wert?« - »Na ja, vielleicht zwei bis drei Mark die Stunde?«

Am folgenden Freitag ersetzte er gemeinsam mit Vater und Johann, der sich wieder wohl fühlte, den morschen Stützbalken des Schuppens und Vater besohlte Niks Schuhabsätze neu.

Dann kam der Samstag, an dem Nik seine Rückreise nach Köln antreten musste. Diesmal geleiteten ihn alle zum Bahnhof, sogar Mutter und die jüngeren Brüder, die ja noch Schulferien hatten. Natürlich fiel der Abschied allen nicht minder schwer als im letzten Sommer. Dennoch fühlte sich Nik wohler als damals, da er diesmal keine Reise ins Ungewisse antrat.

Januar 1913 - Köln

Der Jahreswechsel war vorüber. Noch nie in seinem Leben hatte Nik einen derartigen Trubel und Jubel erlebt, nie ein so gewaltiges Feuerwerk gesehen, das schier endlos schien. Im Kaiserhof fand für erlesene Gäste eine Silvesterparty statt, die nach Niks Meinung kaum zu überbieten gewesen war. Er selbst musste zur Verstärkung des Kellnerpersonals eingesetzt werden, was ihm nicht nur großen Spaß bereitete, sondern auch kräftige Trinkgelder einbrachte. Die Leute waren unglaublich spendabel gewesen.

Inzwischen hatte ihn der Alltag wieder und Nik beschloss, sich mit seinem Anliegen wegen des Englischunterrichtes an Herrn Berger, den Empfangschef zu wenden. Der kannte doch »Gott und die Welt«. Und tatsächlich erinnerte er sich an eine ältere Dame, die er vor Jahren kennen gelernt hatte. Sie war gebürtige Engländerin, mit einem Deutschen verheiratet gewesen, aber nun verwitwet. Sie wohnte im Eigelstein.

»Ich könnte mir vorstellen, dass Frau Deckers bereit wäre, dir Englischunterricht zu erteilen. Versuch es mal bei ihr. Ich gebe dir ein kleines Empfehlungsschreiben mit.« Wenige Tage später, an einem seiner freien Tage, klingelte Nik nachmittags bei Frau Deckers, die im vierten Stock eines alten Patrizierhauses wohnte. Sie öffnete die Tür, die von innen mit einem Kettchen gesichert war, zunächst nur einen Spalt weit.

Nachdem Nik ihr kurz sein Anliegen erklärt und ihr Herrn Bergers Empfehlungsschreiben durch den Türspalt gereicht hatte, löste sie das Kettchen, bat ihn herein und geleitete ihn ins Wohnzimmer. Der Raum war mit einer schweren Plüsch-Sitzgarnitur, einem großen altdeutschen Schrank, einem Regal mit hunderten Büchern, einem schwarz lackierten Klavier sowie mit einem flachen Eichentisch ausgestattet. Den Boden bedeckte ein riesiger Orientteppich mit Fransen an zwei Seiten. Von der Decke hing über dem Tisch eine große runde Schirmlampe mit Stoffbezug und Fransen herab. Nik empfand die gesamte Einrichtung als »altmodisch« und irgendwie roch es auch verstaubt.

Frau Deckers erwies sich als eine sehr freundliche, liebenswerte alte Dame, die jedoch offensichtlich schmerzhafte Beine hatte, da sie sich nur langsam mit Hilfe eines Gehstockes bewegte.

»Wenn Sie nicht das Schreiben von Herrn Berger gehabt hätten, hätte ich

Sie nicht 'rein gelassen, junger Mann. Aber nun nehmen Sie erst mal Platz. Kann ich Ihnen einen Drink anbieten?«

»Nein, danke, sehr freundlich. Ich möchte Ihnen keine Umstände bereiten«, erwiderte Nik.

»Oh, das sind keine Umstände. Machen Sie mir die Freude und trinken mit mir dann wenigstens eine Tasse Tee! Hätte ich mir sowieso gleich gemacht.«

Nun willigte Nik ein und Frau Deckers bemühte sich nach nebenan, wahrscheinlich in die Küche. Er hörte, wie sie dort mit Geschirr hantierte.

»Herr Kemen, kommen Sie doch bitte mal her in die Küche. Sie können mir behilflich sein!« rief sie von drüben.

Nik folgte sogleich ihrer Aufforderung. In der Küche hatte sie bereits auf einem Tablett Tassen, Untertassen, Zuckertöpfchen und Milchkännchen sowie Teelöffel zusammengestellt. Auf dem alten Herd stand ein mit Wasser gefüllter Flötenkessel, der gerade zu summen begann. Daneben sah Nik eine dicke, dunkelbraune, oben offene Keramik-Teekanne. In der Öffnung steckte ein Sieb, in das Frau Deckers soeben mehrere Löffel Tee einfüllte. »Bitte bringen Sie das Tablett schonmal rüber in die Stube«, bat Frau Deckers. »Dann kommen Sie wieder und holen die Teekanne. Wissen Sie, für mich ist das etwas beschwerlich. Sonst trinke ich meinen Tee immer hier in der Küche.«

Als sie wenige Minuten später im Wohnzimmer zum Tee Platz genommen hatten, fuhr sie fort:

»Ich freue mich, wenn ich mal Besuch bekomme. Das ist leider nur noch selten, seit mein Mann vor sechs Jahren verstarb. Und ich gehe nur noch aus dem Haus, um das Nötigste einzukaufen. Wissen Sie, ich habe furchtbare Arthrose in den Knien. Besonders das Treppensteigen fällt mir schwer und es sind ja so viele Stufen bis hier rauf.«

Zumindest kann Frau Deckers froh sein, dass sie nicht übergewichtig, sondern schlank ist, dachte Nik. Sonst wäre es noch viel schlimmer mit ihr. Sie trug einen bunten Küchenkittel über ihrem Kleid, das fast bis zum Boden reichte. Die weitgehend ergrauten Haare trug sie mit kleinen Kämmen hochgesteckt. Ihr freundliches, von vielen Falten gezeichnetes Gesicht mit stechend hellblauen Augen ließen Nik vermuten, dass sie einst in jungen Jahren eine sehr hübsche Frau gewesen sein muss. Offensichtlich benötigte sie zum Lesen eine Brille, die bislang, nur an einem Silberkettchen befestigt, vor ihrer Brust baumelte.

Nachdem der Tee eingeschenkt war, forderte Frau Deckers Nik auf, ihr etwas über sich selbst, seine Herkunft und Tätigkeit zu erzählen, was er natürlich gerne tat.

Anschließend erzählte auch sie ihm einiges von sich. Sie stammte aus der Industriestadt Leeds in Mittelengland und hatte ihren Mann, der Dampfmaschineningenieur war, 1859 kennen gelernt, als er mehrere Monate lang im Auftrag seiner Firma die Entwicklung des Eisenbahnwesens in England erkunden sollte. Ihre Eltern hatten dem jungen Mann ein Zimmer vermietet und beide verliebten sich ineinander. Geheiratet wurde aber erst zwei Jahre später, nachdem ihr Verlobter alle paar Monate nach Leeds zurückkehrte, um sie zu besuchen. Ihre Eltern hatten keine Einwände gegen die Heirat mit einem Deutschen. Schließlich war ja auch Queen Victoria mit einem Deutschen verheiratet! So kam Frau Deckers, deren Mädchenname Taylor war, zunächst nach Hannover, wo ihr Mann arbeitete. Sie bekam dort zwei Söhne, von denen einer leider schon früh verstarb. Der andere war derzeit in der Schweiz verheiratet und besuchte sie ein- bis zweimal im Jahr. Sie hatte durch ihn auch zwei Enkelkinder. Ihr einziger Bruder war ebenfalls schon verstorben, ansonsten lebte niemand mehr von ihrer Familie in England. Lediglich mit einer alten Schulfreundin, die seit Jahren ein kleines Hutgeschäft in London betrieb, stünde sie immer noch brieflich in Verbindung. Die beiden Freundinnen hatten sich bis vor wenigen Jahren hin und wieder gegenseitig besucht. 1868 wurde ihr Mann nach Köln versetzt, wo sie seitdem lebten.

»Isch han sojar e bissche Kölsch jeliert in dä Zick!« ergänzte sie lachend.

Frau Deckers sprach sehr gut Deutsch, wenn auch mit deutlich ausländischem Akzent. Man könnte sie demnach vielleicht für eine Holländerin halten, dachte Nik.

»Unser Umzug nach Köln hat mir aber leider gesundheitlich geschadet«, sagte sie, »seitdem leide ich an Asthma, was ich vorher nie kannte. Liegt wohl am Klima hier.«

»Ja, kann gut möglich sein«, bestätigte Nik, »die Luft hier ist auch ganz anders als bei uns in der Eifel.«

Endlich kehrte Frau Deckers zum eigentlichen Grund von Niks Besuch zurück.

»Sie möchten also Englisch lernen?«

»Ja, Frau Deckers, man hat mir das wiederholt empfohlen. Dadurch könnte ich meine Aufstiegschancen im Hotel wesentlich verbessern. Wären Sie denn vielleicht bereit, mir Unterricht zu erteilen?«

»Also, Herr Kemen« – »Nennen Sie mich doch einfach Nik«, unterbrach er sie, »alle nennen mich so.«

»Na schön, N i k« – sie dehnte seinen Namen absichtlich in die Länge – »Sie machen einen guten Eindruck auf mich und auch Herrn Bergers Empfehlungsschreiben sagt mir, dass ich mit Ihnen kein Risiko eingehe. Aber eines muss ich betonen: ich bin keine ausgebildete Lehrerin, habe aber schon vor Jahren Schülerinnen des Lyzeums Nachhilfeunterricht erteilt. Und ich glaube sogar erfolgreich, wenn ich mich nicht irre.« Dabei kicherte sie ein wenig verschmitzt. »Also, Herr Kemen, - eh, sorry, N i k, - wann soll`s denn losgehen?«

»Erlauben Sie, dass ich mich erst noch nach Ihrem Honorar erkundigen muss, Frau Deckers.«

»Ach, wissen Sie, das ist für mich ziemlich uninteressant. Ich freue mich einfach, wenn ich Ihnen helfen kann. Dann sind die Tage auch nicht so langweilig.«

»Trotzdem, Frau Deckers, bitte sagen Sie mir, wieviel ich zu zahlen habe«, bat Nik inständig.

»Also gut, sind ihnen zwei Mark die Stunde genehm?«

Nik atmete deutlich hörbar auf und strahlte nun über`s ganze Gesicht. »Aber sicher, Frau Deckers, das ist ja fast geschenkt! Wissen Sie was? Ich könnte, wenn ich komme, für Sie gleichzeitig einkaufen oder mich sonst irgendwie nützlich machen, wenn Sie wollen.«

»Oh, das ist eine wunderbare Idee, Nik. Darüber würde ich mich natürlich sehr freuen.« Sie nahm den «Tea-Cosy«, die Warmhaltemütze, von der Teekanne und schenkte Nik und sich eine weitere Tasse Tee ein. Sodann fuhr sie fort: »Ich habe sogar noch zwei ältere Englisch-Schulbücher, die ich Ihnen zur Verfügung stellen kann. Schauen Sie mal.« Dabei erhob sie sich mühsam und trat ans Bücherregal, wo sie einen Augenblick lang herumsuchte. Dann fand sie die gesuchten Bände und reichte sie Nik hinüber, der sie betrachtete und ein wenig darin herumblätterte. »Nun müssen wir nur noch die Termine abklären.«

Das war kein Problem. Nik erklärte ihr seinen Dienstplan mit den freien Tagen. Daraus ergab sich, dass er problemlos zwei bis dreimal wöchentlich zu ihr kommen könnte.

Danach blieb er noch eine Weile und sie plauderten über allerlei Themen, insbesondere über unterschiedliche Sitten und Gebräuche zwischen England und Deutschland. Nik interessierte besonders, ob es ihr anfangs schwer gefallen war, als sie nach Deutschland kam...

Überglücklich schlenderte er an diesem Abend zum Hotel zurück, froh aber auch darüber, dass er einen netten, liebenswerten Menschen privat außerhalb des Hotels kennengelernt und ein festes Ziel hatte, zu dem er mehrmals in der Woche einkehren konnte.

Somit entwickelte sich im Laufe der Monate ein herzliches Verhältnis gegenseitiger Hilfe zwischen den beiden und Nik machte erstaunlich rasch gute Fortschritte. Frau Deckers ging schon nach wenigen Unterrichtsstunden dazu über, nur noch Englisch mit Nik zu sprechen, sobald er auf der Türschwelle erschien. Sie zeigte ihm auch Alben mit Familienfotos und Bildern von England, insbesondere von London, die sie ihm auf Englisch erläuterte. Von Zeit zu Zeit erhielt sie Briefe von ihrer alten Schulfreundin in London, einer Mrs. Bennet, die Nik ebenfalls lesen und übersetzen musste.

Im Februar hatte Nik seine Probezeit beendet und einen neuen unbefristeten Arbeitsvertrag mit einer geringen Lohnerhöhung erhalten. Sowohl Herr Berger wie auch Herr Wienands waren bislang mit seinen Leistungen vollauf zufrieden.

Leider erkrankte Frau Deckers im folgenden Herbst nach einem heftigen Asthmaanfall schwer. Nach drei Wochen Behandlung im Vinzenz-Hospital wurde sie zu einem mehrwöchigen Aufenthalt nach Norderney geschickt. Aber selbst als sie danach wieder nach Köln zurückkehrte, musste Nik feststellen, dass sie gesundheitlich nicht stabil und bettlägerig war. So oft er konnte, erledigte er die erforderlichen Besorgungen für sie, aber zum eigentlichen Englischunterricht kam es immer seltener.

Immerhin hatte Frau Deckers es fertiggebracht, Nik eine solide Grundlage der Englischkenntnisse zu vermitteln.

»Wissen Sie«, meinte sie eines Tages, »wenn man eine Fremdsprache richtig lernen will, dann sollte man für mindestens ein halbes Jahr in das entsprechende Land reisen. So habe ich ja auch Deutsch gelernt und sogar ein bisschen Kölsch. Wenn Sie sich mit den Leuten, die Ihre Muttersprache nicht sprechen, unterhalten wollen, sind Sie quasi gezwungen, denen auf den Mund zu schauen und Sie kommen am schnellsten hinein.«

»Klar, das leuchtet mir ein«, erwiderte Nik, »würde ich vielleicht auch machen. Ist aber leichter gesagt als getan. Wo soll ich das Geld für ein halbes Jahr hernehmen? Mein Gespartes reicht bestimmt nicht für eine so lange Zeit.«

»Wäre natürlich gut, wenn Sie während der Zeit in England Arbeit finden könnten.«

Es folgte ein Moment gedanklicher Stille, während der Nik nur zustimmend nickte.

»Vielleicht könnte Ihnen meine Freundin in London, Mrs. Bennet, behilflich sein«, fuhr nun Frau Deckers fort. »Ich bin sicher, das würde sie machen, wenn ich sie darum bitte.«

Und wieder folgten einige Augenblicke, während der niemand etwas sagte. Schließlich meinte Frau Deckers: »Denken Sie mal darüber nach und finden Sie heraus, ob es eine Möglichkeit für Sie gibt, sich vom Dienst freistellen zu lassen. Dann geben Sie mir Bescheid und ich schreibe an Mrs Bennet.«

»Sehr freundlich von Ihnen, vielen Dank«, erwiderte Nik, »ich werde mal mit meinem Chef sprechen und hören, wie er darüber denkt.« Es ist eine schwere Entscheidung, dachte Nik. Er wusste auch nicht, ob er überhaupt den Mut dazu hätte. Und mit Sicherheit müssten Gott weiß wie viele Formalitäten zuvor erledigt werden. Nik besaß ja nicht mal einen Pass!

Er ließ mehrere Wochen verstreichen, bevor er es endlich fertig brachte, Frau Deckers Idee Herrn Wienands vorzutragen und ihn zu fragen, was er dazu meinte.

»Grundsätzlich ist das eine gute Idee«, antwortete er. »Nur kann ich Ihnen nicht garantieren, dass ich Sie nach einem halben Jahr wieder einstellen werde, wenn auch die Wahrscheinlichkeit groß ist. Ich bin mit Ihnen sehr zufrieden, das wissen Sie, Nik. Aber ich kann heute noch nicht einschätzen, wie die Personallage in einem halben Jahr sein wird. Das Risiko müssen Sie schon selber tragen. Aber ich kann mir vorstellen, dass Ihre Englischkenntnisse dann ausgezeichnet sein werden, so dass Sie problemlos auch anderswo wieder eine Anstellung bekämen.«

»Sie würden mich also für ein halbes Jahr freistellen?« - »Was heißt freistellen? Nein, nein, Sie müssen von sich aus schlichtweg kündigen, von mir aus auch kurzfristig. Und ich bin dann erst einmal gezwungen, Ersatz für Sie zu suchen. Ich lasse Sie natürlich nur ungern ziehen, aber dass es für Sie von Nutzen sein könnte, ist mir klar. Bevor Sie kündigen, sollten Sie aber zur eigenen Sicherheit sämtliche vorbereitenden Schritte, die notwendig sind, abklären, damit das Unternehmen keine Pleite wird. Das Wichtigste wäre natürlich, vorab eine Arbeitszusage in England zu bekommen.«

»Herr Wienands, das Ganze ist für mich eine so schwierige Entscheidung«, sagte Nik, »dass ich die Sache gerne noch mit meinem Vater besprechen würde. Dürfte ich an einem Wochenende um zwei Tage Sonderurlaub bitten?« - »Natürlich, es dürfen auch drei sein.«

Damit entließ Herr Wienands Nik, der ihm versicherte, dass er seinen Chef über alle weiteren Überlegungen und Schritte auf dem Laufenden halten wollte.

Einige Tage später informierte er seine Eltern per Depesche, dass er am übernächsten Wochenende kurz nach Hause käme, um etwas Wichtiges mit ihnen zu besprechen.

So geschah es dann auch. »Wir fürchteten schon, es wäre etwas Schlimmes passiert«, sagte Vater, nachdem Nik die Eltern und auch Johann über die Idee, für ein halbes Jahr nach England zu gehen, grob unterrichtet hatte.

»Du bist alt genug, Junge, um selber zu entscheiden. Du musst deinen eigenen Weg gehen«, fuhr Vater fort. »Ich an deiner Stelle würde das machen. Vielleicht ist es die Chance deines Lebens, die nie wieder kommt. Aber dein Chef hat schon Recht: Du musst unbedingt planmäßig vorgehen und versuchen, sämtliche Unwägbarkeiten vorab zu klären, so weit das möglich ist. Erster Schritt ist nun, Frau Deckers zu bitten, mit ihrer Freundin Kontakt aufzunehmen, damit diese für dich eine Unterkunft und vielleicht gar eine Arbeitsstelle in England besorgen kann. Wenn das geklärt ist, kannst du alles Weitere in Angriff nehmen.«

Durch Vaters klare Stellungnahme war Nik erst einmal ein Stein vom

Herzen gefallen. Nach Frau Deckers und Herrn Wienands war sein Vater der dritte, der ihm den Weg bereitete.

Nach Köln zurückgekehrt, suchte er unverzüglich Frau Deckers auf, um ihr zu berichten.
»Gut, dann werde ich gleich morgen einen entsprechenden Brief an meine Freundin schreiben«, erklärte sie. »Ich gehe mal davon aus, dass sie Ihnen helfen kann, Nik. Mrs. Bennet kennt eine Menge anderer Geschäftsleute in London.«

....

Erst Anfang November traf die Antwort aus London ein. Mrs Bennet versicherte, ihr Bestmögliches zu tun, um Nik sowohl eine Unterkunft als auch einen »Job« zu vermitteln. Allerdings bat sie dafür um präzisere Angaben zur Person, aber unbedingt zum vorgesehenen Termin, wann »der junge Mann« denn verbindlich gedenkt einzureisen. Erst dann könnte sie wirklich aktiv werden.
Also ersuchte Nik einen weiteren Gesprächstermin bei seinem Chef. Der bat ihn, auf alle Fälle noch über Weihnachten zu bleiben.
»Wie wäre es denn, wenn Sie zum 30. Januar kündigten und dann gleich zu Anfang Februar abreisten?« schlug Herr Wienands vor.
Nik war mit dem Vorschlag einverstanden und informierte Frau Deckers entsprechend, damit sie das an Mrs Bennet weiterleiten konnte. Unverzüglich beantragte er am folgenden Tag auf dem Amt einen Reisepass. So nahmen die Ereignisse ihren Lauf....

O k t o b e r 1913 – London

Es war ein unruhiger Sommer für die Familie Scoines, der Aufregung und Ärger mit sich brachte. Der Grund: Fred Arthur hatte seinen Traum, nach Amerika zu reisen, in die Tat umgesetzt, allerdings mit dem Hintergedanken, sich dort eine dauerhafte Existenz aufzubauen.
Vorausgegangen waren unendliche, teils sehr hitzige Debatten im Familienkreis, bei denen niemand Verständnis für seine Idee hatte. Endlich einigte

man sich auf eine Art Kompromiss. Fred Arthur sollte zunächst mal nur eine Urlaubsreise nach Amerika buchen. Er könnte ja dann prüfen, welche Möglichkeiten sich ihm tatsächlich für eine dauerhafte Bleibe böten.

So geschah es, dass Fred Arthur sich ein Ticket für eine Überfahrt kaufte. Seine Familie beließ er in dem Glauben, es sei eine Rückfahrkarte. In Southampton ging er am 14. September an Bord der RMS Mauretania, die am folgenden Tag nach New York ablegte.

Mitte November erreichte ein kurzer Brief die Familie, in dem Fred Arthur mitteilte, dass er gut in den Staaten angekommen sei und alles bestens vorgefunden hätte. Sie sollten sich keine Sorgen um ihn machen. Eine feste Adresse könnte er ihnen jedoch noch nicht benennen.

May indes wurde immer unzufriedener mit ihrem Job als Hutmacherin bei der alten Mrs. Bennet, weil die keine neumodischen Hutkreationen zuließ und kehrte häufig schimpfend am Abend heim.

Eines Tages erzählte sie May beiläufig von einer alten Schulfreundin in «Cologne«, von der sie einen Brief erhalten hätte, in dem jene bat, sich um ein Zimmer und eine Arbeitsstelle für einen jungen Mann zu bemühen, der für ein paar Monate nach London kommen wollte, um besser Englisch zu lernen.

»Sag mal, May«, erkundigte sie sich, »habt ihr jetzt nicht ein Zimmer frei, da doch dein Bruder nach Amerika abgereist ist?«

»Ja, schon, aber ich bin sicher, dass meine Eltern das nicht mögen. Stellen Sie sich doch mal vor: ein fremder junger Mann aus Deutschland und drei Töchter im Haus!«

Mrs Bennet lachte: »Ja, ja, du hast Recht. War etwas unüberlegt von mir, war nur so eine Spontanidee.«

May fand das kleine Gespräch mit Mrs. Bennet für so unwichtig, dass sie es zu Hause erst gar nicht erwähnte. Wochen später kam Mrs. Bennet erneut kurz auf das Thema zurück.

»May, erinnerst Du dich noch daran, dass ich dir von jenem Deutschen erzählte, der nach London kommen will?« - »Sicher, was ist mit dem?«

»Er kommt im Februar und ich habe auch schon ein Zimmer für ihn in Aussicht, im Haus nebenan, bei den Thompsons. Deren Sohn zieht wahrscheinlich im Januar aus. Jetzt muss ich mich mal umhören, wer ihn vorübergehend beschäftigen kann.«

Na schön, dachte May, was geht's mich an?

In den folgenden Wochen bis Weihnachten gelang es Mrs. Bennet jedoch nicht, eine Arbeitsmöglichkeit für Nik zu finden. Alle ihre Anfragen wurden mit der Begründung negativ beantwortet, es sei noch zu früh für eine Zusage, darüber könne man erst ganz kurzfristig zu Beginn des neuen Jahres entscheiden, dann habe man eine Übersicht über den Personalbedarf, der sich in der Regel nach Weihnachten verändere.

Kapitel 6
Januar/Februar 1914 - von Köln nach London

Da Nik diesmal keinen Weihnachtsurlaub erhielt, fuhr er am zweiten Januar-Wochenende ein letztes Mal nach Neuerburg, um sich von der Familie zu verabschieden. Außerdem brachte er einige Sachen, die er nicht für England gebrauchen konnte, zurück.

Inzwischen hatte er fast sämtliche Formalitäten erledigt, wie mit Herrn Wienands vereinbart, zum Monatsende gekündigt und auch den Reisepass erhalten.

Mit Frau Deckers, deren Gesundheitszustand sich ein wenig gebessert hatte, besprach er den Verlauf der Reise und erhielt von ihr allerlei gute Ratschläge und Tipps, insbesondere hinsichtlich englischer Sitten, Gebräuche und Manieren. Ganz ausführlich aber erklärte sie ihm das komplizierte Zwölfer-System der britischen Währung. Sie hatte Anfang Januar einen weiteren Brief an Mrs. Bennet geschrieben, in dem sie ihr Niks genaues Ankunftsdatum mitteilte. Nik hatte den Brief selber zur Post gebracht. Als kleines Geschenk hatte er für Mrs. Bennet und die Zimmervermieterin je ein Fläschchen 4711 gekauft.

Er würde mit dem Zug über Aachen und Brüssel nach Ostende fahren, von dort per Schiff nach Dover und schließlich nochmals mit der Bahn bis London. Nik hatte sich nach den Reisekosten erkundigt. Der erste Reiseabschnitt bis Ostende würde 48 Mark, die Schiffsüberfahrt umgerechnet 34 und der letzte Teil von Dover nach London 25 Mark kosten. Von Mrs. Bennet hatte er erfahren, dass die Nachbarn für die Unterkunft wöchentlich umgerechnet 42 Mark ohne Frühstück verlangten.

Leider war es Mrs. Bennet offenbar noch nicht gelungen, für Nik eine Arbeitsmöglichkeit zu finden. Das bereitete ihm erhebliche Sorgen, denn ihm war klar, dass sein Erspartes nicht lange reichen würde, wenn er in London kein Geld verdienen könnte. Immerhin müsste er ja auch eine Reserve für die Rückreise einkalkulieren.

Herr Berger empfahl ihm, nur etwa die Hälfte seines Bargeldes vorab in Britische Pfund umzutauschen, das sei günstiger. In London könnte er dann je nach Bedarf weitere Beträge wechseln. Der Wechselkurs lag derzeit bei 2,86 Mark zu einem Pfund Sterling.

Allmählich näherte sich der Tag seiner Abreise, der 2. Februar, und Nik verspürte eine zunehmende Unruhe und Unsicherheit, ob sein Vorhaben wohl richtig wäre. Aber alle Vorbereitungen waren so weit abgeschlossen, dass der «point of no return» überschritten war.

Am 1.Februar räumte er das Zimmer, in dem Karl dann weiterhin alleine residieren würde, packte sein Hab und Gut zusammen und verabschiedete sich von den Kolleginnen und Kollegen. Alle Sachen passten in den alten kleinen und den großen neuen Koffer. Zusätzlich hatte er sich eine Leder-Umhängetasche für seine Papiere besorgt. Den Lodenmantel würde er natürlich anziehen, denn es war tatsächlich kalt genug.

Die letzte Nacht in Köln schlief er sehr schlecht. Tausende Dinge gingen in seinem Kopf herum. Kein Wunder also, dass er sich am folgenden Morgen wie gerädert fühlte. Der Zug sollte planmäßig um 8.24 Uhr abfahren. Bevor er das Hotel verließ, versorgte er sich noch mit einer umfangreichen Portion Reiseproviant.

Es begann gerade zu dämmern, als er sich wenige Minuten vor acht Uhr auf den kurzen Weg zum Hauptbahnhof machte. Auf der Straße und dem Bahnhofsvorplatz herrschte reger, lärmender Berufsverkehr und Tausende Menschen hasteten umher. Nik erschien es wie ein riesiger Ameisenhaufen.

Der Schnellzug nach Ostende war gut besetzt, aber es gab noch reichlich freie Plätze und sogar einen Speisewagen! Er verließ Köln planmäßig. Auf Grund seiner inneren Unruhe überprüfte Nik nun noch einmal – war es das dritte oder sogar schon vierte Mal? – alle Papiere in der Umhängetasche. Sodann begann er im Englisch-Lexikon, das Frau Deckers ihm zum Abschied geschenkt hatte, zu blättern.

In Aachen hatte der Zug zwanzig Minuten Aufenthalt, weil die Lokomotive gegen eine belgische ausgewechselt wurde. Längst war es draußen hell geworden, aber der Himmel war wolkenverhangen und stürmisch. Kurz nach der Weiterfahrt erschien ein belgischer Grenzpolizist, der die Pässe der Reisenden kontrollierte.

Der Zug erreichte Ostende mit wenigen Minuten Verspätung um 11.42 Uhr. Bis zum Auslaufen des Schiffes um 12.45 Uhr war Zeit genug, sich ein wenig im Hafenbereich umzusehen und dann in aller Ruhe einzuchecken. Um 12.15 Uhr betrat er mit vielen anderen Passagieren die Gangway zur belgischen Fähre »Prins Leopold« und zeigte einem Uniformierten sein Schiffsticket. Dieser überreichte ihm zusätzlich ein britisches Einreise-Formular, das Nik während der Überfahrt ausfüllen sollte. Er suchte sich zunächst an Bord eine ruhige Sitzecke, von denen es genügend gab. Dort waren fest am Boden montierte bequeme, mit hübschen bläulichen Stoffen bezogene Sitzbänke und Tische in Naturholz. In die Tische waren runde Vertiefungen eingelassen, in die man Gläser oder Flaschen stellen konnte, um deren Verrutschen oder Umkippen zu verhindern. Nun fand Nik es an der Zeit, seinen Reiseproviant auszupacken, kaufte sich aber dazu an der Bar eine Flasche Limonade.

Auch die Fähre verließ Ostende mit etwas Verspätung, wenige Minuten vor dreizehn Uhr. Es war Niks erste Seereise. Nie zuvor hatte er das Meer gesehen. Also besann er sich anders und ließ seinen Proviant zunächst einmal liegen. Er begab sich aufs Oberdeck, um das Auslaufen zu beobachten. Es war ziemlich windig und er musste die Kappe festhalten, sonst wäre sie ihm vom Kopf gerissen worden. Noch lag das Schiff recht ruhig. Als es jedoch den schützenden Hafen verlassen und sich ein gutes Stück entfernt hatte, stellte Nik fest, dass draußen auf See ein richtiger Sturm tobte und der Wellengang beeindruckend war. Entsprechend begann das Schiff heftig zu schwanken, so dass Nik plötzlich von einem gewissen Unbehagen ergriffen wurde. Also begab er sich schleunigst zurück zu seiner Sitzecke und stellte fest, dass dort, ihm gegenüber, ein anderer Herr Platz genommen hatte, der ihn nun begrüßte.

»Unruhige See«, bemerkte Nik.

»Ja, ich fürchte, es wird noch schlimmer«, erwiderte der Herr. »Aber ich vermute, dass der Käpten nicht so weit hinaus fahren, sondern so dicht wie möglich entlang der Küste steuern lässt. Er wird dann erst an der engsten Stelle des Kanals, kurz vor Calais, den Kanal überqueren.«

»Haben Sie diese Überfahrt schon öfter gemacht?« wollte Nik wissen.

»Oh ja, ich bin Geschäftsmann. Zwei bis dreimal im Jahr.«

»Für mich ist es das erste Mal. Womit treiben Sie denn Geschäfte?«

»Mit Textilien, Stoffen. Und warum reisen Sie nach England, wenn ich fragen darf?«

»Gute Frage«, antwortete Nik. »Eigentlich um richtig Englisch zu lernen, weil ich hoffe, dadurch berufliche Vorteile zu erhalten. Aber ein bisschen Abenteuerlust ist auch dabei.«

»Was machen Sie denn beruflich?«

»Ich bin Hotelgehilfe in Köln am Kaiserhof.«

»Ja, in der Branche sind gute Englischkenntnisse ein Muss. Haben Sie denn schon eine Unterkunft?«

»Ja, in London. Ich habe nur keine Ahnung, wie ich dorthin finden soll. Ich fürchte, dass ich mir kein Taxi leisten kann.« - »Wo befindet sich denn Ihre Unterkunft?«

Nik reichte ihm den Zettel mit der Adresse. Sein Gegenüber studierte ihn kurz und schien den Bezirk zu kennen, denn er gab Nik folgende Empfehlung:

»Unser Zug kommt ja in Victoria Station an. Gleich draußen vor dem Haupteingang fahren mehrere Buslinien ab. Ich bin nicht ganz sicher, meine aber, dass es die Buslinie 12 ist, die in diese Richtung fährt.« Dabei tippte er mit dem Zeigefinger auf Niks Zettel, den er in Händen hielt. »Fragen Sie einfach den Schaffner. Die Engländer sind alle sehr freundlich. Sie werden keine Probleme haben. Bitten Sie ihn auch, Ihnen Bescheid zu geben, wenn Sie aussteigen müssen. Übrigens, mein Name ist Strecker, Heinz Strecker.«

Nik schätzte dessen Alter auf Mitte Vierzig. Er war ein gut aussehender Mann mit vollem Haar und kleinem Kinnbärtchen und trug einen Nadelstreifen-Anzug mit silbern-schwarz, schräg gestreifter Krawatte. Am zweiten Finger der linken Hand prangte ein gewaltiger Siegelring in Goldfassung. Herr Strecker machte einen äußerst wohlhabenden Eindruck.

Nik nannte nun auch seinen Namen, bedankte sich und steckte den Zettel wieder ein.

Inzwischen hatte Herr Strecker ebenfalls eigene Verpflegung ausgepackt und während der gesamten Überfahrt, die fast fünf Stunden dauerte, unterhielten sich die beiden Männer angeregt über alle möglichen Themen, schließlich auch über Politik.

»Bei den Engländern rumort es schon seit einiger Zeit über deren Sorge, dass unsere deutsche Reichsflotte zu mächtig wird«, sagte Herr Strecker, wobei er zugleich an seinem Brot kaute.

»Die Briten besitzen ja seit Jahrhunderten die absolute Seehoheit und die wollen sie nicht abtreten.«

»Ist das wahr?« fragte Nik nach. »Tut mir leid, ich habe mich nie dafür interessiert.«

»Macht nichts. Tatsache ist, dass der Kaiser in den letzten Jahren die Kriegsflotte erheblich ausgebaut hat. Und das gefällt den Engländern gar nicht.«

»Warum hat der Kaiser das denn gemacht?«

»Na ja, ich denke, dass es einfach darum geht, international Eindruck zu schinden. Wer die Weltmeere beherrscht, hat Macht und kann die Zahl der Kolonien mit ihren Bodenschätzen erweitern. Außerdem ist eine starke Flotte im Kriegsfall natürlich ganz wichtig. Die Engländer sind besonders stolz auf ihre Seemacht. Und im Übrigen möchten die absolut nicht, dass Deutschland in Europa stärkste Macht wird.«

»Na schön, aber was wollen oder können die Engländer denn dagegen machen? Die wollen doch wohl keinen Krieg deswegen anzetteln?« wollte Nik wissen.

»Kann ich mir nicht vorstellen. Immerhin ist doch das britische Königshaus mit unserer Kaiserfamilie verwandt«, argumentierte Herr Strecker. »Die werden niemals gegeneinander Krieg führen. Übrigens war König Georg mit Gemahlin doch erst voriges Jahr zu einem Besuch unseres Kaisers in Berlin. Nee, nee, Krieg mit England? Ausgeschlossen!« Dabei schüttelte er heftig den Kopf. »Da ist der Balkankrieg schon eher beunruhigend.« Beide Männer hatten inzwischen ihre Mahlzeiten beendet und Herr Strecker zog aus seiner Jackentasche ein Zigarrenetui hervor. »Gestatten Sie, dass ich mir eine anstecke? Darf ich Ihnen auch eine anbieten? Brasil, echt gut.«

Nik hatte natürlich keine Einwände, lehnte seinerseits aber das Angebot dankend mit dem Hinweis ab, er sei Nichtraucher.

»Wieso bereitet Ihnen der Balkankrieg denn eher Sorge? Das ist doch weit weg«, erkundigte sich Nik, der allerdings auch nicht die geringste Ahnung hatte, was dort unten vor sich ging.

»Na ja, da hängen die Österreicher und Ungarn mit drin und die wiederum sind ja mit unserem Kaiserhaus liiert. Österreich wünscht sich Rückendeckung von Deutschland, wenn da was anbrennt«, erläuterte Herr Strecker.

»Kann denn da was anbrennen?« wollte Nik nun ganz naiv wissen.

»Jetzt erst mal meine Zigarre«, war die spontane Antwort, zu der Nik lachen musste.

Daraufhin erklärte Herr Strecker ihm zwischen dickem Qualm eingehend die verzwickte Lage auf dem Balkan, wo es in erster Linie darum ging, den Einfluss der Türken zurück zu drängen. Andererseits wolle auch Serbien sein Gebiet vergrößern und Zugang zur Adria haben, was die Österreicher ablehnten. Russland würde dabei den serbischen Wunsch unterstützen. Inzwischen habe sich die Lage zwar dort unten wieder etwas beruhigt, weil England und Deutschland vermitteln konnten, aber Herr Strecker traute dem Braten keineswegs.

Obwohl Nik eigentlich wenig Interesse an der großen Weltpolitik hatte, fand er Herrn Streckers Ausführungen recht informativ. Überhaupt verlief die gesamte Unterhaltung derart angeregt, dass Nik weder bemerkte, wie schnell die Zeit verstrich, noch dass das Schlingern und Stampfen des Schiffes während der letzten Minuten kräftig zugenommen hatte. Beim Blick durchs Fenster war allerdings kaum etwas zu erkennen, da ständig Gischt von außen dagegen klatschte.

»Ich glaube, unser Schiff hat den Kurs geändert«, vermutete Herr Strecker, »und steuert jetzt direkt auf Dover zu.« Ein Blick auf die Uhr bestätigte seine Vermutung, denn sie waren nun schon fast vier Stunden unterwegs und hatten damit den längsten Teil der Seefahrt überwunden. Tatsächlich wurde es aber jetzt richtig unangenehm und Nik verspürte ein leichtes Unbehagen in der Magengegend. Auch trug Herrn Streckers Zigarrenqualm nicht unbedingt zum Wohlbefinden bei. Gerne wäre er aufs Oberdeck gegangen, um frische Luft zu schnappen.

Herr Strecker schien seine Gedanken zu lesen, denn er meinte: »Am besten, man verhält sich bei dem Gestampfe ganz ruhig. Es ist aber nicht weit zur Toilette dort drüben.« Dabei hob er seinen Kopf ein wenig und deutete damit die Richtung an.

Aber es half alles nichts. Nach etwa einer Viertelstunde beeilte sich Nik, die Toilette zu erreichen. Ihm war furchtbar schlecht. Als er wieder an seinen Platz zurückkehrte, fühlte er sich wesentlich wohler, obwohl es ihm peinlich war.

»Machen Sie sich nichts draus«, tröstete Herr Strecker, »das ist immer so beim ersten Mal. Es gibt keinen Seemann, dem das nicht schon öfters passiert ist. Nun schauen Sie mal raus, ich kann schon die weißen Klippen von Dover erkennen. Wir haben`s bald geschafft.«

Auch Nik sah in der Ferne trotz der Gischtspritzer einen weißen Streifen am Horizont und alsbald wurde auch die Lage der »Prins Leopold« ruhiger.

»Welches Reiseziel haben Sie eigentlich?« fragte er Herrn Strecker, »auch London?«

»Manchester. Aber heute nicht mehr. Ich werde mir in London ein Hotelzimmer für die Nacht nehmen. Und morgen geht`s dann weiter. Übrigens sollten wir unbedingt das Einreise-Formular ausfüllen, sonst gibt`s Ärger.«

Es verstrich aber noch eine gute halbe Stunde, bis die Fähre endlich die Hafeneinfahrt erreichte. Während der Zeit füllten beide ihr Formular aus und legten es zum Reisepass.

»Wir sollten jetzt mal aufs Oberdeck gehen und das Anlegemanöver beobachten«, schlug Herr Strecker vor. »Es ist dann noch immer reichlich Zeit, von Bord zu gehen. Der Zug fährt erst um 18 Uhr Ortszeit. Übrigens müssen wir unsere Uhren um eine Stunde zurückstellen.«

Es hatte den Anschein, als ob fast alle Passagiere vom Oberdeck aus das Anlegemanöver beobachten wollten. Der Hafen war von einer halb ringförmigen Kaimauer umgeben, mit einer Öffnung nach See hin, durch die die »Prins Leopold« soeben langsam einlief. Links und rechts der Durchfahrt gab es je einen kleinen Turm mit Leuchtfeuer, eines rot, das andere grün. Zwei weitere Fährschiffe und ein Frachter lagen im hinteren Bereich des Hafens an der dortigen Kaimauer vertäut. Zwei große Kräne waren gerade mit der Entladung des Frachters beschäftigt. Die Dämmerung hatte eingesetzt, aber es war hell genug, auf einem Hügel im Norden eine Burg zu erkennen. »Das ist Dover Castle«, erklärte Herr Strecker. Zwar fröstelte es Nik ein wenig, aber die Temperatur schien noch über Null zu liegen. Es regnete auch nicht mehr. »Im Süden Englands sind die Winter in der Regel milder, weil der warme Golfstrom bis hierher reicht«, ergänzte Herr Strecker.

Wenn Nik erwartet hätte, das Schiff würde geradewegs an der Kaimauer anlegen, so irrte er, denn die Fähre drehte innerhalb des Hafenbeckens um 180 Grad, als ob sie direkt wieder auslaufen wollte.

»Schiffe müssen aus Sicherheitsgründen im Hafen mit dem Bug in Richtung Ausfahrt festmachen«, erläuterte Herr Strecker, »damit sie bei Gefahr, zum Beispiel, wenn in einem Hafengebäude Feuer ausbricht, unverzüglich auslaufen können.«

Nun erst setzte die Fähre ganz langsam zurück, um sich vorsichtig der Kaimauer zu nähern. Als nur noch wenige Meter Abstand zwischen Schiff und Mauer lagen, warfen an Bug und Heck Matrosen dicke Taue hinüber, die Arbeiter am Kai auffingen, straff zogen und um dicke Poller legten. Schließlich wurden an zwei Stellen «Gangways» zu den Schiffsluken geschoben. Zwei Polizisten, die in der Nähe standen, beobachteten das Geschehen. Sie trugen, wie es schien, lange, dunkle Wintermäntel über den Uniformen und eine Art Pickelhaube, aber ohne Spitze.

»Nun können wir uns allmählich auf den Weg nach unten machen«, meinte Herr Strecker. Die anderen Passagiere setzten sich ebenfalls langsam in Bewegung.

Es war schon ein seltsames Gefühl für Nik, als er seinen ersten Schritt auf englisches Territorium tat. Froh, wieder festen Boden unter den Füßen zu spüren, ging er ein paar Meter mit den Koffern in Händen, wandte sich dann nochmals kurz zurück, um einen Blick auf die »Prins Leopold« mit ihrem pechschwarzen Rumpf und gelbem Schornstein zu werfen. Gemeinsam mit Herrn Strecker folgte Nik den voraus gehenden Passagieren quer über die gepflasterte Kaifahrbahn mit den Schienen der Kräne durch das Tor eines dreigeschossigen langen Gebäudes, über dem der Schriftzug «ARRIVAL» zu lesen war. Oben, auf dem Dach, flatterte die britische «Union Jack» lustig im Wind.

Die Passagiere fanden sich alsbald in einer geräumigen Halle wieder, wo sie durch auf den Boden gemalte gelbe Linien sowie Hinweisschilder in zwei Gruppen aufgeteilt wurden. Auf zwei Tafeln war zu lesen: «British Subjects» und «Foreigners» sowie jeweils darunter «Passport Control». Eine weitaus größere Gruppe ordnete sich links als Britische Staatsbürger ein, eine kleinere rechts als Ausländer.

Zu letzterer zählten natürlich auch Nik und Herr Strecker. Hinter simplen Holztischen saßen Männer in Marine-Offiziersuniformen mit jeweils goldenen Doppelstreifen mit Ring am Unterarm. Wortlos überreichte Nik einem der Uniformierten seinen Pass mitsamt Formular, der beides kurz überprüfte, einen fetten Stempel mit Einreisedatum hineindrückte und reichte diesen sodann mit einem «Thank you« an Nik zurück. Die gelben Bodenlinien geleiteten die Reisenden von hier zur Zollkontrolle, gekennzeichnet durch das Schild «Customs«. Hier standen hinter langen Tischen ebenfalls gleichermaßen Uniformierte, die die Passagiere aufforderten, ihr Gepäck auf die Tische zu stellen oder zu legen. Sie fragten: «Anything to declare?«, worauf die meisten, so auch Nik, einfach mit «No« antworteten.

Nun nahmen die Beamten stichprobenartig Kontrollen einzelner Gepäckstücke vor. Auch Nik musste seinen großen Koffer öffnen, in dem der Uniformierte natürlich die zwei Fläschchen 4711 fand. «What are these?« erkundigte er sich. «Pre- Presents«, stammelte Nik, worauf der Beamte lächelnd sein «O.K.« gab und Nik bedeutete, er könne seinen Koffer wieder schließen. Sodann versahen die Beamten alle Koffer mit einem Kreidekreuzchen, was »kontrolliert« bedeutete.

Damit waren sämtliche Einreise-Formalitäten abgewickelt und Nik und Herr Strecker folgten den Hinweisschildern: «To Trains«. Es war kurz nach halb Sechs, als die beiden den Bahnsteig betraten, der unmittelbar hinter dem Ankunftsgebäude lag. Der Zug nach London stand bereits mit qualmender Lokomotive abfahrtbereit. Auf der ausgeklappten Anzeigetafel las Nik: «London-Victoria, 6.00 p.m.«

»Wir haben Zeit genug, um uns nochmal mit frischem Proviant zu versorgen«, meinte Herr Strecker und zeigte auf einen Imbiss-Verkaufsstand. »Gute Idee«, antwortete Nik, dessen Magen sich inzwischen wieder beruhigt hatte, so dass er Hunger und Durst verspürte.

Nik hatte in seiner Umhängetasche zwei verschiedene Geldbörsen: eine braune mit deutscher Währung, eine schwarze mit britischer. Also zog er das schwarze Portemonnaie heraus und kaufte sich zwei mit Schinken und Käse belegte Sandwiches sowie eine kleine Flasche Wasser, die er gleich im Zug genießen würde. «That`s two Shillings six Pence«, forderte die Verkäuferin. Oh je, dachte Nik, der natürlich noch kein Kleingeld, sondern nur Scheine dabei hatte. Aber Herr Strecker kam ihm zu Hilfe: »Geben Sie ihr einfach einen Pfund-Schein!«. Nik folgte seinem Rat und erhielt neun Shilling und six Pence Rückgeld.

Er stellte fest: Die deutschen Zugwaggons haben in der Regel einen dunkelgrünen, die englischen einen braunen Anstrich. Ansonsten bestand wenig Unterschied, Nur die Lokomotive, die grün lackiert war, erschien ihm kleiner als die deutschen Loks.

Knapp neunzig Minuten benötigte der Zug, der nur in Ashford und Maidstone kurz hielt, bis London-Victoria. Leider war beim Blick aus dem Fenster fast nichts mehr zu erkennen, weil die Dunkelheit längst eingesetzt hatte. Die Fahrt verlief sehr kurzweilig, da beide Männer sich an ihren Sandwiches gütlich taten und Herr Strecker Nik zugleich sein ganz spezielles Bild des »typischen Engländers« vermittelte. Durch jahrelange Geschäftskontakte und Bekanntschaften hatte er eine große Erfahrung mit den Insulanern. Aber er betonte, dass er immer wieder gerne ins «UK» reiste und sich hier immer wohl gefühlt hätte.

Als der Zug in Victoria Station einlief, warteten dort zahlreiche Gepäckträger auf dem Bahnsteig, von denen gleich zwei auf Nik zustürzten, um ihm die Koffer abzunehmen. Der jedoch wimmelte sie ab, ebenso Herr Strecker. Hier ging es ebenso lebhaft zu wie in Köln. Heerscharen von Menschen hasteten hin und her. Lautsprecherdurchsagen überschlugen sich mit dem Geschrei von Zeitungsverkäufern und Bauchladenträgern. Die große Bahnhofsuhr in der Vorhalle zeigte 19.37 Uhr an. Als Nik und Herr Strecker dem Ausgang zustrebten, war es an der Zeit, sich per Handschlag zu verabschieden und einander alles Gute und viel Glück zu wünschen.

»Wer weiß, vielleicht treffen wir uns ja eines Tages mal wieder«, meinte Herr Strecker, nicht ahnend, wie Recht er behalten würde. Dann begleitete er Nik noch kurz zur Haltestelle der Buslinie 12 und erkundigte sich für ihn beim Schaffner, ob es der richtige Bus nach Hampstead, zur Finchley Road sei. Der verneinte und wies zur Linie 14. Jener Bus stand gleich hinter Bus No. 12.

Nik bedankte sich herzlich bei Herrn Strecker für dessen Hilfe und Reisegesellschaft, um sodann in Bus No.14 einzusteigen. Sein Herz schlug ihm vor Aufregung bis zum Hals, denn nun war er ganz auf sich selbst gestellt und musste testen, wie gut das bisher bei Frau Deckers erlernte Englisch war. Rundum konnte er auf dem Doppelstock-Bus, der hinten einen türlosen Einstieg hatte und oben ganz offen war, wie anscheinend alle hier in London, zahlreiche Werbe- und Reklameschriften lesen. Nik entschied sich für einen Sitzplatz unten, ganz in der Nähe des Ein- oder Ausstiegs, wo auch der Schaffner stand. Er löste bei ihm einen Fahrschein und machte ihm verständlich, dass er zur No. 23 Finchley Road müsste. Dieser Bus besaß bereits einen Benzinmotor, der arg stank. Jedoch stellte Nik fest, dass einige Busse noch von Pferden gezogen wurden. Aber es gab auch in London elektrische Straßenbahnen, genau wie in Köln.

Während der Fahrt staunte Nik über den starken Verkehr, in dem links gefahren wurde. Es herrschte dichter Nebel. Ab und zu gab es Staus und Polizisten mit Atemmasken vor dem Gesicht versuchten, den Verkehr zu regeln, obwohl die eigentliche Hauptverkehrszeit, die «Rushhour», vorüber war. Nik bot sich die Möglichkeit, hin und wieder einen Blick auf die hell erleuchteten Schaufenster vieler Geschäfte zu werfen, an denen der Bus langsam vorbei fuhr. Die meisten Läden waren noch geöffnet und auf den Bürgersteigen eilten Menschenmassen umher. Manche Leute trugen ebenfalls Atemmasken. Endlich bedeutete der Schaffner Nik, dass er an der nächsten Haltestelle aussteigen müsste.

Als er mit seinen beiden Koffern auf dem Bürgersteig stand und der Bus weiter gefahren war, kam er sich plötzlich furchtbar verlassen vor. Es war kalt, neblig und ziemlich dunkel, denn hier gab es nur noch wenige Geschäfte, die geöffnet hatten. Außerdem war die Straßenbeleuchtung spärlich. Die Luft roch stark nach Rauch und Abgasen. Später erfuhr Nik, dass man dieses Klima als 'Smog' bezeichnet.

Als erstes versuchte er sich zu orientieren. War dies tatsächlich die Finchley Road? Er sah zunächst kein Straßenschild. Also versuchte er, Hausnummern zu erkennen. Tatsächlich stand er vor einem Haus mit der Nummer 48. Wenn die Anordnung der Hausnummern gleichermaßen wäre wie in Deutschland, müssten die mit den ungeraden Zahlen auf der anderen Straßenseite sein. Nik erkannte tatsächlich am Nebenhaus die Nummer 46. Also überquerte er die Straße und las dort die Nummern 47 und 49. Nun war klar, dass er den abnehmenden Hausnummern folgen müsste und endlich las er an der Ecke der nächsten kleinen Seitenstraße «Finchley Road». Alsbald stand er vor Haus Nummer 23!

Das Hutgeschäft war geschlossen und das Schaufenster abgedunkelt. Nur ein kleines Lämpchen spendete in einer Ecke ein fahles Licht. Neben dem Geschäftseingang des dreistöckigen Hauses befand sich eine weitere Tür mit einem mächtigen Löwenkopf-Klopfer daran, den Nik nun betätigte. Im Moment wusste er nicht, was lauter war, das Geräusch des Türklopfers oder sein Herz, das vor Aufregung bis zum Halse pochte. Es dauerte eine Weile, bis drinnen ein Licht aufleuchtete.

Schließlich öffnete sich die Tür einen Spalt weit und Nik blickte in das Gesicht einer älteren Frau.

»Mrs. Bennet?« fragte er, »ich bin Nikolaus Kemen aus Deutschland. Guten Abend.«

Nun öffnete die Frau die Tür ganz, wobei ihr Gesicht jetzt ein freundliches Lächeln zeigte.

»Willkommen, Mr. Kemen, ja, ich bin Mrs. Bennet. Bitte kommen Sie herein. Hatten Sie eine gute Reise?« Nik nahm seine Kappe ab, trat dankend ein und setzte zunächst die Koffer an der Wand des ziemlich engen Flures nieder.

»Ich würde Sie gerne zu einer Tasse Tee bitten, aber es ist schon ziemlich spät«, sagte sie. »Besser, ich begleite Sie mal erst nach nebenan zu den Thompsons, wo Sie Ihr Zimmer bekommen. Ich nehme an, Sie sind wohl auch sehr müde von der Reise. Wir können uns morgen noch unterhalten. Sie müssen mir viel erzählen, auch von meiner Freundin Susan Deckers.«

»O.K.«, erwiderte Nik, »gehen wir mal erst nach nebenan.«

Nik ergriff seine Koffer und folgte Mrs. Bennet. An der Tür des Nebenhauses gab es einen ähnlichen Klopfer, den sie kräftig betätigte.

Mr. Thompson öffnete, begrüßte die beiden und bat sie herein. Sogleich erschien auch Mrs. Thompson im Flur zur Begrüßung. Auch sie hießen Nik willkommen und während die beiden Damen ins Wohnzimmer gingen, geleitete Mr. Thompson Nik sofort hinauf in sein Zimmer. »Es war das Zimmer unseres Sohnes. Ich hoffe, es gefällt Ihnen«, sagte er. Er zeigte ihm auch das Bad mit der Toilette gleich daneben und erklärte ihm die Funktion der hochschiebbaren Fenster.

»Wir müssen uns das Bad teilen«, fuhr Mr. Thompson fort, »und uns noch über die Benutzungszeiten einigen.«

Sodann bat er Nik zu einem kleinen Imbiss nach unten, wenn er sich ein wenig frisch gemacht hätte, und verschwand die Treppe hinunter. Nik dankte und atmete erst einmal tief durch, zog den Mantel aus und schaute sich kurz um. Es war ein freundliches Zimmer mit einer blumigen Tapete und einer hübschen dreiarmigen Lampe unter der Decke. An der Wand gegenüber der Tür befand sich ein offener Kamin, in dem jedoch kein Feuer loderte. Auf dem Kaminsims standen drei Fotos in Goldrahmen, offenbar Familienbilder, ein kleines Porzellanpferd sowie ein Jahreskalender mit umklappbaren Seiten. «February» war aufgeschlagen. Nik hatte aber keineswegs das Gefühl von Kälte, nein, der Raum war angenehm temperiert. An der Wand gegenüber dem Fenster stand linksbündig ein mittelgroßer Kleiderschrank, unmittelbar daneben das Bett mit Eisengestell. Beiderseits der Tür zierten zwei Stilleben-Bilder die Wand. Die Tür selber besaß keine Klinke, sondern einen runden, drehbaren Knauf. An der Tür befand sich zudem ein Kleiderhaken, an dem Nik seinen Mantel aufhing. Beiderseits des Fensters mit Scheibengardinchen in der oberen Hälfte befanden sich dunkelgrüne dicke Vorhänge. Ein kurzer Blick nach draußen zeigte Nik, dass sich der Raum straßenseits befand, jedoch herrschte zu dieser Zeit wenig Verkehr. In der Ecke, zwischen Fenster und Kamin, stand ein gemütlicher Plüschsessel mit Schutzdeckchen auf den Armlehnen, daneben eine Steh-Leselampe, davor ein runder Holztisch mit geschwungenen Beinen. Vielleicht Mahagoni, überlegte Nik. Der Raum war mit einem großen Teppich ausgelegt. Vor dem Kamin befand sich eine Doppelreihe brauner Fliesen.

Er beeilte sich, das Bad aufzusuchen, da er seine Gastgeber nicht warten lassen wollte. Bevor er wieder nach unten ging, entnahm er dem Koffer noch die Geschenke, die beiden Flaschen 4711.

Die Tür des Wohnzimmers stand offen und alle Augen waren auf ihn gerichtet, als er eintrat. Er verneigte sich und überreichte den beiden Damen die Duftflaschen. Mrs Thompson und Mrs. Bennet zeigten sich sehr erfreut über «Eau de Cologne» und dankten herzlich.

Hier herrschte eine wohlige Wärme, denn im offenen Kamin loderte ein kräftiges Feuer. Die Damen und Mr. Thompson saßen bereits in schweren Sesseln, die halbkreisförmig ausgerichtet waren. Als Nik hereintrat, erhob sich Mr. Thompson aber sofort und bat ihn, im vierten Sessel Platz zu nehmen. In der Mitte stand ein runder, niedriger Glastisch, der mit allerlei kleinen Köstlichkeiten sowie Teeservicen eingedeckt war. Mrs. Thompson schenkte Nik nun eine Tasse Tee ein, fragte aber, ob er ihn mit oder ohne Milch und Zucker trinken wollte. Nik verstand nicht sogleich, so dass Mr. Thompson nochmals nachfragte. Da er ständig mit «Mr. Kemen» angesprochen wurde, bat er sie, ihn einfach nur Nik zu nennen.

Er bevorzugte den Tee mit beidem. Nun forderte Mrs. Thompson ihn auf, sich an den Köstlichkeiten zu bedienen. Da waren kleine süße Törtchen, dreieckige Sandwiches mit Schmierkäse und halbierten Tomaten, warme Cornish Pasties sowie Shortbread-Kekse. Nik bedankte sich für den freundlichen Empfang und griff dankbar zu, obwohl er eigentlich keinen großen Hunger verspürte. Dafür war er zu müde. Die Thompsons und Mrs. Bennet versuchten, mit Nik ein Gespräch zu führen. Sie stellten ihm allerlei Fragen. Allerdings verstand er kaum die Hälfte. Er musste leider feststellen, dass die bei Frau Deckers erlernten Sprachkenntnisse nicht einmal annähernd ausreichten. Zudem erschien ihm der entscheidende Unterschied zwischen Unterricht und Realität darin zu liegen, dass Frau Deckers stets bemüht war, sich langsam und deutlich zu artikulieren, während nun seine Gesprächspartner wie Hammerwerke lustig drauf los redeten und obendrein auch noch einen besonderen Dialekt hatten.

So musste Nik ständig nachfragen und tat sich mit den Antworten außerordentlich schwer. Seine Gastgeber bemerkten die Schwierigkeiten und stellten die Fragerei ein. «Don`t worry«, tröstete Mrs. Bennet, »Sie werden sich hier sehr schnell an unser Englisch gewöhnen.« Indes unterhielten sie sich untereinander weiter, wobei Nik versuchte, ihnen zu folgen. Aber er fühlte sich auch sehr müde.

Nach einer guten dreiviertel Stunde nahm er allen Mut zusammen und erklärte: »Sorry, ich bin sehr müde und möchte zu Bett gehen. Vielen Dank für den freundlichen Empfang und den leckeren Imbiss.« Dabei erhob er sich.

«You are welcome«, antwortete Mr. Thompson, der sich ebenfalls erhob. »Nun schlafen sie sich erst mal aus. Wann wollen Sie morgen früh ins Bad?« - »Vielleicht um neun Uhr?« fragte Nik.

»Ja, das ist O.K. Also, gute Nacht, Nik«, wünschten die Thompsons.

Mrs. Bennet jedoch hielt ihn noch einen Augenblick auf: »Ich würde mich freuen, wenn Sie morgen zum Frühstück mein Gast wären, Nik. Ich habe noch etwas mit Ihnen zu besprechen wegen einer Arbeitsstelle.« – »Sehr freundlich von Ihnen, vielen Dank. Ich komme gerne.«

Damit begab sich Nik hinauf, verstaute den Inhalt der Koffer im Kleiderschrank, um danach das Bad aufzusuchen. Bevor er todmüde ins Bett stieg, richtete er noch den Wecker auf Londoner Zeit. Er stellte ihn auf Viertel vor Neun. Das Bett empfand er als sehr bequem und es dauerte nicht lange, da fiel er in tiefen Schlaf.

Kapitel 7

Februar 1914 - Die Londoner

Als Nik am nächsten Morgen vom Wecker aus seinen Träumen gerissen wurde, hatte er zunächst erhebliche Schwierigkeiten, sich zu orientieren. Allmählich kehrten die Lebensgeister zurück. Durch die zugezogenen Vorhänge drang wenig Licht herein. Nik schlug Wolldecke und Bettlaken zur Seite, erhob sich und ging barfuß über den weichen Teppich zum Fenster, um die Vorhänge zurück zu ziehen. Draußen war es noch nicht richtig hell geworden, der Himmel wolkenverhangen und heftiger Regen prasselte gegen die Scheiben.

Nik lief ein unangenehmer Schauer über den Rücken. Kein freundlicher Wetterempfang, dachte er.

Nun aber beeilte er sich, der Vereinbarung entsprechend, ins Bad zu kommen und dann Mrs. Bennet nebenan aufzusuchen.

Als er nach einer knappen halben Stunde nach unten kam, traf er dort Mrs. Thompson.

»Good morning, Nik, haben Sie gut geschlafen?« erkundigte sie sich freundlich lächelnd.

»Sehr gut, vielen Dank, Mrs. Thompson. Aber es ist kein gutes Wetter heute.«

»Das ist normal bei uns. Wir Engländer gehen niemals ohne Regenschirm auf die Straße« antwortete sie lachend.

»Ich gehe jetzt nach nebenan zu Mrs. Bennet«.

»O.K. Wenn Sie irgendwelche Wünsche haben, sagen Sie bitte Bescheid. Ich mache Ihnen auch gerne ein warmes Abendessen, wenn Sie wollen.«

»Vielen Dank, sehr freundlich, Mrs. Thompson. Ich werde Ihnen Bescheid geben.«

»Gut, dann wünsche ich Ihnen trotz des Regens eine guten Tag. Übrigens, falls Sie keinen Schirm haben. Schauen Sie, da sind immer zwei oder drei neben der Haustür im Ständer«, sagte sie und deutete dort hin, »Sie können sich immer einen nehmen. Hauptsache, Sie bringen ihn zurück!«

»Sehr freundlich, vielen Dank«, wiederholte Nik, »aber jetzt brauche ich wohl erst mal keinen Schirm, um nach nebenan zu kommen.«

»Richtig, aber Sie brauchen für unsere Haustür einen Schlüssel. – Hier, bitte sehr.« Damit überreichte sie ihm den Schlüssel an einem breiten Lederriemen.

Er verließ das Haus und begab sich zur Nummer 23. Das Hutgeschäft mit dem relativ großen Schaufenster war nun geöffnet und hell erleuchtet. Jetzt, bei Tageslicht, staunte er darüber, dass sowohl Fensterrahmen wie auch die Tür lila lackiert waren, ebenso die separate Haustür daneben. Über dem Schaufenster las er eine breite Tafel mit goldener Aufschrift «Bennet`s Hatshop«, ebenfalls auf lila Hintergrund. Da er vermutete, dass Mrs. Bennet sich in ihrem Laden befände, entschied er sich, nicht an der Haustür daneben zu klopfen, sondern betrat das Geschäft. Beim Öffnen der Tür erklang eine Serie verschiedener Glockentöne und alsbald erschien eine groß gewachsene, schlanke, hübsche junge Dame: «Good morning, womit kann ich Ihnen helfen?«

Nik hatte kaum seinen Namen genannt, da erschien auch schon Mrs. Bennet:

»Hallo, Nik, guten Morgen. Wie geht es Ihnen?«

»Sehr gut, danke, nur das Wetter ist unfreundlich.«

»Ja, ja, daran müssen Sie sich gewöhnen. In London regnet es oft, besonders zu dieser Jahreszeit. Dafür sind die Londoner aber umso freundlicher«.

»Das hat mir Mrs. Thompson eben auch schon erklärt«, lachte Nik.

Und zur jungen Dame gewandt, sagte sie: »May, darf ich dir Nik Kemen vorstellen, den jungen Herrn aus Cologne, der einige Zeit lang nebenan bei den Thompsons wohnt?«

»How do you do«, begrüßten nun Nik und May einander, sich die Hände reichend.

»I am May«, stellte sie sich vor.

Nik fand May sehr hübsch. Sie war aber fast einen ganzen Kopf größer als er.

»Ich habe Nik zum Frühstück eingeladen«, erläuterte sie May. »Es ist alles vorbereitet, bitte folgen Sie mir nach oben. Du kommst doch alleine zurecht, nicht wahr, May?«

Nik folgte Mrs. Bennet hinauf zu ihrer Wohnung im ersten Stock. Dort duftete es bereits wunderbar nach gebratenem Speck. Sie führte ihn ins Esszimmer, das sich halboffen neben dem Wohnzimmer befand. Die Räume waren etwas altmodisch möbliert, jedoch nicht ungemütlich.

Im offenen Kamin knisterte ein kräftiges Feuer, das die Wohnung wärmte. Der Tisch war für zwei Personen schön gedeckt. Darauf standen nebst Geschirr bereits die Teekanne unter einer wärmenden bunten, halbrunden Mütze, Milch, Zucker, Butter und zwei verschiedene Sorten Marmelade in kleinen Kännchen und Schalen sowie ein silberner Ständer mit dreieckigen Toastbrotscheiben darin. Seitlich daneben befand sich auf einer Anrichte der Toaster.

»Ich habe für uns ›bacon and eggs‹ vorbereitet. Das mögen Sie doch, hoffe ich. Nur die Eier muss ich noch eben braten. Bitte schenken Sie sich doch schonmal Tee ein, Nik, die Kanne ist unter dem ›cosy‹«, sprach`s und verschwand nebenan in der Küche.

Mrs. Bennet müsste wohl etwa im gleichen Alter sein wie Frau Deckers, wenn sie doch Schulfreundinnen waren, dachte Nik. Sie war eine schlanke Frau, leicht ergraut mit vielen Falten im Gesicht, ging etwas gebeugt und benutzte eine Lesebrille, die sonst an einem Silberkettchen hängend auf ihrer Brust baumelte. Ihre blau-grauen Augen leuchteten aber ausdrucksvoll mit einem schelmischen Blick. Jetzt trug sie eine bunt gemusterte Schürze über dem fußlangen Kleid.

Nik folgte ihrer Aufforderung und goss sich Tee in eine der beiden übergroßen Tassen, die fast das Format von Bechern hatten, und nahm dazu einen Teelöffel Zucker und etwas Milch.

Es dauerte nicht lange, da rief Mrs. Bennet aus der Küche nebenan: »Nik, wären Sie so freundlich und würden mir helfen, die Schalen zum Tisch zu tragen?«

Nik sprang sofort auf und betrat die Küche. Dort hatte sie zwei große Schüsseln auf dem Herd gefüllt, die eine mit vier Spiegeleiern, die andere mit gebratenem Speck und vier gebackenen Scheiben Toastbrot. Nik wollte die Schalen ergreifen, wurde aber von Mrs. Bennet gewarnt: »Vorsicht, sie sind ganz heiß! Ziehen Sie erst diese Herdhandschuhe an.« Er folgte ihrem Rat und trug so die Schalen hinüber. Mrs. Bennet folgte ihm mit zwei Zangen sowie einem Glas kleiner Gewürzgürkchen in Händen. Nachdem beide Platz genommen hatten, forderte sie Nik auf, sich zu bedienen. Er bestand jedoch darauf, dass sie zuerst ihre Portion entnahm, was sie dann auch tat.

»Wissen Sie, im Sommer braten wir auch Tomaten dazu und die Schotten zusätzlich noch Haggis«, erklärte sie. Jetzt, im Winter, nehmen wir die Gürkchen als Ersatz.« - »Was ist Haggis?« wollte Nik wissen. - »So eine Mischung aus gebratenem, gehacktem Schafsfleisch, Leber und Haferflocken. Das muss man aber nicht unbedingt probieren«, erwiderte sie und verzog ein wenig abschätzig den Mund.

Mit großem Appetit bediente sich Nik und fand alles köstlich.

Während sie speisten, erkundigte sich Mrs. Bennet nach Frau Deckers Befinden und nach Niks Familie. Er bat sie, besonders langsam zu sprechen und bemühte sich dann, ihre Fragen so gut wie möglich zu beantworten, obwohl er lieber erst einmal erfahren hätte, wie es denn um eine Arbeitsmöglichkeit für ihn stünde. Erneut stellte er fest, dass sein Wortschatz doch äußerst begrenzt war. Warum hatte er nicht daran gedacht, das Wörterbuch einzustecken?

Nachdem 'bacon and eggs' verzehrt waren, bediente sich Nik noch gerne an den Marmeladen auf Toast. Dabei erfuhr er, dass die eine Sorte Himbeere als 'jam', die andere Orange als 'marmalade' bezeichnet wurde. Endlich kam Mrs. Bennet auf die Arbeitsmöglichkeit zu sprechen.

»Ich habe zwei verschiedene Angebote für Sie, Nik. Die eine ist Küchenhilfe in einem Hotel, die andere als Packer in einer Glühbirnen-Fabrik. Das Hotel zahlt drei Shilling, die Fabrik vier pro Stunde.

Sie können schon übermorgen anfangen, wenn Sie sich entschieden haben.«

»Natürlich liegt mir die Arbeit als Küchenhilfe mehr als die Packerei, weil ich ja bisher im Hotel tätig war. Anderseits ist die Bezahlung in der Fabrik besser. Kann ich mir das bis morgen überlegen?«

»Natürlich, Nik. Das Hotel liegt in der Marylebone Road, ganz in der Nähe des dortigen Bahnhofs. Das ist von hier aus bequem mit dem Bus zu erreichen, nur vier Haltestellen. Die Fabrik liegt weiter weg, in Edgware, ist aber auch gut erreichbar, dauert nur länger. Jetzt haben Sie die Qual der Wahl.«

»Ich habe noch eine Bitte«, sagte Nik, »ich möchte eine Depesche nach Hause schicken, dass ich gut angekommen bin. Was muss ich da machen?«

»Was ist eine Depesche?« wollte Mrs. Bennet wissen. – »Ein Telegramm«, antwortete Nik.

»Verstehe. Wissen Sie was? Ich gebe May heute Nachmittag frei und bitte sie, Ihnen etwas von der Umgebung hier zu zeigen und Sie zum Postamt zu begleiten. Was halten Sie davon?«

»Ich wäre Ihnen sehr dankbar«, erwiderte Nik.

»Gut, wenn Sie mit dem Frühstück fertig sind, können wir hinunter gehen und May Bescheid sagen. Einverstanden?«

»Gewiss, Mrs. Bennet, aber vorher möchte ich das Geschirr spülen.« - »Nicht nötig«, meinte sie. Aber Nik bestand darauf und wenige Minuten später standen beide in der Küche. Sie hatten sich darauf geeinigt, dass Mrs. Bennet spülte, während Nik abtrocknete.

May bediente gerade eine Kundin, als sie den Laden betraten. Nik und Mrs. Bennet wollten dabei nicht stören und suchten so lange die dahinter befindliche Werkstatt auf, wo es richtig nach Arbeit aussah. Stoffballen verschiedener Farbe lagen in Regalen, auf dem riesigen Zuschneidetisch diverse Stoffteile mit und ohne Muster sowie mehrere Holzköpfe verschiedener Größe standen auf Nebentischen. Messer, Scheren, Bügeleisen, Nähmaterial und Pappstreifen bildeten ein wirres Durcheinander. An einer Wand befand sich ein großes Heißdampfgerät, wie Mrs. Bennet Nik auf dessen Frage erklärte. Der Fußboden war übersäht mit Stofffetzen verschiedener Größen. Mrs.Bennet nutzte die Zeit, um Nik einige weitere Dinge und Materialien zu erklären.

Es dauerte eine gute Viertelstunde, bis die Kundin den Laden verließ und May in der Werkstatt erschien. Mrs. Bennet erklärte May in aller Kürze Niks Wunsch bezüglich des Telegramms und fragte sie, ob sie bereit wäre, Nik am Nachmittag zur Post zu begleiten und ihm ein wenig die Umgebung zu zeigen. May würde dafür dienstfrei erhalten. Wenn May Auslagen hätte, etwa für den Bus, dann würde sie ihr das erstatten.

May war einverstanden und sie vereinbarte mit Nik, dass er sie um 1 p.m. abholen sollte.

Es war inzwischen elf Uhr durch, als Nik Mrs. Bennets Geschäft verließ und nach nebenan zurückkehrte. Wieder traf er im Flur auf Mrs. Thompson, die ihn erneut fragte, ob sie ihm ein Abendessen bereiten sollte. Sie erklärte ihm, dass er gemeinsam mit ihr und ihrem Mann zu Abend essen könnte. Das wäre so gegen 6 p.m., wenn ihr Mann von der Arbeit nach Hause käme.

Nik machte ihr verständlich, dass May ihm am Nachmittag die Umgebung zeigen würde und er nicht genau wüsste, ob er dann um 6 p.m. wieder zurück wäre.

»Macht nichts«, sagte sie, »Sie können auch noch etwas später essen. Nur nach 7 p.m. ist es schlecht, weil ich das Essen nicht so lange warmhalten kann.«

Nik dankte und versprach, die Zeit einzuhalten. Sodann begab er sich kurz hinauf in sein Zimmer, um dort ein wenig Ordnung zu schaffen. Um die Zeit bis 1 p.m. zu überbrücken, beschloss er, einen Spaziergang entlang der Finchley Road zu unternehmen. Er zog einen warmen Pullover über, schlüpfte in den Lodenmantel, band sich einen dicken Schal um den Kragen, setzte seine Kappe auf und vergaß diesmal nicht, das Wörterbuch einzustecken. Unten an der Tür nahm er einen Schirm aus dem Ständer und trat hinaus auf die Straße. Aber er brauchte den Schirm gar nicht, denn es hatte aufgehört zu regnen und der Himmel war etwas heller geworden. Stattdessen pfiff ein scharfer Wind durch die Finchley Road, auf der nun reger Verkehr herrschte.

Es gab zahlreiche kleinere Geschäfte beiderseits der Straße, deren Schaufensterauslagen Nik aufmerksam betrachtete. Besonders interessant fand er eine Fleischerei, vor der er längere Zeit stehen blieb und den Metzger bei seiner Arbeit beobachtete. Er war erstaunt, dass im Gegensatz zu deutschen Fleischereien nur wenige Würste an den Haken hingen, hingegen mehr dicke Schinken. Soweit er erkennen konnte, gab es in der Thekenauslage auch viel weniger Fleisch- oder Wurstsorten als in Deutschland. Der Metzger war damit beschäftigt, Koteletts zu zerhacken und zwei Kundinnen zu bedienen.

In der Tür eines Schreibwarenladens entdeckte Nik auf einem Ständer etliche Tageszeitungen, so dass er die Gelegenheit wahrnahm, zumindest die Schlagzeilen zu lesen und zu verstehen.

Als er auf seine Armbanduhr schaute, stellte er fest, dass es schon zwanzig vor eins war, also Zeit, sich zu Mrs. Bennets Hutgeschäft zurück zu begeben. Er richtete es so ein, dass er pünktlich dort eintraf.

May war noch damit beschäftigt, die Werkstatt aufzuräumen und den Fußboden zu kehren. Er wartete solange im Laden und war froh, sich hier kurz wieder aufwärmen zu können. Zehn Minuten später war May bereit.

Sie hatte Stiefelchen angezogen. Nik half ihr höflich in den Mantel, der einen Pelzkragen besaß. May setzte ein hübsches Hütchen auf, schlug den Kragen hoch und ergriff einen Regenschirm.

»Gehen wir los«, sagte sie lächelnd. »Am besten erst mal zum Postamt, O.K.?«

Auf dem Weg dorthin sprachen sie wenig miteinander. Sie gingen allerdings auch forschen Schrittes. Es war nicht weit. Die Post befand sich etwa fünfhundert Meter entfernt in einer Seitenstraße.

May half ihm beim Ausfüllen des Telegramm-Formulars.

Nachdem sie das Postamt verlassen hatten, versuchte Nik May zu erklären, dass seine Heimat die kleine Stadt Neuerburg in der Eifel sei, wo seine Eltern wohnten. Aber May begriff nicht sogleich, was mit »Neuerburg« und »Eifel« gemeint war. Nik hatte Schwierigkeiten, »Heimat« zu übersetzen. Er versuchte es mit »home«, aber auch das schien nicht richtig zu sein. Sie hatte geglaubt, Nik`s Zuhause wäre Cologne. May wusste ohnehin so gut wie nichts über Germany. Vom Erdkundeunterricht in der Schule her wusste sie wohl, dass Cologne am River Rhine liegt und auch eine große Stadt, aber Berlin die Hauptstadt ist. Das war eigentlich alles. Und natürlich, dass ihr Königshaus mit der deutschen Kaiserfamilie verwandt ist und auch Queen Victorias Gatte Albert Deutscher war.

»Hast du Geschwister?« wollte May wissen. Nachdem Nik ihr seine Geschwister aufgezählt hatte, begann nun auch May von ihrer Familie zu erzählen. Sie bemühte sich, möglichst langsam zu sprechen, damit Nik verstehen konnte, und schaute ihn dabei zumeist an. Dafür war er sehr dankbar und die Unterhaltung gelang zunehmend besser.

Währenddessen waren sie in Richtung der U-Bahn-Station 'St.John`s Wood' geschlendert und May warf die Frage auf: »Was sollen wir denn nun heute Nachmittag unternehmen?«

»Keine Ahnung, ich kenne mich ja in London noch nicht aus. Bitte mach du einen Vorschlag«, lautete Niks Antwort.

»Ich hatte mir schon etwas überlegt«, sagte May. »Wir könnten mit der U-Bahn zum 'Oxford Circus' fahren, das sind nur zwei Haltestellen, geht ganz schnell. Von dort könnten wir zu Fuß zum 'Piccadilly Circus' laufen. Dann sind wir im Herzen Londons. Was hältst du davon?«

Natürlich war Nik einverstanden, denn er hätte ja ohnehin keinen Gegenvorschlag machen können.

Also stiegen sie die Treppen hinunter zur U-Bahn-Haltestelle 'St-John's Wood', kauften zwei Tickets und dann geleitete May Nik durch mehrere Tunnelgänge bis zum richtigen Bahnsteig. Hier las er laut auf einer braunen Tafel «Bakeloo Line». »So heißt diese Bahnlinie«, erläuterte May, »alle vier Linien, die es zur Zeit gibt, haben unterschiedliche Namen und Farben. Aber es sind noch weitere Strecken im Bau.« Da sie einige Minuten auf die Einfahrt der Bahn warten mussten, erklärte May Nik das Streckennetz des U-Bahn-Systems an Hand eines großen Wandplanes. »Hier, diese braune Linie ist unsere, die 'Bakerloo Line'. Sie fährt die Strecke von Wembley Park quer durch die Stadt bis Embankment. Wir sind hier«. Dabei deutete sie zunächst auf den Punkt namens 'St.John's Wood', dann auf den nächsten und las vor: »'Baker Street', dann kommt schon 'Oxford Circus'«. Plötzlich war ein zunehmendes Dröhnen zu vernehmen, das zugleich mit einem spürbaren Luftzug einherging: Der U-Bahn-Zug fuhr ein. Nik empfand ein etwas unheimliches Unbehagen hier, tief unter der Erde.

Es war nur eine kurze Fahrt bis Oxford Circus, während der sich May und Nik gegenüber saßen. Aber es war Zeit genug, sich gegenseitig anzulächeln. Nik fand May außerordentlich hübsch. Wie alt mochte sie wohl sein? Ihre strahlenden braunen Augen, ihre Art sich zu bewegen und ihr natürlicher Charme faszinierten ihn.

Zwar finde ich Nik etwas klein geraten, dachte May, aber er sieht gut aus und ist irgendwie sehr sympathisch und mutig, sich ganz alleine in so ein Abenteuer zu begeben.

Der Aufstieg am Oxford Circus über unzählige Treppen hätte zu lange gedauert. Also benutzten sie den Aufzug. Noch nie hatte Nik einen so riesigen 'Lift' gesehen. Er fasste bis zu 30 Personen, war rundum vergittert, ansonsten aber offen, so dass ein frischer Zugwind wehte. Es gab einen Fahrstuhlführer fortgeschrittenen Alters, der eine Bahnuniform trug.

Als sie oben auf die Straße traten, staunte Nik über den gewaltigen Verkehr, dutzende doppelstöckige Busse, die sich zum Teil hintereinander aufgereiht hatten, hupende Taxen, Pferdefuhrwerke, hastende Menschenmassen, unendlich viele Geschäfte, Kaufhäuser, Schaufenster....

Sie spazierten entlang der Regent Street und May führte Nik kurz in die

'Burlington Arcade' mit ihren feinen Spezialgeschäften. Auf dem Weg zum berühmten 'Piccadilly Circus' mit dem Eros-Brunnen in der Mitte bemerkte Nik außerordentlich viel Pferdemist auf der Fahrbahn. Zwei ältere Männer waren damit beschäftigt, diese tierische Hinterlassenschaft mit Schaufeln auf einen großen einachsigen Karren zu befördern. Rundherum tobte der Verkehr. »Damit verdienen sie sich etwas Taschengeld«, erklärte May. »Den Mist bringen sie zu einer Sammelstelle, von wo aus er weiter transportiert wird. Entweder hinaus aufs Land oder in die großen Parks, wo er als Dünger Verwendung findet. In London gibt es Tag für Tag jede Menge davon. Und beim Überqueren der Straßen muss man schon höllisch aufpassen, dass man nicht ständig hineintritt!« Ja, Nik hatte schon mehrmals den »Duft« des Pferdemistes als zuweilen sehr penetrant empfunden. Weder in Neuerburg noch in Köln war ihm das jemals so aufgefallen.

»Kennst du hier ein nettes Café? Darf ich dich zu Tee oder Kaffee und einem Stück Kuchen einladen? Ich glaube, wir könnten uns auch ein wenig aufwärmen«, erkundigte er sich.

Natürlich kannte May ein gemütliches Café und führte Nik hin. Allerdings gab es hier keine Tischbedienung, sondern man musste sich an einer Theke Getränke und den Kuchen selber abholen. May bedankte sich für Niks Einladung und orderte eine Kanne Tee für sie beide sowie ein Stück Apfelkuchen. Nik nahm sich ein Törtchen mit Schokoladenguss und zahlte an der Kasse.

Sie fanden einen kleinen runden Tisch mit zwei Stühlen in der hinteren Ecke des Raumes, obwohl das Café gut besetzt war. Nik half May aus ihrem Mantel und hängte ihn zusammen mit seinem an einen Kleiderhaken in der Nähe.

Nun nahm Nik die Unterhaltung wieder auf: »Du weißt sicher, dass Mrs. Bennet für mich zwei verschiedene Arbeitsmöglichkeiten gefunden hat. Ich muss mich entscheiden zwischen der Küchenhilfe im Hotel oder als Packer in der Fabrik. Was würdest du mir raten, May?«

»Ja, ich weiß. Das Hotel zahlt aber weniger als die Fabrik, nicht wahr?«

»Richtig. Darin liegt auch mein Problem. Wie soll ich mich entscheiden?«

»Also, betrachten wir es mal von der praktischen Seite«, überlegte May, »du hast bisher in einem Hotel gearbeitet und kennst dich in einem solchen Betrieb aus. Ich kann mir vorstellen, dass es für dich ganz interessant wäre, einmal den Unterschied zwischen einem deutschen und einem englischen

Hotel kennenzulernen. Außerdem, denke ich, musst du dich dort ständig mit allen möglichen Leuten unterhalten. Deswegen bist du doch hierhergekommen, nicht wahr? Wenn ich mir vorstelle, dass du in der Fabrik stundenlang nichts anderes tust als Glühbirnen in Kartons einzupacken, wobei du dich wahrscheinlich kaum mit anderen Leuten unterhältst, dann finde ich das sehr, sehr langweilig.«

Nik lachte sie an. »Das hast du wunderbar beschrieben, May. Genau so sehe ich es auch, obwohl mich natürlich der bessere Lohn reizt.«

Nun lachte May zurück: »Geld ist doch nicht das Wichtigste. Du musst auch Spaß und einen Nutzen davon haben. Aber ich kann die Entscheidung nicht für dich treffen. Das musst du schon alleine, Nik.«

»Danke, May, du hast mir schon den richtigen Rat gegeben. Ich werde ins Hotel gehen. Außerdem liegt das wohl auch näher als die Fabrik.«

»Soweit ich weiß«, fügte May hinzu, »hat das Prince-Albert- Hotel zudem einen guten Ruf.«

»Ach, ist es nach dem Gemahl von Queen Victoria benannt?«

»Ich denke, ja. Ich kenne keinen anderen Prince Albert«, lachte May.

»Übrigens, May, wie weit ist es denn von hier bis zum Buckingham Palast und zum Big Ben?« wollte Nik nun wissen.

»Das sind zwei verschiedene Richtungen. Beide sind nicht allzu weit entfernt. Aber heute schaffen wir das nicht mehr. Außerdem gibt es noch viel, viel mehr an Sehenswürdigkeiten in London. Dazu brauchst du ein paar Wochen, um die alle zu erkunden. Wenn du möchtest, zeige ich dir ein andermal mehr von der Stadt.«

»Das wäre toll, May. Vielen Dank. Das Angebot nehme ich gerne an.« Nik`s Herz schlug vor Begeisterung plötzlich Kapriolen!

»Vielleicht schon nächstes Wochenende?« schlug May vor. - »Warum nicht? Gerne, May. Danke.«

Über diese Unterhaltung hatten sie beinahe die Zeit vergessen. Als Nik auf seine Armbanduhr blickte, war es gerade 5 p.m. durch.

»Ich glaube, wir sollten uns langsam auf den Heimweg machen«, meinte er. »Die Thompsons erwarten mich gegen Sechs zum Abendessen.«

»O.K., aber es ist noch eine Tasse Tee in der Kanne. Darf ich dir den einschenken, Nik?«

»Nein, danke, die ist noch für dich übrig, May. Trink du die.«

May folgte seiner Aufforderung. Zehn Minuten später erhoben sie sich und Nik half May wieder in ihren Mantel. Auch er schlüpfte in seinen und beide verließen das Café.

Im Vorraum der U-Bahn Station Piccadilly forderte May nun Nik auf, die Fahrkarten selber am Schalter zu kaufen. »Was muss ich denn sagen?« fragte er. - »Sag einfach: 'Two singles to St.John's Wood'«. Mit May an seiner Seite wagte er es und fühlte sich ein wenig stolz mit den Tickets in Händen, die er dann dem Kontrolleur an der Sperre zum Abknipsen hinhielt.

»Wir nehmen lieber wieder den Aufzug«, sagte May. »Über die vielen Treppen dauert es zu lange. Es ist die Rede davon, dass man bald bewegliche Treppen einbauen will.«

»Bewegliche Treppen? Was ist das?« - »Na ja, Rolltreppen eben. Es sind Treppen, die sich bewegen, so dass man nicht mehr selber laufen muss«, versuchte May zu erklären, »Die haben angeblich die Amerikaner erfunden. Es gibt solche schon seit einigen Jahren in Harrods und ein paar anderen großen Kaufhäusern.«

»Hm, hab' ich in Deutschland noch nichts von gehört. Vielleicht gibt's die ja auch schon in Berlin, aber da war ich noch nie.«

Mit fünf Minuten Verspätung erreichten sie wieder das Haus der Thompsons. Sie wollten sich gerade voneinander verabschieden, da tauchte Mr. Thompson auf, der soeben von der Arbeit kam.

»Möchten Sie nicht mit herein kommen, May?« fragte er.

»Nein, danke, sehr freundlich, Mr. Thompson, aber ich werde zu Hause erwartet.«

»Na gut, dann gehe ich schonmal vor.« Damit öffnete er die Tür und trat ein.

»Heute war mein erster Tag in London und ein wunderschöner Nachmittag, vielen, vielen Dank, May.« - »Ja, ich fand es auch ganz nett heute Nachmittag.«

»Sehen wir uns am Wochenende wieder?« wollte Nik wissen.

»Ja, wie wär's mit Samstag? Sagen wir 10 Uhr? Ich hole dich hier ab, O.K.?«

Nik strahlte über's ganz Gesicht. »Wunderbar, May, ich freu' mich riesig darauf. Und dann zeigst du mir mehr von London?« – »Ja, wird gemacht. Also, bye, see you then!«

Damit wandte sie sich um und ging in Richtung Bushaltestelle. Nik schaute ihr nach. Er fand die Art, wie sie ging, aufregend. Sie ist eine tolle

Frau, dachte er. Nach vielleicht 50 Metern wandte sie sich plötzlich noch einmal um und winkte ihm kurz lächelnd zu.

Nik winkte zurück. Ich glaube, ich habe mich verliebt, dachte er, und ging ins Haus.

....

Ich glaube, ich habe mich verliebt, dachte May. Nik gefällt mir richtig gut. Während der Busfahrt arbeitete sie in Gedanken den Plan für kommenden Samstag aus. Sie wusste allerdings noch nicht so recht, was sie ihren Eltern sagen sollte – und überhaupt?

»Du bist heute aber spät«, bemerkte Mutter Henrietta, als May die Haustür öffnete.

»Ja, ich wollte unbedingt noch einen Hut fertig machen, der für morgen bestellt ist«, log May.

Während des Abendessens erschien sie den anderen ungewöhnlich still und ihr Gesicht war leicht errötet. »Alles in Ordnung, May?« wollte Alice wissen. »Was soll denn nicht in Ordnung sein?« fragte sie zurück. - »Na ja, ich mein' ja nur«, ergänzte Alice und löffelte ihre Suppe weiter.

Nach der Mahlzeit halfen die Schwestern noch beim Abwasch in der Küche, bevor sie sich auf ihre Zimmer zurückzogen. Jetzt entschloss sich Florence Rose, 'unter vier Augen' zu einem neuen Vorstoß, denn auch ihr war die Veränderung bei ihrer Lieblingsschwester nicht verborgen geblieben.

»Was ist los, May, hattest du Ärger? Du bist heute Abend irgendwie anders als sonst«, sagte sie.

»Du weißt doch, mir kannst du alles erzählen.«

May überlegte einen Moment. Sollte sie es Flo erzählen? Oder besser nicht? Sollte sie ein zweites Mal lügen? Aber bisher hatte sie doch alle Geheimnisse mit ihrer Lieblingsschwester geteilt!

»Ich weiß, Flo, dir kann ich es ja sagen. Aber versprich mir, dass du es vorerst den anderen noch nicht weiter erzählst.« - »Versprochen, May!«

»Flo, ich hatte keinen Ärger. Im Gegenteil. Stell dir vor: Ich glaube, ich habe mich verliebt!«

»N e i n!« Flo brüllte so laut, dass man es womöglich im ganzen Haus hören konnte. Dabei strahlte sie über's ganze Gesicht.

»Pssst. Leise, Flo, bitte.« – »Schon gut, May«, spach sie nun im Flüsterton weiter. »Ich finde es ganz toll. Wer ist es denn?«

Nun erzählte May ihr in allen Einzelheiten von Nik und ihrem gemeinsamen Nachmittag in London und dass sie sich für kommenden Samstag wieder verabredet hatten.

»Ich freu`mich ja so für dich, May. Wie alt ist denn dein Nik eigentlich?«

»Och, danach hab`ich ihn noch gar nicht gefragt. Aber ich schätze, dass er etwas älter ist als ich.«

»Aber über ein Problem musst du rechtzeitig mit ihm reden, und zwar, falls ihr euch wirklich einig werdet, würde Nik hier in London bleiben oder will er in jedem Fall nach Deutschland zurück. Was würdest du im letzteren Falle dann tun, May?«

»Also, Flo, erstens sind wir noch längst nicht so weit. Und zweitens werde ich das bestimmt rechtzeitig klären!« - »Gut, May, ich möchte nur nicht, dass du eine schwere Enttäuschung erlebst.«

Die beiden Schwestern erzählten noch lange, nachdem sie längst zu Bett gegangen waren und das Licht gelöscht hatten.

Nik genoss das Abendessen. Mrs. Thompson hatte Hammelkoteletts gebraten, dazu als Beilagen kleine runde Bratkartoffeln, Erbsen und Möhren sowie eine Mintsoße. Er staunte über die seltsame Methode seiner Gastgeber, beim Essen die Erbsen und Möhren auf der gewölbten Rückseite ihrer Gabel zu balancieren. Er versuchte das schließlich auch einmal, was ihm jedoch völlig misslang. Die Erbsen kullerten alle herunter und quer über den Tisch. Die Thompsons amüsierten sich köstlich.

»Lassen Sie`s lieber sein, Nik. Das können nur echte Engländer«, lachte Mr. Thompson.

Nach dem Essen saßen sie noch eine Weile zusammen. Nik wollte die Gelegenheit nutzen, sofort seine erste Wochenmiete zu zahlen, doch die Thompsons winkten ab. »Diese Woche sind Sie unser Gast. Sie brauchen erst ab nächsten Montag zu zahlen. Wann möchten Sie morgen wieder ihr Frühstück haben?« erklärte Mrs. Thompson.

Als Nik zu später Stunde zu Bett ging, dauerte es lange, bis er endlich einschlafen konnte. Seine Gedanken waren ständig bei May, deren hübsches Gesicht ihm immer wieder in den Sinn kam. Aber er dachte auch an den nächsten Tag. Er hatte sich entschieden, den Job im Hotel anzunehmen und würde sich morgen dort vorstellen. Vorher würde er aber Mrs. Bennet Bescheid geben und dabei hätte er vielleicht das Glück, May im Geschäft wenigstens kurz zu sehen.....

Tatsächlich war May alleine im Geschäft, als er eintrat. Sie begrüßte ihn mit einem strahlenden Lächeln und erkundigte sich, ob er gut geschlafen hätte. Sie sagte ihm, Mrs. Bennet sei oben in der Wohnung und er solle ruhig an der Haustür klopfen.

Nachdem er Mrs. Bennet seine Entscheidung mitgeteilt hatte, sagte sie: »Das ist klug von Ihnen, Nik. Ich bin sicher, es ist für Sie vorteilhafter als in der Fabrik zu arbeiten.« Dann erklärte sie ihm, wie er am schnellsten nach Marylebone käme und sollte sich dort am Empfang bei Mr. Bird melden. Er sollte ihm sagen, dass Mrs. Bennet ihn schickte. Mr. Bird wüsste Bescheid. Kurz darauf machte sich Nik auf den Weg. Dank Mrs. Bennets Informationen war es für ihn kein Problem, das Prince-Albert-Hotel zu finden. Es war zweifellos ein Haus der gehobenen Kategorie.

Nik fand Mr. Bird sogleich am Empfang. Er führte ihn zum Manager, einem Mr. McNeill. Dieser informierte Nik in aller Kürze, dass er als zweite Hilfskraft in der Küche vor allem Reinigungsaufgaben zu übernehmen hätte. Geschirrspülen, Herde putzen, Fußböden wischen und so weiter. Er müsste sich dort mit seiner Kollegin Becky in fairer Weise die Arbeit teilen. Sein Lohn sei drei Shilling und six Pence. Der Chef überreichte Nik noch eine Personalkarte, auf die er seinen Namen eintragen sollte. Damit war das Gespräch beendet, von einem Arbeitsvertrag war keine Rede. Das war Nik auch egal. Aber hatte er richtig gehört: drei shilling six pence? Das war mehr als Mrs. Bennet genannt hatte. Er war zufrieden.

Mr. Bird führte Nik hinunter in die Küche, die sich wie im Kaiserhof im Keller befand. Dort übergab er ihn dem Küchenchef, Mr. Green. Der rief sogleich Becky herbei, eine ziemlich korpulente Mittvierzigerin dunkler Hautfarbe. »Was Sie zu tun haben, hat Ihnen der Chef sicher schon erklärt, nicht wahr?« fragte Mr. Green. »Drüben hängt ein Stempelkasten, da stecken Sie bei ihrer Ankunft und bei Arbeitsschluss ihre Personalkarte ein. Verlieren Sie die nur nicht! Von mir aus können Sie sofort anfangen.«

Nik hatte verstanden. »Dann einigen Sie sich mit Becky in kollegialer

Weise, O.K.?« Damit ließ er Nik und Becky stehen. Die beiden stellten sich gegenseitig kurz vor.

»Bin ich froh, dass du mir die halbe Arbeit abnimmst«, sagte sie. »Ich musste die letzten drei Wochen alles hier alleine machen. Ich bin fast K.O. gegangen. Dein Vorgänger war eine faule Socke. Der hat mir immer die meiste Arbeit überlassen. Das war unfair. Mr. Green hat das gemerkt und ihn rausgeschmissen.«

»Ich werde mein Bestes tun, Becky. Wir müssen uns nur über die Arbeitsteilung einigen. Lass mich mal erst hier umsehen.«

»O.K., ich bin gerade dabei, noch zwei Herde zu schrubben, damit die gleich für`s Mittagessen startklar sind. Ich zeig dir noch schnell deinen Kleiderspind. Darin findest du auch einen Arbeitskittel. Sag mal, wo kommst du her? Dein Englisch ist etwas komisch?«

Nik erklärte ihr, dass er Deutscher sei, aber nun staunte er doch plötzlich über sich selber. Er glaubte, dass er so ziemlich alles dieser Gespräche richtig verstanden und zumindest auch passend geantwortet hatte. Ja, warum sollte er nicht sofort die Arbeit aufnehmen? Also hängte er seinen Mantel in den Spind, legte die Kappe dazu und zog sich den Kittel an, auf dessen Brusttasche die Aufschrift «Prince-Albert-Hotel» zu lesen war, darüber eine Art königliches Wappen. Sodann stempelte er die Personalkarte ab und erkundigte sich bei Becky, mit welcher Arbeit er beginnen sollte.

Alsbald erschien das komplette Küchenpersonal, weitere vier Köche mit weißen Papiermützen sowie zwei Gehilfinnen, um die Mittagsmenues vorzubereiten. Nik erfuhr von Becky die genaueren Haupt-Arbeitszeiten. Es gab zwei Arbeitsteams: Die Frühschicht, zu der auch Nik und Becky diese Woche zählten, von 8.00 a.m. bis 4.00 p.m. »Dann kommt das zweite Team und bleibt bis Mitternacht«, erläuterte Becky. »Die Teams wechseln wöchentlich die Schicht. Ihre Aufgaben sind das Geschirrspülen, Reinigen der Herde sowie das Putzen aller Fliesenflächen sowie des Fußbodens. Allerdings müssen auch die Körbe mit schmutziger Tischwäsche zum Hofausgang gebracht werden, damit die Wäscherei sie dort abholen kann. Jeder hat Anrecht auf einen freien Tag pro Woche. Zwecks Abstimmung hängt ein Monatsplan in der Küche, den Mr. Green erstellt. Jeder kann aber seine Wünsche dazu äußern.«

Als Nik das erfuhr, war ihm sofort klar, dass er kommenden Samstag keinesfalls frei bekommen könnte. Deshalb wandte er sich sogleich nach

Dienstschluss an Mr. Green mit der Anfrage, ob es vielleicht möglich sei, übernächsten Samstag oder Sonntag dienstfrei zu erhalten. Der Chef konnte ihm sofort keine Zusage geben, da er dafür eine Personalumstellung im Plan vornehmen müsste. Spätestens übermorgen hätte er das geklärt.

Ein angenehmer Aspekt an diesen Diensten war, dass sich das Reinigungspersonal an Restspeisen, die in der Küche zurückblieben, gütlich tun durfte, ähnlich wie im Kaiserhof oder beim Wolters in Neuerburg. Und davon gab es stets genug. Man musste lediglich einen der Köche fragen, an welchen Speisen man sich bedienen durfte. So setzten sich Nik und Becky nach Dienstschluss mit einem Teller voller Köstlichkeiten an einen Tisch in der Küchenecke, um ihren Hunger zu stillen. Dabei erfuhr er auch einiges über Becky, die alleinerziehende Mutter zweier Kinder war und in ärmlichen Verhältnissen im 'Eastend' lebte. Sie stammte aus Jamaika.

Kurz vor sechs Uhr verließ Nik das 'Prince-Albert' und beschloss, sich hier in der Umgebung des Hotels und des Bahnhofs Marylebone ein wenig umzusehen. Die Marylebone Road war offensichtlich eine äußerst verkehrsreiche, laute Durchgangsstraße mit unzähligen Geschäften aller erdenklichen Branchen. Die Dämmerung hatte bereits eingesetzt und die elektrischen Laternen waren angegangen. In den Seitenstraßen hingegen gab es noch die alten Gaslaternen, die vom »Laternenmann«- wie zu Hause in Deutschland – per Hand mit Hilfe eines langen Stabes angezündet wurden. In einem Schreibwarenladen kaufte er einige Ansichtskarten, Briefpapier mit Umschlägen, die er nach Hause schicken würde. Besonders musste er schnell an Frau Deckers schreiben und ihr berichten. Die Wetterlage war zwar trocken, jedoch pfiff ein eisiger Wind durch die Straße und nach einer guten halben Stunde trat Nik die Heimfahrt mit dem Bus an.

Natürlich hatte May längst Feierabend. Ich werde ihr morgen früh sagen, dass es mit der Verabredung am Samstag nicht klappt, dachte er.

Bevor er sich auf sein Zimmer zurückzog, meldete er sich kurz bei den Thompsons und berichtete über seinen ersten Arbeitstag. Er teilte ihnen auch mit, dass er – ausgenommen an seinem freien Tag – weder ein Frühstück noch Abendessen benötigte, da er in der Hotelküche gut versorgt würde. Bevor er zu Bett ging, schrieb er noch einen kurzen Brief an Frau Deckers.

Pünktlich um acht Uhr erschien er wieder in der Hotelküche, um gemeinsam mit Becky die Arbeit aufzunehmen. Zwischendurch war es ihnen möglich, Toastbrote zu schmieren und Tee aufzugießen. Da Mrs. Bennets Laden erst um neun Uhr öffnete, hatte Nik weder sie noch May am frühen Morgen sehen können. Er würde beide nach Dienstschluss am Nachmittag aufsuchen.

Mrs. Bennet bediente gerade eine Kundin, als Nik eintrat. Dennoch begrüßte sie ihn kurz mit einem fröhlichen «Hello, Nik, hope you are fine!«
Als May das durch die geöffnete Hintertür zur Werkstatt hörte, erschien auch ihr strahlendes Gesicht im Türrahmen. »Geh ruhig durch nach hinten«, forderte Mrs. Bennet ihn auf, was der natürlich gerne tat. Zu Niks größter Überraschung trat May auf ihn zu und umarmte ihn kurz, aber spürbar herzlich. Der betörende Duft ihres Parfums umfing ihn. Niks Herz schlug Kapriolen! Lächelnd erkundigte sie sich: »Ich hoffe du hattest zwei angenehme Tage. Du musst uns erzählen, was du erlebt hast. Aber warte noch einen Moment, Mrs.Bennet möchte es ja auch hören. Ich setze mal eben den Teekessel auf. Leg deinen Mantel ab und setz dich!« Dabei räumte sie rasch etliche Stoffteile von einem Stuhl und schob ihn Nik hin. Bevor Mrs. Bennet hinzukäme, erklärte er May rasch, dass er am kommenden Wochenende noch kein Dienstfrei bekäme, vielleicht am darauf folgenden. »Das kann ich dir aber erst morgen oder übermorgen sagen, wenn der Chef den Dienstplan umgestellt hat. Allerdings habe ich diese Woche täglich um sechs Uhr Schluss, so dass wir uns natürlich noch am späten Nachmittag treffen könnten.«

»Spät nachmittags ist im Moment noch nicht so günstig, Nik«, erwiderte May, »weil wir immer gemeinsam mit der Familie zu Abend essen. Ich habe bisher nur meiner Lieblingsschwester Florence von dir erzählt. Die anderen wissen noch nichts. Aber denen werde ich auch bald von dir erzählen. Ich will nur eine gute Gelegenheit abwarten. Ich denke, das geht schon in Ordnung mit unserem Treffen am übernächsten Wochenende. Da freue ich mich sehr drauf.«

»Ich auch!« beeilte sich Nik zu antworten. »Und weißt du was? Ich mag dich sehr, May!« Letzteres fügte er im Flüsterton hinzu. May errötete, blickte vor Verlegenheit auf ihre Hände und erwiderte ebenfalls flüsternd: »Ich dich auch, Nik!«

Beide hätten sich am liebsten erneut umarmt, doch Mrs. Bennet, die nun eintrat, verhinderte es.

Nun begann Nik mit seinen Tagesberichten, wobei er doch mehrmals das Wörterbuch zu Hilfe nehmen musste. Und immer, wenn es sprachlich ein wenig hakte, halfen ihm beide Damen auf die Sprünge oder korrigierten ihn. Zugleich hielt jeder eine Tasse Tee in Händen und nippte von Zeit zu Zeit daran. So saßen sie eine gute Stunde plaudernd beisammen in der Werkstatt, bis Mrs. Bennet feststellte: »Lieber Himmel, es ist ja schon viertel nach sechs! Zeit, den Laden zu schließen. Und du, May, mach dich auf den Weg nach Hause!«

»O.K., ich räum' nur noch eben auf«, sagte sie. Und Nik fragte, ob er ihr behilflich sein könnte, aber sie lehnte ab. »Du weißt ja doch nicht, wo die einzelnen Sachen hingehören.«

»Aber den Boden ausfegen kann ich schon!« – »Na schön, da in der Ecke findest du Besen und Kehrblech.«

Da Mrs. Bennet wieder zurück in den Laden gegangen war, flüsterte er erneut: »Darf ich dich nach Hause begleiten, May? Hast du etwas dagegen? Ich mache ja sowieso nichts mehr heute Abend.«

»Ach, das wäre schön, Nik«, flüsterte sie zurück, ohne aufzuschauen.

Als sie sich von Mrs. Bennet verabschiedeten, fiel Nik noch etwas Wichtiges ein: »Mrs. Bennet, welche Briefmarke muss ich eigentlich auf einen Brief nach Deutschland kleben?« – ›Three Pence‹.

»Und auf eine Postkarte?« – »Eineinhalb Pence«. – »Danke, Mrs. Bennet, und gute Nacht!«

Nik und May entfernten sich in Richtung Bushaltestelle, bemerkten aber nicht, dass Mrs. Bennet ihnen lächelnd nachschaute.

»Mit welcher Linie musst du denn fahren?« erkundigte sich Nik.

»Erst mit der 42 bis Marylebone. Von dort mit der 18 bis Shepherds Bush. Dann ist es nur noch ein kurzer Fußweg bis nach Hause.«

Zunächst kamen zwei andere Buslinien. Der dritte Bus war die No. 42. Nik wusste ja inzwischen, dass es nur drei Haltestellen bis Marylebone waren. Also nahmen sie gleich unten Platz. »Erlaube mir aber, dass ich für uns beide bezahle«, bat May. »Du musst ja sowieso die Rückfahrt bezahlen.«

Nik ließ sie gewähren.

»Gleich in der Linie 18 lohnt es sich aber, nach oben zu gehen. Da sieht man auch viel mehr«, sagte May.

Sie hatten in dem Bus sogar das Glück, dass die beiden linken Plätze ganz vorne in der ersten Reihe frei waren. Nachdem sie sich dort niedergelassen hatten, begegneten sich immer wieder ihre Blicke und Nik fasste den Mut, sich bei ihr einzuhaken. May lächelte und ließ es zu. Schließlich ergriff er auch ihre Hand und drückte sie. Es war für beide ein unbeschreibliches Glücksgefühl. Dabei nahmen sie offenbar gar nicht wahr, dass der Fahrtwind recht kalt um ihre Ohren pfiff, denn der Bus war ja wie alle oben ohne Dach!

Dennoch fiel May Flo`s Mahnung ein und so fragte sie: »Sag mal, Nik. Du musst doch sicher irgendwann nach Deutschland zurückkehren, oder nicht?«

»Nicht unbedingt«, lautete seine überraschende Antwort. »Ich bin völlig ungebunden, May. Natürlich hatte ich das ursprünglich vor. Aber bisher finde ich es hier in London ganz wunderbar. Wenn ich hier eine vernünftige Arbeit fände, würde ich auch bleiben. – Wenn man mich nicht rauswirft«, fügte er noch lachend hinzu. May antwortete nicht darauf, sondern drückte ihrerseits kräftig Niks Hand. Sie war glücklich und für`s Erste zufrieden.

Der Bus passierte Paddington Station, dann bog er am Hyde Park in die Bayswater Road ein, fuhr entlang den Kensington Gardens, durch Nottinghill Gate, Holland Park Avenue, vorbei am Royal Crescent mit ihren in Halbkreis angeordneten 'Terraced Houses' im victorianischen Zuckerbäckerstil bis Shepherds Bush. Während der Fahrt sprachen beide nicht viel miteinander. Doch May überlegte, ob es wohl angebracht sei, wenn Nik sie gar bis vor die Haustür begleitete. Sicher wäre es heute noch nicht so günstig. Das musste sie ihm irgendwie erklären und ihn bitten, sie nur bis zur Straßenecke zu begleiten. Hoffentlich hatte er Verständnis dafür!

In der Nähe der Richford Street, wo May wohnte, stiegen sie aus. Als sie auf der Straße standen, meinte Nik: »Weißt du May, ich bin mir nicht sicher, ob es heute schon gut ist, wenn ich dich ganz nach Hause begleite. Wärest du mir böse, wenn ich nur bis zur Ecke eurer Straße mitginge?«

May war sichtlich erleichtert: »Du bist richtig lieb, Nik. Ja, heute machen wir`s noch so. Ich werde meinen Eltern wenn möglich gleich heute Abend von dir erzählen und dann wird es in den nächsten Tagen kein Problem mehr sein. Da bin ich mir sicher.« Und sie drückte ihm einen zarten Kuss auf die Wange. »Das wasche ich mir heute Abend nicht ab!« lachte Nik.

An der Ecke Goldhawk Road zur Richford Street wollten sie sich verabschieden. Jedoch wechselten sie noch einige Worte, hielten sich an den Händen und jeder versuchte, die Trennung irgendwie zu verzögern. So vergingen einige Minuten, als sie plötzlich hinter sich eine Stimme vernahmen:

»Hey, May, wer ist denn der junge Mann?« Es war ihr Vater! Vor Schreck ließ sie Niks Hand los und stammelte verlegen: »Hey, Dad. Eh – na ja –« - »Ich bin Nik Kemen aus Deutschland«, fiel er ihr ins Wort. »Ich habe May durch Mrs. Bennet kennen gelernt.« Höflich nahm er zugleich seine Kappe ab.

»Aha, verstehe. How do you do«, war John Scoines' knappe Reaktion, auf die Nik gleichermaßen mit »How do you do« antwortete.

»Das ist mein Dad«, stellte May ihren Vater überflüssigerweise vor. Der kam offenbar direkt von der Arbeit, denn er trug einen dunkelblauen Overall und sein Gesicht war etwas verschmiert.

»O.K., dann gehe ich schon mal vor. Du kommst sicher gleich nach, May? Bye, Mr. Kemen.«

»Good Bye, Sir«, antwortete Nik mit einer leichten Verbeugung.

Damit drehte sich Mays Vater um und ging seines Weges.

»Puh. Hab` ich mich erschrocken«, war Mays erste Reaktion, wobei sie deutlich nach Luft schnappte.

»Na ja, jetzt ist es raus«, sagte Nik. »Aber dein Vater schien mir ziemlich kühl.«

»Ich denke, der war genau so überrascht wie ich«, erwiderte May, »aber eigentlich ist er ganz lieb. Bestimmt wird er das sofort den anderen erzählen und dann werden die mich gleich mit tausend Fragen löchern.«

»Außer Florence. Der hast du doch schon alles erzählt, nicht wahr, May?«

»Ja, richtig. Aber weißt du was, Nik, jetzt ist es doch egal. Du kannst ruhig mit bis zu unserem Haus kommen.«

Also begleitete er May bis vor ihr Elternhaus, No. 5 Richford Street. Hier kam es nun aber nur noch zu einer kurzen Verabschiedung per Handschlag, denn beide wollten vermeiden, dass vielleicht jemand sie durch die Gardinen beobachtete.

»Sehen wir uns morgen Nachmittag wieder?« wollte Nik wissen.

»Von mir aus gerne.«

»Schön, dann bis morgen! Bye!« Damit wandte Nik sich ab und ging davon, schaute sich aber kurz darauf noch einmal um und winkte May zu, die gerade die vier Stufen zur Haustür erstiegen hatte und lächelnd zurück winkte.

Als May ins Haus trat, begegnete sie niemandem. Rasch hing sie den Mantel am Garderobenständer auf, entledigte sich der Stiefelchen, schlüpfte in bequeme Filzpantoffel und stieg sogleich hinauf zu ihrem Zimmer, wo sie Florence bereits vorfand. In aller Kürze erzählte sie ihr, was vorgefallen war.

»Tja, meine Liebe, da musst du nun durch«, sagte Flo grinsend. »Aber keine Sorge, ich bin ja bei dir. Und im Übrigen hast du doch nichts Unrechtes getan, nicht wahr? Also, May, steh mutig zu Nik. Ich habe doch auch schon lange meinen Bert!«

Damit begaben sie sich nach unten, wo Mutter und Alice den Tisch für`s Abendbrot gedeckt hatten.

Vater erschien als Letzter. Er hatte sich des Arbeitsoveralls entledigt und saubere Kleidung angezogen. Wenn May nun erwartete, dass Vater gleich mit seiner Fragerei beginnen würde, irrte sie. Offensichtlich ließ er sie zappeln und erzählte von einer sehr schwierigen Reparatur bei einem Wasserrohrbruch. Erst gegen Ende der Mahlzeit kam er auf den Punkt: »Stellt euch vor, ich traf vorhin unsere liebe May mit einem jungen Mann Hand in Hand vorne an der Ecke!«

»W-a-s, w - i – e?« - »Wer war denn das, May?« - »Woher kennst du den denn?« Alice und Mutter fragten durcheinander. Nur Florence zeigte keine Reaktion, was den anderen jedoch nicht auffiel.

Bevor May antworten konnte, erklärte schon Vater: »Er ist Deutscher und heißt Nik – eh-, den Nachnamen habe ich vergessen.«

»Kemen«, ergänzte May. »Ich habe ihn durch Mrs. Bennet kennengelernt. Er wohnt bei ihr nebenan bei den Thompsons.«

Nun berichtete May ausführlich, was sie über Nik wusste, wie und warum er nach England gekommen war sowie dass Mrs. Bennet ihm den Weg bereitet hatte.

»Im Übrigen hat Mrs. Bennets alte Schulfreundin, die in Cologne lebt, Nik als einen tüchtigen, ehrlichen und hilfsbereiten Mann beschrieben. Er hat wohl Mrs. Bennets Freundin, die sehr krank ist, lange Zeit versorgt.«

»Na, das klingt doch alles ganz gut«, meinte Mutter. »Dann solltest du uns den jungen Mann mal bald vorstellen, May.«

»Na ja, ganz so eilig muss es nicht sein«, fiel Vater ein. »Musst du denn unbedingt mit einem Ausländer anbändeln, May?«

»Hey, Dad, was soll das denn heißen?« empörte sich nun Florence. »Was hast du denn gegen Ausländer? Übrigens ist Nik nicht irgendein Ausländer«, wobei sie die letzten drei Worte besonders betonte, »sondern Deutscher. Da ist doch wohl ein Unterschied!«

»Genau«, pflichtete Alice ihrer Schwester bei, »Prince Albert war Deutscher und unser Königshaus ist mit der Kaiserfamilie verwandt!«

May standen in diesem Moment fast Tränen in den Augen. »Das finde ich blödsinnig von dir, Dad«, war ihre Antwort.

»Schon gut, schon gut«, milderte Vater nun ab. »Das war nicht so gemeint. Ihr habt ja Recht. Ich meinte doch nur – ich wollte sagen – oder zu bedenken geben – ich will nicht, dass du eines Tages enttäuscht bist, May, - eh – wenn Nik nach Deutschland zurückkehrt. Was dann?«

»Genau darüber habe ich mit ihm schon gesprochen«, erläuterte May. »Er sagte, er wäre völlig ungebunden und würde durchaus gerne hier bleiben, wenn er gute Arbeit fände.«

»Na siehst du, John«, fügte Mutter hinzu, »ich denke, unsere May ist alt und klug genug zu wissen, was sie tut. Ich schlage vor, wir laden Nik zu kommenden Samstag oder Sonntag zum Abendessen ein. Was hältst du davon, John?« Der nickte zunächst nur nachdenklich mit dem Kopf, gab aber einige Augenblicke später seine Zustimmung: »O.K., O.K.. Wir müssen den Burschen ja mal erst richtig unter die Lupe nehmen. Vielleicht waren meine Bedenken etwas voreilig.«

»Also dann gib ihm morgen Bescheid«, forderte Mutter May auf, die sichtlich erleichtert lächelte.

»Danke, Mum, danke, Dad«.

Auch Florence und Alice äußerten ihre volle Zustimmung und dass sie gespannt wären, Nik kennenzulernen.

Kapitel 8

Februar/ März 1914 – Ein verliebtes Paar

Als Nik den Heimweg antrat, schwebte er auf 'Wolke Sieben' vor Glück. Noch nie zuvor hatte er eine derart tiefe Zuneigung zu einem Mädchen verspürt wie nun zu May. War sie die Frau seines Lebens? Seiner Träume allemal, denn er konnte an nichts anderes mehr denken und lag in der Nacht lange wach vor überschäumender Freude. Erst in den frühen Morgenstunden schlief er ein und hätte beinahe den Wecker überhört.

Obwohl die Zeit bis zum Nachmittag wie im Fluge verstrich, da er mit Arbeit vollends eingedeckt war, konnte Nik es kaum erwarten, May wiederzusehen.

Mrs. Bennet war in keiner Weise überrascht, als Nik kurz nach halb fünf ihr Geschäft betrat. Ihr war nicht entgangen, dass er und May schon mehr als bloße Sympathie füreinander empfanden. Zudem hatte sie während des Nachmittags – so ganz beiläufig, versteht sich – gegenüber May einige Bemerkungen über Nik eingeflochten, auf die sie sehr positiv reagierte. Und da Nik auch auf Mrs. Bennet bislang einen ausgezeichneten Eindruck machte, sah sie der beginnenden Beziehung zwischen ihm und May sehr wohlwollend entgegen.

May hatte ihr erzählt, was am vorherigen Abend geschehen war.

So forderte sie Nik sogleich nach der Begrüßung auf: »Geh ruhig durch in die Werkstatt.«

Nik und May umarmten und küssten sich flüchtig, denn die Tür zwischen Laden und Werkstatt stand weit offen. Natürlich wollte Nik gleich wissen, wie es May zu Hause mit der Familie am Vorabend ergangen war, nachdem ihr Vater sie beide an der Ecke überrascht hatte.

May berichtete ihm ebenso ausführlich wie sie es gegenüber Mrs. Bennet tat.

»Meine Eltern laden dich diesen Samstag oder Sonntag zum Abendessen ein.«

»Bitte richte ihnen aus, dass ich herzlich danke und mich sehr darauf freue. Aber was schlägst du vor, May, wäre Samstag oder Sonntag besser?«

»Eigentlich ist es egal, Nik. Aber trotzdem würde ich den Sonntag bevorzugen, weil dann die Geschäfte geschlossen sind. Am Samstagabend könnten wir nochmal in die City fahren, da ist mehr los, weil die Geschäfte geöffnet sind.«

»Gut, May. Dann richte das bitte so deinen Eltern aus. Aber ich brauche ein Geschenk für sie. Dazu musst du mir auch einen Rat geben, May.«

»Ach, das ist eigentlich nicht nötig, Nik. Aber wenn wir am Samstagabend in die City fahren, finden wir schon etwas Nettes. Es braucht ja nur eine Kleinigkeit zu sein.«

»O.K., May, so machen wir es. Bei uns in Deutschland würde ich für die Mutter einen Blumenstrauß mitbringen und für den Vater eine Flasche Wein.«

»Eine Flasche Wein für Vater wäre in Ordnung. Aber wenn wir am Samstag schon Blumen kaufen, weiß ich nicht, ob die am folgenden Tag noch so schön frisch sind, besonders, wenn wir die noch lange in der City mit uns herumtragen. Da wäre eine kleine Schachtel Pralinen vielleicht günstiger. Mum nascht nämlich gerne.« Während sie sich derart unterhielten, arbeitete May aber unentwegt an einem lila Hut mit mehreren Federn weiter. »Den möchte ich gerne fertig machen«, sagte sie. »Dauert vielleicht noch 'ne halbe Stunde. Dann können wir gehen, Nik.«

»Prima, May, ich werde mich solange nach nebenan auf mein Zimmer begeben und da ein wenig Ordnung schaffen. Bin in einer halben Stunde zurück.«

May kannte in der Baker Street ein gemütliches Café, das sie am Abend aufsuchten. Bei einer Kanne Tee und kleinen Törtchen unterhielten sie sich über ihre Kindheit. Dabei wurden ihre sehr verschiedenen Jugenderlebnisse und Entwicklungen deutlich. Nik war als Landkind aufgewachsen, hatte die Großstadt erst spät erfahren. May, gebürtige Londonerin, kannte fast nichts anderes als die Super-Großstadt. Während Nik in den Schulferien fast nie verreiste, verbrachte May oft die Ferien mit der Familie in einem Seebad an der Küste zwischen Brighton und Folkestone. Nik war im strengen katholischen Glauben erzogen worden mit der Pflicht zum Gottesdienstbesuch am Sonn- und Feiertag. May war im anglikanisch-christlichen Glauben erzogen worden, der zwar dem katholischen sehr ähnlich geblieben, jedoch protestantisch ist. Die Scoines hatten nie das Tischgebet gepflegt und besuchten allenfalls zu den hohen Festtagen einen Gottesdienst.

Der Sonntag schien für Nik schneller gekommen zu sein als erwartet. Am Samstagnachmittag war er mit May zum 'shopping' in die City gefahren. Sie hatte sich ein Paar neue halbhohe Stiefelchen gekauft. Dabei legte sie großen

Wert auf Niks Gefallen, mehr als auf Bequemlichkeit. Ohnehin kaufte sie fast immer Schuhe, die eine Nummer zu klein waren, da sie eigentlich zu große Füße besaß, wie sie meinte. Und wie bereits besprochen, besorgte Nik für ihre Eltern eine Flasche Moselwein sowie eine Schachtel Pralinen.

Da er am Sonntagmorgen zum Dienst musste, war es ihm natürlich nicht möglich, einen Gottesdienst zu besuchen, was er durchaus gerne getan hätte. Allerdings hatte er sich bislang auch nicht bemüht, nach einer katholischen Kirche in der Umgebung zu suchen. Im Grunde wäre es ihm auch egal gewesen, wenn er an einer anglikanischen Messe teilnehmen würde. Er müsste unbedingt mal mit May darüber reden. Der Vorteil einer katholischen Messe wäre freilich, dass er – wahrscheinlich abgesehen von der Predigt – liturgisch mehr verstünde, da sie ja gleichermaßen wie in Deutschland auf Lateinisch gehalten wird.

Während seiner Arbeit am Vormittag war er sichtlich nervös, was sogar Becky auffiel. Jedoch erzählte er ihr nichts von der Einladung zu den Scoines am Abend. Allerdings aß er nach Dienstschluss, als sie sich beide wie üblich an den Küchenresten bedienten, weitaus weniger als sonst, was Becky ebenfalls bemerkte. Er erklärte es einfach damit, dass er keinen Hunger hätte. In Wirklichkeit wusste er natürlich, dass er doch bei den Scoines zum Abendessen eingeladen war und unmöglich zweimal am Tag eine warme Mahlzeit vertragen könnte.

Am späten Nachmittag machte sich Nik auf den Weg nach Shepherds Bush. Er hatte sich richtig 'in Schale' geworfen, seine beste Hose und Jacke angezogen, weißes Oberhemd und Krawatte. Je mehr er sich der Richford Street näherte, umso stärker fühlte er seinen Pulsschlag. Gegen sechs Uhr stand er vor Haus No. 5 und betätigte den schweren Messingklopfer an der Tür. Sogleich hörte er im Haus ein zweimaliges kurzes Hundegebell. Natürlich war es May, die ihm strahlend öffnete. Sie hatte eine Schürze umgebunden, denn sie kam aus der Küche, wo sie Mutter bei der Zubereitung der Mahlzeit geholfen hatte. Jackie, die Border-Collie Hündin, stand schwanzwedelnd neben ihr, doch May wehrte sie sogleich ab: »Marsch, ab nach hinten, Jackie!«, worauf das Tier brav gehorchte und sofort davontrollte.

»Der ist aber lieb und gut erzogen«, gestand Nik.

Sie übernahm seine beiden Geschenke, während er Mantel und Kappe an der Garderobe ablegte. Dann gab sie ihm die Präsente zurück und geleitete ihn ins vordere Wohnzimmer, wo sich nur Vater John aufhielt. Es roch nach Tabak. Er trug seine gemütliche Hausjacke. »Here`s Nik, Dad!« sagte May.

»Welcome, Nik, schön, dich wiederzusehen«, lautete seine freundliche Begrüßung, die Nik erwiderte: »Danke für Ihre nette Einladung, Sir. Ich freue mich hier zu sein. Darf ich Ihnen eine Flasche Wein überreichen?« Dabei erhob sich der Vater und nahm das Geschenk dankend an, um sogleich die Aufschrift des Etiketts zu studieren.

Im gleichen Augenblick betrat auch Mays Mutter den Raum, die ebenso freundlich Nik mit Handschlag begrüßte. Auch ihr überreichte er seine in Goldpapier verpackte Pralinenschachtel, für die sie sich bedankte.

Ihr gegenüber wiederholte Nik nochmals den Dank für die Einladung.

»Es freut mich, Sie zu sehen, Nik. Ich hoffe, Sie hatten keinen allzu schweren Arbeitstag.«

»Nein, danke, es war ganz erträglich. Ich bin ja froh, dass ich etwas Geld verdienen kann.«

In diesem Moment hörte er Schritte auf der Treppe. Alice und Florence erschienen, um ebenfalls Nik zu begrüßen. Die Damen trugen wunderschöne fußlange, zum Teil mit Röschen bestickte Kleider. Mutter Henrietta hatte wie May auch eine Schürze vorgebunden. Ihre fast schwarzen Haare waren zu einem Knoten hochgesteckt.

Alice und Florence begrüßten Nik mit Handschlag und einem kleinen Knicks. Er fand sie beide recht hübsch. Wie ihre Mutter und May hatten sie gleichfalls dunkles, jedoch kurz geschnittenes Haar.

»Es dauert noch einige Minuten, bis das Essen fertig ist«, sagte Mutter. »Wir lassen Sie mit John solange allein.« Damit zogen sich die vier Damen zurück und der Vater forderte Nik auf, ihm gegenüber im Sessel Platz zu nehmen. Auch Jackie war inzwischen hereingeschlichen und hatte sich neben dem Hausherrn auf dem Teppich niedergelassen.

»Was kann ich Ihnen zu trinken anbieten? Einen Scotch, einen Gin oder ein Glas Wein? Ich habe von Weihnachten noch einen Deutschen 'Oppenheim Kreutenbrunnen' – habe ich das so richtig ausgesprochen? - wie wäre es damit?« Nik bevorzugte den Rheinwein.

John verließ kurz den Raum, um offenbar aus der Küche die Weinflasche zu holen. Sie war bereits geöffnet und nicht mehr ganz voll. Der Vater entnahm einem kleinen Eckschränkchen zwei Gläser und schenkte ein. Mit «Cheers» prosteten sie einander zu.

Nik war sehr aufgeregt, denn er fürchtete, dass er nun zu seiner Person und Familie eingehend befragt würde. Aber nichts desgleichen geschah. Vielmehr erkundigte sich der Vater nach seiner hiesigen Unterkunft und Tätigkeit im Prince-Albert-Hotel, wie es ihm bisher ergangen und ob er insgesamt zufrieden wäre. Ferner wollte er wissen, was er bislang von London gesehen hätte. Sodann musste Nik ihm ausführlich über seine Reise, besonders von der Überquerung des Ärmelkanals berichten.

Nik gab auf alle seine Fragen so gut er konnte Auskunft. Zuweilen sprang der Vater ihm hilfreich bei, wenn ihm das Vokabular fehlte oder nicht einfiel.

Endlich trugen die Damen das dampfende Essen im Speiseraum unmittelbar nebenan auf, wo der Tisch wunderschön gedeckt war. Der Durchgang zwischen Wohnzimmer und Essraum war türlos, so dass Nik die Vorgänge dort beobachten konnte.

»Bitte nehmt Platz!« forderte Mutter die beiden Männer auf. John bat Nik, sein Weinglas mit hinüber zu nehmen. Vaters Platz war am Kopfende des Tisches. Nik sollte sich über's Eck neben ihn setzen. May nahm neben Nik Platz und die Mutter ihm gegenüber. Florence und Alice setzten sich auf die verbliebenen Stühle am anderen Ende des Tisches.

Das Menue bestand aus Hühnerbrust in Currysoße, gerösteten kleinen runden Kartöffelchen, sowie verschiedenem Gemüse, Rosen-, Blumenkohl, Erbsen und Möhren. Zusätzlich stand noch ein Teller mit kleinen 'Mince Pies' auf dem Tisch. Und natürlich fehlte auch nicht die obligatorische Karaffe mit Wasser. Alles schmeckte vorzüglich und May besorgte Nik immer wieder einen Nachschlag, bis der schließlich dankend ablehnte. Während des Essens wurde nicht viel gesprochen. Lediglich auf Mutters Frage, ob sich die englischen Speisen wesentlich von deutschen unterschieden, versuchte Nik entsprechend zu antworten, doch fiel ihm das aus Mangel am Vokabular schwer. Häufig zückte er zwischendurch sein Wörterbuch, das er fast ständig bei sich trug, um Begriffe und Bezeichnungen nachzuschlagen. Zum Nachtisch wurden Kirschen mit warmer Vanillesoße serviert.

Die Damen deckten den Tisch ab und Alice und Florence besorgten das Spülen des Geschirrs. Während dessen machten es sich die Eltern mit Nik und May im Wohnzimmer mit Getränken und einer kleinen Käseplatte gemütlich. Zur heimeligen Atmosphäre trug auch das im offenen Kamin lustig züngelnde Feuer bei.

Es entwickelte sich ein lebhaftes Gespräch zwischen May und ihren Eltern über alle möglichen Themen, von Preissteigerungen bei Lebensmitteln, Streikrecht, höhere Löhne bis zum Wahlrecht für Frauen. Leider fühlte sich Nik kaum in der Lage, an diesen Gesprächen aktiv teilzunehmen. Er hörte jedoch intensiv zu und bemühte sich, so viel wie möglich zu verstehen. May half ihm dabei, indem sie ihm zwischendurch immer wieder Erläuterungen gab.

Nach einer guten halben Stunde gesellten sich Alice und Florence dazu, die schließlich Nik baten, etwas von seiner Heimat und den Geschwistern zu erzählen. Das tat er dann auch, so gut er konnte.

Der Vater überraschte Nik mit der Frage, ob er beim Militär gedient hätte, was er verneinte.

»Der Grund ist, dass unser Kaiser lange Kerle bevorzugt. Ich war ihm etwas zu klein geraten«, erklärte Nik, worauf er schallendes Gelächter erntete.

»Bei uns ist es nicht viel anders«, ergänzte der Vater. »Aber bei unserer Garde kann man kleinere Leute durch höhere Bärenfellmützen länger machen!« Auch das löste allgemeine Heiterkeit aus.

Als Nik zu vorgerückter Stunde auf seine Taschenuhr blickte, zeigte sie Zehn vor Zehn an. »Ich habe gar nicht bemerkt, dass es schon sehr spät ist«, sagte er. »Ich denke, ich sollte mich verabschieden. Vielen, vielen Dank für das leckere Essen, das ich sehr genossen habe, und für den netten Abend. Sie waren alle sehr freundlich zu mir. Leider kann ich mich nicht – eh – wie soll ich sagen? – eh – kann ich Sie nicht zu mir einladen.«

»Ach, das ist doch kein Problem«, erwiderte die Mutter. »Sie waren uns – eh – Sie sind uns immer sehr willkommen, Nik.«

»Ja, besuchen Sie uns bald wieder«, ergänzte Vater und Nik verabschiedete sich.

»Ich begleite dich noch bis zur Bushaltestelle«, sagte May.

»Es war wirklich ein wunderschöner Abend«, gestand Nik ihr. »Du hast eine sehr nette Familie und deine Eltern sind richtig lieb.«

»Ja, das sind sie«, erwiderte May, »und das meinen sie auch, wenn sie sagen, du kannst immer wiederkommen.«

Sie waren die Einzigen, die an der Haltestelle auf den Bus warteten. Sie standen dort eine Weile Hand in Hand, doch schließlich küssten sie sich innigst.
»Ich liebe dich, May. Ich möchte dich nie wieder loslassen«, bekannte Nik.
»Ich dich auch, Nik. Ich habe aber Sorge, dass du eines Tages wieder nach Deutschland zurückkehrst, ohne mich.«
»Darüber brauchst du dir absolut keine Sorge zu machen, May. Ich habe dir doch schon gesagt, dass ich gerne hier bleiben werde, wenn ich hier dauerhaft eine gute Arbeit finde. Und sollte ich nach Deutschland zurück müssen, dann gehe ich nicht ohne dich. Darauf gebe ich dir mein Wort.« Dabei drückte er sie fest an sich. »In meiner Heimat ist es auch nicht schlecht. Und ich habe auch eine nette Familie, in der du dich schnell wohl fühlen würdest. Aber zuerst werde ich alles versuchen, hier zu bleiben, das verspreche ich dir, May. Bitte, Bitte, zerbrich dir darüber nicht deinen hübschen Kopf, O.K.?«
»Du bist lieb, Nik. In Ordnung, ich vertraue dir.« Dabei lief ihr eine Träne über die Wange, die Nik schnell mit seinem Taschentuch abtupfte.
»Hatte ich dir gesagt, dass ich die kommende Woche Spätschicht machen muss?«
»Ja, weiß ich.«
»Dann kann ich dich leider abends nicht nach Hause begleiten. Dafür schaue ich aber am Vormittag mal kurz in der Werkstatt vorbei. O.K.?« Natürlich war May damit einverstanden. Es ging eben nicht anders.
»Aber nächsten Samstag hast du doch deinen freien Tag, nicht wahr? Dann zeige ich dir mehr von London. Ich freue mich drauf.« - »Natürlich, das geht in Ordnung. Ich freue mich auch.«
Sie küssten sich erneut leidenschaftlich, bis der Bus kam.
Nik sprang behände auf die offene Plattform. »Bye, Darling, bis morgen!« rief er und beide winkten einander zu, bis der Bus um eine Kurve bog. Er hatte 'Darling' gesagt! Er hatte ihr ein Versprechen gegeben. Er würde es garantiert halten, sie niemals enttäuschen. Nik fühlte sich als der glücklichste Mann der ganzen Welt, die er am liebsten ebenfalls umarmt hätte.
Gedankenverloren schlenderte May langsam nach Hause. Auch sie fühlte sich wie im siebten Himmel. Trotzdem gelang es ihr nicht ganz, die Sorge zu verdrängen, dass Nik sie eines Tages wieder verlassen würde.
Als sie das Haus betrat, stürmten ihr Alice und Florence plappernd entgegen: »Da hast du dir aber einen richtig netten Kerl eingefangen!« – »Ich

finde Nik ganz süß.« – »Er ist zwar ein bisschen klein, dafür hat er aber eine große Ausstrahlung!« – »Der hat wunderschöne, ehrliche Augen!« – »Er spricht so drollig Englisch, aber gibt sich richtig Mühe.« – »Wenn du ihn nicht willst, May, dann nehm ich mir den!« sagte Alice, »Pass auf, dass ich ihm nicht schöne Augen mache.«

Im Wohnzimmer saßen die Eltern noch vor dem Kamin, in dem nur etwas Glut glimmte. Auch sie äußerten sich über Nik sehr positiv und glaubten, dass er ein ehrlicher Kerl sei.

»Trotzdem wäre mir ein Engländer lieber als ein Deutscher«, äußerte Vater John am Ende der Debatte.

»Blödsinn«, erwiderte Florence, »lieber ein Deutscher mit gutem Charakter als ein Engländer mit schlechtem!« Dem stimmten die übrigen Frauen zu.

Nik hatte den Wecker für den folgenden Montagmorgen auf 8.30 Uhr gestellt. Als er etwa eine halbe Stunde später nach unten kam, traf er Mrs. Thompson. Er erklärte ihr, dass er diese Woche erst nachmittags zum Dienst müsste und bat sie, ihm deshalb morgens gegen neun Uhr ein kleines Frühstück vorzubereiten. Tee, Toastbrot und Marmelade würden reichen.

Im Handumdrehen hatte Mrs. Thompson das Gewünschte aufgetragen und bot Nik an, seine Wäsche für ihn zu waschen. »Wissen Sie«, sagte sie, »ich habe das jahrelang für unseren Sohn gemacht. Auch für Sie mache ich das gerne, wenn Sie möchten.« Nik nahm das Angebot dankend an. Gut gestärkt, machte er sich auf den Weg nach Marylebone. Er hatte dort in der Nähe einen Juwelierladen gesehen. Nun wollte er unbedingt für May einen schönen Ring mit Edelsteinen kaufen. Ob er wohl einen finden würde, der seiner finanziellen Situation entsprach?

Als Nik vor den beiden Schaufenstern stand und die Auslagen betrachtete, sah er mehrere Ringe, die ihm gut gefielen. Überall hingen kleine Etikettchen daran, auf denen wohl die Preise vermerkt, aber so klein geschrieben waren, dass er sie nicht entziffern konnte.

Bevor er das Geschäft betrat, setzte er sich ein Preislimit: Der Ring dürfte nicht mehr als fünfundzwanzig Pfund kosten.

Die Verkäuferin präsentierte ihm eine große Auswahl von Ringen inner- und leicht oberhalb seines Limits. Unter ihnen befanden sich zwar echte

Goldringe, jedoch ohne Edelsteine. Die gab es nur auf Silberringen. Nik hatte die Qual der Wahl. Nach langem Suchen entschied er sich für einen ziselierten Silberring mit einem kleinen Rubin in hübscher Fassung oben drauf. Er sollte jedoch 32 Pfund kosten! Es gelang ihm, den auf 28 Pfund herunter zu handeln, die er natürlich von seinem Ersparten nehmen musste. Nik hoffte nur, dass der Ring May auch gefallen würde. Er möchte ihn ihr am nächsten Samstag überreichen, wenn sie den Sightseeing-Bummel durch London machen würden. Darauf freute er sich über die Maßen.

Die Verkäuferin steckte den Ring in ein kleines rundes Etui, das innen mit dunkelblauem Samt ausgelegt war. Das Präsent sah edel aus. Zusätzlich überreichte die Dame ihm dafür ein passendes kleines silbernes Tragetäschchen.

Nun begab sich Nik zurück nach Hause und versteckte seine Kostbarkeit im Schrank zwischen der Wäsche. Sodann ging er wieder nach nebenan zu Mrs. Bennets Hutgeschäft, wo er beide Damen mit einem fröhlichen Morgengruß erfreute. May gab Nik einen herzhaften Kuss, den er gerne erwiderte. Er blieb jedoch nur ganz kurz, denn er durfte für Mrs. Bennet keinesfalls lästig und in der Werkstatt störend werden. Er fragte Mrs. Bennet sicherheitshalber, ob sie dagegen Einwände hätte, wenn er diese Woche morgens kurz hereinschaute. Natürlich hatte sie keine.

Nach dem Motto 'kleine Aufmerksamkeiten erhalten die Freundschaft' überraschte er Mrs. Bennet am folgenden Morgen mit einem kleinen Blumenstrauß.

So verstrich auch diese Woche wie im Fluge. Mit May vereinbarte er, sie am Samstagmorgen um elf Uhr zu Hause abzuholen. Fast während der gesamten Woche hatte ungemütliches, regnerisches Wetter geherrscht. Heute Morgen jedoch wurden sie von strahlend blauem Himmel und Sonnenschein überrascht. Allerdings pfiff ein eisiger Nordwind durch die Straßen. Nik bemerkte es sogleich, als er auf die Straße trat und nur wenige Meter gegangen war. Kurz entschlossen kehrte er noch einmal auf sein Zimmer zurück, um sich einen dickeren Pullover über zu ziehen. Zusätzlich band er sich einen Wollschal um den Hals und steckte sogar ein Paar Handschuhe ein. Das Etui mit dem Ring hatte er in die Innentasche seines Jacketts gesteckt. Das dazu gehörende Silbertäschchen passte nicht mehr hinein, deshalb stopfte er das einfach in die Manteltasche.

Als Nik den Türklopfer des Hauses No.5, Richford Street, betätigte, öffnete May mit einem strahlenden Lächeln und einem Kuss. »Komm eben herein, ich bin gleich fertig«, sagte sie. Kurzerhand setzte sie sich auf eine der Treppenstufen, um in die bereitstehenden Stiefelchen zu schlüpfen. In diesem Moment erschien ihre Mutter in der Küchentür, um Nik zu begrüßen und sich nach seinem Wohlbefinden zu erkundigen. Fast gleichzeitig stürmten Alice und Florence lachend die Treppe herunter, um ihn zu sehen. Sie kamen jedoch nicht ganz bis unten, weil May die unteren Stufen blockierte. »Hattest du eine angenehme Woche?« – »War ja scheußliches Wetter, nicht wahr?« – »Typisch englisches Wetter.« – »Heute strahlt aber die Sonne!« – »Zieht euch trotzdem warm an!« »Und viel Vergnügen!« plapperten sie durcheinander.

May sah wunderschön aus. Sie hatte den ganz warmen dicken schwarzen Wintermantel mit Pelzkragen übergezogen und bis zum Hals zugeknöpft. Bei ihrer schlanken Figur stand ihr der ausgezeichnet. Passend dazu hatte sie sich eine schwarze Pelzkappe mit zwei seitlichen lila Federn leicht schräg aufgesetzt. Zum Wärmen der Hände trug sie einen ebenfalls schwarzen Pelzmuff, der mit einem Lederband um den Hals befestigt war.

May und Nik begaben sich geradenwegs zur U-Bahn-Station Shepherds Bush, um dort die Central Railway zu besteigen und bis Oxford Circus zu fahren. May erläuterte Nik an Hand der Hinweisschilder, welchen Bahnsteig sie zu wählen hatten, um nicht in die falsche Richtung zu fahren. Nachdem sie im Wagen Platz genommen hatten, konnte Nik auf einem Streckenplan, der gegenüber oberhalb der Fenster angebracht war, die sieben Stationen nachlesen, bis sie ihr Ziel erreichten. Der Zug war um diese Zeit nur mäßig besetzt, aber angenehm temperiert.

Am Oxford Circus ausgestiegen, hakte sich May wie selbstverständlich bei Nik ein und so spazierten sie wieder durch die Regent Street zum Piccadilly Circus. Bis hierher kannte Nik London ja bereits.

May`s erster Teil der Stadtführung verlief über Leicester Square zum Trafalgar Square, dann durch Whitehall, an den Wachen der Horseguards vorbei, zur Downing Street, dem Sitz des Premierministers.

»Aber nun sollten wir unbedingt irgendwo einkehren und uns aufwärmen, meinst du nicht auch, May?« - »Genau, ich kenne ein kleines Restaurant gegenüber Big Ben. Das ist nicht mehr weit.«

Am Parliament Square bogen sie kurz nach links zur Auffahrt der Westminster Brücke ein. Hier, fast genau gegenüber Big Ben, suchten sie eine gemütliche kleine Gaststätte auf.

Die große Uhr am Turm zeigte soeben 1.20 p.m.

May und Nik holten sich an der Theke je eine warme Cornish Pastie und dazu einen großen Pott Tee.

Es war schön kuschelig warm hier. Die beiden rückten auf der Wandbank eng zusammen und fühlten sich einfach glücklich.

Nun glaubte Nik den Moment gekommen, dass er May sein Geschenk überreichen sollte.

Während er langsam das kleine Etui aus seiner Jackentasche hervorholte, sagte er: »Liebe May, erlaube mir, dass ich dir dieses Geschenk überreiche. Es soll ein Zeichen meiner Liebe zu dir sein. Zurzeit kann ich dir leider nicht viel bieten, trotzdem möchte ich dich fragen, ob du eines Tages meine Frau werden möchtest.« Damit öffnete er die kleine Schachtel, so dass der Ring darin sichtbar wurde.

May war sprachlos und errötete. Dies kam sehr überraschend für sie und sie hielt sich staunend die Hand vor den Mund.

»Oh, der Ring ist ja wunderbar. Der war bestimmt sehr teuer.« Es vergingen einige Augenblicke des sprachlosen Betrachtens. »Danke, vielen, vielen Dank. Das ist ganz lieb von dir.« Sie bedankte sich mit einem herzhaften Kuss. »Aber muss ich dir sofort endgültig antworten? Das geht mir ehrlich gesagt alles etwas zu schnell. Ich hätte große Lust, sofort Ja zu sagen, aber bitte gib mir noch etwas Zeit. Trotzdem sollst du wissen, dass ich dich sehr liebe, Nik.«

»In Ordnung, May, verstehe ich. Darf ich dir denn trotzdem den Ring an den Finger stecken? Als Zeichen, dass wir zusammen gehören?«

»Sicher, gerne, hier«, und damit hielt sie ihm strahlend die linke Hand hin. Er ergriff sie, drückte einen Kuss darauf und ließ den Ring vorsichtig über den Finger gleiten. Er passte sogar!

»Wunderschön, Nik! Ein Traum!« Dabei hielt sie ihre Hand mit gespreizten Fingern vor sich und bewegte sie hin und her, um das Schmuckstück aus verschiedenen Perspektiven zu betrachten.

»Danke, Nik, danke.« Und wieder küssten sie sich innigst. »Ja, ich gehöre zu dir. Trotzdem möchte ich dich noch um etwas Zeit bitten, bis ich dir endgültig Ja sage. Verstehst du das?«

»Natürlich, Darling, lass dir Zeit. Wenn du mir irgendwann dein Jawort gibst, machst du mich zum glücklichsten Mann der Welt. Und natürlich will ich so schnell wie möglich versuchen, eine besser bezahlte Arbeit zu bekommen. Ich muss mal mit Mr. McNeill sprechen.«

Eine gute Stunde später brachen die beiden zur Fortsetzung ihrer Sightseeing-Tour auf.

»Das ist ja ein prächtiger alter Gebäudekomplex«, meinte Nik staunend, als sie draußen vor Big Ben standen. »So alt ist das Parlamentsgebäude eigentlich noch nicht«, erwiderte May. »1834 ist das alte Gebäude weitgehend abgebrannt. Um 1850 wurde es wieder aufgebaut und Big Ben 1858 fertig. Übrigens ist Big Ben nach dem Architekten Sir Benjamin Hall benannt und bezieht sich eigentlich nur auf die große Glocke im Turm. Nur wenige Teile blieben vom Feuer verschont, insbesondere die Westminster Hall. Da können wir gleich mal hinein gehen, Nik. Das ist der wirklich alte Teil aus dem 12. Jahrhundert.« Während sie die wenigen Schritte zum Eingang der Westminster Hall zurücklegten, erklärte May weiter, dass London ursprünglich aus zwei voneinander unabhängigen Städten zusammen gewachsen sei, und zwar aus den Städten Westminster, wo sie sich jetzt gerade befänden, und der City of London, weiter Themse abwärts, dessen Herz die alte Festung 'Tower' wäre.

»Zur Tour durch die City of London müssen wir uns aber einen anderen vollen Tag Zeit nehmen«, meinte May.

Als sie die alte Westminster Hall betraten, durchlief Nik ein ehrfurchtsvoller Schauer. Er war seinerzeit vom gewaltigen Kölner Dom äußerst beeindruckt gewesen. Doch dieser Hallenraum, zwar weitaus kleiner als der Dom, überwältigte ihn dermaßen, dass er noch im Eingangsbereich mit offenem Mund staunend stehen blieb. Welch eine phantastische hölzerne Deckenkonstruktion im gotischen Stil! Welch wunderbare Harmonie zwischen ihr und den steinernen Seitenfassaden, die noch den Übergang von Romanik zur Gotik erkennen ließen, den wunderbaren bunten Motivfenstern, besonders dem großen im Apsisbereich, zu dem unzählige breite Treppenstufen hinaufführten.

»Bis zum vergangenen Jahrhundert war diese Halle Gerichtssaal, wurde aber auch gelegentlich für besondere königliche Festbanketts genutzt«, erläuterte May. »Die Statuen rundherum in den Nischen sind die von elf früheren Königen. Im Einzelnen weiß ich aber nicht, wer wer ist.«

»Wir könnten jetzt mal nach nebenan gehen und schauen, ob wir ins Oberhaus hinein kommen«, schlug May vor. Dort jedoch lasen sie auf der Tafel am Eingang: 'Zur Besichtigung geöffnet von 10 bis 12 a.m.'. »Pech gehabt«, sagte May, »gehen wir statt dessen hinüber zur Westminster Abbey. Die ist bestimmt geöffnet.«

Während sie sich dorthin begaben, fuhr May fort: »Ursprünglich stand auf diesem Gelände der Palast der mittelalterlichen Könige in Verbindung mit einem Kloster, 'monastery'. Daher die Bezeichnung 'Minster'. Der Begriff 'Abbey' weist ebenso darauf hin. Aber schon 1540, nach der Reformation, wurde das Kloster aufgelöst.«

»In der deutschen Sprache gibt es auch die Bezeichnungen 'Münster' und 'Abtei'«, ergänzte Nik.

»Die Westminster Abbey stammt aus dem 14. und 15. Jahrhundert und ist die Krönungskirche vieler Könige und auch deren Grabstätten sind hier zu finden, wie die von Elisabeth I.«, fuhr May fort. »Unser jetziger König Georg wurde hier ebenfalls gekrönt.«

Erneut war Nik fasziniert, als sie diese Kathedrale betraten. Verglichen mit dem Kölner Dom hatte diese zwar nicht so viel lichte Höhe, jedoch erschien sie weitaus heller und freundlicher. Der wesentliche Unterschied bestand allerdings im Lettner, der die Kathedrale teilt. Aber auch die Verzierungen der gotischen Gewölbe, besonders in den Seitenkapellen, erschienen Nik viel schöner.

May führte ihn in die St.Eduard-Kapelle, um ihm den uralten Krönungsstuhl zu zeigen. »Er stammt aus dem Jahr 1300 und wird für die Krönungen in die Mitte der Kirche gerückt.«

»Na ja, man sieht dem Ding das Alter an«, meinte Nik grinsend. »Aber was soll der Stein da unter dem Sitz? Soll der den Stuhl stabilisieren?«

»Nein, der Stein ist ein altes Beutestück aus Schottland«, erklärte May. »Eine Legende sagt, dass Jakob aus dem Alten Testament den Kopf darauf gelegt und seinen Traum geträumt habe. Aber ich denke, das ist Unsinn.«

Am schönsten fand Nik die Kapelle Heinrichs VII mit den phantastischen Deckenverzierungen und dem wunderbar geschnitzten Chorgestühl beiderseits.

»Aber was bedeuten denn die vielen Fahnen zu beiden Seiten?«

»In dieser Kapelle versammeln sich regelmäßig die Ritter des Bathordens.

Jedes Mitglied hat hier seine eigene Flagge hängen und außerdem einen festen Platz im Chorgestühl«, antwortete May. »Neben dem Hosenband- und dem schottischen Distelorden ist der Bathorden der dritte bedeutendste Orden des britischen Hochadels.«

Sie hielten sich über eine Stunde lang in der Kathedrale auf. Als sie wieder auf der Straße standen, zeigte die Turmuhr 4.4o p.m. an.

»Was nun?« fragte May. »Möchtest du heute noch mehr besichtigen?«

»Also, ich denke, das ist mehr als genug für heute, May. Wir sollten es nicht übertreiben, nicht wahr?«

»Ja, du hast Recht, Nik. Wir könnten auch noch irgendwo eine Kleinigkeit essen. Ich hab nämlich Hunger und Durst.« - »Ich auch«, ergänzte Nik.

»Dann sind wir uns ja wieder einmal einig. Aber bitte mach mir die Freude, dass ich diesmal bezahle, O.K.?«

»Ungern, May.« - »Doch, bitte, Nik. Sonst habe ich ein ganz schlechtes Gewissen. Du hast ja schon heute Mittag alles bezahlt. Wir könnten überhaupt vereinbaren, dass wir immer im Wechsel bezahlen, wenn wir ausgehen. Was meinst du dazu?«

Nik war mit dem Vorschlag einverstanden, würde es sein ohnehin knappes Budget doch etwas entlasten.

May schlug vor, die Victoria Street in Richtung Bahnhof zu gehen, weil sich dort mehrere verschiedene Lokale befänden. In einem von ihnen kehrten sie ein.

Während des Essens überraschte Nik May mit der Frage: »Morgen ist Sonntag. Ich würde gerne einen Gottesdienst besuchen. Es muss aber nicht unbedingt ein katholischer sein. Kannst du mir eine Kirche empfehlen?«

»Wir gehen fast immer in die 'All Saints' Church' in der Margaret Street. Da haben meine Eltern geheiratet und wir Kinder wurden alle dort getauft. Die ist natürlich anglikanisch. Wenn du da hin möchtest, gehe ich mit dir.«

»Das Angebot nehme ich gerne an, danke May. Um wieviel Uhr ist denn dort Gottesdienst?«

»Um zehn Uhr«, antwortete May.

»Darf ich dich wieder zu Hause abholen?«

»Gerne. Ich denke, dass halb zehn reicht.«

Natürlich geleitete Nik May an diesem Samstagabend wieder nach Hause. Sie gestand ihm aber nicht, dass sie todmüde war und ihre Füße furchtbar schmerzten. Sie hatte lange nicht mehr einen derart anstrengenden Tag erlebt. Stadtpflaster laufen ist eben sehr ermüdend, fand sie. Es war wenige Minuten vor sieben Uhr, als sie sich vor der Haustür mit einem langen Kuss verabschiedeten. May vergaß aber nicht, nochmals für den wunderschönen Ring zu danken.

Sie begrüßte kurz ihre Eltern, die im Wohnzimmer vor dem Kaminfeuer saßen. Während Vater rauchte und Zeitung las, war Mutter damit beschäftigt, Socken zu stricken.

»Du bist aber schon zeitig wieder zurück, May. Hattest du einen angenehmen Tag mit Nik verbracht?« wollte Vater wissen.

»Ja, es war sehr schön, aber anstrengend. Meine Füße tun furchtbar weh!«

»Kein Wunder, Kind, wenn du dir Schuhe eine Nummer zu klein kaufst«, fügte Mutter über ihre Brille blickend hinzu.

»Stellt euch vor, Nik hat mir einen Ring geschenkt!«

»Tatsächlich?« war alles, was der Vater dazu sagte.

»Zeig mal her«, forderte Mutter May auf, die sogleich ihre Hand mit gespreizten Fingern vorzeigte.

»Donnerwetter, der Junge hat Geschmack! Der ist ja wunderschön. Gefällt mir gut. War bestimmt auch nicht billig!« Jetzt wurde sogar der Vater neugierig. »Lass mal sehen.« Er begutachtete ihn von allen Seiten, um sodann fortzufahren: »Hm, ja, nicht so übel. Aber wenn Nik dir so etwas Kostbares schenkt, dann hat er sicher einen Hintergedanken. Du weißt ja: mit Speck fängt man Mäuse! May, sei vorsichtig, mach nur nichts Voreiliges und Unüberlegtes!«

»Keine Sorge, Dad, ich bin schon vorsichtig und keine Maus. Übrigens gehen wir morgen gemeinsam zum Gottesdienst in die All Saints'Church. Nik möchte mal eine anglikanische Messe erleben.«

»Donnerwetter. Der Junge geht aber ran wie ein Terrier. Na dann…« murmelte Vater vor sich hin.

»Ich finde es ganz erfreulich, wie er versucht, sich in London einzuleben«, meinte Mutter.

»Offensichtlich versucht er auch, sich in unserer Familie einzuleben«, ergänzte Vater mit deutlich zynischem Tonfall, was die Frauen aber überhörten.

»Hast du was gegessen, May? Oder bist du hungrig?« wollte Mutter noch wissen.

»Nein, ich meine ja, wir haben zusammen in der Stadt etwas gegessen«, erwiderte May. »Ich bin ziemlich K.O. und möchte gleich ins Bett.«

»In Ordnung. Aber Flo ist noch nicht wieder zurück. Sie ist zu Bert gegangen«, erklärte Mutter.

Als May nach oben stieg, kam sie an Alice's Zimmer vorbei. Die Tür stand offen. Alice bat May kurz hereinzukommen. Sie war neugierig zu erfahren, wie May's Tag mit Nik verlaufen war. Auch ihr zeigte May den Ring, den Alice eingehend bewunderte. May berichtete ihr in aller Kürze, was sie unternommen hatten und dass sie am nächsten Morgen zur Kirche wollten.

Sie hatte sich soeben zu Bett begeben, als Florence erschien. Auch ihr musste sie nochmals alles erzählen und den Ring zeigen. Obwohl todmüde, dauerte es danach noch lange, bis May endlich einschlief. Zu viele Gedanken wirbelten in ihrem Kopf herum.

Als am folgenden Morgen um acht Uhr ihr Wecker klingelte, schliefen noch alle anderen im Hause. Am liebsten hätte sie sich wieder umgedreht, um weiterzuschlafen. Aber sie hatte ja Nik ihr Wort gegeben. Mühsam quälte sie sich aus den Laken, erledigte die Morgentoilette und schlich hinunter in die Küche, um ein kleines Frühstück zu bereiten.

Als Nik pünktlich um halb zehn an die Haustür klopfte, stand May schon in Mantel und Hut im Flur.

Niks Kommentar nach dem Gottesdienst in der All Saints'Church: »Mir kam es zeitweilig vor, als wäre ich in einer katholischen Messe. Die Liturgie war fast die gleiche. Auch der Pfarrer und die Messdiener tragen gleichartige bunte Gewänder wie die katholischen. Und die Lieder sind melodisch ebenso schön. Leider habe ich aber nicht viel verstanden, May. Da muss ich noch öfter hingehen und viel lernen.«

Kapitel 9
März/April 1914 - Niks Beförderung

Gleich zu Beginn der neuen Woche wollte Nik einen Termin bei Mr. McNeill holen, erfuhr jedoch, dass dieser für einige Tage verreist war. Umso überraschter war er, als er eines Tages zur stellvertretenden Hotel-Direktorin, Miss Bailey, gerufen wurde. Bisher war er ihr noch nicht begegnet. Voller Sorge begab er sich unverzüglich zu ihr. Was mochte sie wohl von ihm wollen? Hoffentlich keine Kündigung oder Beschwerde.

Als er ihr Büro betrat, war Nik erneut überrascht, eine sehr hübsche junge Dame anzutreffen, die etwa um die Dreißig sein mochte. Sie erwiderte seinen Morgengruß: »Guten Morgen, Mr. Kemen, bitte nehmen Sie Platz!« Sie betrachtete ihn kurz, um dann fortzufahren: »Sie sind Deutscher, nicht wahr?«

Nik bestätigte das.

»Sie könnten uns eine große Hilfe sein, Mr. Kemen. In der nächsten Woche erwarten wir eine hochrangige Reisegruppe aus Berlin, vierzehn Personen, Wirtschaftsbosse, Sie verstehen? Leider spricht bei uns niemand außer Ihnen richtig Deutsch. Miss Gay am Empfang spricht nur ein paar Brocken Deutsch, gerade genug, um damit zurecht zu kommen. Ich würde Sie gerne zur Betreuung der deutschen Gäste abordnen. Natürlich soll sich das auch finanziell für Sie lohnen, denke ich. Was meinen Sie dazu?«

Nik strahlte über's ganze Gesicht. »Selbstverständlich, Miss Beiley, das mache ich doch gerne. Wissen Sie eigentlich, dass ich in Deutschland das Hotelfach richtig erlernt und lange Zeit als Kellner gearbeitet habe?«

»So? Wo waren Sie denn dort beschäftigt?« erkundigte sich Miss Bailey.

Nik berichtete recht ausführlich über seine Dienstzeiten in Neuerburg und Köln und warum er nach London gekommen war.

»Sie haben im Kaiserhof gearbeitet? Dort habe ich selber mal einige Tage gewohnt. Ein wunderbares Hotel. Cologne ist ja überhaupt eine sehr schöne Stadt, und die gewaltige Kathedrale!«

Sie überlegte einen Moment, um dann fortzufahren: »Wenn Sie schon als Kellner gearbeitet haben, dann möchte ich Sie sofort mal testen, Mr. Kemen.«

»Nennen Sie mich doch bitte einfach nur 'Nik'«, unterbrach er sie.

»O.K. – Also ich möchte, dass Sie ab morgen zum Frühstück und zur Mittagszeit in unserem Restaurant kellnern. Geht das?« – »Natürlich, Miss Bailey, mit Vergnügen«, strahlte Nik.
»Gut. Dann rufe ich sofort mal unseren Oberkellner, Mr. Clark, herbei, damit ich dem erkläre, um was es geht.« Dabei griff sie zum Telefon, wählte eine Nummer und gab ihre Order durch.
»Wenn Sie den Job gut machen, Nik, dann sind Sie genau der richtige Mann an der richtigen Stelle, wenn die Herrschaften aus Berlin kommen. Es wäre geradezu eine Vergeudung, jemanden wie Sie als Tellerwäscher in der Küche arbeiten zu lassen!« Dabei schüttelte sie verständnislos den Kopf.
»Wie viele Kellner sind denn hier angestellt?« erkundigte sich nun Nik.
»Zur Zeit zwölf. Aber es sind immer zwei oder drei krank. Im Übrigen arbeiten die auch im Wechseldienst wegen der Abendmahlzeiten.«
»Und welchen Lohn würde ich dann bekommen?« - »Zunächst sechs Shilling die Stunde. Wenn wir Sie auf Dauer einstellen würden, bekämen Sie neun Shilling! Darüber hinaus hätten Sie die Chance, eines Tages Oberkellner zu werden oder sogar als einer der Empfangschefs zu arbeiten!«
Nik strahlte vor Freude. Am liebsten hätte er lauthals gejubelt.
Es klopfte an der Tür und Mr. Clark trat grüßend ein. Nik erhob sich sofort, aber Miss Bailey forderte beide auf, Platz zu nehmen. Ein zweiter Stuhl war ja vorhanden. Nun erklärte sie dem Oberkellner ihr Anliegen und erwähnte auch kurz, dass Nik seine Ausbildung in Deutschland erhalten hätte. Mr. Clark verzog derweil keine Miene, saß wie versteinert aufrecht neben Nik. Nachdem Miss Bailey geendet hatte sagte er:
»Sehr wohl, Madam. Ich werde alles Ihrem Wunsch entsprechend veranlassen und Nik in unsere Arbeitsweise einführen. Vermutlich ist da nicht viel Unterschied zwischen britischem und deutschem Service. Bevor die deutsche Reisegruppe eintrifft, werde ich Ihnen berichten. Haben Sie sonst noch Wünsche, Madam?«
Mr. Clark sprach in einem extrem hoch gestochenen, stilvollen Englisch, wie Nik es so noch nie gehört hatte. Ich könnte mir vorstellen, dass so der Sprachstil der königlichen Butler klingt, dachte er, wobei er sich bemühte, ein Grinsen zu unterdrücken. Irgendwie kam ihm das überaus komisch, gekünstelt vor. Mr. Clark erhob sich steif, verbeugte sich zu Miss Bailey tief und sagte: »Guten Tag, Madam.« Und zu Nik: »Folgen Sie mir, junger Mann.«

Auch Nik stand auf, verbeugte sich ebenso und wiederholte nun seinerseits: »Guten Tag, Madam!«

Miss Bailey lächelte ihn freundlich an und wünschte ihm einen guten Anfang, wofür er sich bedankte.

Auf dem Weg zum Restaurant sprachen Mr. Clark und Nik kein Wort. Dort angelangt, rief Mr. Clark einen der Kellner namens Fred zu sich, stellte ihm Nik kurz vor und beauftragte ihn, mit Nik nach hinten zur Kleiderkammer zu gehen und ihm bei der Suche nach passenden Kellner Accessoires behilflich zu sein.

Dabei handelte es sich um ein weißes Oberhemd mit Fliege sowie um eine weinrote Weste.

Als das erledigt war, kehrte Nik zu Mr. Clark zurück. Der begutachtete zunächst sein Aussehen und meinte: »Mit der Hose geht das aber hier nicht. Haben Sie nicht eine ordentlich gebügelte? Die muss außerdem ganz schwarz sein.« – »Sicher besitze ich so eine«, erwiderte Nik, »schließlich habe ich lange genug in Deutschland gekellnert.« Mr. Clark reichte ihm noch die Menuemappe sowie die Getränkekarte mit der Aufforderung, alles bis zum nächsten Tag auswendig zu lernen, inklusive der Preise. »Mit den Abrechnungen haben Sie aber vorerst nichts zu tun. Das mache ich. Das Beste ist, Sie halten sich morgen erst mal an Fred und schauen genau zu, wie er es macht«, empfahl Mr. Clark. »Bei uns sind die Bräuche wahrscheinlich etwas anders als Sie es gewöhnt waren. Ihr Dienst beginnt um 7 Uhr. Im Übrigen möchte ich Sie bitten, in den nächsten Tagen mal zum Friseur zu gehen. Lassen Sie Ihre Haare möglichst kurz schneiden.«

Nik konnte es kaum abwarten, May die großartige Neuigkeit zu erzählen. Doch als er den Hutladen betrat, teilte Mrs. Bennet ihm mit, dass May nicht da sei. Sie hätte sich sehr unwohl gefühlt. Deshalb hatte Mrs. Bennet sie am späten Vormittag wieder nach Hause geschickt.

Nik war natürlich enttäuscht und besorgt zugleich, berichtete jedoch Mrs. Bennet in Kürze von seinem neuen Arbeitsbereich.

Er begab sich nach nebenan in sein Zimmer, um sich zu erfrischen. Er überlegte, was er tun sollte. Ob es wohl opportun wäre, May zu Hause zu besuchen? Zumindest müsste er sich nach ihrem Befinden erkundigen. War die Sightseeing-Tour für sie zu anstrengend gewesen?

Nik beschloss, ein kurzes Briefchen mit Genesungswünschen und ein paar lieben Worten zu verfassen, zugleich darin von seinem neuen Arbeitsbereich mit Lohnerhöhung zu berichten. In Marylebone könnte er einen Blumenstrauß besorgen und dann beides an der Haustür der Scoines abgeben.

Mrs. Scoines öffnete, nachdem er den Türklopfer betätigt hatte.
»Oh, Nik, Sie sind es«, sagte sie erstaunt, »bitte kommen Sie herein.«
»Danke, Mrs. Scoines, aber ich will nicht stören. Von Mrs. Bennet erfuhr ich, dass May erkrankt ist. Ich möchte mich nach ihrem Befinden erkundigen und ihr diese Blumen mit einem Brief bringen.«
»Sie stören nicht. Kommen Sie mit ins Wohnzimmer.«
Nik folgte ihr. »May fühlte sich nicht wohl und hat sich zu Bett gelegt. Ich glaube, sie schläft ein wenig«, erklärte Mrs. Scoines.
»Das ist gut. Hoffentlich geht es ihr bald besser. Bitte geben Sie ihr die Blumen und den Brief. Übrigens habe ich ein neues Arbeitsgebiet bekommen.« Nun berichtete er auch ihr, was sich am Vormittag ereignet hatte.
»Das ist ja eine großartige Neuigkeit. Herzlichen Glückwunsch. Darüber wird sich May ganz besonders freuen. Übrigens hat sie mir den wunderbaren Ring gezeigt, Sie haben einen sehr guten Geschmack.«
»Danke, Mrs. Scoines. Nun möchte ich aber nicht länger stören. Darf ich vielleicht übermorgen nochmals kurz vorbeischauen, um mich nach Mays Befinden zu erkundigen?«
»Natürlich, tun Sie das. Vielleicht geht es ihr dann schon wieder besser. Blumen und Brief gebe ich ihr nachher.«
Damit verabschiedete sich Nik und trat den Heimweg an.
Am Bahnhof Marylebone gab es einen Fish & Chips-Imbissstand. Hier stillte er zunächst seinen Hunger. Zudem entdeckte er gleich nebenan auch einen Friseursalon, wo er sich weisungsgemäß einen äußerst kurzen Haarschnitt verpassen ließ. Danach sah er aus wie ein Igel.
Zu Hause erzählte er Mrs. Thompson von seinem neuen Arbeitsbereich und bat sie, die einzige gute, schwarze Hose, die er besaß, zu bügeln. Aber ihm war klar, dass er zumindest eine zweite benötigte und beschloss, gleich am folgenden Tag eine neue zu kaufen.
»Gehen Sie mal zu Jefferson's in der Baker Street«, empfahl Mrs. Thompson. »Die sind dort ganz preiswert. Und wenn Sie gleich zwei kaufen, be-

kommen Sie Rabatt. Überlegen Sie sich das mal. Sie dürfen mir die Hosen jederzeit bringen, Nik. Die bügele ich gerne für Sie.«

Dafür war er natürlich sehr dankbar.

In seinem Zimmer prüfte er den Zustand der guten schwarzen Sonntagsschuhe, die er zuletzt zum Besuch bei den Scoines getragen hatte, und polierte sie auf Hochglanz. Nik besaß nur dieses Paar sowie die braunen warmen Winterschuhe, die er nun schon seit Wochen tagein, tagaus getragen hatte, so dass deren Absätze inzwischen recht schief gelaufen waren. Sobald der Winter vorüber ist, dachte er, muss ich die neu besohlen lassen. Ansonsten konnte er zur Not noch auf seine Sommer-Halbschuhe zurückgreifen, aber die waren hellbraun. Wenn es tatsächlich langfristig mit der Lohnerhöhung klappte, würde er sich ein weiteres schwarzes Paar leisten.

Den Rest des Abends verbrachte Nik damit, Text und Preise der Speise- und Getränkekarten auswendig zu lernen.

Die ersten Tage seiner neuartigen 'Lehrzeit' verliefen recht erfolgreich und für beide Seiten zufriedenstellend. Nik war erstaunt, wie schnell er in sein altes Metier zurück fand. Es waren nur Kleinigkeiten, die Fred und Mr. Clark zu korrigieren hatten, insbesondere die Aussprache betreffend. Insgesamt fühlte Nik sich richtig wohl.

Zwei Tage später fuhr er nach Dienstschluss wieder in die Richford Street. Leider konnte Mrs. Scoines ihm keine guten Nachrichten mitteilen. May hatte ziemlich hohes Fieber mit Schüttelfrost und man musste den Arzt rufen. Die Mutter versah ihre Tochter laufend mit kalten Wadenwickeln.

»Aber May hat sich sehr über Ihren Brief und die Blumen gefreut«, fügte sie hinzu.

Nik blieb nicht lange, bat aber Mrs. Scoines, May wieder seine Grüße und besten Genesungswünsche auszurichten.

Voller Sorgen verabschiedete er sich und hatte an den folgenden Tagen Mühe mit der Konzentration während der Dienstzeit. Die Gedanken schweiften immer wieder hinüber zu May.

Bei seinem nächsten Besuch, nochmals zwei Tage später, hatte sich Mays Zustand erfreulicherweise etwas gebessert. Das Fieber war gesunken, jedoch noch nicht völlig gewichen. Auch hatte sie keinen Schüttelfrost mehr. Allerdings wäre sie noch sehr schwach, erläuterte ihre Mutter. Nik war erleichtert und froh.

Aber es dauerte noch einige Tage, bis er May endlich wiedersah. Mrs. Scoines bat Nik, einen Moment im Wohnzimmer zu warten. Dann rief sie nach oben: »May, Nik ist hier. Kannst du herunter kommen?« Und zu ihm gewandt: »Sie ist schon wieder ganz O.K., hat kein Fieber mehr. Noch ein paar Tage, dann kann sie auch wieder arbeiten, denke ich.«

Es dauerte einige Minuten, bis May erschien. Sie trug einen dunkelblauen Morgenmantel, sah jedoch sehr blass und irgendwie schmal aus. Aber sie strahlte über`s ganze Gesicht, als sie Nik sah und umarmte ihn. Währenddessen zog sich ihre Mutter dezent zurück, die beiden alleine lassend.

»Du bist ja ein Igel geworden!« meinte May belustigt und streichelte ihm über den Stoppel-Haarschnitt. Nik erklärte ihr kurz den Grund seiner Veränderung.

»Bin ich froh, dass es dir besser geht, May«, ergänzte er, ihre Hand haltend.

»Und ich freue mich so sehr über deinen neuen Arbeitsplatz und die Lohnerhöhung. Hauptsache aber, dass du nicht auch noch krank wirst. Und vielen Dank für die Blumen. Ich habe immer an dich gedacht, Nik.« - »Und ich an dich!«

Nun erschien Mrs. Scoines mit einem Tablett und Geschirr. »Ich habe für euch Tee aufgesetzt. Der kommt gleich.«

Nik blieb nur etwa eine halbe Stunde, denn er wollte May nicht zu sehr überfordern. Während dieser Zeit berichtete er ihr über seinen neuen Job und den unmittelbar bevorstehenden fünftägigen Besuch der Berliner Reisegruppe, die er betreuen sollte.

Inzwischen war Mr. McNeill, der Hotelchef, von seiner Reise zurückgekehrt. Miss Bailey setzte ihn darüber in Kenntnis, dass sie Nik zur Betreuung der deutschen Reisegruppe vorgesehen und als Kellner abgeordnet hatte. Mr. McNeill gab nachträglich seine Zustimmung, zumal Oberkellner Clark berichten konnte, Nik wäre zweifelsfrei ein erfahrener und guter Kellner. Die Umstellung vom deutschen auf das britische System sei ihm nicht schwer gefallen. Nennenswerte Fehler wären ihm kaum unterlaufen. Auch sein englisches Sprachvermögen sei durchaus akzeptabel und verständlich.

Als die deutsche Gruppe eintraf, wurde Nik sofort hinzu beordert und vom Empfangschef, Mr. Bird, den Herren vorgestellt. Es waren allerdings nur zwölf an der Zahl und Nik erkannte sogleich an ihrer vornehmen Kleidung, dass es sich um Wirtschaftsmanager oder etwas Ähnliches handeln müsste.

Die Herren waren sehr erfreut, zu hören, dass Nik Deutscher und zu ihrer besonderen Betreuung abgeordnet sei. So war es ihm gleich bei der Zimmerzuweisung möglich, den Wunsch zweier Gäste, ein Nichtraucher-Zimmer zu erhalten, zu erfüllen. Darüber hinaus machte er sie mit den Gepflogenheiten des Hauses sowie den Mahlzeiten vertraut und konnte ferner einige Sonderwünsche regeln. Drei Gäste beklagten sich über zu weiche Matratzen, einer über den ständig tropfenden Wasserkran im Zimmer. Alles in allem handelte es sich jedoch immer nur um Kleinigkeiten.

Besonders stolz war Nik, dass er Dank Mays Stadtführung den Herren einige Ratschläge geben konnte, obwohl ohnehin für die Gruppe zwei gesonderte Stadtführungen organisiert worden waren. Damit hatte Nik jedoch nichts zu tun.

Die fünf Tage vergingen wie im Fluge. Am Ende wurde Nik zu seiner größten Überraschung wahrlich fürstlich belohnt: Einer der Herren überreichte ihm im Namen der Gruppe 42 Pfund Trinkgeld als Dank für dessen vorzügliche Betreuung! 42 Pfund! Träume ich, dachte er.

Unmittelbar nach der Abreise der Gruppe ließ Mr. McNeill Nik zu sich kommen. Er teilte ihm mit, dass die deutschen Gäste voll des Lobes über seine Freundlichkeit, Hilfsbereitschaft und Kompetenz gewesen seien und sprach Nik seinen besonderen Dank aus. Sodann überreichte er ihm einen Vertragstext zur auf ein halbes Jahr befristeten Anstellung als Kellner. Sollte er sich während dieser Zeit weiterhin bewähren, würde es anschließend eine unbefristete Festanstellung.

Nik konnte sein Glück kaum fassen. 42 Pfund! Das war eine gewaltige Summe. Dazu der vorläufig befristete Vertrag! Bei diesen Gedanken schwindelte es ihm ein wenig. Und zudem war er sich Mays Liebe gewiss, des hübschesten und nettesten Mädchens der Welt! Er war ein Glückspilz!

Gott sei Dank war May inzwischen völlig genesen und seit zwei Tagen wieder in Mrs. Bennets Werkstatt. Er traf gerade rechtzeitig zum Feierabend dort ein, um May nach Hause zu begleiten.

Unterwegs erzählte er ganz aufgeregt und freudestrahlend, was ihm widerfahren war. Auch May teilte seine Freude und sie küssten sich immer wieder. »Jetzt wird es aber Zeit, dass ich mir auf einer Bank ein Konto einrichte. Ich darf das ganze Geld nicht länger zwischen meiner Wäsche verstecken. Kannst du mir eine Bank empfehlen?« fragte Nik.

May empfahl die Midland Bank, bei der sie selber und auch ihre Eltern schon seit Jahren Konten führten.

»Gut, May, dann bitte ich dich, mich in den nächsten Tagen dorthin zu begleiten. Ich möchte nämlich, dass du Vollmacht über mein Konto bekommst. Ich habe außer dir niemanden hier. Und man weiß doch nie. Wenn mir morgen etwas passieren sollte, dann kannst du wenigstens an das Geld.«

May war völlig überrascht von Niks Bitte und wusste im ersten Moment nicht, was sie dazu sagen sollte. »Hast du dir das gut überlegt?« war alles, was ihr einfiel. »Ich fühle mich sehr geehrt, dass du mir so viel Vertrauen schenkst und natürlich verspreche ich dir, dass ich nichts tun werde, was du nicht willst.«

Zwei Tage später eröffnete er bei der Midland Bank in der Edgware Road ein Sparkonto über stattliche 240 Pfund, in das ebenfalls der Rest des deutschen Geldes, das er noch nicht umgetauscht hatte, mit hineinfloss. May erhielt Vollmacht über sein Konto. Nik fühlte sich richtig stolz.

Die folgenden Wochen verliefen ohne wesentliche Ereignisse und zur Zufriedenheit aller. Nik und May sahen sich wöchentlich alle zwei Tage und waren glücklich miteinander. Mays Eltern hatten sich längst daran gewöhnt. Für sie war Nik ein angenehmer Gast, der immer gut gekleidet, höflich, zurückhaltend auftrat und gutes Benehmen zeigte.

An freien Wochenendtagen unternahmen die beiden viel gemeinsam, insbesondere weitere Sightseeing-Tours. So führte May ihren Freund einmal durch die alte City of London mit dem berühmt-berüchtigten Tower, der Tower Bridge, London Bridge, Monument, Bankenviertel, St.Paul`s Kathedrale und Fleet Street, wo die meisten Zeitungen verlegt werden. Ein andermal spazierten sie entlang der Prachtstraße 'Mall' zum St.James`s und Buckingham Palace, wo sie zufällig Zeugen eines kleinen Gardewechsels wurden. Von dort fuhren sie mit dem Bus durch 'Knightsbridge' zur Royal Albert Hall. Besonders beeindruckt war Nik vom imposanten Albert-Denkmal gegenüber, das Queen Victoria zu Ehren ihres früh verstorbenen Gemahls errichten ließ. Von hier spazierten sie weiter durch den Hyde Park zum Kensington Palace.

»Wenn es dich interessiert, können wir auch mal eines der zahlreichen Museen oder eine Gemäldegalerie besuchen«, schlug May vor. Aber Nik winkte dezent ab. Er war nicht sonderlich an Museumsbesuchen, die ihn schnell ermüdeten, interessiert. Das kam May durchaus entgegen, denn auch sie konnte sich nicht recht für Museen begeistern. Begeistert war Nik hingegen von allem, was er bisher gesehen hatte, ja, er war nicht nur in May, sondern ganz gewiss auch in London verliebt.

Am 7. April, einem Dienstag, wurde Alice 20 Jahre alt. Florence schlug ihren Schwestern vor, aus diesem Anlass eine Art Freundschaftsparty zu veranstalten, zu der jede ihren Freund einladen könnte. Alle fanden die Idee gut und auch ihre Eltern hatten keine Einwände. Die Party sollte am folgenden Samstag, dem 11. April, steigen. Der 12. April war Ostersonntag. Dem entsprechend luden Alice ihren Freund Lifford Claydon, Florence Bert Luxford und May natürlich Nik in ihr Elternhaus ein. Es wurde eine wunderschöne, harmonische und fröhliche Geburtstagsfeier. Nik hatte als Geschenk für Alice ein Fläschchen 4711 Kölnisch Wasser - was denn sonst? - besorgt. Er erfuhr, dass Lifford 21 Jahre alt und Architekturstudent, Bert dagegen schon 31 und Automobiltechniker war. Beide schienen Nik sehr sympathische, humorvolle Typen zu sein. Er empfand es als besonders angenehm, auf diese Weise seinen Bekanntenkreis erweitern zu können.

An einem sonnigen Tag Anfang Mai beschlossen May und Nik, mit einem Vorortbus hinaus nach Windsor zu fahren. Hier bewunderte Nik das gewaltige Schloss mit der prächtigen St. George's Kapelle, die eher einer kleinen Kathedrale als einer Kapelle glich. Auch hier hielten Gardesoldaten mit ihren roten Uniformen und schwarzen Bärenfellmützen, den 'Busbies', Wache. May erklärte Nik, dass man an Hand unterschiedlicher Kragenembleme die verschiedenen Regimenter erkennen könnte.

»Es gibt das Goldstream-, Grenadier-, Welsh-, Irish- und Scotsguardsregiment«, ergänzte sie. »Außerdem hat jedes Regiment einen anders farbigen kleinen Federbüschel, genannt 'plume', seitlich an der Fellmütze und eine unterschiedliche Anordnung der Uniformknöpfe. Die kenne ich aber nicht so genau.«

May hatte einen Picknick-Korb und eine Wolldecke mitgenommen, so dass sie am Nachmittag dieses herrlichen Tages lange Zeit in der Sonne am Themseufer verbrachten. Immer wieder küssten sie sich und waren glücklich miteinander.

»Nik, ich glaube es ist an der Zeit, dass ich dir auf deine Frage, die du mir vor einigen Wochen gestellt hast, antworte«, sagte May plötzlich, schaute Nik in die Augen und umarmte ihn. »Ja, ich liebe dich über alles und möchte deine Frau werden«, flüsterte sie.

»Danke, Darling, das ist das Schönste, was bisher aus deinem hübschen Munde kam«, erwiderte er strahlend und küsste sie lang anhaltend.

»Allerdings musst du offiziell bei Vater um meine Hand anhalten, sonst ist der beleidigt«, lachte sie.

Das besorgte Nik wenige Tage später, als er John Scoines zu Hause antraf.

»Ich habe zwar noch nicht viel an Sicherheiten zu bieten«, fügte Nik seinem Antrag hinzu, »aber ich bin sehr darum bemüht, für May und eventuell für eine Familie gute Voraussetzungen zu schaffen. Ich meine das ehrlich.«

»O.K., Nik, das kommt für uns nicht gerade überraschend«, erklärte Mays Vater lächelnd und rief seine Frau herbei. »Nik hat gerade um Mays Hand angehalten. Hast du etwas dagegen einzuwenden?«

»Nein, natürlich nicht. Das ist ja wunderbar, Nik«, erwiderte sie und umarmte ihn herzlich.

»Willkommen in unserer Familie!« rief der Vater. »Nun hat also May tatsächlich auch ihren deutschen Prinzen gefunden, genau wie Queen Victoria ihren Albert!« Jetzt umarmte er Nik ebenfalls herzlich, um fortzufahren: »Werdet glücklich miteinander, unseren Segen habt ihr! Aber Moment mal, darauf müssen wir einen heben!« Mit diesen Worten verschwand er in der Küche, um mit einer Flasche Sekt zurückzukehren. May indes hatte bereits Gläser aus dem Schrank geholt, während ihre Mutter die Treppe hinauf nach Alice und Florence rief, die sogleich ebenfalls erschienen, um die frohe Neuigkeit zu erfahren und beide zu beglückwünschen.

»Wann soll denn die Hochzeit sein?« wollte Alice wissen. »Und wo?« ergänzte Florence.

Nik zuckte die Schultern und blickte May fragend an.

»Darüber haben wir noch nicht nachgedacht«, antwortete sie. »Das sollten wir mal gemeinsam überlegen. Aber ich würde gerne in der All-Saints-Kirche heiraten, wo auch ihr geheiratet habt, Mum, Dad.« - »Ja, warum nicht? Hol doch mal den Kalender, John«, forderte sie ihren Mann auf. »Dann können wir schonmal grob Terminmöglichkeiten ins Auge fassen.«

Als er den Kalender auf den Tisch legte, beugten sich alle darüber. Mutter hatte sich gesetzt und blätterte nun darin herum. »Heute ist der 6.Mai. - Was haltet ihr von Mitte Juni? - Nehmen wir einen Samstag oder Sonntag? – Möglich wären der 13./14. oder 20./21. Juni.«

»Sollten wir das nicht zuerst mit dem Pfarrer abklären«, meinte May. »Vielleicht sind die beiden Wochenenden ja schon belegt.«

Alle stimmten Mays Überlegungen zu und die beiden beschlossen, schon am folgenden oder übernächsten Tag das Pfarrhaus von All Saints aufzusuchen.

Father O`Toole freute sich über ihren Besuch. Er war ein liebenswürdiger kleiner Mann jenseits der Sechzig, aber noch mit vollem grauen Haar, und blinzelte lustig über seinen Brillenrand. May und ihre Familie waren ihm keine Unbekannten, selbst wenn er die Scoines nicht sehr häufig bei den Gottesdiensten sah. Der Pfarrer bat Nik, ihm ausführlich über sich und sein bisheriges Leben zu erzählen. Dabei erfuhr er, dass Nik Katholik war.

»Aber ich denke, das ist gar kein Problem. Jedenfalls nicht für unsere anglikanische Kirche, für die katholische schon«, war der Kommentar des Pfarrers. »Im Übrigen liegen unsere beiden Konfessionen doch sehr dicht beieinander. Der liturgische Ablauf der Trauung ist völlig gleich. Ihr müsst nur entscheiden, ob die Zeremonie in eine Messe eingebettet sein soll oder wollt ihr die Trauung kurz und bündig ohne heilige Messe? Im ersten Fall würde das Ganze eine gute Stunde dauern, im zweiten lediglich etwa fünfzehn Minuten.«

»Können wir uns das noch überlegen?« fragte May. – »Natürlich, aber bitte nicht zu lange«, war Father O`Tooles Antwort.

Als Termin kam nur Samstag, 20. Juni, infrage. Die anderen Daten waren bereits besetzt.

»Müssen wir zuvor zum – Nik suchte nach dem Wort für 'Standesamt' -, aber May hatte ihn bereits verstanden und half ihm: »Registrar's Office«?

»Nein, das ist in England nicht erforderlich. Die Kirche reicht die Angaben dorthin weiter«, erläuterte der Pfarrer.

Nachdem sich O'Toole noch nach Mays Familie erkundigt hatte, verließen beide das Pfarrhaus. Zu Hause besprachen sie die Sache wieder mit den Eltern. Am Ende war man sich einig, die kürzere Zeremonie ohne Messe zu wählen. Ebenso herrschte Einigkeit darüber, die Hochzeit nur im engen Familienkreis sowie mit Alices und Florences Freunden Lifford und Bert zu feiern. Aber May und Nik waren der Meinung, dass unbedingt auch Mrs. Bennet, die doch eigentlich beide zusammen gebracht hatte, eingeladen werden müsste. Das wären dann zwölf Personen, denn Hettie würde mit Mann und Kind ebenfalls kommen.

»Das Essen und den Nachmittagstee können wir bei der kleinen Gesellschaft durchaus hier bei uns ausrichten«, meinte Mutter Henrietta, »wenn Alice und Flo mir dabei helfen.« - »Sag mal, Nik, wie ist das denn mit deinen Eltern und Geschwistern? Vielleicht möchte jemand von denen auch herüber kommen? Einladen müsst ihr die aber auf jeden Fall«, gab Vater John zu bedenken.

»Klar, das machen wir natürlich«, erwiderte Nik, »aber ich fürchte, dass niemand von ihnen kommen kann.«

An den folgenden Tagen diskutierte May mit ihrer Mutter und den Schwestern die Frage des Hochzeitskleides. May wollte kein besonderes weißes Brautkleid, das sie ohnehin doch nur einmal anziehen würde. Sie bevorzugte ein hübsches helles Kostüm, das sie auch später wiederholt tragen könnte, mit passendem großen Hut.

Nik hatte sich erst vor kurzem eine zweite schwarze Hose für den Dienst gekauft. Jetzt benötigte er lediglich ein entsprechendes Jackett dazu.

Zur Hochzeit ernennt der Bräutigam in England traditionell zwei seiner engsten Freunde zu 'Best Men' als Trauzeugen und Gehilfen. Für Nik war völlig klar, dass dies nur Lifford Claydon und Bert Luxford sein könnten, also benannte er sie.

Entsprechend erwählte May ihre beiden Schwestern zu ihren 'Bridesmaids'. John und Henrietta waren sich einig, dass sie Nik und May Geld für eine kurze Hochzeitsreise schenken wollten sowie eine besondere goldene Halskette.

Nik und May suchten sich wenige Tage später bei einem Juwelier die Trauringe aus und ließen auf deren Innenseiten ihre beiden Namen sowie das Datum 20.6.1914 eingravieren.

Da Nik sich besonders gut bei Weinsorten auskannte, bat John ihn, ihm bei der Auswahl und Beschaffung guter Flaschen behilflich zu sein.

John war natürlich klar, dass Nik hinsichtlich der Hochzeitsreise schnellstens Sonderurlaub beantragen müsste. Also teilte er den beiden mit, dass die Reise für die Dauer einer Woche ein Geschenk der Eltern wäre. Nik und May sollten aber selber das Ziel und ein gutes Hotel auswählen.

Bereits am folgenden Tag informierte Nik Mr. McNeill und den Oberkellner, Mr. Clark, über den Hochzeitstermin und beantragte den anschließenden Wochenurlaub.

Am Abend besorgten sie sich Prospekte verschiedener Ferienorte beim Reisebüro Thomas Cook in der Oxford Street, die sie sofort zu Hause studierten. Sie entschieden sich für den Seebadeort Brighton an der Südküste. Im Reisebüro empfahl man ihnen unter anderen das 'Beach Hotel', ein preiswertes Haus der gehobenen Mittelklasse, unmittelbar an der Promenade gelegen. Nach einem kurzen Telefonat der Büroangestellten erfuhren sie, dass dort tatsächlich in jener Woche noch ein Doppelzimmer frei wäre. Also buchten sie es.

Kapitel 10

Juni 1914 - Hochzeit

Die Wochen bis zur Hochzeit vergingen wie im Fluge. Kurz bevor Nik mit seinem Schwiegervater die Weinflaschen besorgen wollte, erhielt er von Mr. McNeill als Geschenke des Hotels eine Lohn-Sonderzahlung sowie zwei Kartons Qualitätswein zu jeweils sechs Flaschen. Damit erübrigte sich deren Besorgung, zumal John noch einige weitere eingelagert hatte.

Während es für Nik mit dem Kauf der passenden Jacke einfach war – eine Silberfliege besaß er ohnehin -, wurde es für May mit der Auswahl ihres Kostüms schon schwieriger. Sie wollte kein pompöses Hochzeitskleid tragen.

Im dritten Fachgeschäft wurde sie erst fündig. Ihre Mutter und Florence berieten sie dabei.

Natürlich wurde in der Familie auch die Frage der Beförderung zur und von der Kirche angesprochen. Kurzerhand einigte man sich darauf, vier Taxen zu bestellen.

Was das Brautpaar allerdings nicht ahnte: Alice, Florence, Lifford und Bert bestellten eine weiße Hochzeitskutsche als deren besonderen Beitrag.

Darüber hinaus war Bert in der Lage, sich bei dem Autohaus, in dem er als Mechaniker arbeitete, zwei Fahrzeuge für den Tag kostenlos auszuleihen. Er würde selber eines fahren, ein Kollege das andere. Somit musste lediglich zusätzlich noch ein Taxi bestellt werden.

Alice kümmerte sich um die Beauftragung eines Fotografen.

Schließlich ging es um die bedeutsame Frage, wo May und Nik zukünftig wohnen wollten. Während die beiden erklärten, sie würden sich in nächster Zeit eine geeignete Unterkunft suchen, schlugen die Eltern vor, sie sollten fürs Erste im Hause der Scoines wohnen. Fred Arthur's Zimmer stand ja leer, in das Florence einziehen könnte. May und Nik würden dann gemeinsam das geräumige Zimmer im Dachgeschoss beziehen. Daneben befand sich noch eine kleinere Kammer, die derzeit als Abstellraum genutzt wurde. Es wäre kein Problem für den Installateur John, auch diesen Raum in einen Sanitärraum umzubauen. Nach kurzer Überlegung erklärten sich die beiden damit einverstanden und Vater John begann bereits in den nächsten Tagen mit der Herrichtung.

Aus Neuerburg traf zwischenzeitlich ein Glückwunsch der ganzen Familie ein, dem mehrere Geldscheine beilagen. In einem langen Brief bedauerte Niks Vater, dass leider niemand von der Familie zur Hochzeit anreisen könnte. Man würde jedoch am 20.Juni familienintern ein wenig feiern und auf das Wohl des Brautpaares anstoßen. Außerdem hofften sie, danach bald ein schönes Hochzeitsfoto zu erhalten.

Am Freitagabend vor dem großen Festtag versammelten sich alle zu einer letzten Besprechung und einem fröhlichen Polterabend 'nuptial eve' im Hause der Scoines. Auch Bert und Lifford waren mit von der Partie. Die beiden erschienen mit zwei kleinen Fässchen Bier auf einem Handkarren. Nur Hetties Familie und Mrs. Bennet ließen sich für den Abend entschuldigen. Nik übergab Bert die Eheringe zu dessen treuen Händen.

Es war ein herrlicher, lauer Sommerabend, so dass man draußen auf der Terrasse feiern konnte. Auch einige Nachbarn erschienen uneingeladen, brachten aber selber Getränke und kleine Geschenke mit. Mutter Henrietta, Alice und Florence hatten reichlich leckere Schnittchen und Fleischbällchen vorbereitet. Zwischenzeitlich erklangen immer wieder Hochrufe auf das Brautpaar und Luftschlangen wurden geworfen.

Gegen elf Uhr erhob John Scoines plötzlich seine markante Stimme: »Ich bin zu Hause und wünschte, alle anderen auch!« Jeder, außer Nik, kannte diesen rüpelhaften Ausspruch des Hausherrn, aber keiner nahm es ihm übel. Vielmehr erntete er allgemeines Gelächter und Heiterkeit, allerdings wurde er doch mit einem letzten »Die Gläser hoch! Cheers auf das Brautpaar!« befolgt.

Der Samstag wurde ein herrlicher Sonnentag mit angenehmer milder Temperatur und strahlend blauem Himmel, an dem lediglich ein paar kleine Wattewölkchen aufzogen.

Die Trauung in der Kirche war für 12 Uhr terminiert.

Nik traf gemeinsam mit Mrs. Bennet bereits eine halbe Stunde zuvor an der All-Saints-Kirche ein. Er sah blendend aus in seinem schwarzen Anzug, strahlend weißen Oberhemd und Silberfliege.

Mrs. Thompson hatte die Hose mit einer messerscharfen Bügelfalte versehen.

Nik hatte sich erkundigt: es bestand keine Notwendigkeit für einen Hut, schon gar nicht bei dieser Wetterlage. Also verzichtete er darauf. Mrs. Bennet hatte ihm eine blassrosa Nelke für das Knopfloch besorgt und sein Outfit begutachtet. Während sie sich schon in die Kirche begab, schritt Nik nervös vor den Eingangsstufen auf und ab.

Es war vereinbart, dass die Hochzeitsgesellschaft gegen viertel vor Zwölf eintreffen und sich in die vorderen Bankreihen der Kirche begeben sollte. Nik mit seinen beiden 'Best Men', Bert und Lifford, hätten indes vorne am Altar auf das Eintreffen der Braut zu warten. John Scoines würde seine Tochter in Begleitung des Pfarrers durch den Mittelgang zum Altar führen, um sie dort dem Bräutigam zu übergeben. Hetties kleine Tochter sollte ihnen, Blumenblätter streuend, voran gehen.

Alice und Florence hatten ihrer Schwester beim Ankleiden geholfen. Das helle, in zartem Blau gehaltene Kostüm stand May vorzüglich, ebenso die im gleichen Farbton ausgefallenen Pumps, auf denen vorne kleine Schleifchen prangten. Der passende Hut mit breiter Krempe und zwei seitlichen Federn war vorne mit einem zierlichen Schleier versehen, der bis zu Mays Nasenspitze reichte.

Gegen zwanzig vor Zwölf fuhren die drei Autos mit den Gästen vor, die sich sogleich in die Kirche begaben. Nur Nik und seine beiden 'Best Men' warteten noch einige Minuten draußen. An Liffords und Berts Anzugrevers prangte ebenfalls jeweils eine rosa Nelke. Pünktlich um Viertel vor begannen die Glocken in der typisch englischen Klangfolge zu läuten. Nik lief ein leiser Schauer des feierlichen Augenblicks über den Rücken. Nun begaben auch sie sich hinein und die zwei Stufen zum Altarraum hinauf. Sie bemerkten den hübschen Schmuck des Innenraumes. Entlang des Mittelganges war jede Bank mit einem kleinen Blumensträußchen sowie weißen Schleifchen dekoriert. Links und rechts des Altars zierten prächtige Liliensträuße in großen roten Vasen den Raum. Nik nahm den zarten Duft von Weihrauch oder etwas Ähnlichem wahr.

Etwa zwei Meter vor dem Altar befand sich eine kleine, rot gepolsterte Kniebank für zwei Personen.

Nun erschien Father O'Toole, bekleidet mit einer Albe und hellgrünen, bunt bestickten Stola, um Nik, Bert und Lifford kurz zu begrüßen. Sodann begab er sich durch den Mittelgang in Richtung Portal, um dort die Braut zu empfangen.

Die Wartezeit betrug tatsächlich nur wenige Minuten, doch für Nik schien es eine Ewigkeit zu sein. Er war furchtbar aufgeregt und Schweißperlen standen auf seiner Stirn, die er immer wieder mit dem Taschentuch abwischen musste.

Er blickte ständig in Richtung Portal, wo endlich May mit ihrem Vater erschien. In diesem Moment setzte mächtig die Orgel mit Mendelsohns Hochzeitsmarsch ein.

Alle Anwesenden, darunter auch einige neugierige Zufallsgäste in den hinteren Bankreihen, erhoben sich von ihren Plätzen und blickten der feierlich im Rhythmus der Musik entlang des Mittelganges schreitenden Dreiergruppe entgegen. May sah hinreißend aus. Passend zum Farbton ihres Kostüms hielt sie ein prächtiges Blumengebinde aus Rosen und Nelken in der Hand.

John Scoines, links gehend, geleitete seine Tochter lächelnd, dem voran schreitenden Pfarrer folgend, bis zu den Altarstufen, wo May dann Nik strahlend ihre Hand reichte. Seine Hand war inzwischen recht feucht vor Aufregung. Zum Glück trug May jedoch weiße Handschuhe, so dass sie nichts davon bemerkte.

Vor der kleinen Kniebank blieb das Paar stehen, aus Sicht des Pfarrers Nik links, May rechts. John Scoines indes begab sich zurück in die erste Bankreihe zum Platz neben seiner Frau. Im Altarraum hatten auch linksseitig Alice und Florence als 'Bridesmaids' sowie rechtsseitig Bert und Lifford als 'Best Men' auf Hockern Platz genommen.

Nun hieß Father O'Toole alle Anwesenden, besonders freilich das Brautpaar, herzlich willkommen und hielt eine etwa fünfminutige, aussagekräftige Ansprache über das Pauluswort 1 Kor.13;13 'Nun aber bleiben Glaube, Hoffnung, Liebe, aber die Liebe ist die größte unter ihnen'. Sodann folgte die übliche Segnung der Ringe, die Bert ihm auf einem blauen Samtkissen zureichte. Endlich richtete der Pfarrer die übliche Aufforderung an die anwesende Gemeinde: »Sollte jemand der Anwesenden einen Hinderungsgrund gegen die bevorstehende Trauung wissen, so möge er dies jetzt vortragen. Andernfalls schweige er für alle Zeiten!« Natürlich erhob niemand die Stimme.

Nun folgte die zeremonielle Pflichtfrage an Braut und Bräutigam: »Bist du bereit....., bis der Tod euch scheidet?« Während Nik mit kräftiger Stimme »Ja« sagte, hauchte May desgleichen, für die Gemeinde aber kaum hörbar. Nachdem beide einander die Ringe angesteckt hatten, knieten sie nieder und reichten sich die Hände, über die Father O'Toole seine Stola legte und die mahnenden Worte sprach: »Was Gott verbunden hat, soll der Mensch nicht scheiden!« Nach dem abschließenden Segen erhoben sich die Brautleute und küssten einander. Father O'Toole forderte sie, wie auch die Trauzeugen, nun auf, an einen Seitentisch zu treten. Dort lag das Urkundenbuch für deren Unterschriften bereit.

Nachdem die Formalität erledigt war, kehrten sie zum Auszug um. Nun stand Nik links von seiner Frau, ihr den Arm reichend. Die kleine Hettie, in einem hübschen weißen Tüllkleidchen, trat aus der ersten Bank heraus, um die bunten Blütenblätter aus ihrem Weidenkörbchen vor dem ausziehenden Brautpaar zu verstreuen. Wieder setzte die Orgel mit Macht ein, diesmal mit Wagners Hochzeitsmarsch 'Treulich geführt'. Erneut erhoben sich alle

Anwesenden, während Nik und May, angeführt vom Pfarrer, feierlich dem Portal entgegen schritten, gefolgt von ihren Eltern.

Inzwischen hatte das Glockengeläut wieder eingesetzt, so dass man unter dem Portal kaum sein eigenes Wort verstehen konnte. Dennoch versuchte es Father O'Toole, indem er lautstark dem soeben vermählten Paar als erster gratulierte und alles Gute für ihre gemeinsame Zukunft wünschte. Ihm folgten nach und nach alle anderen Gratulanten auf den Stufen der Kirche. Schließlich forderte ein Fotograf, der seine Kamera in einiger Entfernung aufgebaut hatte, die gesamte Gesellschaft zu einem Gruppenfoto vor dem Kirchenportal auf. Brav folgten alle dem Aufruf, jedoch dauerte es eine Weile, bis alle Personen, dem Wunsche des Fotografen entsprechend, korrekt Aufstellung genommen hatten. In vorderster Reihe standen neben dem Brautpaar Henrietta und John Scoines als Eltern, Father O'Toole sowie die vier Trauzeugen. Zentral vor May und Nik kniete das Streukind, die kleine Hettie.

Während der Fotograf sein Werk verrichtete, tauchte von links die weiße Hochzeitskutsche auf, von zwei Schimmeln gezogen, die die vier Trauzeugen bestellt hatten. Hoch auf dem Bock saß der Kutscher in prächtigem weiß-rotem Livree mit Goldtressen und einem goldgelben Zylinder mit rotem Federbusch. Er lenkte sein Gespann genau hinter den Fotografen, wo eines der Pferde plötzlich scheute und den Fotografen umstieß. Dieser fiel gegen sein Fotografenstativ, das infolgedessen vornüber kippte. Das Gerät stürzte polternd zu Boden und zerbrach in mehrere Teile. Ein allgemeiner Aufschrei der Hochzeitsgesellschaft folgte und einige der Herren eilten sogleich dem am Boden liegenden Fotografen zu Hilfe. Der hatte sich offensichtlich jedoch nicht ernstlich verletzt, sprang auf und deckte den Kutscher mit wüsten Flüchen und Beschimpfungen ein:
»Du dummes Kamel da oben auf deinem Bock, zu blöd, um deine Gäule zu parieren! Hast wohl auch keine Augen im Kopf! Nun schau dir das an: Meine Kamera total im Eimer. Die wirst du mir schön ersetzen, du Rindvieh... Na warte, Freundchen...« Noch etliche weitere Flüche in astreinem Cockney-Dialekt folgten, während derer er sich bemühte, mit Hilfe einiger Hochzeitsgäste die Bruchstücke der Fotoausrüstung einzusammeln.
Inzwischen hatte der Kutscher das Gespann zum Stillstand gebracht, war

vom Bock herabgesprungen, um sich in aller Form bei dem Fotografen für sein Missgeschick zu entschuldigen.

»Und was nützt mir das?« wollte jener wissen. »Jetzt sind die Fotos im Arsch und die Hochzeitsgäste auch die Gelackmeierten. Ich kann doch nicht mal eben einen neuen Apparat herbeizaubern!«

Ein allgemein zustimmendes Gemurmel seitens der Hochzeitsgäste war zu vernehmen, aus dem sich jedoch sogleich John Scoines markante Stimme hören ließ:

»Das nennt man einfach Pech. Leute, was soll`s? Es gibt Schlimmeres, `Worst things happen at sea`. Dadurch lassen wir unsere Laune nicht verderben. Der Kutscher wird sicher für den Schaden aufkommen, oder?«

»Na klar doch«, beeilte sich dieser zu erwidern. Und zum Fotografen: »Keine Sorge, Kumpel, du kriegst `ne komplette neue Ausrüstung erster Qualität!«

»Das will ich hoffen, sonst mach ich dir die Hölle unter`m Hintern heiß!«

Daraufhin war aus den Reihen der Gesellschaft deutliches Kichern und Getuschel zu vernehmen. Allerdings auch hinter vorgehaltener Hand: »Wenn das man nur kein böses Omen ist!«

Man hatte sich vom ersten Schrecken erholt und schien alsbald den Vorfall von der heiteren Seite zu betrachten. Und zum Brautpaar gewandt, fügte der Kutscher hinzu:

»Weil ich eure Fotos vermasselt habe, kriegt ihr die Kutschfahrt umsonst!«

»Bravo!« – »Das ist ein Wort!« – »Ende gut, alles gut!« konnte man nun seitens der Gäste hören.

Inzwischen hatte man sich um die Kutsche geschart. An ihrer Rückseite konnte man auf einem mit bunter Blumenkette umrankten Pappschild lesen: «Just married«. Bert und Lifford hatten ursprünglich die Absicht gehabt, ein Bündel klimpernder Metallteile hinten zu befestigen. Der Kutscher hatte dies jedoch untersagt, da er fürchtete, dass die Pferde dadurch scheuen könnten. Nun war genau das passiert, ohne ein derartiges Anhängsel!

Mit dem erstaunten Brautpaar durfte auch die kleine Hettie in der Kutsche Platz nehmen. Die übrigen Mitglieder der Festgesellschaft fanden in den drei Autos Platz, die nun der Kutsche folgten. Der letzte Wagen musste eine kleine Weile auf Father O'Toole warten, der sich noch umziehen wollte. Mays Eltern hatten auch ihn zum Festessen geladen.

Natürlich erregte der kleine Hochzeitszug mit der Kutsche vornweg allerlei Aufsehen auf der Fahrt zurück nach Sherpherd's Bush. Viele Passanten blieben stehen, winkten, riefen «Good Luck!« oder klatschten in die Hände. An zwei Kreuzungen sorgten Polizisten grüßend für freie Durchfahrt. Als die Kutsche in die Richford Street einbog, standen dort erwartungsvoll zahlreiche Nachbarinnen und Nachbarn, um ebenfalls das Brautpaar zu grüßen und Glück zu wünschen. Einige warfen Reiskörner in die Luft.

Alle freuten sich auf das Festessen im Hause der Scoines. Mutter Henrietta konnte drei alte Freundinnen gewinnen, das Festessen herzurichten. Allerdings hatte sie selbst mit ihren Töchtern bereits am Vortage einiges dafür vorbereitet und die beiden langen Tische im Wohn- und Esszimmer eingedeckt. Wegen des guten Wetters konnten Fenster und Terrassentür weit geöffnet sein.

Zunächst gab es stehend einen Sektumtrunk. Nachdem alle ihre Plätze gemäß aufgestellten kleinen Platzkarten eingenommen hatten, sorgte Vater John dafür, dass nochmals jedem Sekt nachgefüllt wurde. Sodann erhob sich das Familienoberhaupt, zugleich mit einem Löffel gegen sein Weinglas tippend, um durch den hellen Klang um Ruhe zu bitten.

»Liebe May, lieber Nik, höchst willkommene Gäste, liebe Familie«, begann er seine Ansprache.

»Mit Ausnahme des kleinen Malheurs mit dem Fotografen ist ja bis jetzt alles vorzüglich nach Plan verlaufen.« Allgemeines Gelächter. »Natürlich schade, dass die Fotos verloren sind. Aber das soll unsere Freude nicht schmälern. Das lässt sich gewiss noch nachholen.

Es ist Henrietta und mir eine große Freude und Ehre zugleich, dass wir heute die Vermählung unserer Tochter May mit Nikolaus Kemen feiern dürfen. Zusätzlich zum kirchlichen Segen hat offensichtlich auch Petrus durch den strahlenden Sonnenschein des heutigen Tages seinen Segen dazu erteilt. So wie einst Queen Victoria ihren deutschen Prinzen Albert heiratete, so fand auch unsere liebe May ihren deutschen Prinzen. Wie ich erfahren habe, möchte Nik in unserem Lande bleiben und hier eine gesicherte Existenz aufbauen. Dabei wollen wir euch beiden gerne helfen, soweit es in unseren Kräften steht. Zunächst aber freuen wir uns, dass ihr in unserem Hause wohnen werdet, bis ihr etwas Besseres und Größeres gefunden habt. Die Umbauarbeiten sind fast abgeschlossen. Wenn ihr Ende nächster Woche von den Flittertagen zurückkommt, wird oben alles fertig sein. Leider war es deinen Eltern, Nik, nicht möglich, heute mit uns hier zu feiern. Umso sehnlicher hoffen wir, bald eine Gelegenheit zu finden, auch deine Eltern und Geschwister kennen zu lernen.

Zunächst aber wünschen wir euch für den gemeinsamen Lebensweg viel Glück, alles Gute, Gesundheit, Geduld, Ausdauer und Einigkeit bei der Verwirklichung der gemeinsamen Lebensziele. An Tagen des Sonnenscheins fällt der Alltag leicht. Dies wird erfahrungsgemäß in der ersten Zeit so sein. Wenn aber die Stürme und Ärgernisse, Not und Krankheit hereinbrechen, womit man immer rechnen muss, dann wird der Alltag schwierig. Dann müsst ihr euch beweisen und die Lage als Herausforderung annehmen und meistern. Dazu wünschen wir euch Standhaftigkeit, guten Willen und Erfolg. Und noch etwas: Jeder macht irgendwann mal Fehler. Dann seid klug. Redet in Ruhe darüber und verzeiht einander. Die Liebe ist das größte Geschenk des Himmels. Möge eure Liebe niemals erkalten und euch über Höhen und Tiefen hinweg helfen! Abschließend bleibt mir nur noch, euch für die kommende Flitterwoche viel Sonnenschein, Freude und Erholung zu wünschen.

Lasst uns die Gläser erheben und auf May und Nik mit einem dreimaligen 'Hoch' anstoßen!«

Nachdem das geschehen war, erhob sich Nik ebenfalls.

»Liebe Eltern, meine liebe May, liebe Gäste! Zunächst bitte ich um Nachsicht, wenn mein Englisch noch nicht so gut ist. Ich hoffe trotzdem, dass ihr mich versteht.« Das löste allgemeine Heiterkeit und ein paar lustige Zwischenrufe aus. Dann fuhr er fort: »Meine Reise nach England Anfang Februar hat sich wirklich gelohnt.« Erneut Gelächter. »Ich habe hier das Kostbarste gefunden, was ein Mann nur finden kann: die Frau meines Lebens!« Bravo-Zwischenrufe. »Aber nicht nur das. Ich habe neue Eltern und Geschwister, Freunde und Arbeitskollegen gefunden, die alle unendlich freundlich, lieb und hilfsbereit sind und mir den Einstieg in mein neues Leben leicht gemacht haben. Dafür bin ich sehr, sehr dankbar. Sie haben mir geholfen, aufkommende Gefühle von Einsamkeit und Heimweh in den ersten Wochen zu überwinden. Am meisten hat mir meine geliebte May natürlich dabei geholfen. Euch allen, besonders May, ganz herzlichen Dank. Mein besonderer Dank gilt aber ebenso meinen Schwiegereltern, die mich so freundlich und liebevoll aufgenommen haben, obwohl sie doch kaum etwas über mich wussten. Danke, dass wir hier in eurem Hause einziehen dürfen. Danke, John, dass du oben alles so schön umgebaut hast beziehungsweise noch machen wirst. Danke Florence, dass du unseretwegen umgezogen bist. Wir bedanken uns für die kommende Ferienwoche, die ihr uns geschenkt habt, Mum and Dad, und überhaupt ganz herzlichen Dank euch allen für die vielen Geschenke. Natürlich hat uns die Hochzeitskutsche heute den größten Spaß bereitet, auch wenn das mit den Fotos schiefgegangen ist.

Nun möchte ich noch ein Versprechen vor euch allen ablegen: Ich gelobe, dass ich mich immer mit all meiner Fürsorge und Kraft um das Wohl meiner geliebten May und vielleicht eines Tages für meine Familie einsetzen werde. Ich möchte in England bleiben und mit May glücklich werden. Aber heute fühle ich mich wirklich wie ein Glückspilz. Ich bin sicher, dass wir auch die schwierigen Zeiten, die du erwähnt hast, Dad, gemeinsam meistern werden, mit Gottes Hilfe erst recht. Abschließend möchte ich natürlich noch sagen, dass ich wirklich hoffe, euch eines Tages meine Eltern und Geschwister vorstellen zu können. Auch möchte ich euch gerne etwas von meinem Heimatland zeigen. Also, wie wäre es, wenn ihr in den kommenden Jahren eure Ferienreisen zur Abwechslung mal nach Deutschland planen würdet? Ich helfe und berate euch gerne dabei.«

Auch Niks Rede fand anhaltenden Beifall und lustige Kommentare wie »Dein Englisch haben wir weitgehend verstanden!« oder »Gar nicht so schlecht für den Anfang!« oder »Deine Touristenwerbung für Deutschland war nicht schlecht, was zahlen die dir dafür?«

Endlich trugen die Helferinnen die Speisen auf.

Als Vorspeise servierten sie Hühnerbouillon mit Eieinlage, als Hauptgang Lammfilet an pikanter Pfeffersoße, dazu die Beilagen grüne Bohnen, eingerollt in gebratenem Bacon, Preiselbeeren sowie kleine geröstete Kartoffeln. Zum Dessert gab es Erdbeeren in Custard mit einem Schokoladenwürfel in der Mitte. Neben der üblichen Karaffe Wasser wurde auch Orangensaft oder der Wein des Prince-Albert-Hotels als Getränk angeboten.

Nach der Mahlzeit begab man sich hinaus auf die Terrasse oder in den Garten. Linker Hand befand sich der Geschenketisch, bereits mit etlichen Päckchen und Blumensträußen belegt. Gegenüber, an der rechten Gartenseite, standen auf einem länglichen, mit weißen Tüchern überdeckten Tisch mehrere gefüllte Teekannen unter Warmhalte-Cosies sowie Tassen, Milchkännchen, Zuckerdosen und diverse Biscuitsorten zur Selbstbedienung.

Zwar waren einige Garten-Klappstühle vorhanden, die reichten jedoch gerade für die Damen. Entsprechend tranken die Herren im Stehen ihren Tee. Man fand sich in kleinen Gruppen bei angeregter Unterhaltung wieder. Dabei war Nik immer wieder im Mittelpunkt der Gespräche und musste auf tausend Fragen über Deutschland, die schulische und berufliche Laufbahn, seine Heimatstadt Neuerburg und die Familie Rede und Antwort stehen. Aber natürlich fanden die Gespräche immer wieder zu dem Zwischenfall mit dem Fotografen zurück, was stets große Heiterkeit auslöste.

Zum 'Five-o'clock-tea' wurden sowohl mehrere Torten wie auch herzhafte Schnittchen und kleine warme Pasteten zur Selbstbedienung auf die Seitentische gestellt.

Noch lange saß man an diesem lauen Abend bei bester Stimmung zusammen. Nur Father O'Toole und Mrs. Bennet verabschiedeten sich bereits gegen sechs Uhr, ebenso Henriettas drei Freundinnen, die überaus tatkräftig zum Gelingen des Tages beigetragen hatten.

Erst kurz vor Mitternacht verabschiedete sich die übrige Gästeschar, Lifford und Bert sowie Hettie mit ihren Mann Jim und der kleinen Tochter. Vater Johns üblicher Spruch, den jeder kannte: »Ich bin zu Hause....«, blieb diesmal aus!

Alle Familienmitglieder, auch May und Nik, halfen mit, zumindest das Gröbste noch rasch wegzuräumen. Gegen ein Uhr begab man sich zu Bett. Florence war bereits in Fred Arthurs ehemaliges Zimmer umgezogen, so dass Nik und May ihre erste gemeinsame Nacht oben im noch nicht ganz fertigen Dachzimmer verbrachten.

Nik hatte Mrs. Thompson natürlich rechtzeitig informiert, dass er zum Monatsende sein Zimmer dort aufgeben würde, was sie sehr bedauerte, da er doch ein so ordentlicher und angenehmer Mieter gewesen war.

Nik und May verbrachten eine wunderschöne, unbeschwerte Flitterwoche im kleinen 'Beach Hotel' in Brighton. Sie hatten sogar ein Zimmer mit Meerblick bekommen. Während dieser Tage suchten sie einen Fotografen auf, der einige hübsche Porträtfotos von den beiden machte, sozusagen als Ersatz für das »verunglückte« Hochzeitsfoto. Eines davon, versehen mit einem feinen Silberrahmen, brachten sie den Eltern als Geschenk mit.

Kapitel 11

Juli/August 1914 – Der erste »Kriegsgefangene«

Nach ihrer Rückkehr aus Brighton durften die beiden den vorzüglich hergerichteten Sanitärraum im Dachgeschoss bewundern. Vater John hatte eine Toilette sowie zwei nebeneinander befindliche Waschbecken eingebaut und die Wände rundum bis zum Ansatz der Dachschräge in hellblauen Kacheln verfliest. May und Nik waren begeistert.

Als die beiden sich am Montagmorgen, dem 29.Juni, wieder auf den Weg zur Arbeit machten, liefen Zeitungsburschen brüllend durch die Stadt: »Österreichischer Thronfolger und Gemahlin in Serbien ermordet!«

May und Nik nahmen die Meldung ganz beiläufig zur Kenntnis. »Es gibt doch immer wieder Verrückte«, war Mays einziger Kommentar. Und Nik ergänzte: »Tut mir ja leid um das Paar. Ich glaube, die sind etwa gleich alt wie wir. Möchte den Grund wissen, warum sie ermordet wurden.«

»Das werden wir nie erfahren, ist doch so weit weg«, meinte May. Damit war die Sache für sie erledigt. Beide interessierten sich nicht für Politik.

Die folgenden vier Juli-Wochen verstrichen wie im Fluge. May und Nik fühlten sich in ihrem kleinen Dach-Appartement so wohl, dass sie es gar nicht eilig hatten, sich um eine andere Unterkunft zu bemühen. Zudem konnte das familiäre Zusammenleben kaum besser sein. Nik verstand sich mit allen bestens – und alle mochten ihn. Am liebsten saß er abends gemeinsam mit seinem Schwiegervater im Wohnzimmer vor dem Kamin, der freilich zu dieser Jahreszeit kalt blieb, ein Pfeifchen oder Zigarillos rauchend und miteinander plaudernd. Gewiss kam dabei einmal kurz der Mord in Serbien zur Sprache, aber auch John Scoines zeigte sich politisch wenig interessiert.

Genau einen Monat nach der Mordnachricht aus Sarajewo verkündeten die Zeitungsboten wieder eine Sensationsmeldung: »Krieg zwischen Österreich und Serbien!«

Auch diese Nachricht beunruhigte die Familie Scoines kaum, offensichtlich ebenso wenig die meisten Engländer.

An den folgenden Tagen überschlugen sich jedoch die Ereignisse und Zeitungsmeldungen.

30. Juli: »England und Deutschland wollen vermitteln« – »Ist der Krieg noch zu vermeiden?«

31. Juli: »Russland befiehlt Mobilmachung!« – »Zar Nikolaus provoziert Deutschland!«

1. August: »Deutschland erklärt Russland den Krieg!«

3. August: »Deutschland erklärt Frankreich den Krieg!« – »Deutsche Truppen marschieren in Belgien ein!« – »England muss eingreifen!«

4. August: »England erklärt Deutschland den Krieg!« – »Österreich verbündet sich mit Deutschland!«

Von einem Tag zum anderen war nun London nicht mehr wiederzuerkennen. Große Unruhe breitete sich aus. Plötzlich war das europäische Kriegsgeschehen in aller Munde. Der normale Arbeitsalltag schien irgendwie aus den Fugen zu geraten. Überall beobachtete man auf den Straßen kleine Ansammlungen von Menschen, die offensichtlich die politische Lage diskutierten. Auffallend war ebenfalls das Auftauchen von immer mehr Soldaten.

Auch bei den Scoines war am Sonntag, dem 3. August, nichts mehr von der üblichen Gemütlichkeit und Gelassenheit zu spüren. Am Nachmittag erschienen Bert und Lifford, um mit ihnen die Lage zu diskutieren. Man versuchte zu erkennen, welche Folgen die Kriegsentwicklung für sie alle haben würde, insbesondere für Nik. Große Nervosität und Sorge breitete sich aus. Nik war Deutscher. Wie sollte er sich verhalten? In der Richford Street hatte sich seit der Hochzeit längst herumgesprochen, dass May einen Deutschen geheiratet hatte. Ebenso wussten es mehrere Kundinnen von Mrs. Bennets Hutgeschäft und die Thompsons mit ihrem Bekanntenkreis auch.

Plötzlich waren dunkle, Unheil drohende Gewitterwolken über Niks und Mays unbeschwerter Glückseligkeit aufgezogen. Während Nik am 4. August bemüht war, seinen Dienst im Hotel wie üblich zu verrichten, wurde er dennoch einige Male von Kollegen und auch Mr. Clark gefragt, wie er die drohende Kriegsgefahr einschätzte. Nik versuchte, sich mit neutralen Antworten aus der Affäre zu ziehen.

»Ich kann es nicht beurteilen. Ich interessiere mich nicht für Politik. Es darf keinen Krieg geben!« So oder ähnlich lauteten seine Antworten.

Als Nik jedoch am Nachmittag dieses Tages das 'Prince-Albert-Hotel' verließ, ahnte er nicht, dass es sein letzter Arbeitstag dort gewesen war. Auf dem Heimweg hörte er nun die Zeitungsjungen brüllen: »England und Deutschland im Krieg!« Nik konnte es nicht glauben. Das durfte einfach nicht wahr sein!

Die Familie erwartete ihn bereits voller Ungeduld und Spannung. Schwiegervater John und May waren bereits früher als sonst nach Hause geeilt. Als Nik in den Hausflur trat, umarmte May ihren Mann mit Tränen in den Augen.

»Oh, Gott, Nik. Hast du schon gehört? Was sollen wir nur machen?« stammelte sie.

John rief sie ins Wohnzimmer, um sie erst einmal zu beruhigen: »Nur keine Panik! Wir müssen jetzt kühlen Kopf bewahren. Zunächst einmal können wir doch gar nichts machen, müssen abwarten, wie sich die Lage entwickelt.«

Mutter Henrietta brachte ein großes Tablett mit Tee und Biscuits herein. «Let`s have a good cup of tea", meinte sie, »das beruhigt die Gemüter!«

Bei den nun folgenden Gesprächen wurden allgemeine Ratlosigkeit und Zweifel deutlich.

»Es kann doch nicht wahr sein, dass König Georg und sein Cousin Kaiser Bill Krieg gegen einander führen«, argumentierte Florence. »Haben denn die den Verstand verloren?«

»Ich kann mir das auch nicht vorstellen, dass die beiden Krieg wollen«, erwiderte John, »möglicherweise stehen ganz andere Leute, zum Beispiel Generäle oder gewichtige Politiker dahinter, die Georg und Bill zum Krieg drängen.«

Noch lange setzten sich die Gespräche an diesem Abend fort, natürlich ohne greifbares Ergebnis. Letztendlich resignierten alle in der Devise: »Wir können doch nichts machen! – Abwarten, Tee trinken.«

Der 6. August, ein Mittwoch, begann für Nik dramatisch. Gleich als er das Hotel betrat, forderte Mr. Bird, der Empfangschef, ihn auf, sich sofort beim Chef zu melden. Nik hörte sein Herz bis zum Hals pochen, als er an dessen Bürotür klopfte.

Mr. McNeill erwiderte Niks Morgengruß nicht und forderte ihn auch nicht auf, Platz zu nehmen. Stattdessen gab er folgende knappe Erklärung ab: »Ich nehme an, Sie sind über die politische Entwicklung informiert, Mr. Kemen. Da Sie Deutscher sind, kann ich Sie nicht mehr beschäftigen. Sie sind in unserem Hause unerwünscht. Wir sind aber fair. Ich habe Mr. Bird angewiesen, Ihnen den Lohn ihrer letzten drei Tage am Empfang bar auszuzahlen. Das war's. Sie können gehen!«

»Aber Mr. McNeill...«, versuchte Nik zu kontern. Doch der fuhr barsch dazwischen: »Ich sagte doch, Sie können gehen!«

Nik war entsetzt. Was war ihm da gerade widerfahren? Er konnte es nicht glauben. Er hatte sich doch nichts zu Schulden kommen lassen, im Gegenteil, stets nur Lob und Anerkennung für seine Tätigkeit erfahren. Was sollte er nur tun?

Er beschloss, Mr. Clark, den Oberkellner, um Rat zu fragen. Als er ihn im Restaurant ansprach, war auch dessen Reaktion mehr als seltsam. Auch er erwiderte Niks Gruß nicht, blickte ihn nicht einmal an.

»Ich komme gerade vom Chef. Stellen Sie sich vor, der hat mir ab sofort gekündigt! Was sagen Sie dazu?« - »Nichts«, lautete Mr. Clarks unterkühlte Antwort. »Der weiß schon, was er tut.« Damit wandte er sich ab und ließ Nik wie einen dummen Schuljungen stehen. Auch zwei weitere Kollegen, die sich in der Nähe aufhielten, straften ihn mit Missachtung.

Als er sich schließlich völlig deprimiert bei Mr. Bird meldete, sagte der lediglich: »Ich soll Ihnen diesen Umschlag mit Ihrem Restlohn aushändigen.«

In Niks Kopf überschlugen sich die Gedanken. Was sollte denn nun werden? Wie sollte er das May und den Scoines erklären? Zutiefst niedergeschlagen schlenderte er zur Bushaltestelle. Er beobachtete, wie ein Mann, mit Eimer und Pinsel bewaffnet, gerade dabei war, an einer Plakattafel einen großen Zettel anzukleben. Das zog auch die Aufmerksamkeit anderer an der Haltestelle wartender Personen auf sich. Sie und ebenso Nik traten heran, um zu lesen:

»BEKANNTMACHUNG DER REGIERUNG SEINER MAJESTÄT
Das vereinigte Königreich befindet sich mit dem heutigen Datum im Kriegszustand mit Deutschland. Aus diesem Grunde ergehen folgende Anordnungen:
1. Alle Männer im Alter zwischen 20 und 35 Jahren werden zum Wehrdienst einberufen. Sie haben sich binnen 5 Tage ab heute bei der nächst gelegenen Polizeiwache zu melden. Dort erhalten sie weitere Informationen.
2. Personen Deutscher Staatsangehörigkeit, gleich welchen Alters, haben sich unverzüglich bei der nächst gelegenen Polizeiwache zu melden.
3. Britische Staatsbürger, die in einem Eheverhältnis mit einem Deutschen Staatsbürger leben, haben sich unverzüglich bei der nächst gelegenen Polizeiwache zu melden.
4. Betroffenen Personen, die die vorgenannten Anordnungen missachten, droht Gefängnisstrafe.
5. Ab sofort sind Reisen auf das europäische Festland untersagt.«

Nik war fassungslos! Er war nicht mehr in der Lage, einen klaren Gedanken zu fassen. Er brauchte dringend den Rat der Familie, besonders Mays und den des Schwiegervaters. Was mochte es zu bedeuten haben, dass er sich als deutscher Staatsbürger bei der Polizei melden sollte?

Als Vater John von der Arbeit heim kam, wusste er nichts von jenem Aufruf. May indes hatte auf dem Weg nach Hause auch ein derartiges Plakat gelesen.

»Ja, wenn das so ist, mein Lieber«, meinte John, »dann bleibt dir wohl nichts anderes übrig, als dich morgen bei der Polizei zu melden. Aber ich gehe mit!« - »Ich auch!«, ergänzte May.

»Kopf hoch, Junge. Die wollen wahrscheinlich nur formell erfassen, wer als Deutscher hier herumläuft. Ist vielleicht nur halb so schlimm.«

Doch alle Beschwichtigungsversuche halfen Nik nicht. Als er dann auch noch von seiner Kündigung berichtete und das seltsame Verhalten des Chefs sowie der Kollegen beschrieb, herrschte bei allen ratloses Schweigen und Betroffenheit.

»Mein lieber Nik«, entfuhr es nun Mutter Henrietta mit Tränen in den Augen, »es tut mir ja unendlich leid. Ich kann nur hoffen, dass alles nicht so schlimm wird, wie es aussieht.« Dabei umarmte sie ihren Schwiegersohn ganz herzlich. Auch May konnte ihre Tränen nicht mehr zurückhalten.

»Was ist das für ein Irrsinn«, sagte sie. »Darling, was auch geschieht, ich bin deine Frau und halte immer zu dir!«

»Und wir auch«, fügte Vater John hinzu, »nun lasst uns mal erst den morgigen Tag abwarten. Nichts wird so heiß gegessen wie es gekocht wird. Und am nächsten Tag sehen die Dinge meist schon viel besser aus, nicht wahr?« Dem stimmten alle zu. Was hätten sie auch sonst tun oder sagen sollen? Sowohl Nik wie auch May schliefen in dieser Nacht kaum.

Nach dem Frühstück machten sich Nik, May und Vater John auf den Weg zur Polizeistation Hammersmith. Dort herrschte großer Andrang. Drei Polizisten saßen hinter einem Tresen und überreichten laufend jungen Männern Formulare, die sie ausfüllen, unterschreiben und dann wieder abgeben sollten. Sie erklärten ihnen, sie würden bald weitere Informationen erhalten.

Schließlich traten auch Nik, May und Vater John an den Tresen. Der Polizist wollte auch Nik schon ein Formular aushändigen, als dieser ihm erklärte: »Nein, ich gehöre zu der zweiten Gruppe. Ich bin Rheinländer!« - »Was sind Sie? Rheinländer?« fragte der Beamte, an Hand seiner drei Winkelstreifen am Oberarm als Sergeant erkennbar, mit verständnislosem Blick zurück, um fortzufahren: »Wir suchen keine Rheinländer, wir suchen Deutsche! Verstehen Sie? D e u t s c h e!«

»Natürlich, ich bin Deutscher!« betonte nun Nik.

»W a s? Sie sind Deutscher?« Der Beamte blickte Nik mit großen Augen ungläubig an. »Warum sagen Sie das denn nicht gleich? Na, dann kommen Sie mal mit nach hinten!« Dabei öffnete er eine Klappe im Tresen, um Nik den Durchgang zu gewähren. »Wir kommen aber mit«, erhob Vater John seine Stimme und May sagte: »Ich bin seine Ehefrau!«

»Sind Sie auch Deutsche?« wollte der Sergeant wissen. Als John und May das verneinten, sagte er: »Dann bleiben Sie erst mal draußen, Sie kommen später dran!«

Nun aber konnte man einen John Scoines erleben, der bereit war, einen kleinen Volksaufstand anzuzetteln. In breitestem Cockney-Dialekt erhob er seine gewaltige Stimme: »Wenn ich sage, wir kommen mit, dann kommen wir mit! Da werdet ihr alle drei 'Cops' einen John Scoines nicht dran hindern, kapiert?« Plötzlich verstummte das allgemeine Gemurmel der übrigen Anwesenden, die kaum mitbekommen hatten, was da zuvor gesprochen wurde.

Als der Beamte sich John in den Weg stellen wollte, schob ihn dieser mit einer gewaltigen Ellenbogenbewegung zur Seite, ergriff zugleich Niks Hand und schob sich zuerst an dem Polizisten vorbei. Auch May folgte im Körperkontakt zu ihrem Mann.

»Na schön«, stöhnte der Sergeant nun resignierend und wies dem Trio den Weg in einen hinteren Büroraum. »Bitte setzen Sie sich«, forderte er sie auf, was jetzt allerdings etwas freundlicher klang.

Der Beamte nahm hinter einem Schreibtisch Platz und fixierte Nik. »Sie sind also Deutscher! Haben Sie ihren Pass dabei?« Nachdem Nik ihm das Dokument ausgehändigt hatte, blätterte der Polizist eine Weile schweigend darin herum.

»Also, Mr. Kemen«, fuhr er endlich fort, »auf Grund des eingetretenen Kriegszustandes zwischen unseren Ländern haben wir von der Regierung die Weisung erhalten, alle Männer deutscher Nationalität im Alter bis zu 50 Jahren sofort festzunehmen!« Das traf Nik wie der Blitz.

John Scoines sprang auf und brüllte: »Das darf doch nicht wahr sein! Sind denn hier alle verrückt geworden? Dieser junge Mann ist mit meiner Tochter verheiratet und ich bürge für ihn, so wahr ich John Scoines heiße! Den nehmen Sie nicht fest, verstanden?«

Der Sergeant lehnte sich nun auf seinem Stuhl zurück, Gelassenheit demonstrierend.

»Nun beruhigen Sie sich mal wieder, Mr. Scoines. Erstens tue ich nur meine Pflicht und zweitens geht es darum, dass Mr. Kemen möglicherweise, ich betone: möglicherweise, versuchen könnte, nach Deutschland zurückzukehren, um dann als eventueller deutscher Soldat gegen uns zu kämpfen. Verstehen Sie?« Dabei sprach der Polizist in besonders ruhigem Ton.

»Aber ich war nie Soldat und will keinesfalls nach Deutschland zurück«, erklärte Nik.

»Schön und gut, aber dann könnten Sie unter Umständen als deutscher Spion hier im Lande agieren, nicht wahr?«

»Unsinn«, widersprach nun John, erneut lauter werdend. »Nik ist weder deutscher Soldat noch Spion, so ein Quatsch. Den Blödsinn müssen wir uns nicht länger mit anhören, kommt, wir gehen!«

»Natürlich, gerne. Sie können gehen, Ihre Tochter brauchen wir aber auch noch! Mr. Kemen bleibt in jedem Fall hier!« verfügte der Beamte nun in sehr energischem Ton und rief einen Kollegen herbei: »Jim, ich brauche deine Hilfe!«

»Was soll denn mit mir geschehen?« fragte Nik.

»Das wissen wir auch nicht so genau. Bei Kriegen ist es üblich, Lager für Kriegsgefangene einzurichten. Wir nehmen mal an, dass Sie in ein solches überführt werden, solange der Krieg andauert!«

»Um Himmels willen!« brach es nun heftig aus May heraus. »Das kommt gar nicht in Frage. Ich lasse meinen Mann nicht einsperren!«

»Ich fürchte, Madam«, ergriff nun der andere Polizist das Wort, »das werden Sie nicht verhindern können. Betrachten Sie doch die ganze Angelegenheit mal aus einer anderen Perspektive. Wir sorgen während des Krieges für die Sicherheit ihres Mannes. Und am Ende des Krieges erhalten Sie ihn wieder unversehrt zurück!« Dabei lächelte er schelmisch.

»Sie sind verrückt, total verrückt!« entgegnete May unter Tränen.

»Vielleicht haben Sie Recht, Mrs. Kemen. Im Moment scheint die ganze Welt verrückt zu sein, aber wir tun hier nur unsere Pflicht, sonst nichts!«

Wütend marschierte nun John im Raum auf und ab, nach einem Ausweg sinnend, aber ihm fiel keiner ein.

»Also, Madam, es hilft alles nichts. Ihr Mann bleibt vorerst in unserem Gewahrsam. Sie können ihn täglich besuchen. Packen Sie für ihn einen Koffer mit den nötigsten Sachen und dann sehen wir weiter. Vielleicht wird es ja nur ein kurzer Krieg, hoffentlich«, versuchte der Sergeant May, die in Tränen aufgelöst war, zu trösten.

»Das hätte ich mir nie träumen lassen«, murmelte Nik. »Nie habe ich mir etwas zu Schulden kommen lassen, weder in Deutschland noch hier. Und jetzt werde ich eingesperrt!« Und plötzlich brüllte auch er laut los: »Lasst mich doch in Ruhe, verdammt noch mal! Ich habe euch nichts getan!«

Auch Nik war jetzt zum Heulen zumute und hart am Rande eines Nervenzusammenbruchs. Er sprang plötzlich auf und wollte zur Tür hinaus, jedoch der Polizist namens Jim versperrte ihm den Weg.

Auch John Scoines und May waren aufgesprungen. John ergriff den Beamten an den Schultern und wollte den Durchgang für Nik erzwingen. Doch nun sprang auch der Sergeant hinzu, sowie der dritte Beamte, der bislang am Tresen gesessen hatte. Zu dritt überwältigten sie Nik und John in einem Handgemenge und legten beiden blitzschnell Handschellen an. May hielt sich entsetzt die Hände vors Gesicht.

»Lassen Sie sofort meinen Mann und Vater frei!« schrie sie, »wir sind freie, unbescholtene britische Bürger!« Zahlreiche Leute, die vorne im Vorraum standen, waren auf den Lärm im Büroraum aufmerksam geworden und versuchten neugierig, durch die geöffnete Tür einen Blick auf das Geschehen zu erhaschen.

Die Polizisten zwangen die beiden in Handschellen gelegten Männer zurück auf ihre Stühle. Der Sergeant baute sich nun imposant vor ihnen auf und drohte energisch: »Gentlemen, Sie haben zwei Möglichkeiten. Nur wenn Sie erklären, sich sofort zivilisiert benehmen zu wollen, kann ich Ihnen die Handschellen wieder abnehmen. Andernfalls werde ich Sie beide in Arrest nehmen und Anklage wegen Widerstands gegen die Staatsgewalt erheben. Das kann unangenehm und teuer für Sie werden. Also, was wollen Sie?«

Mit gesenktem Kopf murmelte John zähneknirschend und vor Wut kochend: »O.K., ihr Cops habt gewonnen. Ihr seid die Stärkeren. Wir geben uns geschlagen. Aber ich versichere euch, ich nehme mir einen Anwalt und das wird für euch noch ein Nachspiel haben!«

Nun gab der Sergeant seinen Kollegen ein Zeichen, den beiden die Handschellen wieder abzunehmen.

»Trotzdem ist es mir nicht möglich, Sie, Mr. Kemen, wieder gehen zu lassen. Ich arrestiere Sie nicht wegen eines kriminellen Vergehens, sondern allein auf Grund der Kriegsverordnung unserer Regierung! Ich vermute, dass umgekehrt dasselbe gerade auch mit britischen Staatsbürgern in Deutschland geschieht. Also, Mr. und Mrs. Kemen, ertragen Sie die gewiss unangenehme Situation mit Fassung.« Er wandte sich gezielt an May: »Wir werden den Aufenthalt bei uns für Ihren Mann so angenehm wie möglich machen. Ich sagte schon, Sie können ihn, so oft Sie wollen, hier besuchen und ihn mit den üblichen erforderlichen Dingen versorgen, die wir allerdings jedes Mal überprüfen müssen, Sie verstehen hoffentlich. Allerdings müssen auch

Sie als Ehefrau dieses Formular ausfüllen!« Damit überreichte er May das entsprechende Papier und einen Füllhalter.

John und Nik schauten schweigend, jedoch innerlich vor Wut kochend, zu, während May das Formular ausfüllte.

Schließlich erhoben sie sich, sagten aber nichts mehr. May umarmte ihren Mann lange und flüsterte ihm zu: »Ich besuche dich jeden Tag. Oh, Nik, es ist ja so schrecklich. Aber dieser Albtraum wird hoffentlich bald vorbei sein.« Und wieder brach sie in Tränen aus, vom Schluchzen heftig geschüttelt. Nachdem sie von Nik abgelassen hatte, wurde er auch von seinem Schwiegervater herzlich umarmt.

»Ich nehme mir heute noch einen Anwalt, mein Junge. Wollen doch mal sehen, ob wir dich nicht schnellstens wieder frei bekommen. Irrsinn, alles Irrsinn«, murmelte John kopfschüttelnd.

»Ich bin gleich wieder da und bringe dir ein paar Sachen«, sagte May, worauf Nik ihr Anweisungen gab, was sie für ihn zusammenpacken sollte.

Daraufhin verließen May und ihr Vater die Polizeiwache und fuhren heim.

Nik indes musste sich einer Leibesvisitation unterziehen, bei der die Beamten auch sein geliebtes Schweizer Klappmesser fanden, das er fast immer bei sich trug.

»Das erhalten Sie zurück, wenn wir Sie entlassen dürfen«, erklärten sie, »reine Vorsichtsmaßnahme!«

Nur Henrietta war zu Hause und entsetzt, als die beiden ihr von den Vorgängen berichteten.

Während May den Koffer für Nik packte, begab sich John Scoines unverzüglich zur Rechtsanwaltskanzlei 'Tymothy & Partners' in der Goldhawk Road. Diese Kanzlei hatte John schon mehrfach mit Klagen gegen zahlungssäumige Kunden beauftragt. Aber Mr.Tymothy konnte ihm nur erklären, dass es keine rechtliche Handhabe gegen diesen Regierungserlass gäbe. Die Polizisten hätten sich korrekt verhalten und nur ihre Pflicht getan. Zutiefst enttäuscht kehrte John nach Hause zurück.

May und Henrietta füllten zusätzlich noch einen Korb mit belegten Sandwiches, Würstchen, Biscuits und Äpfeln für Nik. Außerdem besorgte May einige Illustrierten zum Zeitvertreib.

Als May wieder auf der Wache erschien, überprüfte der Sergeant alle mitgebrachten Sachen eingehend und erlaubte May dann, Nik in dessen Zelle zu besuchen.

Es war ein etwa acht Quadratmeter kleiner, kahler Raum, in dem lediglich ein Eisengestell-Bett mit zwei Wolldecken, ein kleiner Tisch, ein Hocker sowie ein schmaler Metall-Kleiderspind standen. Mittig unter der Decke hing als Lampe eine nackte Birne ohne Schirm. Tageslicht fiel durch ein kleines, vergittertes Fenster herein, das so hoch angebracht war, dass man auf einen Stuhl steigen musste, um hinaus blicken zu können. Dem Fenster gegenüber, neben der Tür, befand sich die Sanitärecke, Toilette und ein Waschbecken.

Wieder liefen Tränen über Mays blasse Wangen, als sie diesen trostlosen Raum sah, in dem ihr geliebter Nik eingesperrt war. Aber es half nichts. Schweren Herzens legte sie den Koffer auf den Tisch und stellte den Korb daneben auf den Hocker. Als sie Niks Sachen in den Spind einräumen wollte, stellte sie fest, dass der innen völlig verstaubt war. Sie erhielt vom Sergeanten einen Eimer Wasser mit Lappen, so dass sie den Spind reinigen konnte. Nik nahm ihr jedoch die Arbeit ab. May blieb lange bei ihm, der sich auf das Bett gelegt hatte, während sie auf dem Hocker Platz nahm. Sie besprachen die Lage und versuchten, einander gegenseitig zu trösten.

Am folgenden Tag wurde auch Niks Nachbarzelle belegt. Ein weiterer Deutscher hatte sich gestellt, wie er vom Sergeanten erfuhr. Jedoch unterbanden die Beamten jeglichen Kontakt zwischen ihnen. Zugleich erfuhr er, dass diese Wache nur über drei Zellen verfügte.

Nik blieb drei Tage auf der Wache in Gewahrsam. Während dieser Zeit wurde er von den Beamten sehr korrekt und höflich behandelt. Gelegentlich war es ihm sogar möglich, mit ihnen über die Kriegslage und ihre Folgen zu diskutieren. Allerdings wiesen sie Nik darauf hin, dass er mit Sicherheit in Kürze in ein reguläres Gefängnis oder Lager verlegt würde. Diese Information beunruhigte ihn in höchstem Maße und er fand nicht den Mut, es seiner Frau zu sagen, die ihn täglich mehrere Stunden lang besuchte und versorgte.

May erfuhr es zu ihrem Entsetzen am dritten Tag. Nik und der zweite Deutsche wurden in das provisorische Lager Southend-on-Sea, Grafschaft Essex, überstellt. Bei dieser Gelegenheit lernte Nik den Zellennachbarn kennen, einen Gymnasiallehrer aus Braunschweig, der gerade Ferien in London verbrachte. Sein Name: Dr. David Stern. Er war unverheiratet, etwas untersetzt mit Monokel sowie vollem, leicht ergrautem Haar, bei dem sich jedoch deutlich »Geheimratsecken« oberhalb der Stirn abzeichneten. Nik schätzte sein Alter auf 35 bis 40 Jahre. Auch er zeigte sich äußerst verbittert über seine Festnahme und insbesondere darüber, dass er keine Möglichkeit sah, Angehörige in Deutschland zu informieren. Dr. Stern hatte keine Verwandten in England.

Zugleich wurde May aufgefordert, ein Passbild für das *«Certificate of Registration of an Alien Enemy»*, das für sie ausgestellt werden musste, zu besorgen. Da sie kein passendes Foto zur Hand hatte und auch nicht einsah, dass sie eigens dafür ein Passfoto anfertigen lassen sollte, reichte sie einfach ein anderes ein, das sie in einem festlichen Kleid mit einem ihrer selbst entworfenen extravaganten Hüte zeigte.

Mit Datum 14. September 1914 erhielt sie jenes diskriminierende Dokument, das sie als »ausländische Feindin« bezeichnete. Es besagte u.a.:

Sie dürfen sich nicht weiter als 5 Meilen im Umkreis ihrer Wohnung bewegen, ohne im Besitz einer Sondergenehmigung zu sein.
Sie dürfen ohne Sondergenehmigung nicht im Besitz folgender Dinge sein:
Feuerwaffen, Munition etc.
Entzündliche Flüssigkeiten….
Geräte oder Vorrichtungen, die zur Signalgebung geeignet sind….
Brieftauben…
Kraftfahrzeug, Motorrad, Motorboot, Yacht, Flugzeug…
Geheimcodes…
Telefon…
Photographische Geräte…
Militärische Landkarten, Seekarten oder entsprechende Handbücher…
Bei Zuwiderhandlung droht eine Geldstrafe von 100 Pfd. oder 6 Monate Gefängnis…

Kapitel 12

August-Dezember 1914 - Lagerleben

May war außer sich vor Wut. Welch eine Schande! Sie fühlte sich wie eine Schwerverbrecherin. Dabei hatte sie sich nie etwas zuschulden kommen lassen, war immer stolz gewesen, Londonerin und Engländerin zu sein. Und nun das! Nie hätte sie sich derartiges träumen lassen. König Georg's Frau Mary ist oder war doch auch Deutsche. Ist die jetzt auch eine «Alien Enemy»? So wird man also von seinen eigenen Landsleuten behandelt! Warum haben die mich denn nicht gleich zusammen mit Nik eingesperrt? Schließlich schlug ihre unbändige Wut in ohnmächtige Traurigkeit um. Sie hätte heulen können. Aber in ihrem Innersten regte sich ihr Stolz: Ihr könnt mich erniedrigen, verletzen, in meiner Ehre kränken oder von mir aus auch einsperren. Mich kriegt ihr nicht klein! Jetzt erst recht nicht! Was ihr mir antut, das tut ihr meinem ebenso unschuldigen Nik an. Ich schäme mich nicht! Im Gegenteil: Ihr solltet euch schämen! Ich stehe zu meinem Mann und wenn das alles eines Tages vorbei ist, dann ziehe ich mit ihm nach Deutschland! In ihrer Wut dachte sie einen Moment daran, irgendetwas Spektakuläres anzustellen, um die Öffentlichkeit auf diese himmelschreiende Ungerechtigkeit aufmerksam zu machen. Vielleicht sollte sie mit einem Plakat vor das Parlamentsgebäude ziehen oder einen Farbtopf gegen das Portal oder gegen einen Abgeordneten schleudern.

Das alles besprach sie auch mit ihren Eltern und Schwestern. Gott sei Dank machte niemand von ihnen ihr Vorwürfe. Welche auch? Alle hielten zu ihr und trösteten sie. Den stärksten Rückhalt aber fand sie bei ihrer Schwester Florence Rose.

»Aber nun den öffentlichen Aufstand zu proben, wäre genau das Falsche«, meinte sie. »Dann würde man dich auch noch einsperren oder zu einer hohen Geldstrafe verurteilen. Ansonsten käme nichts dabei heraus. Gar nichts. Und Nik würdest du dadurch in keiner Weise helfen. Im Gegenteil, es würde ihm bestimmt noch mehr schaden. Also schlag dir die blöden Gedanken aus dem Kopf, so traurig das auch sein mag!« May wusste, dass Florence Rose Recht hatte. Und im aufkommenden Ohnmachtsgefühl rannen ihr die Tränen über die Wangen: »Verdammt, verdammt, verdammt!« schrie sie und trat heftig gegen den vor ihr stehenden Hocker, der mit einem lauten Knall quer durch den Raum in die gegenüberliegende Ecke flog. Florence Rose trat zu ihrer Schwester, nahm sie in den Arm und versuchte sie zu trösten: »Ich kann dich gut verstehen, May. Ich empfinde selber auch eine ähnliche Wut. Aber du darfst dich nicht zu etwas Unüberlegtem hinreißen lassen. Glaube mir, wir werden alle gemeinsam diese Zeit überstehen und dann wird am Ende alles wieder gut!«

May empfand eine tiefe Dankbarkeit gegenüber ihrer Schwester, ja, gegenüber allen in der Familie, die so wunderbar und liebevoll zu ihr hielten. Das war doch eigentlich die Hauptsache und das Wichtigste im Moment. Soll doch alle anderen draußen der Teufel holen, die mit ihr und der Familie nichts mehr zu tun haben wollten! Wir sind eine ehrbare Familie und für mich ist am Ende wichtig, dass Nik gesund bleibt, dachte sie.

Aber da war noch etwas anderes, das May schon seit einiger Zeit bedrückte: Ihre Regel war ausgeblieben und sie hatte das Gefühl, schwanger zu sein. Ihr war klar, dass das im Normalfalle ein Grund höchster Freude wäre, aber unter diesen äußeren Umständen? Bislang hatte sie ihre Vermutung noch mit niemandem in der Familie geteilt. Sollte sie es Florence Rose sagen? Sie kämpfte einige Zeit mit sich, doch dann konnte sie es nicht mehr für sich behalten.

»Du, Flo, ich glaub, ich bin schwanger«, flüsterte sie, ohne aufzuschauen.

Ihre Schwester, die mit einer Flickarbeit beschäftigt war und ihr den Rücken zugekehrt hatte, fuhr wie vom Blitz getroffen herum und schaute May mit weit aufgerissenen Augen an.

»W a a a s? Ich glaub es nicht! Bist du sicher?« war ihre erste Reaktion, wobei sie über das ganze Gesicht strahlte. »Oh, May, das ist doch wunderbar!« Dabei sprang sie auf, so dass ihre Handarbeitssachen auf den Boden glitten, um ihre Schwester herzlich zu umarmen. »Ich werde Tante!

Du, ich will Patentante werden, versprichst du mir das?« platzte es lauthals aus ihr heraus.

»Psssst, Flo, nicht so laut. Die anderen sollen es noch nicht wissen«, gemahnte ihre Schwester. May lachte keineswegs, sondern blickte Florence Rose eher bedrückt und sorgenvoll an.

»Ich kann mich gar nicht richtig freuen«, erwiderte sie in traurigem Tonfall. »Es ist doch alles so schrecklich! Ich stell` mir vor, wenn mein Kind geboren wird, befindet sich der Vater in Gefangenschaft und die Mutter ist eine *ausländische Feindin*! Das ist doch grässlich, Flo!«

»Ach, Quatsch, so darfst du gar nicht denken, May. Betrachte die Lage doch mal anders herum: Nik ist zwar in Gefangenschaft, O.K., nicht schön, aber keiner Gefahr ausgesetzt. Er ist eines Tages bestimmt wieder da. Der Krieg wird sicher nicht so lange dauern. Viele andere Väter werden wahrscheinlich erst gar nicht mehr aus dem Krieg zurückkommen. Also bist du doch im Grunde in einer glücklicheren Lage, habe ich Recht?« May nickte stumm.

»Und dann wird dein Kind in eine intakte, ehrbare und einigermaßen wohlhabende Familie hineingeboren. So ein Glück haben auch nicht alle Kinder. Schließlich werden sich Mum und Dad garantiert riesig über ihr zweites Enkelkind freuen, erst recht, wenn's ein Junge wird. Und ich sag's nochmal: Versprich mir, dass ich Patentante werde, bitte, May!«

Nun konnte auch sie ein schwaches Lächeln nicht mehr unterdrücken.

»Klar doch, versprochen, Flo, du wirst Patentante. Aber tu mir den Gefallen und sag den anderen noch nichts. Ich möchte noch etwa vierzehn Tage warten, um ganz sicher zu sein.«

»O.K., May, verstehe ich. Bleibt vorläufig unter uns. Trotzdem freue ich mich riesig. Und das musst du auch, May. Glaub` mir, am Ende wird alles gut!«

Und erneut umarmten sich die Schwestern in aller Herzlichkeit und May fühlte sich plötzlich irgendwie erleichtert. Es war schön, seine Sorgen mit einem lieben, vertrauten Menschen teilen zu können.

May ließ sich allerdings doch drei Wochen Zeit, bis sie es auch ihren Eltern und Alice erzählte. Und es war genauso, wie Florence Rose vorausgesagt hatte: Die Kunde wurde von ihnen mit großer Freude aufgenommen, ja, es war gerade so, als verlören plötzlich alle anderen Probleme und Ärgernisse des Alltags an Bedeutung. Ein unsichtbarer, heller, leuchtender, Mut machender Stern schien im Hause der Scoines aufgegangen zu sein, der die allgemeine Stimmung hob und gute Laune verbreitete. Es war, als hätte May ein Fenster in eine freundlichere Zukunft aufgestoßen.

»Und wann hast du vor, Nik von der frohen Kunde in Kenntnis zu setzen?« wollte Mutter Henrietta wissen. - »Bald«, kam Mays Antwort kurz und bündig.

»Nik hat nicht nur ein Anrecht, es bald zu erfahren. Es wird seinen Lebensgeistern bestimmt großen Auftrieb geben«, fügte Henrietta hinzu.

Natürlich hatte auch Mrs. Bennet vollstes Verständnis für May, die äußerst unkonzentriert bei der Arbeit war, obwohl sie natürlich noch nichts von ihrer Schwangerschaft wusste. Sie gab sich ebenfalls größte Mühe, May Trost zu spenden, soweit möglich.

Seltsamerweise stellten beide Damen im Verlaufe der folgenden Tage und Wochen eine auffällige Rückläufigkeit des geschäftlichen Umsatzes fest. Es wurden immer weniger Hüte verkauft. Zunächst vermutete Mrs. Bennet die Ursache ganz einfach in der Kriegslage. Nahezu alle Festlichkeiten, sogar die traditionellen Gartenparties, wurden abgesagt, wie man erfuhr.

Eines Tages jedoch traf sie ihre Nachbarin, Niks ehemalige Wirtin, Mrs. Thompson, auf der Straße. »Stellen Sie sich vor«, erzählte Mrs. Thompson, »ich traf vorgestern Mrs. White von Nummer 84. Die sagte zu mir: ›Gut, dass Sie rechtzeitig diesen Deutschen losgeworden sind. Jetzt hätten Sie bestimmt genauso Schwierigkeiten wie Mrs.Bennet mit ihrer May.‹ – Ich fragte sie, wie sie das denn meinte, worauf die antwortete: ›Na ja, die May, das Dummchen, wie konnte die sich nur mit einem Deutschen einlassen! Die sollte sich schämen! Ich werde jedenfalls meine Hüte nicht mehr dort kaufen.‹«

Mrs. Bennet erwähnte May gegenüber nichts von dieser Unterhaltung, suchte jedoch Mrs. White auf, um sie zur Rede zu stellen. Allerdings erhielt sie dazu keine Gelegenheit, da Mrs. White sie schnippisch aufforderte: »Schmeißen Sie mal erst die May raus, das Flittchen, und geben Sie den Job einem anständigen englischen Mädchen. Dann kaufe ich auch wieder bei Ihnen.« Damit schlug sie Mrs. Bennet die Haustür vor der Nase zu!

Trotz der frohen Kunde von May`s Schwangerschaft hielt die Heiterkeit im Hause der Scoines nicht lange an. Nach und nach wich sie trübseliger Depression, als hätte es einen Todesfall gegeben. Sowohl Vater John wie auch Mutter Henrietta, Alice und Florence bemerkten eine undefinierbar sich verändernde Stimmung überall im Stadtbezirk. Plötzlich ließen bei John die Aufträge spürbar nach. Henrietta, die gerne mehrmals täglich ein Schwätzchen mit Nachbarinnen hielt, stellte fest, dass diese sich rasch abwandten und in ihren Häusern verschwanden, wenn sie auftauchte.

Alice und Florence glaubten ebenfalls zu spüren, dass neuerdings ihre Kolleginnen und Kollegen ihnen gegenüber auf kühle Distanz gingen. Natürlich wurde diese Entwicklung in der Familie diskutiert. Das Ergebnis war schließlich eine Frage:

Lag es etwa daran, dass May einen Deutschen geheiratet hatte, der Johns und Henriettas Schwiegersohn war?

Alices Freund, Lifford Claydon, und Bert Luxford, Florences Verlobter, hatten sich dem Aufruf entsprechend ebenfalls auf der Polizeiwache gemeldet. Sie erhielten bald darauf den Musterungs-Bescheid. Lifford, der bereits im Studium weit fortgeschritten war, wurde die Möglichkeit geboten, sich freiwillig zur Küstenwache der Marine zu melden. Dort brauchte man nach der Grundausbildung nur jede zweite Woche sowie während der Semesterferien Dienst tun, so dass das Studium nicht gänzlich unterbrochen werden musste.

Bert hingegen wurde nach der Grundausbildung an die Front in Frankreich beordert. Aber auch er hatte Glück. Da er Automechaniker war, wurde er nie zu Kämpfen an die vordersten Linien geschickt, sondern zur Instandhaltung und Reparatur von Kraftfahrzeugen und Panzern hinter der Kampfzone eingesetzt.

Nik und sein Leidensgenosse, Dr. Stern, wurden mit einem Kleinbus unter strenger Bewachung nach Southend-on-Sea gebracht. Die Fahrt dauerte etwa eine Stunde, denn der Ort liegt nur rund fünfzig Kilometer von London entfernt an der nördlichen Themsemündung. Jetzt hatte Nik zumindest einen ständigen Gesprächspartner, so dass die Zeit etwas schneller verstrich. Dr. Stern, der Nik sogleich das ‚Du' anbot, zeigte sich als angenehmer, freundlicher und aufgeschlossener Mann. Der Aufenthalt in Southend-on-Sea dauerte jedoch nur wenige Wochen. Dann wurden alle bisher eingetroffenen Gefangenen, inzwischen rund 200 Mann, unter strengster Bewachung mit einem alten rostigen Frachtschiff, begleitet durch zwei Küstenwachboote, zur Insel Man in der Irischen See verbracht. Hier war ein großes, recht solides Lager gebaut worden, das durchaus bis zu 2000 Gefangene aufnehmen konnte.

Bald nach ihrer Ankunft im Lager wurden Nik und Dr. Stern von zwei Soldaten in das Büro des Lagerkommandanten geführt. Er war ein älterer Offizier, auf dessen Schreibtisch ein blankgeputztes Messingschild die Gravur trug: 'Major J.P.Harding'. Während sie vor dem Schreibtisch stehen blieben, studierte der Major kurz ihre Überweisungspapiere. Die beiden Soldaten bezogen an der Tür Posten. In gut verständlichem Deutsch sprach er sie schließlich an: »Es tut mir leid, dass Sie als Zivilisten hier festgesetzt werden, aber das ist nicht unsere Schuld. Ich empfehle Ihnen, sich an die Lagerordnung zu halten. Dann wird Ihr Aufenthalt hier einigermaßen erträglich. Wir versuchen unsererseits, es Ihnen unter den gegebenen Umständen so angenehm wie möglich zu machen.« Und an Nik gewandt: »Briefpost mit Ihrer Frau ist auch erlaubt, wird aber zensiert. Eine schriftliche Lagerordnung wird Ihnen noch ausgehändigt. Sie können gehen.«

»Erlauben Sie noch eine Bitte, Sir«, wagte Nik zu äußern. »Auf der Polizeiwache hatte man mir ein kleines Klapptaschenmesser abgenommen, das ich immer bei mir trug. Darf ich das wiederhaben?«

»Sorry«, kam prompt des Majors Antwort. »Das kann ich nicht zulassen. Wer weiß, was Sie damit anstellen.«

»Damit stelle ich gar nichts an, Sir. Es ist nur so eine Art liebes Erinnerungsstück.«

»Trotzdem, Mr. Kemen, es geht nicht. Wir bewahren es für Sie gut auf. Versprochen! Und nun gehen Sie!«

Natürlich hatte Nik eigentlich nichts anderes erwartet, dennoch war er enttäuscht und seine Stimmung wurde noch trüber. Die Soldaten bedeuteten ihnen, im Flur zu warten. Kurze Zeit später wurden sie nacheinander in einen Nebenraum geführt, wo sie ein Deutsch sprechender Offizier eingehend verhörte. Eine Sekretärin schrieb zugleich das Protokoll. Es ging ihm offensichtlich in erster Linie darum festzustellen, ob die Gefangenen zu früheren Zeitpunkten Kontakte zu militärischen oder politischen Dienststellen gehabt hätten. Da dies bei Nik nie der Fall gewesen war, dauerte das Verhör nicht lange. Anders bei Dr. Stern. Er hatte in der kaiserlichen Armee bei einem Dragonerregiment gedient und war als Leutnant der Reserve ausgeschieden. Außerdem war er Mitglied der Zentrumspartei. Dem entsprechend wurde er stundenlang nach allen möglichen militärischen und politischen Einzelheiten befragt.

Schließlich erschien ein hagerer Corporal, erkennbar an seinen beiden Winkelstreifen am Oberarm, und stellte sich ihnen kurz vor: »Ich bin Corporal Hayes. Ich bin der für Sie zuständige Lagermeister. Sie haben meinen Anordnungen Folge zu leisten. Aber wenn Sie Probleme haben, wenden

Sie sich zunächst an mich.« Nik übersetzte das kurz für Dr. Stern, der der englischen Sprache kaum mächtig war.

Wortlos führte der Corporal die beiden zunächst zu einer Baracke, an deren Eingangstür »A 1« zu lesen war, daneben eine weiße Tafel mit schwarzer Aufschrift «Quartermaster». Es handelte sich um die Material- und Kleiderkammer. Hier erhielten sie dunkelblaue Filzjacken mit hellroten, leuchtenden Buchstaben «PW», Prisoner of War, auf dem Rückenteil.

»Die haben Sie den ganzen Tag über zu tragen!« erläuterte nun der Soldat. Anschließend ging es weiter zu einer anderen Baracke, neben deren Eingangstür 'B2' aufgemalt war. Diese, wie alle Baracken, war ganz neu und roch noch sehr stark nach einem Holz-Imprägnierungsmittel. Auch die weiße Farbe der Fensterrahmen schien ganz frisch zu sein. Jede Baracke, fünfzig Meter lang, wurde mittig von einem langen Gang durchzogen, an dessen beiden Enden sich eine Eingangstür befand. An einem Ende des Ganges befanden sich die Sanitärräume: Ein Raum mit fünf Waschbecken, ein anderer mit den Toiletten, der dritte mit Duschen und zwei großen steinernen Becken zum Wäschewaschen.

Ansonsten befanden sich beiderseits des langen Mittelganges die Wohnräume, insgesamt acht. Jeder Raum sollte von höchstens zehn Männern belegt sein. Sie waren spartanisch mit Eisengestell-Betten, drei Tischen sowie schmalen Eisenspinden möbliert. Mitten in Raum stand ein runder Eisenofen, in Deutschland als 'Kanonenofen' bezeichnet, von dem aus das Kaminrohr unmittelbar hoch durch das Dach führte. Zwei einfache Lampen mit Blechschirmen baumelten von der Decke herab. Die ganze Baracke hatte, mit Ausnahme der Sanitärräume, überall Holzbohlenböden.

Als der Corporal Nik und David samt Gepäck in ihren Wohnraum führte, stellten sie fest, dass dort bereits sechs der zehn Betten belegt waren. Der Soldat überreichte jedem die fünfseitige Lagerordnung mit der Aufforderung, diese bis zum nächsten Tag zu lesen und dann die letzte Seite mit der Unterschrift als Kenntnisnahme an die Lagerkommandantur zurückzugeben. Sodann überreichte er ihnen zwei Klebeetiketten mit ihren Namen und jeweils einer vierstelligen Nummer.

Er forderte sie auf, diese Etiketten dauerhaft vorne sichtbar an ihr Bettgestell zu kleben und die Nummer auswendig zu lernen. Damit verließ er den Raum.

Sie hatten gerade begonnen, ihre wenigen Habseligkeiten in die Spinde einzuräumen, als zwei weitere Zimmergenossen eintraten und sie freundlich begrüßten. Nik waren die beiden auf dem Schiff nicht aufgefallen. Mertens stellte sich mit seinem Vornamen Johann und Siemes als Paul vor. Johann war ein langer, dürrer Typ, den Nik gleich auf fast zwei Meter schätzte. Paul war von normaler Statur, jedoch offenbar stark kurzsichtig, da er eine Brille mit ungewöhnlich dicken Gläsern trug. Außerdem hatte er wohl eine leichte Behinderung, weil er sein rechtes Bein beim Gehen steif nachzog.

»Herzlich willkommen im Lager der Ahnungslosen!« grüßte der lange Johann, »wir sind auch erst seit zwei Tagen hier.« – »Noch ist das Camp ziemlich leer«, erklärte Paul, »aber ich denke, es wird sich schnell füllen.« Nun tauschten die Vier ihre bisherigen Erlebnisse aus. Johann und Paul waren in Liverpool festgenommen und von dort direkt nach MAN gebracht worden. Während Paul zu einem Verwandtschaftsbesuch dort weilte, hatte Johann dienstlich zu tun. Er arbeitete für die Optischen Werke Carl Zeiss, Jena. Paul stammte aus Aumühle bei Hamburg.

Nik und David erschraken, als plötzlich von draußen ein langgezogener Heulton erklang. Es war genau 8.oo p.m.. Johann erklärte: »Mir müssen raus zum Zählappell. Das ist morgens um neun Uhr. Ihr müsst euch nach euren Nummern einordnen.«

Sie folgten Johann und Paul zum Innenhof, der von den Baracken im Carree umgeben und asphaltiert war. Auf dem Asphalt waren in etwa eineinhalb Metern Abstand mehrere weiße lange Streifen parallel zueinander aufgemalt. Die Lagerinsassen nahmen entlang der Streifen Aufstellung.

Im nächsten Augenblick erschienen Corporal Hayes und ein 'Staff Sergeant', erkennbar an dessen drei Winkelstreifen sowie einer kleinen gestickten Krone darüber. Außerdem trug dieser ein kurzes Stöckchen unter dem Arm.

»Achtung!« brüllte der Corporal aus Leibeskräften, so dass die Männer ein wenig Haltung annahmen und still standen. »Durchzählen!« lautete die nächste Anweisung. Jeder brüllte lauthals seine Nummer, ebenso Nik und David. Der Corporal trug etwas in eine Liste ein, die er dann dem Sergeanten weiterreichte. Nun folgte der Befehl: »Wegtreten!«

»Jetzt dürfen wir in die Kantine zum Abendessen«, erklärte Johann. Die war in einem gesonderten Steinhaus eingerichtet, das aber ebenso flach gebaut war wie die Baracken. Die Kantine mochte vielleicht an die hundert Sitzplätze bieten. An der einen Seite befand sich eine lange, mehrfach unterteilte Theke, die mit herunterlaufenden Rollos geschlossen werden konnte. Nur zwei Thekenabschnitte waren geöffnet. Die Gefangenen stellten sich dort hintereinander an, nahmen jeweils ein Tablett vom Stapel und erhielten zwei belegte Sandwiches. Als Getränk wurden entweder ein Glas Milch oder Wasser angeboten. Das Wasser konnte man auch nachfüllen lassen.

Die Kantine war ebenso für Versammlungen oder Kundgebungen nutzbar. Sie hielten sich ungefähr eine halbe Stunde dort auf, wobei Nik und David auch mit einigen anderen Kameraden ins Gespräch kamen. Wie sie erfuhren, wurden die meisten Gefangenen im Bereich von Groß-London festgenommen. Während der Mahlzeiten überwachte ein Soldat, der auf einem erhöhten Podest stand, die Kantine.

Bevor sie sich zu Bett begaben, studierten beide noch die Lagerordnung im Umfang von 22 Paragraphen. Die meisten davon waren mit der Androhung drastischer Strafen bei Zuwiderhandlung verbunden, wie etwa teilweisem Entzug von Mahlzeiten bis zu strenger Einzelhaft. Zwischen 10.oo p.m. und 8.oo a.m. hatte Nachtruhe zu herrschen, dann erlosch das Licht automatisch. Da es an den Zimmerfenstern weder Gardinen noch Vorhänge gab, wurde es allerdings während der Nacht nie richtig dunkel, weil die starken Außenscheinwerfer der Wachtürme ständig die Baracken anstrahlten.

Sie schliefen nicht gut in dieser ersten Nacht der offiziellen Kriegsgefangenschaft, zumal Paul heftig schnarchte.

Punkt acht Uhr am Morgen riss Corporal Hayes die Zimmertür auf und brüllte: »Acht Uhr! Aufstehen! Zimmer putzen!« Wenn der Raum nicht ordentlich gereinigt wurde, drohte der Belegschaft eine Pauschalstrafe. Für die Säuberung der Sanitärräume gab es Listen, nach denen wöchentlich eine andere Raumbelegschaft dafür zuständig war. Alles musste bis um neun Uhr erledigt sein. Dann folgten der Morgenappell und anschließend das Frühstück.

Während dieser Zeit kontrollierte der Corporal die Barackenräume. Zum Frühstück gab es Sandwiches, gebratenen Speck, Orangenmarmelade und schwarzen Tee.

Dafür war eine halbe Stunde angesetzt. Danach hatten sich die Belegschaften in ihren Zimmern einzufinden, um eventuelle Beanstandungen durch den Corporal unverzüglich zu korrigieren.

Johann und Paul boten sich an, mit ihren beiden neuen Zimmergenossen einen Erkundungs-Rundgang durch das Lager zu unternehmen.

Wie Nik und David feststellten, befand sich das Camp in unmittelbarer Strandnähe. Man konnte das Meer sehen. Das Lager war als Rechteck angelegt. Nik schätzte, dass die längere Seite, in deren Mitte sich das Tor befand, mindestens 300 Meter lang war, die kürzere Seite vielleicht 200. Das Camp war rundum mit einem etwa vier Meter hohen stabilen und sehr dichten Stacheldrahtzaun gesichert. Über dem Eingangstor sowie an den vier Ecken der Umzäunung befanden sich hohe Wachtürme, die alle mit einem bewaffneten Soldaten besetzt waren. Zur Sicherung der Umzäunung hatte man in Abständen von etwa zwanzig Metern Laternen oben auf dem Zaun angebracht. Darüber hinaus befanden sich auf jedem Wachturm starke Scheinwerfer, die nachts ständig hin und her schwenkten und somit den gesamten Bereich zwischen den Baracken und dem Zaun taghell erleuchteten. Während der Dunkelheit patrouillierten zusätzlich Soldaten mit Hunden entlang der Umzäunung. Hoch über dem Eingangstor wehte die 'Union Jack'. Das Tor selber war eine Eisenkonstruktion, bestehend aus zwei großen Flügeln mit dicken Eisenstäben. Zusätzlich war in den rechten Flügel eine kleine Pforte als Durchlass für Einzelpersonen eingebaut.

Unmittelbar neben dem Tor befand sich das Wachhaus, in dem ständig zwei schwer bewaffnete Soldaten Dienst taten. Südlich des Lagers waren in der Ferne Häuser und Kirchtürme zu erkennen.

Abseits der Gefangenenbaracken befanden sich die Unterkünfte der Wachmannschaften, auch ein Holzhaus, sowie die Sanitätsstation mit zehn Krankenbetten. Der Lagerarzt hieß Christopher Terry M.D.

Sonntags hielt ein Militärpfarrer, der leidlich Deutsch sprach, um elf Uhr einen Gottesdienst in der Kantinenbaracke ab.

Zweimal täglich kamen Versorgungskonvois, zumeist zwei oder drei Militärlastwagen, in das Lager, darüber hinaus unregelmäßig Mannschaftswagen, die neue Gefangene brachten.

Am übernächsten Tag beobachtete Nik eine neu ankommende Gruppe Gefangener, die einem Lastwagen entstieg.

Er glaubte seinen Augen nicht zu trauen, als er darunter ein ihm wohl bekanntes Gesicht erkannte: das von Heinz Strecker, seinem Mitpassagier auf der Reise von Ostende nach Dover! Natürlich erkannte Strecker auch Nik sogleich und beide begrüßten einander mit herzlicher Umarmung. Heinz war zwischenzeitlich allerdings wieder in die Heimat zurückgekehrt, wurde aber kurz vor Kriegsbeginn von seiner Firma nochmals nach Manchester geschickt, wo man ihn dann verhaftete.

So vergingen die Wochen, während der sich das Camp mehr und mehr füllte. Nach vier Wochen waren sämtliche Betten in Niks Wohnraum belegt. Nun kam es aber auch immer häufiger vor, dass Corporal Hayes die Raumordnung und Sauberkeit zu beanstanden hatte. Einmal war es seiner Meinung nach so schlimm, dass der gesamten Belegschaft ein Frühstück gestrichen wurde!

Die Tage vergingen entsetzlich langsam, zumal es kaum Beschäftigung gab. Man konnte nicht stundenlang, tagein, tagaus nur Karten spielen. Auch gab es keine Tageszeitungen. Nachrichten vom Kriegsverlauf wurden lediglich hin und wieder vom Staff Sergeant in Form kurzer Schlagzeilen in der Kantine auf eine Kreidetafel geschrieben. Allerdings war die Frage, ob man diesen Informationen glauben konnte.

Mehrmals täglich betrachtete Nik das Foto, das sie in Brighton hatten machen lassen, wobei er in tiefe Traurigkeit verfiel, so dass ihm oft Tränen über die Wangen liefen. Seine Sehnsucht nach May schien von Tag zu Tag unerträglicher zu werden. Und es gab niemanden, mit dem er darüber hätte reden können, weder mit Strecker noch mit David Stern.

Die Gefangenen diskutierten ohne genauere Informationen über den vermuteten Kriegsverlauf, was ebenfalls äußerst unbefriedigend war.

»Ich kann mir nicht vorstellen, dass der Krieg lange andauern wird«, meinte David. »Unsere kaiserliche Armee ist erstklassig ausgerüstet und die Männer sind bestens gedrillt.«

»Ja glaubst du, die Tommies und Franze wären schlechter ausgerüstet und weniger leistungsfähig?« warf Strecker ein.

»Na, ja, ich kann nur aus meiner Erfahrung als Reserveoffizier urteilen.

Unsere Soldaten haben eine eiserne Disziplin, vom Gerät abgesehen. Und Disziplin ist das A und O der Kriegsführung. Zudem bin ich sicher, dass auch unsere Generalität hervorragende Strategen sind. Das haben wir doch damals im Krieg 1870/71 gesehen.«

»Na, das ist aber schon lange her und die Generäle nicht dieselben wie damals«, lachte nun Nik. »Du gehst demnach davon aus, dass wir siegen werden.« - »Na klar, doch!«

»Das könnte für uns Gefangene dann allerdings von Nachteil sein.«

»Wieso das denn?« warf Strecker ein.

»Weiß nicht, ist nur so ein Gefühl. In dem Fall hätten wir sicher blanken Hass und richtige Schikanen zu erwarten. Wir sind ja schließlich hier auf der Insel und können nicht so ohne weiteres befreit werden.«

»Ach Quatsch, Nik. Du siehst zu sehr schwarz, wirst sehen, es dauert nicht lange«, lautete Davids optimistische Antwort. - »Na denn, dein Wort in Gottes Ohr!«

Nik und einige andere versuchten wiederholt, ihre Wärter in Gespräche zu verwickeln, um aus ihnen Genaueres über den Kriegsverlauf herauszulocken. Doch die Engländer verhielten sich diesbezüglich sehr bedeckt.

Eines Tages hatte einer der Gefangenen namens Gerhard Berger, der offenbar Musiker war, die Idee, einen Chor zu gründen. Die meisten Lagerinsassen folgten dankbar seinem Aufruf, froh, endlich etwas Sinnvolles als Zeitvertreib tun zu können. Auch Nik und David beteiligten sich. Berger begann die ersten Chorproben im Kantinenraum mit alten deutschen Volksliedern.

Im Laufe des Oktobers verfärbte sich das Laub rings um das Camp farbenprächtig, doch beeindruckte es die Gefangenen wenig. Pünktlich zu Beginn des Novembers setzten die ersten Herbststürme mit heftigen Regenfällen ein und allmählich wurde es merklich kühler. Da nur die Einfahrtstraße sowie der Appellplatz asphaltiert waren, verwandelten sich alle übrigen Wege und Bereiche immer mehr in Pfützen und tiefen Morast. Erst Anfang Dezember brachten Lastwagen mehrere Fuhren Kies in das Lager, die die Gefangenen auf den Wegen verteilten.

Inzwischen besaß Nik schon einen recht ansehnlichen Stapel von Mays Briefen, die er stets erwidert hatte. Diese Schriftstücke bedeuteten ihm unendlich viel. Sie waren so etwas wie ein kostbarer Schatz, wertvoller als ein ganzer Sack voller Gold. Vor allem spendeten sie Trost und er las sie immer wieder aufs Neue, wobei ihm manche Träne über die Wange lief. Aber irgendwelche Andeutungen über den Kriegsverlauf enthielten sie nicht.

Sowohl bei den Wachmannschaften wie auch bei den Kameraden hatte sich herumgesprochen, dass Nik gut Englisch sprach. Als eines Tages der Major selber den Morgenappell abnahm, verkündete er, dass die Gefangenen einen 'Lagerrat', bestehend aus fünf ihrer Kameraden, erwählen sollten, sowie einen von ihnen als Sprecher. Zu diesem Zweck wurden Wahlzettel verteilt. Jede Barackenbelegschaft sollte sich auf einen Mann einigen. Das Ergebnis war, dass man Nik in den Lagerrat und zum stellvertretenden Sprecher wählte. Erster Sprecher wurde ein etwa vierzigjähriger Studienrat namens Frank Schiffers, der ebenfalls sehr gut Englisch sprach, denn er war Englischlehrer gewesen.

Durch sein Amt im Lagerrat entwickelten sich die Tage für Nik nicht mehr so langweilig, da es ständig – und in zunehmendem Maße – Schwierigkeiten sowie Ärgernisse unter den Lagerinsassen einerseits und zwischen den Gefangenen und den Wachmannschaften andererseits zu regeln gab.

Eines Morgens, Mitte November, wachte Nik nach einer unruhigen Nacht mit Fieber auf. Er fühlte sich ganz elend und klagte über heftige Kopfschmerzen. Doktor Terry diagnostizierte eine Virusgrippe und ordnete eine Unterbringung auf der Sanitätsstation an, um eine Ausbreitung der Krankheit zu verhindern. Offensichtlich hatte sich das Virus jedoch schon ausgebreitet, denn wenige Tage später war die ganze Krankenstation bereits voll belegt, eine regelrechte Influenzawelle überrollte das Camp. Nik schien es besonders arg erwischt zu haben, denn nach einigen Tagen stellte Terry eine beginnende Lungenentzündung fest. Das Fieber hielt sich hartnäckig.

Auch bei anderen Insassen stellten sich Lungenentzündungen ein. Terry forderte medizinische Unterstützung an, er konnte die Epidemie alleine nicht mehr bewältigen. Kurzerhand wurde die der Sanitätsstation nächstgelegene Baracke evakuiert, in eine erweiterte Krankenstation umgewandelt und desinfiziert. Offensichtlich gab es kaum geeignete Medikamente. Lediglich die Lieferungen von Frischobst und Gemüse nahmen in den folgenden Wochen deutlich zu.

Etliche Tage und Nächte lang litt Nik unter furchtbaren fiebrigen Wahnträumen, die ihm immer wieder suggerierten, May säße an seinem Bett, so dass er in Phantasien mit ihr redete.

Erst im Verlaufe der dritten Woche schwächte sich das Fieber bei Nik allmählich ab, ebenso die Lungenentzündung. Allerdings waren zwei Todesfälle unter den erkrankten Lagerinsassen zu beklagen, wie Nik erfuhr, doch kannte er die betroffenen Kameraden nicht. Ihre Bestattung erfolgte wenige Tage später im Beisein des Lagerrates. Nik war aufgrund seiner Schwäche allerdings nicht fähig, an der Beerdigung teilzunehmen. Es dauerte noch Wochen, bis er wieder völlig genesen war und sich wohl fühlte.

Anfang Dezember begannen die Gefangenen, sich Gedanken über das Weihnachtsfest zu machen. Frank Schiffers und Nik baten Major Harding, für jede Baracke einen kleinen Tannenbaum sowie einen für die Kantine zu besorgen. Sie überzeugten ihn mit dem Hinweis auf den verstorbenen Prinzen Albert, wie wichtig ein solcher Baum für die Deutschen wäre. Harding zeigte Verständnis und versprach, sich darum zu bemühen.

Tatsächlich gelang es dem Major, eine etwa zweieinhalb Meter hohe sowie eine kleine Fichte zu besorgen. Mehr war nicht möglich. Der Lagerrat beschloss, den großen Baum in der Kantine zu errichten, wo auch eine Gemeinschaftsfeier stattfinden sollte. Der kleine Baum wurde in der Krankenstation aufgestellt. Mit großem Eifer bastelten und schnitten die Gefangenen aus einfachen Papierstücken wunderschöne Weihnachtssterne in verschiedenen Größen. Die englischen Wachsoldaten lieferten Silberfolie von Schokoladenpackungen dazu, die zu glitzernden Schleifen und Lametta verarbeitet wurde. Sämtliche Gefangenen und teilweise sogar die Wachmannschaften verfielen in diesen Vorweihnachtstagen in hektische Betriebsamkeit. Am Ende erstrahlten beide Bäume so wunderbar, dass manchen Lagerinsassen Tränen in den Augen standen. Und das, obwohl es keine einzige Kerze daran gab. Die hatte der Major aus Sicherheitsgründen nicht erlaubt.

Zwei Tage vor Heilig Abend erhielt Nik ein großes Paket von May. Sie hatte für ihn besonders leckere Sachen und einen dicken, warmen Mantel, Schal und eine Wollmütze eingepackt. Außerdem lagen mehrere wunderschöne Weihnachts-Grußkarten von der Familie und von Mrs. Bennet bei. »Wir werden alle zu Weihnachten ganz heftig an dich denken. Nächstes Jahr wird der Krieg bestimmt zu Ende sein. Aber jetzt habe ich für dich noch die größte Weihnachtsüberraschung«, schrieb sie, »ich bin schwanger!« Nik war einen Augenblick lang fassungslos, als er das las. Immer wieder überflog er die Zeilen, zu Tränen gerührt. Eine seltsame Gefühlsmischung zwischen Glück, Stolz, Dankbarkeit, aber eben auch tiefer Traurigkeit überfiel ihn. Der Gedanke, dass er noch immer in Gefangenschaft sein könnte, wenn das Kind geboren würde, schien ihm unerträglich.

Mit Ausnahme einiger Kranker versammelten sich sämtliche Lagerinsassen an Heilig Abend zur Weihnachtsfeier in der Kantine. Es wurde ein wunderschönes, wenn auch zugleich trauriges Fest. Gerhard Berger hatte beizeiten mit seinem Chor, in dem auch Nik mitsang, die schönsten deutschen Weihnachtslieder geprobt, die nun dargebracht wurden. Doch konnte er nicht verhindern, dass auch fast alle übrigen Gefangenen lauthals mit einstimmten.

Mehrere Kameraden trugen Gedichte und kleine Weihnachtsgeschichten vor. Der Kommandant hielt selber – natürlich auf Englisch – eine kurze Begrüßungsansprache, las aber dann doch zum Schluss von einem Zettelchen ab: »Euch allen ein gesegnetes Weihnachtsfest. Möge Gott helfen, dass der Krieg bald zu Ende ist und ihr alle wieder nach Hause könnt!« Damit erntete Major Harding frenetischen Beifall. Danach ließ er einige Soldaten mit Pappkartons herumgehen und für jeden Gefangenen einen kleinen Riegel Schokolade verteilen. Darüber hinaus gab es wie zu jeder Abendbrotzeit die üblichen Sandwiches und Tee. Schließlich trat Frank Schiffers vor, um sich für die Schokoladenriegel und die freundliche Unterstützung durch die Wachsoldaten zu bedanken. Besonders lobte er die sehr gute Behandlung, die man bislang erfahren hatte.

An diesem Abend gab es keine zeitliche Beschränkung. Die Deutschen saßen lange mit einer großen Anzahl der britischen Soldaten und dem Major in gemütlicher Atmosphäre zusammen.

Alle waren guter Stimmung und gewiss, dass der Krieg nicht lange andauern würde. Den Gesprächen konnten die Gefangenen entnehmen, wie froh die Wachsoldaten waren, dass sie ihren Dienst in diesem öden Camp verbringen mussten, statt auf dem Festland an der Front zu kämpfen. Dennoch konnte die insgesamt gute Stimmung nicht darüber hinwegtäuschen, dass die meisten Anwesenden in traurigen Gedanken bei ihren Angehörigen daheim waren. Das galt sowohl für die Deutschen wie auch für die Briten. Jeder, ebenso Nik, dachte wehmütig an die wunderbaren Weihnachtsfeste der vergangenen Jahre daheim und stellte sich in Gedanken vor, was die Lieben zu Hause wohl gerade jetzt zur selben Zeit machten. Immer wieder holte Nik das Foto hervor, um seine geliebte May zu betrachten und im Stillen zu küssen. Er hatte unendliche Sehnsucht nach ihr.

Am folgenden Morgen des ersten Weihnachtstages fanden sich erneut alle in der Kantine zum Gottesdienst ein, den der Militärpfarrer hielt. Dabei gedachte man besonders der beiden kürzlich verstorbenen Kameraden sowie all derer, die an der Front im Kampf fielen oder verwundet würden.

Bislang konnte man die vorwinterliche Wetterlage als moderat bezeichnen. Gewiss hatte es heftige Herbststürme und tagelange kräftige Niederschläge gegeben, doch die Temperaturen lagen stets über dem Gefrierpunkt. Dem entsprechend hatte der Kanonenofen ausgereicht, den Wohnraum zu beheizen. Doch zum Jahreswechsel stellte sich das Wetter um. Nordost-Winde brachten den ersten Frost mit Schneefällen. In der ersten Januarwoche 1915 fielen die Temperaturen sogar unter minus zehn Grad! Nun reichte der Ofen bei weitem nicht mehr aus. Es wurde sehr kalt und ungemütlich, so dass sich die Männer selbst beim Aufenthalt in den Wohnräumen so dick einkleideten wie eben möglich und dort sogar mit Kappen auf dem Kopf herum liefen.

Man setzte sich im Kreis dicht an den Ofen heran, der zeitweilig zu überhitzen drohte, so dass das Wachpersonal einschreiten musste, da die Gefahr eines Dachstuhlbrandes bestand. Schließlich handelte es sich um eine reine Holzkonstruktion und die Dächer waren zu unterst mit mehreren Schichten Pappe gegen Kälte isoliert.

Seltsamerweise erkrankte in der Folgezeit niemand mehr. Vermutlich hatte die vorangegangene Grippewelle eine gewisse Immunität bei den Lagerinsassen verursacht.

Kapitel 13

November-Januar 1914/15 – London

Bei den Scoines in Shepherd's Bush war von der einst heilen, fröhlichen Welt seit Kriegsbeginn nichts mehr übrig geblieben. Nik befand sich in Gefangenschaft, Lifford Claydon an der Heimatfront und Bert Luxford im umkämpften Frankreich. Im Dezember wurde auch Jim Bellingham, Hettis Mann, zur Kriegsmarine eingezogen, so dass Vater John allein »gebenedeit unter den Weibern« war, wie er es selber formulierte.

Natürlich machten sich alle große Sorgen um das Wohl derer, die sich im Kriegseinsatz befanden. Um Nik brauchte man sich nicht so sehr zu sorgen, wie John meinte, da er doch wohl behütet in Sicherheit wäre. Das ärgerte allerdings May, die von ihrem Vater etwas mehr Feingefühl für ihre Lage erwartet hätte. Immerhin war sie schwanger und musste befürchten, dass ihr Kind im April ohne Niks Anwesenheit zur Welt kommen würde. Trotz wiederholten guten Zuredens seitens ihrer Eltern und Schwestern blieb es für sie schwer vorstellbar: ein Kind, dessen Vater sich in Gefangenschaft befand! Bei dem Gedanken verspürte May große Angst und Unsicherheit. Da half auch nicht die Tatsache, dass Nik vor den Kriegsgefahren in Sicherheit war.

Zusätzlich zu diesen 'äußeren' Sorgen gesellten sich alle möglichen Schwierigkeiten innerhalb der Familie.

John Scoines erhielt im Verlaufe der letzten Monate nur noch halb so viele Aufträge wie vor dem Krieg, also auch entsprechend weniger Einnahmen. Zum Glück hatte er zuvor eine ansehnliche Rücklage anlegen können, die seine Familie vielleicht für ein Jahr über die Runden bringen würde. Aber wenn der Krieg noch länger andauerte, was dann? Im Übrigen wurde er den Verdacht nicht los, dass der Auftragsrückgang auch damit zusammen hing, dass sein Schwiegersohn Deutscher war. Wenn er nach Feierabend in seine Stammkneipe einkehrte, glaubte er dort eine völlig andere, verkrampfte Atmosphäre zu verspüren. Nicht nur, dass deutlich weniger Fröhlichkeit herrschte, das wäre ja in Anbetracht der Kriegslage noch verständlich, nein, manche seiner alten Kumpel und Freunde wandten sich von ihm ab und nahmen andere Plätze ein, wenn er auftauchte! Ähnliches geschah, wenn er auf der Straße alten Bekannten oder Nachbarn begegnete. Früher hatte man immer etwas Zeit für ein kleines Schwätzchen. Jetzt reichte es allenfalls zu einem kurzen Gruß, manchmal blieb der von den anderen sogar aus. Genau die gleichen Erfahrungen machte auch Mutter Henrietta.

»Ich habe zuweilen fast das Gefühl, als seien wir Aussätzige hier in der Straße«, sagte sie einmal.

Während Alice in der Kanzlei ihres Steuerberaters bislang hinsichtlich des Arbeitsklimas kaum Veränderungen verspürte, musste Florence in der Schneiderei ebenfalls Auftragsrückgänge feststellen, was deutliche Lohnkürzungen zur Folge hatte.

Am schlimmsten aber traf es May. Ihr gesamter bisheriger Freundeskreis wollte offensichtlich nichts mehr mit ihr zu tun haben, was mancher sogar deutlich äußerte. Als sie eine ehemalige Schulfreundin auf der Straße traf, spuckte diese vor ihr aus und sagte: »Sieh zu, dass du verschwindest, du alte Schlampe!«

Ein andermal grüßte sie einen jungen Mann in Soldatenuniform, der weiter unten in der Richford Street wohnte, den sie seit Jahren kannte. Seine Antwort: »Ich grüße kein Feindesliebchen!«

May erzählte diese Erlebnisse zu Hause, was dazu führte, dass sie und ihre Mutter in Tränen ausbrachen, während Vater John vor Wut tobte. »Wenn ich einen von den Typen treffe, werde ich denen gehörig den Marsch blasen, diese unverschämten Schweine!«

Mrs. Bennets Hutladen warf fast gar keinen Gewinn mehr ab. Insofern war es auch nicht weiter schlimm, wenn May nun unregelmäßig zur Arbeit erschien. Sie hatte inzwischen ihre Chefin von der Schwangerschaft in Kenntnis gesetzt. Mrs. Bennet zeigte großes Verständnis für ihre schwierige Lage. May tat ihr wirklich leid. Aber Mrs. Bennets eigentliches Problem lag darin, dass sie May kaum mehr entlohnen konnte. Schließlich besprach sie das mit ihr und stieß nun bei May auf großes Verständnis.

»In Ordnung, Mrs. Bennet, das kommt für mich nicht überraschend«, sagte May gefasst, »Sie waren immer freundlich zu mir und meinem Mann. Dafür bin ich Ihnen sehr dankbar. Ich werde mich nach einem anderen Job umschauen. Aber vielleicht geht es ja eines Tages wieder aufwärts. Dann bin ich jederzeit gerne hier wieder zur Stelle.«

Beide verabschiedeten sich voneinander mit einer herzlichen Umarmung und Tränen in den Augen.

»Ich wünsche dir von Herzen alles, alles Gute, May«, sagte Mrs. Bennet. »Ja, wollen wir hoffen, dass der Krieg bald vorbei ist und sich bei uns wieder alles normalisiert. Bitte richte deinem Mann auch meine Grüße und guten Wünsche aus. Und wenn alles vorbei ist, dann komm unbedingt zu mir. Dann feiern wir ein großes Fest! Und zeig mir auch bald dein Kind, May. Da bin ich furchtbar neugierig drauf! Gott segne euch alle!«

Als May mit dieser Nachricht nach Hause kam, erlangte die Stimmung bei den Scoines ihren bisherigen Tiefstpunkt. Jetzt fehlte nur noch die schlimme Nachricht, dass einem ihrer im Kriegsdienst befindlichen Männer und Freunde etwas zugestoßen wäre.

Von Jim und Bert hatten sie längere Zeit keine Nachricht erhalten. Nur Lifford, der ja im Küstenwachdienst eingesetzt war, schrieb regelmäßig alle zwei Wochen ein paar Zeilen an Alice und einmal, als er Kurzurlaub erhielt, besuchte er sie sogar.

Eines war klar: solange May schwanger war, brauchte sie sich gar nicht erst um eine neue Arbeitsstelle zu bemühen. Niemand würde sie in ihrem Zustand einstellen. Und danach wäre es gewiss ratsam, bei Bewerbungen zu verschweigen, dass sie mit einem Deutschen verheiratet war.

Das Schlimmste lag für May aber darin, dass sie sich kaum noch auf die Straße wagte. Wenn sie es tat, hatte sie stets den Eindruck, sie würde ständig beobachtet und von allen verachtet. Sie kam sich wie eine Landesverräterin vor.

Im Laufe der Zeit machte sie sich immer mehr mit dem Gedanken vertraut, mit Nik und dem gemeinsamen Kind gleich nach dem Krieg nach Deutschland auszuwandern. Ob die Deutschen sie und womöglich auch Nik dann vielleicht verachteten, weil sie Engländerin war? Diese Frage konnte zum jetzigen Zeitpunkt nicht beantwortet werden. Fest stand für May allerdings, dass sie die ständige Verachtung und den Hass, die sie hier nun in ihrer Heimat gegen sich verspürte, nicht auf Dauer ertragen könnte.

Zum ersten Mal in ihrer aller Leben konnte oder mochte sich niemand in der Familie auf das bevorstehende Weihnachtsfest freuen. Trotz oder gerade wegen all der Ärgernisse und Probleme bemühten sich die Eltern, gute Laune zu verbreiten, was allerdings nicht leicht fiel. Mutter Henrietta forderte May auf, gemeinsam mit ihr Plätzchen und zwei Kuchen zu backen, schon allein, um May abzulenken. Außerdem schlug sie ihrer Tochter vor, für ihre drei Schwestern besonders extravagante Hüte herzustellen, natürlich in Mrs. Bennets Werkstatt. May griff die Vorschläge gerne auf. So war sie zumindest beschäftigt und wurde von ihren trüben Gedanken etwas abgelenkt. Dennoch kam sie immer wieder aufs Neue ins Grübeln.

»Vielleicht war ich doch etwas voreilig, Nik zu heiraten«, bemerkte sie wie beiläufig gegenüber ihrer Mutter. »So habe ich euch alle mit in den Schlammassel reingezogen.«

»Sowas darfst du gar nicht denken, Kind«, erwiderte Henrietta. »Du warst dir deiner Sache doch ganz sicher. Und wir alle wissen, dass Nik ein anständiger Kerl ist. Nein, nein, Schuld an allem hat der verdammte Krieg, den die offensichtlich geistesgestörten Politiker auf beiden Seiten nicht verhindern konnten oder wollten. Vielleicht muss man sogar die Royals dazu rechnen. Die hätten doch wohl Autorität genug, ein Machtwort zu sprechen, um den Krieg zu verhindern, sollte man meinen, oder etwa nicht?«

»Ja, sollte man meinen«, wiederholte May kopfnickend. »Aber die da oben tun doch immer, was sie wollen. Von denen zieht keiner selber an die Front, dazu sind die zu feige!« Und mit deutlicher Wut knetete sie heftig ihren Teig.

»Du hast vollkommen Recht, May. Aber auf alle Fälle darfst du dir keine Vorwürfe machen. Du und Nik, ihr tragt keine Schuld. Ihr liebt euch doch und das musst du Nik in deinen Briefen immer wieder deutlich zum Ausdruck bringen. So hilfst du ihm, die schwere Zeit zu überstehen. Und eines Tages ist das alles vorbei! Und du weißt doch, dass wir alle in der Familie zu euch stehen.«

»Danke, Mum, ja, das weiß ich. Hoffentlich dauert es nur nicht zu lange!« Und erneut brach sie in Tränen aus.

»Kopf hoch, May, niemals den Mut verlieren! Du wirst sehen, vielleicht ist der ganze Spuk schneller vorbei als man denkt.«

»Das werden Tränen-Plätzchen«, bemerkte May.

Zu Heilig Abend des Vorjahres waren die Scoines zur fröhlichen Party bei den Masons in Haus Nummer 9 eingeladen. In diesem Jahr wollten sie sich revangieren und die Masons zu sich wieder einladen, doch die lehnten mit der Begründung ab, sie seien bereits woanders eingeladen.

Auch der Versuch, die Savages einzuladen, die genau gegenüber in Nummer 6 wohnten, und die sie seit Jahren gut kannten, scheiterte mit einer gleichartigen Begründung.

»Dann sollen die uns doch verdammt noch mal alle den Buckel runter rutschen!« fluchte Vater John entschieden. »Aber die sollen mir nicht eines Tages gekrochen kommen, wenn der ganze Spuk vorbei ist! – Dann feiern wir eben alleine unter uns das Fest. Basta!«

So geschah es auch. John hing wie üblich Mistletoe auf und dekorierte das Wohnzimmer mit Holly, aber der Heilige Abend verlief diesmal sehr beschaulich und ruhig. Lediglich Alice war wieder zu den Claydons eingeladen, denn Lifford hatte überraschend Kurzurlaub erhalten.

Alle freuten sich besonders über zwei außerordentlich kunstvoll, von Nik eigenhändig gemalte schöne Weihnachts-Grußkarten, eine für die ganze Familie Scoines, eine zweite nur für May, die per Feldpost kamen.

Zum ersten Mal in ihrem Leben hing keine der Schwestern einen Geschenke-Strumpf für 'Father Christmas' am Kamin auf. Ihnen stand der Sinn nicht danach!

Zum ersten Mal spürte auch niemand den Wunsch, die Christmette zu besuchen. Aber die Carol-Singers erschienen wie gewohnt an ihrer Haustür.

Am folgenden Morgen des ersten Weihnachtstages erhielten alle ihre Geschenke, die diesmal deutlich geringer ausfielen als in den Vorjahren. Alice, Florence und Hettie, die mit ihrer kleinen Tochter erst zum Nachmittagstee kam, freuten sich außerordentlich über die von May liebevoll gefertigten Hüte.

May ihrerseits aber wurde reichlich beschenkt, vor allem mit nützlichen Dingen zur Babyausstattung.

Immerhin ließ man sich aber beim vorzüglichen Angebot an Leckereien und dem traditionellen Festessen nicht den Appetit verderben.

Ständig war man jedoch mit den Gedanken bei denen, die diesmal nicht mit dabei sein konnten, May natürlich insbesondere bei ihrem Nik. Aber sie sorgten sich auch um Fred Arthur, von dem sie lange Zeit nichts mehr gehört hatten. Sie besaßen nicht einmal eine Adresse von ihm in Amerika.

Am 16. April 1915 erblickte ein kleines, gesundes Mädchen, Mays und Niks Tochter, das Licht der Welt im Hause No.5, Richford Street. Mutter Henrietta und Schwester Florence Rose fungierten als Hebammen und die Geburt verlief komplikationslos. Dennoch war Großvater John furchtbar aufgeregt und rannte unentwegt die Treppe rauf und runter, stand lange lauschend vor der verschlossenen Tür zum Dachgeschossapartement und nervte die Frauen immer wieder mit der Frage »Ist alles in Ordnung?« Endlich vernahm er den ersten Schrei des Babys und ein entspanntes Lächeln signalisierte seine Zufriedenheit. Aber es dauerte nochmals eine Ewigkeit, bis er die Aufforderung hörte:

»Du kannst jetzt hereinkommen!« Vorsichtig öffnete er die Tür und trat auf Zehenspitzen ein.

Es roch sehr stark nach Desinfektionsmitteln im Zimmer. May lag in ihrem Bett, ein Bündel Tücher im Arm. Vom Baby war zunächst nichts zu erkennen. Erst als John hinzutrat, sah er das kleine rosige Gesichtchen in den Tüchern. Das Kind machte einen recht entspannten Eindruck und schien zu schlafen, da es nicht mehr schrie und die Äuglein geschlossen hielt. Der Großvater war ganz entzückt.

»Es ist ein Mädchen«, flüsterte May. »Wunderbar! Das hast du großartig gemacht, May. Wie geht es dir?« - »Och, eigentlich ganz gut. Bin jetzt wohl etwas müde. Schade, dass Nik nicht da ist.«

»Ja, natürlich«, antwortete John und strich seiner Tochter zärtlich über die ganz verschwitzten Haare.

May sah in der Tat erschöpft aus und er wollte nun nicht länger stören.

»Ich geh dann mal wieder runter«, sagte er. »Kann hier doch wohl sowieso nichts tun, oder?«

»Genau«, meinte Florence Rose. Und zu May gewandt: »Gib mir jetzt mal die Kleine, ich lege sie in die Wiege. Du musst dich unbedingt ausruhen und schlafen.« Und zu Mutter Henrietta: »Geh du jetzt auch mal runter, Mum. Ich werde hier bleiben und auf die beiden aufpassen. Vielleicht bringst du mir aber mal ´ne Portion Tee herauf, die könnte ich jetzt gut gebrauchen.«

»Ich auch!« ergänzte May.

Sie erfüllte den Wunsch ihrer Lieblingsschwester Florence Rose, Taufpatin für ihr Kind zu werden und gab dem Baby ebenfalls den Namen Florence. John übernahm wenige Tage später die Aufgabe, die Geburt des Kindes ordnungsgemäß auf dem Standesamt anzuzeigen.

»Was, der Vater ist Deutscher?« bemerkte der Beamte erstaunt. »Das tut mir aber für Sie sehr leid. Hoffentlich haben Sie Ihrer Tochter kräftig die Leviten gelesen. Wenn das meine Tochter wäre, hätte ich sie glatt rausgeschmissen!«

»Seien Sie sehr vorsichtig, was Sie da sagen, Mann«, reagierte John Scoines in ruhigem, aber drohendem Tonfall, »sonst sorge ich dafür, dass Sie hier rausfliegen!«

Das schien zu wirken, denn der Beamte verzichtete nunmehr auf eine Antwort.

Vierzehn Tage später erfolgte im kleinen Familienkreis die Taufe durch Father O`Toole in der All-Saints-Church. Florence Rose hielt ihr Patenkind während der Zeremonie stolz auf dem Arm.

»Es tut mir ja so leid«, sagte der Geistliche anschließend zu May, »dass dein lieber Mann nicht hier bei uns sein kann. Aber vertraue auf unseren Herrgott. Er wird euch bald wohlbehalten wieder zusammenführen. Da bin ich mir ganz sicher. Bleibe standhaft, dir selber und Nik treu. Schere dich nicht um das dumme Geschwätz törichter Menschen. Die werden auch noch ihren Lohn bekommen! Gott segne und beschütze euch Drei!«

May fühlte tiefe Dankbarkeit für Father O`Toole`s Worte, so dass ihr Tränen über die Wangen liefen, während sie ihm kräftig die Hand drückte.

Nik erfuhr durch Mays nächsten Brief von der Geburt seiner Tochter. Sie hatte darin ebenfalls versucht, das Baby zu beschreiben. Immer wieder las er die wundervollen Zeilen, wehmütig und mit Tränen in den Augen. Was hätte er darum gegeben, bei der Geburt und Taufe anwesend zu sein! Er versuchte sich vorzustellen, wie die kleine Florence wohl aussah. Seine Gefühle fuhren Achterbahn, zwischen himmelhoch jauchzendem Glücksgefühl und tiefster Traurigkeit. Immer wieder holte er Mays Foto hervor, das inzwischen schon arg ramponiert und zerknittert war, und küsste es unzählige Male. Am liebsten hätte er lauthals durch das Lager gebrüllt, dass er Vater geworden war. Aber er unterdrückte diese Lust und erzählte es lediglich David Stern und Franz Strecker. Nik schlief sehr unruhig des Nachts und in seinen Träumen erschienen ihm immer wieder May und ein Kind, die ihm freudig über eine herrliche Blumenwiese entgegenliefen. Doch wenn er sie glücklich umarmen wollte, verschwanden sie plötzlich im Nichts. Oft konnte er ihre Gesichter gar nicht erkennen, weil sie ganz verschwommen oder unscharf waren, was ihn sehr traurig stimmte. Ein andermal war es geradezu ein Alptraum, weil er hilflos zusah, wie May und das Kind von einem überdimensionalen Ungeheuer, das Nik aber auch nicht genau definieren konnte, bedroht wurden. Dann wachte er in Schweiß gebadet auf.

Seit Dezember 1914 trafen nach und nach immer mehr reguläre deutsche Kriegsgefangene im Lager auf der Insel Man ein. Im Mai 1915 hatte das Lager nahezu seine Kapazitätsgrenze erreicht. Den Gefangenen war klar, dass eine Flucht von hier aus völlig aussichtslos sein würde.

Ob es die alleinige Idee des Kommandanten, eine Anweisung von höheren Dienststellen oder Wunsch der deutschen Gefangenen war, lässt sich nicht mehr klären. Tatsache ist, dass die urdeutsche Idee des Turnvaters Jahn, massenhaft gymnastisch-turnerische Übungen zu treiben, hier in großem Stil realisiert wurde. Mit Sicherheit diente es der Gesundheit der Lagerinsassen und als Mittel gegen Langeweile und den berühmten Lagerkoller.

Sämtliche teilnehmenden Gefangenen erhielten zu diesem Zweck völlig uniforme Sportkleidung: weiße Turnschuhe, weiße Hosen und T-Shirts. Eine Baracke wurde zur Turnhalle umfunktioniert. Bei schlechter Wetterlage fanden die sportlichen Übungen hier statt, ansonsten im Freien. Sämtliche Aktivitäten erfolgten unter der Aufsicht und den Kommandos von vier Sergeanten, die die Gefangenen äußerst scharfen Drills unterzogen. Wie auf einem Kasernenhof hatten die Männer in exakten Linien und Abständen Aufstellung zu nehmen, im Gleichschritt zu paradieren und ebenso ihre vorgeschriebenen Übungen präzise durchzuführen. Es wurden im Laufe der Jahre vier Gruppen von jeweils bis zu 400 Männern gebildet. Zwischen den Gruppen entwickelte sich eine regelrechte Rivalität, welche am besten paradierte. Kaiser Wilhelm hätte gewiss seine reine Freude daran gehabt, dachte Nik. Als Zuschauer und Juroren fungierten die Invaliden und Kranken unter den Gefangenen. Alle sechs Monate erhielt die beste Gruppe eine Auszeichnung.

Darüber hinaus erfreute sich aber auch der Chor weiterhin großer Beliebtheit, insbesondere bei den Invaliden.

Britische Soldaten notierten Nachrichten zur Entwicklung des Krieges inzwischen regelmäßig auf eine Kreidetafel in der Kantinenbaracke, die aber stets in erster Linie von alliierten Fortschritten berichteten.

Erst als im Laufe des Jahres 1916 neue Kriegsgefangene eintrafen, erzählten diese von den schrecklichen Materialschlachten der 'Hölle von Verdun' und von der Schlacht an der Somme. Zugleich wurden ein paar Matrosen der Kriegsmarine eingeliefert, die vom deutschen Sieg der Schlacht vor dem Skagerrak und vom U-Boot-Kampf gegen die britische Blockade berichteten.

Jetzt erst erfuhren die deutschen Gefangenen von der Versenkung des englischen Luxusdampfers 'Lusitania' im Mai 1915 vor der irischen Küste, wobei über 1000 Passagiere ums Leben kamen. Unverständlich war für sie die Entlassung des Admirals Tirpitz im März 1916, der allgemein als großartiger Stratege verehrt wurde.

Viele der Gefangenen entdeckten im Verlaufe dieser Jahre ihre künstlerischen Talente, die durchaus seitens der Lagerleitung gefördert wurden. Erstaunlicherweise gab es sogar eine Werkstatt im Camp, recht gut mit diversen Werkzeugen ausgestattet. So erhielten einige Männer, die sich in der Holzschnitzerei versuchten, entsprechend Materialien und Werkzeuge zur Verfügung. Andere entwickelten sich zu richtig guten Aquarellmalern. Nik Kemen ließ sich von einem besonders ideenreichen Künstler inspirieren, der aus Tierknochen wunderschöne kleine Schmuckstücke schnitzte, vorwiegend Broschen und Ringe mit Gravierungen, die abschließend einen matten Klarlacküberzug erhielten, so dass sie wie Elfenbeinschnitzereien aussahen. Auf sein Bitten hin wurde Nik eines Tages tatsächlich das kleine geliebte Klappmesser ausgehändigt, mit dem er im Verlaufe mehrerer Wochen zwei nahezu gleichartige Broschen mit feinen Randverzierungen herstellte. Die eine trug in der Mitte in erhabenen Buchstaben den Namen 'May', die andere den seiner kleinen Tochter 'Florence'. Er beabsichtigte, diese dem nächsten Brief an seine Frau beizulegen.

Leider ging es nicht immer friedlich zu unter den Gefangenen. Dafür gab es gewiss sehr verschiedenartige Ursachen. Natürlich überfiel zahlreiche Insassen der bekannte 'Lagerkoller', der zu Nervenzusammenbrüchen, Wutanfällen und Depressionen führte. Hauptursache war aber gewiss der tägliche Stress, in einer Menschenmasse leben zu müssen, aus dem es kein Entfliehen gab.

Nirgends war die Möglichkeit geboten, sich an einen Ort der Ruhe und des Alleinseins zurückzuziehen. Niemand besaß auch nur einen winzigen Winkel der Privatsphäre. Ständig fühlte man sich beobachtet, in erster Linie von den eigenen Kameraden. Es häuften sich Streitereien aus nichtigen Anlässen, etwa, wenn jemand versuchte, sich in irgend einer Weise kleine Vorteile zu verschaffen, sei es bei der Essensbeschaffung, bei dem Versuch, sich vor pflichtgemäßen Reinigungsarbeiten zu drücken oder etwa im Umgang mit dem englischen Wachpersonal.

So erregten diejenigen Gefangenen, die gut Englisch sprachen, leicht den Neid der anderen sowie den Verdacht, mit den Engländern zu 'kungeln', wie man heimliche Absprachen zum eigenen Vorteil bezeichnete.

Da auch Niks Englischkenntnisse inzwischen ausgezeichnet waren und er sich gerne mit den britischen Soldaten unterhielt, erregte er den Neid mancher Kameraden und geriet in den Verdacht, sich dadurch Vorteile verschaffen zu wollen.

Auch die regelmäßig eintreffenden Briefe und anfänglich sogar kleine Päckchen von May erregten das Aufsehen und den Neid der Kameraden. Aus diesem Grund bat Nik May in einem seiner nächsten Briefe, ihm zukünftig keine Päckchen mehr zu schicken, da er im Lager gut versorgt wäre.

Als er eines Tages nach dem Mittagessen aus der Kantine zurückkehrte und die Schlusslackierung der beiden fast fertigen Broschen vornehmen wollte, waren diese aus seinem Spind verschwunden. Er entleerte den Spind komplett, fand sie jedoch nicht. Es konnte sich nur um Diebstahl handeln, denn eine Umfrage unter seinen Zimmergenossen verlief wie erwartet negativ. Als er den diensthabenden Corporal davon in Kenntnis setzte und ihn um Unterstützung bat, reagierten seine Kameraden sehr erbost und drohten Nik mit Konsequenzen. Der Corporal indes lehnte jede Einmischung mit der Bemerkung ab, derartige Dinge müssten die Deutschen unter sich klären.

In der darauf folgenden Nacht wurde Nik bei tiefem Schlaf in seinem Bett von Kameraden mit zwei Eimern kalten Wassers übergossen, was mit Ausnahme von David Stern zur allgemeinen Erheiterung aller führte!

Als er aufsprang und sich umschaute, stellte er fest, dass alle seine Sachen aus dem Spind herausgeworfen und davor auf dem Boden verstreut worden waren. Dazwischen lagen die beiden geschnitzten Broschen!

Nik tobte und verfluchte seine Zimmergenossen lauthals, so dass plötzlich der diensthabende Wachsoldat in der Tür stand und sein «Attention» brüllte. Sofort herrschte betretene Stille und als er Nik als begossenen Pudel sowie den Zustand des Bettes und Spindes bemerkte, befahl er den herumstehenden Männern sofort, so wie sie in ihren Schlafanzügen waren, draußen vor der Baracke Aufstellung zu nehmen und stramm zu stehen. Inzwischen war auch der diensttuende Staff Sergeant auf den Lärm aufmerksam geworden und erweiterte sogleich die Strafmaßnahme auf eine Stunde langes Strammstehen unter Aufsicht eines Soldaten. Nik brauchte jedoch nicht daran teilzunehmen. Der Staff Sergeant befahl ihm, den Inhalt seines Spindes zusammen zu packen und wies ihm ein neues Quartier in einer anderen Baracke zu.

Dies war nicht der einzige Zwischenfall. Diebstähle kleinerer Art waren an der Tagesordnung, um die sich die Engländer jedoch grundsätzlich nicht kümmerten. Harte Auseinandersetzungen mit Handgreiflichkeiten duldeten die Engländer aber keinesfalls und ahndeten derartige Vorfälle mit scharfen Strafmaßnahmen.

Im Laufe der Zeit stellte sich zudem eine deutliche 'Zweiklassen-Gesellschaft' zwischen den zivilen und den militärischen Lagerinsassen heraus, woraus ebenfalls ständige Reibereien und Interessenkonflikte resultierten. Schließlich entschloss sich der Kommandant auf Bitten einiger Zivilgefangener, beide Gruppen hinsichtlich ihrer Unterkünfte voneinander zu trennen. Die Zivilisten erhielten ihre eigene Baracke. Dadurch konnten die Spannungen entschärft werden.

Im Juli 1916 wurde erstmals ein ranghoher deutscher Offizier, ein Oberstleutnant, als Gefangener eingeliefert. Dieser übernahm – ob selbsternannt oder von seinen Kameraden erwählt, ist nicht bekannt – das disziplinarische Kommando über die militärischen Lagerinsassen. Seither war eine allgemeine Beruhigung innerhalb des Lagers festzustellen.

Weitere, in der Folgezeit eingelieferte Kriegsgefangene berichteten ausführlich über ihre furchtbaren Erlebnisse in den Stellungskriegen und vom Gaseinsatz, vom uneingeschränkten U-Boot-Krieg, der im Februar 1917 angeordnet wurde, sowie von den aufregenden Luftkämpfen, die sie stundenlang über ihren Stellungen beobachten konnten, von den Heldentaten eines Fliegerasses namens Manfred von Richthofen, der einen knallroten

Fokker-Dreidecker flog und von den Erfolgen eines anderen Fliegers namens Hermann Göring....

Den Erzählungen fast aller nach 1916 eintreffenden Gefangenen konnte man jedoch eine deutliche Resignation entnehmen. Alle anfängliche Kriegseuphorie war in zunehmendem Maße einer Kriegsmüdigkeit und der Erkenntnis gewichen, dass der Krieg aus deutscher Sicht wohl nicht zu gewinnen wäre, insbesondere seit dem Eintritt der Vereinigten Staaten im April 1917 in den Krieg. Außerdem kämpfte Deutschland auch noch gegen Russland.

Ebenso deprimierend auf die Gefangenen wirkte die Information der Briten, dass König Georg V. am 17. Juli 1917 den bisherigen deutschen Familien-Stammnamen, 'Sachsen-Coburg-Gotha' abgelegt und in 'Windsor' umbenannt hatte.

Selbst als im März 1918 die Nachricht durchsickerte, dass die Kämpfe gegen Russland im Osten eingestellt worden wären, nachdem dort der Zar ermordet wurde und eine Revolution begonnen hätte, besserte sich die Stimmung im Lager kaum.

Blankes Entsetzen und Ungläubigkeit erfasste die Deutschen, als die Engländer auf ihrer Kreidetafel am 10. November die Mitteilung notierten, dass der Kaiser abgedankt hätte, in Deutschland die Republik ausgerufen und Waffenstillstand verkündet worden wäre.

Natürlich stieg damit sogleich unter den Gefangenen die Hoffnung auf eine baldige Freilassung. Und von Monat zu Monat wuchs die Unruhe unter ihnen, da doch alle Kämpfe eingestellt worden waren. Dennoch mussten die Männer weitere acht Monate in Geduld ausharren, bis sie endlich nach den Friedensverträgen von Versailles am 28. Juni 1919 im darauf folgenden Monat frei kamen.

Kapitel 15

Lieutenant Jack

Die kleine Florence war ein gesundes, hübsches Baby, Oma Henriettas und Opa Johns ganzer Stolz.

Und auch Patentante Florence Rose bemühte sich sehr um das Kind, besonders während der ersten Zeit recht unruhiger Nächte.

May wartete noch einige Monate, bevor sie begann, sich um eine neue Arbeitsstelle zu bemühen. Aufgrund der Gesetzeslage durfte sie ja nur innerhalb eines Umkreises von fünf Meilen danach suchen und in jedem Falle war es ratsam, zu verschweigen, dass ihr Mann Deutscher war. So erklärte sie stets nur, dass ihr Mann Kriegsdienst leistete, was ja nicht ganz der Unwahrheit entsprach. Aber bislang hatte sie noch kein Glück gehabt.

Eines Abends, im Oktober 1915, saß Großvater John wie gewöhnlich nach Feierabend im Wohnzimmer und studierte die Tageszeitung. May saß im Nebenzimmer mit der kleinen Florence im Arm und verabreichte ihr das Fläschchen.

»Du, May«, rief er. »Hier ist eine Anzeige drin vom Brauhaus 'The Old King`s Head'. Die suchen eine Ausschankhilfe, auch ungelernte Kraft. Wär das nicht einen Versuch wert?«

Das historische Brauhaus 'The Old King`s Head' an der Ecke Marsham Street/Horseferry Road befand sich noch innerhalb der Fünf-Meilen-Zone.

»Das wäre natürlich für dich eine Tätigkeit völlig anderer Art, aber große Auswahl hast du ja nicht«, ergänzte ihr Vater.

»Aber Dad, ich hab` doch gar keine Ahnung von so einem Betrieb und kann kaum eine Biersorte von der anderen unterscheiden«, gab May zu bedenken.

»Och Kind, die paar verschiedenen Marken kann ich dir leicht erklären, auch einige Whisky-, Gin- und Rumsorten. Das kapierst du schnell. Im Übrigen steht doch dabei *'auch ungelernte Kraft'*!«

»Ich weiß nicht, Dad, ob das was für mich ist. Ich glaub`, ich käme mir komisch vor als Barfrau«.

»Ach Quatsch. Das ist nur Gewöhnungssache. Schlaf mal drüber.«

»Ich frag` Mutter, was die davon hält«.

Auch Mutter Henrietta vertrat die gleiche Meinung wie ihr Mann und riet May, am nächsten Morgen einfach mal dort im Brauhaus vorbeizuschauen und mit dem Wirt zu sprechen.

Und so geschah es. Der Wirt, Mr. Dagger, war ein untersetzter Mann mit Glatze, recht jovial und stellte kaum Fragen, natürlich ebenfalls ein waschechter Cockney. May erklärte ihm jedoch sogleich, dass sie noch nie zuvor hinter einer Gasthaustheke gestanden hatte.

»Macht nichts, Mädchen«, beschwichtigte Mr. Dagger sogleich, »das lernste schnell.« Und er begab sich sogleich mit ihr hinter die Theke und erklärte die zahlreichen Sorten der harten Getränke. An Bier gab es nur die vier: Ale, Stout, Guinness und Larger, von denen zwei Eigenprodukte waren.

Vom Ausschank abgesehen, musste sie natürlich auch ständig zwischendurch die Gläser spülen und abkassieren.

In britischen Gaststätten gibt es in der Regel keine Tischbedienung. Die Gäste ordern unmittelbar an der Theke, erhalten ihr gewünschtes Getränk und bezahlen sofort. Auf diese Weise bleibt auch zugleich ein ständiger Abstand zwischen Gast und Barfrau gewahrt.

»Die ersten paar Tage bleibe ich in deiner Nähe und helfe dir. Du wirst schon sehen, das ist gar nicht so schwierig wie du denkst«, beruhigte der Wirt May. »Außerdem ist hier `ne Liste mit allen Preisen.«

Der Tageslohn belief sich auf acht Schilling, was nicht gerade üppig war, aber immerhin besser als nichts. Die Arbeitszeit betrug täglich sechs Stunden, indem sie im wöchentlichen Wechsel eine andere Kollegin ablöste. Während die eine den Dienst von 11 a.m. bis 5 p.m. versah, folgte die andere von 5 p.m. bis 11 p.m..

May und Mr. Dagger wurden sich rasch einig. Beide fanden sogleich einander irgendwie sympathisch und May nahm schon am folgenden Tag ihren Dienst auf. Sie besaß eine gute Auffassungsgabe und Merkfähigkeit, so dass ihr die neue Tätigkeit tatsächlich leichter fiel als erwartet. Pünktlich abends um halb elf hatte sie eine Glocke anzuschlagen und lauthals zu rufen: «Last orders, please!« Denn um 11 pm. war Polizeistunde und alle Gaststätten hatten gesetzlich zu schließen.

Es ist schon merkwürdig, dachte sie auf ihrem Heimweg, jetzt übe ich eine ähnliche Tätigkeit aus, wie Nik es einst tat. So komme ich mir vor, als ob ich beruflich in seine Fußstapfen trete. Was er wohl davon hält, wenn ich es im nächsten Brief schreibe?

Die männliche Stammkundschaft des Lokals bestand vorwiegend aus Cockneys älterer Jahrgänge. Die jüngeren befanden sich im Kriegseinsatz, kehrten allenfalls gelegentlich aus Anlass eines Heimaturlaubs hier ein. Bis auf wenige Ausnahmen war es für Damen unschicklich, eine Bierkneipe aufzusuchen.

Dennoch erlaubten sich die Männer immer wieder mal, May hinter der Theke mehr als nur freundliche Komplimente zu übermitteln. Allzu gerne hätten sie Genaueres und Intimes über die neue hübsche Bardame in Erfahrung gebracht, May indes hielt sich stets sehr bedeckt und war bemüht, korrekte freundliche Distanz zur Kundschaft zu wahren.

Eines Tages betrat ein junger Lieutenant in Uniform das Lokal und bestellte ein Ale. May erkannte sogleich, dass er kriegsversehrt war, da er den linken Arm verloren hatte. Das leere Ärmelteil steckte schlaff in der Seitentasche des Uniformrocks. Sie schätzte sein Alter auf höchstens Fünfundzwanzig. Er sah sehr gut aus und es irritierte sie, dass er seinen Blick nicht von ihr abwenden konnte oder wollte. Er nahm auf einem hohen Barhocker an der Theke Platz.

»Ich bin Jack, Jack Pallok«, so stellte er sich nach einer Weile vor, »und habe den Scheißkrieg wohl hinter mir. Bin vorige Woche aus Frankreich zurückgekommen. Hab` meinen Arm dort gelassen. Ansonsten darf ich nicht klagen. Andere hat es viel schlimmer erwischt. Nun bin ich mal gespannt, was *Merry Old England* mit mir vorhat. Immerhin hat man mir zwei hübsche Orden verpasst.« Dabei grinste er breit und deutete auf die goldglänzenden Medaillen an seiner Brusttasche. »Der Haken ist nur: Dafür kann ich mir nichts kaufen!«

»Das tut mir leid«, erwiderte May. »Aber immerhin scheinen Sie Ihren Humor nicht auch noch verloren zu haben. Übrigens: ich bin May.«

»May – May – klingt wie Musik«, fuhr er fort, wobei er ihren Namen sehr langgezogen aussprach. »Wohnst du hier in der Nähe?«

»Nein, in Shepherd`s Bush". Dabei erschrak sie, denn eigentlich war das schon zuviel, was sie verraten wollte. Aber irgendwie gefiel ihr der Bursche sehr mit seinen leuchtend blauen Augen und dem korrekt nach Offiziersart gescheitelten blonden Haar. Er schien trotz der Verwundung voller Lebensfreude und jugendlicher Kraft zu sein und strahlte eine unbeschwerte Heiterkeit aus, die unvermittelt auch May erfasste.

»Und ich, das heißt meine Eltern, wir wohnen in Chelsea, fast am Themseufer«, ergänzte Jack.

»Da ist es gewiss sehr hübsch«, meinte May, »und du kannst dich dort wohl von den Strapazen gut erholen.«

»Ja, das will ich hoffen. Aber nachts schlafe ich noch sehr schlecht. Träume viel scheußliches Zeug von den Kämpfen, weißt du.«

»Sicher, das kann ich mir gut vorstellen.«

Ihre Unterhaltung wurde für kurze Zeit durch die Bestellungen anderer Gäste unterbrochen.

»Hast du einen Freund?« wollte Jack dann plötzlich wissen.

»N-Nein«, kam Mays etwas zögerliche Antwort. »Nicht wirklich.« Natürlich trug sie während ihres Dienstes nie den Ehering. Auch Jack hatte keinen, wie sie bemerkte. Aber schon im nächsten Augenblick bereute sie ihr *Nein*.

»Wann hast du denn Feierabend?«

»Eigentlich um Elf, wenn wir schließen. Aber dann muss ich noch Gläser spülen und die Tische wischen. Das dauert immer noch eine ganze Weile.«

»Och, das macht nichts. Darf ich dich vielleicht nach Hause begleiten?«

»Na ja, das muss ich mir noch gut überlegen«, antwortete May und dachte: Jetzt sitze ich in der Tinte. Hoffentlich fällt mir bis dahin noch etwas ein, wie ich da wieder raus komme.

Jack blieb an der Bar, bis Mr. Dagger die letzten Gäste zur Lokalschlusszeit bat zu gehen. Auch ihm war aufgefallen, dass der Lieutenant offensichtlich nur Augen für May hatte.

»Kennen Sie ihn?« erkundigte sie sich.

»Ja, ein wenig. Er kam des Öfteren vor dem Krieg auf ein Bier vorbei. Irgendwie ein netter Kerl, kommt wohl aus gutem Hause. Denn auch ohne Uniform war er immer auffallend gut gekleidet. Ich glaube, er hat bei 'ner Bank gearbeitet.«

»Er hat mich gefragt, ob er mich nach Hause begleiten dürfte. Aber ich möchte das nicht so gerne.«

»O.K. May, verstehe. Du hast ja hier noch 'ne Weile zu tun. Dann gehst du zum Hintereingang links an der Seitengasse raus. Da wird er dich wohl nicht sehen.«

Kaum hatte sie die Hintertür an der dunklen Seitengasse hinter sich zugezogen und war einige Schritte gegangen, sprang plötzlich eine Gestalt aus einer Hausnische hervor und schnitt ihr den Weg ab, so dass May sehr erschrak.

»Nicht erschrecken, ich bin's!« erklang Jacks beruhigende Stimme. »Dachte mir doch gleich, dass du den Hinterausgang benutzt.«

»Na, das ist aber nicht Gentlemanart«, erwiderte sie.

»O.K. Sorry. Hast wohl Recht. Normalerweise bin ich auch kein Wegelagerer, May. Aber es gibt im Leben zuweilen Gelegenheiten, die darf man sich nicht einfach durch die Lappen gehen lassen.«

»Hört, hört. Das klingt ja sehr nach altklugem, erfahrenem Hasen.«

»Nun ja, ich will nicht leugnen, dass ich tatsächlich hin und wieder gut im Hakenschlagen bin, wenn es sein muss. Nur dummerweise war ich in der Disziplin in Frankreich nicht so erfolgreich.«

»Wie ist das denn passiert, mit deinem Arm?«

»Ehrlich gesagt, weiß ich es auch nicht so genau. Da ist wohl eine deutsche Granate dicht neben mir explodiert und hat mir den Arm weggerissen und meiner Hüfte und den Beinen etliche Splitter verpasst. Ich habe das Bewusstsein verloren. Als ich wieder aufwachte, lag ich schon im Lazarett, wo man mich verarztete. Die Splitter konnten zum Glück alle entfernt werden. Hab' wohl dabei viel Blut verloren. Und zum Glück ist der rechte Arm ja noch dran.« Dabei erklang wieder sein fröhliches Lachen und wie zum Beweis, gleichsam selbstverständlich, hakte er sich sogleich bei May ein, was sie auch geschehen ließ. Jack war etwas größer als sie.

Bis zur Bushaltestelle war es nicht weit und seltsamerweise empfand sie seine Begleitung keineswegs als unangenehm. Im Gegenteil, May verspürte eine unerwartete prickelnde Spannung und wohlige innere Wärme. Genoss sie sogar Jacks Begleitung?

Sie nahmen vorne im Bus hinter dem Fahrer Platz. Nur zwei weitere Passagiere waren zu dieser späten Stunde ebenfalls noch unterwegs.

»Hast du denn keine Freundin?« erkundigte sich nun May.

»Im Moment nicht«, erwiderte Jack grinsend. »Vor dem Krieg ja. Das heißt, eigentlich waren es keine engeren Beziehungen damals. Hatte wenig Zeit. War mit meiner Bankkarriere beschäftigt…«

Und er erzählte recht ausführlich über seinen Werdegang vor dem Krieg. Er hatte eine Banklehre bei Lloyd`s absolviert.

Kurz bevor sie Shepherd`s Bush erreichten, begann sich May dann doch, Sorgen darüber zu machen, ob es wohl angebracht wäre, wenn Jack sie ganz bis zu ihrer Haustür begleitete. Zwar würden sie vermutlich zu dieser späten Stunde niemanden auf der Straße antreffen, auch nicht zuhause, wo sich die Eltern und Geschwister längst zur Ruhe begeben hatten. Trotzdem fragte sie sich, ob es gut wäre, wenn Jack genau wüsste, wo sie wohnte. Aber was sollte sie machen? Wie konnte sie ihn jetzt noch einfach abwimmeln? Zugleich war sie sich im Klaren, dass er ohnehin herausfinden würde, wo sie wohnte. Also ließ sie zu, dass Jack sie bis vor ihre Haustür begleitete.

Als sie sich verabschiedeten, zog er sie plötzlich an sich und wollte sie küssen, doch May gelang es, ihn abzuwehren.

»Nicht so stürmisch, junger Mann!« flüsterte sie. »Ich mag keine übereilten Hasen, die Haken schlagen!«

»Schon gut, May. Geht in Ordnung. Ich mag auch keine Mädchen, die schnell zu haben sind.« Dabei trat er lachend zwei Schritte zurück, verbeugte sich galant und meinte:

»Es war mir ein Vergnügen und ein wunderschöner Abend. Ich hoffe, wir sehen uns bald wieder, May. Gute Nacht und schlaf gut. Ich werde von dir träumen!«

Dabei wand er sich lachend um und während sie die Tür aufschloss, sah sie, wie er sich nach einigen Metern nochmals umdrehte und ihr kurz zuwinkte. May spürte, wie ihr Herz vor Aufregung bis zum Halse pochte.

Sie schlief äußerst unruhig in dieser Nacht, wachte immer wieder auf und dann wirbelten die Gedanken in ihrem Kopf umher. Sie wurde von heftigen Gewissensbissen geplagt, die unangenehme Schweißausbrüche zur Folge hatten. Hatte sie sich etwa in Jack verliebt? Das durfte sie doch nicht zulassen! Sie war doch Niks Frau und liebte ihren Mann und ihr Kind. Es wäre geradezu gemeiner Verrat, wenn sie sich mit Jack einließe. Wie würde zudem Jack reagieren, wenn er erführe, dass sie mit einem Deutschen verheiratet ist und sogar ein Kind hat? Über kurz oder lang müsste sie ihm natürlich reinen Wein einschenken und ihre Situation darlegen. Und wie würden ihre Eltern und Geschwister reagieren? Die wären gewiss entsetzt. Unvorstellbar! Sie war dabei, sich zu allem Elend noch in ein tieferes Unglück zu stürzen! - Was hatte Father O'Toole gesagt? »Bleibe standhaft, dir selber und Nik treu!« Nein, sie war plötzlich entschlossen, bei der nächsten Gelegenheit Jack die Wahrheit zu sagen...

Mit einem unguten Gefühl, geradezu mit Magenschmerzen, begab sie sich am folgenden Tag zum »Old King's Head«. Ob Jack heute wieder auftauchen würde?

Er tauchte wieder auf. Am frühen Abend, gegen 6 pm., betrat er das Lokal, grüßte May mit strahlendem Lachen und nahm wie am Vortag unmittelbar vor der Theke auf einem Barhocker Platz. Wieder blieb er bis Lokalschluss, orderte ein Bier nach dem anderen und versuchte ständig, May in Gespräche zu verwickeln. Sie jedoch zeigte sich knapp angebunden, verfiel unentwegt in geschäftige Tätigkeiten und verschwand häufig für kurze Zeit nebenan in der Küche. Etwa eine Stunde vor der Schließzeit stellten sich bei Jack deutliche Anzeichen von Betrunkenheit ein. Er lallte immer lauter unkontrolliert dummes Zeug vor sich hin, prostete ständig May zu und überhäufte sie mit lieb gemeinten Komplimenten, die jedoch zuweilen äußerst albern, ja sogar peinlich ausfielen.

May beobachtete diese Entwicklung mit einer gewissen Zufriedenheit, in der Hoffnung, dass er bei Lokalschluss nicht mehr Herr seiner Sinne wäre und somit für sie kein Problem darstellte. Zumindest nicht für diesen Abend. Mr. Dagger orderte eine Droschke, die Jack nach Hause brachte.

May war erstaunt und zugleich erleichtert, dass er am folgenden Tag nicht im Lokal erschien.

Erst am übernächsten tauchte Jack wieder auf, diesmal ziemlich zeitig, gegen 5 p.m., mit einem riesigen Strauß roter Rosen in der Hand. May hatte gerade erst ihren Dienst aufgenommen.

»Ich muss unbedingt mit dir reden«, erklärte er sogleich nach kurzer Begrüßung. »Wann hast du mal ein paar Minuten Zeit?«

Es war ja noch früh am Nachmittag, so dass sich nur zwei weitere Gäste im Lokal befanden. Die hatten zudem in größerer Entfernung zur Theke Platz genommen.

May beschloss, die Gelegenheit zu nutzen, »den Stier bei den Hörnern zu fassen« und die Angelegenheit zu bereinigen.

»O.K., lass hören. Im Moment ist hier ja nicht viel los.«

»Also, May, ähm, erst mal muss ich mich für mein ungezogenes Benehmen vorgestern entschuldigen. Ich hatte wohl zuviel getrunken. Ist normalerweise nicht meine Art.«

»Schon gut«, fiel May dazwischen ein, »war nicht weiter schlimm.«

»Danke, May. Aber eigentlich muss ich dir was anderes sagen. Ich finde dich wunderbar, May. Ich liebe dich und diese Rosen habe ich dir mitgebracht. Ich möchte dich heiraten!« Dabei hielt er ihr den Strauß freudestrahlend und zugleich erwartungsvoll entgegen.

May antwortete nicht sofort, sondern stützte sich mit beiden Armen an der Thekenkante ab und blickte auf die Rosen.

»Du musst nicht sofort antworten, May«, fuhr er fort. »Ich möchte nur, dass du es weißt. Ich bin sicher, dass wir glücklich miteinander würden. Außerdem kann ich gut für dich sorgen, auch für eine ganze Familie, musst du wissen.«

Nun fasste May sich ein Herz. »Die Blumen sind wunderbar, aber es tut mir Leid, Jack, das geht leider nicht. Versteh mich nicht falsch. Ich mag dich auch, aber es geht einfach nicht.«

»Warum nicht? Ist es, weil ich ein Krüppel bin?«

»Nein, nein, Jack, deswegen ganz bestimmt nicht. Da ist was anderes, was du wissen musst.«

Jack blickte May mit seinen wunderbar leuchtenden Augen erstaunt und zugleich fragend an, so dass ihr die Erklärung schwer fiel.

»Jack, ich habe ein Kind, eine Tochter!« So, jetzt war es raus. Zumindest der erste Teil der Wahrheit.

»Aber das macht doch nichts, May«, beeilte sich Jack zu erwidern. »Im Gegenteil, ist doch wunderbar. Wie alt ist denn die Kleine? Wäre doch toll, wenn ich sofort eine richtige Familie hätte!«

Noch immer hielt er ihr den Strauß entgegen.

»Sie wird im April ein Jahr alt.«

»Aha. – Ja und der Vater? Bist du etwa doch verheiratet?«

»Ja, Jack. So ist es!« Mit einem hörbaren Seufzer lehnte May sich nun gegen den rückwärtigen Gläserschrank zurück.

Es folgten einige Augenblicke gegenseitigen Schweigens, während der Jack die Rosen auf die Theke legte, sich dann abwandte und gedankenverloren zum Fenster hinausblickte.

»Und was ist mit dem Vater?« wollte er schließlich wissen.

»Der ist auch im Krieg«, erwiderte May, was ja nicht ganz der Unwahrheit entsprach.

»Und wo? Weißt du das?« hakte Jack nach.

»Auf der Insel Man!«

»Auf M-a-n? Was in aller Welt macht der denn da? Da ist doch kein Krieg!«

»Na ja, er ist dort als Wachsoldat bei einem Kriegsgefangenenlager eingesetzt«, log May. Ihr war im Moment nichts Besseres eingefallen.

»Na, wenn das so ist…, ich dachte, dafür setzen die nur ältere Jahrgänge ein.« Und etwas später ergänzte er: »Wirklich schade, schade. - Trotzdem, May, falls sich in deiner Beziehung mal etwas ändern sollte – ich halte mein Angebot aufrecht. Ehrlich. Bitte. Vergiss es nicht. Nimm dennoch die Rosen an, ich bitte dich. Auf dass wir zumindest gute Freunde bleiben.«

»O.K., Jack. Du bist richtig lieb!« Jetzt blickten sie sich einander wieder an und May konnte eine Träne nicht unterdrücken. »Schade, dass ich dich nicht früher getroffen habe.«

Nun nahm sie den Rosenstrauß auf und betrachtete ihn liebevoll.

»Danke, Jack, vielen Dank! Sie sind wirklich herrlich und duften so sehr.«

Urplötzlich sprang Jack von seinem Hocker auf, umrundete die Theke, erfasste May und küsste sie innig. Sie ließ ihn gewähren. Wiederum genoss sie seine Umarmung und verspürte eine tiefe Zuneigung zu ihm.

»Mach`s gut, Jack«, hauchte sie schließlich. »Du bist ein feiner Kerl. Ich werde dich nicht vergessen. Aber es soll eben nicht sein.«

Jack zahlte und verließ kurzerhand das Lokal, ohne sich noch einmal umzublicken.

Nun überkam May ein heftiger Weinkrampf. Wie gerne hätte sie ihren Gefühlen und dem Schicksal freien Lauf gelassen, Jack zurückgerufen. Alles wäre wieder gut geworden… Wirklich? Sie wusste doch kaum etwas über ihn. Und mit Sicherheit wäre sie bei ihren Eltern und Geschwistern nur auf völliges Unverständnis gestoßen, dessen war sie sich gewiss. Und wie würde Jack selber reagieren, wenn er eines Tages die ganze Wahrheit erfährt? Und was ist, wenn Nik aus der Gefangenschaft heimkehrt? Es käme ganz sicher zur Katastrophe… So hing May minutenlang ihren Gedanken nach…

»Hey, Miss, alles O.K.?« Die Stimme eines Gastes riss sie aus ihrer geistigen Abwesenheit. Und beim Anblick der Rosen: »Darf man gratulieren?«
»Sorry, nein, nichts zum Gratulieren. Im Gegenteil«, war Mays knappe Antwort.
»Sorry, wird schon alles wieder gut, Mädchen. - Ich hätte gerne noch eine Pint of Larger!«
»Natürlich, kommt sofort!«
Rasch zog May ein Taschentuch hervor und trocknete sich damit die Tränen ab, um sodann das gewünschte Bier zu zapfen.

Den Rosenstrauß nahm sie allerdings nicht mit nach Hause, sondern stellte ihn in einer Vase auf die Theke. Niemand, weder ihre Lieblingsschwester Florence Rose noch Nik, sollte jemals etwas von dieser kurzen Episode erfahren.

Im Verlaufe der folgenden Wochen kehrte Jack noch einige Male im «Old King`s Head« ein, nun allerdings in Zivil, grüßte May stets höflich, doch entwickelten sich keinerlei weitere Gespräche mehr. Schließlich tauchte er gar nicht mehr auf.

Jahre später erfuhr sie rein zufällig, dass Jack geheiratet hatte, und zwar die Tochter eines Lords, eine »gute Partie«, wie man so zu sagen pflegt.

Allerdings blieb er nicht der Einzige, der May einen Heiratsantrag entgegen brachte. Noch mehrere andere Gäste versuchten im Laufe der Zeit bei May ihr Glück, doch blieb sie in ihrer ablehnenden Haltung standhaft.

Im Juli dieses Jahres erhielt Bert Luxford zwei Wochen Urlaub, die er nutzte, um seine langjährige Verlobte, Florence Rose Scoines, zu heiraten. Die kirchliche Trauung fand ebenfalls in der All-Saints-Church statt, doch gab es anschließend nur eine kleine, bescheidene Feier im engsten Familienkreis. Florence Rose wurde bald darauf schwanger, erlitt jedoch leider eine Fehlgeburt.

Die zweite Kriegshochzeit innerhalb der Familie folgte zwei Jahre später, im Juni 1917, als Alice und Lifford Claydon heirateten. Beide hatten zwischenzeitlich ihre Ausbildungen beendet. Alice war Steuerfachangestellte und konnte bei ihrer bisherigen Firma weiter arbeiten. Lifford erhielt sein Diplom als Architekt, war jedoch wegen der Verpflichtung beim Küstenwachdienst noch nicht in der Lage, sich um eine Arbeitsstelle zu bemühen.

John Scoines gelang es trotz stark eingebrochener Arbeitsaufträge, die Familie finanziell über die Kriegsjahre hinweg zu retten, wozu allerdings sowohl die bescheidenen Einkünfte der Töchter wie auch die außerordentliche Sparsamkeit seiner Frau Henrietta beitrugen.

Alle waren sehr beunruhigt und in Sorge, da sie vom nach Amerika ausgewanderten Fred Arthur seit Jahren nichts mehr gehört hatten.

Die kleine Florence indes entwickelte sich prächtig, wenn sie auch gelegentlich nicht von den üblichen Kinderkrankheiten verschont blieb. Sie war ein braves, äußerst lebhaftes, neugieriges Kind mit wachem Verstand und großen dunkelbraunen Augen, das allerdings sehr von ihren Großeltern und von Patentante Florence Rose verwöhnt wurde. Infolge der neuen Berufstätigkeit ihrer Mutter übernahm Großmutter Henrietta immer mehr die Sorge für die Enkelin. Florence liebte ihre Oma über alles und umgekehrt verhielt es sich ebenso. May verfolgte diese Entwicklung mit innerer Sorge, ja sogar mit etwas Neid und sie dachte schließlich sogar daran, den Job im 'Old King's Head' aufzugeben, um mehr Zeit für ihr Kind zu haben. Jedoch blieb es nur bei diesem Gedanken.

Henrietta erzählte der Kleinen oft von ihrem 'Daddy', der wie viele andere Väter derzeit im Krieg wäre, zeigte ihr Fotos von Nik und versuchte ihn zu beschreiben. Florence hörte sich das alles zwar geduldig an, doch reagierte sie darauf ziemlich teilnahmslos.

May hatte auch hin und wieder den Briefen an Nik ein Foto von ihrem Kind beigelegt. Jedes Mal waren seine Freude und Begeisterung unbeschreiblich. So erhielt er eine ungefähre Vorstellung vom Aussehen und der Entwicklung seiner Tochter. Er träumte nachts oft von ihr und May. Aber auch sonst versuchte er sich vorzustellen, wie das Wiedersehen, das hoffentlich nicht mehr allzu lange auf sich warten ließe, ausfallen könnte. Wie mochte Florence wohl reagieren, wenn sie zum ersten Mal ihrem Vater begegnete? Ob sie ihn ablehnen würde? Das hängt wohl ein wenig davon ab, wie May das Kind darauf vorbereitet, dachte er. Und wahrscheinlich hat Großvater John die Vaterrolle übernommen. Wie dem auch sei. Ich muss in der ersten Zeit behutsam vorgehen und das Kind auf keinen Fall überrumpeln. Auf alle Fälle brauche ich ein hübsches Geschenk, über das sich die Kleine freut, überlegte er.

In den folgenden Wochen organisierte Nik einige Stücke Kaninchenfell, aus denen er in mühevoller Handarbeit einen hübschen Hasen mit Schlappohren herstellte. Als Augen dienten zwei perlenartige Knöpfe. Zur Innenfüllung benutzte er getrocknetes Heu.

Kapitel 16

1919 – In Freiheit, aber ausgewiesen!

Das Ende des Krieges und der Friedensvertrag von Versailles verursachten in England keinen Freudentaumel, vielmehr eine Art stiller Erleichterung, dass nun endlich wieder Frieden einkehren und das Leben zur Normalität zurückfinden würde. Viele Familien hatten den Verlust eines lieben Vaters, Bruders oder Ehemannes zu beklagen. Dem ganzen Land war anzumerken, dass es schwere wirtschaftliche Einbrüche gegeben hatte.

Die Familie Scoines hingegen durfte sich glücklich schätzen, dass alle ihre Soldaten, Jim Bellingham, Bert Luxford und Lifford Claydon nahezu unversehrt aus dem Krieg heimkehrten. Lediglich Jim war durch ein Schrapnell am rechten Knie verletzt, was eine Versteifung des Gelenkes zur Folge hatte.

Als Bert seine Arbeit in der alten Autowerkstatt wieder aufnehmen wollte, musste er feststellen, dass es den Betrieb nicht mehr gab. Durch Vermittlung eines Militärarztes, den er in Frankreich kennenlernte, erhielt er aber alsbald die Anstellung als Chauffeur eines renommierten Londoner Chirurgen. Seither war sein Dienstfahrzeug ein Rolls Royce, was ihn natürlich mit mächtigem Stolz erfüllte.

Inzwischen wurde die Regierungsverordnung May betreffend, dass auch Ehepartner von Deutschen als «Alien Enemies» zu betrachten seien und somit ihre Bewegungsfreiheit einschränkte, aufgehoben. In kluger Voraussicht beantragte sie sogleich einen Reisepass. Da die Scoines noch nie Urlaub im Ausland verbracht hatten, war dies nun ihr erster.

Die Insassen der Lager auf der Isle of Man kamen im Juli 1919 frei und wurden alle, außer Nik Kemen, mit zwei Passagierdampfern nach Rotterdam verbracht, von wo aus sie eigenständig ihre Wege in die Heimat suchten. Allerdings verlief die Schiffsroute aus Sicherheitsgründen um Schottland herum, durch die Meerenge des Pentland Firth, südlich der Orkney Inseln, da die Gewässer zwischen England und dem Festland noch stark vermint waren.

Nik indes erhielt auf sein Bitten vom Kommandanten eine zwei Tage gültige militärische Freifahrkarte, die ihm die Schiffspassage nach Liverpool und von dort die Bahnfahrt nach London ermöglichte. Sein Pass wurde mit dem Stempel versehen: »…hat das Vereinigte Königreich bis spätestens 31. Juli 1919 zu verlassen!«

»Und was haben Sie dann vor?« wollte Major Harding wissen.

»Na ja, ich hoffe, dass ich meine Frau und kleine Tochter mit nach Deutschland nehmen kann. Vielleicht finde ich in meinem alten Hotel in Köln wieder Arbeit. Aber die Unsicherheit ist ein scheußliches Gefühl.«

»Kann ich verstehen. Aber wundern Sie sich nicht, wenn Sie in Köln britischem Militär begegnen. Auf Grund des Vertrages von Locarno haben wir das Rheinland besetzt! Mich würde es nicht wundern, wenn man Sie bei Ihren ausgezeichneten Sprachkenntnissen dort als Dolmetscher gut gebrauchen könnte. Auf jeden Fall wünsche ich Ihnen viel Glück, Kemen.«

»Danke Sir, wünsche ich Ihnen auch«, erwiderte Nik. »Und nie wieder Krieg.«

»Ja, ja, das wollen wir doch sehr hoffen.«

»Ich möchte nicht gehen, ohne mich bei Ihnen und Ihren Kameraden für die im Großen und Ganzen gute Behandlung und Versorgung zu bedanken. Womöglich haben Sie mir sogar das Leben gerettet.«

»O.K., Kemen, schon gut. Wir haben nur unsere Pflicht getan.«

Die Verabschiedung von Heinz Strecker und David Stern fiel Nik nach all den gemeinsamen Jahren schwer. Dennoch überwog die Freude über die wiedererlangte Freiheit und die spannungsgeladene Erwartung, seine geliebte May und die kleine Florence bald in die Arme schließen zu können.

Zugleich aber wurde Nik von großen Sorgen geplagt. Fragen über Fragen marterten schon seit Tagen sein Gehirn, so auch nun, während der Zug ihn in Richtung London brachte.

Wie würden ihn die Scoines aufnehmen? Er hatte doch die Familie, besonders May, in größte Schwierigkeiten gebracht. Und wie sollte es überhaupt weitergehen? In England konnte er nicht bleiben. Würden May und das Kind mit ihm nach Deutschland, in ein für sie völlig unbekanntes Land, auswandern wollen? Was würden die Schwiegereltern und Geschwister dazu sagen? May sprach doch kein Wort Deutsch. Zudem war er ja völlig mittellos! Ob von dem Ersparten, das er vor seiner Gefangenschaft May zu treuen Händen überlassen hatte, noch etwas vorhanden war? Und selbst wenn, wie lange würde es reichen? Und angenommen, May und Florence wären bereit, ihm nach Deutschland zu folgen, wohin sollte er sich dort wenden? Erst mal nach Neuerburg zu seinen Eltern? Er hatte keine Ahnung, wie es denen überhaupt während der Kriegsjahre ergangen war. Fünf Jahre lang hatte er nichts von ihnen gehört. Ob Vater und Stiefmutter, ob seine Geschwister überhaupt noch lebten? Vor allen Dingen brauchte er wieder Arbeit. Er konnte doch wohl kaum damit rechnen, dass der Kaiserhof in Köln ihn so »mir nichts – dir nichts« sofort wieder einstellen würde, quasi nach dem Motto »Schön, dass du endlich wieder da bist, wir haben deine Stelle sechs Jahre lang für dich freigehalten! Wir haben sehnsüchtig auf dich gewartet!« Nein, es wäre geradezu blauäugig, derartiges zu erhoffen. Wie mochte überhaupt die allgemeine Wirtschaftslage nach dem verlorenen Krieg in Deutschland sein? Den Kaiser gab es nicht mehr, die Heimat war also nun wohl Republik. Was war überhaupt eine Republik? Wie wird das Land regiert? Und zu allem Überfluss ist das Rheinland von britischem Militär besetzt? Möglicherweise würde er sich selbst dort gar nicht mehr zurechtfinden! Die sechs Jahre haben das Land sicher total verändert. Gibt es dort neues Geld? Zunächst einmal würde er wohl keine müde Mark in der Tasche haben!

Und in diese Ungewissheit, in diese gewaltige Unsicherheit, sollte er May und das Kind hinüberführen? Die beiden, die in Shepherd`s Bush stets im großen elterlichen Haus Geborgenheit und Wohlstand erlebt hatten? Eine Zumutung! Was hatte er ihnen zu bieten? Nichts, rein gar nichts! Nicht einmal ein Dach über dem Kopf! Die Perspektiven schienen Nik trostlos, während er aus dem Abteilfenster des dahinratternden Zuges blickte. Tiefe Traurigkeit überfiel ihn und er spürte, wie ihm Tränen über die Wangen liefen. Und plötzlich schlug seine Traurigkeit in panische Angst um.

Hatte es überhaupt Zweck, nach Shepherd`s Bush zu fahren und im Hause der Schwiegereltern aufzutauchen, so einfach nach dem Motto: »Hallo, hier bin ich wieder!«? Zweifel überkamen ihn. Was, wenn man ihm unter Schimpf und Schande einfach die Tür vor der Nase zuknallte? Wäre es nicht doch besser, erst einmal direkt nach Köln weiterzufahren, um dort die Lage zu peilen, zu versuchen, Arbeit und eine Wohnung zu finden? Dann könnte er ja eventuell später May mitteilen, welche Maßnahmen er ergriffen hatte. Aber würden sie und seine Schwiegereltern das verstehen?

Nik spürte, wie ihm Angstschweiß über die Stirn rann.

Nein, das ist sicherlich der falsche Weg, dachte er. Das würde May mir bestimmt nie verzeihen. Ich muss auf jeden Fall zuerst zu ihr, auch mit dem Risiko, dass ich im Hause der Scoines nicht mehr willkommen bin. Immerhin ist May doch meine Frau! Und ich muss einfach davon ausgehen, dass sie zu mir hält. Schließlich habe ich mich keines Verbrechens schuldig gemacht. Ich werde ihr dann den Vorschlag machen, dass ich zunächst alleine nach Deutschland zurückfahre, um eine Existenz für uns aufzubauen. Das wird sie verstehen. Auf jeden Fall müssen wir das miteinander besprechen. Und ich will unbedingt mein Kind sehen. Florence kennt mich ja gar nicht. Ob sie mich überhaupt mag? Für sie bin ich doch ein Fremder. Ach, ich denke, es wird schon irgendwie weitergehen. Nur Mut, Nik, nur Mut!

Und er spürte, wie die Angst allmählich wieder von ihm wich. Er hatte einen Entschluss gefasst und plötzlich huschte ein Lächeln über sein Gesicht, da ihm der uralte Kölsche Leitspruch in den Sinn kam: »Et es, wie et es. Et kütt, wie et kütt. Un et hätt noch immer joot jejange!«

Er hatte völlig in Gedanken versunken aus dem Zugfenster geschaut, jedoch von der vorüberziehenden Landschaft so gut wie nichts wahrgenommen. Nun plötzlich »erwachte« er wieder und bemerkte, dass die liebliche, leicht wellige Weidelandschaft mit ihren langgezogenen Heckenumrandungen, mit Scharen weidender Schafe und Rinder sowie vereinzelten Farmen und kleinen Dörfern zunächst fast unmerklich, dann jedoch immer mehr, größeren Wohnsiedlungen und Industriebetrieben wich. Die Bebauung wurde dichter, der Zug rumpelte über zahllose Weichen und verlangsamte allmählich die Geschwindigkeit. Er näherte sich der Hauptstadt!

Am Nachmittag des 21. Juli stand Nik als freier, jedoch ausgewiesener Mann auf Euston Station. Er spürte den Herzschlag bis zum Halse vor Aufregung, dass er in wenigen Minuten May und zum ersten Mal seine kleine Tochter in die Arme schließen würde.

Fünf lange Jahre waren vergangen, seitdem er das letzte Mal hier gestanden hatte! Nun sog er wieder die Londoner Luft begierig ein. Er glaubte, dass sie noch immer so roch wie damals. Wieder nahm er sogleich den geschäftigen Straßenverkehr mit allem Lärm um sich herum wahr, Menschenmassen, die hin und her hasteten, Zeitungsburschen und Straßenverkäufer, die ihre Waren lauthals anpriesen. Die Autos und Doppelstockbusse allerdings hatten sich merklich verändert. Sie waren moderner geworden. Letztere wurden nicht mehr von Pferden gezogen, sondern hatten alle einen Benzinmotor. Es gab kaum noch Fahrzeuge, in denen die Fahrer oder Kutscher wie einst offen und vor Wind und Wetter ungeschützt saßen oder standen. Die Anzahl und Größe von Reklameplakaten hatte merklich zugenommen. Nik fühlte sich wie in einer anderen, fremden Welt, obgleich er die Gegend doch so gut kannte.

Als er von der Goldhawk Road in die Richford Street einbog, sah er eine Frau, die gerade damit beschäftigt war, die Eingangsstufen des Hauses No.5 zu putzen. War es May? Unsicherheit überkam ihn. Er blieb einen Moment stehen. Er spürte den Herzschlag bis zum Halse und zitterte am ganzen Leibe. Doch dann war er gewiss: Sie ist es!

Wie vom Wahnsinn getrieben, rannte er los, warf seine beiden Gepäckstücke von sich und brüllte lauthals: »May!«. Diese blickte auf, ließ vor Schreck den Aufnehmer fallen und fiel zitternd Nik um den Hals. Beide waren nicht in der Lage, auch nur ein Wort hervorzubringen. Tränenüberströmt küssten und streichelten sie einander, betrachteten dazwischen immer wieder ihre Gesichter, um sich erneut inständig zu umarmen. Dabei nahmen sie keine Notiz von Passanten, die erstaunt kurzzeitig stehen blieben.

Endlich fassten sie sich, nahmen die Gepäckstücke auf und eilten ins Haus.

»Mum«, brüllte May lauthals, wobei sich ihre Stimme überschlug, »komm schnell, Nik ist wieder da!«

Einen Moment später erschien Mutter Henrietta in der Küchentür und schlug vor Überraschung beide Hände vor den Mund, wischte sich diese dann rasch an ihrer Schürze ab, um sogleich Nik um den Hals zu fallen und ihn zu küssen. »Gott sei gelobt und gedankt, dass du auch wieder wohlbehalten zurück bist, mein Junge. Du bist doch in Ordnung, oder?«

Von dem Lärm aufmerksam geworden, war inzwischen ein kleines Mädchen leise die Treppenstufen herunter geschlichen und betrachtete aus halber Höhe verwundert das Geschehen.

Nun bemerkte May ihre kleine Tochter auf der Treppe, eilte ihr entgegen, nahm sie auf den Arm und sagte: »Darling, schau, dein Daddy ist aus dem Krieg zurückgekommen! Das ist dein Daddy!«

Und zu Nik gewandt: »Darling, das ist Florence, deine Tochter!«

Jetzt waren alle, außer Florence, tränenüberströmt und glücklich vor Freude, dass ihnen weitere Worte fehlten. Nur die kleine vierjährige Florence blickte wie versteinert von einem zum anderen, offenbar nicht begreifend, was da vor sich ging. Als May sie ihrem Mann in dessen offene Arme übergeben wollte, wandte sich die Kleine ab und schaute über Mays Schulter gegen die Wand.

May versuchte nochmals, unter gutem Zureden, Florence ihrem Vater zu übergeben, doch die Kleine wehrte sich nun heftig und schrie laut: »Lass mich los! Lass mich los!«

»Lass sie ruhig«, sagte Nik. »Das kann sie noch nicht verstehen. Das braucht seine Zeit.«

Daraufhin setzte May ihr Kind ab, das sofort wieder die Treppe hinauf stürmte und oben verschwand.

Nik aber war ganz begeistert von seiner hübschen kleinen Tochter und küsste immer wieder seine Frau vor Dankbarkeit.

»Du bist bestimmt sehr hungrig«, meinte Niks Schwiegermutter. »Ich mache sofort ein leckeres Essen. John wird wohl auch bald von der Arbeit kommen.« Und mit der Bemerkung »Thank the Lord, now they're all back!« verschwand sie wieder in der Küche.

Durch Mays Briefe war Nik informiert, dass ihre beiden Schwestern nach deren Hochzeit ausgezogen waren. Die kleine Florence hatte Alices ehemaliges Zimmer bezogen, das liebevoll als Kinderzimmer eingerichtet worden war.

Nachdem May eine Karaffe Wasser und Gläser geholt hatte, setzte sie sich mit Nik ins Wohnzimmer auf das Sofa und beide begannen, eng umschlungen, einander ihre Erlebnisse zu erzählen, wobei sie immer wieder in Tränen ausbrachen.

»Schau mal, ich habe für dich und Florence auch ein kleines Geschenk mitgebracht«, sagte Nik und zog die beiden während der Gefangenschaft gefertigten Namensbroschen aus der Jackentasche. »Die habe ich selbst gemacht!«

May betrachtete die kleinen Kunstwerke mit ungläubigem Staunen. »Die sind ja wunderbar! Woher hast du denn das Elfenbein?«

»Es ist kein Elfenbein, Darling. Sieht nur so aus. Es ist lackierter Tierknochen.«

»Unglaublich. Man könnte wirklich meinen, es wäre Elfenbein.« Damit befestigte sie ihre Brosche sogleich am Oberteil des Kleides.

»Du siehst«, ergänzte Nik, »der liebe Gott hat es letztendlich doch gut mit uns gemeint. Wir haben alle den Krieg heil überstanden. Und eigentlich muss ich euch Engländern dankbar dafür sein. Möglicherweise habt ihr mir das Leben gerettet. Vielleicht wäre ich sonst als Soldat irgendwo in Frankreich ums Leben gekommen oder verwundet, wie unzählige andere. – Übrigens, wo ist eigentlich Jackie?«

»Ja, die hat leider als einzige den Krieg nicht überstanden. Sie ist voriges Jahr gestorben. Wir waren alle sehr traurig.«

»Das tut mir leid. Sie war doch so ein wunderschönes, braves und kluges Tier.«

Etwa eine halbe Stunde später erschien John Scoines. Als May ihn kommen hörte, sprang sie sofort auf und eilte ihm im Flur entgegen. »Dad, Nik ist wieder da!« rief sie voller Begeisterung. Der schaute ungläubig durch die Wohnzimmertür und erblickte seinen Schwiegersohn, der sich soeben erhob. »Gott sei Dank, dass du wieder wohlbehalten zurück bist, Nik. Ich bin ja so froh. Lass dich ansehen, wie geht es dir?« Dabei umarmten sich beide herzlich. »Das ist der schönste Tag meines Lebens, jetzt, da ihr alle vier wieder zu Hause seid. Das müssen wir richtig groß feiern, nicht wahr! May, wir haben seit Jahren keine Weinflasche mehr geöffnet. Jetzt ist es an der Zeit. Ich glaube, da ist noch eine im Keller. Schau doch bitte mal nach.« Jetzt fiel ihm auf, dass Nik seinen einst stattlichen kaiserlichen Schnurrbart stark gekürzt hatte. »Du bist im Gesicht etwas schmaler geworden«, lachte er.

May brachte sogar zwei Flaschen herauf und alsbald wurde auf Niks glückliche Heimkehr angestoßen. Auch Mutter Henrietta unterbrach dafür kurz ihre Arbeit in der Küche.

John nahm sich gar nicht die Zeit, sich der Arbeitskleidung zu entledigen. Er bombardierte Nik sofort mit einer Unmenge von Fragen. Es gab doch so viel von beiden Seiten zu erzählen, was sich ununterbrochen fortsetzte, als das Abendessen aufgetischt wurde.

Plötzlich lugte ein kleines Mädchengesicht vorsichtig um die Kante des Türrahmens. Die Erwachsenen bemerkten es zunächst nicht, so sehr waren sie in Gesprächen vertieft.

Es war Großmutter Henrietta, die ihre Enkelin zuerst bemerkte.

»Komm doch herein, Florrie, Darling. Du hast doch sicher auch Hunger. Setz dich zu uns!« Zugleich erhob sie sich und schob einen erhöhten Kinderstuhl heran, der bislang in der Ecke gestanden hatte.

Aller Augen richteten sich nun lächelnd auf das Kind. Auch May sagte ganz leise: »Hab keine Angst, Darling, es ist schön, wenn du bei uns bist« und winkte ihre Tochter herbei.

Tatsächlich näherte sich nun Florrie, wie ihre Oma sie nannte, ganz zaghaft dem erhöhten Kinderstuhl, ihren Blick aber konstant auf den Fremden fixiert, von dem ihre Mutter behauptet hatte, er sei ihr ʻDaddyʼ. Nik lächelte seine Tochter an, sagte aber nichts. Ihm war bewusst, dass er sich nicht aufdrängen durfte. Das wäre die völlig falsche Taktik. Natürlich hatte sich das Kind überrumpelt gefühlt und musste sich nun ganz allmählich an die neue Situation gewöhnen und Vertrauen zu dem Mann gewinnen, den sie doch gar nicht kannte.

Endlich kletterte Florrie in ihr Kinderstühlchen, weiterhin Nik fixierend. Ihre Großmutter indes unterhielt sich leise mit ihr, was sie gerne essen möchte und servierte ihr das Gewünschte auf den Teller. Mit großen Augen verfolgte die Kleine dann die fortgesetzten Gespräche und vergaß zuweilen darüber das Essen, so dass ihre Oma oder May gelegentlich nachhelfen mussten.

Für Nik war es ein wahrer Festschmaus, so schmackhaft, wie er seit Jahren nichts mehr genossen hatte. Er fühlte sich wahrhaftig wie im Paradies! War dies Realität oder träumte er? Und er konnte den Blick nicht abwenden von seiner schönen Frau und dem hübschen Kind, das seine Tochter war.

Plötzlich war all das Elend, die Not, die Traurigkeit der letzten fünf Jahre wie in einem fernen Nebelschleier untergegangen. Dennoch begriff Nik nur allmählich, dass die Erlebnisse der Vergangenheit angehörten und nun ein Neuanfang bevorstand. Er hatte sich vielleicht doch zu große Sorgen gemacht.

Nach einiger Zeit bemerkte er, dass die kleine Florrie mit ihrem Essen fertig war. Sie saß jedoch weiterhin ganz still im Stühlchen und beobachtete die Erwachsenen. Nun glaubte Nik, dass der richtige Moment gekommen sei, das Kind mit seinem Hasen-Geschenk zu überraschen. Er begab sich kurz hinaus auf den Flur, um das Stofftier aus der Manteltasche zu holen, verbarg es jedoch zunächst noch hinter dem Rücken und kehrte schweigend an seinen Platz bei Tisch zurück.

Er wartete noch einige Minuten, zog es dann von den anderen unbemerkt hervor, um es wie bei einer Kasperlebühne ganz allmählich über der Tischkante Stück für Stück sichtbar werden zu lassen. Als der Kopf mit den Schlappohren zum Vorschein kam, war Großvater John der Erste, der es bemerkte.

»Hey, was kommt denn da zum Vorschein?« rief er erstaunt und lenkte dadurch die Aufmerksamkeit aller auf den Hasen. Auch das Kind sah es nun, blickte zunächst erschrocken und mit großen Augen hinüber, doch alsbald erhellte ein lustiges Lächeln ihr süßes Gesichtchen, als immer mehr von dem Tier sichtbar wurde und auch die anderen Erwachsenen nunmehr lauthals lachten und sich amüsierten.

»Das ist 'Robby Rabbit'«, sagte Nik fast im Flüsterton, »er ist mit mir von der Insel Man gereist und hat mir erzählt, dass er die kleine Florrie besuchen und ihr gerne gehören möchte!« Und nach einem Augenblick der Stille, während der lediglich von einigen Erwachsenen ein leises »Oh, oho!« zu vernehmen war und sich aller Augen gespannt auf das Kind richteten, fragte Nik im gleichen leisen Tonfall: »Ob die kleine Florrie wohl Robby Rabbit mal kennenlernen möchte?«

Mit einem heftigen Nicken und strahlendem Lächeln beantwortete sie seine Frage.

»Dann lassen wir doch mal Robby Rabbit über den Tisch zu Florrie hinüberhoppeln«, meinte Nik und setzte den Hasen langsam hoppelnd in Bewegung, wobei John die Fortsetzung übernahm, bis Florrie das Spielzeug erreichen konnte. Ihre kleinen Händchen ergriffen es vorsichtig, ertasteten das weiche Fell und schmiegten es schließlich an ihre Wange. »Hello Robby Rabbit«, flüsterte sie ganz leise, »ich mag dich.« Sodann kuschelte sie es glücklich an sich.

»Das ist ja ganz süß.« – »Das hat dir dein Daddy mitgebracht.« – »Woher hast du das?« – »Das hast du doch nicht etwa selber gemacht?« redeten nun die anderen durcheinander, wodurch sich die Kleine aber absolut nicht in ihrem beseelten Glück stören ließ. Sie hatte nur Augen für Robby Rabbit.

Nach einigen Minuten glaubte Großmutter Henrietta allerdings mahnen zu müssen:

»Ich denke, du solltest deinem Daddy aber auch schön Danke sagen, Florrie, meinst du nicht auch?«

Mit einem strahlenden Lächeln blickte sie zu ihrem Vater hinüber, stieg vom Stuhl herunter, ging langsam um den Tisch herum, den Hasen im Arm, begab sich zu Nik, vollbrachte einen Knicks und hauchte ein leises »Thank you!«

»Ist schon gut, Darling«, erwiderte jener, »ich bin glücklich, dass Robby Rabbit dir gefällt.«

Dann hatte das Kind es aber doch wieder sehr eilig, zu ihrem Platz zurückzukehren.

Aufgrund all der erlebten Feindseligkeiten gegen sie und ihre Familie hatte May den Eltern wiederholt erklärt, dass sie sich nicht mehr in ihrer Heimat wohlfühlte und entschlossen wäre, mit ihrem Mann und dem Kind nach Deutschland umzusiedeln, wenn Nik nach Ende des Krieges zurückkehren würde.

Später am Abend, nachdem Großmutter Henrietta die kleine Florrie zu Bett gebracht und ihr wie immer eine Gute-Nacht-Geschichte erzählt hatte, griff May das Thema wieder auf.

»Ich möchte, nein, ich will mit dir so schnell wie möglich nach Deutschland umziehen, Nik« sagte May zu dessen größter Überraschung. »Ich kann nicht mehr hier bleiben, nach all dem, was geschehen ist. Und du hast ganz bestimmt auch keine Chance mehr hier in England. Ich will hier weg, so schnell wie möglich, verstehst du?«

Nik wusste im ersten Moment nicht, was er darauf antworten sollte. Es folgte zunächst einmal ein Moment der Stille, die schließlich von Vater John unterbrochen wurde.

»Wir können dich sehr gut verstehen, May. Aber wer sagt dir, dass es dir als Engländerin in Deutschland nicht umgekehrt ähnlich ergehen kann wie bei uns hier. Ich denke, dass sich die Lage und das Verhalten der Leute hier nach und nach wieder normalisieren wird.«

»Mag sein, Vater«, erwiderte May, »vielleicht normalisiert es sich nach drei, vier oder fünf Jahren. Aber sicher nicht in nächster Zeit. Und so lange will ich nicht warten und uns alle den Anfeindungen der Leute aussetzen. Das Risiko, dass es mir in Deutschland vielleicht auch nicht besser ergeht, muss ich in Kauf nehmen.«

»Was meinst du denn dazu, Nik?« wollte nun Henrietta wissen.

»Na ja, ich denke, ich muss May einerseits Recht geben. Ich kann mir kaum vorstellen, dass May in Deutschland unfreundlich aufgenommen oder ihr sogar Hass entgegen gebracht wird. Aber wisst ihr, was ich erfahren habe?« Erstaunte, fragende Blicke aller trafen nun Nik.

»Das Rheinland ist auf Grund des Versailler Vertrages von britischem Militär besetzt!«

»Ist das wahr?« fragte sein Schwiegervater.

»So behauptete es jedenfalls mein Lagerkommandant. Ironie der Geschichte. May, wir kämen zumindest in Köln nicht von deinen Landsleuten los.«

»Ich fasse es nicht«, konnte May nur darauf antworten.

»Das größte Problem wird allerdings sein, dass wir uns erst einmal eine Wohnung suchen müssen und ich brauche einen Job. Deshalb möchte ich vorschlagen, dass ich zunächst alleine nach Köln fahre, um mich um Wohnung und Arbeit zu kümmern. Dann kommst du später nach, May.«

»Das kommt gar nicht infrage!« konterte May jetzt mit allem Nachdruck, »ich lasse dich nie mehr los, Nik! Nie wieder dürfen wir voneinander getrennt werden, auch nicht für kurze Zeit! Fünf Jahre waren verdammt lange genug.«

»Ich kann dich ja verstehen, Kind«, meinte Vater John, »aber Niks Vorschlag ist sehr vernünftig. Er sollte erst mal vorfahren, um die Grundvoraussetzungen für eure Übersiedlung zu schaffen.«

Nik und Henrietta deuteten durch Kopfnicken ihre Zustimmung an.

»Nein, nein und nochmal nein!« fuhr May wieder dazwischen. »Ich nehme jedes Risiko auf mich. Ich bin überzeugt, gemeinsam werden wir es irgendwie schaffen. Ich kann sehr wohl auf vieles verzichten, wenn es sein muss.«

Die Diskussion wurde noch lange fortgeführt, doch May blieb hartnäckig.

»Ja, wie es scheint, schaffen wir es alle nicht, unsere May umzustimmen«, meinte schließlich Mutter Henrietta. »Sie hat einen ganz schönen Dickkopf!«

»Das bedeutet, dass wir unsere Tochter und Florrie wohl ziehen lassen müssen«, ergänzte Vater John.

»Es wird uns natürlich sehr schwer fallen«, meinte Henrietta, »nachdem wir unseren Fred Arthur offensichtlich irgendwo in Amerika verloren haben.«

»Aber Deutschland ist nicht Amerika, Mum«, konterte May, »wir werden euch so oft wie möglich besuchen, vielleicht immer die Ferien bei euch verbringen. Was meinst du, Nik?«

»Sicher, wenn man mich irgendwann wieder einreisen lässt. Die Frage ist aber erst einmal, wohin wir in Deutschland zurückkehren wollen. Wir brauchen zunächst eine Wohnung. Natürlich würde ich gerne bei meinem alten Arbeitgeber, dem Hotel Kaiserhof in Köln, nachfragen, ob die mich wieder einstellen.«

Sie diskutierten noch lange an diesem Abend, bis Nik vor Müdigkeit fast die Augen zufielen. Immerhin kam man aber zu dem vorläufigen Ergebnis, dass May und Nik schon in der nächsten Woche alleine nach Deutschland fahren sollten, um den Ausweisungstermin einzuhalten. Ohne Kind wäre es gewiss einfacher, sich auf die Wohnungssuche zu begeben. Außerdem dürfte die Kleine nicht überfordert werden, meinte Henrietta, womit sie zweifellos Recht hatte. May könnte dann zu einem späteren Zeitpunkt ihre Tochter nachholen.

Sowohl Nik als auch May schliefen sehr unruhig, aber überglücklich in der ersten gemeinsamen Nacht nach Jahren langer Trennung, sie waren es ja auch nicht mehr gewohnt. Erst in den frühen Morgenstunden schlief Nik so fest ein, dass er nicht merkte, als May gegen halb neun leise aufstand, um ihre kleine Tochter zu versorgen. Zudem hätte sie um elf Uhr ihren Dienst im »Old King's Head« aufnehmen müssen, aber sie dachte im Traume nicht daran, dort auch nur eine einzige weitere Stunde zu arbeiten. Sie wollte trotzdem zumindest diesmal noch pünktlich erscheinen, um ihre sofortige Kündigung zu erklären. Dabei war ihr völlig gleichgültig, wie ihr Chef darauf reagieren würde.

Nik wachte erst nach zehn Uhr auf und wurde von Schwiegermutter Henrietta mit einem opulenten Frühstück begrüßt. Er erfuhr, dass May zwecks Kündigung ihrer Arbeitsstelle unterwegs war.

Zu seiner großen Freude schlich sich die kleine Florrie mit Robby Rabbit in der Hand vorsichtig an den Frühstückstisch heran und Nik versuchte, mit wenigen freundlichen Worten Kontakt zu ihr aufzunehmen, indem er sich erkundigte, ob Robby Rabbit gut geschlafen hätte.

Tatsächlich antwortete das Kind mit einem leichten Lächeln: »Sehr gut, nicht wahr, Robby?« Dabei vollführte sie mit dem Hasen eine Art Nickbewegung und lachte. Das Herz ihres Vaters galoppierte vor Freude. Es war der erste Schritt einer Annäherung.

Obwohl in den folgenden Tagen viele Dinge geregelt und abgewickelt werden mussten, luden John und Henrietta die Verwandtschaft zu einem großen Abschiedsfest am Samstag ein, zu dem tatsächlich alle erschienen: Hettie und Jim Bellingham mit ihrer Tochter Hettie, Florence Rose und Bert Luxford, Alice mit ihrem Mann Lifford Claydon sowie Mrs. Bennet. Es war eine feuchtfröhliche Party, während der immer wieder deutlich wurde, wie sehr alle bedauerten, dass May und Nik so viel Schlimmes in den vergangenen Jahren erleiden mussten. Besonders leid tat es ihnen, dass die beiden nun gezwungen waren, England zu verlassen.

»Eines ist für mich allerdings sehr erstaunlich, ja unverständlich«, bemerkte Nik, »dass hier so viele Leute aus der Nachbarschaft und dem einstigen Freundeskreis euch so viel Hass und Ablehnung entgegen brachten, besonders dir, May. Ich habe derartiges während der Gefangenschaft nie von Seiten meiner Bewacher erfahren. Im Gegenteil, die britischen Soldaten haben sich uns Deutschen gegenüber immer korrekt und fair verhalten, ja oft genug äußerst hilfsbereit.«

May hatte Niks Bankkonto während dessen Gefangenschaft nicht angerührt, so dass es infolge der Verzinsung etwas angewachsen war. Nun lösten sie ihre beiden Konten auf und die Beträge wurden von Mays Eltern noch zusätzlich kräftig aufgestockt, so dass sie finanziell für die erste Zeit in Deutschland gerüstet waren. Außerdem bezahlte John Scoines für beide die Reisetickets.

Am Mittwoch, dem 30. Juli, wurden May und Nik von ihren Eltern sowie von Alice und Florence Rose zum Victoria Station begleitet. Natürlich war auch die kleine Florrie dabei, die sich fest an Großmutters Hand klammerte, ihren Hasen in der anderen Hand. In erster Linie erregten jedoch die Vorgänge im Bahnhof, besonders die dampfende Lokomotive, ihre ganze Aufmerksamkeit. Infolgedessen schien ihr die Verabschiedung der Mutter, die mit ihrem Daddy abreiste, völlig gleichgültig zu sein. Als sich die Erwachsenen unter Tränen auf dem Bahnsteig von May und Nik verabschiedeten und einander herzlich umarmten, betrachtete das Kind die Szenen teilnahmslos.

May nahm ihre Tochter ein letztes Mal auf den Arm, küsste sie und sagte: »Dauert nicht lange, Darling, dann komme ich wieder.«

Nik trat nun ebenfalls hinzu und mahnte:

»Pass gut auf Robby Rabbit auf!«

Nun nahm Großvater John seine Enkelin auf den Arm und forderte sie auf zu winken, als der Zug sich langsam in Bewegung setzte. Aber sie tat es nicht, obwohl alle anderen winkten und auch May und Nik sich aus dem Fenster lehnend zurück winkten, weiße Taschentücher in der Hand.

Kapitel 17

1919/1920 – Der Neubeginn

Die Schiffspassage verlief diesmal von Dover nach Rotterdam, da der Hafen von Ostende noch vermint war. Außerdem fuhr das Schiff äußerst langsam aus Furcht vor Treibminen. Aus diesem Grunde standen zusätzlich zwei Matrosen am Bug, Ausschau haltend. Glücklicherweise war die See sehr ruhig, so dass die lange Passage angenehm verlief. Von Rotterdam aus fuhr der Zug über Eindhoven und Mönchengladbach nach Köln. Nik und May wunderten sich, als in Venlo keine deutschen, sondern belgische Grenzbeamte zustiegen und die Passkontrollen vornahmen.

Spät am Abend trafen sie in Köln ein. Nik erinnerte sich noch an ein kleines, einfaches Hotel im Eigelsteinviertel, an dem er stets vorbei kam, wenn er Frau Deckers besuchte. Tatsächlich existierte es noch, so dass die beiden hier zunächst ein Zimmer für die ersten Nächte buchten.

Niks Plan war, am folgenden Tag zunächst Frau Deckers aufzusuchen, in der Hoffnung, dass sie noch lebte. Er erfuhr jedoch von ihrer Nachbarin, dass sie bereits im Januar 1917 verstorben war. Diese Information bedeutete für Nik eine herbe Enttäuschung. Gerne hätte er May Frau Deckers vorgestellt und zugleich wäre die alte Englischlehrerin für seine Frau eine ideale Ansprechpartnerin in der ihr fremden Stadt gewesen. Vielleicht hätten sie mit Frau Deckers Hilfe auch eine Unterkunft finden können. Leider war aber nun diese Hoffnung zunichte geworden.

Ihre zweite Anlaufstelle war natürlich der 'Kaiserhof''. Auf dem Weg dorthin begegneten ihnen zahlreiche britische Soldaten, doch sie sprachen sie nicht an. Als May und Nik vor dem alten Hotel standen, stellte Nik fest, dass der Name 'Kaiserhof' über dem Eingang durch den Schriftzug 'Rheinhotel' ersetzt worden war. Alles hatte sich irgendwie verändert. Nik glaubte zu spüren, dass Köln viel von seiner alten Lebendigkeit und Fröhlichkeit eingebüßt hatte. Nur der mächtige Dom, vor dem sie nun standen und den May staunend betrachtete, hatte nichts von seiner beeindruckenden Wirkung verloren. Und über dem Grandhotel »Excelsior Ernst« wehte die Union Jack! Zwei bewaffnete Soldaten bewachten den Eingang. Das Hotel war nun offensichtlich britisches Hauptquartier.

Als sie die Empfangshalle des Rheinhotels betraten, stellte Nik fest, dass sich auch hier fast alles verändert hatte. Es war nichts mehr vom Glanz früherer Zeiten zu spüren. Der einst üppige Blumenschmuck fehlte. An der Stelle des ehemaligen Kaiserbildnisses hing nun ein kleineres Stillleben, so dass rings herum der Schmutzrand des vorherigen Gemäldes erkennbar war. Der riesige kostbare Orientteppich in der Mitte der Halle fehlte ebenfalls. An seiner Stelle befand sich ein einfacher, langer grauer Läufer.

Hinter dem Empfangstresen stand eine junge Frau, die er nicht kannte. Ansonsten war kein weiteres Personal, kein Page zu sehen. Nik grüßte und bat, entweder Herrn Berger oder Herrn Wienands zu sprechen.

»Tut mir leid«, antwortete die Dame, »Herr Berger ist erkrankt und Herr Wienands ist nicht mehr Direktor. Heute leitet Herr Dahmen unser Hotel.«

»Dann möchten wir Herrn Dahmen sprechen.«

»Wen darf ich melden?«

»Herrn und Frau Kemen. Ich habe vor dem Krieg hier gearbeitet«, erklärte Nik.

Nach der telefonischen Anmeldung wollte die Empfangsdame ihnen den

Weg hinauf beschreiben, doch Nik erklärte: »Wenn es noch immer das alte Direktionszimmer ist, dann weiß ich Bescheid, danke.«

Herr Dahmen erhob sich von seinem Sessel, um May und Nik zu begrüßen. Er war ein großer, aber außerordentlich schlanker, ja sogar hagerer Mann mit müdem Gesichtsausdruck und eingefallenen Wangen. »Was kann ich für Sie tun?« fragte er freundlich.

Er hörte aufmerksam zu, als Nik seine abenteuerlichen Erlebnisse schilderte und von seiner Tätigkeit im Kaiserhof vor dem Kriege berichtete. May verstand natürlich von all dem kein Wort.

Nachdem er geendet hatte, erhob sich Herr Dahmen und trat wortlos an den alten Aktenschrank im Büro. Nach kurzem Suchen zog er eine Akte heraus, legte sie auf den Schreibtisch und blätterte eine Weile darin suchend herum.

»So, hier habe ich Ihre Unterlagen von damals gefunden«, sagte er schließlich und nahm sich Zeit, darin zu lesen. »Ja, hier hat mein Vorgänger am Ende vermerkt: *Für 6 Monate Unterbrechung der Tätigkeit zur Verbesserung seiner Englischkenntnisse in Großbritannien.* Tja, und aus den sechs Monaten sind fünf Jahre geworden! – Also, Herr Kemen, ihre alten Personalpapiere sind ausgezeichnet und ich darf wohl annehmen, dass Ihre Englischkenntnisse inzwischen perfekt sein dürften. Da Herr Berger derzeit schwer erkrankt ist und es den Anschein hat, dass er auf längere Zeit nicht mehr an seinen Arbeitsplatz zurückkehren wird, biete ich Ihnen vorläufig die Stelle des Empfangschefs an. Sollte Herr Berger eines Tages wieder den Dienst aufnehmen können, müssen wir neu disponieren. Was halten Sie davon?«

Nik strahlte übers ganze Gesicht, was May sogleich als gutes Zeichen registrierte. Am liebsten wäre Nik aufgesprungen, um Herrn Dahmen zu umarmen.

»Das ist ja wunderbar«, antwortete er, »das ist für mich ein richtiger Glücksfall. Natürlich nehme ich Ihr Angebot gerne an. Wann soll`s losgehen?«

»Von mir aus gleich morgen. Trotzdem muss ich Ihre Freude ein wenig dämpfen. Wir können leider nicht mehr die gleichen Löhne wie vor dem Krieg bieten. Die Gästezahlen sind drastisch eingebrochen. Während des Krieges mussten wir unser Haus sogar zeitweise völlig schließen. Wenn wir zurzeit eine Gästebelegung von 45 Prozent erreichen, müssen wir schon zufrieden sein. Nun macht uns die alliierte Besatzung hier schwer zu schaffen! Ja, Herr Kemen, so ändern sich die Zeiten. Das ganze westliche Rheinland steht jetzt unter alliierter Besatzung. Hier in Köln sind es Ihre Landsleute, Frau Kemen. Unser Oberbürgermeister Adenauer hat einen britischen Administrator neben sich, der bestimmt, wo's lang geht! Als die Engländer hier einmarschierten, wurde überall erst einmal gefilzt, was sie gebrauchen konnten. Sozusagen als Reparationen, verstehen Sie? Bei uns haben die sofort den großen Orientteppich unten aus der Empfangshalle geholt, eine ganze Reihe unserer Gemälde und Deckenleuchter! Das Excelsior drüben wurde übrigens beschlagnahmt und ist britisches Hauptquartier geworden.«

»Ja, das haben wir schon gesehen.«

»Zusätzlich verlangen die Alliierten horrende Geldzahlungen auf Jahre hinaus! In der Eifel haben übrigens die Franzosen das Sagen«.

»Das ist ja furchtbar«, antwortete Nik, »aber wegen der niedrigeren Lohnzahlung machen Sie sich keine Gedanken. Ich bin froh, wieder hier arbeiten zu können. Morgen bin ich zur Stelle. Nur eine Frage noch, Herr Dahmen, wir brauchen eine Wohnung. Können Sie uns da vielleicht einen Tipp geben?«

»Also, zunächst einmal könnte ich Ihnen wieder oben einen Mansardenraum des Personals anbieten. Wir mussten unseren Personalbestand leider drastisch reduzieren, wissen Sie. Ansonsten sollten Sie sich beim städtischen Wohnungsamt erkundigen. In Köln herrscht derzeit ziemliche Wohnungsnot. Vielleicht haben Sie dort auch Glück«, empfahl Herr Dahmen lächelnd.

Nik nahm sich zwei Minuten Zeit, um May in Kurzfassung zu übersetzen, was soeben besprochen wurde. Nun strahlte auch sie vor Freude und Dankbarkeit. Dennoch war es ihr äußerst unangenehm, dass sie jetzt ausgerechnet hier in Köln britisches Militär als Besatzung antraf.

»Ihr Angebot des Mansardenzimmers nehmen wir herzlich gerne an, bis wir eine richtige Wohnung gefunden haben.«

»Ja, dann wäre soweit alles besprochen, denke ich«, meinte Herr Dahmen. »Ich mache Ihren neuen Vertrag bis morgen fertig und wünsche Ihnen guten Erfolg mit der Wohnungssuche.« Und an May gewandt: »Ich hoffe, dass Sie sich schnell in Deutschland einleben und wohlfühlen.«

Nik übersetzte es und May hauchte lächelnd ein «Thank you, Sir.« Herr Dahmen bot ihnen noch an, das Abendbrot wie früher in der Personalkantine einzunehmen.

»Eine letzte Frage noch, Herr Dahmen. Ist mein junger Kollege Karl Schäfers hier noch beschäftigt? Er war damals Page.«

»Tut mir leid, Herr Kemen, Karl ist bei Verdun gefallen!«

»Was ist aus Herrn Wienands geworden und warum heißt das Hotel jetzt 'Rheinhotel'?«

»Herr Wienands musste wegen finanzieller Unregelmäßigkeiten in der Buchführung entlassen werden. Er wurde bereits wegen Veruntreuung verurteilt. Und wir haben unseren Namen geändert, weil der Kaiser abgedankt hat und nach Holland geflohen ist. Wir hielten die Namensänderung für sinnvoll, um uns der neuen Zeit anzupassen, aber auch mit Rücksicht auf ausländische Gäste, die sich vielleicht am alten Namen stören könnten.«

Traurig über diese Informationen, aber dennoch glücklich, verließen Nik und May das Hotel, um sich sogleich zum Wohnungsamt zu begeben. Immer wieder begegneten sie unterwegs britischen Soldaten. Auf dem Amt trafen sie eine lange Schlange wartender Menschen an und es dauerte Stunden, bis sie endlich an der Reihe waren.

Nik erklärte sein Anliegen und legte die Pässe sowie die Bescheinigung des Kriegsgefangenenlagers vor. In Mays britischem Pass war auch ihre Tochter Florence eingetragen. Die Bedienstete überreichte Nik mehrere Antragsformulare mit der knappen Bemerkung: »Ausfüllen und dann kommen'se wieder. Der Nächste bitte!«

Draußen auf dem Korridor füllte Nik die Formulare aus, was eine ganze Weile dauerte. Plötzlich hörte er eine Stimme neben sich: »Entschuldigung, sind Sie nicht aus Neuerburg in der Eifel?« Erstaunt blickte Nik auf. Vor ihm stand Herr Wolters, der Bruder seines ehemaligen Hotelchefs. Vor Jahren hatte er Nik die Stelle im Kaiserhof vermittelt.

»Ja, guten Tag Herr Wolters. Das ist aber eine Überraschung!«

»Entschuldigen Sie, aber leider ist mir Ihr Name entfallen.« – »Nikolaus Kemen und das ist meine Frau May. Wir hatten kurz vor dem Krieg in London geheiratet. Wie geht es Ihrem Bruder?«

»So einigermaßen. Aber bitte kommen Sie doch mit in mein Büro. Ich freue mich, Sie wohlbehalten wiederzusehen. Wir müssen uns in Ruhe unterhalten.«

»Gerne, Herr Wolters, aber ich muss unbedingt erst diese Formulare ausfüllen, weil die Zeit drängt. Wir suchen nämlich eine Wohnung.«

»Das überlassen Sie mal mir, bitte kommen Sie mit!«

Ergeben folgten Nik und May nun Herrn Wolters zu dessen Büro. Auf einem Schildchen neben der Tür las Nik: 'Oberamtsrat Wolters, Leiter der Dienststelle'

Es war ein bescheidenes, relativ kleines Büro mit schlichtem Mobiliar. Kein Teppich zierte den Fußboden.

»Bitte nehmen Sie Platz«, forderte Herr Wolters die beiden auf und zog einen zusätzlichen Stuhl an seinen Schreibtisch heran. »Kann ich Ihnen eine Tasse Muckefuck anbieten? Echten Kaffee oder Tee habe ich leider nicht.«

Nik und May lehnten dankend ab, doch dann musste Nik genau berichten, wie es ihm seit seinem ersten Besuch bei Herrn Wolters vor dem Krieg ergangen war. Nachdem er geendet hatte, sagte Herr Wolters mit typisch rheinischem Tonfall: »So, und jetzt braucht Ihr 'ne Wohnung!«

Dann schwieg er eine Weile, überlegte und schaute die beiden lächelnd an, um schließlich fortzufahren: »Passt mal auf. Ihr füllt die Formulare jetzt mal eben fertig aus und lasst sie bei mir. Morgen ist Freitag, 1. August. Am Montagnachmittag 15 Uhr meldet ihr euch wieder bei mir. Ich denke, dass ich euch bis dahin etwas anbieten kann. Einverstanden?«

Es war kurz nach 16 Uhr, als Nik und May wieder draußen auf der Straße standen. Sie hätten laut jubeln können, da sie ihr Glück kaum fassen konnten. May summte leise das Lied «Oh, what a beautiful morning! Oh, what a beautiful day! Oh, what a beautiful feeling, everything's going my way!"

«Weißt du was, May", sagte Nik, «jetzt suchen wir uns ein nettes Café und leisten uns etwas Leckeres." Aber auch dort gab es nur 'Muckefuck', aber immerhin leckere Erdbeertorte, die sie sehr genossen.

Obwohl sie sich inzwischen recht müde fühlten, statteten sie dem Dom noch einen Besuch ab. May zeigte sich überwältigt und beeindruckt von dem gewaltigen Bauwerk. Aber sie nutzten auch die Gelegenheit für ein kurzes Dankgebet.

Anschließend begaben sie sich zurück zum kleinen Hotel im Eigelstein, packten ihre Habseligkeiten, zahlten und bezogen dann das von Herrn Dahmen angebotene Mansardenzimmer im Rheinhotel. Gegen 20 Uhr erhielten sie ein bescheidenes, jedoch ausreichendes Abendbrot in der Personalkantine im Keller.

Damit beschlossen sie den 31. Juli, ihren ersten Tag des neuen Lebensabschnittes und für May in einem völlig unbekannten Land unter Menschen, deren Sprache sie nicht verstand. Bevor sie todmüde einschliefen, hatte Nik die beiden separaten Eisengestellbetten im Zimmer zusammengeschoben.

Glücklicherweise war May an eine Großstadt gewöhnt, so dass sie keine Angst verspürte, am folgenden Tag, Freitag, dem 1.August, alleine die nähere Umgebung des Rheinhotels und des Domes zu erkunden. Nik hatte ihr zu dem Zweck einen Zettel geschrieben: »Ich wohne im Rheinhotel am Dom. Mein Mann ist dort Empfangschef. Ich spreche kein Deutsch, aber Englisch.« Nur für den Fall, dass May sich verlaufen sollte. Er schärfte ihr ein, sich nicht zu weit vom Hotel zu entfernen und stets ihren britischen Pass bei sich zu tragen.

Aber eigentlich brauchte er sich wohl keine großen Sorgen um Mays Sicherheit zu machen, da doch überall britische Soldaten herumliefen. Mit denen käme seine resolute Frau schon zurecht.

Nik indes zog seinen Hochzeitsanzug an, band eine Krawatte um und meldete sich erneut bei Herrn Dahmen, der ihm den Vertrag zur Unterzeichnung überreichte.

»Tun Sie in den ersten Tagen nur vormittags Dienst«, empfahl Herr Dahmen, »dann können Sie sich nachmittags um Ihre Frau kümmern. Bringen Sie ihr möglichst schnell Deutsch bei, damit sie sich hier schnell einlebt.« Dann begleitete er Nik zu einem Rundgang durch das Haus und stellte ihn den Mitarbeiterinnen und Mitarbeitern vor, von denen er noch einige wenige kannte. Dabei erfuhr er, dass auch Herr Wirth, der ehemalige Hausmeister, in Frankreich gefallen war.

Für Nik indes, der fast jeden Winkel des Hotels kannte, war es, als wäre er nie fort gewesen. Er fühlte sich wie zuhause. Als er schließlich in der Empfangshalle hinter dem Tresen stand, erfüllte ihn große Zufriedenheit und Dankbarkeit. Am Nachmittag oder Abend würde er einen ausführlichen Brief an seine Eltern und Geschwister in Neuerburg schreiben.

May ging als erstes noch einmal hinüber in den Dom, der sie geradezu faszinierte. Sie wollte ihn genauer erkunden. Er erschien ihr weitaus gewaltiger als Saint Paul`s Cathedral oder Westminster Abbey in London. Sie verbrachte fast eine ganze Stunde darin, zumal es hier angenehm kühl war, im Gegensatz zu der bereits hohen Außentemperatur an diesem ersten Augusttag.

Von dort begab sie sich zur Auffahrt der Hohenzollernbrücke, von wo aus man einen herrlichen Weitblick über den Verlauf des Rheines sowohl nach Norden wie auch nach Süden genießen kann. Auch das diesseitige Rheinpanorama mit der Kirche Groß Sankt Martin und den Häuschen der Altstadt beeindruckte May sehr. In Gedanken zog sie Vergleiche zum Themseverlauf in London. Sie meinte, gewisse Ähnlichkeiten zu erkennen. Auf jeden Fall war sie sich sicher, dass der große Fluss der Stadt Köln ein ebenso besonderes Flair verleiht wie die Themse der Stadt London.

May wollte gerade die Brücke betreten, um etwa bis zur Flussmitte zu gehen, als ihr eine Gruppe britischer Soldaten entgegen kam. Sogleich sah sie sich von ihnen umringt, die sie gegen das Brückengeländer drängten. »Hallo, deutsches Fräulein«, verstand May, »gehen Sie mit uns!«

Darauf antwortete sie in ausgeprägtestem Cockney-Dialekt: »Wenn ihr Burschen nicht schleunigst euren Hintern in Bewegung setzt und verduftet, werdet ihr verdammten Ärger mit meinem Mann, Colonel Kemen – es klang wie *Keyman* – bekommen. Also schert euch zum Teufel!«

Die Soldaten waren derart überrumpelt und erschrocken, dass sie sofort Abstand und Haltung annahmen, stramm salutierten und einer von ihnen mit zwei Winkelstreifen, also ein Corporal, stammelte:

«Sorry, Madam, we apologize for our behaviour. Won`t happen again!«

«O.K.«, erwiderte May, «so get a move on, immediately!« Die Soldaten salutierten erneut zackig und marschierten schleunigst ihres Weges.

May blickte ihnen eine Weile nach und sah, wie die Männer sich in einiger Entfernung doch noch einmal verstohlen nach ihr umschauten. Sie hätte am liebsten lauthals gelacht, unterdrückte es jedoch zu einem leichten Grinsen. Jetzt debattieren die gewiss, wer denn wohl jener *Colonel Keyman* sein könnte, dachte May mit großem inneren Vergnügen.

Als May diese Begebenheit Nik später erzählte, konnte der sich vor Lachen kaum noch beruhigen.

Die beiden Nachmittage des Wochenendes nutzten sie, die Stadt näher zu erkunden. Am Samstagabend besuchten sie einen Andachtsgottesdienst im Dom. Nik versuchte, Herrn Dahmens Rat zu befolgen und May möglichst viel auf Deutsch zu erklären, was er dann allerdings sogleich wieder ins

Englische übersetzte. Aber er konnte nicht vermeiden, dass sie ihre generelle Konversation doch auf Englisch führten.

Am Montagnachmittag suchten sie wie vereinbart Herrn Wolters im Wohnungsamt auf. Sie warteten fast eine halbe Stunde auf dem Korridor vor seinem Büro, bis er sie hereinrief.

»Also, ich habe drei Angebote für euch«, erklärte er, »alles leider nur zwei-Zimmer-Wohnungen, aber doch in unterschiedlichen Größen.«

»Nummer eins ist drüben in Deutz, in der Alarichstraße, 36 Quadratmeter, Monatsmiete 80 Mark. Nummer zwei in Nippes, Gellertstraße, 40 Quadratmeter, Miete 88 Mark.

Nummer drei Deutscher Ring Nummer 60, direkt am Rheinufer, 48 Quadratmeter, allerdings Dachschräge, also eine Mansardenwohnung im 4. Stock, leider kein Aufzug, Miete 90 Mark. In allen Fällen handelt es sich um Zweizimmerwohnungen und natürlich um Kaltmiete. Nun, was sagt ihr dazu? Die Qual der Wahl?«

Herr Wolters lehnte sich genüsslich in seinem Stuhl zurück, Niks und Mays Reaktion abwartend. Die beiden besprachen sich einige Minuten lang auf Englisch, da Nik May erst mal alles übersetzen musste.

»Besteht die Möglichkeit von Besichtigungen, bevor wir uns entscheiden?« wollte Nik wissen.

»Theoretisch ja, aber ich mache darauf aufmerksam, dass dadurch wertvolle Zeit verloren geht. Die wenigen Wohnungen, die wir vermitteln können, gehen hier stündlich weg! Ich habe die drei Wohnungen erst mal reserviert, kann die aber nicht lange halten. Ihr solltet euch also schnell entscheiden. Übrigens ist das Haus am Deutschen Ring ein stilvolles Patrizierhaus von 1895, also erst 25 Jahre alt. Man kann davon ausgehen, dass sich die Wohnung darin in gutem Gesamtzustand befindet, wenngleich ihr die sicherlich neu tapezieren müsst. Wie ist denn das eigentlich mit Möbeln?«

»Haben wir natürlich auch noch nicht«, erwiderte Nik.

Nochmals erklärte er May Herrn Wolters Ausführungen und beriet sich mit ihr. Endlich sagte er: »Wir nehmen die dritte Wohnung am Deutschen Ring. Wann können wir die beziehen?«

»Sofort! Die ist vorige Woche frei geworden! Und was Möbel anbelangt, so gebe ich euch noch einen Tipp: Ecke Widdersdorfer Straße/Maarweg in

Ehrenfeld, im Industrieviertel, gibt es eine Lagerhalle für gebrauchte Möbel. Da werdet ihr sicher etwas Günstiges finden. Moment, ich schreibe euch die Adresse auf.«

Herr Wolters füllte ebenfalls den Berechtigungsschein für die Wohnung am Deutschen Ring aus, knallte einen Stempel darunter und sagte:»Damit meldet ihr euch unten bei den Hauseigentümern, einer Familie Böttger. Von denen bekommt ihr dann die Schlüssel. Vergesst aber nicht, euch in den nächsten Tagen beim Einwohnermeldeamt eintragen zu lassen. Tschüs, und alles Gute!«

Sofort machten sie sich auf zum Deutschen Ring, schlugen den Weg entlang des Rheinufers ein und kamen am 'Weckschnapp-Turm' vorbei. Nik erklärte May den historischen Hintergrund dieses scheußlichen Hungerturmes, in dem im Mittelalter zum Tode verurteilte Schwerverbrecher eingekerkert wurden und verhungerten.

Das viergeschossige Haus Deutscher Ring Nummer 60 war ein sehr imposantes Gebäude im neoklassizistischen Stil errichtet, im Parterrebereich mit Bruchsteinfassade, davor ein etwa zwei Meter breiter gepflegter Vorgartenstreifen, der zum Bürgersteig durch eine niedrige Berberitzenhecke eingefasst war. Alles erweckte einen hochherrschaftlichen Eindruck. Der schweren, eichenen, reich mit Schnitzornamenten verzierten Haustüre wurde eher die Bezeichnung 'Portal' gerecht. Fünf breite Stufen führten hinauf, beidseitig von geschwungenen Steinbalustraden eingefasst.

Es gab drei Klingeln übereinander. Die erste trug das Namensschildchen 'A. Böttger', die zweite 'P. Böttger' und das Schildchen der dritten war unbeschriftet.

Nik betätigte den untersten Klingelknopf. Es dauerte einen Moment, bis das Portal nach einem kurzen Summton automatisch aufsprang. Die beiden betraten einen geräumigen Vorflur, stiegen nochmals vier Marmorstufen empor und erreichten einen breiten Hauptflurbereich, von dem aus rechter Hand eine Steintreppe zu den oberen Etagen führte.

Linksseitig wurde nun in einer ebenfalls reichhaltig verzierten Eichentür ein kleines, vergittertes Fensterchen geöffnet, durch das eine Frau blickte und nach ihrem Begehren fragte.

Nik nannte seinen Namen und reichte ihr den Wohnberechtigungsschein durch das Fensterchen. Nun wurde die Tür ganz geöffnet und Frau Böttger bat die beiden Ankömmlinge herein.

Sie erwies sich als sehr freundlich, denn sie bat Nik und May im Wohnzimmer Platz zu nehmen und bot ihnen Muckefuck an, da sie leider keinen echten Bohnenkaffee hätte.

Im Verlaufe des folgenden Gespräches berichtete zunächst Nik von seinen Erlebnissen. Anschließend erzählte Frau Böttger, dass ihr Mann als Major sowie einer ihrer beiden Söhne als Leutnant in Frankreich gefallen waren.

Vor dem Krieg hatte ihr Mann eine leitende Position beim Kabelwerk in Nippes gehabt.

Sie hatte noch zwei Töchter, von denen eine mit im Hause lebte. Die andere war in Bonn verheiratet. Ihre Schwiegermutter wohnte mit ihrem Mann in der dritten Etage.

Aufgrund der zurzeit in Köln herrschenden Wohnungsnot hatte die Stadtverwaltung vorübergehend die Dachgeschosswohnung beschlagnahmt, allerdings mit Ablehnungsrecht des Hauseigentümers, wenn die Ablehnung plausibel begründet werden könnte.

May und Nik machten einen sehr guten Eindruck auf Frau Böttger, so dass sie keine Einwände gegen deren Bezug hatte. Sie führte die beiden hinauf und zeigte ihnen die Wohnung, die sogar noch teilweise möbliert war.

Eigentlich bestand sie nur aus einem großen Schlafraum, in dem noch ein alter, massiver Kleiderschrank und ein dazu passendes Einzelbett mit Nachttischchen standen. Unter der Decke hing ein dreiarmiger Messingleuchter. Das andere Zimmer war die Wohnküche, in der sich ein weißer Küchenschrank, ein schwerer ausziehbarer Esstisch mit vier einfachen Stühlen und ein vierflammiger Gasherd befanden. Im Küchenschrank gab es sogar noch ein einfaches, aber tadelloses Kaffee- und Essgeschirr sowie zwei verschieden große Töpfe. In den Dachschrägen beider Zimmer waren relativ große Dachgaubenfenster sowohl nach vorne, also nach Norden, wie auch nach hinten eingebaut, so dass diese den Zimmern eine helle, freundliche Atmosphäre verliehen. An allen vier Fenstern hingen zuziehbare dunkelgrüne Vorhänge. Zwischen Schlafraum und Wohnküche befand sich als schmaler Schlauch das Badezimmer mit der Toilette. Es gab keinen Flur.

Als Garderobe war eine Ecke der Wohnküche gedacht. Man betrat die Wohnung unmittelbar vom obersten Treppenabsatz aus. Die Wände waren unterschiedlich mit geblümten Tapeten versehen, an denen man allerdings die Stellen erkennen konnte, wo einst Bilder hingen.

Beheizt wurde die Wohnung über eine hauseigene Zentralheizung, die im Keller durch einen Kohlebrenner versorgt wurde.

May und Nik gefiel alles sehr gut, so dass sie sich mit Frau Böttger rasch einig waren und von ihr die Schlüssel erhielten. Die Hauseigentümerin zeigte ihnen aber auch noch den dazu gehörenden Kellerraum.

An den folgenden Tagen waren sie ausschließlich damit beschäftigt, die notwendigsten fehlenden Utensilien zu beschaffen, natürlich zuerst ein zweites Bett. Sie kauften aber dafür fabrikneue Matratzen, obwohl die nicht preiswert angeboten wurden. Das Meiste erhielten sie tatsächlich in der von Herrn Wolters empfohlenen Lagerhalle in Ehrenfeld. Ein Lieferwagen mit Fahrer transportierte die Sachen gegen Aufgeld zu ihrer neuen Wohnung. Nik überstrich die Wände mit hellblauer und weißer Tünche. Die lackierten Holzbohlenböden, die stellenweise deutlichen Verschleiß aufwiesen, mussten vorläufig ohne Teppiche bleiben. Lediglich vor die Betten legten sie einen kleinen Läufer.

Natürlich mussten im Laufe der folgenden Wochen und Monate noch unendlich viele weitere Haushaltsgegenstände besorgt werden, beginnend mit Besteck, über Tischdecken bis hin zu Nähzeug. Da May plante, in wenigen Wochen zurück nach London zu reisen, um ihre Tochter zu holen, würde sie bei der Gelegenheit zwei weitere Koffer mit notwendigen Dingen von dort mit zurück bringen.

Nik machte sich allerdings große Sorgen über die Frage, wie sie ihre kleine Tochter am günstigsten in dieser Zwei-Zimmer-Wohnung unterbringen könnten, so dass sie sich wohlfühlen würde. Ohne Zweifel muss die Umstellung von der Geborgenheit bei den Großeltern und im großzügigen Hause in London für das Kind eine gewaltige Anforderung, wenn nicht gar eine Zumutung, darstellen, dachte er. Wiederholt besprach er das Problem mit May.

»Die Kleine wird besonders ihr eigenes Kinderzimmer vermissen«, meinte sie.

»Vielleicht können wir ja im Schlafzimmer einen Bereich irgendwie abteilen«, mutmaßte Nik, »groß genug ist der Raum ja.« - »Aber er hat nur ein Fenster,« gab May zu bedenken.

»Wir könnten entweder den Kleiderschrank als Abtrennung quer in den Raum stellen oder einen Stoffvorhang an eine Deckenschiene anbringen«, schlug Nik vor.

»Sicher, aber auf jeden Fall wäre das eine dunkle Ecke, weil ein Fenster fehlt. Das Blöde ist, dass das einzige Fenster genau in Raummitte liegt.«

»Und wenn wir es umgekehrt machten?« - »Wie meinst du das?«

»Na ja, wir teilen den Raum so, dass Florrie den Bereich mit dem Fenster erhält und wir richten uns im dunkleren Teil ein. Es ist für uns doch sowieso nur für die Nächte.«

»Dann müsste die Raumteilung aber irgendwie schräg oder quer durchs Zimmer verlaufen, oder?«

»Genau«, bestätigte Nik. Rasch ergriff er ein Stück Papier sowie einen Bleistift und skizzierte darauf den möglichen Verlauf der Trennwand.

»Schau, May, so könnte es gehen. Wir stellen den Kleiderschrank von der rechten Fensterkante aus schräg in den Raum. Der Schrank reicht ja nicht ganz bis zur Decke, so dass darüber noch etwas Licht in unseren Schlafbereich gelangen kann. Vom Schrank bis zur Tür wären es dann noch etwa Einmeterachtzig, schätze ich. Hier bringe ich an der Decke eine Gardinenschiene an und du nähst dafür einen passenden Stoffvorhang.«

»Ja, so könnte es gehen«, bestätigte May.

»Wir stellen den Schrank mit der Rückseite zu Florrie's Bereich hin und ich beklebe die Seite mit einer hübschen Tapete.«

»Aber ist der übrige Raum denn groß genug für unsere Ehebetten?«

»Ich denke, nebeneinander wird's nicht gehen. Wir müssen die Betten trennen und über's Eck in den hinteren Winkel stellen. So wird's möglich.«

Sie diskutierten noch lange über die Gestaltung der beiden Raumteile, waren sich aber grundsätzlich einig über Niks Idee der schrägen Teilung des Zimmers. Für die ersten Jahre würde das für Florence wohl reichen, mit Beginn ihrer Pubertät müssten sie aber eine grundsätzlich neue Lösung suchen.

Zwischenzeitlich beschloss Nik, am übernächsten Wochenende mit May nach Neuerburg zu fahren, um seine Frau den Eltern und Geschwistern vorzustellen. Dafür wurde es höchste Zeit. Er verspürte schon seit langem eine tiefe Sehnsucht nach der geliebten Heimat, wo er einst so schöne Kinder- und Jugendjahre verbracht hatte. Nik teilte ihnen die Ankunft rechtzeitig brieflich mit und konnte zugleich darin ihre neue Adresse in Köln angeben. Im Stillen jedoch überlegte er, welchen Eindruck May, die durchaus vom Großstadtleben und ihrer wohlhabenden Familie verwöhnt war, von seiner eher bescheidenen Familie und dem ärmlichen Eifelstädtchen erhalten würde. Er fürchtete, dass sie sehr enttäuscht sein könnte. Allerdings hatte er ihr schon des Öfteren zuvor Neuerburg und die Familienverhältnisse dort beschrieben, so dass May nicht völlig unvorbereitet dorthin käme.

Das größte Problem aber war derzeit finanzieller Art. Sowohl Nik wie auch May, die sich rasch an das deutsche Zehnersystem gewöhnt hatte, konnten gut wirtschaften und mit Geld haushalten. Sie wussten: Man kann nur so viel Geld ausgeben, wie es vorrätig war. Sicherlich hätte Nik bei Herrn Dahmen um einen Lohnvorschuss bitten können, doch war ihm diese Möglichkeit zuwider.

Ebenso verwarf er die Idee, bei der Bank einen Kredit aufzunehmen, da die Verzinsung dafür viel zu hoch war. Sie mussten ganz einfach extrem sparsam sein. Nik erstellte einen monatlichen Wirtschaftsplan, in dem er sorgfältig vorplanend die Miete samt Nebenkostenreserve, vorgesehene dringende Sachbeschaffungen sowie Reisekosten nach Neuerburg eintrug. Danach blieb nicht mehr viel übrig für Lebensmittel. Sie mussten also den Gürtel ziemlich eng schnallen. Schließlich sollte May noch im September nach London zurück reisen, um ihre Tochter nachzuholen. Das würde wiederum eine gesonderte finanzielle Belastung werden. Dennoch waren sie zuversichtlich, ihre Finanzen in den Griff zu bekommen.

Während Nik von Hause aus 'Schmalhans Küchenchef' gewohnt war und mit wenigem zurechtkam, fiel May die Umstellung schwer. Sie brauchte sich bei ihren Eltern nie sonderlich zu bescheiden, wenngleich sie in London keineswegs verschwenderisch gelebt hatten. Am schwersten fiel May allerdings, dass sie gänzlich auf den gewohnt-geliebten schwarzen Tee verzichten musste. Hier gab es nichts anderes als den scheußlichen Muckefuck oder einfach Magermilch.

Sie bereute zutiefst, dass sie nicht daran gedacht hatte, wenigstens ein paar Päckchen Tee in den Koffer gepackt zu haben, als sie herüberreisten. Nun schwor sie sich, beim nächsten Mal, wenn sie Florence abholte, so viele Päckchen Tee wie möglich in den Koffer zu packen. Die Zollkontrolle kümmerte sie zunächst nicht. Auch der Verzicht auf Orangenmarmelade, die es hier nirgends zu kaufen gab, fiel ihr schwer. Nicht anders erging es ihr bei der Zubereitung von Mahlzeiten, wie Nik es ja wohl erwartete. Sie war die englische Küche gewohnt, so wie sie es von ihrer Mutter gelernt hatte. Dort wurde sehr viel Hammelfleisch verwendet, das es hier in Köln gar nicht zu kaufen gab. Bacon, der sehr dünn geschnittene Frühstücksspeck, war hier kaum zu haben. Ebenso gab es kein weißes Toastbrot. Nik liebte Schwarz- und deftiges Graubrot, was May zunächst abscheulich fand. Zudem lobte er den pechschwarzen Pumpernickel, was dem Ganzen die Krone aufsetzte! May musste sich also auch dies bezüglich gewaltig umstellen. In der ersten Zeit konzentrierte sie sich auf die Zubereitung verschiedener möglichst nahrhafter Kartoffel- und Gemüsesuppen, deren Herstellung nicht zu teuer ausfiel. Gemüse war gottlob genügend auf dem Markt zu haben, so dass sie gerne daraus 'Irish Stew' mit kleinen Schweinefleischwürfeln als Einlage kochte.

Es gab auch hinreichend billige Steckrüben zu kaufen, die zur Produktion von 'Cornish Pasties' erforderlich waren. Schließlich lernte sie unter Niks Anleitung, wie man das kölsche Nationalgericht 'Himmel un Ääd', Kartoffeln mit Apfelstückchen oder –kompott und Blutwurst, der 'Flönz', herstellt. Allerdings empfand sie für dieses Gericht keine Sympathie, ebenso wenig für den kölschen »Riefkoche«, Reibekuchen oder Kartoffelpuffer. Bei allem ließ Nik seiner Frau aber weitgehend freie Hand, lobte sie häufig und stellte ansonsten keine besonderen Ansprüche. Immerhin genoss er den Vorteil, dass er in der Personalkantine des Rheinhotels essen konnte.

Alles in allem aber bereute May bislang nicht, die Heimat verlassen zu haben. Sie war froh, nicht mehr die täglichen Anfeindungen und Gehässigkeiten ihrer Landsleute drüben ertragen zu müssen und vermied jetzt auch hier jeden Kontakt zu den britischen Besatzungssoldaten, die sie allerdings möglicherweise mit Tee hätten versorgen können.

Köln war eine wunderschöne, wie May fand, lebenswerte Stadt mit einer ganz besonderen Atmosphäre. Sie hatte einen lieben Mann und nun auch eine nette kleine Wohnung, die sie im Laufe der Zeit schön und gemütlich einrichten wollte. Gewiss würde sich auch ihre kleine Tochter Florence hier wohlfühlen, wenn ihre Raumabtrennung hübsch und ansprechend gelänge.

Ihr Besuch in Neuerburg wurde von vielfältigen Gefühlen begleitet. Nik hatte seine Familie seit über fünf Jahren nicht mehr gesehen. Und für May war die lange Eisenbahnfahrt wie eine Reise in eine ferne, völlig unbekannte neue Welt. Als ihr Zug in Neuerburg eintraf, standen die Eltern und Niks drei Stiefbrüder auf dem Bahnsteig. Die Begrüßung war überwältigend herzlich, auch für May, die sich sogleich im Kreise der Familie Kemen wohl fühlte. Zudem war sie begeistert von der Schönheit der Landschaft und des hübschen Städtchens, wozu noch herrliches Sommerwetter beitrug. Man hatte eigens die Dachkammer, die Nik und Johann einst vor Jahren gemeinsam bewohnten, für das – inzwischen nicht mehr ganz so junge - Paar hergerichtet, obwohl nur zwei Übernachtungen eingeplant waren. Niks Stiefmutter gab sich größte Mühe, für ihre Gäste an beiden Tagen eine besonders leckere Mittagsmahlzeit zu kochen, von denen May später noch lange schwärmte. Natürlich hatten sie auch etliche Fotos von London, der Scoines-Familie und der kleinen Florence mitgebracht. Vater Nikolaus äußerte die Hoffnung, dass er bald seine Enkelin persönlich begrüßen könnte.

Nik fühlte sich richtig erleichtert, als May ihm am Abend gestand: »Es ist wunderschön hier und deine Eltern und Brüder sind sehr nett.«

May hatte ihren Eltern angekündigt, dass sie zu Beginn der letzten Septemberwoche wieder nach London zurückkehren wollte, um Florence abzuholen. Bis dahin war die Aufteilung des großen Schlafraumes wie geplant erfolgt und alle Dekorationen mit viel Liebe ausgeführt worden. Der Kinderzimmerbereich war wirklich hübsch und gut gelungen. Nik und May hofften, dass ihre Tochter sich in dieser neuen Umgebung einigermaßen wohlfühlen würde.

Sie nahm den größten Koffer sowie einen Rucksack mit, in die sie nur wenige Dinge einpackte. Sie wusste, dass sie auf der Rückreise viel Platz für alle möglichen Sachen benötigte, vor allem eben Tee, und eine Hand freihalten müsste für ihre Tochter Florence. Wiederum war es eine langwierige Reise über Rotterdam, aber Gott sei Dank blieb die Wetterlage günstig.

Als May in der Richford Street eintraf, wurde sie von ihrer Tochter kaum beachtet. Wie Florence später erzählen würde, empfand sie ihre Mutter mehr wie eine nette Tante, die zu Besuch kam. Sie war doch bislang eigentlich nur von Großmutter Henrietta liebevoll erzogen und versorgt worden.

Florence liebte ihre Oma über alles, wie auch umgekehrt.

Nur mit großer Mühe und vielen Versprechungen gelang es May und ihren Eltern, die fünfjährige Florence zur Reise nach Köln zu überreden.

Kapitel 18

Die unruhigen Zwanziger Jahre

Abgesehen von der Tatsache, dass sich Nik nie für Politik interessierte, hatte er aufgrund seines eigenen Schicksals und der privaten Ereignisse der letzten Monate rein gar nichts von den politischen Unruhen in Deutschland nach dem Ende des Krieges mitbekommen.

Als in mehreren norddeutschen Städten die Spartakisten den Aufstand probten, in Kiel die Matrosen meuterten, am 8. November 1918 in München das Haus Wittelsbach abgesetzt und der 'Freistaat Bayern' ausgerufen wurde, Philipp Scheidemann einen Tag später die Republik ausrief und Anfang 1919 Wahlen zur Nationalversammlung stattfanden, die zur Gründung der 'Weimarer Republik' führten und Friedrich Ebert erster Präsident des neuen deutschen Reiches wurde, befand sich Nik noch immer auf der Insel Man in Gefangenschaft.

Selbst als im Frühjahr 1920 in Berlin der 'Kapp-Putsch' gegen die Reichsregierung stattfand, der außerordentlich blutige kommunistische Aufstandskämpfe mit vielen Toten im Ruhrgebiet zur Folge hatte, nahm Nik diese Ereignisse nur beiläufig wahr. In Köln und der linksrheinischen Umgebung blieb es ja ruhig und Nik hatte ganz andere Sorgen.

Dies änderte sich erst mit Beginn der Inflation, die im Laufe des Jahres 1921 spürbar wurde, als die Postverwaltung begann, die Werte der alten Germania-Briefmarken, die bislang im Pfennigbereich lagen, plötzlich mit schwarzen hohen Mark-Überdrucken zu versehen. Den normalen Brief nach England musste May zuvor mit einer 30-Pfennig-Briefmarke versehen. Plötzlich reichte das nicht mehr. Das neue Porto betrug zwei Mark, ein Jahr später 300 Mark!

Hatte May Ende 1919 noch 50 Pfennig für ein Ei bezahlt, was ohnehin schon völlig übertue ert erschien, verlangte der Händler plötzlich Mitte 1920 zwei Mark das Stück, 1921 dann 60 Mark und 1922 gar 180 Mark. Damit war der Gipfel aber noch längst nicht erreicht: Im Sommer 1923 kostete ein Ei 5000, im November des gleichen Jahres 80 Milliarden Mark!

Nik war plötzlich Millionär, etwas später sogar Milliardär, wie alle Deutschen! Aber diese netten Bezeichnungen halfen nichts. Im Gegenteil, sie machten ihn nur noch ärmer, da sein bislang angespartes Geld auf dem Bankkonto zusehends an Wert verlor. Ebenso erging es den meisten seiner Landsleute. May allerdings verstand von alledem rein gar nichts.

Diese Entwicklung führte natürlich auch in Köln zu großer Unruhe unter der Bevölkerung. Sie wurde tägliches Gesprächsthema aller, so dass selbst Nik gezwungen war, sich endlich etwas mehr für Politik zu interessieren.

Als er eines Abends nach Hause kam, fand er May mit verweintem Gesicht und völlig aufgelöst vor. Sie saß am Küchentisch, den Kopf auf beide Hände gestützt. Vor ihr lagen ein Ei, ein Päckchen Zucker und ein halber Laib Brot.

»Um Himmels Willen, was ist passiert?« erkundigte sich Nik und strich seiner Frau liebevoll übers Haar.

»Ich verstehe das alles nicht mehr«, schluchzte sie. »Ich wollte einkaufen und das ist alles, was ich für's Geld bekommen habe!«

»Mein Gott! Ja, es ist verrückt, total verrückt. Aber es geht fast allen Leuten so«, erwiderte Nik.

»Aber wie soll ich denn damit etwas kochen? Wir haben doch Hunger!«

Nik hatte durchaus schon längst bemerkt, dass seine Frau in letzter Zeit magerer geworden war. Aber bisher hatte sie nie geklagt. Bislang hatte es stets den Anschein gehabt, dass sie noch nicht am Hungertuche nagten. Gewiss, er hatte sich daheim bei den Mahlzeiten stark zurückgehalten. Plötzlich wurde ihm klar, dass er durch seine Tätigkeit im Hotel sehr bevorzugt war. Dort wurde er durch die Kantinenküche versorgt, wenngleich selbige ebenfalls längst deutlich auf »Sparflamme« lief.

Er zog einen zweiten Stuhl heran und setzte sich zu May, nahm ihre Hände in seine und versuchte sie zu trösten.

»Sorry, Darling, ich weiß wie schwer diese Zeiten für dich sind. Wir müssen überlegen, ob wir es nicht anders regeln können.«

»Wie denn, wenn der Kaufmann mir nicht mehr für das viele Geld gibt? Ich glaube, der betrügt mich.«

»Nein, nein, der betrügt dich nicht. Zwar steht auf den Geldscheinen eine gewaltige Zahl drauf. Trotzdem ist es nichts wert. Wann bist du denn zum Einkauf gewesen?«

»Na, vorhin, so gegen vier Uhr.«

»Das ist zu spät. Pass mal auf, Darling, wir werden es anders machen. Ich bekomme jetzt jeden Morgen schon gegen neun Uhr meinen Tageslohn ausgezahlt. Dann kommst du zum Hotel und ich gebe dir das ganze Geld. Damit gehst du so schnell wie möglich zum nächsten Lebensmittelladen und kaufst, was du kriegen kannst. Egal, was.«

So geschah es dann auch. Allerdings gab es morgens vor jedem Geschäft gewaltige Kundenschlangen und May musste zumeist lange warten, bis sie endlich an die Reihe kam. Dabei spielten sich zuweilen recht unschöne Szenen ab, indem andere Frauen versuchten, sich vorzudrängen, was Rempeleien, Beschimpfungen und gelegentlich gar Handgreiflichkeiten zur Folge hatte. So etwas hatte May nie zuvor erlebt, in England undenkbar, wie sie meinte.

Als sie Nik die Vorgänge schilderte, war er sehr betroffen, ja beschämt. Es stimmte ihn traurig und irgendwie fühlte er sich schuldig, dass er May derartige Situationen zumutete.

Er erfuhr, dass die eigentlichen Ursachen dieser 'galoppierenden Inflation' einerseits in den ungeheuerlichen Reparationsforderungen der Alliierten gegen das Deutsche Reich, andererseits in der Tatsache lagen, dass die Industrieregionen, allen voran das Ruhrgebiet, nicht mehr annähernd wie vor dem Krieg produzieren konnten. Dadurch kam fast die gesamte deutsche Wirtschaft zum Erliegen.

Die Regierung sah keine andere Möglichkeit, als Tag und Nacht neue Geldscheine mit immer höheren Nennwerten zu drucken. Der Bürger war gegen diese Entwicklung völlig machtlos.

Niks Alltag sah dann so aus: Herr Dahmen ließ die Löhne an das Hotelpersonal täglich morgens in der Frühe auszahlen. Die Mitarbeiter eilten daraufhin sofort in die nächstgelegenen Geschäfte, um alles Geld gegen irgendwelche Waren, die es noch zu kaufen gab, auszugeben. Man wusste, dass die Geldscheine am Abend so gut wie wertlos waren. Die Folge waren 'Hamsterkäufe'.

Als schließlich alltägliche Lebensmittel in Milliardenbeträgen abgerechnet werden mussten, schlossen viele Läden ganz, da die Händler selber mit dem eingenommenen Geld nichts mehr anfangen konnten. Im gesamten Land, vor allem in den Städten, begann eine Zeit des Hungerns. Wohl dem, der einen kleinen Garten oder bäuerliche Verwandtschaft besaß. So sah sich auch Nik gezwungen, mehrmals zwischendurch nach Neuerburg zu fahren, wo die Eltern ihn mit dem Nötigsten versorgten.

Es entwickelte sich zeitweise sogar ein reger Tauschhandel. So wurde manch ein goldener Ring gegen zwei Kilo Kartoffeln oder eine wertvolle Armbanduhr gegen ein Stück Schweinefleisch eingetauscht.

Für May war diese Zeit entsetzlich. Milch- oder Graupensuppe stand fast täglich auf dem mageren Speiseplan. Selbst die Hotelmahlzeiten fielen geradezu beschämend karg aus. Des Öfteren war Nik geneigt, aus der Hotelküche die eine oder andere Kleinigkeit zu entwenden, doch widerstand er der Versuchung. Aber er war überzeugt, dass sich mancher seiner Kollegen und Kolleginnen dort bediente.

Allerdings brachen auch die Zahlen der Hotelgäste während dieser Zeit drastisch ein und Herr Dahmen schob seine Entscheidung, das Haus ganz zu schließen, von Tag zu Tag noch einmal auf.

Das Hotel profitierte davon, dass es einerseits sehr zentral an Dom und Hauptbahnhof lag, andererseits dass viele andere Häuser der Konkurrenz bereits geschlossen worden waren. Inzwischen wurde klar, dass Nik die Position als Empfangschef behalten würde, da Herr Berger nach seiner schweren Erkrankung die Arbeit nicht mehr aufnehmen konnte.

Aufgrund dieser Situation reiste May im Laufe des Jahres 1921 zweimal mit Florence zurück nach London, wo man keine derartige Notlage kannte. May wog bei ihrer Größe von 1,78 Meter nur noch 64 Kilo! Sie blieben jeweils einige Wochen im Hause Richford Street, so dass sie sich richtig satt essen und etwas zunehmen konnten. Doch jedes Mal war der Abschied von den Großeltern für Florence ein kleines Drama und sehr tränenreich.

Nik blieb auf lange Zeit für Florence ein fremder Mann. Nur mühsam gelang es ihm im Laufe der Jahre, ihr Vertrauen zu gewinnen. Hinzu kam, dass es Florence zunächst sehr schwer fiel, sich an die neue und äußerst beengte Situation zu gewöhnen, in einem fremden Land, unter Menschen, deren Sprache sie nicht verstand.

Als May eines Morgens gemeinsam mit ihr zum Milchmann gehen wollte, trat zugleich eine Frau mit einem kleinen Jungen an der Hand aus dem Nachbarhaus und grüßte May, die den Gruß erwiderte.

»Ich gehe mit Rudi zum Milchmann«, erklärte sie, worauf May nur antwortete »Ich auch. Und das ist meine Tochter Florence. Ich spreche nur wenig Deutsch, Florence gar nicht. Wir kommen aus England.«

»Oh, never mind«, fuhr die Nachbarin zu Mays Überraschung auf Englisch fort. »Ich bin Frau Böhmer. Wir können uns auf Englisch unterhalten. Das ist mein Sohn Rudi. Er ist sechs Jahre alt. Wir wohnen gleich hier nebenan. Rudi spricht natürlich kein Englisch. Er ist gerade im Frühjahr in die Schule gekommen.« Hoch erfreut stellte sich nun May ihrer Nachbarin vor und erklärte ihr die komplizierte Situation. Da sie den gleichen gemeinsamen Weg hatten, fanden sie reichlich Zeit, ihr Gespräch fortzusetzen. May fühlte sich glücklich, einen weiteren Menschen kennengelernt zu haben, der ebenfalls Englisch sprach. Zudem schien Frau Böhmer eine wirklich nette, aufgeschlossene und hilfsbereite Dame zu sein. Als sie nach Hause zurückkehrten und sich noch einen Moment vor den Haustüren unterhielten, hatte Frau Böhmer einen Einfall:

»Darf ich Sie und Florence vielleicht heute Nachmittag zum Kaffee einladen? Es wäre schön, wenn Sie kämen. Ich habe zwar keinen Tee und keinen Kuchen, aber ein paar Plätzchen schon.«

Gerne und dankbar nahm May die Einladung an und sagte: »Tee habe ich noch genug. Den bringe ich mit, wenn Sie erlauben.« Sie vereinbarten den Besuch auf vier Uhr und May schrieb eine entsprechende kurze Notiz, die sie für Nik auf den Küchentisch legte.

Florence wich zunächst nicht von der Seite ihrer Mutter, doch als Rudi seine Spielsachen hervorholte und sie dem Mädchen zeigte, wich rasch die Scheu von ihr. Eine halbe Stunde später waren beide in einer Ecke des Wohnzimmers vollkommen ins Spiel vertieft, obwohl keiner die Sprache des anderen verstand.

May und Rudis Mutter unterhielten sich ausgezeichnet. Frau Böhmer war eine schlanke, hübsche Brünette mit leuchtend blauen Augen, etwa gleich groß wie May. May schätzte ihr Alter auf etwa dreißig Jahre. Sie erfuhr, dass Frau Böhmers Mann noch kurz vor Ende des Krieges in Flandern gefallen war. Sie selbst hatte vor dem Krieg in Cambridge studiert und war kurzzeitig bis zu ihrer Heirat Assessorin an einem Gymnasium in Düsseldorf gewesen. Rudi besuchte seit Ostern die erste Klasse der Katholischen Volksschule an Sankt Kunibert.

Im Verlaufe der Unterhaltung tauchte natürlich auch die Frage auf, welche Schule Florence, die nun ebenfalls sechs Jahre alt war, wohl zukünftig besuchen sollte. Frau Böhmer schlug vor, am Ende der Sommerferien May und Florence zu dieser nächstgelegenen Schule zu begleiten und mit dem Rektor wegen der Einschulung zu sprechen. May nahm den Vorschlag dankbar an und besprach es am Abend mit Nik. Der hatte keine Einwände und sagte sofort zu, sich frei zu nehmen, um bei der Anmeldung dabei zu sein. Florence war natürlich nicht begeistert, dass sie eine fremde Schule besuchen sollte, da sie kein Wort Deutsch verstand. Aber wenn Rudi auch dieselbe Schule besuchte, wäre es vielleicht nicht so schlimm.

Zwei Tage später revangierte sich May mit einer Gegeneinladung, wodurch Florence Vertrauen zu Rudi fasste und im Verlaufe der nächsten Zeit sahen sie sich fast täglich, spielten zusammen und damit begannen Florences erste Deutschkenntnisse. Während sie Rudis Namen korrekt aussprechen konnte, war Rudi weder in der Lage »Florrie«, wie Nik und May ihre Tochter stets nannten, noch korrekt »Florence« zu sagen. Rudi nannte sie einfach »Bulla«.

Der Rektor der Schule hatte keine Einwände, machte Nik und May allerdings darauf aufmerksam, dass es keinen gesonderten Einzelunterricht in Deutsch für Florence geben könnte. Er forderte sie, insbesondere ihren Mann, auf, zu Hause kräftig die Sprache mit ihrem Kind zu üben, damit es bald leichter auch dem Unterricht in anderen Fachgebieten folgen könnte. Seither nahm sich Nik jeden Abend eine Stunde Zeit, mit Florence und May alltägliche Redewendungen einzuüben.

Vor dem ersten Schultag Mitte August hatten May und Frau Böhmer Florence darauf vorbereitet, dass sie nicht mit Rudi in die gleiche Klasse gehen würde. An der Schule wurden Jungen und Mädchen in getrennten Klassen unterrichtet. Auch hatten sie getrennte Schulhofbereiche, da die Mädchen ganz andere, ruhigere Pausenspiele bevorzugten als die Jungen. Trotzdem war es für Florence beruhigend, dass Rudi sie auf dem Schulweg begleitete und während des Vormittags in ihrer Nähe war. Der Unterricht begann um acht und endete in der Regel um dreizehn Uhr.

Florence lernte nun die neue Sprache sehr schnell. Einerseits hatte sie großes Glück mit ihrer Lehrerin, Fräulein Salget, die sich neben ihrem normalen Unterricht viel Zeit für Florence nahm und ihr Hochdeutsch beibrachte. Dies stand allerdings in krassem Gegensatz zu dem, was die anderen Mädchen und Jungen auf dem Schulhof und auf der Straße sprachen. Draußen, im urkölschen 'Veedel' »Unter Krahnenbäumen«, sprach niemand Hochdeutsch sondern waschechtes Kölsch! Also erlernte Florence gleichzeitig zwei Fremdsprachen, Hochdeutsch und Kölsch, die sie bereits ein Jahr später recht gut beherrschte und unterschied.

Florence ging gerne zur Schule und liebte ihre Lehrerin sehr. Rudi und 'Bulla' wurden unzertrennliche Freunde und Spielkameraden, die alsbald gemeinsam die nähere Umgebung ihrer Wohnhäuser erkundeten und am liebsten am Rheinufer spielten, obwohl das gewiss nicht ungefährlich war.

Während dieser Zeit verbesserte sich auch die Beziehung zwischen Florence und ihrem Vater zusehends, so dass das Kind immer weniger an die frühen Kinderjahre in der Obhut der Großmutter in London zurück dachte. Nik war über diese Entwicklung natürlich ganz besonders froh und er freute sich inzwischen auf jeden Abend mit Florence und beeilte sich, möglichst zeitig nach Hause zu kommen. Dann ließ er sich von ihr – auf Deutsch – erklären, was sie in der Schule gemacht, gelernt hatte und kontrollierte die noch geringen Hausaufgaben, die vorwiegend mit einem Griffel auf eine Schiefertafel geschrieben werden mussten. Florence las ihm sogar gerne etwas aus ihrer Schulfibel vor und ihr Vater sparte nicht mit Lob. Sie war ein außerordentlich aufgewecktes, lernwilliges Mädchen, das Nik unentwegt mit Fragen aller Art ‚löcherte'. Er war stolz auf seine Tochter.

Während Florence also erstaunlich rasch gute sprachliche Fortschritte machte, auch im schriftlichen Bereich, war bei May wenig Entwicklung festzustellen. Ihr Deutsch blieb schlecht und lückenhaft. Sie gab sich einfach wenig Mühe. Nik unterhielt sich weiterhin mit ihr auf Englisch. Frau Böhmer bereitete es zudem Vergnügen, mit ihrer Nachbarin Englisch zu reden. Also bestand für May doch keine Vordringlichkeit, richtig Deutsch zu lernen, im Grunde die typische Grundeinstellung des Engländers. Und Nik zwang ihr keine deutsche Gesprächsführung auf, was natürlich sein Fehler war.

Zu ihrer aller Entsetzen erhielten sie am 30. August 1922 eine Depesche mit der traurigen Nachricht, dass Großvater John Scoines tags zuvor an einer Lungenembolie verstorben war. Wenige Tage später reisten May und

Florence erneut nach London, um an der Bestattung teilzunehmen. Niks Versuch, ein Sondervisum zu erhalten, scheiterte.

In Deutschland regte sich unter der Bevölkerung immer stärker Unmut über die wahnwitzige Inflationsentwicklung sowie über die von den alliierten festgesetzten Reparationszahlungen. Zudem wuchs von Tag zu Tag die Arbeitslosigkeit im Lande. Das Deutsche Reich befand sich am Rande des Chaos. Auch Nik wurde immer häufiger von Hotelgästen und Kollegen darauf angesprochen, so dass er nicht umhin konnte, sich durch intensives Lesen der politischen und wirtschaftlichen Seiten der im Hotel ausliegenden Tageszeitungen über die neuesten Entwicklungen zu informieren und auf dem Laufenden zu halten. In einigen Städten des Rheinlandes versuchten vorübergehend separatistische Widerstandsgruppen die Rathäuser zu besetzen, doch fanden sie in der großen Mehrheit der Bevölkerung keine Unterstützung, so dass dieser Spuk rasch wieder vorbei war. In Köln hatten die Separatisten nicht mit der Hartnäckigkeit und Autorität des Oberbürgermeisters Konrad Adenauer gerechnet, der mit Hilfe von Polizei und der britischen Besatzung ihr Vorhaben verhindern konnte.

Anders sah es in Hamburg und Sachsen aus. Dort musste ein Aufstand der Kommunisten mit Hilfe der Reichswehr blutig niedergeworfen werden. Auch in München formierte sich am 9. November 1923 Widerstand unter der Leitung eines Mannes namens Adolf Hitler, der mit seinen Anhängern nach Berlin marschieren und sich selbst zum Reichskanzler ernennen lassen wollte.

Hitler hatte eine Partei gegründet, die er »NSDAP – Nationalsozialistische Deutsche Arbeiterpartei« - nannte. Aber die bayerische Landespolizei zersprengte die Aufständischen. Hitler wurde zu fünf Jahren Festungshaft verurteilt, aber bereits nach fünf Monaten wieder freigelassen.

Nik nahm das alles nur ganz beiläufig aus den Pressemeldungen zur Kenntnis. Ihn kümmerte das alles wenig, betraf es ihn und die Kölner doch gar nicht. So dachte er zunächst.

Eines Tages wurde er zufällig Zeuge eines Gespräches zweier Hotelgäste, offensichtlich Geschäftsleute:

»In diese Regierung kann man doch längst kein Vertrauen mehr haben. Die machen doch alles nur kaputt.«

»Ganz recht, da kocht jeder bloß sein eigenes Süppchen.«
»Und wie es Otto Normalverbraucher geht, interessiert die doch kaum.«
»Was wir unbedingt brauchen, ist ein starker Mann, der den ganzen Stall mit eiserner Faust ausmistet und endlich wieder auf Vordermann bringt.«
»Richtig. Nur leider haben hierzulande die Juden viel zuviel Einfluss. Die besitzen doch das größte Kapital.« - »Ja, denen müsste einer mal genau auf die Finger schauen und deren Macht beschneiden.«

»Der Ebert schafft doch nichts, der redet immerzu nur von Demokratie, was bedeutet, dass im Reichstag bloß herumpalavert wird.«

»Ob der alte Hindenburg das besser hinbekäme? Der ist doch von altem militärischen Schrot und Korn. Der hat nie viel palavert.«

»Nee, nee, mein Lieber, glaub` ich nicht. Der ist viel zu alt. Wackelt doch schon fast mit dem Kopp! Was hältst du denn von dem Typen, der da in Bayern vor `nem halben Jahr den Aufstand geprobt hat? Na, wie hieß der denn gleich?«

»Der Hitler?« – »Ja, genau. Adolf Hitler heißt er. Also, nach dem, was ich bisher über den erfahren konnte, scheint der gar nicht so üble Ansichten zu haben. Auch den Juden gegenüber ist er nicht grün.«

»Hm – weiß nicht. Allerdings ist er noch jung, hat im Krieg ein Eisernes Kreuz bekommen.«

»Ich könnte mir vorstellen, dass der `ne Menge leisten könnte. Immerhin hat er in München schon mal den Aufstand geprobt. Scheint also Mut zu haben.«

»Ja, den sollte man mal im Auge behalten.«

Im Spätherbst 1923 gelang es dem Reichswährungskommissar Schacht, der Inflation ein vorläufiges Ende zu bereiten, indem er die ‚Rentenmark' als neue Währung einführte, die auch tatsächlich eine beachtliche Stabilität erzielte. Dieser Erfolg leitete einen neuen Aufschwung der Wirtschaft ein, zumal die Problematik der Reparationszahlungen eine wesentlich günstigere Lösung für Deutschland erfuhr.

Eine Kommission unter Leitung des Amerikaners Dawes erarbeitete einen neuen Zahlungsplan, der ein Jahr später in Kraft trat.

Im Februar 1925 starb Reichspräsident Friedrich Ebert. Sein Nachfolger wurde durch Volksabstimmung der 77jährige ehemalige Generalfeldmarschall von Hindenburg.

Nach der vierten Klasse wechselte Florence zur Mittelschule, wo sie Englisch- und Französischunterricht erhielt. Ersteres war für das Mädchen natürlich ein Kinderspiel. Rudi Böhmer hingegen bestand die Aufnahmeprüfung des Gymnasiums, zu der Florence nach Meinung der Eltern erst gar nicht angetreten war. Längst beherrschte ihre Tochter sowohl Hochdeutsch wie auch den Kölschen Dialekt absolut perfekt und akzentfrei, so dass niemand auf die Idee gekommen wäre, Florence sei Engländerin. Dies nutzte May reichlich aus, indem sie ihre Tochter entweder zum Einkauf mitnahm oder das Kind alleine schickte, um die Besorgungen zu erledigen, was Florence durchaus gerne und gut tat. Sie musste immer wieder für ihre Mutter dolmetschen. Innerhalb der Familie aber wurde weiterhin nur Englisch gesprochen, so dass sich Mays Deutschkenntnisse kaum verbesserten.

Obwohl sie nun unterschiedliche Schulen besuchten, blieb die Freundschaft zwischen Rudi und Florence weiterhin bestehen, auch wenn sie sich nicht mehr so häufig trafen wie zuvor, da Rudi viel mehr zu lernen hatte.

Sowohl in den Oster- wie auch während der Sommerferien reiste May mit Florence jedes Jahr nach London zum Besuch der Mutter und Geschwister und sie kehrten stets mit schwerem Gepäck voller Lebensmittel und Tee zurück. Für Nik hingegen bestand das Einreiseverbot weiterhin, das erst 1931 aufgehoben werden sollte.

Im Frühjahr 1927 beschlossen May und Nik, dass Florence nach Abschluss der zweiten Mittelschulklasse wieder nach London zurückkehren und dort den Schulbesuch fortsetzen sollte. Sie waren der Meinung, dass ihre Tochter hinsichtlich der Deutschkenntnisse in Wort und Schrift vorläufig hinreichend gefestigt wäre, jedoch nicht in Englisch.

Mit einem weinenden und einem lachenden Auge verabschiedete sie sich von ihren Schulfreundinnen und natürlich von Rudi.

»Du schreibst mir doch ab und zu mal eine Karte oder ein Briefchen?« bat Rudi.

»Versprochen«, versicherte Florence, »aber in den Ferien komme ich bestimmt wieder zurück.«

»Du wirst mir sehr fehlen«, bekannte er.

»Das ist lieb von dir. Aber du mir auch«, erwiderte sie und überraschte ihn mit einem flüchtigen Kuss auf die Wange, worauf er verlegen errötete.

Aber auch Nik fiel der Abschied sehr schwer. Immerhin waren sie seit sechs Jahren eine intakte Familie, deren Zusammenwachsen doch anfangs mit großen Schwierigkeiten verbunden war. Obwohl Nik im Grundsatz der Veränderung zugestimmt hatte, kamen ihm erneut Zweifel, ob das alles richtig wäre. Besteht nicht die große Gefahr, dass sie, insbesondere er, erneut seine Tochter verlieren könnten, indem sie sich entfremdet? dachte er.

So begleitete er May und Florence mit sehr gemischten Gefühlen zum Bahnhof, als sie abreisten.

Für Oma Henrietta war es natürlich eine große Freude, ihre geliebte Enkelin wieder bei sich zu haben, sie umsorgen und verwöhnen zu können, besonders seit dem Tode ihres Mannes. Umgekehrt verhielt es sich nicht anders. Florence hatte sich stets außerordentlich wohl im Hause ihrer Großeltern gefühlt und genoss die liebevolle Umsorgung durch ihre Oma.

Florence wurde in der 'London County Council School' in Brackenbury Road eingeschult, die schon zuvor ihre Mutter und Tanten besucht hatten. Auch dieser Schulwechsel verlief unproblematisch. Florence fiel es nicht schwer, sich wieder in London bei ihrer Großmutter einzuleben und dem britischen Schulsystem, das ganz anders aufgebaut war, anzupassen. Es herrschte das Ganztagssystem, von neun Uhr morgens bis siebzehn Uhr nachmittags. Selbst danach gab es noch reichlich Hausaufgaben. Allerdings war samstags schulfrei. Jeden Morgen vor Unterrichtsbeginn versammelten sich alle Schüler in der großen Aula zum gemeinsamen Morgen- und nachmittags bei Unterrichtsschluss erneut zum Abendgebet und dem Lied «Now the day is over». Grundsätzlich hatte Florence den Eindruck, dass es hier weitaus gesitteter und strenger zuging als an den Kölner Schulen. Ein wirkliches Problem lag allerdings in der Mathematik. Hier hatte sie große Schwierigkeiten, sich mit den völlig andersartigen Maßen und Gewichten sowie dem Zwölfer-Währungssystem zurecht zu finden.

Während der Sommer- und Weihnachtsferien kehrte sie zu ihren Eltern nach Köln zurück und von Mal zu Mal wurde deutlicher, dass der Zustand des abgeteilten Schlafzimmers nur ein Provisorium war und dringend einer Veränderung bedurfte.

»Wir müssen uns unbedingt um eine größere Wohnung kümmern«, meinte Nik.
»Du hast Recht, aber das ist wohl leichter gesagt als getan, nicht wahr?«
»Sicher, wir müssten uns erst mal ausrechnen, wieviel Miete wir im Höchstfalle aufbringen können«, erklärte er. »Hier zahlen wir inzwischen hundert Mark. Ich denke, dass wir höchstens hundertsechzig leisten können.«
»Das ist aber wirklich die Höchstgrenze«, gemahnte May.
»Fest steht, dass wir Florrie diese Behelfslösung nicht mehr länger zumuten dürfen.«
»Stimmt. Merkst du nicht auch, wie froh sie jedes Mal ist, wieder nach London ins große Haus zurückkehren zu können?«
»Klar doch. Am Ende will sie gar nicht mehr hierher zurück. Das wäre doch furchtbar.«
Nik studierte fast an jedem Wochenende die Zeitungsinserate. Doch erwies es sich als keineswegs einfach, eine geeignete größere Drei-Zimmer-Wohnung zu finden. Es war tatsächlich ein finanzielles Problem, da die Mieten auf dem freien Wohnungsmarkt fast unerschwinglich schienen. Mehrere Male besichtigten sie verschiedene preisgünstige Angebote. Stets zeigte sich sogleich, warum deren Mietpreise niedriger ausfielen: Die Wohnungen befanden sich entweder in sehr schlechtem Zustand mit zahlreichen Mängeln, oder ihre Lage war für Nik und May nicht akzeptabel. So sollte ihr Wunschtraum noch einige Jahre unerfüllt bleiben. Dennoch verspürte Nik jedes Mal bei Florences Besuchen die eigene Unzufriedenheit mit der räumlichen Enge, obwohl seine Tochter nie meckerte. Die Situation erfüllte Nik und May mit Sorge.

Schon zwei Jahre später, im Sommer 1929, verließ sie auf Weisung der Eltern wieder die Londoner Schule, um vorübergehend nach Köln zurückzukehren. Da Florence ständig den Wunsch äußerte, später beruflich eine kaufmännische Ausbildung anzustreben, besuchte sie hier ein halbes Jahr lang eine Fachschule, um Schreibmaschine sowie die deutsche Einheitsstenographie zu lernen. Anschließend reiste sie erneut zurück nach London und besuchte dort das Pitman`s College, wo sie die englische Kurzschrift erlernte. Beide Steno-Systeme sind grundverschieden. Während dieser Zeit wohnte sie im Hause der Tante Alice, die Stenographie beherrschte und mit Florence üben konnte.

Im März 1930 erfuhr Florence, dass das renommierte Reisebüro Thomas Cook an der Oxford Street eine Auszubildende zur Reisebüro-Kauffrau suchte. Sie stellte sich dort vor und wurde angenommen, besonders wegen ihrer vorzüglichen Deutschkenntnisse.

Nun wohnte sie wieder im großelterlichen Hause in der Richford Street zur Freude von Oma Henrietta, die sie ständig verwöhnte, jedoch mit Niks und Mays Argwohn, die befürchteten, ihre Tochter könnte womöglich dauerhaft in London bleiben wollen. Florence entwickelte sich zu einer bildhübschen, schlanken jungen Frau, die von manchen Burschen umschwärmt wurde. Aber sie hatte auch viele Freundinnen, die oft an Wochenenden zu Parties einluden. Florence kannte hier keine Langeweile, im Gegensatz zu Köln. Etwa dreimal im Jahr reiste sie zu kurzen Besuchen der Eltern in die Domstadt. Gleiches tat May in umgekehrte Richtung.

Bei einem der Besuche erfuhr May, dass Mrs. Bennet im Februar 1930 verstorben war und ihr Hutladen seither leer stand.

Aufgrund der besonderen politischen Situation des westlichen Rheinlandes, als entmilitarisierte Zone sowie insbesondere durch die in der Kölner Bevölkerung anerkannte Autorität des Oberbürgermeisters Dr. Konrad Adenauer fiel es rechtsradikalen Bewegungen in der ersten Hälfte der zwanziger Jahre schwer, hier Fuß zu fassen. Erst nach Hitlers unverständlicher Haftentlassung 1925 begann die Entwicklung der NSDAP auch im Rheinland. Nun tauchten immer häufiger SA-Uniformen mit Hakenkreuz-Armbinden auf. In Köln konnten zwei SA-Einheiten aufgestellt werden. Die meisten Bürger beobachteten diese neue paramilitärische Organisation mit großer Zurückhaltung und gemischten Gefühlen.

Im März 1926 erschien in Köln die erste Ausgabe der Wochenzeitung »Westdeutscher Beobachter«, einer Varianten des späteren NSDAP-Organs »Völkischer Beobachter«. Im November 1926 tauchte Hitler erstmals in Bonn und Königswinter auf, wo er programmatische Reden hielt.

Dennoch gelang es Adenauer, ein vorübergehendes Verbot des »Westdeutscher Beobachter« sowie der Kölner NSDAP-Ortsgruppe zu erwirken, langfristig war jedoch die rechtsradikale Entwicklung nicht aufzuhalten. Am 11. Oktober 1928 eröffnete die NSDAP-Ortsgruppe Köln im Hause Hohenzollernring 81 ihre Hauptverwaltung. Das ganze fünfstöckige Haus war mit den neuen roten Hakenkreuzfahnen geschmückt. Seither tauchte die Fahne an immer mehr Häusern auf.

Auch Nik beobachtete diese Entwicklung mit gemischten Gefühlen. Er war sich überhaupt nicht sicher, wie die NSDAP einzuschätzen wäre. Allerdings widerte ihn das unverschämte, meist pöbelhafte, bedrohliche Auftreten der SA-Männer in der Stadt an. Zweimal erlebte er, wie auf dem Domvorplatz am helllichten Tage ein grölender SA-Trupp Streit mit Passanten und Touristen anzettelte, indem die Uniformierten diese beschimpften und schließlich sogar verprügelten. Nur durch das Eingreifen herbeigeeilter Polizisten konnte Schlimmeres verhindert werden. Später, als die SA-Trupps größer wurden, wagten selbst die Polizisten nicht mehr, einzugreifen.

Nik unterhielt sich häufig mit Kollegen und Herrn Dahmen über diese Entwicklung und war froh, bislang nur wenige gehört zu haben, die den Nationalsozialisten gegenüber eine positive Gesinnung zeigten.

Besonders sein Chef befürchtete: »Ich habe das ungute Gefühl, dass da eine ganz bösartige Bedrohung auf uns zu kommt. Deutschland muss höllisch aufpassen. Gott sei Dank haben wir in Köln einen Oberbürgermeister mit klarem und klugem Verstand.«

Mit dem New Yorker Börsencrash am 29.10.1929 begann die Weltwirtschaftskrise, die Arbeitslosigkeit ungeahnten Ausmaßes, besonders in den hochindustrialisierten Ländern, den USA, Großbritannien und Deutschland, zur Folge hatte. Die Krise wurde weiter verschärft, als England die Goldwährung preisgab. Wie viele andere Branchen litten auch die Reisebüros besonders darunter und sahen sich zu Entlassungen gezwungen, da der Tourismus nahezu zum Erliegen kam. Auch Florence war betroffen. Ihre Ausbildung endete jäh im Oktober 1931.

Mehrere Monate lang bemühte sie sich erfolglos um eine neue Arbeitsstelle, so dass sie kurz vor Weihnachten zum Leidwesen ihrer Großmutter, zur Freude ihrer Eltern, nach Köln zurückkehrte, in der Hoffnung, dort etwas zu finden. Aber auch hier war die Lage nicht besser, denn im Sommer 1931 drohte das gesamte Bankwesen zusammenzubrechen, weil das Ausland Darlehen in Höhe von vier Milliarden Mark zurückforderte.

Im September 1930 standen Reichstagswahlen an.

»Was wählen wir denn?« wollte May von ihrem Mann wissen.

»Ja, wenn ich das nur wüsste! Herr Dahmen befürchtet Schlimmes von der NSDAP. Ich habe mit ihm gesprochen. Die ganze Bande kommt mir so schrecklich rüpelhaft vor, ohne jede Manieren, ja sogar viele brutale Typen scheinen darunter zu sein.«

»Dann gehen wir besser erst gar nicht zur Wahl«, schlug May vor.

»Das ist bestimmt auch nicht richtig. Wählen ist Bürgerpflicht. Vielleicht sollten wir die Zentrumspartei wählen. Ich halte die für einigermaßen neutral. Zumindest kann man da nicht viel falsch machen.«

So geschah es. May und Nik wählten »Zentrum«.

Die Weltwirtschaftskrise war eine der entscheidenden Voraussetzungen für die kontinuierliche Zunahme der Nationalsozialisten in Deutschland. Bei den Wahlen errang die NSDAP 107 Sitze im Parlament und wurde damit zweitstärkste Fraktion!

Kapitel 19

Die dreißiger Jahre – Eine bedrohliche politische Entwicklung

Während sich May und insbesondere Florence zu Pendlerinnen zwischen Köln und London entwickelten, reiste Nik hin und wieder nach Neuerburg zu den Eltern. Herzlich gerne wäre er ebenfalls zu einem Besuch nach London gereist und hatte zwischenzeitlich mehrfach ein Visum beantragt, das jedoch stets abgelehnt worden war.

Bislang hatte er aber mit seiner Arbeitsstelle im Rheinhotel außerordentliches Glück gehabt. Kaum schien die unsichere Inflationszeit überwunden, die Wirtschaft landesweit im Aufschwung, die Deutschen hatten begonnen, wieder neue Hoffnung zu schöpfen, da wurde das Land erneut durch die von den USA ausgehende Weltwirtschaftskrise kalt erfasst.

Dennoch hatte Florence im Januar 1932 ebenfalls Glück. Im Kölner Norden, Stadtteil Merheim linksrheinisch, gab es seit 1925 ein großes deutschbritisches Textilunternehmen, Glanzstoff-Courtaulds GmbH. Die britische Sektion dieser Firma wurde von einem Engländer, Mr. Baker, geleitet, der vorübergehend im Rheinhotel wohnte. Dieser sprach eines Tages Nik auf Englisch am Empfang an.

»Entschuldigen Sie, Herr Kemen, haben Sie wohl einen Moment Zeit für mich? Ich habe da ein Problem.«

»Selbstverständlich, Sir. Was kann ich für Sie tun? Wollen wir drüben am runden Tisch Platz nehmen? Darf ich Ihnen einen Drink bestellen?«

»Ja, ich hätte gerne einen Gin.«

Nachdem sie sich gesetzt und Nik das Getränk geordert hatte, fuhr Mr. Baker fort:

»Also, Herr Kemen, es geht um Folgendes. Ich bin Abteilungsdirektor bei Glanzstoff-Courtaulds. Sie kennen die Firma?«

»Natürlich«, beeilte sich Nik zu erwidern. Er wusste jedoch lediglich, dass es sich um eine relativ neue Textilfirma handelte, mehr nicht.

»Gut. In der Firma steckt zu fünfundvierzig Prozent britisches Kapital. Ich vertrete die englische Sektion und suche händeringend eine geeignete Sekretärin, die perfekt in den beiden Sprachen u n d beiden Stenographien ist, verstehen Sie?«

»Gewiss, Mr. Baker.«

»Bisher, muss ich zugeben, war ich nicht sehr erfolgreich. Ich habe zwar zurzeit eine Sekretärin, die einigermaßen Alltagsenglisch beherrscht, aber der englischen Stenographie nicht mächtig ist und schon gar keine textiltechnischen Fachausdrücke kennt. Können Sie mir vielleicht weiterhelfen? Sie begegnen doch hier täglich einer Unmenge von Menschen.«

»Na ja, da muss ich mal überlegen«, antwortete Nik, wobei er eine nachdenkliche Miene zeigte, um sodann einige Augenblicke zu pausieren, während derer Mr. Baker am inzwischen eingetroffenen Gin Glas nippte. Schließlich räusperte sich Nik und meinte:

»Also, da wüsste ich jemanden. Aber ehrlich gesagt, ist mir nicht ganz wohl dabei, die Person vorzuschlagen.«

»Warum nicht? Ist die Dame nicht ehrlich?«

Nun musste Nik laut lachen, so dass sein Gegenüber erstaunt die Augenbrauen hochzog.

»Nein, nein. Ich möchte behaupten, ganz im Gegenteil! Nur vielleicht etwas zu jung für Sie.«

»Na, was soll das denn heißen? Ich suche keine alte Schachtel, Herr Kemen. Nun mal raus mit der Sprache. An wen denken Sie?«
»Also gut, Mr. Baker. Ich denke an meine Tochter!«
»Ihre Tochter? – Tatsächlich? Da bin ich fast sprachlos. Wie alt ist sie denn? Dann erzählen Sie mal von ihr.«
»Sie wird im April erst Siebzehn!« Ausführlich berichtete Nik nun über Florences bisherigen Lebenslauf, ihre schulischen Laufbahnen und Steno-Kenntnisse beider Sprachsysteme. Mr. Baker hörte gespannt und aufmerksam zu. Nachdem Nik geendet hatte, erklärte jener:
»Das klingt ja alles mehr als perfekte Eignung für mich. Ich möchte gleich morgen Ihr Talent kennenlernen. Schicken Sie Ihre Tochter zu mir in die Firma, sagen wir um zehn Uhr. Geht das?«
»Natürlich, gerne. Ich bin sicher, sie wird sich freuen und Sie nicht enttäuschen.«
»Fabelhaft! Sie kann sich dann sofort auf eine Probezeit von vier Wochen einrichten und ihr Anfangslohn wird bestimmt zufriedenstellend sein, denke ich.«
»Das ist großartig, Mr. Baker. Ganz herzlichen Dank!«
»Schon gut, Herr Kemen. Zunächst habe ich zu danken. Und wenn Ihre Tochter das hält, was ihr Vater mir von ihren Talenten erzählt hat, dann wird mein Dank Ihnen gegenüber außerordentlich sein.«

Eitel Freude herrschte an diesem Abend bei den Kemens daheim, nachdem Nik berichtet hatte. Er wie auch May waren überzeugt, dass ihre Tochter Mr. Bakers Erwartungen vollauf erfüllen könnte. Welch ein glücklicher Zufall! Ein zweites Einkommen würde zudem die finanzielle Situation der Familie erheblich verbessern.

Pünktlich um zehn Uhr erschien Florence am folgenden Morgen in Mr. Bakers Büro, hübsch anzusehen in einem fliederfarbenen, hoch geschlossenen Kleid und einer kleinen passenden Blumenbrosche am Kragen. Sie sah mit ihren fast siebzehn Jahren erheblich älter aus.

Nach einem etwa dreißigminütigen Gespräch auf Englisch unterzog Mr. Baker sie sogleich mehreren schriftlichen Tests. Er war begeistert von ihren Fähigkeiten und ihrer jugendlichen Energie. Nach der vierwöchigen Probezeit war Florence vollauf in ihrem Element und derart eingearbeitet, dass man glauben mochte, sie hätte nie eine andere Tätigkeit ausgeübt. Ihr erstes Gehalt betrug monatlich 90 Reichsmark, ein Betrag, der weit über dem Durchschnitt lag! Sie ahnte nicht, dass aus der vierwöchigen Probezeit letztendlich fünfundvierzig Dienstjahre bei dieser Firma werden würden.

Etwa sechs Wochen später erschien abends Mr. Bakers Chauffeur bei den Kemens daheim und lieferte zwei Kartons mit jeweils sechs Flaschen Moselwein, Spätlese, ab. Beigefügt war eine Karte: »*Liebe Mrs. Kemen, lieber Herr Kemen, Ihre Tochter ist Gold wert! Welch glückliche Fügung! Eine bessere Sekretärin hätte ich niemals bekommen können. Dies habe ich Ihnen zu verdanken. Möge Ihnen der Rebensaft gut munden. Ihr C.J.Baker*«

Erstaunlicherweise wurde dieses Textilunternehmen nur geringfügig von der Weltwirtschaftskrise erfasst. Oberbürgermeister Konrad Adenauer war es 1925 gelungen, die halbbritische Firma nach Köln zu holen, ebenso fünf Jahre später die Ford-Automobilwerke, gleich daneben im Stadtteil Niehl. Henry Ford I. hatte 1930 persönlich dazu den Grundstein gelegt.

Beruflich schien das Glück Nik hingegen nicht hold zu sein. Im Mai 1932 sah auch Herr Dahmen keine andere Wahl mehr, als das Hotel vorübergehend zu schließen, da Touristen ausblieben. Nun wurde Nik arbeitslos. Es war fast als Wunder anzusehen, dass jetzt zumindest Florence Geld mit nach Hause brachte. Zudem ergab sich daraus ein weiterer Vorteil. In der Textilproduktion fielen immer wieder fehlerhafte Stoffe an, die an die Mitarbeiter abgegeben wurden. So brachte Florence gelegentlich derartige Stoffbahnen mit nach Hause, die May zu hübschen Gardinen, Fenstervorhängen, Tischdecken oder je nach Eignung sogar zu Kleidern zurecht schneiderte, denn sie war als gelernte Putzmacherin auch in diesem Handwerk außerordentlich geschickt.

Seit ihrer Rückkehr nach Köln sah Florence ihren Jugendfreund Rudi Böhmer nicht mehr so häufig wie früher. Die Ursache lag wohl darin, dass Rudi inzwischen eine andere feste Freundin hatte. Außerdem näherte er sich dem Abitur, für das er kräftig »büffeln« musste. Und sie selbst war ja nun berufstätig.

Ende Mai 1932 entließ Präsident Hindenburg Kanzler Heinrich Brüning, weil er ihn für unfähig hielt. Im Juli beschlossen die Alliierten auf der *Lausanner Konferenz* die Beendigung der Reparationszahlungen sowie die militärische Gleichberechtigung Deutschlands, wobei das westliche Rheinland dennoch weiterhin entmilitarisierte Zone bleiben sollte.

Dies hatte für Nik endlich die Aufhebung seines bisherigen Einreiseverbotes nach England zur Folge! Ferner wurde das Rheinhotel im August wieder eröffnet, da sich in Köln der Tourismus deutlich belebte. Nik konnte seine Arbeit als Empfangschef fortsetzen. Trotzdem wartete er mit der ersten Reise nach England bis zum Sommer 1934, weil er einerseits dafür genügend Geld ansparen wollte, andererseits hatten sie Großmutter Henrietta im Sommer 1932 und 33 zum Besuch bei ihnen in Köln eingeladen. Florence holte ihre 78jährige Oma in London ab, während May sie drei Wochen später zurück begleitete.

Ein Jahr später statteten Alice und Lifford Claydon zum ersten Mal ihren Verwandten in Köln einen zweiwöchigen Besuch ab und brachten zugleich erneut Großmutter Henrietta mit. Sie übernachteten im Rheinhotel. Bei dieser Gelegenheit lernten sie auch einige andere Mitglieder der Kemen-Verwandtschaft kennen, wie Niks Bruder Johann mit dessen Frau und Sohn Klaus Kemen, einen Cousin von Florence. Der Architekt Lifford war von der Schönheit und den unendlichen Sehenswürdigkeiten Kölns begeistert. Ebenso vom Rheinpanorama des Siebengebirges. Mit der Zahnradbahn fuhren May und Henrietta hinauf, während die anderen den Fußweg wählten. Während Nik einerseits stolz war, den englischen Verwandten einen Teil seiner herrlichen Heimat zeigen zu können, schämte er sich andererseits, dass er nur eine äußerst bescheidene, beengte Wohnung vorzuweisen hatte, vergleichsweise armselig gegenüber den Häusern der Scoines und Claydons in London. Und so manches Mal beschäftige ihn der Gedanke, was die Verwandten wohl von ihm hielten, dass er nach all den Jahren seiner May und Florence nicht mehr hatte bieten können. Aber er sprach mit niemandem darüber.

Da Florence inzwischen siebzehn Jahre zählte und ihr eigenes Einkommen hatte, wurde allen klar, dass die Wohnung am Deutschen Ring zu klein geworden war. Der Zustand, dass Nik immer, wenn er früh zum Dienst musste, auf dem Klappsofa in der Wohnküche nächtigte, während Florence mit ihrer Mutter im geteilten Schlafzimmer schlief, konnte nicht länger beibehalten werden. Also bemühten sie sich nun verstärkt um eine größere Wohnung, in der Florence ihr eigenes Zimmer erhalten könnte. Nach einigen Wochen fand man sie endlich im Stadtteil Nippes, in der Blücherstr. 16, einem Haus mit acht Wohneinheiten, schräg gegenüber dem Gymnasium. Es handelte sich um eine sehr geräumige Dreizimmer-Wohnung mit Wohnküche, Bad und zwei Balkons im zweiten Obergeschoss. Ein Balkon befand sich straßenseits, der andere rückseitig zum Innenhof hin. Zwar war die Miete erheblich teurer als zuvor, doch brachten Nik und Florence nun zwei Löhne ein, so dass sie sich diese neue Unterkunft leisten konnten. Florence war glücklich, endlich ihr eigenes Zimmer beziehen und einrichten zu können. Ihren Vater erfüllte es mit großer Erleichterung und Zufriedenheit, nach all den Jahren eine für seine Tochter und May adäquate Wohnung gefunden zu haben. Endlich war es möglich, auch mal Gäste einzuladen.

Im Verlaufe der letzten Jahre erhielt Adolf Hitler mit seiner NSDAP in der Bevölkerung immer mehr Zulauf. Nach all den turbulenten, ungewissen Jahren der Krisen und Arbeitslosigkeit glaubten viele, in dem »Führer« den starken Mann zu erkennen, der dem Land endlich wieder Ruhe und Stabilität verleihen könnte. Hitler hatte es geschafft, eine eigene private Armee, die »Sturmabteilung« SA, sowie eine »Sicherheitsstaffel« SS aufzubauen, die zwar zunächst vom Reichspräsidenten verboten worden waren, dann jedoch 1932 genehmigt wurden. Monatelang kam es in Deutschland an vielen Orten zu regelrechten Schlachten zwischen der SA und kommunistischen bewaffneten Kräften mit Terrorakten, Anschlägen, Feuerüberfällen, Sprengstoff- und Revolverattentaten, was einem Bürgerkrieg ähnlich kam. Nur im entmilitarisierten Rheinland blieb es weitgehend ruhig, abgesehen von wenigen demonstrativen Umzügen der Kommunisten, die jedoch friedlich verliefen. Reichspräsident Hindenburg ernannte Adolf Hitler am 30. Januar 1933 zum neuen Reichskanzler. In den folgenden Monaten wurden sämtliche Organisationen zerschlagen, die in irgendeiner Weise Widerstand leisten konnten, zunächst die Gewerkschaften, dann alle übrigen Parteien. Im Juli bestimmte ein Gesetz: »In Deutschland besteht als einzige politische Partei die NSDAP!« Damit war die Diktatur endgültig geboren. Während Hitler die SA stark entkräftete, entwickelte er die SS zu einer brutalen, menschenverachtenden zweiten Armee neben der regulären Wehrmacht. Am gefährlichsten innerhalb der Bevölkerung wurde jedoch die »Geheime Staatspolizei, GESTAPO«. Vor ihren Spitzeln und Informanten war niemand mehr sicher.

Dies erfuhren Nik und sein Chef als eine der ersten. Die nun allgegenwärtige Partei führte den sogenannten »Hitler-Gruß« ein. Anstelle des üblichen, normalen Tagesgrußes hatte jeder Deutsche nur noch mit »Heil Hitler« zu grüßen und dabei den rechten Arm mit flach ausgestreckter Hand zu erheben. Ferner wurden an sämtliche öffentliche Gebäude, Schulen und Hotels massenweise die neuen riesigen roten Hakenkreuzfahnen ausgegeben mit der Aufforderung, diese unverzüglich gut sichtbar an der Hausfront auszuhängen.

Nik missachtete zunächst den neuen »Hitler-Gruß«, indem er weiterhin die Gäste wie gewohnt mit »Guten Morgen«, »Guten Tag« oder »Auf Wiedersehen« grüßte. Es dauerte nicht lange, da herrschte ihn einer der Gäste an: »Sagen Sie mal, Sie Schlafmütze, haben Sie noch nicht gehört, wie der neue Deutsche Gruß lautet?«

Nik darauf: »Verzeihen Sie, mein Herr, in unserem Hause begegnet man sich in höflichem Ton. Ich wünsche Ihnen einen guten Tag!«

Darauf knallte der Gast wütend seine Faust vor Nik auf den Tresen, so dass mehrere andere Leute in der Empfangshalle erstaunt aufblickten. Er brüllte nun Nik an. »Du bist wohl ein fremdes Dreckschwein, Mann. Wenn du mich nicht augenblicklich anständig grüßt, war dies heute dein letzter Arbeitstag hier!«

Nik wurde nun seinerseits rot vor Wut, schaffte es jedoch, sich zu beherrschen, indem er seelenruhig erwiderte: »Selbstverständlich, mein Herr. Bei uns ist der Gast König. Ich stamme übrigens aus der Eifel. Heil Hitler!« Darauf eilte dieser unverschämte Gast zur Tür hinaus.

Auch Herr Dahmen hatte es nicht sonderlich eilig, besagte Hakenkreuzfahnen, von denen er vier erhalten hatte, an der Hotelfront aufziehen zu lassen.

Einige Tage später erschienen zwei SA-Männer in ihren braunen Uniformen an der Rezeption, grüßten lautstark mit »Heil Hitler« und fragten: »Sagen Sie mal, warum hängt draußen an diesem Hotel noch keine Hakenkreuzfahne?«

Nik erwiderte den neuen Gruß und antwortete: ›Tut mir leid, aber wir haben derzeit personelle Engpässe. Es wird gewiss in den nächsten Tagen geschehen.«

»Was, in den nächsten Tagen?« brüllte nun der ranghöhere Mann, »ich glaube, ich höre nicht richtig. Das wird *sofort* erledigt, verstanden!«

»Natürlich. Ich werde gleich den Chef fragen, ob das möglich ist«, antwortete Nik.

»Den Chef fragen? Komm, Paul, das erledigen wir am besten mal gleich selber. Wo finden wir den sogenannten 'Chef'?« wollten die Uniformierten wissen.

Nik fürchtete das Schlimmste und sagte: »Ich führe Sie hinauf.« Und zu seiner Kollegin Sabine, die ebenfalls mit Nik an der Rezeption stand: »Melde uns beim Chef an!«

Dann begaben sich die drei in den ersten Stock, Nik voran, die beiden SA-Männer mit laut knallenden Stiefeln – trotz des dicken Treppenläufers – ihm folgend.

Zunächst gelangten sie in das Vorzimmer, dessen Tür offen stand. Hier blickte Frau Künemann, die Sekretärin, erstaunt auf.

»Die Herren möchten den Chef sprechen«, erklärte Nik.

»Einen kleinen Moment, bitte«, sagte Frau Künemann, »ich schau mal kurz, ob das möglich ist.«

»Quatsch keinen Blödsinn, Mädchen«, fuhr der Ranghöhere sie an, »wir machen alles immer sofort möglich!« Dabei schob er die Sekretärin, die sich ihnen in den Weg stellen wollte, kräftig beiseite, rissen die Tür zum Chefzimmer ohne anzuklopfen auf und marschierten geradenwegs bis vor Herrn Dahmens Schreibtisch.

»Heil Hitler!« brüllten sie, hoben den rechten Arm und schlugen die Hacken zackig zusammen.

Herr Dahmen erhob sich erstaunt und erwiderte diesen Gruß etwas leiser, ohne den Arm zu heben.

»Was wünschen...« weiter kam er nicht, da die Männer ihn unterbrachen: »Warum sind vorne am Hotel noch nicht die Hakenkreuzfahnen gehisst? Die haben Sie doch längst erhalten.«

»Wir hatten noch keine Gelegenheit dazu«, versuchte Herr Dahmen zu erklären.

»Noch keine Gelegenheit?« Jetzt wurde der Ranghöhere erheblich lauter. »Passen Sie jetzt mal schön auf, Freundchen. Wir geben Ihnen zehn Minuten Zeit. Wenn die Dinger dann nicht draußen schön im Wind flattern, dann flattern Sie gleich hier zum Fenster raus, verstanden!«

»Meine Herren, so können Sie nicht mit mir reden«, konterte nun Herr Dahmen. »Wer ist Ihr Vorgesetzter, bei dem ich mich beschweren werde?«

Nun schauten sich die beiden SA-Männer gegenseitig belustigt an und im nächsten Moment versetzte der Rangniedrigere Herrn Dahmen mit der

Faust derart heftig einen Schlag ins Gesicht, so dass er rücklings taumelte und zu Boden fiel. Frau Künemann und Nik standen vor Entsetzen wie versteinert in der Tür, eilten dann jedoch zu dem am Boden Liegenden.

»So, du Sau, jetzt kannst du dich schön beschweren. Unser Chef ist Sturmbannführer Gebhardt. Der wird dir gerne persönlich auf deine Beschwerde antworten!« drohte der Ranghöhere. »Also, zehn Minuten. Sonst machen wir aus dir Hackfleisch, Bürschchen. Versprochen!«

Damit knallten sie erneut zackig die Stiefel zusammen, hoben die rechte Hand zum »Deutschen Gruß«, brüllten »Heil Hitler«, machten lachend kehrt, marschierten den Gang entlang und dann die Treppe hinunter.

Nik und Frau Künemann halfen Herrn Dahmen, der heftig aus der Nase blutete, wieder auf die Beine und setzten ihn auf seinen Chefsessel.

»Machen Sie schnell, Nik, und sorgen Sie dafür, dass die Dinger sofort aufgehängt werden«, forderte er ihn auf, während Frau Künemann sich bemühte, die Blutung zu stillen.

Nik rannte sofort los, um Herrn Becker, den Hausmeister, zu suchen. Er fand ihn im Heizungsraum und gab ihm Anweisung, unverzüglich die Fahnen aufzuhängen, wobei er kurz schilderte, was soeben geschehen war.

Herr Becker machte sich sofort daran, doch war das Aufhängen nicht in zehn Minuten zu schaffen, aber nach etwa einer halben Stunde »schmückten« die vier Flaggen endlich die Vorderfront des Hotels, wobei Nik dem Hausmeister half. Von einem der oberen Fenster aus sah er die beiden SA-Männer unten auf der gegenüber liegenden Straßenseite stehen. Sie beobachteten, wie die Fahnen befestigt wurden.

Nik war noch immer zutiefst geschockt, als er nach Hause kam und erzählte, was geschehen war.

»Jetzt wissen wir, was wir von dem neuen System zu erwarten haben. Seht nur ja zu, dass ihr immer brav mit 'Heil Hitler' grüßt«, flehte er May und Florence an, »und geht diesen schrecklichen Kerlen aus dem Weg!«

Aufgrund der Tatsache, dass sowohl May wie auch Florence beide noch im Besitz gültiger britischer Pässe, somit also auch britische Staatsbürger waren, – Nik hatte zwar May bereits 1920 standesamtlich in Köln als seine 1914 in London angetraute Ehefrau registrieren lassen, ebenso Florence als deren gemeinsame Tochter, wodurch beide neben der britischen die deutsche Staatsbürgerschaft erhielten – entwickelte sich daraus die Debatte in der Familie, ob britische Staatsbürger ebenfalls gezwungen werden könnten, den Hitler-Gruß auszuführen. Man kam überein, dass dies rein rechtlich von Ausländern zwar nicht verlangt werden könnte, aber da May und Florence nun die doppelte Staatsbürgerschaft inne hatten, sollte man besser kein Risiko eingehen. Außerdem schien es inzwischen müßig, nach Recht und Rechtmäßigkeit zu fragen.

Dennoch erörterte Florence diese Frage tags darauf mit ihrem englischen Chef. Aber Mr. Baker reagierte ganz gelassen. «No problem, do in Rome as the Romans do!« meinte er lakonisch, «wenn's den Deutschen Spaß macht, lassen wir ihnen doch den!"

Herr Dahmen telefonierte am folgenden Tag mit seinem Hausjuristen, Dr. Stephan, um zu erfahren, ob es sinnvoll wäre, Strafanzeige wegen Körperverletzung gegen die beiden SA-Männer zu stellen.

»Das können Sie natürlich machen«, meinte der Anwalt, »aber ich rate Ihnen, sich das noch einmal gründlich zu überlegen. Es dürfte fraglich sein, ob die Sache überhaupt juristisch verfolgt wird, möglicherweise wird sie gleich wegen Geringfügigkeit abgeschmettert. Aber dann sind Sie Ihres Lebens nicht mehr sicher und müssen sich auf allerlei Schikanen, wenn nicht gar auf Schlimmeres gegen ihre Person oder gegen Ihr Hotel gefasst machen!«

Daraufhin verzichtete Herr Dahmen auf eine Anzeige. Ihm wurde klar, dass Deutschland aufgehört hatte, ein Rechtsstaat zu sein.

Bereits am folgenden Tag verbreitete sich die Nachricht, dass Oberbürgermeister Konrad Adenauer von seinem Amt zurückgetreten sei, wie ein Lauffeuer in der Stadt. Viele wollten es zunächst nicht wahrhaben. Im Laufe der Zeit wurde jedoch bekannt, dass die Nazis ihn wegen seiner Weigerung, der Partei beizutreten, da er das Gedankengut Hitlers und der Partei ablehnte, zum Rücktritt gezwungen hatten. Nach und nach erschienen überall in Köln überdimensionale Plakate und Schriftbänder, auf denen Parolen zu lesen waren wie »Führer befiehl, wir folgen Dir«, »Ein Volk, ein Wille, ein Führer« oder »Des Führers Handeln sichert den Frieden der Welt« und viele ähnliche.

Allerdings mussten die Deutschen mit Staunen zur Kenntnis nehmen, dass die Wirtschaft plötzlich wieder Aufwind erhielt, die Reichsmark an Wert gewann und eine ungeahnte Vollbeschäftigung einsetzte. Tatsächlich schienen die Parolen der »Nazis« die Menschen aufzurütteln und aus der langjährigen Lethargie zu lösen. Der gewaltige Ausbau der Reichsautobahn, die es allerdings in kleineren Abschnitten bereits vor der »Machtergreifung« gab, die neue industrielle Entwicklung, bei der zum großen Teil Rüstungsgüter produziert wurden, ein bislang ungeahntes Freizeit- und Erholungsangebot innerhalb neu geschaffener nationalsozialistischer Gruppierungen – Hitlerjugend HJ, Bund Deutscher Mädchen BDM, die NS-Frauenschaft, Reisegemeinschaft »Kraft durch Freude« KdF und viele mehr – riefen die Begeisterung der Massen hervor.

Hinzu kam eine spürbare Abnahme der Straßenkriminalität. Taschendiebstähle, zuvor beinahe an der Tagesordnung in Köln, gab es nicht mehr! Straßenbettler, die jahrelang Passanten belästigten, waren plötzlich verschwunden! Das Leben wurde wieder richtig lebenswert – zumindest für diejenigen, die es verstanden, sich mit dem politischen System zu arrangieren! Auch Florence nutzte das Angebot der KdF und nahm im Herbst 1933 an einer Schiffsreise nach Norwegen, ein Jahr später an einer Fahrt nach Bayern teil, jeweils für unglaubliche 80 Mark! In beiden Fällen kehrte sie voller Begeisterung und bestens erholt zurück. Nik, der sich auf Grund der politischen Entwicklung zunehmend unwohler in seiner Haut fühlte und sich und May nie eine richtige Urlaubsreise geleistet hatte, freute sich hingegen, dass zumindest Florence in den Genuss der KdF-Angebote gelangte. Er war stolz auf seine hübsche, tüchtige und recht selbstbewusste Tochter, die nur so von Energie und Lebensfreude überschäumte. Zudem stellte er befriedigt fest, dass sie sich hier in Köln gut etabliert hatte und keinerlei Bestrebungen zeigte, eines Tages wieder nach London zurückkehren zu wollen. Sie war nun achtzehn Jahre alt und Nik fragte sich, wie lange es wohl noch dauern könnte, bis sie eines Tages mit einem »Verehrer« aufkreuzen würde. Bislang hatte er keinerlei Anzeichen dafür erkennen können.

Mancher Skeptiker stellte sich die Frage: Ist der neue »Führer« mit seiner Einheitspartei vielleicht doch genau das, was Deutschland braucht? Und im Übrigen hieß es noch immer: »Nichts wird so heiß gegessen, wie es gekocht wird.«

Zu ihrem Entsetzen erhielten die Kemens am 9. Oktober 1933 aus London eine Depesche mit der Nachricht, dass Großmutter Henrietta Scoines tags zuvor im Alter von 79 Jahren plötzlich verstorben war. Florence, die besonders traurig über den Tod ihrer so sehr geliebten «Granny« war, sowie May reisten am Tag darauf gemeinsam zur Beerdigung nach London. Dort erfuhren sie, dass Henriettas Tod die Folge eines Oberschenkelhalsbruches war, verursacht durch einen Treppensturz. Nun war das elterliche Haus in der Richford Street unbewohnt und wurde kurze Zeit später von den Kindern einvernehmlich verkauft. Auch May erhielt daraus ihren Erbanteil, was erneut die finanzielle Situation der Familie erheblich verbesserte.

Eines Nachmittags kehrte Nik mit einem schweren, großen Karton von der Arbeit nach Hause zurück. Florence war noch nicht da, als er vor Mays staunenden Augen einen Radioapparat auspackte und in Betrieb nahm. Nik erklärte May, dass man das Gerät »Volksempfänger« nannte. Es war ein einfacher brauner Holzkasten, an der Vorderseite in der oberen Hälfte mit einem durch ein Stück grauen Stoffes verkleideter Lautsprecher. Darunter befand sich ein Drehknopf zur Sendereinstellung. Die Sender und ihre Frequenzen konnte man über dem Drehknopf in einem halbkreisförmigen Fenster ablesen. Sie waren über Mittel- und Langwelle zu empfangen. Der Ein- und Ausschalter befand sich an der Rückseite des Gehäuses.

Niks erster Versuch, einen Sender zu finden, misslang. Es war auf allen Frequenzen nur ein Rauschen zu vernehmen. Aber der Verkäufer im Geschäft hatte ihn bereits darauf hingewiesen, dass der Empfang besser gelänge, wenn er den anhängenden aufgewickelten Antennendraht möglichst an einem Heizkörper oder am Fenstergriff befestigte. Überhaupt müsste man den optimalen Standort des Gerätes ausprobieren.

Nachdem Nik die Empfehlungen befolgt, einen Standpunkt auf der Vitrine in der Nähe des Fensters gefunden und den Antennendraht am Heizkörper befestigt hatte, klappte es: Das Rauschen war weitgehend verschwunden und Tanzmusik erklang. Auch die Suche nach weiteren Sendern gelang mehr oder weniger deutlich.

»Kann man damit auch BBC London empfangen?« wollte schließlich May wissen.

»Vielleicht«, meinte Nik, »muss ich mal suchen.« Aber auf den meisten Frequenzen war nur Musik zu hören. »Ich denke, wir sollten mal bis zur vollen Stunde warten. Dann gibt es vielleicht irgendwo Nachrichten. Dann merken wir ja, wenn einer Englisch spricht.«

Kurz darauf kehrte auch Florence heim und war ganz begeistert über den Neuerwerb.
»Was hat denn das Ding gekostet?« wollte sie wissen.
»War gar nicht so teuer, nur 42 Mark!« erwiderte Nik.
»Tja, was der 'Führer' uns heutzutage alles an Errungenschaften bietet!« lachte Florence.
Kurz vor 20 Uhr saßen alle drei vor dem »Volksempfänger« und Nik drehte den Sendersuchknopf hin und her. Genau zur vollen Stunde ertönten auf verschiedenen Frequenzen männliche Stimmen, die Nachrichten verlasen. Und tatsächlich, in extrem linker Position, erklang plötzlich der vertraute englische Tonfall, wie sich Minuten später erwies, BBC London! Der Empfang war zwar nicht ganz sauber, oft durch Knacken und andere Geräusche gestört, aber durchaus verständlich, erst recht, wenn man den Lautstärkeregler unten links etwas aufdrehte. Alle drei waren hellauf begeistert! Von nun an hörten die Kemens jeden Abend um 20 Uhr, Londoner Ortszeit 19 Uhr, die BBC-Nachrichten, die stets mit dem vertrauten Westminster-Glockenschlag von 'Big Ben' begannen.

Natürlich nutzten in erster Linie die Nationalsozialisten dieses Medium, das sehr schnell in sämtlichen Haushalten Einzug gehalten hatte, zu Propagandazwecken und um die Massen auf ihre Politik einzustimmen. Immer häufiger hörte man auch Hetzreden gegen das Judentum. Aber der größte Teil der Bevölkerung nahm diese nur ganz beiläufig wahr.

Im Juli 1934 war es endlich soweit: Nik erhielt ein Visum zur Einreise nach England!

Gemeinsam mit May und Florence fuhren sie zu einem dreiwöchigen Besuch der Verwandten nach London. Alice und Lifford hatten sie eingeladen, die erste Woche in ihrem Hause im Stadtteil Kenton, im Westen Londons, zu wohnen. Danach würden sie gemeinsam zu fünft einen vierzehntägigen Erholungsurlaub an der See in Margate-Cliftonville, an der Themsemündung, in einem schönen Hotel verleben. Während der Schiffspassage von Ostende nach Dover erinnerte sich Nik an seine erste Begegnung mit Franz Strecker, wie aufgeregt er damals war, als er in eine völlig unbekannte Zukunft reiste, die sein ganzes Leben umkrempeln sollte. Damals war er seekrank geworden, diesmal nicht. Allerdings zeigte sich nun das Wetter von seiner besten Seite und die See war spiegelglatt. Dennoch spürte er wieder, wie sein Herz vor Aufregung bis zum Halse pochte. Nach fünfzehn Jahren betrat Nik erstmals wieder britischen Boden!

Alice und Lifford holten sie vom Bahnhof Victoria ab. Mit einem Taxi fuhren sie gemeinsam zum Hause No. 15, Rushout Avenue, im Stadtteil Kenton.

Lifford, der schon seit einigen Jahren als Schulbau-Architekt bei der Londoner Stadtverwaltung angestellt war, hatte dieses freistehende Haus mit Garage und rund tausend Quadratmeter großem Grundstück bereits 1928 erworben. Es lag äußerst verkehrsgünstig in bester, ruhiger Wohnlage, nur etwa zweihundert Meter von der Haltestelle «Northwick Park» der vorwiegend oberirdisch verlaufenden 'Metropolitan Line' entfernt. Dies war für Lifford wichtig, da er unter Klaustrophobie litt. An der Station 'Baker Street' stieg er auf dem Weg zur Dienststelle in einen Linienbus um, der ihn bis zum Parlamentsgebäude beförderte.

Von dort musste er nur noch zu Fuß die Westminster Bridge überqueren, um das Dienstgebäude der 'London County Council Hall', wo er sein Büro hatte, zu erreichen. Lifford besaß kein Auto, dem entsprechend benutzte er seine Garage als Abstellraum für Gartengeräte.

Das Haus war im typisch englischen Baustil errichtet, wie die meisten Einfamilienhäuser dieser Periode einander stark ähneln. Es hatte weder Keller noch Speicher, da das Satteldach recht flach gehalten war. Entsprechend größer war die eigentliche Wohnfläche. Markant die ausgerundeten 'Bay-Windows' des straßenseitigen Wohnraumes sowie des Schlafzimmers genau darüber. Dem rückwärtig gelegenen großen Wohnzimmer war die glasüberdachte Terrasse vorgebaut. Der riesige Garten, zum größten Teil vom typisch britischen, hervorragend kurz geschnittenen Rasen eingenommen, wurde von vielfältigen, gepflegten Blumenbeeten eingerahmt.

Florence und May kannten das Haus bereits, hatten sie dort bei früheren Besuchen mehrfach nächtigen dürfen.

Nik jedoch erschien das Anwesen geradezu paradiesisch luxuriös und wunderbar. Er beneidete seine Eigentümer sehr um ihr Glück. Er genoss jede Minute, jeden Tag bei Alice und Lifford in einer außerordentlich friedlichen, freundlichen und frohen Atmosphäre.

Einige Male unternahmen sie gemeinsam Spaziergänge und Besichtigungen in der Londoner City, um zeitig zum gemütlichen 'afternoon-tea' nach Hause zurückzukehren. Natürlich suchte er ebenfalls noch einmal kurz das 'Prince-Albert-Hotel' auf, in dem sich offenbar nichts verändert hatte, seitdem er hier vor zwanzig Jahren entlassen worden war.

Die Fahrt nach Margate-Cliftonville, Grafschaft Kent, an der See, erfolgte zu Beginn der zweiten Urlaubswoche mit einem Reisebus. Alice hatte für sie in einem guten Mittelklasse-Hotel zwei Doppel- und für Florence ein Einzelzimmer mit Seeblick bestellt.

Während dieser drei Wochen hatten sie Glück mit dem Wetter, so dass sie fast jeden Tag das Strandleben genossen. Aber sie unternahmen ebenfalls einige Ausflüge zu sehenswerten Orten der näheren Umgebung wie Canterbury mit der großartigen Kathedrale, Walmer und Deal mit den beiden Burgen und nach Ramsgate.

Es wurde ein wunderbarer, unbeschwerter und erholsamer Urlaub für alle, den Nik ganz besonders genoss. Er stellte fest, dass er noch immer in dieses Land verliebt war, trotz aller Widerwärtigkeiten während des Krieges! Musste er nicht sogar den Briten dankbar sein, dass er die damalige Zeit unbeschadet überstanden hatte?

Zur Rückreise nach Deutschland begleiteten Lifford und Alice die drei per Linienbus direkt nach Dover, wo sie die Fähre nach Ostende bestiegen. Als sie sich verabschiedeten, vereinbarten sie zugleich den nächsten Besuch im Jahre 1936. Bei der Ausfahrt des Schiffes standen Lifford und Alice am äußersten Ende der Hafenmauer und winkten den dreien zu, bis sie immer kleiner werdend, schließlich außer Sicht gerieten.

Wenige Tage nach ihrer Heimkehr vermeldete der Reichssender am 3.August 1934 den Tod Hindenburgs, der tags zuvor verstorben war. Hitler übernahm von nun an zugleich das Amt des Präsidenten. Die Diktatur war verankert. Bei einer nachträglichen Volksbefragung stimmte die große Mehrheit dem 'Führer' zu. Die Kemens nahmen daran nicht teil.

Die Wohnungs-Nachbarschaften unter den acht Familien im Hause Blücherstraße 16 in Nippes mussten zunächst als gut und herzlich bezeichnet werden. Natürlich wussten bald alle, dass May und Florence Engländerinnen waren. May konnte es ohnehin aufgrund ihrer miserablen deutschen Sprachfähigkeit nicht verleugnen. Bei Florence, die absolut akzentfrei Hochdeutsch u n d »Kölsch« sprach, hatte es zunächst niemand vermutet.

Unter den Mitbewohnern des Hauses befanden sich die unterschiedlichsten Berufsgruppen, zwei Handwerker, drei kaufmännische Angestellte, ein Bauingenieur, sowie ein Postbeamter. Nach einiger Zeit wurde bekannt, dass zwei der kaufmännischen Angestellten und der Postbeamte der NSDAP beigetreten waren, erkennbar am kleinen runden Hakenkreuzemblem, das sie sichtbar und offensichtlich stolz am Jackenaufschlag trugen. Der Postbeamte, Herr Czepp, entwickelte sich alsbald zu einem unangenehmen Schnüffler, Denunzianten und geheimen Mitarbeiter der Gestapo. Im Laufe der folgenden Jahre stellte man fest, dass die Bewohner zahlreicher Wohnungen in der Nachbarschaft verhaftet wurden und spurlos verschwanden. Zumeist handelte es sich um jüdische Familien, in wenigen Fällen um Mitglieder einer kommunistischen Partei. Später wurde bekannt, dass Herr Czepp diese Familien ausspioniert und der Gestapo ans Messer geliefert hatte.

May und Florence gegenüber begegnete Herr Czepp allerdings stets äußerst höflich und freundlich, was ebenso von den übrigen Mitbewohnern zu sagen war.

Während die meisten katholischen Familien, wie auch die Kemens, regelmäßig sonntags die Heilige Messe in der nahen St. Bonifatius-Kirche besuchten, baute sich Herr Czepp häufig vor der Haustüre auf und rief ihnen spöttisch zu: »Es gibt keinen Gott! Sparen Sie sich den Kirchgang. Alles Quatsch, was die Pfaffen predigen. Glauben sie nur an unseren Führer Adolf Hitler!«

Tatsächlich beobachteten die Kemens und andere Gläubige in nächster Zeit immer häufiger, dass zwei Gestapo-Männer ganz unauffällig, in ihren stets gleichartigen dunklen Ledermänteln sehr auffällig, während des Gottesdienstes hinten in der Kirche standen und gelegentlich Notizen auf einen Block schrieben.

Auffällig war ebenso, dass der jährliche Karnevalszug zu Rosenmontag in Köln immer häufiger die Juden aufs Korn nahm und verspottete, was allerdings die meisten Kölner offensichtlich belustigend fanden.

Zahlreiche Bürger verspürten ihren jüdischen Mitbewohnern gegenüber ohnehin wenig Sympathie, wohl in erster Linie aus Neid, da der Glaube weit verbreitet war, die Juden horteten das meiste Geld. Manche große Banken und Kaufhäuser hatten jüdische Eigentümer und es herrschte oft die Meinung, sie beuteten den einfachen Bürger schamlos aus. Kein Wunder also, dass man zuweilen auf der Straße den Ausspruch hören konnte: »Es schadet den Juden nichts, wenn der Führer denen mal ein bisschen auf die Finger klopft!«

Entsprechend gelassen nahmen die meisten Kölner zur Kenntnis, dass immer häufiger auf großen Plakaten zum Boykott jüdischer Geschäfte und Handwerksbetriebe aufgerufen wurde. Die darauf formulierten Texte beschimpften und verunglimpften deren Inhaber auf übelste und abscheulichste Weise. Immer öfter beschmierten SA-Männer die entsprechenden Schaufensterscheiben mit unverschämten Schriftzügen in weißer Farbe. Aber solche Aktionen waren nur der Anfang.

Sowohl Nik wie auch May und Florence empfanden die Aktionen als äußerst brutal und beleidigend. Aber niemand schien etwas dagegen zu unternehmen.

»Warum lassen wir das eigentlich zu?« fragte Florence ihren Vater.

»Weil jeder Angst vor der Brutalität der SA-Leute hat.«

»Aber die Polizei müsste das doch verhindern«, hakte sie nach.

»Richtig, aber mir scheint, SA und SS haben die Polizei schon längst auf ihren Kurs gezogen und jeder einzelne Beamte müsste dann Sorge um seinen Posten haben, von Beförderungen ganz abgesehen. Also schauen sie besser weg«, erklärte Nik. »Und im Übrigen, möchtest denn du, dass ich noch einmal verhaftet werde und wer weiß wie lange im Knast verschwinde, weil ich den Mut hätte, gegen die Nazis zu protestieren?«

»Natürlich nicht«, musste Florence kleinlaut zugestehen. »Aber schlimm ist das alles schon.«

Nach und nach verschwanden immer mehr unbescholtene jüdische Bürger aus der Nachbarschaft. Als sich später das Gerücht verbreitete, dass die Juden lediglich für einige Zeit in Arbeitslager gebracht würden, standen viele Deutsche auch dieser Maßnahme nach dem Motto »Arbeit hat noch niemandem geschadet« positiv gegenüber. Was tatsächlich in den Konzentrationslagern geschah, wussten nur wenige.

Nach der Volksabstimmung über die Zukunft des Saarlandes hörten die Kemens am 14.Januar 1935 in ihrem Volksempfänger, dass 90,7 Prozent der Wahlberechtigten dort für eine Rückkehr ins Reich gestimmt hatten.

Am 16. März 1935 verkündete der 'Führer' die Einführung der *allgemeinen Wehrpflicht*. Somit wurde deutlich, dass Deutschland aufrüstete. Hitler begründete dieses damit, dass Frankreich für bestimmte Jahrgänge soeben die zweijährige Militärdienstpflicht eingeführt und Englands Parlament die Erhöhung des Wehrhaushaltes beschlossen hatte.

Am 18. Juni schloss England jedoch überraschenderweise mit Deutschland ein Flottenabkommen, das die Anzahl und Stärken der Kriegsschiffe auf beiden Seiten regeln sollte. Mit diesem Vertrag erkannte England stillschweigend die deutsche Aufrüstung an.

Am 3. Januar 1936 verkündete BBC London, dass tags zuvor König Georg V. nach fünfundzwanzig-jähriger Regentschaft verstorben war. Einige Tage später verfolgte May über diesen Sender an ihrem Volksempfänger die Übertragung der Trauerfeier in der Westminster Abbey. Neuer König sollte Kronprinz Edward werden.

Im März 1936 wurden Nik und die Kölner Zeugen eines ungeheuerlichen Ereignisses: Deutsche Truppen marschierten von Deutz her über die Brücken nach Köln ein und besetzten somit unter Missachtung des Locarno-Vertrages das entmilitarisierte westliche Rheinland! Jeder glaubte nun, diesen Vertragsbruch würden die Alliierten keinesfalls ohne Gegenreaktion hinnehmen. Aber abgesehen von diplomatischen Protesten geschah nichts!

Zum ersten Mal sahen May und Florence deutsche Soldaten, die ihnen jedoch Unbehagen einflößten. Weitaus unsympathischer, ja geradezu bedrohlich, erschienen ihnen die SS-Männer in deren schwarzen Uniformen mit dem Totenkopf am rechten Kragen und an der Mütze. Wer offiziell derartige Symbole trägt, kann doch wohl nichts Gutes im Schilde führen, vermuteten sie.

Im Sommer 1936 wurden die Deutschen durch die Olympischen Spiele in Berlin vorübergehend von Hitlers politischen Machenschaften abgelenkt. Der Reichssender übertrug live die meisten Wettkämpfe, die der 'Führer' zum großen Teil auch persönlich im Stadion miterlebte.

Doch die Kemens nahmen dieses große Ereignis nur beiläufig zur Kenntnis, da sie zeitgleich erneut mit Alice und Lifford, wie bereits zwei Jahre zuvor, ihren Urlaub in London und an der See verbrachten. Zudem waren sie alle sportlich wenig interessiert.

Während dieser Wochen entwickelten sich des Öfteren Diskussionen zwischen Lifford und Nik über die politische Entwicklung in Deutschland.

»Mir scheint, Hitler macht einen verdammt guten Job bei euch da drüben«, meinte Lifford.

»Ja, nach außen hin sieht das wirklich so aus«, erwiderte Nik, »aber wenn man längere Zeit in Deutschland lebt und Augen und Ohren offen hält, gewinnt man einen ganz anderen Eindruck von der politischen Entwicklung.«

»Wieso? Kannst du mir das genauer erklären?« bat Lifford.

Das tat Nik und schilderte in aller Ausführlichkeit die alltäglichen Ereignisse und eigenen Erlebnisse.

»Na ja, auch bei uns hier im U.K. gibt es viele Leute, die die Juden dorthin wünschten, wo der Pfeffer wächst«, konterte Lifford, »ich habe das Gefühl, Nik, du siehst die Dinge äußerst pessimistisch. Jedenfalls kannst du nicht leugnen, dass Hitler euer Land wieder auf die Beine gestellt hat. Das ist doch bewundernswert.«

»Bislang hast du natürlich Recht«, bestätigte Nik, »aber es sind ja erst mal drei Jahre seit Hitlers Amtsantritt vergangen. Man muss abwarten. Wenn du erleben würdest, wie brutal die SA- und SS-Leute gegen wehrlose Bürger vorgehen, hättest du wahrscheinlich ebenso ein ungutes Gefühl wie ich, Lifford. Die Polizei scheint in Deutschland völlig entmachtet zu sein. Man hat den Eindruck, dass die sich höchstens noch um die Verkehrsregelung zu kümmern haben. Wenn SA-Männer Passanten auf der Straße verprügeln, schauen in der Nähe stehende Polizisten weg!«

»Gewiss, wenn das so ist«, pflichtete nun Lifford bei, »dann scheint das schon sehr bedenklich.«

»Bedenklich? Das ist Terror gegen die Bürger!« brauste Nik empört auf.

»Ja, ja, ist schon gut, du hast sicher Recht, Nik. Dennoch meine ich, solltest du das alles nicht ganz so dramatisch sehen. Vielleicht hat Hitler seine eigenen Leute noch nicht richtig im Griff. Ich denke, auch das braucht seine Zeit. Die Bürger werden sich schon zu wehren wissen, wenn die Übergriffe nicht aufhören.«

»Dein Wort in Gottes Ohr, Lifford. Aber beunruhigend ist das alles schon.«

»Du solltest nicht so schwarzsehen, Nik. Für mich steht fest: Wenn die wirtschaftliche Entwicklung so weiter geht in Deutschland, dann kann man euch zu Hitler nur beglückwünschen! Wir könnten bei uns in England einen solchen energischen Premierminister gut gebrauchen.«

»Und ich kann euren britischen Politikern nur raten, wachsam die

Entwicklung in Deutschland zu verfolgen und Hitler rechtzeitig in seine Schranken zu verweisen. Warum veranlasste Hitler schon vor drei Jahren den Austritt aus dem Völkerbund? Wieso haben England, Frankreich, Belgien und die anderen Nationen den Einmarsch der Wehrmacht ins entmilitarisierte Rheinland ohne energische Gegenreaktionen zugelassen? Fast jeder hatte bei uns die Luft angehalten und erwartet, dass die Alliierten ebenfalls wieder einmarschieren und die Wehrmacht zurückdrängen würden. Aber nichts Derartiges ist passiert. Ich bin sicher, Hitler war auch erstaunt und sehr erfreut, dass von eurer Seite nichts geschah. Das könnte ihm Mut gemacht haben, noch ganz andere gefährliche Aktionen zu veranstalten.«

»Unsinn, Nik, du wirst sehen, es wird sich mit der Zeit schon alles zum Guten wenden. Sei doch mal ein bisschen optimistischer!« lachte Lifford und klopfte ihm ermunternd auf den Rücken.

Ja, dachte Nik, von hier aus sieht das alles nicht so schlimm aus. Lifford hat gut reden, der schaut durch eine rosarote Brille. Tatsächlich fühlten sich Nik und Florence stets wesentlich unbeschwerter, freier, hier in England, obwohl Nik keine so guten Erinnerungen an die Jahre seiner Gefangenschaft hatte. Nur May fühlte sich in ihrer Heimat nie wieder so richtig wohl.

Aber ein zweites aktuelles Thema war Dauergesprächsstoff während dieser Ferien: Die Abdankung König Edwards VIII. Er hatte seine Regentschaft der Liebe zur geschiedenen Amerikanerin Wallis Simpson geopfert und das Amt an seinen Bruder abgetreten, der als Georg VI. den Thron bestieg. Dieses Ereignis hatte die Nation zutiefst erschüttert und sowohl Alice wie auch Lifford und Florence Rose bezeichneten Edwards Verhalten als beschämend. Der neue König Georg VI. war mit Lady Elizabeth Bowes-Lyon, jüngste Tochter des Grafen von Strathmore, verheiratet. Das Paar hatte zwei kleine Töchter, Elizabeth und Margaret.

Es war wieder ein herrlicher Urlaub, dennoch freute May sich als einzige, nach Köln zurückkehren zu können. Immerhin hatten sie in Nippes ja auch eine wunderschöne, inzwischen gemütlich eingerichtete Stadtwohnung mit freundlicher Nachbarschaft und in angenehmer Umgebung, mit dem 'Blücherpark', einer kleinen grünen Oase, ganz in der Nähe. Hier »im Veedel«, wie die Urkölner zu sagen pflegten, fühlten sie sich wohl. Nik und Florence verdienten beide gut, so dass sie sich mancherlei angenehme Wünsche erfüllen konnten und vom Wirtschaftsaufschwung deutlich profitierten. Auch Mays Erbschaft hatte dazu beigetragen, dass die Kemens inzwischen in bescheidenem Wohlstand lebten. Zu Weihnachten lagen weitaus mehr und teurere Geschenke unter dem Tannenbaum als zu den Festen der Vorjahre. Auch die täglichen Mahlzeiten, insbesondere an Feiertagen, ließen kaum mehr Wünsche offen. In den Geschäften wurden alle erdenklichen Luxusartikel zu durchaus erschwinglichen Preisen angeboten. Die Lebensmittelläden, Metzgereien und Bäckereien machten einem Schlaraffenland alle Ehre. Konditoreien und Cafés waren gut besucht, ebenso Tanzlokale und vor allem die neuen Filmtheater. Letztere besuchten die Kemens besonders gerne, wenn etwa ein Charlie-Chaplin-Film oder »Der blaue Engel« mit Marlene Dietrich und Emil Jannings gezeigt wurde. Dennoch bemühten sich alle drei, einen sparsamen Haushalt zu führen.

Die Kinos boten neben den neuesten Spielfilmen auch Wochenschauen, die in erster Linie propagandamäßig Hitler und die NS-Politik verherrlichten, zugleich allerdings auch ständig antisemitische Hetzereien beinhalteten.

Das Jahr 1937 war, abgesehen von den üblichen Schikanen gegen Juden und deren Geschäfte, das letzte, politisch ruhig verlaufende Jahr.

Florence, inzwischen zweiundzwanzig Jahre alt, war eine bildhübsche, schlanke junge Frau, intelligent und selbstbewusst, lebenslustig und sehr selbstständig, obgleich sie weiterhin bei den Eltern wohnte. Sie kleidete sich an Fest- und Feiertagen sowie zu besonderen Feiern oder Tanzveranstaltungen gerne im neuesten modischen Trend, wobei ihr Mutters Schneidertalent zugutekam. Alltags, also auch zum Dienst bei Glanzstoff-Courtaulds, trug sie in der Regel äußerst schlichte, unauffällige Kleidung, was wiederum häufig die Kritik ihrer Eltern hervorrief.

»In der Firma mache ich keine Modenschau!« war dann ihr Kommentar. »Außerdem soll doch ein Unterschied zwischen Alltag und Festtag sein.«

Nicht wenige junge Männer machten ihr den Hof und luden sie zu manchen Tanzveranstaltungen oder Parties ein, die sie durchaus gerne annahm. Jedoch verspürte sie noch nicht die geringste Lust, sich zu binden. Also wahrte sie vorläufig eine reservierte Distanz zu all den Herrenbekanntschaften. Den Kontakt zu ihrem Jugendfreund Rudi Böhmer hatte sie seit dem Umzug nach Nippes völlig verloren.

Im Laufe der Jahre hatte Florence ihren Vater richtig lieb gewonnen. Er war ein ruhiger, besonnener und in der Regel recht ausgeglichener Mensch, der selten schimpfte und schon gar nicht handgreiflich wurde. Deshalb schätzte Florence ihren Vater auch als sehr klug und lebenserfahren. Es war gewiss nicht falsch zu behaupten, dass sie schließlich ein innigeres Verhältnis zum Vater als zur Mutter entwickelte. Außerdem konnte sie mit Nik wunderbar stundenlang über Gott und die Welt diskutieren und streiten, was mit ihrer Mutter nicht möglich war. Diese mischte sich auch nur selten in deren Diskussionen ein.

Der Betrieb im Rheinhotel lief so gut wie seit Jahren nicht mehr. Der Tourismus boomte, den größten Anteil hatten dabei die Amerikaner, gefolgt von Skandinaviern und Engländern. Vor allem während der Sommersaison war das Hotel fast ausgebucht. Nik hatte alle Hände voll zu tun. Häufig waren Überstunden notwendig. Dank seiner perfekten Englischkenntnisse war er ein gefragter Mann. Herr Dahmen sah sich sogar gezwungen, das Personal zumindest vorübergehend aufzustocken.

May sprach zwar inzwischen hinreichend Deutsch, so dass sie sich weitgehend verständlich machen konnte, besonders beim Einkauf, den sie seit Florences Berufstätigkeit alleine zu regeln hatte. Aber überall kam sie irgendwie zurecht, wurde stets höflich bedient und in manchen Geschäften längst als Stammkundin behandelt. Köln war für sie Heimat geworden! Hier fühlte sie sich wohl.

Die Sommerferien verbrachten die drei in diesem Jahr wieder mal in Neuerburg. Sie hatten im Hotel Wolters gebucht, um die Verwandtschaft während der drei Wochen nicht zu sehr zu strapazieren. Das Wetter zeigte sich zwar häufig nicht von seiner besten Seite, dennoch genossen sie die ausgedehnten Spaziergänge gemeinsam mit dem inzwischen dreiundachtzigjährigen Großvater Nikolaus in der herrlichen Mittelgebirgslandschaft. Zuweilen kam es ihnen vor, als sei hier die Zeit stehengeblieben. Auch unternahmen sie Tagesausflüge mit dem Postbus nach Echternach, Vianden und sogar nach Luxemburg. Gut erholt kehrten sie am Ende mit der Meinung nach Köln zurück, dass die Ferien in der Eifel ein ebenso schönes 'Kontrastprogramm' seien zu London und Ferien an der englischen Küste.

Überaus erstaunt, ja nahezu ungläubig, nahmen sie am 12. Oktober 1937 die Meldung des »Völkischer Beobachter« zur Kenntnis, dass der abgedankte britische König Edward und seine Gattin Wallis Simpson Deutschland besuchten. Wenige Tage später sah May sogar in der Kino-Wochenschau einen ausführlichen Bericht darüber. Edward und Wallis wurden augenscheinlich wie bei einem offiziellen Staatsempfang herzlich willkommen geheißen. Sogar der Führer hatte sie persönlich begrüßt!

Natürlich wurde dieses Ereignis ausführlich diskutiert, zumal die BBC-Nachrichten nichts darüber vermeldeten.

»Was kann denn das nur bedeuten?« sinnierte Nik beim Abendessen.

»Sieht fast so aus, als ob die von drüben einen offiziellen Auftrag zu der Reise haben«, ergänzte May.

»Kann ich mir nicht vorstellen«, meinte Florence, »so, wie die nach Edwards Abdankung von der Regierung abgestraft wurden.«

»Schade, dass wir keine Informationen von drüben haben«, sagte Nik, »dann wüssten wir Genaueres. Frag doch mal deinen Chef, Florrie, ob der was weiß.«

»Gute Idee. Mach ich gleich morgen«, erwiderte Florence. »Irgendwie habe ich den Verdacht, dass da ein fauler politischer Zug hinter steckt. Ich frage mich, was erwartet der Führer denn von einem abgedankten, geächteten und im Exil lebenden Prinzen? Der hat doch überhaupt keine Bedeutung mehr!«

»Ja, irgendwie merkwürdig, höchst seltsam«, ergänzte May, »andererseits wäre es doch ganz erfreulich, wenn dadurch die deutsch-britischen Beziehungen endlich wieder verbessert würden, nicht wahr?«

»Sicher, wenn der Prinz von der britischen Regierung einen offiziellen Auftrag hätte«, erwiderte Nik.

Am folgenden Tag sprach Florence mit ihrem Chef darüber, der sich tatsächlich bereits telefonisch in der Angelegenheit mit der britischen Botschaft in Verbindung gesetzt hatte.

»Alles, was ich in Erfahrung bringen konnte war, dass es sich bei Edwards Reise um einen rein privaten Besuch in Deutschland handelt. Einen Regierungsauftrag oder Ähnliches gibt es nicht. Ansonsten hieß es ‹No Comment›« erklärte Mr. Baker achselzuckend.

Der Karneval 1938 bescherte Florence eine entscheidende Wende in ihrem Leben. Sie nahm mit einer Kollegin im hübschen Ungarin-Kostüm an einem

Maskenball im Zoo-Restaurant teil. Hier lernte sie einen Hochbaustudenten kennen, der sich als 'Klemens' vorstellte. Sie fand den jungen, gut aussehenden Mann außerordentlich nett und sie verbrachten die halbe Ballnacht miteinander. Dabei bemerkte sie sogleich, dass der Student wenig Geld in der Tasche hatte. Am frühen Morgen bat er Florence, sie nach Hause begleiten zu dürfen, was sie gerne zuließ. Beide hatten sich ineinander verliebt! In der Folgezeit trafen sie sich immer öfter, wobei Klemens Florence in der Regel bei ihr zu Hause in der Blücherstraße 16 besuchen durfte. Auch Nik und May empfanden große Sympathie für diesen Studenten, dessen Eltern in Duisburg-Meiderich wohnten. Er schien stets bestens gelaunt, war höflich und zeigte gute Manieren. Sein Vater war Konrektor an einer Volksschule dort und er hatte noch sieben Geschwister. Die Familie war wohl streng katholisch, wie Klemens erzählte.

In diesem Jahr verbrachten May, Nik und Florence ihre Ferien nochmals in gewohnter Weise bei Alice und Lifford in Kenton sowie in Cliftonville an der See. Diesmal schlossen sich allerdings auch Mays Schwester Florence Rose mit ihrem Mann Bert und Sohn John der Gesellschaft an und fuhren mit an die See. Dadurch wurde es ein besonders vergnüglicher Urlaub. Niemand ahnte, dass es der letzte in England sein sollte.

In der Nacht vom 11.zum 12. März 1938 marschierten deutsche Truppen nach Österreich ein, was die Kemens einige Tage später staunend in der Kino-Wochenschau miterleben konnten. Andererseits schien es wiederum nicht verwunderlich, da Hitler doch aus Braunau in Österreich stammte.

Als »der Führer« im Laufe des Sommers erkennen ließ, dass er weitere Gebiete für das Deutsche Reich beanspruchte, insbesondere den Teil der Tschechoslowakei, den vorrangig die »Sudetendeutschen« bewohnten, beunruhigte das sowohl die Alliierten wie auch eine Gruppe führender hochrangiger deutscher Offiziere. Letztere waren durchaus entschlossen, einen Staatsstreich gegen Hitler zu inszenieren, wenn der den Befehl zum Angriff auf die Tschechoslowakei gegeben hätte. Hiervon erfuhr die Öffentlichkeit jedoch zunächst nichts.

Stattdessen brachten die Rundfunknachrichten wie auch die Kino-Wochenschauen Berichte und Filmbeiträge von der Münchener Konferenz am 29./30.

September. Teilnehmer waren neben Hitler die Regierungschefs von Italien, Mussolini, Frankreich, Daladier, sowie Großbritannien, Chamberlain.

Für die Kemens hatte die Meldung, dass Premierminister Chamberlain eigens nach München geflogen war, eine gewisse Dramatik. Die deutschen Nachrichten klangen so, als hätte Hitler zu einer Friedenskonferenz eingeladen. BBC hingegen berichtete, dass Chamberlain die Konferenz veranlasst hätte, da Großbritannien und Frankreich einen Kriegsausbruch befürchteten.

Tatsächlich traf Letzteres zu. Chamberlain seinerseits wollte unbedingt einen erneuten Krieg vermeiden und betrieb eine »Beruhigungs-Politik«, »*Policy of appeasement*«. Er schaffte es, seinen französischen Kollegen Daladier zu bewegen, Hitlers Anspruch auf die sudetendeutschen Teile der Tschechoslowakei zuzustimmen. Mussolini hatte ohnehin keine Einwände.

Kurz darauf besetzten deutsche Truppen diese Gebiete und am 16. März des folgenden Jahres den Rest der Tschechei, das zukünftig unter der Bezeichnung 'Protektorat Böhmen-Mähren' geführt wurde.

Zugleich erhielt die Slowakei teilweise Unabhängigkeit, während ein südlicher Landstrich Ungarn zugesprochen wurde. Am 22. März zwang Hitler Litauen zur Rückgabe des Memelgebietes.

Nun erkannte Chamberlain, dass seine »Policy of appeasement« ein schwerwiegender Irrtum gewesen war und schloss mit Polen einen Beistandspakt, mit dem sich auch Frankreich solidarisch erklärte.

Zwischenzeitlich wurden die Deutschen, die Kemens und ebenso Klemens, in der Nacht vom 9. zum 10. November 1938 Zeugen ungeheuerlicher Schandtaten und Brutalitäten. Hitlers SA-Horden zogen gegen jüdische Einrichtungen brandschatzend und plündernd durch die Städte, so auch durch Köln.

Sie zertrümmerten viele jüdische Geschäfte, legten Brände und zerstörten die Synagogen bis auf ihre Grundmauern. Bereits in den vorangegangenen Jahren waren jüdische Bürger in Konzentrationslager – die meisten Deutschen glaubten, es handelte sich dabei nur um Arbeitslager – abtransportiert worden. Zahlreiche Juden, die sich nun in dieser Nacht noch in der Stadt befanden, wurden entweder auf der Straße zu Tode geprügelt oder ebenfalls abtransportiert.

In Nippes gab es mehrere jüdische Geschäfte. Alle, Nik, May, Florence, wie auch Klemens in seiner Studentenbude, wurden durch die enormen

Krawalle und Feuersbrünste aufgeschreckt, so dass sie auf die Straße eilten, um zu sehen, was da geschah. Die Bilder, die sich ihnen boten, waren entsetzlich. Die jüdischen Geschäfte und Häuser brannten. SA-Trupps standen davor und bogen sich vor Lachen. Andere trieben zum Teil blutende jüdische Männer, Frauen und Kinder zusammen, prügelten auf sie ein und verfrachteten sie in Transportfahrzeuge oder auf offene Lastwagen. Von Polizei war nichts zu sehen. Die Feuerwehr, soweit genügend Löschfahrzeuge zur Verfügung standen, bemühte sich allenfalls, den Übergriff der Brände auf Nachbargebäude zu verhindern.

Das Entsetzen der Nachbarn, die zum Teil nur mit Morgenmantel über ihren Schlafanzügen da standen und schauten, war allgemein groß. Zwar gab es hier und da, wo sie sich in kleinen Gruppen zusammenscharten, unterschwelliges Murren gegen die SA-Gewalt, doch niemand wagte es einzugreifen. Es schien, als hätte sich eine Art Schockstarre unter der Bevölkerung breit gemacht. Oder war es einfach nur Angst, dass Ähnliches jedem widerfahren könnte, der den Mund zu laut auftat? Gewiss spielte es auch eine Rolle, dass die Polizei, deren Aufgabe es doch eigentlich sein müsste, den Bürger gegen jede Art von Gewalt zu schützen, dieser Pflicht nicht nur nicht nachkam, sondern das alles offenbar stillschweigend duldete.

»Können wir von Glück reden, dass wir keine Juden sind!« entfuhr es Florence.

»Wer weiß, ob es uns Engländern nicht eines Tages auch so ergeht?« erwiderte May.

»Du hast Recht«, ergänzte Nik sorgenvoll, »wir müssen zukünftig sehr vorsichtig sein, unauffällig bleiben und den Schweinen keinen Anlass bieten, uns auch so zu behandeln.«

Er ertappte sich immer häufiger bei dem Gedanken, möglicherweise eines Tages mit May und Florence die Flucht nach England ergreifen zu müssen. Aber er sprach vorläufig noch nicht darüber. Am folgenden Tag wurde bekannt, dass auch die Synagogen abgebrannt und die Ereignisse überall Gesprächsstoff waren, so auch bei Florence in der Firma, im Rheinhotel und unter den Kommilitonen der Staatlichen Hochbauschule zu Köln.

Im Großen und Ganzen verurteilten die meisten Menschen – hinter vorgehaltener Hand – die Vorfälle. Diejenigen, die die Aktionen guthießen, outeten sich zugleich als überzeugte Nationalsozialisten.

Florence erörterte das Geschehene natürlich mit Mr. Baker, ihrem englischen Chef. Der hatte von all dem gar nichts miterlebt, da er mit seiner Frau und zwei kleinen Kindern in Vogelsang wohnte, in einer Reihenhaussiedlung am westlichen Stadtrand. Allerdings verfolgte auch er schon seit geraumer Zeit aufmerksam die politische Entwicklung in Deutschland und begann sich Sorgen um den Frieden zu machen.

Auch ihm war im Laufe der Zeit aufgefallen, dass seit dem unrechtmäßigen Einmarsch deutscher Truppen ins westliche Rheinland es in Köln nur noch so von Uniformierten verschiedenster Couleur, die alle zumindest eine Pistole bei sich trugen, wimmelte.

»Ich denke, es ist an der Zeit, mit unserem obersten Chef im U.K. die Lage zu besprechen«, sinnierte er. »Denn sollte es tatsächlich, was wir nicht hoffen wollen, in absehbarer Zeit wieder zum Krieg kommen, dann muss ich zusehen, dass ich mit meiner Familie hier rechtzeitig verschwinde.«

»Was wird denn dann aus der Firma? Und was wird aus meiner Mutter und mir?« wollte Florence wissen.

»Keine Ahnung, was aus der Firma wird«, erwiderte Mr. Baker. »Vermutlich übernimmt die deutsche Glanzstoff-Sektion dann unseren Anteil. Aber was Sie und ihre Mutter angeht, so denke ich, werden Sie beide nichts zu befürchten haben. Wenn ich nicht ganz falsch liege, hegt Hitler doch gewisse Sympathien für uns Engländer. Aber im Kriegsfalle würde mir dasselbe passieren wie Ihrem Vater während des Krieges 14/18. Also muss ich Acht geben, dass ich den richtigen Zeitpunkt nicht verpasse.«

»Würde ich dann wohl auch von der Firma entlassen?« wollte Florence noch wissen.

»Kann sein. Das hängt ganz davon ab, was mit dem britischen Anteil geschieht. Wenn der sozusagen während eines Krieges nur auf Eis gelegt wird, könnte es sein, dass man Sie als eine Art Überbrückungshilfe in Stellung behält. Übrigens, da fällt mir ein, ich sollte mich mal mit unseren Betriebsnachbarn, dem Ford Werk, unterhalten, ob die schon irgendwelche Notfallpläne haben, falls auch die Amerikaner in einen Krieg verwickelt würden, was ich allerdings für ganz unwahrscheinlich halte, obwohl die 14/18 ja auch hineingezogen wurden. Flo, nehmen Sie doch bitte mal Kontakt auf mit ihrer Kollegin des amerikanischen Chefs drüben und machen Sie für mich einen Termin mit ihm.« Mr. Baker nannte seine Sekretärin stets nur »Flo«.

Wenige Tage später kehrte er vom Gespräch mit einem Mr. Newgarry, Sektionsleiter der Ford Werke, zurück und berichtete Florence kurz: »Die Amerikaner scheinen sich überhaupt keine Sorgen zu machen. Die wollen sich aus Deutschlands inneren Angelegenheiten heraushalten. Ansonsten heißt die Devise: Abwarten.«

Im Juni feierten May und Nik ihre Silberhochzeit. Gemeinsam mit Florence reisten sie an einem Wochenende nach Neuerburg, um das Fest im Kreise der Verwandtschaft zu begehen. Sie waren sich einig gewesen, dass dieses Mal dort gefeiert werden müsste, da die Eltern und Geschwister 1914 bei ihrer Hochzeit in London nicht anwesend sein konnten. Nun war eigens dafür ein separater Raum im Hotel Wolters reserviert und hübsch geschmückt worden. Hier kehrte man nach dem Sonntags-Hochamt in der St. Nikolaus Pfarrkirche, während dessen das Jubelpaar einen besonderen Segen durch den Pfarrer erhielt, zum großen Festessen ein und verbrachte ebenso den gesamten Nachmittag und Abend in froher Runde. Weder Nik noch May ahnten, dass auch ihre Silberhochzeit genau wie damals, 1914, kurz vor dem Ausbruch eines erneuten Weltkrieges stattfand.

Kapitel 20
Der Weg in den Krieg – Köln/London

Während der folgenden Monate entwickelte sich in Europa eine ungeahnte geheime politische Hektik, von der der größte Teil der Bevölkerung nichts oder nur wenig erfuhr. Die Nachrichten und Wochenschauen brachten weiterhin hauptsächlich Berichte und Meldungen von wirtschaftlichen Erfolgen, von der Entwicklung eines rundlichen Volkswagen-Modells, das bald für fast jedermann erschwinglich sei, vom Fortschritt des Autobahnbaus, von Ferienlagern der HJ und vielen anderen alltäglichen Begebenheiten.

Am Abend des 24. August 1939 erfuhr die Bevölkerung, dass Außenminister von Ribbentrop in Moskau einen *deutsch-sowjetischen Wirtschafts- und Nichtan-*

griffspakt unterzeichnet hatte. Das war doch erfreulich! Niemand ahnte, dass damit paradoxerweise die Voraussetzungen für einen Krieg geschaffen wurden.
Am folgenden Tag rief Mr. Baker Florence in sein Büro.
»Ich habe schlechte Nachrichten, Flo«, begann er.
»Ich habe Anweisung von der Hauptverwaltung erhalten, unverzüglich mit meiner Familie nach London zurückzukehren!«
»Warum das denn?«
»Offensichtlich ist nun tatsächlich eine politische Situation eingetreten, die drüben als sehr riskant eingeschätzt wird. Unsere Regierung hat allen britischen Staatsangehörigen in Deutschland empfohlen, ins U.K. zurückzukehren. Mehr weiß ich auch nicht.«
»Und wie stellen die sich vor, wie das hier weitergehen soll?«
»Ich erteile Ihnen, Flo, in schriftlicher Form Vollmacht, während meiner Abwesenheit alle Belange von Courtaulds Ltd. wahrzunehmen sowie in Abstimmung mit Generaldirektor Dr. Paschke Handlungsentscheidungen zu treffen, sofern erforderlich. Paschke muss ich natürlich auch noch in Kenntnis setzen. Glauben Sie mir, Flo, es fällt mir nicht leicht, hier das Feld zu räumen. Aber offensichtlich droht Gefahr.«
Florence war sichtlich betroffen. Nach einem Moment beiderseitigen Schweigens wollte sie wissen:
»Und was ist mit mir? Mit meinen Eltern? Mutter und ich, wir sind doch auch britische Staatsangehörige. Droht uns auch Gefahr?«
»Das kann ich nicht beurteilen, schätze aber, dass dies in erster Linie uns Männer betrifft.«
Und nach einigen Augenblicken erneuten Schweigens, während der er nervös einen Bleistift zwischen den Fingern kreisen ließ, fuhr er fort:
»Bitte besorgen Sie für meine Familie und mich Flugtickets und dann räumen wir hier gemeinsam auf und besprechen alles Weitere.«
»Ich bin mir aber nicht sicher, ob ich in der Lage bin, die Verantwortung, die Sie mir da übertragen, erfüllen zu können.«
»Ich aber. Da habe ich gar keine Sorgen, Flo. Sie schaffen das! Sie sind so gut eingearbeitet. Ich weiß, dass Sie das können und werden die richtigen Entscheidungen treffen, wenn erforderlich!«
Da Mr. Baker mit Familie in einer Dienstwohnung der Firma gewohnt hatte, gab es keine Probleme hinsichtlich ihrer raschen Auflösung.

Florence besorgte kurzfristig die erforderlichen Flugtickets und begleitete sie schweren Herzens zum Butzweilerhof.

»Flo, Sie sind ein großartiges Mädchen und waren die beste Sekretärin, die ich je hatte«, sagte Mr. Baker beim Abschied mit Wehmut in der Stimme. »Ich hoffe, wir sehen uns bald wieder und die politische Lage wird nicht so schlimm wie befürchtet. Ganz herzlichen Dank für alles, bleiben Sie gesund. Gott schütze Sie. Bitte grüßen Sie auch ihre Eltern herzlich von mir. Hier ist noch ein kleines Geschenk als Andenken an unsere gemeinsame Zeit.« Er überreichte ihr ein kleines Päckchen, hübsch in buntes Geschenkpapier eingebunden.

»Oh, vielen, vielen Dank, Mr. Baker. Sie waren mir ebenso ein vorzüglicher Chef. Ich wünsche Ihnen und Ihrer Familie auch alles Gute. Ja, hoffentlich gibt`s bald ein Wiedersehen!«

Dabei umarmten sie sich, desgleichen taten seine Frau und die Kinder.

Während die Familie sich zum Flugzeug begab, überkam Florence eine Art Schüttelfrost, ein unsägliches Gefühl der Verlassenheit, das sich noch verstärkte, als sie beobachtete, wie die Maschine abhob und im grauen Himmel immer kleiner werdend schließlich in Form eines kleinen Pünktchens verschwand. Sie hatte Tränen in den Augen. Auf dem Heimweg war ihr zumute als ob sie von einer Beerdigung zurückkäme. Sie fühlte sich furchtbar einsam mit der Last einer Verantwortung auf ihren Schultern, wie sie derartige nie zuvor gekannt hatte.

Noch in der Straßenbahn entpackte sie Mr. Bakers Geschenk, um zu ihrer Überraschung festzustellen, dass es sich um die hübsche kleine goldene Uhr mit den römischen Ziffern handelte, die stets auf Mr. Bakers Schreibtisch gestanden hatte. Ja, darüber freute sie sich sehr. Sie würde die Uhr in Ehren halten.

Am 2. September hielt Hitler eine kurze Ansprache an das Volk über den Rundfunk. Er behauptete, eine Gruppe polnischer Soldaten hätte tags zuvor die deutsche Grenzlinie überschritten und auf deutscher Seite Sabotage verübt. Er schloss mit den Worten »Von nun an wird zurückgeschossen!« Damit begann, ohne vorherige Kriegserklärung, der Angriff auf Polen. Am 3.September erklärten England und Frankreich an Deutschland den Krieg, ihren Bündnisverpflichtungen gegenüber Polen getreu.

Da sich Nik nicht sicher war, ob May und Florence als britische Staatsbürger von nun an ernsthaft in Gefahr waren, versuchte er sie zu überreden, den nächsten Zug nach Ostende zu nehmen und nach England zurückzukehren, solange das noch möglich wäre. Doch er scheiterte mit dem Versuch.

»Kommt gar nicht infrage«, erklärte May ganz resolut, »erstens sind wir eine Familie, die gemeinsam durch Dick und Dünn geht, zweitens erwartet mich drüben höchst wahrscheinlich wieder das gleiche Schicksal wie 14/18, und das möchte ich weiß Gott nicht nochmal erleben, und du und Florrie würdet dort genauso verachtet, meinst du nicht auch, Kind? Und drittens würde ich wahnsinnig bei dem Gedanken, dich alleine hier in der Ungewissheit zurück zu lassen.«

»Mum hat Recht«, pflichtete Florence ihrer Mutter bei, »wir lassen dich doch nicht hier alleine zurück, Dad! Wir wissen nicht, was uns drüben blüht, und ebenso wenig, was hier passiert. Bisher ist es uns hier ganz gut ergangen, wir haben von niemandem irgendwelche Feindseligkeiten erfahren. Warum sollte sich das auf einmal für uns Frauen ändern? Also: Wir bleiben hier! Punkt! Keine weiteren Debatten!«

Nik musste unwillkürlich lächeln über die äußerst resoluten Kommentare seiner beiden »Mädchen«, besonders seiner Tochter.

»Na schön«, seufzte er, »hoffentlich behältst du Recht, Flo. Aber falls es doch anders kommt, so denkt bitte daran, dass ich euch gewarnt habe.«

»Ja, ja, schon gut, Dad, wir haben's vernommen. Wir können ja noch Wetten abschließen, wer am Ende Recht behält«, lachte Florence.

»Nee, nee, du, ich wette nicht. Schon gar nicht mit dir, Flo! Du gewinnst sowieso immer!«

Damit war das Thema endgültig abgehakt und man ging zur Tagesordnung über.

Infolge des Kriegsausbruches brach natürlich auch aller Briefkontakt zwischen Großbritannien und Deutschland ab, sowohl dienstlich in Florences Firma wie auch privat bei den Kemens. Ein letzter Brief von Mays Schwester Florence Rose Luxford mit Schweizer Portomarke und Stempeldatum 13.10.1939 traf wenig später bei den Kemens ein. Florence Rose hatte den Brief einem Freund anvertraut, der in die Schweiz reiste.

Im Rheinhotel herrschte wieder schlagartig Flaute. Natürlich kamen keine ausländischen Touristen mehr und erneut musste Herr Dahmen scharf kalkulieren, wie lange er den Betrieb aufrechterhalten könnte. Zum Glück verabschiedeten sich alsbald drei junge Bedienstete, die zum Militär eingezogen wurden.

Und was hatte Florence noch zu tun? Das Büro ihres englischen Chefs war nun verwaist, der Fernschreiber, der sonst täglich ratterte, blieb stumm, ebenso die Fernsprechleitung nach Großbritannien. Es gab keinen Schriftverkehr mehr mit England. Juristisch herrschte bezüglich der britischen Courtaulds-Abteilung eine Art 'Status Quo'. Dennoch lief die Textilproduktion zunächst noch in vollem Umfang weiter. Da für Florence in ihrem Vorzimmer keine englische Korrespondenz mehr anfiel, erhielt sie Schreibaufträge für verschiedene andere Abteilungsleiter oder übernahm Vertretungen erkrankter oder verhinderter Sekretärinnen.

Ihr Arbeitsplatz blieb jedoch in ihrem angestammten Büro im großen dreistöckigen Backstein-Verwaltungsgebäude, das mitten auf seinem Flachdach eine weithin sichtbare vierseitige große würfelartige Uhr trug. Die Werksangehörigen nannten es »Die Götterburg«. Das große Chefzimmer nebenan stand nunmehr leer. Auf ihrem Schreibtisch jedoch erinnerte Mr. Bakers kleine goldene Uhr an schöne, vergangene Tage.

In vielen Stadtteilen Kölns wuchsen seit 1937 teils gewaltige massive Bunkerklötze aus Beton in die Höhe, in den Kellern jedes vierten Mehrfamilienhauses wurden mit Beton verstärkte Luftschutzräume eingerichtet. An den entsprechenden Häuserwänden malte man draußen als Hinweis mit Leuchtfarbe die Buchstaben »LSR« auf.

Auf den Dächern öffentlicher Gebäude montierten Elektriker pilzartige Sirenen, die mehrfach vor Kriegsbeginn auf ihre Funktion hin überprüft wurden. Sämtliche Haushalte erhielten Informationsblätter, die die unterschiedlichen Heultöne der Sirenen erklärten. Hauptsächlich sollten sie vor größeren Fliegerangriffen warnen, damit die Bevölkerung die Bunker und Luftschutzräume aufsuchen könnten.

In den Parks, so auch in der Nähe von Kemens Wohnung, im Blücherpark, installierte die Wehrmacht Gruppen gewaltiger Scheinwerfer, die bei Nacht den Himmel nach feindlichen Flugzeugen absuchen sollten, damit Flugabwehrkanonen »Flak« die Maschinen abschießen konnten. Die Flak-Batterien kamen zumeist auf Flachdächern höherer Häuser in Stellung.

Allein diese außergewöhnliche Bautätigkeit Ende der dreißiger Jahre hätte die Deutschen schon wachrütteln oder nachdenklich machen müssen.

Oder konnte man dem Oberkommandierenden der Luftwaffe und einstigen Fliegerass des 14/18-Krieges, Feldmarschall Hermann Göring vertrauen, der vollmundig geprahlt hatte: »...wenn eine einzige Bombe auf Berlin fällt, will ich Meier heißen!« ?

Das deutsche Volk nahm den Kriegsausbruch stoisch wie ein unabwendbares Unheil hin. Nirgendwo im Lande löste die Nachricht des Angriffs auf Polen Empfindungen aus, die an den patriotischen Überschwang der ersten Augusttage des Jahres 1914 erinnert hätten.

Im April 1940 folgte die Besetzung Dänemarks und Norwegens, am 10.Mai der Blitzfeldzug gegen die Benelux-Staaten, deren gekrönte Häupter nach England flohen.

Die täglichen Erfolgsmeldungen im Rundfunk sowie die Wochenschauen in den Kinos, die nun fast immer bis auf den letzten Platz ausverkauft waren, bewirkten in der Bevölkerung allmählich aufkommende Euphorie und Freude an den kriegerischen Entwicklungen. Auch die Kemens versuchten, möglichst jede Woche Kinokarten für die Wochenschau zu erhalten.

Zugleich erhielten sie durch Abhören der BBC-Nachrichten Vergleichsmöglichkeiten über die Arten der Berichterstattung. Sie erfuhren, dass England eine Heeresgruppe über den Kanal geschickt hatte, um sich gemeinsam mit französischen Verbänden gegen den deutschen Vormarsch zu stemmen. Doch leider waren diese Kräfte zu schwach, um die gewaltige deutsche Streitmacht aufzuhalten.

Bei Dünkirchen wurden die Briten am 25. Mai förmlich ins Meer zurückgetrieben. Nur dank des spontanen Einsatzes unzähliger kleiner Privatboote, Yachten, Segelboote, Fischereifahrzeuge, Barkassen englischer Küstenbewohner konnten über 338 000 alliierte Soldaten gerettet und über den Kanal auf die Insel zurückgebracht werden. Dennoch kamen viele am Strand von Dünkirchen ums Leben, da sie vor Angriffen deutscher Tiefflieger völlig ungeschützt waren. Zudem gerieten jetzt die ersten alliierten Soldaten in deutsche Kriegsgefangenschaft.

Die Kino-Wochenschauen stimmten von jetzt an die Bevölkerung mit aller

Macht und Propaganda auf den Krieg ein. Die Deutschen erfuhren spätestens jetzt, welche gewaltige Streitmacht Hitler im Laufe der vergangenen sieben Jahre aufbauen konnte: Tausende modernste Kampfpanzer des Typs 'Tiger', deren Wendigkeit und Stärke in Filmen demonstriert wurde, unzählige hervorragende Flugzeugmuster, Langstrecken- , Sturzkampfbomber, einsitzige Jagdflugzeuge verschiedener Art, eine Armada von Kriegsschiffen unterschiedlichster Größe und vor allem eine höchst gefährliche U-Boot-Flotte. Zudem wurde bekannt, dass Deutschland bereits erfolgreich an der Entwicklung von Raketen arbeitete.

Durch die Präsentation dieser Streitkräfte in den Kinos sowie durch die Propaganda gelangten die meisten Deutschen zur Überzeugung, dass der Krieg im Gegensatz zu 1914/18 diesmal außerordentlich erfolgreich sein müsste. Zudem war die Vorstellung für viele Menschen durchaus verlockend, die Schmach des verlorenen ersten Krieges auszugleichen.

Mit Beginn der Kampfhandlungen wurde ebenfalls eine neue Reichsverordnung über Rundfunk und Plakate bekanntgegeben, die das Abhören von »Feindsendern«, zu denen selbstverständlich auch BBC London zählte, unter Androhung einer Gefängnisstrafe untersagte.

»Damit zeigen die Nazis ihr wahres Gesicht«, kommentierte Nik den Erlass. »Die wollen das Volk für dumm verkaufen. Wir sollen alles glauben, was die uns erzählen.«

»Und die haben Angst vor ausländischen Sendern, die womöglich die Wahrheit berichten«, ergänzte Florence.

»Und was machen wir nun?« wollte May wissen.

»Ja was wohl?« antwortete Nik. »Wir lassen uns doch von denen nicht verbieten, weiter BBC zu hören. Wir werden den Apparat eben leiser stellen.«

»Wichtig ist aber auch, dass wir anschließend, wenn wir abschalten, die Senderskala immer wieder auf die Frequenz des Reichssenders zurückdrehen«, meinte Florence.

»Du hast Recht«, bestätigte Nik, zugleich über die Klugheit seiner Tochter staunend, »der Gestapo ist zuzutrauen, dass die völlig überraschend bei uns auftauchen und prüfen, welche Senderfrequenz eingestellt ist. Die wissen doch, dass ihr beiden die britische Staatsbürgerschaft besitzt.«

»Und vor Herrn Czepp müssen wir uns besonders in Acht nehmen, dem dürfen wir nicht trauen«, ergänzte Florence.

Seither versammelten sich die drei täglich punkt zwanzig Uhr ganz eng um den Volksempfänger, um den nunmehr sehr leisen Nachrichten der BBC zu lauschen.

Sie erfuhren, dass Winston Churchill am 10. Mai Neville Chamberlain als Premierminister abgelöst und eine bemerkenswerte Ansprache an das Volk gehalten hatte. Darin machte er kein Hehl daraus, dass der Weg zum Sieg durch ein »Meer von Blut, Schweiß und Tränen« führen würde. Sie hörten ferner, dass am 12. August erstmals deutsche Bomber englische Häfen, Radarstationen und küstennahe Fliegerhorste angegriffen hatten. Das meldete auch der Reichssender Berlin. Der Krieg war in vollem Gange!

Tags darauf traf May Herrn Czepp im Hausflur. Der strahlte übers ganze Gesicht, grüßte freundlich und meinte dann: »Jetzt geht's los gegen ihre Heimat, Frau Kemen. Bald wird England uns gehören. Wie finden Sie das?«

»Ich habe das nicht gesucht, also brauche ich das auch nicht zu finden«, lautete ihre knappe Antwort.

Herr Czepp schaute sie verständnislos an, ging aber dann seines Weges.

BBC meldete am 25. August, dass am Abend zuvor einige Londoner Stadtteile bombardiert worden waren und Churchill daraufhin unverzüglich dem Bombercommand befahl, Berlin anzugreifen, was tatsächlich in der folgenden Nacht sowie in mehreren Nächten danach geschah. Die Wirkung, besonders die moralische, war bei den Berlinern verheerend. Etliche Gebäude wurden schwer beschädigt und es gab zahlreiche Tote. Aber auch bei den Kölnern löste diese Nachricht zunächst ungläubiges Staunen aus. Seither hieß Luftmarschall Göring bei weiten Teilen des Volkes »Meier«.

Am 4. September hörten die Kemens im Rundfunk die Eröffnungsfeier des Winterhilfswerkes im Berliner Sportpalast. Hitler redete und tobte: »Sie kommen in der Nacht…werfen ihre Bomben wahllos und planlos auf zivile Wohnviertel…wir werden jetzt Nacht für Nacht Antwort geben, und zwar in steigendem Maße.«

Damit war der gegenseitige Bombenkrieg auf die Zivilbevölkerung eröffnet.

Natürlich flogen die Gedanken der Kemens von nun an ständig hinüber nach London, zu ihren Verwandten. Wie mochte es ihnen wohl ergehen? Ob sie schon durch die Bombardements in Mitleidenschaft gezogen worden waren?

L o n d o n, August/September 1940

Hettie und Jim Bellingham hatten sich zwischenzeitlich im Stadtteil Harrow-on-the-Hill ein Einfamilien-Reihenhaus gekauft, nicht weit von Alice und Lifford Claydon entfernt, die in Kenton lebten. Florence und Bert Luxford hingegen wohnten in Finchley, im Norden Londons.
Seit Ausbruch des Krieges flogen ihre Gedanken und Sorgen hinüber nach Köln. Wie mochte es May, Nik und Florence ergehen? Ob Florence Roses letzter Brief über die Schweiz wohl die Kemens erreicht hat?
Etwa seit Mitte August schwirrte der Luftraum rings um die Außenbezirke Londons wie nie zuvor von Flugzeugen der Royal Air Force, die von ihren Heimatstützpunkten Northolt, Croydon, Biggin Hill, Kenley, Hendon oder Hornchurch starteten oder dorthin zurückkehrten.
Der Stützpunkt Northolt, vor dem Krieg ziviler Flughafen, lag nur wenige Meilen von Bellinghams und Claydons Wohnorten entfernt.
Die abendlichen BBC-Nachrichten informierten weitgehend über deren tägliche Einsätze, Erfolge und Verluste, vorwiegend im Küstenbereich. Aber die Bevölkerung erfuhr auch von den Angriffen der Deutschen auf britische Flugplätze und einige Industrieanlagen. Ansonsten war Groß-London bislang unbehelligt geblieben.
Am späten Abend des 24. August hingegen wurden die Bellinghams, Claydons und Luxfords durch zahlreiche ferne Detonationen aufgeschreckt. Sie wussten zunächst nicht, was das zu bedeuten hatte, erfuhren jedoch kurz danach durch eine BBC-Sondersendung, dass erstmals die Londoner Stadtbezirke Tottenham, Islington, Wall und Bethnal Green von deutschen Flugzeugen bombardiert wurden. Es waren mehrere Tote zu beklagen und Wohnhäuser zerstört.
In der Nacht vom 6. zum 7. September folgte ein weiteres Bombardement, das jedoch abgesehen von den fernen Motorengeräuschen der Flugzeuge nicht wahrgenommen wurde, da das Ziel die Docklands im fernen Osten der Stadt war.
Am Montag, dem 9. September, machte sich Lifford wie üblich auf den Weg zu seiner Dienststelle, der London County Council Hall, schräg gegenüber Big Ben, am jenseitigen Themseufer. Natürlich gab es unter den

Kollegen keinen anderen Gesprächsstoff als das Bombardement der vergangenen Tage und Nächte.

Am frühen Nachmittag vernahmen Lifford und seine Kollegen das tiefe Brummen sich von Osten nähernder Flugzeuge. Es klang wie ein gewaltiger Bienenschwarm. Sie eilten hinaus an die Steinmauer des Themseufers und hielten Ausschau, konnten jedoch zunächst nichts Genaues am grauen Himmel erkennen. Von seinem Standort aus sah Lifford auf der gegenüberliegenden Themseseite die Gebäude von Scotland Yard und verschiedener Ministerien, dann weiter entfernt, ganz rechts, alles überragend, die gewaltige Kuppel der St.Paul`s Kathedrale, obwohl die Themse hinter der Charing Cross Eisenbahnbrücke einen scharfen Rechtsbogen vollzog. An mehreren Stellen über der Stadt waren Sperrballons zu sehen, die vor Tiefliegern schützen sollten.

Wenige Augenblicke später hörte er gewaltige Detonationen aus der östlichen Docklandgegend. Und dann sah er sie: Es mussten wohl Hunderte von Bombern sein, die offensichtlich nach Abwurf ihrer tödlichen Fracht nach Norden abdrehten. Aber es kamen noch immer mehr Flugzeuge nach und die Einschläge näher. Inzwischen waren Tausende von Menschen ebenfalls neben Lifford am Themseufer erschienen und starrten alle wie gebannt in die gleiche östliche Richtung. Schließlich sahen sie aufsteigenden schwarzen Rauch hinter der St.Paul`s Kathedrale und vernahmen Feuerwehrsirenen. Alsbald war der gesamte Osten Londons in dichte, schwarze Rauchschwaden gehüllt. Nach einiger Zeit hatten die deutschen Bomberschwärme nach Norden abgedreht und ihr tiefes Brummen nahm allmählich ab.

Es dauerte lange, bis sich die gaffenden Menschenmassen nach und nach wieder zerstreuten. Auch Lifford trat schließlich seine Heimfahrt durch die 'Rushhour' an. Er wunderte sich allerdings, dass das Verkehrsnetz, zumindest in diesem Teil der Stadt, völlig normalen Betrieb zeigte. Nach Einbruch der Dunkelheit allerdings änderte sich das. Dann erloschen in London fast alle Lichter, denn man wollte den feindlichen Bombern nicht zusätzlich noch den Weg weisen.

BBC informierte am Abend ausführlich über die schweren Schäden in den Docklands und im Gebiet rings um den Tower bis hin zur St.Paul`s

Kathedrale, sogar Kensington war getroffen worden. Es hatte über 400 Tote und weit mehr Verletzte gegeben.

Nach einer kurzen Unterbrechung wurden die Bombardements in der folgenden Nacht fortgesetzt, die jedoch von Kenton aus nur schwach zu vernehmen waren.

»Wenn das so weiter geht, Lifford, dann lasse ich dich nicht mehr zum Dienst fahren«, sagte Alice am nächsten Morgen beim Frühstück.

«Wait and see«, entgegnete Lifford lakonisch, »aber ich denke, wir können von Glück reden, dass wir hier so weit im Westen wohnen, wo es kaum Industrie gibt. Ich nehme an, die Deutschen haben es in erster Linie auf die Hafenanlagen und Industrie abgesehen.«

»Die verdammten Deutschen«, fluchte Alice, »glaubst du, dass die eines Tages England auch besetzen?«

»Ich glaube, nein, ich bin sicher, das wird denen nicht gelingen. Im Übrigen darfst du nicht alle Deutschen verfluchen, Alice.« - »Ja, ja, ich weiß schon. Nik kann bestimmt nichts dafür. Hoffentlich passiert denen nichts, wenn unsere Air Force zum Gegenangriff übergeht. Was ist eigentlich mit unseren Jagdfliegern los? Sind die nicht in der Lage, die deutschen Bomber abzuschießen?«

»Gute Frage«, erwiderte Lifford, »ich denke, es sind einfach zu viele Bomber. Und wenn die in der Nacht kommen…«

»Gibt es denn keine Kanonen, mit denen man die Deutschen abschießen könnte?« hakte Alice nach.

»Die gibt es schon, aber die schießen ziemlich ungenau. Vielleicht ist der ein oder andere Glückstreffer dabei, doch was macht das schon bei der Masse aus?«

Und sie kamen wieder in den folgenden Wochen, bei Tag und bei Nacht. Die Angriffe weiteten sich allmählich immer weiter nach Westen und Norden aus. Über den Köpfen der Londoner tobten ständig schwere Luftkämpfe zwischen Hurricanes und Spitfires der RAF und deutschen Heinkel 111, JU 88 und Dornier 17-Bombern, die jedoch häufig mit Jäger-Begleitschutz erschienen. Diese verwickelten die britischen Jäger in Einzelkämpfe, um sie von den Bombern abzulenken. Allerdings konnten sich die deutschen Jäger nur sehr kurz über London aufhalten, da sonst der Treibstoff für den Heimflug nicht mehr gereicht hätte. Dennoch gelangen der RAF zwar zahlreiche

Bomberabschüsse, doch konnte sie die massiven Bombardements nicht stoppen. Die Zahl der Ziviltoten überschritt schon bald die Tausend.

BBC berichtete, dass der König und die Königin gemeinsam mit Premierminister Churchill mehrmals die am schwersten getroffenen Stadtteile aufsuchten, um den Bürgern dort Trost zu spenden. Dabei soll Winston dem König versichert haben, dass er alles in seinen Kräften Stehende tun würde, um zu verhindern, dass auch nur ein Deutscher Soldat britischen Boden betreten werde. Er zeigte sich zuversichtlich, dass es am Ende trotz zu erwartender großer Verluste gelingen würde, Deutschland zu besiegen. Nur ein toter Deutscher sei ein guter Deutscher, so wurde er später zitiert.

Hinsichtlich des Luftschutzes für die Zivilbevölkerung war England schlecht vorbereitet. Es gab so gut wie keine richtigen Bunker, lediglich verstärkte Schutzstände hier und da. Um dennoch den Bürgern Schutz zu bieten, wurde in bestimmten U-Bahn-Abschnitten der Schienenverkehr eingestellt und die tief unter der Erde liegenden Bahnhöfe konnten als Schutzräume genutzt werden. Allerdings hatten die meisten Eltern ihre Kinder zu Beginn des Krieges entweder zu Verwandten aufs Land gebracht oder in die Obhut staatlich eingerichteter Heime fernab der Großstädte gegeben. Ende September ließen die deutschen Luftangriffe auf London allmählich nach, wurden immer vereinzelter, so dass die Bevölkerung begann, Hoffnung zu schöpfen. Tatsächlich hatte sie es in erster Linie den Piloten und Mannschaften der Royal Air Force zu verdanken, die es trotz großer Verluste und anfänglicher Unterlegenheit geschafft hatten, die gewaltige deutsche Luftmacht niederzukämpfen. Dabei muss auch die Leistung unzähliger ausländischer, vor allem polnischer Piloten gewürdigt werden, die auf Seiten der Briten kämpften.

Winston Churchill formulierte es in seiner Dankesrede mit den Worten: »Nie zuvor schuldeten so viele Menschen so wenigen unendlichen Dank.«

Dennoch setzten die Deutschen noch fast drei Monate lang die Bombardierung englischer Großstädte fort. Liverpool und Coventry waren die ersten, die schwer getroffen wurden, Manchester, Birmingham, Avonmouth, Bristol, Devonport, Plymouth, Southampton und Portsmouth waren weitere Hauptziele deutscher Angriffe.

Von November 1940 bis November 1944 herrschte eine relative Ruhe über Londons Himmel. Deutschland hatte die angestrebte Lufthoheit verloren und Hitler die Idee, das Inselreich zu erobern, auf den Sankt-Nimmerleins-Tag verschoben.

Erst ab November 1944 bis März 1945 musste die englische Bevölkerung nochmals nervenaufreibende Monate durchleben, als Deutschland die V1- und V2-Raketen entwickelt hatte und gegen England, vor allem gegen London, einsetzte. Sowohl Lifford wie auch Bert beobachteten während dieses Zeitraumes mehrfach das heranheulende unheimliche Flugobjekt am Himmel, dessen Raketenmotor plötzlich verstummte, um dann mit seiner tödlichen Ladung irgendwo herabzufallen und furchtbaren Schaden anzurichten. Die letzte V2 kam nicht mehr bis London, sondern schlug am 27. März 1945 in der Grafschaft Kent auf einem Acker ein.

Bald nach dem Abebben der Bombenangriffe begann die englische Zivilbevölkerung mit den Aufräumarbeiten und dem Beseitigen der Schuttberge. Als markantes Symbol des hartnäckigen Widerstandswillens der Briten sowie der stolzen Unbesiegbarkeit ragte die Kuppel der St.Paul`s Kathedrale fast unbeschädigt gen Himmel. Die Kirche war dennoch durch zwei Bomben im östlichen Langschiff sowie in der Apsis stark beschädigt worden. Sämtliche umgebenden anderen Gebäude, vorwiegend einstige Geschäfts- und Bürohäuser, waren in Schutt und Asche gefallen, so dass die Kathedrale lange Jahre fast wie auf weitem Feld einsam dastand.

Doch von nun an galt das Bibelwort: »Die das Schwert ergreifen, werden durch das Schwert umkommen!«

Kapitel 21
Köln 1940-44 - Kriegsalltag der Zivilbevölkerung

Während die Kriegsindustrie noch auf Hochtouren lief und alle wehrdienstfähigen Männer zum Militär eingezogen worden waren, Im- und Export ruhten, stellte sich alsbald eine allgemeine Lebensmittelknappheit ein. Vorrangig musste natürlich auch die kämpfende Truppe versorgt werden.

Somit wurden Lebensmittel rationiert. Jeder Bürger erhielt eine monatliche Lebensmittel- und Kleiderkarte. Letztere hatte jedoch so gut wie keine

Bedeutung, waren darauf ohnehin lediglich Stopfgarn, Knöpfe und allenfalls noch Stoffreste zu beziehen. In dieser Hinsicht konnte Florence, wie bereits vor dem Krieg, durch ihre Tätigkeit bei der Textilfirma gewisse Vorteile nutzen.

Seit Beginn der Luftangriffe auf Berlin galt die nächtliche Verdunkelungsverordnung. Mit Einbruch der Dunkelheit hatte die Bevölkerung alle Fenster mittels dicker Vorhänge oder mit schwarzem Papier lichtundurchlässig zu machen. Da es keine Straßenbeleuchtung mehr gab, wurden kleine Phosphor-Plaketten verteilt, die im Dunkeln etwas leuchteten. Diese sollte man mittels einer Sicherheitsnadel an Jacken- oder Mantelkragen befestigen, wenn man sich nachts auf die Straße begeben musste.

Jüdische Mitbürger, die noch nicht deportiert worden waren, hatten grundsätzlich auf der linken Brusttasche ihrer Jacken oder Mäntel den gelben Judenstern zu tragen.

Weihnachten 1939 stellte Klemens erstmals Florence seinen Eltern in Duisburg vor und die beiden verlobten sich ohne besondere Feierlichkeiten.

Für den Hochbaustudenten war dies eine äußerst hektische Zeit. Kriegsbedingt wurde das Studium um ein Semester gekürzt und der Lehrplan auf die verbleibende Zeit entsprechend 'verdichtet'. Im Februar 1940 legte er sein Staatsexamen mit der Note »gut« ab und erhielt sogleich ab 1. März eine Anstellung als Bauingenieur bei der Firma Siemens Bauunion in Berlin. Das bedeutete für ihn Umzug in die Reichshauptstadt, wo er bei seinem Bruder Cornelius, der dort bei einer Versicherung arbeitete, wohnte. Über Ostern trafen sich Florence und Klemens auf halbem Wege in Hannover, wo sie ein paar frohe Tage bei herrlichem Frühlingswetter erlebten.

Der Betrieb im Rheinhotel lief »auf Sparflamme«, es kamen nur wenige Gäste, die meistens auf der Durchreise waren und nur für eine Nacht blieben, zumeist handelte es sich um höhere Offiziersränge. Gelegentlich wurden Gesellschaftsräume auch für Festlichkeiten oder Parties von den Militärs angemietet. Aber immerhin bezog Nik weiterhin seinen Lohn.

Im Keller des Hauses Blücherstraße 16 war kein Luftschutzraum eingerichtet worden. Einer der Mitbewohner, Herr Beck, war Maurermeister von Beruf und schien seit der Bombardierung Berlins eine gewisse Vorahnung zu haben, dass eines Tages auch Köln betroffen sein könnte. Er veranlasste die Anlieferung einer großen Anzahl dicker Baumstämme, die er in den Keller hinunterschaffte. Er sägte diese passend zurecht, dass sie als Deckenstützen eingesetzt werden konnten. Schließlich sah der gesamte Kellerbereich wie ein Wald aus.

»Ich bin überzeugt, dass unser Keller jetzt mindestens so sicher und stabil ist wie jeder andere Luftschutzraum«, erklärte er den besichtigenden Mitbewohnern. »Von uns braucht niemand bei Alarm zu einem anderen LSR oder Bunker zu rennen.«

Durch diese Maßnahme kamen sich die Hausbewohner auch näher und man fand sich bei Luftalarmen, die immer häufiger erfolgten, aber bislang zum Glück ohne Folgen blieben, im Keller ein. Jeder hatte nach und nach einen Beitrag geleistet, den Kellerbereich etwas gemütlicher zu gestalten und den Zwangsaufenthalt dort unten so erträglich wie möglich zu machen. So brachte man alte Sessel und Liegestühle, kleine Tischchen und ein Arsenal von Kerzen hinunter. Auch für den reichlichen Vorrat an Getränken war gesorgt.

Florences Verlobter Klemens erhielt schon nach sieben Wochen Tätigkeit bei Siemens die Einberufung zum Militär, wo er nach der Grundausbildung entsprechend seines Berufes als Pionier eingesetzt und zunächst für sechs Monate nach Polen abkommandiert wurde. Im Oktober 1940 kehrte seine Einheit vorübergehend nach Grünberg, Hessen, zurück, bevor sie nach Porz, am Stadtrand Kölns, verlegt wurde. Das war natürlich für die Verlobten ein großer Glücksfall. Florence und Klemens sahen sich nun häufig und genossen jede gemeinsame Stunde.

Über Weihnachten erhielt der Soldat Urlaub. Heilig Abend verbrachte Klemens mit den Kemens in der Blücherstraße. Am ersten Weihnachtstag reiste er mit Florence zu den Eltern nach Duisburg-Meiderich, wo sich auch alle anderen Geschwister mit Ausnahme von Bruder Cornelius, der mit seiner kleinen Familie in Berlin blieb, einfanden.

Im Februar 1941 wurde Klemens als Bauingenieur von einer anderen Pioniereinheit für deren technisches Büro in Siegburg angefordert.

Es folgte ein schöner, warmer Sommer und jeden Sonntag reiste Florence in der Frühe nach Siegburg. Sie durfte sich mit Klemens im technischen Büro aufhalten. Zeitig wurde das Mittagessen, meistens Eintopf, in der Kantine ausgegeben, die Florence jedoch nicht aufsuchte. Die Landser holten sich das Essen an der Ausgabetheke mit ihrem »Kochgeschirr« ab, einer Art Aluminium-Napf. Sobald Klemens seinen Napf leer gelöffelt hatte, ging er nochmals hin, um sich ihn erneut auffüllen zu lassen. Die zweite Portion brachte er dann jedoch Florence ins Büro.

Siegburgs Umgebung ist wunderschön, mit der Silhouette des Siebengebirges am Horizont. Die beiden durchwanderten stundenlang, Sonntag für Sonntag, den größten Teil des Gebietes durch Feld, Wald und Wiesen. Florence verlor oft die Orientierung, doch Klemens hatte damit nie Probleme und brachte seine Verlobte stets pünktlich am Abend zum Bahnhof zurück.

Gelegentlich erschien er auch unverhofft während der Woche kurz in Köln, um gewisse Zeichenmaterialien einzukaufen, die es – selbstverständlich – in Siegburg nirgends gab.

Somit hatte sich das Jahr 1941 zu einem sehr glücklichen für das Paar entwickelt.

BBC und der Reichssender meldeten am 23. Juni übereinstimmend den Einmarsch deutscher Truppen in die Sowjetunion. Dies war für die Welt und auch für das deutsche Volk ein unerwartetes und unverständliches Ereignis, da doch Deutschland erst im August 1939 mit der Sowjetunion den *Nichtangriffspakt* geschlossen hatte. Zu allem Überfluss erklärten Deutschland und Italien den USA am 11. Dezember 1941 ebenfalls den Krieg!

Florence war zutiefst erschüttert und vergoss bittere Tränen, als sie erfuhr, dass ihr Jugend-Spielgefährte, Rudi Böhmer, im Dezember an der Ostfront gefallen war. Von der Pionierkaserne Siegburg wurden die Soldaten nach und nach abkommandiert, die meisten dort hin.

Da Florence und Klemens, der inzwischen Gefreiter war, damit rechneten, dass auch er über kurz oder lang einen Marschbefehl erhielte, einigten sich beide, alsbald zu heiraten. Sie waren lange genug verlobt gewesen.

Die standesamtliche Trauung fand am 6. März 1942 in Köln-Nippes statt, zwei Tage später die kirchliche Trauung in der dortigen St. Bonifatius-Kirche.

Florence sah wunderschön aus. Sie hatte über Beziehungen im Bekanntenkreis ein weißes, schlichtes Brautkleid erhalten, das um die Hüften mit einer gleichfarbigen Schärpe als Gürtel gebunden war. Es hatte keinen Ausschnitt, sondern war am Hals hoch geschlossen. Dazu trug sie einen meterlangen Schleier, der mit zahlreichen hübschen kleinen kreisrunden künstlichen Grünzweig-Dekors geschmückt war. Passend dazu zierte ihr Haar eine kleine Diademkrone, ebenfalls aus künstlichem Grünzweig. Sie trug eine Halskette aus dem gleichen Material, an deren unterem Ende ein Grünzweigkreuz befestigt war. Der Brautstrauß bestand aus einem Gebinde weißen Flieders mit Lilien. Klemens hingegen erschien in militärischer Ausgehuniform.

Nik war außerordentlich stolz auf seine wunderschöne Tochter und er schaffte es nicht, bei der Trauungszeremonie in der Kirche, während der seine Gedanken zurückflogen zur eigenen Hochzeit in der Londoner All-Saints-Church, ein paar Tränen zu unterdrücken. Er verstand sich ausgezeichnet mit seinem Schwiegersohn und war überzeugt, dass Florence eine gute Wahl getroffen hatte. May war der gleichen Meinung.

Die Hochzeit fand im kleinsten Kreise nur mit den beiden Elternpaaren der Brautleute statt, da die finanziellen wie auch die organisatorischen Möglichkeiten nicht mehr zuließen. Gefeiert wurde in der Wohnung der Kemens in der Blücherstraße 16.

Es war ein herrlicher, sonniger Vorfrühlingstag und Florence und Klemens waren überglücklich. Der Bräutigam erhielt drei Tage Sonderurlaub, den das Paar erneut in der Siegburger Gegend verbrachte, die es so gut kannte. Die beiden fanden in einem kleinen Landgasthaus, das ihnen von früheren Wanderungen her gut bekannt war, Unterkunft. Sie genossen jede Stunde.

Florence hatte Tabakwaren-Bezugsmarken gesammelt, die die Kemens nicht benötigten, da bei ihnen niemand rauchte. Die Firma Glanzstoff hatte ihr zwei Paar Nylon-Strümpfe geschenkt. All dies wurde nun dem Gastwirt angeboten, so dass sich dadurch Unterkunft und Verpflegung für die kurze Zeit erheblich verbilligten. Zu dieser Zeit nahm der Tauschhandel bereits regen Aufschwung, weil sich die allgemeine Versorgungslage der Bevölkerung mit Lebensmitteln zusehends verschlechterte.

Josefine, eine von Klemens Schwestern, schickte dem Paar ein Päckchen mit allerlei leckeren Dingen.

Per Postkarte bedankten sich die beiden dafür. Klemens fügte hinzu: »Ich glaube, dass ich alles in allem wieder einmal ein glückhaft Schiff bestiegen habe. Mag es mit vollen Segeln in eine schönere Zukunft fahren.«

Ende April 1942 erhielt Klemens den Marschbefehl an die Ostfront. Zum letzten Mal erschien er in der Blücherstraße 16, um Abschied zu nehmen. Für Florence, aber auch für Nik und May, war dies ein überaus schmerzlicher Tag.

Anfang Mai stellte Florence fest, dass sie schwanger war.

May empfand dies als eine eigenartige Wiederholung der Ereignisse: Auch sie war damals, 1914/15, zu einer Zeit schwanger, als der Vater des Kindes kriegsbedingt in der Ferne weilte. Allerdings war diesmal die allgemeine Sicherheitslage für alle Beteiligten bei Weitem bedrohlicher als damals. Ihrer aller Sorge galt natürlich Klemens, der sich ohne Zweifel an der Ostfront ständig in größter Lebensgefahr befand. Nik und May spürten, wie sich ihre Tochter Tag für Tag sorgte und nichts sehnlicher erwartete als die Feldpostbriefe ihres Mannes. Aber sie musste sehr lange darauf warten. Und ebenso fürchteten ihre Eltern, dass diese äußerst unruhigen Zeiten, da man kaum einmal nachts ruhig durchschlafen konnte, der Schwangeren Schaden zufügen könnte, ganz abgesehen von der ständigen Angst, dass auch ihr Haus und somit sie selber über kurz oder lang Opfer der Bombenangriffe werden würden.

Bislang war Köln bis auf wenige kleinere Luftangriffe auf Vororte verschont geblieben, obgleich es durchaus oft Sirenenalarm gegeben hatte und die Bürger sodann stets schnell die Luftschutzräume oder Keller aufsuchten. Mit der Zeit jedoch schlich sich infolge der Fehlalarme bei der Bevölkerung eine gewisse Gleichgültigkeit ein. Man hatte es, wenn die Sirenen erneut losheulten, entweder nicht mehr ganz so eilig in den Keller zu kommen oder machte sich erst gar nicht auf den Weg dorthin.

In der Nacht 30./31. Mai aber fielen nicht nur die Kölner sprichwörtlich »aus allen Wolken«. Um 22.35 Uhr ertönte erneut das Sirenengeheul, das jedoch kaum jemanden beunruhigte, auch nicht die Kemens. Sie waren gerade im Begriff, sich zu Bett zu begeben, beschlossen doch nun, noch ein Weilchen abzuwarten, ob der Alarm wohl ernst zu nehmen wäre.

Als eine Viertelstunde ereignislos verstrichen war, glaubten sie wieder an einen Fehlalarm. Doch plötzlich vernahmen sie ein fernes dumpfes Grollen, das rasch zu einem gewaltigen Dröhnen anschwoll! Es hörte sich an, als ob ein gewaltiger Wespenschwarm im Anflug wäre.

»Los, schnell runter!« rief Nik. »Diesmal wird`s ernst!«

Sie ergriffen ihre ständig mit den notwendigsten Dingen fertig gepackten Koffer, Taschen und Mäntel und rannten hinunter in den Keller. Auch die übrigen Hausbewohner hatten die Gefahr wahrgenommen, so dass es auf dem Flur und im Treppenhaus zu einem augenblicklichen Gedränge kam. Als Frau Weber in der Eile auf dem Treppenabsatz ihre Tasche fallen ließ, purzelte diese die Stufen hinunter und anderen Nachbarn zwischen die Beine, so dass Frau Eilsen darüber stolperte und hinfiel. Es entstand ein ziemliches Durcheinander, doch zum Glück verletzte sich niemand ernsthaft.

Kaum waren, wie es schien, alle Hausbewohner im Kellerwald versammelt, da brach die Hölle über ihnen los. Sie vernahmen sogleich mehrere schwere Detonationen in unmittelbarer Nähe, das jeweils vorausgehende unheimliche Pfeifen der fallenden Bomben und alsbald auch Brandgeruch. Zuweilen erzitterte das ganze Haus und mit ihm auch die Schar der Bewohner.

Es herrschte allgemein ängstliches Schweigen, jedoch auch das plötzlich einsetzende Wimmern von Marie, der fünfjährigen Tochter der Mertens. Fränzchen, achtjähriger Sohn der Czepps, hielt sich dagegen recht tapfer, schmiegte sich aber dennoch eng an seine Mutter. Frau Mertens, die Marie auf ihrem Schoß wiegte, versuchte ihre Tochter durch leises Zureden zu beruhigen. Plötzlich hörte man die Stimme von Frau Günnewig: »Vater unser im Himmel, geheiligt werde dein Name, dein Reich komme…«

»Ach hören Sie doch mit dem Gefasel auf!« unterbrach Herr Czepp sie barsch. »Sparen Sie sich das und halten Sie den Mund. Es gibt keinen Gott, der Sie erhören würde. Unser Führer wird dem Feind schon bald den Garaus machen, verlassen Sie sich drauf!«

»Na, hoffentlich sind wir nicht bald vom Führer verlassen!« antwortete Frau Günnewig schlagfertig und setzte ihr Gebet fort: »…dein Wille geschehe, wie im Himmel, so auf Erden…«

»Großmaul«, setzte Herr Günnewig noch hinzu, doch das hörte Herr Czepp nicht mehr, denn in diesem Moment erfolgte eine ohrenbetäubende Detonation, die das ganze Haus erzittern ließ, schlimmer als je zuvor. Eines der Kellerfenster sprang auf, so dass eine mächtige Staubwolke eindringen konnte und die in der Nähe befindlichen Personen umnebelte. Das Licht erlosch. Nik war aufgesprungen, um das Fenster wieder zu schließen, was allerdings nicht ganz gelang, da es klemmte.

Mehrere Frauen zündeten rasch die bereitstehenden Kerzen an, um die Dunkelheit zu erhellen. Das Flackern der kleinen Flämmchen bewirkte nun eine geradezu gespenstische Atmosphäre im Keller, die ängstlichen, blassen und zum Teil verstaubten Gesichter der Menschen schwach erhellend.

Von der Straße her drangen nun Hilferufe und offensichtlich Schmerzensschreie an die Ohren der hier unten Kauernden. Die kleine Marie begann erneut zu weinen. Auch Fränzchen hielt es nicht länger aus und fing an laut zu heulen.

Frau Günnewig hingegen setzte unbeirrt ihr Gebet fort, dem sich allerdings nunmehr die übrigen Hausbewohner, einer nach dem anderen, anschlossen. Es wurde ein allgemeines Gemurmel, das nach dem Vaterunser ins »Gegrüßet seist du, Maria…« überging und beim Schluss besonders inbrünstig gesprochen wurde: »…bitte für uns Sünder, jetzt und in der Stunde unseres Todes.«

Es war nicht mehr festzustellen, ob auch Herr Czepp in die Gebete einstimmte.

Das Bombardement hielt eine gute halbe Stunde an. Dann endlich wurde es draußen allmählich ruhiger, doch weiterhin waren die Schreie von der Straße her umso deutlicher zu vernehmen. Schließlich verstummte auch das Brummen der sich entfernenden Flugzeuge und die versammelte Hausgemeinschaft atmete spürbar erleichtert auf. Es war noch einmal gutgegangen, zumindest heute Nacht. Alsbald ertönte erwartungsgemäß das Sirenensignal »Entwarnung«.

Natürlich begaben sich die Bewohner der Blücherstraße 16 als erstes auf die Straße, um zu sehen, welche Schäden angerichtet wurden.

Bewegungs-, fassungslos und mit vor Entsetzen weit aufgerissenen Augen stand nun die Gruppe von 24 Personen draußen auf dem Bürgersteig vor ihrem Haus. Es war nahezu unbeschreiblich, was sie da im fahlen Mondlicht sahen.

Das Haus Nr. 17, gegenüber auf der anderen Straßenseite, war verschwunden. Ein gewaltiger rauchender Schutthaufen, aus dem hier und da kleine Feuerflammen emporloderten, war das einzige, was übrig geblieben war. Das Haus hatte einen Volltreffer erhalten und riss beim Einsturz einen Teil der benachbarten beiden Häuser noch mit in die Tiefe. Von den Häusern Nr. 15 und 19 hingen Teile der einzelnen Etagenböden bizarr herunter, so dass man in die jeweiligen Zimmer hineinblicken konnte. Hier und da standen oben noch ein Schrank, ein Bett oder ein Tisch, hingen Bilder schief an den verbliebenen Wänden, spritzte Wasser aus geborstenen Leitungen. Der entstandene Schutthaufen hatte sich über die Straßenmitte hinaus ergossen. Ein paar Männer kletterten darauf herum, die offenbar nach Überlebenden suchten. Es war eine unheimliche, gespenstische Szenerie, noch verstärkt durch die blassen Schatten, die der relativ helle Mond warf.

Und dann sahen die Bewohner der Blücherstraße 16 das Schlimmste: Seitlich neben dem Trümmerhaufen lagen mehrere Tote, Frauen und Kinder. An den noch stehenden Häuserwänden saßen einige offensichtlich schwer Verletzte unten auf dem Bürgersteig, zum Teil stark blutend und um Hilfe rufend. Ein paar Frauen kümmerten sich um sie.

»He, steht nicht glotzend da herum, packt mal mit an!« ertönte nun die Stimme eines Mannes, der durch Helm und Armbinde als Luftschutzwart erkennbar war, von drüben herüber.

»Könnt ihr Schüppen, Schaufeln oder Hacken besorgen?«

Endlich lösten sich Nik, Herr Czepp und Herr Günnewig aus ihrer Starre und eilten zurück in den Keller, um die geforderten Geräte zu besorgen. Alsbald kehrten sie damit zurück und versuchten auf der anderen Straßenseite zu helfen, obwohl das aussichtslos erschien.

»Ich kann mir nicht vorstellen, dass da unten noch einer lebt«, meinte der Luftschutzwart.

Tatsächlich stellte sich alsbald heraus, dass seine Vermutung zutraf. Dort allein waren über zwanzig Bewohner ums Leben gekommen.

Bei einem raschen Blick zurück auf ihr Haus, stellte Nik erleichtert fest, dass es nur wenig Schaden genommen hatte. Mehrere Dachziegel waren herabgefallen und fast alle Fensterscheiben vorne zersplittert.

Aber Haus Nr. 17 war nicht das einzige in der Blücherstraße, das schwere Treffer erfahren hatte.

Auch das Gymnasium schräg gegenüber war zur Hälfte eingestürzt sowie drei weitere Häuser zur Niehler Straße hin.

Florence war indes kurz in ihre Wohnung geeilt, um Verbandsmaterial zu besorgen und kümmerte sich dann ebenfalls um die Verletzten. Gleiches taten einige andere Nachbarinnen.

Hin und wieder ratterte ein Ambulanzwagen mit Sirenengeheul durch die Straße, sich einen Weg durch die herumliegenden Trümmerhaufen bahnend, aber keiner hielt an, um die Verletzten aufzunehmen. Als wieder ein Krankenwagen auftauchte, sprang Nik unvermittelt winkend auf die Straße und stellte sich ihm einfach in den Weg, so dass der Fahrer eine scharfe Bremsung vornehmen musste und ihn anbrüllte: »He, du Knallkopp, beste bescheuert? Wellste och noch platt jemaat wede? Isch han die Karr halt proppevoll!«

Der Luftschutzwart eilte hinzu und sagte zum Fahrer: »Pass op Jung, wat esch dir jetz sare: Do brengs dinge Ladung janz flöck in et Vinzenzhospital un küss dann sofort heher zorück, häste misch verstande? Söns erläfs do beim nächste Mol nen Hexedanz!«

»Es joot, versproche, ävver no halt misch nit länger opp!« versprach der Fahrer und fuhr davon.

Tatsächlich kehrte er nach etwa fünfzehn Minuten zurück, um die Verletzten dieses Abschnitts aufzunehmen. Es waren acht Schwerverletzte, die meisten mit Knochenbrüchen und Verbrennungen. Sie brüllten vor Schmerzen, als man sie irgendwie in dem Fahrzeug, das normalerweise höchstens zwei Verletzte transportieren durfte, verstaute.

Von Feuerwehren war weit und breit nichts zu sehen.

May indes bemühte sich, zunächst im Treppenhaus, das über und über mit Glassplittern bedeckt war, Ordnung zu schaffen, indem sie von oben herunter Stufe für Stufe abkehrte. Inzwischen funktionierte auch wieder die Beleuchtung im Haus.

Erst gegen Mitternacht kehrten alle wieder in ihre Wohnungen zurück, doch verweilten einige Nachbarinnen noch etliche Zeit diskutierend im Treppenhaus.

Während Florence und May auch in ihrer Wohnung die Glasscherben zweier Fenster zusammengekehrt und den gröbsten eingedrungenen Staub entsorgt hatten, bemühte sich Nik, die beschädigten Scheiben durch Pappe notdürftig zu ersetzen. Zum Glück war es ja Sommer und eine laue Nacht, so dass sie den Schaden durchaus ertragen konnten.

Erst gegen zwei Uhr begaben sie sich zu Bett, dankbar, dass ihr Haus weitgehend verschont blieb, an Schlaf war allerdings lange nicht zu denken. Die grausamen Bilder, die sie gesehen hatten, ließen sie nicht zur Ruhe kommen. Trotz großer Müdigkeit besuchten die Kemens – und mit ihnen mehrere Mitbewohner des Hauses - am folgenden Sonntagmorgen in Sankt Bonifatius das Hochamt um zehn Uhr. Dabei herrschte erstmals eine außerordentlich bedrückte Stimmung, der Gottesdienst wurde in Gebeten und Gesängen geradezu zur Totenmesse. Auf dem Weg zur und von der Pfarrkirche kamen die Gläubigen an mehreren schwer beschädigten Häusern und Trümmern vorbei, die noch immer stark qualmten. Nur wenige Gebäude schienen völlig unbeschädigt.

Am eingestürzten Haus Nr.17 war inzwischen ein Trupp Arbeiter eingetroffen, alle in Sträflingskleidung, demnach also Strafgefangene aus dem »Klingelpütz«, wie das Gefängnis in der Innenstadt im Volksmund genannt wurde. Sie wurden von einem Polizisten sowie zwei SA-Männern bewacht. Alsbald erschienen auch ein kleines Räumfahrzeug sowie ein Lastwagen. Man begann mit der Räumung des Trümmerberges und der Bergung der Toten. Nach und nach wurden die Toten des Hauses gefunden, seitlich auf dem Bürgersteig abgelegt und mit Planen bedeckt. Mehr oder weniger neugierige Nachbarn traten hinzu und halfen dem Polizisten bei der Identifizierung der Leichen.

Dieser Sonntag war für die Kemens und vermutlich für die meisten Kölner ein »Totensonntag«.

In der Regel unternahm man feiertags mit der Straßenbahn eine Fahrt »ins Grüne«, nach Thielenbruch oder zum Königsforst. Trotz herrlichen Sonnenscheins und angenehmer Temperaturen war heute niemandem danach zumute. Außerdem musste man annehmen, dass die Straßenbahnen nicht planmäßig fuhren.

Nik jedoch wollte unbedingt in Erfahrung bringen, ob sein Rheinhotel Schaden genommen hatte. Also begab er sich nach dem Mittagessen auf einen langen Spaziergang zum Dom. Er war zutiefst entsetzt über die Zerstörungen und das Chaos unterwegs. Der Dom jedoch schien unbeschädigt, ebenso das Hotel. Zwar hatte der Hauptbahnhof einen Treffer erhalten, dennoch fuhren die Züge anscheinend normal.

Am Abend lauschten sie wieder den BBC-Nachrichten, die die Bombardierung Kölns in der vorangegangenen Nacht erwähnten.

Zur selben Zeit hörten auch Alice mit Lifford, Florence Rose mit Bert sowie Hettie mit Jim in London die BBC-Nachrichten und machten sich große Sorgen um ihre Verwandten in Köln.

Von nun an heulten fast täglich die Sirenen und versetzten die Bevölkerung in Angst und Schrecken. Zwar waren viele Fehlalarme darunter, aber die Luftangriffe auf Köln setzten sich kontinuierlich fort, in der Regel nachts durch britische, tags durch amerikanische Bomberverbände, und die einst herrliche Stadt fiel zusehends in Schutt und Asche.

Erstaunlicherweise schienen die Ford Werke und Glanzstoff-Courtaulds im Kölner Norden völlig verschont zu bleiben. War dies Absicht der Briten und Amerikaner?

Natürlich konnte man nicht mehr an Urlaub denken, obwohl Nik gerne wenigstens für ein paar Tage mit May und Florence nach Neuerburg gefahren wäre. Aber man wollte nicht riskieren, die Wohnung alleine zu lassen.

So ertrugen die Kemens wie die meisten anderen Kölner die unendlichen Strapazen und Ängste der folgenden Monate und Jahre. Schrecklich waren die nach und nach eintreffenden Informationen, dass langjährige Bekannte und Freunde den Bombardements zum Opfer gefallen waren.

Wie zwei mahnende Finger reckten sich die Domtürme über den Ruinen zum Himmel. Und manch einer verlor seinen Glauben, indem er an der Frage verzweifelte: Wie kann Gott solches zulassen? Dennoch waren die Gottesdienste, zum Teil in Kirchenruinen, weiterhin gut besucht…

Als Nik am Montag, dem 1. Juni 1942, wie üblich zum Dienst im Hotel erschien, waren auch dort bereits die Aufräumarbeiten in vollem Gange. In erster Linie mussten Scherben zersplitterter Scheiben beseitigt und die beschädigten Fenster notdürftig hergerichtet werden.

Dann rief Herr Dahmen Nik, seine Sekretärin, Frau Künemann, sowie den Koch, Herrn Busch, zu sich ins Büro.

»Es tut mir sehr leid«, begann der Chef, »aber nach dem heftigen Luftangriff der vorletzten Nacht habe ich mich in Abstimmung mit den Hoteleigentümern entschlossen, unser Haus bis auf weiteres ganz zu schließen. Sie wissen selbst, dass wir zudem kaum noch Belegungen haben. Ferner habe ich meine Kündigung eingereicht. Nächsten Monat werde ich 64, so dass ich durchaus in Rente gehen kann. Außerdem möchte ich nicht riskieren, dass unserem Personal hier im Hause Schlimmes zustößt, falls hier eine Bombe niedergeht.«

»Wann schließen wir? Sofort?« wollte Nik wissen.

»Ab nächsten Samstag, 6. Juni. Wir müssen diese Woche nutzen, um das Haus aufzuräumen, die Möbel zusammenzustellen und abzudecken, sämtliche Bilder, Gardinen und Lampen abzuhängen sowie alle sonstigen beweglichen Utensilien einigermaßen im Keller zu verstauen und zu sichern. Außerdem möchte ich unser Personal, diejenigen, die noch hier sind, zu einer kleinen Abschiedsfeier übermorgen um fünfzehn Uhr einladen. Können Sie beiden das arrangieren?« Und an Herrn Busch gerichtet: »Vielleicht können Sie mit den Lebensmitteln, die Sie noch in der Küche haben, so etwas wie ein kleines Buffet dafür herrichten?«

»Gewiss, es ist zwar nicht mehr viel, aber ich werde mir da schon etwas einfallen lassen«.

Einen Moment lang saßen die Vier nun stumm beisammen, während Frau Künemann mit den Tränen kämpfte.

»Dass es nach all den Jahren so enden würde«, sagte sie unter Schluchzen, »hätte ich mir nie träumen lassen.«

»Ich glaube, wir alle nicht«, ergänzte Herr Dahmen. »Aber der größte Führer aller Zeiten hat uns diese Zustände beschert.« Tiefe Verbitterung klang in seinen Worten mit.

»Noch was anderes«, fuhr er fort. »Ich möchte jedem Mitarbeiter zum Abschied ein kleines Geschenk als Dankeschön überreichen«.

»Woran hatten Sie dabei gedacht?« fragte Nik.

»Zunächst einmal würde ich gerne als Erinnerungsstücke an unser Haus jedem ein komplettes Gedeck unseres besten Porzellans schenken, also Suppen-, Ess-, Kuchenteller, Kaffeetasse und Untertasse sowie ein Set Besteck dazu. Ich habe das Einverständnis der Eigentümer eingeholt. Ferner soll jeder aus unserem Weinkeller je eine Flasche guten Weiß- und Rotweines erhalten. Wer weiß, was eines Tages, wenn alles in Schutt und Asche fällt, dann damit geschieht.«

»Gute Idee«, bestätigte Nik, »ich werde alles veranlassen. Es soll eine wirklich schöne Abschiedsfeier werden.«

Nachdem Nik, Frau Künemann und Herr Busch das Büro ihres Chefs

verlassen hatten, waren sie sich sogleich einig, dass das Personal natürlich auch ein Abschiedsgeschenk für Herrn Dahmen besorgen müsste. Aber was? Nach kurzer Überlegung hatte Frau Künemann eine Idee.
»Kennen Sie das Antiquariat Scheulen am Neumarkt?« Nik und Herr Busch nickten beiläufig.
»Ja, aber ich war noch nie drin«, sagte Nik. »Ich auch nicht«, ergänzte Busch.
»Also, ich kenne Herrn Scheulen schon seit vielen Jahren. Ich weiß, der hat viele schöne alte Stiche von Köln oder zumindest hatte er welche. Falls sein Laden noch steht, könnte ich versuchen, so einen alten Stich zu bekommen. Was halten Sie davon?«
»Ja, das ist eine tolle Idee!« - »Finde ich großartig!«, antworteten beide Herren.
»Würden Sie mich denn begleiten, damit wir gemeinsam etwas aussuchen können? Oder soll ich alleine etwas auswählen?« fragte Frau Künemann.
»Ich komme gerne mit« – »Ich auch«, antworteten Nik und Busch.

Das Trio machte sich am späten Nachmittag nach Dienstschluss auf den Weg. Leider fanden sie aber das Antiquariat verschlossen, doch hing ein Schild an der Tür: »Im Notfall bin ich in der Breitestraße 75 zu erreichen. A. Scheulen«.
Also begaben sie sich auf den kurzen Weg dorthin. Herr Scheulen war zu Hause und bat sie herein. Er erklärte: »Wir müssen nicht unbedingt ins Geschäft gehen. Ich habe eine große Auswahl alter Stiche unten im Keller. Aus Sicherheitsgründen, wissen Sie.«
Die drei folgten Herrn Scheulen in den Keller und entschieden sich nach einiger Zeit der Auswahl für ein wunderschönes Kunstwerk, das das Rheinpanorama Kölns im Mittelalter zeigte. Es hatte ungefähr das Format A3. Herr Scheulen fand auch noch einen passenden Rahmen dazu. Er verlangte einen äußerst bescheidenen Preis.
»Ach, wissen Sie«, meinte er, »ich habe irgendwie das Gefühl, in Kürze geht bei uns sowieso die Welt unter. Dann ist das alles hier womöglich Schutt und Asche.«

Am folgenden Mittwochnachmittag versammelten sich alle, insgesamt zwölf Personen, im kleinen Frühstücksraum zur angekündigten Feier. Ein großer runder Tisch war festlich gedeckt und sogar mit einem bescheidenen Blumengesteck in der Mitte geschmückt. Seitlich hatte Herr Busch tatsächlich ein für die Verhältnisse großartiges Buffet arrangiert, ein wahres Meisterwerk!

Als sich alle kurz vor fünfzehn Uhr dort versammelten, standen sie zunächst in kleinen Grüppchen beisammen. Man unterhielt sich leise und jeder verspürte eine bedrückende Stimmung. Herr Dahmen erschien als Letzter. Sogleich brachen die Gespräche abrupt ab. Er begrüßte jeden einzelnen mit Handschlag und bat die Anwesenden, Platz zu nehmen. Er selbst blieb stehen und hielt eine kurze Ansprache:

»Liebe Kolleginnen und Kollegen, ich bin kein guter Redner und will Sie nicht langweilen. Erlauben Sie mir dennoch ein paar kurze Worte. Seit 1884 gibt es unser Hotel, bis 1918 als ‚Kaiserhof‘, danach bis heute als ‚Rheinhotel‘. Unser Haus hat eine sehr wechselvolle Geschichte erlebt, musste zwischenzeitlich zweimal vorübergehend schließen, konnte aber immer wieder neu belebt werden. Das ist in erster Linie auch Ihr Verdienst, liebe Kolleginnen und Kollegen. Einige unter Ihnen sind uns seit über vierzig Jahren treu geblieben und haben alle Höhen und Tiefen miterlebt. Dafür gebührt Ihnen mein aufrichtiger Dank. Vor allem haben Sie auch mir stets treu und unterstützend zur Seite gestanden. Die Seele eines Hotels ist die harmonierende Zusammenarbeit des Personals. Der Gast spürt sehr schnell, ob die Chemie unter dem Personal stimmt oder nicht. Ich habe in all den Jahren äußerst selten Beschwerden gehört, hingegen oft genug Lob und Zufriedenheit der Gäste. Das ist Ihr Verdienst, ihre Leistung.

Leider hat sich inzwischen furchtbar viel hierzulande verändert. Der Krieg und die zunehmenden Luftangriffe lassen eine geregelte Weiterführung unseres Betriebes nicht mehr zu. Wir haben fast keine Gäste mehr. Wir müssen täglich, nein, stündlich, damit rechnen, dass das Inferno auch über uns hereinbricht. Also habe ich in Abstimmung mit den Eigentümern unseres Hauses beschlossen, den Betrieb einzustellen. Ich selbst habe mit bald 64 Jahren das Rentenalter erreicht und würde ohnehin nicht mehr lange das Hotel führen.

Nun lasst uns gemeinsam jetzt ein letztes Mal in dieser Runde beisammen sein. Zu feiern gibt es nichts, aber zumindest sollten wir dankbar sein für die vergangenen Jahre, besonders die guten, und wer weiß, vielleicht geht es ja doch eines Tages mit einem Neuanfang wieder weiter. Irgendwann ist auch dieser schreckliche Krieg vorbei.

Als Dank für Ihre Treue und Mitarbeit sowie als Erinnerung an das Rheinhotel erhält jeder von Ihnen ein komplettes Gedeck unseres besten Porzellans sowie Besteck dazu und zwei Flaschen guten Weines aus unserem Keller.

Einen ganz besonderen Dank möchte ich unserem dienstältesten Kollegen, Empfangschef Nikolaus Kemen, aussprechen, der als Inbegriff von Zuverlässigkeit, Kollegialität, Kompetenz und Redlichkeit in unserem Hause gilt. Sie haben ganz entscheidend dazu beigetragen, dass unser Rheinhotel einen hervorragenden Namen nicht nur hier in Köln, nicht nur in der Region, nicht nur landesweit, sondern sogar weltweit erhalten hat. Mindestens zwei unserer vier Sterne gehören Ihnen.« (Langer Beifall der Kollegen.) »Als besondere Auszeichnung möchte ich Ihnen, lieber Nik, diese Ihnen wohlbekannte Davenport-Vase im Barock- - oder ist es Rokoko-Stil? - überreichen. Sie hat jahrelang auf Ihrem Receptionstresen mit Blumenschmuck gestanden und war stets ein erster Willkommensgruß an eintreffende Gäste.«

Damit überreichte Herr Dahmen Nik besagte Porzellanvase, die reichlich mit Blumendekor versehen, einem großen Krug ähnelte. (Erneut Applaus der Kollegen)

»Nun, meine Lieben, füllt die Gläser und lasst uns anstoßen auf unser Rheinhotel, auf ein baldiges Kriegsende und bessere Zeiten. Ich danke Ihnen nochmals ganz herzlich und wünsche Ihnen allen und Ihren Angehörigen das Allerbeste. Bleiben Sie gesund und ich wünsche mir, dass wir uns alle nach dem Kriege wohlauf hier wiedersehen. Machen Sie`s gut!

Ach ja, beinahe hätte ich`s vergessen: noch ein besonderes Dankeschön an Herrn Busch und sein Team, die uns das Buffet so wunderbar hergerichtet haben. Nun greifen Sie zu, lassen Sie es sich schmecken!«

Inzwischen waren die Gläser gefüllt und man befolgte Herrn Dahmens Aufforderung, indem man einander zuprostete.

Dann allerdings räusperte sich Nik, klopfte mit einem Löffel an ein Glas, um sich Gehör zu verschaffen:

»Liebe Kolleginnen und Kollegen, lieber, verehrter Chef. Erlauben Sie mir als dienstältestem Mitarbeiter des Hauses Ihren Dank zu erwidern. Im Namen des Kollegiums spreche ich auch Ihnen, lieber Chef, unseren herzlichsten Dank aus für die Zeit, die wir hier unter Ihrer Stabführung verbringen durften. Das Rheinhotel ist uns, besonders mir, so etwas wie ein gutes Zuhause geworden. Wir wussten, dass wir hierher gehörten und haben uns wohl gefühlt, auch wenn es manchmal recht turbulent zuging und es zuweilen Ärger gab. Vor allem aber waren wir Ihrer Unterstützung sicher, Herr Dahmen, und Sie bewiesen oft genug großes Geschick in der Personalführung. Sie waren uns ein vorzüglicher Chef. Wir haben zusammengelegt und ein Abschiedsgeschenk für Sie gefunden, von dem wir hoffen, dass es Ihnen gefällt. Frau Künemann, bitte überreichen Sie es mit mir.«

Herr Dahmen schien sehr bewegt, als er das in Geschenkpapier eingeschlagene Bild entgegen nahm.

Er murmelte nur »vielen, herzlichen Dank, vielen Dank, dankeschön«.

Nik fuhr noch kurz fort: »Auch wir wünschen Ihnen, Ihrer Frau und Familie alles, alles Gute. Bleiben Sie gesund und auch wir wollen hoffen, dass wir uns nach dem Kriege hier alle gesund und munter wiedersehen!

Zum Schluss möchte ich euch alle bitten: Reichen wir uns die Hände und stimmen wir das altbekannte Lied an ‚Nehmt Abschied, Brüder, ungewiss ist alle Wiederkehr...' «

Und mit kräftiger Stimme intonierte Nik die Melodie, analog der schottischen Volksweise »*Auld Lang Syne*«, in die alle ohne Ausnahme einstimmten: »Nehmt Abschied, Brüder, ungewiss ist alle Wiederkehr.

Die Zukunft liegt in Finsternis und macht das Herz uns schwer.

Der Himmel wölbt sich über's Land, ade, auf Wiedersehn, Wir ruhen all in Gottes Hand, lebt wohl, auf Wiedersehn!«

Bereits nach der zweiten Zeile blieb bei mehreren der Text im Halse stecken und Tränen standen den meisten in den Augen, so dass nur wenige des Kollegiums es schafften, die vierte Zeile zu beenden.

Die darauf folgende gemeinsame Mahlzeit glich eher einer Beerdigungs-Kaffeetafel, da die Stimmung äußerst angespannt und bedrückend war. Es wollten keine rechten Gespräche in Gang kommen...

Noch in der folgenden Nacht gab es einen weiteren schweren Luftangriff, bei dem das Hinterhaus des Hotels einen Treffer erhielt. Glücklicherweise war hier kein Personenschaden zu beklagen.

Niks Sorge um seine Familie wuchs von Tag zu Tag.

Schließlich war er entschlossen, das Risiko zu minimieren:

»Hört mir mal gut zu«, so eröffnete er eines Morgens beim Frühstück seiner Frau und Tochter folgende Idee: »Ich will, dass ihr beide für einige Zeit aus Köln verschwindet. Was haltet ihr davon, für eine Weile nach Neuerburg zu fahren?«

»Sorry, Nik, für mich kommt das nur infrage, wenn du auch mitkommst«, erklärte May. »Ich lasse dich hier nicht alleine zurück!«

»Na ja, einer muss doch hier bleiben und auf die Wohnung achten«, konterte Nik. »Dann fahr du doch wenigstens, Florrie.«

»Ja, du hast es am nötigsten«, stimmte May zu, »du musst doch auch an dein Baby denken.«

»Das will ich mir noch überlegen«, erklärte Florence. »Außerdem brauche ich natürlich auch die Einwilligung meines Chefs. Ich möchte auf keinen Fall meinen Job verlieren!«

Damit war das Thema zunächst vom Tisch.

Dr. Paschke hatte keine Einwände gegen Florences unbefristete Beurlaubung, da sie doch ohnehin derzeit keinen eigenständigen Arbeitsbereich wahrnahm wie vor dem Krieg. Er befürwortete sogar ausdrücklich eine ‚Auszeit'.

»Bleiben Sie, solange Sie wollen. Es wird Ihnen und Ihrem Baby guttun. Solange ich hier bin, halte ich die Stelle für Sie offen, versprochen. Irgendwann wird aber auch der Krieg vorüber sein und ein englischer Sektionsleiter hierher zurückkehren. Dann werden Sie ohnehin wieder gebraucht.«

Mit dieser Zusage verabschiedete sie sich dankbar von Dr. Paschke.

Einige Tage später machte sich Florence auf den Weg nach Neuerburg.

Seit der Abkommandierung ihres Mannes an die Ostfront Ende April hatte sie regelmäßig alle zwei Wochen einen lieben Brief an ihn geschrieben, wiederholt auch mit der freudigen Nachricht ihrer Schwangerschaft. Bislang hatte sie aber nur ein einziges Schreiben von Klemens erhalten, datiert vom 15. Mai:

»Mein liebster Schatz,
leider habe ich bisher noch keine Post von Dir bekommen, aber ich nehme an, daß es daran liegt, daß wir hier ständig unsere Position wechseln. Ich hoffe, daß es Dir und den Eltern gut geht. In Gedanken bin ich immer bei Dir und sehne mich so sehr nach Dir. Ich hab Dich unendlich lieb. Wir haben gehört, daß die Engländer unsere Städte bombardieren. Hoffentlich ist bei euch noch nichts passiert.

Zur Zeit liegen wir hier auf einem Hochplateau vor der Wolga. Es gab bisher nur wenig Feindberührung, Gott sei Dank, aber Partisanenüberfälle. Landschaftlich ist es hier sehr schön und allmählich kehrt der Frühling ein. Alles beginnt zu grünen und zu blühen. Leider haben viele Kameraden Läuse bekommen. Ich zum Glück noch nicht. Aber Wanzen haben mich im Gesicht, an Armen und Füßen gebissen und es juckt sehr. Wir haben unser Quartier im Moment in einem verlassenen kleinen Bauernhof. Wie lange wir hier bleiben können, weiß ich nicht. Der Kompaniechef sagt, wir würden nächste oder übernächste Woche von dänischen Truppen abgelöst. Dann müssten wir näher an die Front. Damit will ich für heute schließen und umarme und küsse Dich vielmals, in Liebe, Dein Klemens«

Im folgenden Brief, datiert 12. Juni, teilte Klemens seiner Frau mit, dass er mit bis zu 40 Grad Fieber ins Lazarett eingeliefert wurde. Er hatte sich »russisches Fieber«, verursacht durch die Insektenstiche, zugezogen, doch befände er sich bereits auf dem Wege der Besserung.

Durch seinen nächsten Brief vom 18. Juli erfuhr Florence, dass er als genesen aus dem Lazarett entlassen wurde und sich auf dem Wege zu seiner Einheit befände.

»...Allerdings gibt es in unserer Region eine empfindliche Partisanentätigkeit, so gefährlich wie jeder andere Angriff. Es handelt sich meist um wohlorganisierte und hervorragend bewaffnete Banden, die der Russe noch während des letzten Winters mit Flugzeugen hinter unseren Linien abgesetzt hatte und laufend immer noch Verstärkung erhalten. Die Kerle kämpfen mit aller Tücke, sprechen oft sehr gut Deutsch und tragen sogar deutsche Uniformen! Da müssen wir also äußerst vorsichtig sein. ...« schrieb er.

Offensichtlich erhielt Klemens Ende Juli Florences Brief mit der freudigen Nachricht ihrer Schwangerschaft, denn mit Datum 2. August antwortete er:

»...Für mich ist es die großartigste Nachricht, daß wir ein Baby bekommen. Ich bin überglücklich und hoffe nur, daß ich bald wieder bei Dir sein kann. Pass gut auf Dich auf! Gott schütze Dich bzw. Euch!....Ich bin jetzt wieder bei meiner Einheit. Wir schlagen eine Brücke über die Wolga in der Nähe der Stadt Rschew. Die feindliche Tätigkeit ist erstaunlich zurückhaltend. Allerdings werden wir tagsüber oft von russischen Tiefffliegern angegriffen...«

Sein letzter Brief trug das Datum 26. August. Darin schrieb Klemens:

»...*Seit etwa 10 Tagen liege ich in vorderster Frontlinie. Wir sind in heftige Kämpfe verwickelt. Wir haben uns eingegraben. Leider hat es in den letzten Tagen stark geregnet, so daß unsere Gräben morastig geworden sind und stellenweise zentimeterhoch unter Wasser stehen. Der Russe greift immer wieder mit schwerer Artillerie und einer großen Zahl von Panzern an. Bisher ist es uns gelungen, den Feind abzuwehren, aber wie lange noch? Es sind schon viele meiner Kameraden verwundet oder gefallen. Zeitweilig ist es ein Inferno. Aber ich habe noch keine Schramme abbekommen. Gebe Gott, daß es so bleibt. ...*«

Anfang Oktober kehrte Florence nach Köln zurück.

Wenige Tage später erhielt sie die schreckliche Nachricht, die sie zwar befürchtet, doch immer gehofft hatte, dass sie ausbliebe.

Es war der Brief des Kompaniechefs, Leutnant Stuhr, datiert 8.September, der die bittere Wahrheit beinhaltete:

»...*muß ich Ihnen leider mitteilen, daß Ihr lieber Gatte und unser unvergeßlicher Kamerad Klemens in den schweren Abwehrkämpfen südöstlich der Stadt Rschew am 2.9.1942 in soldatischer Pflichterfüllung getreu seinem Fahneneide für Führer und Vaterland gefallen ist....*

Die Kompanie wird ihm stets ein ehrendes Andenken bewahren. Möge die Gewißheit, daß Ihr verehrter Gatte sein Leben für die Größe und den Bestand des deutschen Volkes hingegeben hat, Ihnen ein Trost in dem schweren Leid sein, das Sie getroffen hat....«

Während Florence zutiefst geschockt und schweigend mit verstörtem Blick dasaß und kein Wort hervorbrachte, tobte und fluchte Nik wie ein Wahnsinniger:

»Zum Teufel mit Führer und Vaterland! Möge der Führer verflucht in alle Ewigkeit zur Hölle fahren! Das soll Trost sein, dass Klemens sein Leben für die Größe und den Bestand des deutschen Volkes hingegeben hat? So ein Schwachsinn. Der Herr Leutnant glaubt doch wohl selber nicht an solchen Quatsch! Nett, dass sie ihm ein ehrendes Andenken bewahren wollen!«

Nik brüllte so laut, dass May fürchtete, die gesamte Nachbarschaft könnte seine Flüche hören.

»Du hast ja Recht, aber bitte schrei nicht so laut. Womöglich hört es noch Herr Czepp, du weißt doch, Nik. Dem kann man nicht trauen.«

»Zum Teufel mit Herrn Czepp!« erwiderte Nik, wenn auch in etwas gemäßigter Lautstärke. »Alle Nazis sollen zur Hölle fahren. Da kommen die wohl auch her.«

Er trat hinter seine Tochter und legte die Hände auf ihre Schultern: »Ich weiß, Darling, dich kann überhaupt nichts trösten«, sagte er leise. »Trotzdem musst du wissen, dass Mum und ich immer für dich und dein Kind da sein werden. Gemeinsam werden wir diese schreckliche Zeit überstehen. Auf uns kannst du dich verlassen.«

May sagte nichts, sondern kniete sich weinend vor ihre Tochter nieder, ergriff deren Hände und küsste sie. Florence indes blieb noch lange wie versteinert sitzen. Sie konnte nicht weinen.

Erst zwei Tage später löste sich ihre Schockstarre und sie wurde von lang anhaltenden Weinkrämpfen geschüttelt.

Mit Schreiben vom 30. November teilte ein anderer Kamerad, Albert Bücken, nähere Einzelheiten mit:

»...Klemens ist um die Mittagsstunde des 2. September durch Kopfschuß gefallen. Er war sofort tot. An diesem Tage hatten die wenigen, die von der Kompanie noch draußen waren, nichts zu lachen. Russische Panzer durchbrachen die Hauptkampflinie und griffen von hinten an. Gleichzeitig stießen russische Fußtruppen gegen unsere Stellung vor. Bei diesen Kämpfen erhielt Klemens die tödliche Kugel...

Wir waren gezwungen, unsere Position vorübergehend aufzugeben und uns zurückzuziehen. Dabei mußten wir die Gefallenen leider zunächst zurücklassen. Erst am folgenden Morgen wagten wir einen neuen Vorstoß, bei dem wir die Toten bergen konnten. Leider mußten wir aber feststellen, dass sie von den Russen geplündert worden waren. Aus diesem Grunde bin ich bedauerlicherweise nicht in der Lage, Ihnen Gegenstände, die Klemens bei sich trug, zurückzusenden. Wir hatten aber Gelegenheit, für ihn sowie andere Gefallene ordentliche, ehrenvolle Soldatengräber herzurichten....«

Klemens Lieblingsschwester Josefine, Lehrerin in Mönchengladbach, mit der sich auch Florence bestens verstand, reiste nun fast jedes Wochenende nach Köln, um der Hochschwangeren ebenfalls beizustehen und Trost zu spenden.

In der dritten Novemberwoche spürte Florence, dass es mit der Geburt nicht mehr lange dauern würde. Eine befreundete Kollegin, die kurz zuvor entbunden wurde, empfahl Florence das Krankenhaus der Augustinerinnen im Severinviertel. Es hätte eine ausgezeichnete Wöchnerinnenstation. In den frühen Morgenstunden des 21. November, eines Samstags, setzten die Wehen ein und Florence ließ sich in Begleitung ihrer Eltern von einem Taxi in das empfohlene Krankenhaus bringen. Es dauerte mit der Geburt jedoch noch bis in die Abendstunden. Sie wurde ohne Komplikationen von einem gesunden Jungen, acht Pfund schwer, entbunden.

Voller Stolz durfte Nik als erster das kleine Bündel auf den Arm nehmen und bewundern. Er war der Überzeugung, dass es das hübscheste Baby der ganzen Welt war. Er durfte sich nun Opa nennen und seine May war Oma! Ein großartiges Gefühl – wenn da nicht die Trauer und der Schmerz um den Schwiegersohn wären. Da würde nun ein Kind heranwachsen, das seinen Vater nie gesehen hatte! Und gewiss wäre es nicht das einzige mit diesem Schicksal, so waren seine Gedanken. Und es wollte keine rechte Freude aufkommen....

Glücklicherweise blieben in dieser Nacht die Alarmsirenen stumm, so dass Florence nach all den Strapazen etliche geruhsame Stunden verbringen konnte.

Bereits am folgenden Sonntag, zu dem Josefine wieder anreiste, fand die Taufe in der Krankenhauskapelle statt. Natürlich waren auch Nik und May anwesend. Das Kind wurde auf den Namen seines verstorbenen Vaters »Clemens«, allerdings mit »C« geschrieben, sowie mit zweitem Vornamen nach Florences Vater »Nikolaus« getauft. Der kleine Clemens war somit nun der Dritte dieses Namens in Folge, da auch Florences Schwiegervater bereits diesen Namen trug. Patin war Josefine, die voller Stolz das Baby bei der heiligen Handlung in Armen halten durfte. Traditionsgemäß trug der Täufling ein Familien-Taufkleid, in dem bereits zuvor die Kusine Gisela und Vetter Volker das Sakrament empfangen hatten. Kunstvoll wurden deren Namen nachträglich in das Kleid eingestickt.

Leider gab es in der folgenden Nacht zum Montag erneut Luftalarm, so dass Florence mit ihrem Baby den Schutzraum im Keller des Krankenhauses aufsuchen musste. Wieder gab es in Köln schwere Schäden, doch blieben das Krankenhaus sowie die Blücherstraße 16 weiterhin verschont.

Nach vier Tagen kehrte Florence nach Hause zurück. Die frisch gebackenen Großeltern, May und Nik, waren überglücklich, dass ihre Tochter und der Enkel gesund und wohlauf waren. Vor allem Nik benahm sich geradezu närrisch und hätte das Baby am liebsten den ganzen Tag lang auf seinen Armen umhergetragen.

Bei dem diesjährigen Weihnachtsfest war zum ersten Mal eigentlich niemandem in der Familie zum Feiern zumute. Zwar konnte Nik wie zuvor einen kleinen Tannenbaum organisieren und hübsch schmücken, doch war man übereingekommen, sich gegenseitig nicht zu beschenken. Man hatte ohnehin schon einiges für die notwendigsten Babysachen ausgegeben. Trotz der Freude über das Baby überwog die Trauer um den gefallenen Vater des Kindes. Aber auch zu diesem Anlass reiste Josefine wieder nach Köln und verbrachte die Feiertage, die ohne Luftalarm blieben, bei dem Kemens in der Blücherstraße 16.

Sowohl BBC London wie auch der Reichssender Berlin und die Wochenschauen vermeldeten unentwegt Siege an allen Fronten!

In Afrika siegten zunächst deutsche Truppen unter General Rommel, die sogar bis nach Ägypten vorstießen. Dann wurden sie jedoch von britischen Truppen unter Feldmarschall Montgomery zurückgedrängt. Nachdem Amerikaner unter Führung des Generals Eisenhower sowie französische Truppen ebenfalls dort eingriffen, waren die deutsch- italienischen Armeen verloren, was allerdings in den Berliner Nachrichten keine Erwähnung fand.

Vom Osten wurden lauter deutsche Offensiven gemeldet. Die Wehrmacht besetzte die Krim, kesselte die Russen bei Charkow ein und warf sie hinter Donez und Don zurück. Die Ukraine fiel in deutsche Hände. Vom Don stießen die Truppen weiter nach Südosten vor und gelangten bis an die Höhen des Kaukasus! Ein anderer Stoßkeil erreichte bei Stalingrad die untere Wolga.

Erfolge über Erfolge! Und der Führer war der größte Feldherr aller Zeiten!

Aber Stalingrad brachte die Wende. Göbbels Propaganda stellte die Katastrophe von Stalingrad, bei der die gesamte 6. Armee mit rund 250 000 Mann unterging, als »beispielhaften heldenhaften Kampf bis zum letzten Mann für Führer und Vaterland« dar. Die Kapitulation der Wehrmacht am 13. Mai 1943 in Afrika, wobei ebenfalls 250 000 Mann in Gefangenschaft gerieten, wurde nicht erwähnt.

Im Februar 1943 nahm Florence wieder ihre Arbeit bei Glanzstoff-Courtaulds auf. Dies war möglich, da May, jetzt 52 Jahre alt, und Nik erklärten, sie fühlten sich sehr wohl in der Lage, den kleinen Clemens zu versorgen. Zudem wurde sie dadurch von ihrer Trauer etwas abgelenkt.

Im Verlaufe des Jahres 1943 nahmen die Luftangriffe an Heftigkeit zu. Es gab Bombardements am Tage und bei Nacht. Die Bevölkerung kam nicht mehr zur Ruhe. Angst stand jedem ins Gesicht geschrieben mit der stillen Frage: »Wann ist unser Haus an der Reihe?« Hin und wieder gelang es zwar der ‚Flak', ein Flugzeug abzuschießen, doch wurde dadurch das massive Bombardement kaum beeinträchtigt. Das häufige Einsetzen des auf- und abschwellenden Sirenengeheuls als Alarmsignal ging längst jedem furchtbar auf die Nerven.

Bei einem sehr heftigen Angriff, als wieder fast alle Hausbewohner im Keller versammelt waren, geschah zum Erstaunen aller etwas völlig Unerwartetes:

Als es mehrmals in unmittelbarer Nähe schwere Detonationen gab, die das Haus erzittern ließen, erlitt Herr Czepp, der bislang wiederholt als Denunziant, überzeugter Nazi, Atheist und durch großspuriges Gerede aufgefallen war, einen Nervenzusammenbruch. Plötzlich sank er auf die Knie und begann lauthals zu jammern und zu beten, wobei ihm augenscheinlich der Angstschweiß auf der Stirn stand: »Oh Gott, bitte verzeihe mir alle meine schlechten Taten und lass uns hier überleben. Ich verspreche, dass ich ein guter Mensch werden will, nur lass uns nicht zu Schaden kommen! Lieber Gott, bitte beschütze uns!«

Wenige Tage später, als die Sirenen erneut losheulten, erlag der Nachbar Günnewig im Treppenhaus einem Herzanfall. Man legte ihn kurzerhand bei den Kemens auf die Wohnzimmercouch und eilte hinunter in den Keller. Nach dem Luftangriff wollte man sich um Herrn Günnewig kümmern, jedoch war er dann bereits verstorben.

Der kleine Clemens schien von all der Unruhe und Aufregung nichts zu spüren. Er lag stets offensichtlich recht vergnügt in seinem Körbchen und »nüggelte« ganz zufrieden am Schnuller.

Er war ein ruhiges Baby, das wenig schrie oder weinte.

Im Mai wurde bei einem schweren Luftangriff auf Duisburg Klemens Elternhaus im Stadtteil Meiderich völlig zerstört. Die Eltern sowie seine älteste Schwester Anna, die im Keller Zuflucht gesucht hatten, blieben glücklicherweise unversehrt. Zeitgleich erging es seiner Schwester Christine ähnlich, die mit ihren Kindern Gisela und Volker im Stadtteil Neudorf lebte.

Ihr Gatte Peter befand sich derzeit als Soldat an der Westfront. Beide Familien fanden vorübergehend Quartier in einer Notunterkunft.

Christine war vor ihrer Heirat Volksschullehrerin gewesen. Da nun landesweit allgemein Lehrermangel herrschte, - die meisten Männer waren zum Militär einberufen worden – bewarb sich Christine jetzt auf eine freie Stelle an der zweiklassigen Landschule in Dingden-Lankern bei Bocholt am Niederrhein. Es handelte sich um ein kleines Schulgebäude mit freier, großer Dienstwohnung in der ersten Etage. Die Stelle samt Dienstwohnung wurde ihr zum 1.August bewilligt.

Somit erhielt sie mit ihren Kindern auf dem Lande eine neue Unterkunft. Da die Wohnung groß genug war, konnten auch ihre Eltern und Schwester Anna hier eine Bleibe finden.

Als Florence davon erfuhr, erwog sie die Möglichkeit, ihr Kind ebenfalls dorthin zu bringen, um es den ständigen Luftangriffen auf Köln zu entziehen. Doch zuvor reiste sie mit den Eltern und dem kleinen Clemens für vierzehn Tage nochmals nach Neuerburg, auch, um ihren Sohn dem neunundachtzigjährigen Urgroßvater vorzustellen. Der kleine Clemens war sein zweiter Urenkel.

Im Herbst brachte Florence das Kind schließlich schweren Herzens nach Lankern zu den inzwischen dort lebenden Schwiegereltern und Schwägerinnen Anna und Christine. Auch Nik und May fiel die Trennung von ihrem geliebten Enkelkind äußerst schwer, doch es musste wohl sein. Irgendwie glaubte Florence, dass es dort in der Lehrerfamilie besser aufgehoben war als in Neuerburg. Alle erklärten sich sofort bereit, den kleinen Clemens ebenfalls dauerhaft zu versorgen. Zudem lebten ja dessen Cousine Gisela und Cousin Volker auch hier. Im Laufe der folgenden Jahre wuchsen die drei Kinder wie Geschwister miteinander auf. Die unverheiratete Anna übernahm die besondere Fürsorge ihres kleinen Neffen Clemens, der nun bald seinen ersten Geburtstag feiern würde.

Hier auf dem Lande war von Krieg fast nichts zu spüren. Allerdings verlief parallel zur Landstraße von Dingden nach Bocholt in etwa einhundert Metern Entfernung eine eingleisige Eisenbahnlinie. Eines Tages erfolgte ein kurzer Tiefffliegerangriff auf den dort fahrenden Personenzug, ganz in der

Nähe des Schulhauses Lankern. Über mögliche Opfer wurde jedoch nichts bekannt.

Von Zeit zu Zeit überflogen natürlich britische und amerikanische Bomberverbände in großer Höhe die Gegend, im Anflug auf ferne Großstädte. Die nächstgelegene Kleinstadt Bocholt wurde erst 1944 Ziel schwerer Bombenangriffe.

Kapitel 22

April/Mai 1944 - Des Führers »Eiserne Reserve«

Von Woche zu Woche fiel Köln immer mehr in Schutt und Asche, ähnelte bald einer Mondlandschaft mit Kratern und Ruinen. Von den wunderbaren alten romanischen Kirchen Groß Sankt Martin und Sankt Aposteln am Neumarkt war fast nichts mehr übrig geblieben. Auch das historische Rathaus am Altermarkt und unzählige andere kunsthistorisch höchst wertvolle Gebäude und Kirchen versanken in Trümmer. Es war trostlos.

Sämtliche deutschen Militäroperationen an allen Fronten brachten schwerste Verluste an Menschen und Material, die deutschen Linien brachen unter feindlicher Übermacht zusammen, so dass die sowjetische Armee allmählich immer weiter nach Westen vordringen konnte. Dabei trieb sie ganze Heerscharen von Flüchtlingen vor sich her. Die deutsche Luftwaffe existierte praktisch nicht mehr, so dass die Alliierten über dem Reichsgebiet Lufthoheit erhielten.

Hitler und Göbbels Propaganda jedoch verbreiteten über Rundfunk, Presse und Wochenschauen immer neue Durchhalteparolen, die Verheißung des 'Endsieges' sowie Gerüchte von neu entwickelten Wunderwaffen. Aber auch andere Gerüchte breiteten sich aus, die allerdings der Wahrheit entsprachen: Immer häufiger wurden Pfarrer verhaftet, gefoltert und hingerichtet, die den Mut aufbrachten, von der Kanzel her das Unrecht anzuprangern, das von den Nationalsozialisten verübt wurde.

Die Kemens hielten sich jedoch weiterhin in erster Linie an die Informationen, die sie durch das Abhören des Senders BBC London erfuhren.

Nik war nun im Alter von 56 Jahren arbeitslos. Jedoch getreu der Parole »Führer, befiehl, wir folgen Dir!« änderte sich dies alsbald. Die Wehrmacht benötigte sämtliche einigermaßen kampffähige Männer an den einbrechenden Fronten. Zur Verteidigung des Landesinneren standen nur noch wenige Kräfte zur Verfügung. Also erhielten seit April 1944 Männer im Alter über 50 Jahre entsprechend ihrer eingeschätzten Wehrtauglichkeit Einberufungsbefehle entweder zur regulären Armee oder zum sogenannten zivilen ‚Volkssturm'.

Auch Nik, der nie Militärdienst geleistet hatte, erhielt nun einen ‚Gestellungsbefehl', der zugleich als Freifahrschein für alle öffentlichen Verkehrsmittel galt.

»Kommt gar nicht infrage«, war Mays erste Reaktion. »Ich lasse dich nicht gehen. Du fährst einfach nach Neuerburg oder Lankern und tauchst da unter!«

»Klingt ganz einfach«, erwiderte Nik, »aber damit bringe ich Verwandte und Freunde dort in große Gefahr. Das möchte ich nicht. Und wenn man mich doch erwischt, werde ich sofort an die Wand gestellt! Außerdem müsstest du und Florrie damit rechnen, dass man euch sehr unangenehm verhören und vielleicht auch verhaften wird. Im Übrigen glaube ich, wird man mich mit Sicherheit nicht zum Kampf an die Front schicken.«

May musste das leider einsehen und gab kleinlaut nach. Nik sollte sich am Vormittag des 22. April in der Kaserne Porz melden.

Er erschien dort gegen zehn Uhr am Kasernentor und wurde zum Registrierungsbüro in Baracke 4 geschickt. Dort fand er eine Schlange von acht wartenden Herren vor, alles ‚ältere Semester', die ebenfalls Gestellungsbefehle erhalten hatten.

Ein Gefreiter überreichte ihm mehrere Formulare mit der Bemerkung: »Die können Sie schon mal ausfüllen, während Sie warten.«

Es dauerte eine gute Stunde, bis Nik endlich an die Reihe kam. Hinter einem schlichten Schreibtisch saß ein kriegsversehrter Oberfeldwebel, der den linken Arm verloren hatte. Seine Brust war reichlich mit verschiedenartigen Orden geschmückt, deren Bedeutung – mit Ausnahme des Eisernen Kreuzes – Nik nicht kannte. Ihm überreichte er seine ausgefüllten Formulare. Der Soldat studierte eine Weile die Papiere und stellte dann fest:

»Sie haben vergessen einzutragen, bei welcher Einheit Sie früher gedient haben!«

»Ich habe nie gedient!«

»Was, nie gedient? Dann wird`s jetzt aber höchste Zeit, dass Sie was für Führer, Volk und Vaterland tun! Sie haben eingetragen, dass Sie Englisch sprechen. Wie gut?«

»Perfekt, denke ich.«

Er ergänzte eine kleine Notiz auf die Formulare, knallte mehrere Stempel darunter und reichte sie Nik mit der Bemerkung zurück:

»Gehen Sie wieder raus und zu Zimmer 8. Dort warten Sie, bis Sie reingerufen werden! Heil Hitler!«

Nik erwiderte den Gruß nicht und folgte den Anweisungen des Oberfeldwebels.

An der Tür des Zimmers 8 baumelte ein Pappschild an einer Kordel mit der Aufschrift:

»Untersuchungsraum
Stabsarzt Dr. Müggerl
Eintreten nur nach
Aufforderung!«

Auf dem Flur neben der Tür befanden sich mehrere schlichte Holzstühle. Hier warteten bereits vier Männer. Nik setzte sich dazu und kam rasch mit dem Nachbarn ins Gespräch.

»Nun hat es also auch uns Alte erwischt«, begann Nik.

»Na, so alt sehen Sie aber noch nicht aus«, meinte der andere. »Wie alt sind Sie denn?«

»Sechsundfünfzig!«

»Na dann geht`s doch noch. Ich bin zehn Jahre älter!«

»Haben Sie denn schon mal gedient?« erkundigte sich Nik.

»Natürlich. Ich habe 1916 bis 18 mit dem fünften Jägerbataillon in Frankreich gekämpft. War schwer verwundet mit Schultersteckschuss. Ist aber gut ausgeheilt. Wurde als Feldwebel entlassen. Und Sie?«

»War während des ganzen Krieges in englischer Gefangenschaft!«

»Ach was! Wie kam das denn?«

Nun erklärte Nik dem Nachbarn, der interessiert zuhörte, seine Erlebnisse in England. Nachdem Nik geendet hatte, meinte jener:

»Na ja, so sind Sie dann zumindest heil durchgekommen. Wollen wir hoffen, dass wir jetzt auch alle irgendwie heil durchkommen.«

»Was glauben Sie denn«, wollte Nik wissen, »wird der Krieg noch lange dauern?«

»Schwer zu sagen. In letzter Zeit ist ja viel schiefgegangen. Wir haben große Verluste und von Görings Luftwaffe ist fast nichts mehr zu merken. Unsere Städte versinken in Schutt und Asche, die Versorgung der Bevölkerung ist katastrophal und Generäle, die nicht auf des Führers Linie liegen, werden gefeuert! Und nun werden wir Alte noch eingezogen! Also, worauf deutet das hin?«

»Dass es sehr schlecht steht um`s Vaterland«, meinte Nik.

»Genau. Und deshalb sieht es so aus, als ginge es allmählich dem Ende zu. Aber das Ende kann sich sehr lange hinziehen, wenn nicht etwas völlig Unerwartetes geschieht.«

Während des Gespräches waren die drei anderen Männer reihum hereingerufen worden. Nun war Niks Gesprächspartner an der Reihe. Schließlich öffnete sich erneut die Tür, Niks Gesprächspartner trat heraus und grüßte ihn:

›Tschüss! Vielleicht sehen wir uns in Kürze wieder!«

Nik konnte den Gruß noch kurz erwidern, bevor er hereingebeten wurde.

Auch der Stabsarzt war offensichtlich versehrt, denn er schien ein steifes linkes Bein zu haben und stützte sich auf einen Gehstock. Am Schreibtisch saß eine Schwester in weißem Kittel und mit kästchenartigem Häubchen auf dem Kopf.

Der Arzt studierte Niks Papiere und fragte kurz und knapp: »Irgendwelche Beschwerden, Behinderungen?«

Nik verneinte dies, worauf der Arzt sagte: »Machen Sie Ihren Oberkörper frei!«

Nachdem das geschehen war, horchte und klopfte der Mediziner ihn ab. Danach musste sich Nik noch einem Sehtest unterziehen. Schließlich stellte der Arzt fest: »Voll tauglich!«

Die Schwester schrieb einige Notizen in Niks Papiere und setzte ebenfalls einen Stempel dazu, unter den der Arzt noch seine Unterschrift zeichnete.

»Nun gehen Sie zurück zum Registrierungsbüro, wo Sie zuerst waren«, sagte die Schwester und überreichte ihm die Formulare mit dem Gruß »Heil Hitler!

»Ja, ebenfalls«, erwiderte Nik und verließ den Raum.

Diesmal brauchte er nicht mehr zu warten. Der Oberfeldwebel studierte nochmals kurz das Formular des medizinischen Gutachtens und sagte dann:

»In Ordnung, Kemen, Sie können gehen. Sie werden in den nächsten Tagen Mitteilung erhalten, bei welcher Einheit Sie sich dann zu melden haben. Heil Hitler!«

Eine Woche später traf der endgültige Gestellungsbefehl ein, der ebenfalls zugleich als Freifahrschein für die Eisenbahnfahrt zur Einheit galt.

Nik hatte sich spätestens am 2. Mai in der Kaserne »Berger Feld« in Gelsenkirchen-Buer einzufinden. Es handelte sich dort um ein Ersatz-Reserve-Regiment.

May und Florence begleiteten ihn zum Hauptbahnhof. Nik hatte einen mittelgroßen Koffer sowie schwarzen Rucksack als Gepäck bei sich. Zudem trug er einen leichten grauen Trenchcoat über dem Arm. May hatte ihm mehrere Butterbrote geschmiert und eine Zervelatwurst eingepackt.

»Gib auf dich Acht!« – »Schreib uns bald, wie du es dort angetroffen hast!« – »Keep your head down!«

Viele gute Ratschläge gaben sie ihm mit auf den Weg. Aber es war ein sehr tränenreicher Abschied.

»Macht euch keine Sorge«, rief Nik ihnen durch das geöffnete Zugfenster zu. »Vielleicht bin ich schon früher zurück als ihr denkt. Außerdem ist es bis Gelsenkirchen ja nicht weit.«

Als der Zug langsam anfuhr, liefen die beiden Frauen eine Weile nebenher und winkten, bis er in die Kurve zur Hohenzollernbrücke einbiegend, außer Sicht geriet.

Nik hatte Glück, einen Sitzplatz zu ergattern, denn der Zug war überfüllt. Während der Fahrt erhielt er einen erschütternden Eindruck von den Zerstörungen, die in den anderen Städten angerichtet worden waren. In Düsseldorf sah er, ähnlich wie in Köln, zahlreiche Ruinen. Viel schlimmer war es jedoch im Ruhrgebiet. Duisburg und Oberhausen, wo Nik umsteigen musste, hatten sich in riesige Trümmerlandschaften verwandelt. Auf den Bahnhöfen herrschten chaotische Zustände. Es gab keine genauen Fahrpläne und -zeiten mehr. Menschenmassen mit viel Gepäck – fast jeder trug auch einen Rucksack – hasteten suchend umher. Sie alle schienen auf der

Flucht zu sein, alte Leute, Frauen mit schreienden Kleinkindern, Soldaten in Uniform mit Marschgepäck und geschultertem Gewehr. Es glich einem riesigen Ameisenhaufen, von Panik ergriffen.

Niks erster Eindruck von der Kaserne war, dass sie aus zwei Abteilungen bestand. Neben Angehörigen des Heeres liefen hier jedoch mehr Männer in Luftwaffenuniformen herum, allerdings auch SS-Leute. Ein Unteroffizier ließ gerade einen Zug von Soldaten, offensichtlich ältere Jahrgänge, abwechselnd strammstehen und auf und ab marschieren. Zugleich vernahm er heulende Flugzeugmotoren, als er von einem älteren Obergefreiten zu seiner Stube geführt wurde.

»Ist hier auch ein Flugplatz in der Nähe?« fragte Nik.

»Na klar. Eigentlich ist das hier hauptsächlich eine Luftwaffenbasis. Wir vom Heer sind in erster Linie wegen des Westerholter Kriegsgefangenenlagers mit einquartiert.«

»Und was machen die SS-Leute hier?«

»Die verhören die Gefangenen und hin und wieder gibt es auch Erschießungen«, erklärte der Obergefreite teilnahmslos.

In der Stube angelangt, sagte der Obergefreite: »Hier sind nur vier Betten belegt.« Im Raum befanden sich jedoch insgesamt acht Doppelstock-Etagenbetten. Dann erklärte er Nik, wie das Bett gemacht und sein Spind hergerichtet werden muss. Schließlich begleitete er ihn zur Kleiderkammer, wo Nik zwei Uniformen, Mantel, Helm und Stiefel angepasst wurden. Ferner erhielt er Unterwäsche sowie Essgeschirr mit Blechbesteck.

»Jetzt gehen Sie zurück auf ihre Stube, ziehen sich um und richten ihr Spind ein«, befahl der Obergefreite.

»Ich komme in einer Viertelstunde zurück und bringe Sie zum Kommandanten. Ich glaube, der hat einen Spezialauftrag für Sie. Also, bis später!«

Als der Obergefreite zurückkehrte, stand Nik in der neuen Uniform und den Stiefeln bereit. Der Soldat betrachtete ihn von oben bis unten und nahm noch einige Korrekturen an der Uniform vor. Sie war etwas zu groß und saß ziemlich 'schlabberig' am Körper des kleinen, hageren Mannes.

Sodann setzte er ihm das kleine 'Schiffchen' auf den Kopf und erklärte, wie es korrekt zu sitzen hatte. Schließlich lernte Nik den militärischen Gruß, wobei er Haltung anzunehmen und die Hacken zusammenzuschlagen hatte, sowie korrekt Meldung an Vorgesetzte zu machen. Endlich schien der Obergefreite mit Nik zufrieden zu sein und meinte:

»In Ordnung, gut genug. Jetzt bringe ich Sie zu Major Schulz, unserem Kommandanten!«

Nachdem der Obergefreite angeklopft hatte und von innen ein »Eintreten!« zu vernehmen war, folgten sie dieser Aufforderung.

»Obergefreiter Seibert mit dem neuen Rekruten Kemen, Herr Major!« meldete jener zackig und legte grüßend die Hand an sein Schiffchen. Nik grüßte gleichermaßen.

»In Ordnung, Seibert. Wegtreten!«

»Nehmen Sie Platz, Kemen!« forderte der Kommandant Nik freundlich auf, wobei er den kleinen Mann genau musterte.

Der Major saß hinter seinem einfachen Schreibtisch auf einem schlichten Holzstuhl mit Lehnen. Auch dieser Offizier war kriegsversehrt, denn er trug eine schwarze Augenklappe linksseitig. Außerdem war darüber eine breite Stirnnarbe zu erkennen. Er mochte vielleicht vierzig Jahre alt sein und trug ebenfalls zahlreiche Orden mit dem Eisernen Kreuz auf der linken Uniformseite. Sein schütteres Haar war schon stark ergraut.

»Wie war Ihre Anreise?« Mit dieser Frage eröffnete er das Gespräch.

»Gut, danke, Herr Major.«

»Anhand Ihrer Papiere sehe ich, dass Sie noch nie gedient haben, aber Vierzehn-Achtzehn in britischer Gefangenschaft waren. Wie kam das?«

Nun erklärte Nik auch ihm ausführlich seine damaligen Erlebnisse in England. Der Offizier hörte aufmerksam zu, ohne ihn zu unterbrechen.

Zwischenzeitlich klopfte es allerdings zweimal an der Tür und Untergebene erschienen zu diversen kurzen Meldungen. Außerdem drang von außen ständig das Heulen der Flugzeugmotoren herein.

Nachdem Nik geendet hatte, meinte der Kommandant:

»Na, das ist ja eine tolle Geschichte. So haben Sie den Krieg überlebt. Und Ihre Frau ist Engländerin. Wie gut ist denn Ihr Englisch?« - »Ich denke perfekt. Wir sprechen zu Hause nur Englisch.«

»Ist ja fabelhaft, Kemen. – Wissen Sie was? Wegen Ihrer Sprachkenntnisse wurden Sie mir zugeteilt und brauchen nicht an die Front. Mann, haben

Sie wieder ein Glück! Ich werde Ihnen zu einem Erlebnis ganz besonderer Art verhelfen!«

Es entstand eine kurze Pause, während der Nik den Major erstaunt und verständnislos anblickte.

Der Offizier lächelte und fuhr fort:

»In Westerholt, ein paar Kilometer von hier, unterhalten wir ein Kriegsgefangenenlager. Da befinden sich vorwiegend Franzosen, aber auch Engländer, zumeist abgestürzte Flieger. Unser Regiment ist unter anderem für deren Bewachung zuständig. Sie bekommen jetzt das zu Vierzehn-Achtzehn umgekehrte Vergnügen, auf der Seite der Bewacher zu stehen! Wie finden Sie das?«

»Na ja, schon ein wenig seltsam«, antwortete Nik vorsichtig.

»Also, um genauer zu sein, Kemen, Sie sollen dort nicht einfach nur Wache schieben. Bis vor wenigen Wochen hatten wir einen Mann, der wie Sie sehr gut Englisch sprach, hauptsächlich als Dolmetscher und Verbindungsmann zu den Engländern. Leider wurde der abkommandiert. Derzeit haben wir nur einen Hauptgefreiten dort, der so leidlich Englisch spricht. Ich ernenne Sie hiermit zum zuständigen Dolmetscher und Verbindungsmann zu den Engländern. Kann sein, dass Sie auch bei Verhören durch die SS hinzugezogen werden. Für die Franzosen haben wir ebenso einen Spezialisten. Und damit Sie von vornherein ein wenig mehr Gewicht auch gegenüber unseren eigenen Leuten haben, befördere ich Sie sofort zum Gefreiten! Das ist zwar etwas ungewöhnlich, scheint mir aber zweckmäßig. Also, was sagen Sie jetzt dazu?«

»Vielen Dank, Herr Major, das ist für mich natürlich eine reizvolle Aufgabe«, erwiderte Nik lächelnd.

»Aber ich muss Sie eindringlich warnen, Kemen. Seien Sie äußerst vorsichtig im Umgang mit den Gefangenen! Biedern Sie sich auf keinen Fall an. Die werden versuchen, Sie zu ihren Vorteilen zu benutzen, wie sie es mit Ihrem Vorgänger getan haben. Deshalb musste der abkommandiert werden.

Die Gefangenen haben immer Fluchtpläne. Die sind hier nicht auf einer Insel, wie Sie damals. Achten Sie möglichst genau auf ihre Gespräche untereinander und lassen Sie sich auf keinen Fall vor deren Karren spannen, verstanden? Es ist Ihre Pflicht, sofort Meldung zu machen, wenn Sie Verdächtiges wahrnehmen. Wir müssen denen möglichst immer eine Nasenlänge voraus sein.

Und noch etwas. Die meisten Gefangenen der Mannschaftsdienstgrade werden täglich zur Arbeit ins Bergwerk gekarrt. Die müssen Sie auch im Wechsel mit anderen Kameraden unter Waffen begleiten, verstehen Sie! Einzelheiten werden Ihnen vor Ort erklärt.

Soweit alles klar, Kemen, oder haben Sie noch Fragen?«

»Was geschieht dort im Lager bei Luftalarm?«

»Nichts weiter. Es gibt keine Schutzräume. Das müssen die Gefangenen leider aushalten. Die dürfen ihre Baracken nicht verlassen. Für unsere eigenen Mannschaften gibt es außerhalb der Baracken einige kleine Betonunterstände und Schutzgräben, in die Sie sich begeben können, wenn es ganz hart kommen sollte. Bislang sind drüben aber noch keine Bomben gefallen. Kann sein, dass die Engländer wissen, dass dort ihre eigenen Landsleute gefangen sind. Aber hier der Flugplatz wurde schon zweimal heimgesucht. Über alles Weitere im täglichen Betriebsablauf im Lager informiert Sie dort der verantwortliche Lagerleiter, Hauptfeldwebel Drescher. Der ist drüben zugleich Ihr unmittelbarer Vorgesetzter.«

»In Ordnung, Herr Major. Vielen Dank!«

»Gut, Kemen, dann muss ich Ihnen jetzt noch den Fahneneid abnehmen, dazu brauche ich den Seibert als Zeugen.« Der Major erhob sich, schritt zur Tür und brüllte auf den Flur hinaus:

»Seibert, sofort zu mir!«

Der Obergefreite eilte herbei und grüßte erneut zackig: »Herr Major?«

»Seibert, ich brauche Sie erst mal als Zeugen. Der Kamerad Kemen muss den Fahneneid leisten. Reichen Sie mir mal unser Fähnlein dort herüber!«

Nik, der sich ebenfalls gleich erhoben hatte, musste nun seine linke Hand auf die rote Hakenkreuzfahne legen. Sodann hielt der Major ihm eine kleine Tafel mit dem zu sprechenden Text hin und befahl:

»Heben Sie den rechten Arm und lesen Sie die Eidesformel laut und deutlich nach!«

Nik tat wie befohlen: »*Ich schwöre bei Gott diesen heiligen Eid, dass ich dem Führer des Deutschen Reiches und Volkes, Adolf Hitler, dem Oberbefehlshaber der Wehrmacht...*«, in diesem Moment erlitt er einen heftigen Hustenanfall. Endlich fuhr er fort: »*unbedingten Gehorsam leisten und als tapferer Soldat bereit sein will, jederzeit für diesen Eid mein Leben einzusetzen.*«

»Gut. Nun geben Sie mir mal eben Ihr Soldbuch her, damit ich darin alles vermerken kann. Ach ja, Sie brauchen ja auch noch Ihre Kennmarke. Die kriegen Sie in der Registratur.« Nachdem er die Vermerke in Niks Soldbuch vorgenommen hatte, fragte er: »Sonst noch was?«

»Ja, Herr Major, wie geht denn das mit meiner Grundausbildung? Ich habe doch noch nie ein Gewehr in Händen gehalten!«

»Ach, quatsch, Sie brauchen nur eine stark verkürzte Grundausbildung an Gewehr und Pistole. Sie werden ja nicht in den Kampf geschickt. Die paar Handgriffe bringt Ihnen drüben der Hauptgefreite Spiller bei.« Und an Seibert gewandt:

»Seibert, ich habe unseren Kameraden Kemen zum Gefreiten befördert. Gehen Sie mit ihm zur Registratur, damit er dort Kennmarke und die Gefreitenwinkel erhält! Dann soll Kemen wieder seine Sachen packen und Sie schnappen sich einen ʼKübelʻ und fahren den Gefreiten hinüber zum Lager Westerholt. Er bezieht dort sein ständiges Quartier!«

»Jawoll, Herr Major, wird sofort erledigt!« erwiderte Seibert und legte die Hand erneut grüßend ans Schiffchen. Nik tat desgleichen.

Bevor er wieder seine Sachen packte, half Seibert ihm, noch rasch die Gefreiten-Rangabzeichen an die Uniformjacken und den Mantel zu nähen.

Die Fahrt im offenen Kübel dauerte etwa zehn Minuten.

Das Gefangenenlager war viel kleiner als Niks auf der Insel Man. Es bestand nur aus vier Wohn- und einer Verwaltungsbaracke, in der sich auch die Kantine befand.

Seibert führte Nik sofort zum Büro des Lagerleiters, Hauptfeldwebel Drescher.

Beim Eintreten grüßten beide vorschriftsmäßig, wobei der ranghöhere lauthals Meldung machte:

»Obergefreiter Seibert und Gefreiter Kemen, Herr Hauptfeld!«

»Danke, Seibert, wegtreten! Kemen, treten Sie näher und nehmen Sie Platz!«

Hauptfeldwebel Drescher war ein altgedienter Soldat, vielleicht an die Sechzig. Er hatte zweifellos bereits im ersten Krieg gekämpft, denn er trug zahlreiche Orden, darunter zwei Eiserne Kreuze. Er hatte Vollglatze, schien jedoch nicht verwundet gewesen zu sein.

»Major Schulz hat mich soeben telefonisch in Kenntnis gesetzt. Bin froh, dass wir wieder einen guten Dolmetscher haben. Aber passen Sie auf, dass es Ihnen nicht ergeht wie Ihrem Vorgänger!«

»Ich weiß, der Major hat mich bereits instruiert!«

»Wie? Was sagten Sie? Sprechen Sie lauter, Kemen. Ich bin etwas schwerhörig seit mir eine Granate das rechte Trommelfell zerrissen hat!« Nik wiederholte seine Aussage.

»Prima, dann auf gute Zusammenarbeit, Kemen!« Dabei erhob sich der alte Hauptfeldwebel und reichte über den Schreibtisch hinweg Nik die Hand.

Dann brüllte er lauthals in Richtung der zum Nebenzimmer offen stehenden Tür:

»Fritz, komm mal eben rüber!«

Der Gerufene erschien sogleich und Hauptfeldwebel Drescher stellte ihn Nik vor:

»Das ist Hauptgefreiter Spiller!« Und zu Spiller: »Das ist unser neuer Dolmetscher und England-Spezialist, Gefreiter Kemen!«

Spiller reichte Nik die Hand: »Freut mich. Wir sind hier unter uns per Du. Ich bin der Fritz!«

»Und ich bin der Nikolaus!« Lautes Gelächter der beiden anderen Kameraden. »Nein, im Ernst. Ich heiße so, aber nennt mich einfach Nik!«

»Na schön«, ergänzte nun Hauptfeldwebel Drescher, »und ich bin der Kurt!«

Sofort herrschte eine sehr entspannte Atmosphäre. Kurt forderte seine beiden Kameraden auf, vor dem Schreibtisch Platz zu nehmen und bot ihnen eine Zigarette an. Während Fritz sie dankend entgegen nahm, lehnte Nik ab: »Danke, ich bin Nichtraucher.«

»Na, dann hast Du aber bestimmt irgendwelche anderen Laster«, lachte Kurt. »Vielleicht 'nen Kurzen?«, worauf er sich leicht zur Seite neigte und aus der linken Schreibtischklappe eine Flasche Schnaps mit drei Gläschen hervorkramte.

»Den lehnst du doch bestimmt nicht ab, oder?« meinte Kurt und schenkte ein. Natürlich wollte Nik nicht erneut ablehnen, dankte und die drei prosteten einander zu.

»Weißt Du was, Fritz« fuhr Kurt lachend fort, »ich bin mir sicher, dass Nik schon einen Rekord gebrochen hat!«

»Welchen denn?« wollte Fritz natürlich wissen, wobei auch Nik erstaunt fragend blickte.

»Ich bin überzeugt, dass abgesehen von hochrangigen Adligen und Ärzten bisher noch nie in der kaiserlichen oder großdeutschen Armee jemals ein

Rekrut so schnell befördert wurde wie Nik!« Lautes Gelächter. »Und der Hammer ist: Nik hat noch nie gedient und hat keine Ahnung, wie man mit Gewehr oder Pistole umgeht!« Erneut Gelächter.

»Alle Achtung!« fügte Fritz hinzu, »dann wirst Du sicher morgen zum Unteroffizier befördert!«

»Warum nicht gleich zum General?« schlug Kurt belustigt vor, »die verstehen sowieso nichts von Kriegsführung, wie wir inzwischen wissen.«

»Wenn ich General wäre und was zu sagen hätte, hätte es erst gar keinen Krieg gegeben«, erklärte Nik.

»Hört, hört! Ich fürchte, der Führer hätte dich dann sofort an die Wand stellen lassen! Egal, Männer, darauf heben wir noch einen!« schlug Kurt vor und schenkte gleich wieder ein.

»Prost, auf dass der Scheißkrieg bald vorbei ist!«

»Sagt mal, wie viele Gefangene haben wir hier eigentlich und wie viel Wachpersonal?« wollte Nik nun wissen.

»Zur Zeit sind es insgesamt 84 Gefangene, 48 Franzosen, 22 Engländer, 10 Amis und 4 Polen, die Engländer und Amis sind bis auf vier alles abgestürzte Flieger und die Polen gehören eigentlich auch zu den Flugzeugbesatzungen«, erläuterte Kurt.

Und Fritz ergänzte: »Dagegen haben wir 21 Mann Wachpersonal, jetzt mit Dir 22! Hinzu kommen noch unsere drei Köche.«

»Sprecher der Flieger ist ein 'Wing Commander' Andover. Der scheint wohl der Ranghöchste bei denen zu sein, bei den Franzen ist ein Colonel Piquard«, meinte Kurt und ergänzte: »Fast täglich erscheint hier ein Mannschaftswagen der SS und holt ein paar von denen zu Verhören ab.«

»Wing Commander ist bei uns Oberstleutnant«, erklärte Nik.

»Aha. Genug jetzt gequatscht«, sagte Kurt, und an Fritz gerichtet: »Am besten, Du bringst Nik erst mal auf seine Stube und weist ihn in die Handhabung von Karabiner und Pistole ein. Dann kannst Du ihn bei Gelegenheit auch den anderen vorstellen.«

Nik teilte seine Stube mit fünf Kameraden, zu denen Fritz ebenfalls gehörte.

»Wie alt bist Du eigentlich?« fragte er ihn.

»Einundfünfzig«, antwortete Fritz. »Der Jüngste hier ist Paul mit Zweiundvierzig. Kurt wird nächsten Monat Sechzig und ist der Älteste. Wir gehören alle zu unseres Führers eisernen Reserve und werden selbstverständlich das Tausendjährige Reich vor dem Untergang bewahren, nichtwahr?« Dabei lachte er belustigt.

»Du wirst nachher Bekanntschaft machen mit dem Wing Commander und einigen anderen Offizieren. Aber erst musst Du mit dem Karabiner und der Pistole Bekanntschaft machen«, ergänzte Fritz. »Die haben alle Nasen lang irgendwelche Beschwerden, gestern erst über Ungeziefer in ihren Räumen. Du wirst sicher 'ne Menge Ärger mit denen haben. Aber sei nur ja nicht so zimperlich und mitleidig, sonst wickeln die Dich um ihren kleinen Finger!«

»Haben die Offiziere irgendwelche Privilegien?« wollte Nik noch wissen.

»Nein, nur dass die normalerweise nicht ins Bergwerk müssen.«

»Normalerweise?«

»Na, ja, gelegentlich hat die SS auch schon mal einen von denen dazu verdonnert. Wahrscheinlich als Strafmaßnahme wegen irgendeines Vergehens oder so.«

Natürlich war Nik in höchstem Maße darauf gespannt, die britischen Gefangenen in Augenschein zu nehmen. Und ganz gewiss durfte er die Warnungen des Majors und der Kameraden nicht in den Wind schlagen. Andererseits würde es bestimmt Spaß machen, sich mit denen zu unterhalten und deren Erlebnisse zu hören.

Fritz führte Nik zum Waffenmagazin. Dies war ein besonders gesicherter, fensterloser Raum, dem ein Wachraum vorgelagert war, in dem ständig zwei Wachhabende Dienst taten. Im Magazin wurden Karabiner, Maschinengewehre, Pistolen, Handgranaten sowie Munition aller Kaliber gelagert.

Nik erhielt seinen eigenen, nummerierten Karabiner, eine Pistole sowie zwei Packungen Munition dazu, deren Empfang er durch Unterschrift zu bestätigen hatte. Zudem wurde dies im Soldbuch vermerkt.

»Die Pistole trägst Du immer bei Dir. Der Karabiner wird dagegen hier gelagert und nur bei Alarm herausgeholt!« erläuterte Fritz.

Die Handhabung des Karabiners und der Pistole an sich fiel Nik nicht sonderlich schwer. Fritz begab sich zu Schießübungen mit ihm in einen entfernten Winkel des Lagers. Dennoch löste die Knallerei bei den Gefangenen und auch bei einem Wachhabenden Unruhe aus. Letzterer kam angerannt, da er zunächst vermutete, Nik und Fritz schossen auf einen Flüchtigen. Auch ein paar Gefangene näherten sich, blieben jedoch in achtbarer Entfernung stehen.

«Gebe Gott, dass ich die Dinger nie wirklich benutzen muss!" sagte Nik.
Nachdem diese Pflichtübungen beendet waren, meinte Fritz:
»Jetzt haben wir uns ein Päuschen mit 'nem Pott Muckefuck verdient. Komm, wir bringen eben den Karabiner ins Magazin zurück und dann gehen wir in die Kantine. Übrigens empfiehlt es sich, auch den Stahlhelm am Gürtel einzuhaken, falls es Alarm gibt.« Dabei klopfte Fritz gegen seinen Helm, der hinten an der Koppel baumelte.

»In Ordnung, ich hab'auch 'nen Mords Hunger. Ich muss mir dann gleich schnell aus meinem Spind 'ne Stulle holen!«

»Dann bring gleich deinen Helm mit!« empfahl Fritz.

Wenig später saßen Fritz und Nik dort beisammen. An zwei anderen Tischen hielten sich ebenfalls rauchend und plaudernd ein paar Kameraden auf, denen Fritz Nik kurzerhand vorstellte.

»Darf ich Dir auch ein Brot anbieten?« fragte Nik Fritz. »Die hat mir meine Frau geschmiert!«

Aber Fritz winkte ab. Er hatte gerade eine Schachtel mit Zigarillos herausgekramt und zündete sich eine an. »Wie lange bist Du denn schon in des Führers Diensten?« erkundigte sich Nik.

»Auch erst seit einem halben Jahr. Aber ich war schon Vierzehn-Achtzehn für den Kaiser in Frankreich. War zweimal verwundet. Einmal Oberarmdurchschuss und einmal Beinbruch, weil ich zu hastig in einen Schützengraben gesprungen und dort unglücklich auf einer Munitionskiste gelandet bin. Riesiges Schwein gehabt, dass ich das heil überstanden habe.«

Nik erfuhr des Weiteren, dass Fritz aus Kassel stammte, aber in Bielefeld zu Hause war. Er hatte Frau und drei heranwachsende Kinder, zwei Mädchen und einen dreizehnjährigen Sohn, der Jüngste.

»Wenn es umgekehrt wäre, hätte ich große Sorge, dass Adolf auch noch meinen Sohn holen würde!« sagte Fritz, der bei AEG als Elektriker gearbeitet hatte.

Er war groß gewachsen, von imposanter Gestalt mit vollem schwarzem Haar, das an den Schläfen leichte Grautöne zeigte. Bestechende braune Augen blickten Nik unter einer ausgeprägten Stirn an. Irgendwie ein äußerst sympathischer Typ, der eine ungewöhnliche Ruhe und Gelassenheit ausstrahlt, dachte Nik. Und als ob Fritz seine Gedanken gelesen hätte, meinte er:

»Wir beide haben den ersten Krieg heil überstanden und werden diesen ebenso überstehen! Ich glaube aber, dass er nicht mehr allzu lange dauern wird.«

Niks Armbanduhr zeigte 17.12 Uhr, als sie sich aufmachten, um Wingcommander Andover und seinen Offizieren einen Besuch abzustatten. Sie hatten kaum die Kantine verlassen, als die Sirenen Luftalarm auslösten.

»Los, schnell zum Magazin, Karabiner holen!« rief Fritz. Sie rannten los und mit ihnen auch die anderen Kameraden, die in der Kantine gesessen hatten. Nik hielt sich dicht an Fritz. Jeder schnappte sich sein Gewehr aus dem Magazin, dessen Türen die Wachhabenden bereits weit geöffnet hatten.

»Komm mit!« rief Fritz Nik zu. Beide rannten hinaus über den Vorhof und hinüber bis unmittelbar an den Stacheldrahtzaun des Lagers. Dort waren tiefe Schützengräben ausgehoben, in die sie nun hineinsprangen. Während des Laufes hatten sie sich die Helme aufgesetzt.

Beinahe hätte sich Nik beim Sprung in den einmetersiebzig tiefen Graben die Knochen gebrochen. Er plumpste wie ein Sack hart unten auf, wobei er den Helm verlor. Fritz lachte lauthals, als sich sein kleiner Kamerad wieder aufrappelte.

»So springt man auch nicht hinein«, sagte er. »Ich zeig Dir nachher mal, wie man sich ganz galant hineingleiten lässt. Dies ist übrigens mein ganz eigenes Loch. Jeder von uns hat bei Alarm eine bestimmte feste Position zu beziehen, um Fluchtversuche zu verhindern. Bei Alarm und natürlich nachts ist die Wahrscheinlichkeit von Ausbrüchen am höchsten, verstehst Du? Unsere Schutzlöcher sind ziemlich gleichmäßig rings ums Lager verteilt. In jedem hockt nun einer von uns. Kannst Du ja selber sehen.« Leider konnte Nik gar nichts sehen. Er war viel zu klein, um auch nur annähernd über den Rand des Schutzgrabens schauen zu können. Wieder lachte Fritz: »Ach so, ja, ich hab` im Moment vergessen, dass ich einen Gartenzwerg bei mir habe. Achtung!« Er packte Nik um die Hüften und hob ihn so weit hoch, dass der hinausblicken konnte. Jetzt sah er auch die beiden anderen Kameraden, die in etwa fünfzig Metern Abstand links und rechts von ihm in deren Löchern standen. Man sah nur ihre behelmten Köpfe und die Karabiner im Anschlag, auf die Baracken gerichtet. Nachdem er Nik wieder zu Boden gelassen hatte, meinte er: »Also, das geht so nicht. Das müssen wir ändern. Die Gräben sind alle eins siebzig tief. Wenn der Alarm aufgehoben wird, holen wir irgendeine Kiste hier herein.«

Inzwischen konnten sie von Westen her das tiefe Brummen herannahender Flugzeuggeschwader vernehmen, ebenso irgendwo in der Nähe einsetzendes Flakfeuer. Doch die Bomber zogen unbeirrt ihres Weges, am Lager vorbei, um alsbald in östlicher Richtung zu verschwinden. Sie hatten offensichtlich ein anderes Ziel. Wenig später folgte das Signal der Entwarnung.

Ohne die Hilfe seines Kameraden wäre Nik im Leben nicht aus dem Graben herausgekommen.

»Und was ist mit den Gefangenen bei Alarm?« fragte er.

»Was soll schon sein? Denen ist strengstens untersagt, ihre Hütten bei Alarm zu verlassen. Wer herauskommt, riskiert erschossen zu werden. Sollte bei denen eine Bombe runterkommen, was ich nicht glaube, dann haben sie halt Pech gehabt. Ich bin mir ziemlich sicher, dass die Amis und Engländer wissen, dass sich hier ihre Landsleute befinden.«

Nachdem sie ihre Karabiner ins Magazin zurückgebracht hatten, organisierte Fritz eine große, leere Munitionskiste, die sie gemeinsam zu ihrem Graben brachten und hineinwarfen. Dann zeigte er Nik, wie man sich behände, aber zugleich galant, in das Loch hineingleiten lässt. Schließlich erklärte er ihm den Dienstplan der Wachen.

»Du wirst auch noch eingeteilt. Wir haben 4 Wachposten eingerichtet. Dazu kommt noch der Posten am Eingangstor. Jeder muss sechs Stunden Wache schieben. Nachts laufen zwei Schäferhunde mit. Hinzukommen weitere sechs Stunden entweder Kontrolldienst in den Gefangenenbaracken oder andere Aufgabenbereiche, wie zum Beispiel die Begleitung der Gefangenentransporte zum Bergwerk.«

Inzwischen war es so spät geworden, dass sie beschlossen, Niks erstes Treffen mit den alliierten Offizieren auf den nächsten Morgen zu vertagen. Es war Zeit, das Abendbrot in der Kantine einzunehmen. Es gab eine warme, dünne Kartoffelsuppe, ansonsten nur Graubrotschnitten mit Schmierkäse oder Salami. Wer wollte, konnte sich noch einen Apfel sowie heißen Hagebuttentee nehmen.

Man saß noch eine gute Stunde plaudernd beisammen, bis erneut Luftalarm ausgelöst wurde. Von nun an wiederholte sich für Nik jedes Mal die gleiche Prozedur: Karabiner holen, dann Deckung im Graben suchen. Allmählich gewann er Übung darin.

»Das ist unser regelmäßiges sportliches Training« spottete Fritz. Auch dieses Mal zogen die feindlichen Verbände vorüber.

Auf dem Weg zum Magazin bemerkte Nik die Einfahrt von zwei Lastwagen durch das Tor. Nachdem sie vor einer der Baracken angehalten hatten, sprangen zunächst jeweils zwei Kameraden mit ihren Karabinern in der Hand von der Ladefläche herunter, gefolgt von etwa zwei Dutzend Gefangenen.

Sie sahen sehr verschmutzt und müde aus.

»Das sind die Gefangenen-Bergmänner«, erläuterte Fritz. »Du wirst auch bald Gelegenheit haben, solche Transporte zu begleiten. Morgens halb acht hin, abends um die gleiche Zeit zurück!«

Obwohl Nik hundemüde ins Bett fiel, dauerte es noch eine ganze Weile, bis er endlich einschlief. Einen derart aufregenden und ereignisreichen Tag hatte er noch nie erlebt, weder damals bei seiner eigenen Kriegsgefangenschaft noch im Rheinhotel, wo es zuweilen auch ganz schön hektisch herging.

Immerhin war er mit 56 Jahren keineswegs mehr ein junger Hase. Zudem hatte er sich sportlich seit der Gefangenschaft auf der Insel Man nie wieder betätigt!

Geweckt wurde er am nächsten Morgen, als Unteroffizier Beckmann um halb sechs die Tür zur Stube aufriss und brüllte: »Wachwechsel! Wachwechsel!«

Da Nik in einem der unteren Etagenbetten schlief, schnellte er wie eine Feder aus tiefstem Schlaf hoch und knallte mit der Stirn gegen die Federspiralen des oberen Bettes. »Au, verdammt!« entfuhr es ihm, um sogleich wieder auf die Matratze zurückzufallen.

Nun bemerkte er, dass sich nur zwei seiner Mitschläfer erhoben, während die anderen teilweise laut schnarchend weiterschliefen. Auch Fritz rührte sich nicht. Also drehte er sich noch einmal herum, fand aber keinen rechten Schlaf mehr. Um sieben Uhr ertönte ein lang anhaltender Heulton, jedoch im Klang anders als die Luftalarm-Sirenen. Nun erwachte auch bei den übrigen Kameraden Leben, die nach und nach aus ihren Betten krochen und sich zum Waschraum begaben.

Fritz grüßte Nik als erster mit einem knappen »Moin«, sah ihn dann aber an und meinte: »Kerl, Du bist ja verwundet! Guck Dich mal im Spiegel an! Wie ist das denn passiert? Mit wem hast Du in der Nacht gekämpft?«

Der Spiegel bestätigte Fritzens Aussage: zwei blutverschmierte Schrammen überzogen Niks Stirn! Aber die kleine Wunde blutete nicht mehr. »Alles halb so schlimm«, war Niks knapper Kommentar.

Was ihn jedoch am meisten störte, waren die mangelhaften hygienischen Zustände im Sanitärbereich. Dies bezüglich waren die deutschen Soldaten nicht besser dran als die Gefangenen. Von fünf Duschen funktionierten nur zwei, von warmem Wasser ganz zu schweigen.

Die Sauberkeit der Toiletten ließ ebenfalls sehr zu wünschen übrig. Offensichtlich fühlte sich niemand dafür verantwortlich, andererseits schien es den Kameraden gleichgültig zu sein. Nik war schon durch die langjährige Tätigkeit im Hotelbetrieb an gründliche Sauberkeit gewöhnt. Dies hatte seinen Charakter stark geprägt. Er hasste ungepflegtes Aussehen und wechselte die Wäsche fast täglich. Hier waren die Möglichkeiten, diese zu reinigen, ebenfalls mangelhaft. Ob er sich an die Gegebenheiten wohl gewöhnen würde?

Nach dem äußerst bescheidenen Frühstück, Muckefuck, Graubrot, Schmierkäse, holte sich Nik in der Verwaltungsbaracke seinen Monats-Einsatzplan ab. Dem entnahm er, dass er mindestens fünfmal pro Woche Wachdienst schieben musste, davon zweimal nachts, und dreimal den Gefangenentransport zur Zeche zu begleiten hatte. Bei Bedarf konnte sich das ändern.

Niks erste Unterredung mit den britischen und amerikanischen Offizieren verlief zu seiner Enttäuschung äußerst zurückhaltend seitens der Gefangenen. Commander Andover beschwerte sich erneut über Ungeziefer, wohl in erster Linie Kakerlaken, in den Baracken, einige defekte Toiletten und Duschen sowie über die miserable Verpflegung. Nik versprach, sich für Abhilfe einzusetzen, soweit er dazu in der Lage wäre. Anschließend erzählte er ihnen von seiner eigenen Gefangenschaft auf der Insel Man und dass seine Frau Engländerin und die Tochter in London geboren wäre. Er bemühte sich, auf diese Weise mit den Gefangenen in ein lockeres Gespräch zu kommen. Doch es gelang nicht. Sie hörten sich Niks Erzählungen mehr oder weniger gelangweilt an, ohne ihrerseits Kommentare oder Bemerkungen dazu abzugeben. Sie schienen Nik zu misstrauen.

Hinterher kam ihm der Gedanke, dass sie vielleicht glauben könnten, er sei auf sie angesetzt, um sie auszuspionieren.

Am 7. Juni 1944 verbreitete sich die Nachricht, dass tags zuvor starke britisch-amerikanische Streitkräfte in der Normandie gelandet waren, wie ein Lauffeuer in der Kaserne sowie im Gefangenenlager.

Allerdings glaubten die meisten Kameraden, es werde denen so ergehen wie damals bei Dünkirchen. Schließlich waren seit Kriegsbeginn überall entlang der französischen Küste gewaltige Festungs- und Abwehranlagen errichtet worden. Zudem war doch Feldmarschall Erwin Rommel dort Oberkommandierender, der von den meisten Soldaten hoch verehrt wurde. Er war gewiss ein »alter Hase«, auf den man sich verlassen konnte. Das hatte er bereits zuvor beim Afrika-Feldzug bewiesen. Er würde es schon schaffen, die Angreifer ins Meer zurückzutreiben, wie einst bei Dünkirchen...

So lautete die im Lager vorherrschende Meinung.

Dass fast gleichzeitig im Osten die Heeresgruppe Mitte unter enormen Verlusten durch eine russische Großoffensive zusammengebrochen war und sich die Sowjets kontinuierlich der Reichsgrenze näherten, erfuhren Nik und seine Kameraden erst etliche Wochen später.

Wie ein Tornado schlug hingegen am 20. Juli die Nachricht ein, dass eine Gruppe hoher Offiziere versucht hatte, Hitler in dessen Führerhauptquartier in Ostpreußen zu ermorden. Wenige Stunden später lauschten die Soldaten den kurzen Ansprachen Goebbels und Hitlers im Rundfunk. Der Führer hatte das Attentat überlebt!

Seit Juni terrorisierten die V1- und seit 6. September die V2-Raketen die Londoner Bevölkerung ohne jeden militärischen Nutzen. Die neuesten Düsenjäger des Typs Me 262, die Nik einmal kurzfristig im Anflug auf das Berger Feld beobachten konnte, kamen aus Treibstoffmangel kaum zum Einsatz, obwohl sie sämtlichen feindlichen Flugzeugen weit überlegen waren.

Kapitel 23

Oktober 1944 – Ausgebombt

Da Florence tagsüber ihren Dienst in der Firma versah, war May während der Zeit ganz alleine auf sich gestellt. Zum Glück bestand ein guter nachbarschaftlicher Zusammenhalt, denn bis auf Frau Czepp, deren Mann noch immer zu Hause war, der sich jedoch seit dem Zwischenfall seines Nervenzusammenbruchs im Keller auffallend kleinlaut verhielt, lebten die übrigen Frauen im Hause alleine. So trafen sie sich gelegentlich zum Kaffeekränzchen, oder besser gesagt, zum Muckefuck-Kränzchen, zu dem die eine oder andere auch schon mal einen einfachen Sandkuchen gebacken hatte.

May fühlte sich stets wohl in der Runde. Ohnehin muss gesagt werden, dass sie – im Gegensatz zu ihrer Londoner Zeit während des ersten Weltkrieges – hier bislang nie angefeindet oder beschimpft worden war, in Gegenteil, sie empfand in zunehmendem Maße eine gewisse Hochachtung der anderen ihr gegenüber.

Es gab nur wenige Tage und Nächte ohne Luftalarm. Aus diesem Grunde hatten die Kemens so viele Gegenstände wie möglich, die zwar weniger von finanziellem, jedoch mehr von ideellem Wert für sie waren, noch vor Niks Einrücken zum Militär in ihren eigenen Kellerverschlag hinuntergeschafft. Eigentlich handelte es sich nur um einen etwa sechs Quadratmeter kleinen Abstellraum, lediglich durch ein Holzgatter mit Riegel und Vorhängeschloss gesichert, wie alle anderen auch. Dieser war nun weitgehend bis zur Kellerdecke mit allen möglichen Utensilien und Kleinmöbeln vollgestapelt, so dass fast nichts mehr hinein passte.

Nach Niks Abreise hatten May und Florence noch vier Koffer mit Kleidung dort gelagert, ebenso einige Einweckgläser mit Obst und Marmelade sowie ein paar Dosen Milch. Somit brauchte May, die nun tagsüber alleine in der Wohnung war, bei Alarm nur noch einen mit Lebensmitteln und Besteck bereit stehenden Einkaufskorb sowie ihre Handtasche mit Schmuck zu ergreifen.

Am 3. Oktober 1944, Florence befand sich in der Firma, ertönte um 10.45 erneut das auf- und abschwellende Sirenengeheul, das die Bewohner des Hauses, soweit sie überhaupt anwesend waren, veranlasste, wie üblich den Keller mit all seinen Stütz-Baumstämmen aufzusuchen. Bislang war ja bei ihnen noch immer alles gutgegangen und man hatte sich an die Bombardements irgendwie gewöhnt, so dass auch an diesem Morgen keine übergroße Sorge, geschweige denn Panik, herrschte. Im Treppenhaus traf May vier andere Nachbarinnen sowie Frau Czepp mit ihrem Sohn. Herr Czepp war unterwegs, um Besorgungen zu tätigen. Auch Frau Grün und Frau Günnewig fehlten.

Kaum hatte sich die Gruppe wieder im Kellerwald eingerichtet, als das Bombardement begann. Diesmal schienen es die Flieger ganz besonders auf den Stadtteil Nippes abgesehen zu haben, denn rund um die Blücherstraße 16 hagelte es Einschläge und Detonationen wie bei einem Feuerwerk. Heute war es ganz besonders schlimm. Das Haus erzitterte wiederholt, so dass Kalk von den Decken rieselte, das Licht erlosch und Brandgeruch alsbald von außen hereindrang. Dazwischen waren wieder von der Straße her Schreie und Kommandos zu hören. Man zündete rasch Kerzen an. Nun wurden die meisten Frauen, so auch May, doch von Angst ergriffen und man begann wieder zu beten.

Plötzlich erfolgte über ihnen eine gewaltige Detonation und es schien, als schwanke das ganze Haus. Mehrere Wasserrohre platzten, so dass sich die Nässe wie bei einer Sprinkleranlage über die Schutzsuchenden ergoss.

Alle schrien vor Entsetzen und Panik laut auf, denn nun fielen auch noch kleinere Gesteinsbrocken von der Decke, die einige Frauen am Kopf verletzten. Es war ein ungewöhnlicher Luftdruck zu verspüren, der die Kerzen sofort zum Erlöschen brachte und den Menschen fast den Atem raubte. Zugleich glaubte man Gasgeruch wahrzunehmen.

»Raus hier, schnell raus!« schrie jemand in der plötzlichen Dunkelheit.

»Nein, hier bleiben! Nicht rausrennen! Hier sind wir sicherer als draußen!« schrie eine andere Frau.

Nun, da sich die Augen langsam an die Dunkelheit gewöhnten, sah man durch ein Kellerfenster draußen lodernden Feuerschein.

»Lasst mich raus! Ich will hier raus!« Es war Frau Günnewig, offensichtlich von Panik überwältigt. Sie stolperte zur Ausgangstür und versuchte, sie zu öffnen, doch es gelang nicht. Die Tür hatte sich verklemmt.

»Hilfe! So helft mir doch!« brüllte sie in einem Tobsuchtsanfall mit überschlagender Stimme. »Wir sind hier gefangen! Wir werden lebendig begraben!« Dabei trommelte sie mit den Fäusten gegen die Tür. Dazwischen waren unentwegt weitere heftige Explosionen und Erschütterungen rundum zu hören und zu spüren. Auch Frau Czepps Sohn Fränzchen heulte jetzt lauthals in Mutters Armen.

»Nun beruhigen Sie sich doch, Frau Günnewig!« mahnte eine andere Stimme. »Wir kommen hier schon noch raus. Hauptsache, die Kellerdecke hält.«

Inzwischen bemühten sich andere Frauen, beruhigend auf ihre Mitbewohnerin einzureden. Zugleich versuchten May und Frau Kröger, die Tür aufzustemmen. Dummerweise öffnete sie nach außen, zum Treppenhaus hin. Erst nach mehreren Versuchen gab sie einen spaltbreit nach, so dass Helligkeit hereindrang, verursacht durch lodernde Flammen. Doch weiter ließ sich die Tür nicht öffnen. Sie war außen von Trümmern und Schutt blockiert.

»Es hilft nichts, wir müssen abwarten, bis der Angriff vorüber ist und hoffen, dass uns dann jemand hier rausholt«, sagte May.

»Ja, Hauptsache, wir leben noch!« meinte jemand anders.

Tatsächlich dauerte es nicht mehr lange, bis die Detonationen weniger wurden und das Brummen der Bombergeschwader allmählich verstummte. Schließlich heulten die Sirenen Entwarnung.

So hockten sie dort, in ihrem Keller gefangen, noch einige Minuten, die ihnen wie eine Unendlichkeit vorkamen.

Plötzlich hörten sie durch den Türspalt jemanden rufen: »Hallo, ist da noch jemand unten?«

»Ja, Hilfe! Hilfe! Wir sind hier eingeschlossen!« antworteten die Frauen fast wie im Chor.

»In Ordnung. Geduldet euch, erst muss der Schutt hier draußen weggeräumt werden«, kam die prompte Antwort. »Ich hole Hilfe!«

Es dauerte gewiss eine gute halbe Stunde, als die Frauen endlich draußen vor der versperrten Tür weitere Stimmen und sodann die Geräusche von Schaufeln wahrnahmen. Erst nachdem eine weitere Stunde verstrichen war, wurde die Tür von außen so weit geöffnet, dass die Eingeschlossenen erleichtert den Keller verlassen konnten.

Als sie nach und nach hinaustraten, sahen sie aus, als verließen sie soeben ein Bergwerk: völlig verschmutzt und durchnässt vom Wasser, das aus den Leitungen spritzte. Einige von ihnen bluteten. Ihre Augen mussten sich zunächst an die Helligkeit gewöhnen. Der Anblick, der sich ihnen bot, war entsetzlich.

Das halbe Haus war bis zur Kellerdecke weggerissen. Bei der anderen Hälfte, in der sich auch die Wohnung der Kemens befand, hingen die Etagenböden wie seltsame dreieckige Lappen halb herab, so dass man einen freien Einblick in die dortigen Zimmer hatte, wo oben hier und da noch ein paar Möbel standen; ein merkwürdiger Anblick. Das Treppenhaus stand nur noch bis zur ersten Etage, so dass ein Betreten der übrig gebliebenen Zimmer in den oberen Stockwerken unmöglich wurde.

Als die Gruppe der Frauen schließlich draußen auf der Straße stand, wurde ihnen das ganze Ausmaß der Zerstörung sowie das außerordentliche Glück ihres Überlebens deutlich: Sämtliche Nachbarhäuser waren völlig zerstört und ihre Bewohner ums Leben gekommen, da deren Kellerdecken nicht Stand gehalten hatten! Ihnen wurde klar, dass sie ihr Leben den Baumstämmen zu verdanken hatten, die Maurermeister Beck zu Beginn des Krieges in den Keller schaffen ließ.

Sprach- und ratlos standen sie lange dort und beobachteten das Geschehen. Überall lagen Tote herum und Frau Czepp bemühte sich, ihrem Fränzchen den Anblick zu ersparen. Luftschutzwarte und andere ältere Männer stolperten auf den Trümmerbergen herum, die auch fast die gesamte Blücherstraße bedeckten, auf der Suche nach Überlebenden. Ambulanzwagen versuchten, sich einen Weg um die Schutthalden herum zu bahnen.

»Was machen wir nun?« lautete die allgemeine Frage. Die Überlebenden stellten fest, dass sie vorbereitend an vieles gedacht hatten. Doch wo sie nach dieser Katastrophe zukünftig eine Bleibe finden sollten, war zuvor eigentlich niemandem in den Sinn gekommen. Ob bei Freunden oder Verwandten – wer konnte schon wissen, ob denn die noch ein Dach über dem Kopf hatten? Den Ausgebombten blieb aber gar nichts anderes übrig, als das zunächst einmal festzustellen. Um die im Keller befindlichen Habseligkeiten würde man sich später kümmern.

May setzte sich auf einen großen Steinbrocken am Straßenrand und wartete ab. Als sie zu den Resten des Gebäudes hinaufblickte, das bislang ihr Zuhause gewesen war, wurde sie plötzlich von einem heftigen Weinkrampf geschüttelt. Sie konnte es nicht fassen. Immer hatte sie gehofft und dafür gebetet, ihr Haus, ihre Wohnung, die sie sich nach langen Jahren der Entbehrungen mühsam hübsch und gemütlich eingerichtet hatten, würde doch von den Bomben verschont bleiben. Nun war diese Hoffnung eine trügerische geblieben. Und sie verspürte erneut eine innere unsägliche Wut gegen ihre Landsleute. Es waren womöglich britische Bomber, die den Angriff geflogen hatten. Wie damals, 1914, zerstörten sie erneut ihr Lebensglück! Sie fühlte sich unendlich einsam, nahm kaum wahr, was um sie herum geschah…

Vermutlich würde Florence über kurz oder lang auftauchen, um nach ihr zu suchen. Die anderen Frauen verabschiedeten sich nach und nach, um irgendwo eine Bleibe zu suchen. May würde sie nie wiedersehen…

Natürlich war im Kölner Norden, bei Glanzstoff-Courtaulds und den Ford Werken, die weiterhin von Luftangriffen verschont blieben, das schwere Bombardement des Stadtteiles Nippes nicht unbemerkt geblieben. Florence machte sich auch sogleich auf den Weg, um zu erfahren, ob ihre Mutter und das Haus in Mitleidenschaft gezogen worden waren. Da keine Straßenbahnen fuhren, versuchte sie, ein Auto anzuhalten, das sie mit nach Nippes nehmen würde, doch es fuhren kaum welche in die Richtung. Immerhin waren es rund zehn Kilometer bis nach Hause! Nachdem sie etwa eine viertel Stunde gelaufen war, begegnete ihr ein Kollege auf dem Fahrrad. Er kam aus Nippes.

»Ihr Haus hat einen Volltreffer bekommen, aber Ihre Mutter lebt!« rief er Florence zu. »Ich hab 'sie auf der Straße gesehen!«

»Thank the Lord! Vielen Dank!« Florence war erst einmal beruhigt. Damit, dass es irgendwann auch mal ihr Haus erwischen würde, hatte sie gerechnet. Alles Materielle konnte ersetzt werden. Hauptsache, Mutter lebte!

Tatsächlich hielt auf ihr Zeichen nach einiger Zeit ein Kraftwagen an, der sie bis zur Ecke Niehler Kirchweg- / Neusser Straße mitnahm. Von dort war es nicht mehr weit bis zur Blücherstraße.

Die Freude des Wiedersehens überwog bei weitem die Trauer um das verlorene Zuhause mit Hab und Gut. »Was machen wir denn jetzt?« fragte May.

»Wir schauen erst mal nach, ob wir in den Keller können. Wenn ja, dann holen wir zumindest die Koffer mit Kleidung und Wäsche heraus.« - »Und dann?«

»Dann gehen wir zur Glanzstoff und richten uns erst mal im leeren Büro meines Chefs ein!«

»Ja, geht denn das?«

»Das muss gehen. Übrigens haben das schon zwei andere Kolleginnen in deren Büros gemacht und keiner der Chefs hat dagegen Einspruch erhoben.

Das soll ja nur vorübergehend sein. Ich denke, dass du später nach Lankern zu den anderen fährst. Welch ein Glück, dass der Kleine schon dort ist.«

Natürlich unterhielten sie sich weiterhin wie gewohnt in Englisch. Um sie herum herrschte lautes, geschäftiges Treiben von Helfern, die noch immer versuchten, Überlebende aus den Trümmern zu bergen, Verletzten erste Hilfe zu leisten, Tote mit Laken und Tüchern abzudecken und Ambulanz-Fahrzeugen den Weg zu weisen. Überall loderten weiterhin Flammen und die Luft war rauchgeschwärzt. Das Atmen fiel schwer, so dass sie sich Taschentücher vor Mund und Nase hielten.

Florence und May indes kletterten vorsichtig über die Trümmer ihres Hauses zum Kellereingang und schlüpften durch die schmale Türöffnung hinein. Es gelang ihnen, vier ihrer Koffer zu bergen.

»Morgen werde ich versuchen, von der Firma einen Lastwagen zu organisieren, mit dem wir die übrigen Sachen herausholen«, sagte Florence.

Sie schleppten ihre Koffer unter großen Mühen zur Neusser Straße. Dort hatten sie das Glück, dass sie alsbald ein Wagen zur Firma Glanzstoff-Courtaulds mitnahm.

Sie richteten sich notdürftig im Verwaltungsgebäude der Firma ein. Hier war reichlich Platz, da das viel größere verwaiste Büro ihres früheren englischen Chefs, gleich nebenan, leer stand. Florence organisierte im Werk zwei Feldbetten. Zum Glück gab es im Wandschrank des Chefbüros sogar ein großes Waschbecken mit Spiegel! Welch ein Luxus!

Leider gelang es Florence erst am übernächsten Tag, einen Lastwagen der Firma zu organisieren, um die restlichen Sachen aus dem Keller zu bergen. Doch musste sie dann feststellen, dass Diebe oder Plünderer ihren Holzverschlag aufgebrochen und einen Großteil der Sachen gestohlen hatten. Immerhin war zumindest die kleine Holzvitrine, die ihr Mann als Schreiner-Gesellenstück vor seinem Ingenieurstudium gezimmert hatte, noch vorhanden. Einige Teile des guten Porzellans, Bestecks, Tischdecken und alte Fotoalben konnte Florence in einer Holzkiste ebenfalls bergen. Dabei half ihr der Fahrer des Firmenwagens. Schließlich fand sie sogar die schöne alte Davenport-Vase, die Nik als Abschiedsgeschenk vom Rheinhotel erhalten hatte. Leider wies sie eine leichte Beschädigung auf: der Henkel war abgebrochen. Alle geborgenen Sachen konnte Florence vorübergehend im Keller des Verwaltungsgebäudes einlagern.

Die Versorgung der Stadtbevölkerung wurde immer schwieriger. Einige wenige Geschäfte, die bislang nicht in Schutt und Asche gefallen waren, hatten in der Regel nur für kurze Zeit geöffnet. Dann bildeten sich sogleich davor lange Kundenschlangen. Glücklich, wer Freunde oder Verwandte auf dem Lande hatte. Immer mehr Kölner, die unversehrt geblieben waren, verließen die Stadt und versuchten, irgendwo auf dem Lande unterzukommen. Inzwischen hatte man gelernt, mit Hunger zu leben.

Übergewichtige Menschen gab es nicht mehr.

Etwa fünfhundert Meter von der Firma Glanzstoff-Courtaulds entfernt, auf der Neusser Straße, war ein kleiner Lebensmittelladen noch geöffnet. Dort kaufte May mit ihren Bezugsmarken das Notwendigste ein. Bislang konnte sie sich sehr guter Gesundheit rühmen. Doch seit dem letzten Kelleraufenthalt unter der schweren Bombardierung litt sie unter gelegentlichen Anfällen von Atemnot.

Fünf Tage später erhielt Florence eine unbefristete Freistellung. Nun beschlossen sie, sich auf die Reise zu dem Verwandten nach Lankern zu begeben. Doch zuvor waren etliche wichtige Formalitäten zu erledigen. Selbst im größten Chaos ging in Deutschland nichts ohne Formulare und Dokumente. Personen, die noch im Arbeitsleben standen, jedoch freigestellt wurden, benötigten die Bestätigung durch das Arbeitsamt. Vom Rentenamt waren ein weiteres Dokument sowie vom Einwohneramt neue Lebensmittelkarten erforderlich. Es war gar nicht so einfach, die einzelnen Ämter ausfindig zu machen, weil sie nahezu wöchentlich ihre Positionen ändern mussten, da auch deren Gebäude den Bomben zum Opfer fielen. Schließlich fand Florence das Arbeitsamt in einer Gaststätte am Hohenstaufenring. Alles musste zu Fuß erledigt werden, weil keine Straßenbahnen mehr fuhren. Entweder waren die Schienen zerstört oder die Oberleitungen. Aber auch die Depots hatten Treffer erhalten. Leider besaß Florence kein Fahrrad. Die Entfernung von der Firma zum Hohenstaufenring betrug etwa 25 Kilometer! So wie ihr erging es den meisten Kölnern. Sie nahmen unendliche Strapazen auf sich und das häufig mit leerem Magen!

Endlich hatte Florence alle erforderlichen Papiere beisammen, so dass sie sich auf den Weg machen konnten.

Am Dienstag, dem 17. Oktober, jede mit zwei Koffern, Rucksack und

Umhängetasche bepackt, machten sie sich gegen acht Uhr zunächst als Anhalterinnen auf den Weg. Unter unsäglichen Strapazen erreichten sie erst am folgenden Morgen mit dem Zug um 6.48 Uhr das Dorf Dingden.

Sie fühlten sich erschöpft und todmüde, hatten sie doch die ganze Nacht kein Auge zugetan.

Nun stand ihnen der vier Kilometer lange Fußmarsch bis Lankern mit allem Gepäck bevor! Es war ein weiterer Alptraum! Nein, das wollte und konnte Florence sich und ihrer Mutter nicht zumuten. Also fragte sie den Bahnhofsvorsteher, ob es eine Gepäckaufbewahrung gäbe. Natürlich gab es die, doch eigentlich nur für bahnpostalisch beförderte Güter. Der Beamte hatte ein Einsehen und nahm die schweren Koffer in seine Obhut. Florence versprach, sie noch im Laufe des Tages mit dem Bollerwagen ihres Schwiegervaters abzuholen.

»Aber nicht zwischen dreizehn und fünfzehn Uhr!« gemahnte der Beamte, »dann hab` ich Mittagspause, weil kein Zug kommt!« Welch paradiesische Zustände hier auf dem Lande, dachte Florence und so machten sie sich, vom schweren Gepäck befreit, auf den Fußmarsch entlang der unendlichen Landstraßenallee.

Es begann eben erst zu dämmern und rundum stiegen Bodennebel auf. Es war ein einsamer, sehr stiller Marsch, doch die frische Morgenluft roch angenehm würzig. Bis Lankern hatten sie insgesamt vier Autos und zwei Pferdegespanne auf der Landstraße gezählt!

Als sie sich gegen acht Uhr dem Schulhaus näherten, hörten sie bereits von weitem zahlreiche Kinderstimmen, Lachen und Geschrei. Punkt acht läutete die Schulglocke, so dass die Jungen und Mädchen, mit dem Ranzen auf dem Rücken, auf dem Schulhof Aufstellung nahmen. Die Lehrerin, ihre Schwägerin Christine, trat vor die Tür und inspizierte gewissenhaft die Reihe der Schülerinnen und Schüler. Sie achtete nicht auf die sich nähernden Frauen mit Rucksack. Nachdem Stille eingetreten war, führte Christine die Kinder in die Klasse. Gleich würde der Unterricht beginnen. In diesem Moment spürte Florence, wie ihr Herz vor Freude heftiger schlug. In wenigen Augenblicken würde sie ihren kleinen Sohn endlich wiedersehen! Sie eilte zum Seiteneingang der Schule und läutete. Da die elektrische Klingel defekt war, hatte ihr Schwiegervater als Ersatz mit Hilfe einer langen Kordel eine einfache, aber wirkungsvolle Konstruktion gebastelt: Am unteren Ende der

Kordel, die aus einem Loch im Fensterrahmen über der Eingangstür kam, war neben der Haustür eine kleine Holzrolle, wie man sie als Toilettenpapier-Rolle kennt, als Ersatz für einen Handgriff, befestigt. Wenn man unten daran zog, bewegte die Kordel oben innerhalb des Fensters einen kleinen Metallhebel, an dem ein Glöckchen hing.

Florence blickte hinauf. Das Fenster in der ersten Etage öffnete sich und Anna blickte heraus.

»Wer ist da?« fragte sie. – »Wir sind`s, May und Florence!« – »May und Florence!« und in den Raum hinein rief sie:

»May und Florence sind da! Clemens, deine Mama und Oma sind gekommen!«

Sie hörten, wie jemand die Treppe herunter eilte.

»Thank the Lord, we managed it!« stieß May mit einem Seufzer hervor.

Wenige Augenblicke später konnte Florence ihren kleinen Sohn wieder in die Arme schließen.

Obwohl das gemeinsame Frühstück soeben beendet worden war, bereitete Schwiegermutter Katharina ihnen noch ein gesondertes, leckeres Frühstück, das sie richtig genossen.

Schwiegervater Clemens machte sich sogleich mit seinem Bollerwagen auf den Weg zum Bahnhof, um die Koffer einzulösen. Er kehrte nicht nur mit dem Gepäck zurück, sondern sogar noch mit einer Matratze oben drauf! Woher er die hatte, verriet er nicht.

Von Nik hatten May und Florence hin und wieder eine Feldpostkarte erhalten, in denen er schrieb, dass es ihm im Großen und Ganzen gut gehe, aber leider keine Aussicht auf Urlaub bestände. Nun mussten sie ihm mitteilen, dass ihre Wohnung in Köln zerstört wurde und sie in Lankern untergekommen waren.

Im November erhielt Florence über ihre Firma überraschend einen Brief vom ehemaligen Nachbarn, Herrn Beck, der ihr mitteilte, dass es ihm mit Hilfe seiner Baufirma gelungen war, die restlichen Möbelstücke, die sich noch in den halboffenen Wohnungen der oberen Etagen in Nippes befanden, zu bergen und in den unversehrten Keller zu bringen. Da der Kellereingang jedoch offen wäre, könne er keine Garantie für die Sicherheit der Sachen übernehmen. Es würde viel geplündert! Florence möge schnellstens dafür sorgen, dass alles in Sicherheit gebracht werde.

Wie sollten May und Florence das von Lankern aus bewerkstelligen? Schwiegervater Clemens glaubte zu wissen, dass es unter Umständen einer gewissen Notlage für Soldaten möglich wäre, einen Sonder-Urlaubsschein zu erhalten. Diese Idee ließ Florence nicht ruhen und eines Morgens machte sie sich auf den Weg nach Westerholt, um ihren Vater zu suchen. Sie fuhr zunächst per Anhalter über Bocholt nach Borken. Dort bestieg sie einen Zug nach Gladbeck über Dorsten.

Auf freier Strecke wurde der Zug plötzlich von einer Rotte Tiefflieger, britischen Jagdflugzeugen, angegriffen. Der Zug hielt kurz an und ein mitreisender Feldwebel brüllte:

»Schnell, alle raus hier!« Neben dem Bahnkörper verlief ein tiefer Graben. »Springt in den Graben!« lauteten seine weiteren Kommandos. »Flach hinlegen, Kopf runter und nicht bewegen!«

Florence und die anderen Insassen folgten seinen Befehlen. Indes setzte sich der Zug wieder in Bewegung und fuhr ein gutes Stück voraus. Insgesamt dreimal griffen die Piloten mit ihren Bordkanonen an, um dann endlich abzudrehen.

Als sich die Reisenden von diesem Schock erholt hatten und sich erhoben, stellte man fest, dass glücklicherweise niemand ernsthaft verletzt war. Es grenzte durchaus an ein Wunder. Allerdings hatten sich mehrere Frauen und ältere Männer beim Sprung in den Graben leichtere Verletzungen und Blessuren zugezogen, so auch Florence, die sich das rechte Knie aufgeschlagen hatte. Aber wie immer befand sich etwas Verbandszeug und Pflaster in ihrer Umhängetasche, so dass sie ihre eigene kleine Wunde sowie die einer anderen Frau versorgen konnte.

Inzwischen hatte der Zug wieder zurückgesetzt, um seine Fahrgäste aufzunehmen. Die Lokomotive schien unversehrt, doch die fünf Anhänger wiesen unzählige Einschüsse auf. Etliche Fensterscheiben waren zersplittert.

In Gladbeck stieg Florence um und erreichte Westerholt kurz vor der Mittagsstunde. Es war nicht schwierig, ihren Vater ausfindig zu machen. Der wollte es zunächst nicht glauben, als man ihn informierte, dass seine Tochter in der Wachstube am Haupteingang auf ihn wartete.

Überglücklich fielen die beiden sich um den Hals.

Florence war entsetzt, als sie ihren Vater sah. Er war furchtbar abgemagert und die Uniform schlotterte nur so an seinem Körper. Er schaute sie aus tiefliegenden, müden Augen über eingefallenen Wangen ausdruckslos an. Ein trauriger Anblick!

Kurt, Niks unmittelbar vorgesetzter Hauptfeldwebel, genehmigte sogleich Freigang. Als Florence ihm Herrn Becks Brief aus Köln zeigte und um Urlaub für ihren Vater bat, erklärte dieser:

»Tut mir leid, das kann nur der Chef, Major Schulz, genehmigen. Aber du weißt ja, Nik, dass Heinz und Erich derzeit auch schon Sonderurlaub haben. Also fahrt rüber zur Kaserne Berger Feld und fragt Schulz. Weißt du was, Nik, nimm doch einfach den Kübel und fahr mit deiner Tochter rüber!«

»Würde ich gerne, aber ich hab`doch keinen Führerschein«, erklärte Nik.

»Ach ja, hab` ich vergessen. Frag doch mal den Fritz, ob der euch rüberfährt!«

Natürlich war der gerne bereit, die beiden zu fahren. So standen sie wenig später vor Major Schulz, der sich ihr Begehren anhörte, doch leider vertrösten musste: »Den Urlaub haben Sie zwar verdient, Kemen, aber im Moment kann ich Sie nicht freistellen. Erst wenn Wagner und Bormann in zwei Tagen zurückkommen, können Sie gehen!«

Also brachte Fritz sie zurück nach Westerholt und es hieß erst einmal: abwarten! Florence fand im Ort einen Gasthof, wo sie sich ein Zimmer nahm.

Leider war es während der letzten Tage immer kälter geworden und das Zimmer unbeheizt, so dass sie sehr fror. Auch hatte sie dummerweise weder einen warmen Mantel noch entsprechende Schuhe mitgenommen. Also verbrachte sie die meiste Zeit im Bett. Sowie Nik dienstfrei hatte, gesellte er sich zu seiner Tochter und beide krochen gemeinsam ins Bett, um sich gegenseitig ein wenig zu wärmen.

»Ich träume von den guten alten Zeiten, als die Welt noch in Ordnung war«, sagte sie.

»Ja, davon träume ich auch«, antwortete Vater, um nach einer kurzen Pause fortzufahren: »Aber ich frage mich, war die Welt eigentlich jemals wirklich in Ordnung? Du hast das Glück einer weitgehend heilen Welt gehabt, aber Mutter und ich…«

»Na ja, zumindest waren die dreißiger Jahre bis zum Kriegsbeginn doch nicht schlecht, oder?«

»Für uns einigermaßen, vom Verlust unserer Ersparnisse durch die Inflationen abgesehen. - Aber denk doch mal daran, wie die Nazis die Juden seit

1933 behandelt haben. Das war doch schrecklich für die.« - »Ja, da hast du auch wieder Recht.«

»Im Übrigen war seitdem immer meine größte Sorge, die könnten auch Mutter und dir gefährlich werden, weil ihr doch britische Pässe habt. Ich hab` euch nie etwas davon gesagt, aber beunruhigt hat mich das immer, im Grunde auch heute noch.« Dabei presste er die Lippen zusammen und seine Stirn legte sich in Falten. »Es geht nicht nur darum, dass Mutter hier so etwas Ähnliches passieren könnte wie sie es Vierzehn-Achtzehn in London erlebt hat. Das war ja nur schlichte Diskriminierung damals. Die Nazis verfahren ja viel brutaler mit Leuten, die ihnen nicht genehm sind.«

Es folgte eine Weile nachdenklicher Stille. Dann meinte Florence: »Mir scheint, die Nazis sind bald am Ende, oder?«

»Zweifellos. Wir verlieren auch diesen Krieg. Aber ein Jahr könnte es noch dauern und da kann viel, sehr viel passieren. Und was kommt danach? Was wird aus uns? Muss ich wieder in Kriegsgefangenschaft? Ich habe die Nase gestrichen voll!«

»Ja, gebe Gott, dass dir das erspart bleibt. Das Wichtigste ist aber, dass wir überleben. Und irgendwie wird es dann schon weitergehen. Ich begreife nur nicht, dass die Generäle nicht längst zur Überzeugung gelangt sind, dass der Krieg nicht mehr zu gewinnen ist. Die müssten doch in der Lage sein, dem Führer das klar zu machen.«

»Genau das begreife ich auch nicht. Der Generalstab hat doch Verantwortung. Aber wer hat in dieser Zeit überhaupt noch Verantwortung?« Dabei klang deutliche Resignation durch. »Jeder Einzelne versucht ja nur, irgendwie seine eigene Haut zu retten. Und letztendlich hat jeder Angst vor der verfluchten SS und Gestapo.«

»Aber doch wohl nicht die Generäle?« fiel Florence ihrem Vater ins Wort.

»Weiß man`s?« Nik zuckte mit den Schultern.

Wieder folgten einige Minuten nachdenklicher Stille.

»Und was ist nun mit unseren Sachen, unserer Wohnung? Wir haben doch fast alles verloren?«

Plötzlich kam Florence eine verrückte Idee:

Warum sollten wir eigentlich nach Köln fahren? Bloß, um die paar Sachen aus dem Keller zu holen? Und wo bleiben wir dann? Ich habe mich doch in der Firma abgemeldet. Sind die Sachen solche bevorstehenden Strapazen wert? –

Nein! Sie besprach das mit ihrem Vater, der zunächst mit seiner Einwilligung zögerte. Doch Florence gelang es, ihn zu überzeugen: »Wir fahren nach Lankern. Basta! Da kannst du dich wenigstens eine Woche erholen!«

Nachdem am dritten Tage die beiden anderen Kameraden aus ihrem Sonderurlaub zurückgekehrt waren, stellte Major Schulz Niks Urlaubsschein aus und wünschte eine gute Reise.

Spät abends kamen sie völlig erschöpft und ausgehungert in Lankern an. Für alle war es eine große Überraschung und die Freude über das Wiedersehen unbeschreiblich. Nik war überglücklich, seine Frau und den Enkel in die Arme schließen zu können.

Florence war überzeugt, den richtigen Entschluss gefasst zu haben. Die beiden Großmütter, Katharina und May, bereiteten trotz der späten Stunde noch rasch eine deftige Mahlzeit für sie zu. Es schmeckte derart köstlich, dass sie schließlich die Teller sogar ableckten!

Allerdings wurde es nun sehr eng in der Wohnung über der Schule. Sieben Erwachsene und die drei Kinder Gisela, Volker und Clemens mussten sich die Räume teilen. Man beschloss, dass die Großeltern und Anna in einem Raum zusammen schliefen, Florence mit ihrem Kind und den Eltern in einem zweiten Raum, sowie Christine mit ihren beiden Kindern den dritten Raum belegte. Christine musste ja als Lehrerin morgens pünktlich um acht Uhr unten vor ihrer Klasse stehen, zu der auch Gisela als Schülerin gehörte. Während der kleine Clemens in einem Kinderbettchen schlief, teilten sich Florence und ihre Mutter zwei Matratzen auf dem Boden. Sie bestanden darauf, dass Nik in einem richtigen Bett schlief.

Für Nik bedeutete die Woche hier in Lankern Erholung pur. Alle bemühten sich, ihn zu verwöhnen, soweit es in ihren Kräften stand. Dafür verzichteten die anderen gerne auf einiges. Darüber hinaus spielte Nik am liebsten mit seinem Enkel Clemens oder entspannte sich bei langen gemeinsamen Spaziergängen mit May und Florence.

Diese Woche war die einzige, in der der kleine Clemens beide Großelternpaare zugleich erlebte, aber dessen war er sich nicht bewusst. Abends saßen die Erwachsenen meistens noch eine Weile in der Küche beisammen, vorwiegend um über die politische Lage und Zukunftsperspektiven zu diskutieren.

Man war sich weitgehend einig, dass der Krieg nicht mehr lange andauern könnte. Sie hörten in den Nachrichten, dass die Alliierten bereits im Westen die Grenze bei Aachen überschritten hatten. Von Christines Ehemann Peter, zuletzt in Frankreich stationiert, hatte man lange nichts mehr gehört. War er in Gefangenschaft geraten? Überall brachen die deutschen Frontlinien ein und mussten zurückgenommen werden. Sowjetische Truppen hatten Warschau erreicht.

Niks Urlaubswoche verging wie im Fluge. Am Morgen des 4. Dezember, einem Montag, musste er sich verabschieden. Tags zuvor hatten alle den ersten Advent gefeiert und waren zur Zehn-Uhr-Messe nach Dingden gelaufen. Auf dem Rückweg hatten die Frauen und Kinder das Glück, dass sie von zwei Bauernkutschen mitgenommen wurden. So machten sich die beiden Großväter Nik und Clemens alleine zu Fuß auf den Heimweg und nahmen die Gelegenheit wahr, »unter vier Augen« die Kriegslage zu erörtern und Zukunftspläne zu schmieden.

»…und falls der Krieg nächstes Jahr endet, werde ich wohl noch einige Zeit arbeiten müssen. Ich bin ja erst 56!« meinte Nik.

»Sicher, aber es wird bestimmt einige Jahre dauern, bis die ersten Hotels wieder den Betrieb aufnehmen«, erwiderte der zweiundsiebzigjährige Clemens. »Dann kannst Du auch schon bald in Rente gehen.«

»Wenn das Rheinhotel noch existiert, werde ich wahrscheinlich dort noch weiter beschäftigt. Die Frage ist nur, wo sollen oder können wir wohnen?«

»Gute Frage. Wir sind ja hier in Lankern vorläufig noch gut aufgehoben, solange Christine in der Schule unterrichten darf.« - »Wollt ihr denn wieder nach Meiderich zurück?«

»Natürlich. Da sind wir seit vierzig Jahren zuhause. Fast alle unsere Kinder sind da geboren. Meine größte Sorge ist nur, dass wenigstens mein Sohn Bernhard und Christines Mann Peter heil aus dem Krieg zurückkommen. Es reicht, dass wir Klemens verloren haben. Ich finde ja Florences Haltung bewundernswert.«

»Ja, sie ist eine starke, tapfere Frau mit einem eisernen Willen. Was die sich in den Kopf setzt, das führt sie auch durch.«

»Sie ist ja auch sehr hübsch und noch so jung. – Ich denke sie wird eines Tages wieder heiraten.«

»Da bin ich mir nicht so sicher«, meinte Nik. »Sie hat Klemens sehr geliebt und wird ihn nicht vergessen. Da müsste schon ein toller Kerl daher kommen, der ihren Klemens weit übertrumpfen kann.« - »Wird Florence denn nach dem Krieg wieder bei ihrer alten Firma weiterarbeiten können?« »Da gehe ich von aus. Bislang ist die ja überhaupt nicht bombardiert worden...«

»...weil die Hälfte den Engländern gehört«, ergänzte Clemens.

»Richtig. Dann wird bestimmt wieder ein englischer Betriebsleiter kommen, so dass Florence bei dem in ihr altes Büro zurückkehren kann.« - »Das wäre zumindest eine hoffnungsvolle Aussicht.«

»Aber wenn ich an den Zustand unserer Städte denke... - Es scheint mir völlig undenkbar, dass es möglich sein wird, die auch nur einigermaßen wieder aufzubauen.«

»Ja, das kann ich mir auch nicht vorstellen. Wenn man zudem noch bedenkt, welche herrlichen historischen Gebäude und Kirchen verloren gingen. Ob der Kölner Dom noch steht?«

»Vermutlich ja. Das ist doch ein Koloss. Aber ich weiß, dass der schon ein paar Treffer abbekommen hat.«

»Am spannendsten ist für mich die Frage: Was geschieht mit den Nazi-Parteifunktionären, Generälen und hohen Politikern, besonders mit Adolf, wenn wir den Krieg verlieren?« meinte Clemens.

»Da bin ich auch mal gespannt. Erfahrungsgemäß sind die aber wie Katzen. Die fallen immer wieder ganz geschmeidig auf die Pfoten. Ich denke, dass die aber rechtzeitig vor Schluss untertauchen werden«, erwiderte Nik.

»Scheußlicher Gedanke, wenn man bedenkt, was die angerichtet haben. All die Toten und Zerstörungen...«

»Hat es eigentlich jemals Gerechtigkeit auf Erden gegeben? Mich packen immer mehr Zweifel, ob es Gott überhaupt gibt. Wie kann er all das Elend zulassen? Die Pfarrer predigen doch immer, dass Gott die Menschen liebt. Hat er all die unschuldigen Frauen und Kinder, die umgekommen sind, nicht geliebt?«

»Ja, das kann ich verstehen«, antwortete Clemens. »Mir geht es manchmal auch so. Aber ich glaube trotzdem an Gottes Gerechtigkeit. Schau, Nik, das ganze Unheil geht doch nicht von Gott aus, sondern von den Menschen selber. Der Mensch ist irgendwie so unendlich dumm und hochmütig. Er ist sich selber Feind und bereitet seinen eigenen Untergang. Wir sind frei in unseren Entscheidungen, können zwischen Gutem und Bösem unterscheiden, zwischen richtig und falsch.«

»Sind wir wirklich frei in unseren Entscheidungen?«

»Sicher. Jedenfalls zumeist. Natürlich gibt es Zwangslagen, bei denen wir kaum eine Wahl haben, aber statt zu fragen ʼWarum lässt Gott das zu?ʼ sollten wir eher fragen ʼWarum lassen die aufrichtigen Menschen, die Macht und Einfluss haben, das zu?ʼ «

»Na ja, das haben doch einige gerade im Juli zu ändern versucht, ist aber schiefgegangen. Warum hat Gott denen nicht geholfen?« hakte Nik hartnäckig nach.

»Ich weiß es nicht. Vielleicht haben die Gott gar nicht um Hilfe gebeten? Egal, ich glaube fest daran, dass jeder Verbrecher eines Tages zur Rechenschaft gezogen wird und sei es beim Jüngsten Gericht.«

»Dein Glaube in Gottes Ohr, Clemens!«

»Übrigens, denk doch nur daran, wie grausam Christus selbst ums Leben gekommen ist. Auch er litt damals furchtbare Ängste und Qualen und bat Gottvater ‚Lass den Kelch an mir vorübergehʼnʻ. Vergebens. Unrecht hat es schon immer gegeben und wird es auch weiterhin geben. Das ist der Preis der menschlichen Entscheidungsfreiheit. Wenn Gott jedes Mal eingreifen würde, wären wir nicht frei.«

»Dann allerdings frage ich mich, ob es überhaupt Sinn macht, zu beten und um Hilfe zu bitten, wenn Gott doch nicht eingreift, wie du sagst.«

»Gut, gut. Ich gebe zu, vieles im Glauben klingt nicht plausibel. Aber Christus hat uns in der Bibel mehrfach gesagt, ʼbittet, so wird euch gegeben, denn wer bittet, der empfängtʻ. Aber dennoch steht über allem Gottes Vorsehung. Und vieles davon kann unser Verstand nicht begreifen.«

»Oh je, den Begriff ʼVorsehungʻ habe ich schon öfters von unserem großen Führer gehört.«

»Ja, leider können viele Begriffe auch missbraucht werden.«

Nik antwortete darauf nicht mehr und es trat eine Weile der Stille ein, bis sie schließlich das Thema wechselten.

Man packte Nik alles nur Mögliche an Lebensmitteln ein, die er tragen konnte. Es war ein trauriger, tränenreicher Abschied an diesem Montagmorgen, der allen sehr schwer fiel. Gegen neun Uhr machte sich Nik zu Fuß auf

den Weg nach Bocholt. Alle, außer Christine, die sich im Schulunterricht befand, begleiteten Nik das kurze Stück bis zur Landstraße. Anna hielt den kleinen Clemens an der Hand. May und Florence gingen noch etwa einen Kilometer weiter mit. Es begann gerade erst zu dämmern und es war bitter kalt. Raureif hatte die kahlen Zweige der Alleebäume in wunderbar glitzernde Gebilde verwandelt. Nebelschwaden waberten ringsum, so dass die Sicht höchstens einhundert Meter betrug. Schließlich meinte Nik:
»Ihr müsst jetzt aber zurückgehen!« Und die drei umarmten sich ein letztes Mal unter vielen Küssen.
»Don`t worry, I`ll be all right and back soon! Macht euch trotzdem ein schönes Weihnachtsfest! Ich werde an euch denken!« waren Niks letzte Worte.
May und Florence standen weinend und winkend da und schauten ihm nach, wie seine Gestalt immer kleiner und schließlich von den Nebelschwaden verschluckt wurde.

....

»Mann, hast du ein Schwein, dass du letzte Woche Urlaub hattest!« Damit begrüßte Fritz die Rückkehr seines Kameraden Nik im Lager. »Hier war die Hölle los!« - »Wieso?«
»Beim Transport zum Bergwerk versuchte eine Gruppe Gefangener letzten Mittwoch zu türmen. Sie überwältigten Kurt und Paul, die als Wachen mit auf dem Transporter saßen, entrissen ihnen die Karabiner und erschossen sie, als die beiden nach ihren Pistolen greifen wollten. Am Ende des Konvois folgten zwei Kameraden in Motorrad mit Beiwagen, die zufällig etwas seitlich versetzt fuhren und den Vorfall beobachteten. Sie erledigten die Kerle kurzerhand mit ihren MP`s. Muss ein ziemliches Blutbad gewesen sein. Wer weiß, vielleicht hättest du mit auf dem LKW gesessen und wärst jetzt nicht mehr am Leben. Du scheinst immer Glück zu haben, wenn`s gefährlich wird!«
Nik war sichtlich entsetzt, denn alles, was er zunächst hervorbrachte war:
»Mein Gott, wie furchtbar.«
Dann jedoch, nach einer Weile wollte er wissen:
»Welcher Nationalität waren denn die Türmer?«

»Zehn Franze und zwei Polen.« - »Und alle tot?«
»Nee, zwei Franze und ein Pole haben überlebt, sind aber schwer verwundet.«
Nik atmete etwas erleichtert auf, irgendwie froh, dass zumindest kein Engländer unter ihnen war.
Ja, da habe ich wohl wirklich Glück gehabt, dass ich nicht dabei war, dachte er.

....

Und wieder feierten sie in Lankern ein trauriges Weihnachtsfest. Zwar konnte Großvater Clemens einen ansehnlichen Tannenbaum eigenhändig aus dem etwa einen Kilometer entfernten Wald schlagen und gemeinsam mit den anderen Familienmitgliedern hübsch mit selbst gebastelten Strohsternen und Lametta schmücken. Auch sangen sie die schönen alten Lieder, bevor es wenigstens für die drei Kinder eine kleine Bescherung gab. Die Erwachsenen waren übereingekommen, sich diesmal nicht zu beschenken. Aber dennoch beherrschte Wehmut den Heiligen Abend.
Die Gedanken der Erwachsenen waren bei ihren Männern, bei Bernhard, der irgendwo an der Südostfront kämpfte, bei Peter, der zuletzt in Frankreich war, und natürlich bei Nik. Von Bernhard und Peter hatte man lange nichts mehr gehört… Und Klemens war gefallen!

Zu Beginn des neuen Jahres 1945 wurde allen klar, dass Hitlers Traum vom »Großdeutschen Tausendjährigen Reich« ausgeträumt war. Am 12. Januar durchstießen die Sowjets die deutsche Front an der Weichsel, am folgenden Tag die in Ostpreußen. Ende Januar hatten sie bereits Oberschlesien erobert.
Am 8. Februar begann die neue Großoffensive der Westmächte. Josefine erlebte in Mönchengladbach und ihre Schwester Elisabeth in Rheinhausen den Einzug der alliierten Truppen.
In der Nacht vom 13. zum 14. Februar erfolgte ein verheerender Bombenangriff der RAF auf Dresden. Geschätzte Todesopfer der Zivilbevölkerung: 135 000, da sich hier eine gewaltige Anzahl von Flüchtlingen aus dem Osten angesammelt hatte.
Während die sich zurückziehenden deutschen Verbände sämtliche Rheinbrücken sprengten, fiel den Amerikanern am 3. März die Brücke bei Re-

magen fast unbeschädigt in die Hände, so dass die Flussüberquerung dort am einfachsten war.

Am 4. März begann der amerikanische Infanterieangriff auf Köln, dessen Verteidiger sich aber erst am 7. März ergaben.

Kapitel 24
22. März 1945 – Das bittere Ende

Royal Air Force Flugplatz *»Waddington«*, Lincolnshire, Mittelengland
Basis des 463. Bombergeschwaders

Noch ein wenig schläfrig betraten die 24 Besatzungen der schweren viermotorigen Bomber des Typs *Avro 683 Lancaster Mk.I* am Nachmittag den großen »Briefing«-Raum, an dessen Vorderwand zahlreiche Tafeln und Karten hingen, die in verschiedenen Maßstäben Westeuropa, den südöstlichen Teil Englands und den Bereich Belgien/Niederlande/Ruhrgebiet zeigten.

Die Männer waren erst in den frühen Morgenstunden von einem anstrengenden Einsatz gegen die Stadt Magdeburg zurückgekehrt, bei dem das Geschwader den Verlust von vier Maschinen durch feindliche Flak zu beklagen hatte.

Während die Männer nach und nach träge in den Besprechungsraum schlenderten, um sich in die recht bequemen Sessel fallen zu lassen, meinte Flight Lieutenant Percy Cormy, Pilot des Bombers mit der Kennung JO-Z zu seinem Navigator, Staff Sergeant Russell Starr, einem Kanadier:

»Mann, Junge, hab ich das alles satt. Wie lange dauert das noch, bis wir die ‚Krauts' endlich soweit platt haben, dass die kapitulieren?«

»Ja, bin ich Moses? – Wenn man bedenkt, wie viele Tonnen wir denen schon auf ihre Köpfe geknallt haben, müsste man eigentlich meinen, dass die die Nase voll haben.«

»Die scheinen Betonköpfe zu haben«, schaltete sich Kopilot, Jim Bradley, ein, der auf der anderen Seite neben Percy platzgenommen hatte.

»Ja, der Mensch ist schon ein verdammt zähes Tier«, pflichtete Percy ihm bei, «sieht man ja auch an uns. Dass wir das nun schon seit über vier Jahren aushalten..., ist eigentlich ein Wunder.«

»Ein Wunder, dass wir hier überhaupt noch sitzen«, ergänzte Jim und fuhr fort: «Percy, hast du inzwischen was von deiner Frau und den Kindern gehört?«

»Ja, ja. Die scheinen in Ordnung zu sein. Die Kinder sind ja bei den Eltern meiner Frau in der Nähe von Norwich auf dem Land.« Percy`s Frau Jane versah ebenfalls Militärdienst beim weiblichen Hilfscorps der Air Force auf einer anderen Basis. Aber er hatte seine Eltern beim ersten deutschen Luftangriff auf Coventry verloren. Seither hasste er die Deutschen.

»Ich bin froh, dass ich nicht verheiratet bin«, murmelte der zweiundzwanzigjährige Russell.

Percy war mit neunundzwanzig der älteste und erfahrenste seiner siebenköpfigen Besatzung. Er hatte bereits 36 Einsätze geflogen und war einmal abgestürzt, wobei er mit leichten Verletzungen davonkam. Jim war erst vergangene Woche einundzwanzig geworden und ebenfalls unverheiratet.

»Was machen wir eigentlich, wenn der Krieg vorbei ist?« fragte Jim, um das Thema zu wechseln.

»Gute Frage«, meinte Percy, « wenn die mich hier nicht behalten wollen, bewerbe ich mich vielleicht als Pilot bei British Overseas Airways. Mal sehen. Und ihr?«

»Also, ich gehe auf jeden Fall wieder nach Montreal zurück«, antwortete Russell, «ich hätte Spaß, meine eigene kleine Fluggesellschaft zu schaffen, mit zwei oder drei kleinen Wasserflugzeugen zunächst. Wisst ihr, das ist ein Mords Vergnügen, mit den Dingern dort von See zu See zu hüpfen.«

»Kann ich mir gut vorstellen. Da hätte ich auch Spaß dran«, fuhr Jim fort.

»Ja, Kerl, dann komm doch mit. Wir beide zusammen wären schonmal ein tolles Gespann!« lachte Russell und klopfte Jim herzlich auf die Schulter.

»O.K., das lasse ich mir mal durch den Kopf gehen, und wenn...«

»ATTENTION!« Ein Corporal an der Tür brüllte das Kommando.

Die Besatzungen erhoben sich gemächlich.

Schnellen Schrittes betraten nun der Geschwaderchef, ein Group Captain, und der leitende Meteorologe, seiner drei Ärmelstreifen zufolge ein Wing Commander, die leicht erhöhte Bühne des Raumes. Der Captain winkte sogleich ab: »Bleibt ruhig sitzen, Jungs!«

Er ergriff einen bereitliegenden Zeigestock und fuhr nach einer kurzen Pause fort:

»Also, Jungs, heute Abend geht`s ein wenige kürzer als gestern.« Er wandte sich der Karte zu, die die Niederlande und das Ruhrgebiet im Detail zeigte.

»Start 17.30 GMT. Ihr nehmt Kurs Norwich, dann Rotterdam, Tilburg, Ruhrgebiet!« Dabei stellte er mit dem Zeigestock den Verlauf der Route dar.

»Euer Ziel ist ein kleiner Flugplatz nördlich Gelsenkirchens. Eine andere Einheit hat den Platz schon zweimal bombardiert, aber offensichtlich mit wenig Erfolg. Obwohl ja von der Luftwaffe nicht mehr viel übrig geblieben ist, berichteten unsere Piloten, sie wären in den letzten Wochen in dieser Gegend wiederholt von außerordentlich schnellen Jägern angegriffen worden. Es handelt sich vermutlich um die Neuentwicklung Messerschmidt 262 der Deutschen. Das ist ein Düsenjäger ähnlich unserer neuesten Gloster Meteor. Wir vermuten, dass diese Maschinen auf dem Platz bei Gelsenkirchen stationiert sind. Also ladet eure Fracht hübsch präzise über dem Platz ab und dann werden wir in den nächsten Tagen und Wochen sehen, ob ihr gute Arbeit geleistet habt!« - Seine letzten Worte lösten allgemeine Heiterkeit aus.

»Aber, Jungs, noch etwas besonders Wichtiges«, fuhr der Kommandant fort. »Ganz in der Nähe, etwa sechs Meilen weiter nördlich, in einem Ort namens ‚Westerholt‘, befindet sich ein Kriegsgefangenenlager, in dem die Deutschen unsere Jungs festhalten. Sorgt unbedingt dafür, dass ihr exakt Kurs haltet und nicht ein paar eurer Eier versehentlich da runterfallen, klar!?«

»Noch Fragen?« Einer hob die Hand. »Ja, Tom?«

»Sir, ist es vielleicht möglich, dass einer unserer Pfadfinder über dem Gefangenenlager eine andersfarbige Leuchtmarkierung absetzt?«

»Mal sehen, müsste sich eigentlich machen lassen«, antwortete der Kommandant. »Sonst noch was?«

Keine weiteren Fragen.

»O.K., die Skipper holen sich dann gleich hier die Papiere mit den exakten Routendaten ab. Aber zunächst hört, was euch unser Wetterfrosch zu sagen hat. Bitte Fred.«

Damit ergriff der Meteorologe, der bislang abseits gestanden hatte, das Wort, um detaillierte Informationen zur Wetterlage, insbesondere im Zielgebiet, wo es aufklaren würde, darzulegen.

Ein wenig träge erhoben sich anschließend die Männer. Percy, der 'Skipper', holte vorne die Mappe mit den Flugdaten und blickte auf seine Armbanduhr: 16.12 Uhr.

»O.K. Jungs, in zehn Minuten Treff zur Besprechung in Raum 3!«
Einige von ihnen nutzten die kurze Pause für eine Zigarettenlänge.

Um 16.50 brachen sie auf, legten ihre Fliegermonturen, Schwimmwesten und Fallschirme an und begaben sich zu ihrer *Lancaster* mit der Kennung JO-Z. Die Maschine war in der vorigen Nacht mit einem etwa 20 cm großen Durchschuss hinten im linken Höhenleitwerk vom Einsatz zurückgekehrt. Inzwischen hatten die Warte den Defekt allerdings längst behoben, das Flugzeug gründlich durchgecheckt, mit einer 500-Pfund und fünf 1.000-Pfund Bomben beladen und startklar gemacht. Dennoch unternahmen Percy und sein Co pflicht- und traditionsgemäß einen Inspektions-Rundgang um die Lancaster.

Die Männer kletterten in die Maschine und nahmen bis auf die Bordschützen ihre Sitze ein. Die «Gunners» konnten sich noch etwas Zeit damit lassen.

Um 17.15 Uhr Ortszeit startete Percy die vier Merlin-Motoren und ließ sie warmlaufen. Nach der allgemeinen Rollfreigabe setzten sich die 24 Lancaster in der Reihenfolge ihrer Platzaufstellung nach und nach in Bewegung, um zur Startbahn vorzurücken. Nach der Startfreigabe, exakt um 17.34 Uhr, schob der Skipper die vier Gashebel nach vorne und seine schwere Maschine donnerte als Nummer vier los, gewann an Fahrt und hob 35 Sekunden später ab. Im Westen versank soeben eine blutrote Sonne hinter dem Horizont.

Die Lancaster gewannen langsam an Höhe und schwenkten nach etwa drei Meilen gen Osten ab, um Kurs auf Norwich zu nehmen. Dabei nahmen sie Dreier-Formationen ein und stiegen zunächst auf 6.000 Fuß. Zwischen 18.30 und 18.35 überflog der Verband Norwich. Irgendwo da unten sind meine Kinder und Schwiegereltern, dachte Percy. Aber er hatte Norwich schon so oft überflogen…

Nun nahm er Kurs auf Rotterdam und stieg über dem Kanal auf rund 10.000 Fuß. Dabei musste die Dreier-Formation in der Höhe gestaffelt fliegen, die vordere Reihe am niedrigsten, die letzte am höchsten, damit später beim Bombenabwurf nachfolgende Flugzeuge nicht versehentlich von den Bomben der voraus fliegenden getroffen werden konnten, was früher schon des Öfteren geschehen war.

»Sag mal, Percy, hast du auch schon mal so Alpträume?« wollte Jim Bradley plötzlich wissen.

»Alpträume? Na klar. Weiß der Kuckuck, wie oft ich schon mit der Kiste im Traum abgeschmiert bin und von den Krauts gefangengenommen wurde«, antwortete Percy.

»Das meine ich eigentlich nicht.« - »Sondern?«

»Ich hab` in letzter Zeit immer öfter von Menschen geträumt, die ich umgebracht habe. Die gucken mich dann aus grässlichen Totenschädeln an.«

»Ach. Nee, so`n Quatsch. Ich mache mir grundsätzlich keine Gedanken um die da unten. Ich erledige hier oben meinen Job für *merry old England* und wer von den Krauts da unten meine Ladung abbekommt, hat eben Pech gehabt. Basta! Im Übrigen haben **wir** nicht mit der Sauerei angefangen.«

Es folgten einige Augenblicke des Schweigens, bis Jim fortfuhr:

»Das Schlimme ist doch, dass so viele Unschuldige, besonders Frauen und Kinder, darunter zu leiden haben, verletzt werden oder umkommen.«

»Sicher, aber auf unserer Seite ist das doch genauso. Nimmt irgendein deutscher Bomberpilot darauf Rücksicht? Meinst du, die hätten Skrupel? Die haben meine Eltern in Coventry umgebracht! Nee, nee, mein Lieber, ich habe nicht das geringste Mitleid mit jedem Deutschen, den ich erledigen kann. Ich halte es mit Winston, der mal gesagt haben soll: ‚*Nur ein toter Deutscher ist ein guter Deutscher*!' Wenn **wir** die nicht erledigen, erledigen die uns.«

»Ich versteh ja deine Wut, Percy, aber die kannst du doch nicht auf die Zivilisten, Frauen und Kinder übertragen! Im Übrigen hat Winston ja wohl nur deutsche Soldaten gemeint.«

»Mag sein. Ist mir auch verdammt egal. Und du solltest dir darüber nicht den Kopf zerbrechen. Bei jedem Scheißkrieg müssen die Zivilbevölkerung und Unschuldige mit dran glauben. Für mich steht fest: **Wir** haben den Krieg nicht gewollt und nicht angefangen. **Wir** machen hier nur unseren Job! Ende der Durchsage!«

Als die vordere Formation um 19.05 GMT (20.05 MEZ) die niederländische Küste überflog, war es stockdunkel und die Piloten schalteten die Positionslichter ihrer Maschinen ab. Bislang trafen die Informationen des Meteorologen zu. Die Bodensicht war gut, ein Dreiviertelmond beleuchtete das Rheindelta tief unter ihnen.

»Gunners in position!« lautete jetzt Percys Anweisung an seine Bordschützen. Zwar war von der Luftwaffe längst nicht mehr viel zu spüren, doch existierte sie noch. Man sollte in jedem Fall wachsam sein, um böse Überraschungen zu vermeiden.

Zwölf Minuten später erreichte der Verband Tilburg und leitete den Sinkflug ein. Es würde nur noch etwa eine halbe Stunde dauern, bis das Ziel in Sicht käme: Gelsenkirchen

....

Kriegsgefangenenlager Westerholt:

Um 20.45 Uhr Ortszeit heulten die Sirenen zum Luftalarm. Nik befand sich zu dieser Zeit im regulären Wachdienst, hatte also den Karabiner dabei und begab sich in aller Ruhe in Richtung Schutzgraben. Kurz danach kam auch Fritz angerannt und schwang sich zu Nik hinunter. Nik, auf der Holzkiste stehend, und Fritz schauten aus dem Graben hinaus, ihre Gewehre auf die Baracken ausgerichtet.

»Wird sicher wieder ein blinder«, meinte Fritz, »wie immer«.

Nik erwiderte nichts. Er hatte kalte Füße. Es herrschte Totenstille in dieser leicht frostigen Nacht. Mond und Sterne verkrochen sich von Zeit zu Zeit hinter einer lockeren Bewölkung. Sie horchten hinaus in die Dunkelheit.

»Ich glaube, ich höre sie« sagte Fritz.

Auch Nik vernahm aus der Ferne zunächst ein sehr schwaches, dann aber rasch anschwellendes, tiefes Brummen der Motorengeräusche...

»Es sieht so aus, als ziehen die wieder an uns vorbei«, vermutete Fritz.

Wenig später war die Spitze des Bomberverbandes über ihnen angelangt, jedoch wegen der Bewölkung nicht genau auszumachen.

Plötzlich erstrahlte der Himmel etwas nördlich von ihnen.

»Sie werfen Christbäume«, sagte Nik. Es waren lauter rötliche Lichter ähnlich einem Feuerwerk, die sich am nächtlichen Himmel ausbreiteten. Es sah hübsch aus. Ein zweiter ‚Christbaum', dieser jedoch in Weiß, erstrahlte etwas südlicher über ihnen.

Fritz wusste sofort: »Die bombardieren das Berger Feld!«

Ringsum flammten die starken Scheinwerfer auf, um den nächtlichen

Himmel nach den feindlichen Flugzeugen abzutasten. Zugleich ballerten lautstark die Flak-Geschütze los.

....

»Verdammt. Der Wetterfrosch hatte uns doch klaren Himmel versprochen«, hörte man Percy schimpfen. «Bombenschütze Attention! Die rote Leuchtspur-Markierung links auf 11 Uhr vor uns, dort muss demnach das Gefangenenlager sein. Wir müssten also exakt auf Kurs liegen. Genau. Jetzt die weiße Markierung auf 12 Uhr voraus. Klappen auf!« Man spürte, wie sich die Klappen des Bombenschachtes öffneten. »Abwurf in 20 Sekunden. - - - Zehn, neun, acht, sieben, sechs, fünf, vier, drei, zwei, eins, Zero!«
»Skipper, bestätige Abwurf bei Zero!« meldete sich der Bombenschütze.
»O.K. Klappen schließen! Jetzt nichts wie weg hier!« Percy führte die Lancaster in eine steile Linkskurve, den voraus Fliegenden folgend...
Er wusste nicht, dass er tatsächlich etwas zu weit nördlich geflogen war, zu nahe über dem Gefangenenlager...

....

Fritz und Nik hörten das unheimliche Pfeifen der nieder kommenden ersten Bomben. Sie sahen ihre Explosionen in einiger Entfernung.
Plötzlich vernahmen sie jedoch zu ihrem Entsetzen ein völlig andersartiges Geräusch. Das war nicht das gleiche Pfeifen der entfernter fallenden Bomben. Dies war ein anschwellendes Zischen, das direkt auf sie zuzukommen schien.
»Volle Deckung!« brüllte Fritz, »wir kriegen was ab!« Nik sprang bei dem Kommando von der Holzkiste herunter und warf sich der Länge nach auf den Boden, die Hände über den Kopf.
Fritz hingegen blieb leicht gebeugt stehen, duckte sich und presste seinen Körper gegen die Grabenwand, die Hände aber ebenfalls über den Kopf, den Helm haltend.
Sekunden später folgte eine ohrenbetäubende Explosion. Eine der Tausendpfund-Bomben war wenige Meter neben ihrem Schutzgraben ins Erdreich eingeschlagen und explodiert, einen riesigen Krater verursachend. Ton-

nenschwere Erdmassen ergossen sich über den Graben und verschütteten die beiden Männer.

Nik verspürte wenige Sekunden lang den ungeheuren Druck auf seinem Körper. Sein Gesicht wurde unweigerlich in den matschigen Boden gepresst, so dass er das Bewusstsein verlor...

Auch Fritz war sekundenlang von dem starken Luftdruck benommen. Seine Trommelfelle schienen geplatzt zu sein. Der Kopf schmerzte sehr, er hielt die Augen geschlossen, bekam kaum noch Luft...

Er stand jedoch noch einigermaßen aufrecht. Die Erdmassen verhinderten ein Umfallen. Seine Hände hielten noch immer den Helm umklammert. Irgendwie schafften sie es, ähnlich einem Maulwurf, das lockere Erdreich über dem Kopf zu bewegen. Er spürte einen Luftzug, gerade ausreichend, um zu atmen. Unter Aufwand aller Kräfte gelang es ihm, die Erdöffnung über dem Kopf zu erweitern. Die Schicht schien an dieser Stelle nicht zu dicht zu sein, denn seine Hände ertasteten oben keinen Widerstand mehr.

Jetzt nur die Ruhe bewahren, dachte Fritz, die Kameraden werden uns gleich hier rausbuddeln. Er stand völlig reglos da, bewegungsunfähig. Er wagte aber auch nicht den Versuch, seinen Kopf zu bewegen, aus Angst, das lockere Erdreich könnte über ihm nachgeben und die Luftzufuhr unterbrechen. Ansonsten vernahm er nichts – um ihn herum Totenstille.

Es dauerte eine unendliche Ewigkeit, bis er merkte, dass über ihm etwas geschah. Zwischenzeitlich empfand er kein Gefühl mehr in Armen und Beinen. Aber er lebte noch, Gott sei Dank!

Der gesamte Angriff hatte nur etwa fünfzehn Minuten angehalten. Die Bomben der ‚JO-Z' waren unmittelbar am Rande des Lagers niedergegangen und hatten große Teile des Stacheldrahtzaunes weggerissen. Zwei Schutzgräben wurden verschüttet, darunter der von Fritz und Nik. Im zweiten befand sich nur ein Soldat. Die Kriegsgefangenen blieben unversehrt.

Unmittelbar nach dem Angriff eilten Soldaten mit Schaufeln und Hacken herbei, um die beiden Gräben wieder zu öffnen und die verschütteten Kameraden herauszuholen. Fritz wurde fast unverletzt befreit.

Nik und der Kamerad des benachbarten Grabens konnten nur noch tot geborgen werden. Sie waren erstickt. In Niks linker Brusttasche fanden die Kameraden ein zerknittertes Foto von May und Florence, in der rechten ein kleines rotes Bakelit-Klappmesser. Man beließ beides, wo man es gefunden hatte.

Die große Lageruhr zeigte 22.05 Uhr an diesem 22. März 1945. Ihr Sekundenzeiger lief unaufhaltsam weiter...

Beide Gefallene wurden am folgenden Tag auf dem Gemeindefriedhof Westerholt mit militärischen Ehren bestattet. Noch während der Zeremonie erfolgte ein Angriff britischer Tiefflieger, wodurch es einen weiteren Toten sowie mehrere zum Teil Schwerverletzte gab.

Am 31. März nahmen amerikanische Soldaten Westerholt ein. Damit war hier der Krieg beendet.

Am 30.April beging Hitler Selbstmord.

Am 8. Mai kapitulierte Deutschland.

Am 29. Juni machte Florence sich auf den Weg nach Westerholt, um nach ihrem Vater zu forschen, von dem sie lange nichts mehr gehört hatte. Sie vermutete, dass er in Gefangenschaft geraten war. Vom ehemaligen Gefangenenlager war seltsamerweise nicht mehr das Geringste zu erkennen. Sie suchte das katholische Pfarramt auf und erfuhr dort die entsetzliche Nachricht vom Tode ihres Vaters.

Zutiefst erschüttert fand sie seine Grabstätte, über die bereits eine dichte Grasdecke gewachsen war. Darauf ein schlichtes Holzkreuz mit dem Namen »Nikolaus Kemen« sowie dem Todesdatum, beides offensichtlich hastig mit schwarzer Farbe, von der einige »Nasen« ein wenig heruntergelaufen waren, aufgepinselt. Zu oberst thronte ein schäbiger Stahlhelm. Eine leichte Brise ließ die Grashalme in gleichförmigen Wellen sanft hin und her schwingen.

Tränenüberströmt sank Florence davor auf die Knie. Wie eine Wahnsinnige trommelte sie mit den Fäusten auf den Boden. »Warum? Warum? Warum?« schrie sie...

Plötzlich sprang sie auf, riss den Stahlhelm von seinem Sockel und schmetterte ihn wutentbrannt in hohem Bogen in ein nahe gelegenes Gebüsch.

»Zur Hölle mit euch allen da oben, die ihr Schuld habt an diesem verdammten Krieg!« brüllte sie ihm hinterher, doch ihre Stimme verlor sich im Nichts.

Nachtrag

Das Deutsche Reich existierte nicht mehr. Es war nur noch ein gewaltiger Trümmer- und Schutthaufen, wo diejenigen, die überlebt hatten, entweder auf der Flucht oder auf irgend eine andere Weise bemüht waren, den alltäglichen Kampf um ihre nackte Existenz zu bestehen. Nur wenige derjenigen aber, die Schuld und Verantwortung für diese Katastrophe trugen, wurden bei den Nürnberger Prozessen zur Rechenschaft gezogen, der ein oder andere erst viele Jahre später. Die meisten aber tauchten galant ab, um Jahre danach mit weißer Unschuldsweste irgendwo auf wundersame Weise wieder aufzutauchen und eine neue Karriere zu beginnen.

Die letzte Ruhestätte von Nikolaus Kemen befindet sich noch heute auf dem Gemeindefriedhof Westerholt im gesonderten Bereich der Kriegsgräber. Er und sein Schwiegersohn Klemens waren zwei von rund 2,95 Millionen gefallenen Soldaten dieses Krieges. Die Grabstätte von Klemens ist bislang unbekannt, irgendwo südöstlich von Rschew.

In ihren Memoiren schrieb Florence später: »Wie groß mein Schmerz war, lässt sich gar nicht sagen. Ich hing sehr an meinem Vater und wusste, wenn ich auch keinen Mann mehr habe, mein Vater ist immer für mich da. Nun war auch das aus. Der 29. Juni war ein Tag voller Schrecken und meiner Mutter musste ich es noch beibringen...«

Florence hat nie wieder geheiratet. Aufgrund einer schweren, langwierigen Diphterie-Erkrankung in der zweiten Hälfte des Jahres 1945 konnte sie erst im Februar 1946 erneut ihre Tätigkeit als Sekretärin eines neuen englischen Abteilungsleiters der alten Firma Glanzstoff-Courtaulds in Köln aufnehmen. Sie lebte gemeinsam mit ihrer Mutter May und ihrem Sohn bis 1961 in einer Baracken-Notunterkunft auf dem Firmengelände. 1961 gelang es ihr, ein kleines älteres Reihenhaus in Köln-Weidenpesch zu kaufen.

Nach Eintritt in den Ruhestand im Jahre 1975 verkaufte sie das Haus und zog nach Mönchengladbach in eine Eigentumswohnung, in die Nähe ihrer Schwägerin Josefine und der Familie des Sohnes. Sie durfte sich über zwei Enkelkinder freuen, ein Mädchen und einen Jungen, Mays und Niks Urenkel.

Im Gegensatz zu ihrer Mutter liebte sie England und behielt die britische Staatsbürgerschaft.

Florence starb am 16. Mai 2000 im Alter von 85 Jahren in Mönchengladbach.

May litt noch viele Jahre an schweren Asthma-Anfällen, vermutlich als Folge der Kriegsstrapazen. Sie übernahm die Sorge für ihren Enkel, da Florence berufstätig war. Die Diskriminierungen, die sie durch ihre eigenen Landsleute während des Ersten Weltkrieges in London erlebte, hat sie jedoch nie verwunden und äußerte stets den Wunsch, keinesfalls in England begraben zu werden.

May starb am 30. März 1970 im Alter von 79 Jahren in Köln, wo sie auf dem Nordfriedhof bestattet wurde.

Im August 1949 fand zum ersten Mal nach Kriegsende in London ein frohes Wiedersehen mit allen Scoines-Verwandten statt. Niemand von ihnen war zu Schaden gekommen! Seither wiederholten sich regelmäßig alle zwei Jahre die Familientreffen während der Sommerferien in London oder an der Ostküste – wie vor dem Kriege.

Der Kontakt zur Kemen-Verwandtschaft in Neuerburg blieb ebenfalls bis heute bestehen. Hier befindet sich noch heute u.a. das Grab von Nikolaus Kemen sen., der im Alter von 101 Jahren starb.

Auf dem ehemaligen Kasernen- und Flugplatzgelände »Berger Feld« in Gelsenkirchen befindet sich heute u.a. die Fußballarena Schalke 04.